ARSÈNE LUPIN GENTLEMAN-CAMBRIO

– 1 – *L'arrestation d'Arsène Lupin*   4

– 2 – *Arsène Lupin en prison*   17

– 3 – *L'évasion d'Arsène Lupin*   36

– 4 – *Le mystérieux voyageur*   53

– 5 – *Le Collier de la Reine*   67

– 6 – *Le sept de cœur*   82

– 7 – *Le coffre-fort de madame Imbert*   115

– 8 – *La perle noire*   125

– 9 – *Herlock Sholmès arrive trop tard*   138

ARSÈNE LUPIN CONTRE HERLOCK SHOLMÈS   162

Premier épisode   LA DAME BLONDE   163

Chapitre 1   Le numéro 514 – série 23   163
Chapitre 2   Le diamant bleu   188
Chapitre 3   Herlock Sholmès ouvre les hostilités   209
Chapitre 4   Quelques lueurs dans les ténèbres   231
Chapitre 5   Un enlèvemen   250
Chapitre 6   La seconde arrestation d'Arsène Lupin   272

Deuxième épisode   LA LAMPE JUIVE   297

Chapitre 1   297
Chapitre 2   324

LES CONFIDENCES D'ARSÈNE LUPIN   353

– 1 – Les jeux du soleil   355

– 2 – L'anneau nuptial   375

– 3 – Le signe de l'ombre   393

– 4 – Le piège infernal   410

– 5 – L'écharpe de soie rouge   431

– 6 – La mort qui rôde   450

– 7 – Édith au Cou de Cygne   470

– 8 – Le fétu de paille   489

– 9 – Le mariage d'Arsène Lupin   504

LES HUIT COUPS DE L'HORLOGE   526

CHAPITRE 1   Au sommet de la tour   529

CHAPITRE 2   La carafe d'eau   553

CHAPITRE 3   Thérèse et Germaine   577

CHAPITRE 4   Le film révélateur   598

CHAPITRE 5   Le cas de Jean-Louis   619

CHAPITRE 6   La Dame à la Hache   641

CHAPITRE 7   Des pas sur la neige   660

CHAPITRE 8   « Au dieu Mercure »   684

LA DENT D'HERCULE   704

La Dent d'Hercule Petitgris   706

Le Pardessus d'Arsène Lupin   729

Maurice Leblanc

ARSÈNE LUPIN
GENTLEMAN-CAMBRIOLEUR (1907)

L'arrestation d'Arsène Lupin

L'étrange voyage ! Il avait si bien commencé cependant ! Pour ma part, je n'en fis jamais qui s'annonçât sous de plus heureux auspices. La Provence est un transatlantique rapide, confortable, commandé par le plus affable des hommes. La société la plus choisie s'y trouvait réunie. Des relations se formaient, des divertissements s'organisaient. Nous avions cette impression exquise d'être séparés du monde, réduits à nous-mêmes comme sur une île inconnue, obligés par conséquent, de nous rapprocher les uns des autres.

Et nous nous rapprochions…

Avez-vous jamais songé à ce qu'il y a d'original et d'imprévu dans ce groupement d'êtres qui, la veille encore, ne se connaissaient pas, et qui, durant quelques jours, entre le ciel infini et la mer immense, vont vivre de la vie la plus intime, ensemble vont défier les colères de l'Océan, l'assaut terrifiant des vagues et le calme sournois de l'eau endormie ?

C'est, au fond, vécue en une sorte de raccourci tragique, la vie elle-même, avec ses orages et ses grandeurs, sa monotonie et sa diversité, et voilà pourquoi, peut-être, on goûte avec une hâte fiévreuse et une volupté d'autant plus intense ce court voyage dont on aperçoit la fin du moment même où il commence.

Mais, depuis plusieurs années, quelque chose se passe qui ajoute singulièrement aux émotions de la traversée. La petite île flottante dépend encore de ce monde dont on se croyait affranchi. Un lien subsiste, qui ne se dénoue que peu à peu, en plein Océan, et peu à peu, en plein Océan, se renoue. Le télégraphe sans fil ! appels d'un autre univers d'où l'on recevrait des nouvelles de la façon la plus mystérieuse qui soit ! L'imagination n'a plus la ressource d'évoquer des fils de fer au creux desquels glisse l'invisible message. Le mystère est plus insondable encore, plus poétique aussi, et c'est aux ailes du vent qu'il faut recourir pour expliquer ce nouveau miracle.

Ainsi, les premières heures, nous sentîmes-nous suivis, escortés, précédés même par cette voix lointaine qui, de temps en temps, chuchotait à l'un de nous quelques paroles de là-bas. Deux amis me parlèrent. Dix autres, vingt autres nous envoyèrent à tous, à travers l'espace, leurs adieux attristés ou souriants.

Or, le second jour, à cinq cents milles des côtes françaises, par un après-midi orageux, le télégraphe sans fil nous transmettait une dépêche dont voici la teneur :

« Arsène Lupin à votre bord, première classe, cheveux blonds, blessure avant-bras droit, voyage seul, sous le nom de R… »

À ce moment précis, un coup de tonnerre violent éclata dans le ciel sombre. Les ondes électriques furent interrompues. Le reste de la dépêche ne nous parvint pas. Du nom sous lequel se cachait Arsène Lupin, on ne sut que l'initiale.

S'il se fût agi de toute autre nouvelle, je ne doute point que le secret en eût été scrupuleusement gardé par les employés du poste télégraphique, ainsi que par le commissaire du bord et par le commandant. Mais il est de ces événements qui semblent forcer la discrétion la plus rigoureuse. Le jour même, sans qu'on pût dire comment la chose avait été ébruitée, nous savions tous que le fameux Arsène Lupin se cachait parmi nous.

Arsène Lupin parmi nous ! l'insaisissable cambrioleur dont on racontait les prouesses dans tous les journaux depuis des mois ! l'énigmatique personnage avec qui le vieux Ganimard, notre meilleur policier, avait engagé ce duel à mort dont les péripéties se déroulaient de façon si pittoresque ! Arsène Lupin, le fantaisiste gentleman qui n'opère que dans les châteaux et les salons, et qui, une nuit, où il avait pénétré chez le baron Schormann, en était parti les mains vides et avait laissé sa carte, ornée de cette formule : « Arsène Lupin, gentleman-cambrioleur, reviendra quand les meubles seront authentiques. » Arsène Lupin, l'homme aux mille déguisements : tour à tour chauffeur, ténor, bookmaker, fils de famille, adolescent, vieillard, commis-voyageur marseillais, médecin russe, torero espagnol !

Qu'on se rende bien compte de ceci : Arsène Lupin allant et venant dans le cadre relativement restreint d'un transatlantique, que dis-je ! dans ce petit coin des premières où l'on se retrouvait à tout instant, dans cette salle à manger, dans ce salon, dans ce fumoir ! Arsène Lupin, c'était peut-être ce monsieur… ou celui-là… mon voisin de table… mon compagnon de cabine…

– Et cela va durer encore cinq fois vingt-quatre heures ! s'écria le lendemain miss Nelly Underdown, mais c'est intolérable ! J'espère bien qu'on va l'arrêter.

Et s'adressant à moi :

– Voyons, vous, monsieur d'Andrésy, qui êtes déjà au mieux avec le commandant, vous ne savez rien ?

J'aurais bien voulu savoir quelque chose pour plaire à miss Nelly ! C'était une de ces magnifiques créatures qui, partout où elles sont, occupent aussitôt la place la plus en vue. Leur beauté autant que leur fortune éblouit. Elles ont une cour, des fervents, des enthousiastes.

Élevée à Paris par une mère française, elle rejoignait son père, le richissime Underdown, de Chicago. Une de ses amies, lady Jerland, l'accompagnait.

Dès la première heure, j'avais posé ma candidature de flirt. Mais dans l'intimité rapide du voyage, tout de suite son charme m'avait troublé, et je me sentais un peu trop ému pour un flirt quand ses grands yeux noirs rencontraient les miens. Cependant, elle accueillait mes hommages avec une certaine faveur. Elle daignait rire de mes bons mots et s'intéresser à mes anecdotes. Une vague sympathie semblait répondre à l'empressement que je lui témoignais.

Un seul rival peut-être m'eût inquiété, un assez beau garçon, élégant, réservé, dont elle paraissait quelquefois préférer l'humeur taciturne à mes façons plus « en dehors » de Parisien.

Il faisait justement partie du groupe d'admirateurs qui entourait miss Nelly, lorsqu'elle m'interrogea. Nous étions sur le pont, agréablement installés dans des rocking-chairs. L'orage de la veille avait éclairci le ciel. L'heure était délicieuse.

– Je ne sais rien de précis, mademoiselle, lui répondis-je, mais est-il impossible de conduire nous-mêmes notre enquête, tout aussi bien que le ferait le vieux Ganimard, l'ennemi personnel d'Arsène Lupin ?

– Oh ! oh ! vous vous avancez beaucoup !

– En quoi donc ? Le problème est-il si compliqué ?

– Très compliqué.

– C'est que vous oubliez les éléments que nous avons pour le résoudre.

– Quels éléments ?

– 1. Lupin se fait appeler monsieur R…

– Signalement un peu vague.

– 2. Il voyage seul.

– Si cette particularité vous suffit.

– 3. Il est blond.

– Et alors ?

– Alors nous n'avons plus qu'à consulter la liste des passagers et à procéder par élimination.

J'avais cette liste dans ma poche. Je la pris et la parcourus.

– Je note d'abord qu'il n'y a que treize personnes que leur initiale désigne à notre attention.

– Treize seulement ?

– En première classe, oui. Sur ces treize messieurs R…, comme vous pouvez vous en assurer, neuf sont accompagnés de femmes, d'enfants ou de domestiques. Restent quatre personnages isolés : le marquis de Raverdan…

– Secrétaire d'ambassade, interrompit miss Nelly, je le connais.

– Le major Rawson…

– C'est mon oncle, dit quelqu'un.

– M. Rivolta…

– Présent, s'écria l'un de nous, un Italien dont la figure disparaissait sous une barbe du plus beau noir.

Miss Nelly éclata de rire.

– Monsieur n'est pas précisément blond.

– Alors, repris-je, nous sommes obligés de conclure que le coupable est le dernier de la liste.

– C'est-à-dire ?

– C'est-à-dire M. Rozaine. Quelqu'un connaît-il M. Rozaine ?

On se tut. Mais miss Nelly, interpellant le jeune homme taciturne dont l'assiduité près d'elle me tourmentait, lui dit :

– Eh bien, monsieur Rozaine, vous ne répondez pas ?

On tourna les yeux vers lui. Il était blond.

Avouons-le, je sentis comme un petit choc au fond de moi. Et le silence gêné qui pesa sur nous m'indiqua que les autres assistants éprouvaient aussi cette sorte de suffocation. C'était absurde d'ailleurs, car enfin rien dans les allures de ce monsieur ne permettait qu'on le suspectât.

– Pourquoi je ne réponds pas ? dit-il, mais parce que, vu mon nom, ma qualité de voyageur isolé et la couleur de mes cheveux, j'ai déjà procédé à une enquête analogue et que je suis arrivé au même résultat. Je suis donc d'avis qu'on m'arrête.

Il avait un drôle d'air, en prononçant ces paroles. Ses lèvres minces comme deux traits inflexibles s'amincirent encore et pâlirent. Des filets de sang strièrent ses yeux.

Certes, il plaisantait. Pourtant sa physionomie, son attitude nous impressionnèrent. Naïvement, miss Nelly demanda :

– Mais vous n'avez pas de blessure ?

– Il est vrai, dit-il, la blessure manque.

D'un geste nerveux il releva sa manchette et découvrit son bras. Mais aussitôt une idée me frappa. Mes yeux croisèrent ceux de miss Nelly : il avait montré le bras gauche.

Et, ma foi, j'allais en faire nettement la remarque, quand un incident détourna notre attention. Lady Jerland, l'amie de miss Nelly, arrivait en courant.

Elle était bouleversée. On s'empressa autour d'elle, et ce n'est qu'après bien des efforts qu'elle réussit à balbutier :

– Mes bijoux, mes perles !… on a tout pris !…

Non, on n'avait pas tout pris, comme nous le sûmes par la suite ; chose bien plus curieuse : on avait choisi !

De l'étoile en diamants, du pendentif en cabochons de rubis, des colliers et des bracelets brisés, on avait enlevé, non point les pierres les plus grosses, mais les plus fines, les plus précieuses, celles, aurait-on dit, qui avaient le plus de valeur en tenant le moins de place. Les montures gisaient là, sur la table. Je les vis, tous nous les vîmes, dépouillées de leurs joyaux comme des fleurs dont on eût arraché les beaux pétales étincelants et colorés.

Et pour exécuter ce travail, il avait fallu, pendant l'heure où lady Jerland prenait le thé, il avait fallu, en plein jour, et dans un couloir fréquenté, fracturer la porte de la cabine, trouver un petit sac dissimulé à dessein au fond d'un carton à chapeau, l'ouvrir et choisir !

Il n'y eut qu'un cri parmi nous. Il n'y eut qu'une opinion parmi tous les passagers, lorsque le vol fut connu : c'est Arsène Lupin. Et de fait, c'était bien sa manière compliquée, mystérieuse, inconcevable… et logique cependant, car, s'il était difficile de receler la masse encombrante qu'eût formée l'ensemble des bijoux, combien moindre était l'embarras avec de petites choses indépendantes les unes des autres, perles, émeraudes et saphirs !

Et au dîner, il se passa ceci : à droite et à gauche de Rozaine, les deux places restèrent vides. Et le soir on sut qu'il avait été convoqué par le commandant.

Son arrestation, que personne ne mit en doute, causa un véritable soulagement. On respirait enfin. Ce soir-là on joua aux petits jeux. On dansa. Miss Nelly, surtout, montra une gaieté étourdissante qui me fit voir que si les hommages de Rozaine avaient pu lui agréer au début, elle ne s'en souvenait guère. Sa grâce acheva de me conquérir. Vers minuit, à la clarté sereine de la lune, je lui affirmai mon dévouement avec une émotion qui ne parut pas lui déplaire.

Mais le lendemain, à la stupeur générale, on apprit que, les charges relevées contre lui n'étant pas suffisantes, Rozaine était libre.

Fils d'un négociant considérable de Bordeaux, il avait exhibé des papiers parfaitement en règle. En outre, ses bras n'offraient pas la moindre trace de blessure.

– Des papiers ! des actes de naissance ! s'écrièrent les ennemis de Rozaine, mais Arsène Lupin vous en fournira tant que vous voudrez ! Quant à la blessure, c'est qu'il n'en a pas reçu... ou qu'il en a effacé la trace !

On leur objectait qu'à l'heure du vol, Rozaine – c'était démontré – se promenait sur le pont. À quoi ils ripostaient :

– Est-ce qu'un homme de la trempe d'Arsène Lupin a besoin d'assister au vol qu'il commet ?

Et puis, en dehors de toute considération étrangère, il y avait un point sur lequel les plus sceptiques ne pouvaient épiloguer. Qui, sauf Rozaine, voyageait seul, était blond, et portait un nom commençant par R ? Qui le télégramme désignait-il, si ce n'était Rozaine ?

Et quand Rozaine, quelques minutes avant le déjeuner, se dirigea audacieusement vers notre groupe, miss Nelly et lady Jerland se levèrent et s'éloignèrent.

C'était bel et bien de la peur.

Une heure plus tard, une circulaire manuscrite passait de main en main parmi les employés du bord, les matelots, les voyageurs de toutes classes : M. Louis Rozaine promettait une somme de dix mille francs à qui démasquerait Arsène Lupin, ou trouverait le possesseur des pierres dérobées.

– Et si personne ne me vient en aide contre ce bandit, déclara Rozaine au commandant, moi, je lui ferai son affaire.

Rozaine contre Arsène Lupin, ou plutôt, selon le mot qui courut, Arsène Lupin lui-même contre Arsène Lupin, la lutte ne manquait pas d'intérêt !

Elle se prolongea durant deux journées.

On vit Rozaine errer de droite et de gauche, se mêler au personnel, interroger, fureter. On aperçut son ombre, la nuit, qui rôdait.

De son côté, le commandant déploya l'énergie la plus active. Du haut en bas, en tous les coins, la *Provence* fut fouillée. On perquisitionna dans toutes les cabines, sans exception, sous le prétexte fort juste que les objets étaient cachés dans n'importe quel endroit, sauf dans la cabine du coupable.

– On finira bien par découvrir quelque chose, n'est-ce pas ? me demandait miss Nelly. Tout sorcier qu'il soit, il ne peut faire que des diamants et des perles deviennent invisibles.

– Mais si, lui répondis-je, ou alors il faudrait explorer la coiffe de nos chapeaux, la doublure de nos vestes, et tout ce que nous portons sur nous.

Et lui montrant mon Kodak, un 9 x 12 avec lequel je ne me lassais pas de la photographier dans les attitudes les plus diverses :

– Rien que dans un appareil pas plus grand que celui-ci, ne pensez-vous pas qu'il y aurait place pour toutes les pierres précieuses de lady Jerland ? On affecte de prendre des vues et le tour est joué.

– Mais cependant j'ai entendu dire qu'il n'y a point de voleur qui ne laisse derrière lui un indice quelconque.

– Il y en a un : Arsène Lupin.

– Pourquoi ?

– Pourquoi ? parce qu'il ne pense pas seulement au vol qu'il commet, mais à toutes les circonstances qui pourraient le dénoncer.

– Au début, vous étiez plus confiant.

– Mais depuis, je l'ai vu à l'œuvre.

– Et alors, selon vous ?

– Selon moi, on perd son temps.

Et de fait, les investigations ne donnaient aucun résultat, ou du moins, celui qu'elles donnèrent ne correspondait pas à l'effort général : la montre du commandant lui fut volée.

Furieux, il redoubla d'ardeur et surveilla de plus près encore Rozaine avec qui il avait eu plusieurs entrevues. Le lendemain, ironie charmante, on retrouvait la montre parmi les faux cols du commandant en second.

Tout cela avait un air de prodige, et dénonçait bien la manière humoristique d'Arsène Lupin, cambrioleur, soit, mais dilettante aussi. Il travaillait par goût et par vocation, certes, mais par amusement aussi. Il donnait l'impression du monsieur qui se divertit à la pièce qu'il fait jouer, et qui dans la coulisse, rit à gorge déployée de ses traits d'esprit, et des situations qu'il imagine.

Décidément, c'était un artiste en son genre, et quand j'observais Rozaine, sombre et opiniâtre, et que je songeais au double rôle que tenait sans doute ce curieux personnage, je ne pouvais en parler sans une certaine admiration.

Or, l'avant-dernière nuit, l'officier de quart entendit des gémissements à l'endroit le plus obscur du pont. Il s'approcha. Un homme était étendu, la tête enveloppée dans une écharpe grise très épaisse, les poignets ficelés à l'aide d'une fine cordelette.

On le délivra de ses liens. On le releva, des soins lui furent prodigués.

Cet homme, c'était Rozaine.

C'était Rozaine assailli au cours d'une de ses expéditions, terrassé et dépouillé. Une carte de visite fixée par une épingle à son vêtement portait ces mots :

« Arsène Lupin accepte avec reconnaissance les dix mille francs de M. Rozaine. »

En réalité, le portefeuille dérobé contenait vingt billets de mille.

Naturellement, on accusa le malheureux d'avoir simulé cette attaque contre lui-même. Mais, outre qu'il lui eût été impossible de se lier de cette façon, il fut établi que l'écriture de la carte différait absolument d'l'écriture de Rozaine, et ressemblait au contraire, à s'y méprendre, à celle d'Arsène Lupin, telle que la reproduisait un ancien journal trouvé à bord.

Ainsi donc, Rozaine n'était plus Arsène Lupin. Rozaine était Rozaine fils d'un négociant de Bordeaux ! Et la présence d'Arsène Lupin s'affirmait une fois de plus, et par quel acte redoutable !

Ce fut la terreur. On n'osa plus rester seul dans sa cabine, et pas davantage s'aventurer seul aux endroits trop écartés. Prudemment on se groupait entre gens sûrs les uns des autres. Et encore, une méfiance instinctive divisait les plus intimes. C'est que la menace ne provenait pas d'un individu isolé, et par là même moins dangereux. Arsène Lupin maintenant c'était… c'était tout le monde. Notre imagination surexcitée lui attribuait un pouvoir miraculeux et illimité. On le supposait capable de prendre les déguisements les plus inattendus, d'être tour à tour le respectable major Rawson ou le noble marquis de Raverdan, ou même car on ne s'arrêtait plus à l'initiale accusatrice, ou même telle ou telle personne connue de tous, ayant femme, enfants, domestiques.

Les premières dépêches sans fil n'apportèrent aucune nouvelle. Du moins le commandant ne nous en fit point part, et un tel silence n'était pas pour nous rassurer.

Aussi, le dernier jour parut-il interminable. On vivait dans l'attente anxieuse d'un malheur. Cette fois, ce ne serait plus un vol, ce ne serait plus une simple agression, ce serait le crime, le meurtre. On n'admettait pas qu'Arsène Lupin s'en tînt à ces deux larcins insignifiants. Maître absolu du navire, les autorités réduites à l'impuissance, il n'avait qu'à vouloir, tout lui était permis, il disposait des biens et des existences.

Heures délicieuses pour moi, je l'avoue, car elles me valurent la confiance de miss Nelly. Impressionnée par tant d'événements, de nature déjà inquiète, elle chercha spontanément à mes côtés une protection, une sécurité que j'étais heureux de lui offrir.

Au fond, je bénissais Arsène Lupin. N'était-ce pas lui qui nous rapprochait ? N'était-ce pas grâce à lui que j'avais le droit de m'abandonner aux plus beaux rêves ? Rêves d'amour et rêves moins chimériques, pourquoi ne pas le confesser ? Les Andrésy sont de bonne souche poitevine, mais leur blason est quelque peu dédoré, et il ne me paraît pas indigne d'un gentilhomme de songer à rendre à son nom le lustre perdu.

Et ces rêves, je le sentais, n'offusquaient point Nelly. Ses yeux souriants m'autorisaient à les faire. La douceur de sa voix me disait d'espérer.

Et jusqu'au dernier moment, accoudés au bastingage, nous restâmes l'un près de l'autre, tandis que la ligne des côtes américaines voguait au-devant de nous.

On avait interrompu les perquisitions. On attendait. Depuis les premières jusqu'à l'entrepont où grouillaient les émigrants, on attendait la minute suprême où s'expliquerait enfin l'insoluble énigme. Qui était Arsène Lupin ? Sous quel nom, sous quel masque se cachait le fameux Arsène Lupin ?

Et cette minute suprême arriva. Dussé-je vivre cent ans, je n'en oublierais pas le plus infime détail.

— Comme vous êtes pâle, miss Nelly, dis-je à ma compagne qui s'appuyait à mon bras, toute défaillante.

— Et vous ! me répondit-elle, ah ! vous êtes si changé !

— Songez donc ! cette minute est passionnante, et je suis heureux de la vivre auprès de vous, miss Nelly. Il me semble que votre souvenir s'attardera quelquefois…

Elle n'écoutait pas, haletante et fiévreuse. La passerelle s'abattit. Mais avant que nous eussions la liberté de la franchir, des gens montèrent à bord, des douaniers, des hommes en uniforme, des facteurs.

Miss Nelly balbutia :

— On s'apercevrait qu'Arsène Lupin s'est échappé pendant la traversée que je n'en serais pas surprise.

— Il a peut-être préféré la mort au déshonneur, et plongé dans l'Atlantique plutôt que d'être arrêté.

— Ne riez pas, fit-elle, agacée.

Soudain, je tressaillis, et, comme elle me questionnait, je lui dis :

— Vous voyez ce vieux petit homme debout à l'extrémité de la passerelle…

— Avec un parapluie et une redingote vert-olive ?

— C'est Ganimard.

— Ganimard ?

— Oui, le célèbre policier, celui qui a juré qu'Arsène Lupin serait arrêté de sa propre main. Ah ! je comprends que l'on n'ait pas eu de renseignements de ce côté de l'Océan. Ganimard était là. Il aime bien que personne ne s'occupe de ses petites affaires.

— Alors Arsène Lupin est sûr d'être surpris ?

— Qui sait ? Ganimard ne l'a jamais vu, paraît-il, que grimé et déguisé. À moins qu'il ne connaisse son nom d'emprunt…

— Ah ! dit-elle, avec cette curiosité un peu cruelle de la femme, si je pouvais assister à l'arrestation !

— Patientons. Certainement Arsène Lupin a déjà remarqué la présence de son ennemi. Il préférera sortir parmi les derniers, quand l'œil du vieux sera fatigué.

Le débarquement commença. Appuyé sur son parapluie, l'air indifférent, Ganimard ne semblait pas prêter attention à la foule qui se pressait entre les deux balustrades. Je notai qu'un officier du bord, posté derrière lui, le renseignait de temps à autre.

Le marquis de Raverdan, le major Rawson, l'Italien Rivolta défilèrent, et d'autres, et beaucoup d'autres… Et j'aperçus Rozaine qui s'approchait.

Pauvre Rozaine ! Il ne paraissait pas remis de ses mésaventures !

— C'est peut-être lui tout de même, me dit miss Nelly… Qu'en pensez-vous ?

— Je pense qu'il serait fort intéressant d'avoir sur une même photographie Ganimard et Rozaine. Prenez donc mon appareil, je suis si chargé.

Je le lui donnai, mais trop tard pour qu'elle s'en servît. Rozaine passait. L'officier se pencha à l'oreille de Ganimard, celui-ci haussa légèrement les épaules, et Rozaine passa.

Mais alors, mon Dieu, qui était Arsène Lupin ?

— Oui, fit-elle à haute voix, qui est-ce ?

Il n'y avait plus qu'une vingtaine de personnes. Elle les observait tour à tour avec la crainte confuse qu'il ne fût pas, lui, au nombre de ces vingt personnes.

Je lui dis :

— Nous ne pouvons attendre plus longtemps.

Elle s'avança. Je la suivis. Mais nous n'avions pas fait dix pas que Ganimard nous barra le passage.

– Eh bien, quoi ? m'écriai-je.

– Un instant, monsieur, qui vous presse ?

– J'accompagne mademoiselle.

– Un instant, répéta-t-il d'une voix plus impérieuse.

Il me dévisagea profondément, puis il me dit, les yeux dans les yeux :

– Arsène Lupin, n'est-ce pas ?

Je me mis à rire.

– Non, Bernard d'Andrésy, tout simplement.

– Bernard d'Andrésy est mort il y a trois ans en Macédoine.

– Si Bernard d'Andrésy était mort, je ne serais plus de ce monde. Et ce n'est pas le cas. Voici mes papiers.

– Ce sont les siens. Comment les avez-vous, c'est ce que j'aurai le plaisir de vous expliquer.

– Mais vous êtes fou ! Arsène Lupin s'est embarqué sous le nom de R.

– Oui, encore un truc de vous, une fausse piste sur laquelle vous les avez lancés, là-bas ! Ah ! vous êtes d'une jolie force, mon gaillard. Mais cette fois, la chance a tourné. Voyons, Lupin, montre-toi beau joueur.

J'hésitai une seconde. D'un coup sec il me frappa sur l'avant-bras droit. Je poussai un cri de douleur. Il avait frappé sur la blessure encore mal fermée que signalait le télégramme.

Allons, il fallait se résigner. Je me tournai vers miss Nelly. Elle écoutait, livide, chancelante.

Son regard rencontra le mien, puis s'abaissa sur le kodak que je lui avais remis. Elle fit un geste brusque, et j'eus l'impression, j'eus la certitude qu'elle comprenait tout à coup. Oui, c'était là, entre les parois étroites de chagrin noir, au creux du petit objet que j'avais eu la précaution de déposer entre ses mains avant que Ganimard ne m'arrêtât, c'était bien là que se trouvaient les vingt mille francs de Rozaine, les perles et les diamants de lady Jerland.

Ah ! je le jure, à ce moment solennel, alors que Ganimard et deux de ses acolytes m'entouraient, tout me fut indifférent, mon arrestation, l'hostilité des gens, tout, hors ceci : la résolution qu'allait prendre miss Nelly au sujet de ce que je lui avais confié.

Que l'on eût contre moi cette preuve matérielle et décisive, je ne songeais même pas à le redouter, mais cette preuve, miss Nelly se déciderait-elle à la fournir ?

Serais-je trahi par elle ? perdu par elle ? Agirait-elle en ennemie qui ne pardonne pas, ou bien en femme qui se souvient et dont le mépris s'adoucit d'un peu d'indulgence, d'un peu de sympathie involontaire ?

Elle passa devant moi. Je la saluai très bas, sans un mot. Mêlée aux autres voyageurs, elle se dirigea vers la passerelle, mon Kodak à la main.

Sans doute, pensai-je, elle n'ose pas, en public. C'est dans une heure, dans un instant, qu'elle le donnera.

Mais arrivée au milieu de la passerelle, par un mouvement de maladresse simulée, elle le laissa tomber dans l'eau, entre le mur du quai et le flanc du navire.

Puis, je la vis s'éloigner.

Sa jolie silhouette se perdit dans la foule, m'apparut de nouveau et disparut. C'était fini, fini pour jamais.

Un instant, je restai immobile, triste à la fois et pénétré d'un doux attendrissement, puis, je soupirai, au grand étonnement de Ganimard :

– Dommage, tout de même, de ne pas être un honnête homme…

C'était ainsi qu'un soir d'hiver, Arsène Lupin me raconta l'histoire de son arrestation. Le hasard d'incidents dont j'écrirai quelque jour le récit avait noué entre nous des liens… dirais-je d'amitié ? Oui, j'ose croire qu'Arsène Lupin m'honore de quelque amitié, et que c'est par amitié qu'il arrive parfois chez moi à l'improviste, apportant, dans le silence de mon cabinet de travail, sa gaieté juvénile, le rayonnement de sa vie ardente, sa belle humeur d'homme pour qui la destinée n'a que faveurs et sourires.

Son portrait ? Comment pourrais-je le faire ? Vingt fois j'ai vu Arsène Lupin, et vingt fois c'est un être différent qui m'est apparu… ou plutôt, le même être dont vingt miroirs m'auraient renvoyé autant d'images déformées, chacune ayant ses yeux particuliers, sa forme spéciale de figure, son geste propre, sa silhouette et son caractère.

– Moi-même, me dit-il, je ne sais plus bien qui je suis. Dans une glace je ne me reconnais plus.

Boutade, certes, et paradoxe, mais vérité à l'égard de ceux qui le rencontrent et qui ignorent ses ressources infinies, sa patience, son art du maquillage, sa prodigieuse faculté de transformer jusqu'aux proportions de son visage, et d'altérer le rapport même de ses traits entre eux.

– Pourquoi, dit-il encore, aurais-je une apparence définie ? Pourquoi ne pas éviter ce danger d'une personnalité toujours identique ? Mes actes me désignent suffisamment.

Et il précise, avec une pointe d'orgueil :

– Tant mieux si l'on ne peut jamais dire en toute certitude : Voici Arsène Lupin. L'essentiel est qu'on dise sans crainte d'erreur : Arsène Lupin a fait cela.

Ce sont quelques-uns de ces actes, quelques-unes de ces aventures que j'essaie de reconstituer, d'après les confidences dont il eut la bonne grâce de me favoriser, certains soirs d'hiver, dans le silence de mon cabinet de travail…

Arsène Lupin en prison

Il n'est point de touriste digne de ce nom qui ne connaisse les bords de la Seine, et qui n'ait remarqué, en allant des ruines de Jumièges aux ruines de Saint-Wandrille, l'étrange petit château féodal du Malaquis, si fièrement campé sur sa roche, en pleine rivière. L'arche d'un pont le relie à la route. La base de ses tourelles sombres se confond avec le granit qui le supporte, bloc énorme détaché d'on ne sait quelle montagne et jeté là par quelque formidable convulsion. Tout autour, l'eau calme du grand fleuve joue parmi les roseaux, et des bergeronnettes tremblent sur la crête humide des cailloux.

L'histoire du Malaquis est rude comme son nom, revêche comme sa silhouette. Ce ne fut que combats, sièges, assauts, rapines et massacres. Aux veillées du pays de Caux, on évoque en frissonnant les crimes qui s'y commirent. On raconte de mystérieuses légendes. On parle du fameux souterrain qui conduisait jadis à l'abbaye de Jumièges et au manoir d'Agnès Sorel, la belle amie de Charles VII.

Dans cet ancien repaire de héros et de brigands, habite le baron Nathan Cahorn, le baron Satan, comme on l'appelait jadis à la Bourse où il s'est enrichi un peu trop brusquement. Les seigneurs du Malaquis, ruinés, ont dû lui vendre, pour un morceau de pain, la demeure de leurs ancêtres. Il y a installé ses admirables collections de meubles et de tableaux, de faïences et de bois sculptés. Il y vit seul, avec trois vieux domestiques. Nul n'y pénètre jamais. Nul n'a jamais contemplé dans le décor de ces salles antiques les trois Rubens, qu'il possède, ses deux Watteau, sa chaire de Jean Goujon, et tant d'autres merveilles arrachées à coups de billets de banque aux plus riches habitués des ventes publiques.

Le baron Satan a peur. Il a peur non point pour lui, mais pour les trésors accumulés avec une passion si tenace et la perspicacité d'un amateur que les plus madrés des marchands ne peuvent se vanter d'avoir induit en erreur. Il les aime. Il les aime âprement, comme un avare ; jalousement, comme un amoureux.

Chaque jour, au coucher du soleil, les quatre portes bardées de fer, qui commandent les deux extrémités du pont et l'entrée de la cour d'honneur, sont fermées et verrouillées. Au moindre choc, des sonneries électriques vibreraient dans le silence. Du côté de la Seine, rien à craindre : le roc s'y dresse à pic.

Or, un vendredi de septembre, le facteur se présenta comme d'ordinaire à la tête de pont. Et, selon la règle quotidienne, ce fut le baron qui entrebâilla le lourd battant.

Il examina l'homme aussi minutieusement que s'il ne connaissait pas déjà, depuis des années, cette bonne face réjouie et ces yeux narquois de paysan, et l'homme lui dit en riant :

– C'est toujours moi, monsieur le baron. Je ne suis pas un autre qui aurait pris ma blouse et ma casquette.

– Sait-on jamais ? murmura Cahorn.

Le facteur lui remit une pile de journaux. Puis il ajouta :

– Et maintenant, monsieur le baron, il y a du nouveau.

– Du nouveau ?

– Une lettre… et recommandée, encore.

Isolé, sans ami ni personne qui s'intéressât à lui, jamais le baron ne recevait de lettre, et tout de suite cela lui parut un événement de mauvais augure dont il y avait lieu de s'inquiéter. Quel était ce mystérieux correspondant qui venait le relancer dans sa retraite ?

– Il faut signer, monsieur le baron.

Il signa en maugréant. Puis il prit la lettre, attendit que le facteur eût disparu au tournant de la route, et après avoir fait quelques pas de long en large, il s'appuya contre le parapet du pont et déchira l'enveloppe. Elle portait une feuille de papier quadrillé avec cet en-tête manuscrit : Prison de la Santé, Paris. Il regarda la signature : Arsène Lupin. Stupéfait, il lut :

« Monsieur le baron,

« Il y a, dans la galerie qui réunit vos deux salons, un tableau de Philippe de Champaigne d'excellente facture et qui me plaît infiniment. Vos Rubens sont aussi de mon goût, ainsi que votre plus petit Watteau. Dans le salon de droite, je note la crédence Louis XIII, les tapisseries de Beauvais, le guéridon Empire signé Jacob et le bahut Renaissance. Dans celui de gauche, toute la vitrine des bijoux et des miniatures.

« Pour cette fois, je me contenterai de ces objets qui seront, je crois, d'un écoulement facile. Je vous prie donc de les faire emballer convenablement et de les expédier à mon nom (port payé), en gare des Batignolles, avant huit jours… faute de quoi, je ferai procéder moi-même à leur déménagement dans la nuit du mercredi 27 au jeudi 28 septembre. Et, comme de juste, je ne me contenterai pas des objets sus-indiqués.

« Veuillez excuser le petit dérangement que je vous cause, et accepter l'expression de mes sentiments de respectueuse considération.

« Arsène Lupin. »

« P.-S. – Surtout ne pas m'envoyer le plus grand des Watteau. Quoique vous l'ayez payé trente mille francs à l'Hôtel des Ventes, ce n'est qu'une copie, l'original ayant été brûlé, sous le Directoire, par Barras, un soir d'orgie. Consulter les Mémoires inédits de Garat.

« Je ne tiens pas non plus à la châtelaine Louis XV dont l'authenticité me semble douteuse. ».

Cette lettre bouleversa le baron Cahorn. Signée de tout autre, elle l'eût déjà considérablement alarmé, mais signée d'Arsène Lupin !

Lecteur assidu des journaux, au courant de tout ce qui se passait dans le monde en fait de vol et de crime, il n'ignorait rien des exploits de l'infernal cambrioleur. Certes, il savait que Lupin, arrêté en Amérique par son ennemi Ganimard, était bel et bien incarcéré, que l'on instruisait son procès – avec quelle peine ! Mais il savait aussi que l'on pouvait s'attendre à tout de sa part. D'ailleurs, cette connaissance exacte du château, de la disposition des tableaux et des meubles, était un indice des plus redoutables. Qui l'avait renseigné sur des choses que nul n'avait vues ?

Le baron leva les yeux et contempla la silhouette farouche du Malaquis, son piédestal abrupt, l'eau profonde qui l'entoure, et haussa les épaules. Non, décidément, il n'y avait point de danger. Personne au monde ne pouvait pénétrer jusqu'au sanctuaire inviolable de ses collections.

Personne, soit, mais Arsène Lupin ? Pour Arsène Lupin, est-ce qu'il existe des portes, des ponts-levis, des murailles ? À quoi servent les obstacles les mieux imaginés, les précautions les plus habiles, si Arsène Lupin a décidé d'atteindre le but ?

Le soir même, il écrivit au procureur de la République de Rouen. Il envoyait la lettre de menaces et réclamait aide et protection.

La réponse ne tarda point : le nommé Arsène Lupin étant actuellement détenu à la Santé, surveillé de près, et dans l'impossibilité d'écrire, la lettre ne pouvait être que l'œuvre d'un mystificateur. Tout le démontrait, la logique et le bon sens, comme la réalité des faits. Toutefois, et par excès de prudence, on avait commis un expert à l'examen de l'écriture, et l'expert déclarait que, *malgré certaines analogies*, cette écriture n'était pas celle du détenu.

« Malgré certaines analogies », le baron ne retint que ces trois mots effarants, où il voyait l'aveu d'un doute qui, à lui seul, aurait dû suffire pour que la justice intervînt. Ses craintes s'exaspérèrent. Il ne cessait de relire la lettre. « *Je ferai procéder moi-même au déménagement.* » Et cette date précise : la nuit du mercredi 27 au jeudi 28 septembre !…

Soupçonneux et taciturne, il n'avait pas osé se confier à ses domestiques, dont le dévouement ne lui paraissait pas à l'abri de toute épreuve. Cependant, pour la première fois depuis des années, il éprouvait le besoin de parler, de prendre conseil. Abandonné par la justice de son pays, il n'espérait plus se défendre avec ses propres ressources, et il fut sur le point d'aller jusqu'à Paris et d'implorer l'assistance de quelque ancien policier.

Deux jours s'écoulèrent. Le troisième, en lisant ses journaux, il tressaillit de joie. *Le Réveil de Caudebec* publiait cet entrefilet :

« Nous avons le plaisir de posséder dans nos murs, depuis bientôt trois semaines, l'inspecteur principal Ganimard, un des vétérans du service de la Sûreté. M. Ganimard, à qui l'arrestation d'Arsène Lupin, sa dernière prouesse, a valu une réputation européenne, se repose de ses longues fatigues en taquinant le goujon et l'ablette. »

Ganimard ! voilà bien l'auxiliaire que cherchait le baron Cahorn ! Qui mieux que le retors et patient Ganimard saurait déjouer les projets de Lupin ?

Le baron n'hésita pas. Six kilomètres séparent le château de la petite ville de Caudebec. Il les franchit d'un pas allègre, en homme que surexcite l'espoir du salut.

Après plusieurs tentatives infructueuses pour connaître l'adresse de l'inspecteur principal, il se dirigea vers les bureaux du Réveil, situés au milieu du quai. Il y trouva le rédacteur de l'entrefilet, qui, s'approchant de la fenêtre, s'écria :

– Ganimard ? mais vous êtes sûr de le rencontrer le long du quai, la ligne à la main. C'est là que nous avons lié connaissance, et que j'ai lu par hasard son nom gravé sur sa canne à pêche. Tenez, le petit vieux que l'on aperçoit là-bas, sous les arbres de la promenade.

– En redingote et en chapeau de paille ?

– Justement ! Ah ! un drôle de type pas causeur et plutôt bourru.

Cinq minutes après, le baron abordait le célèbre Ganimard, se présentait et tâchait d'entrer en conversation. N'y parvenant point, il aborda franchement la question et exposa son cas.

L'autre écouta, immobile, sans perdre de vue le poisson qu'il guettait, puis il tourna la tête vers lui, le toisa des pieds à la tête d'un air de profonde pitié, et prononça :

– Monsieur, ce n'est guère l'habitude de prévenir les gens que l'on veut dépouiller. Arsène Lupin, en particulier, ne commet pas de pareilles bourdes.

– Cependant…

– Monsieur, si j'avais le moindre doute, croyez bien que le plaisir de fourrer encore dedans ce cher Lupin, l'emporterait sur toute autre considération. Par malheur, ce jeune homme est sous les verrous.

– S'il s'échappe ?…

– On ne s'échappe pas de la Santé.

– Mais lui…

– Lui pas plus qu'un autre.

– Cependant…

– Eh bien, s'il s'échappe, tant mieux, je le repincerai. En attendant, dormez sur vos deux oreilles, et n'effarouchez pas davantage cette ablette.

La conversation était finie. Le baron retourna chez lui, un peu rassuré par l'insouciance de Ganimard. Il vérifia les serrures, espionna les domestiques, et quarante-huit heures se passèrent pendant lesquelles il arriva presque à se persuader que, somme toute, ses craintes étaient chimériques. Non, décidément, comme l'avait dit Ganimard, on ne prévient pas les gens que l'on veut dépouiller.

La date approchait. Le matin du mardi, veille du 27, rien de particulier. Mais à trois heures, un gamin sonna. Il apportait une dépêche.

« Aucun colis en gare Batignolles. Préparez tout pour demain soir. Arsène. »

De nouveau, ce fut l'affolement, à tel point qu'il se demanda s'il ne céderait pas aux exigences d'Arsène Lupin.

Il courut à Caudebec. Ganimard pêchait à la même place, assis sur un pliant. Sans un mot, il lui tendit le télégramme.

– Et après ? fit l'inspecteur.

– Après ? mais c'est pour demain !

– Quoi ?

– Le cambriolage ! le pillage de mes collections !

Ganimard déposa sa ligne, se tourna vers lui, et, les deux bras croisés sur sa poitrine, s'écria d'un ton d'impatience :

– Ah ! ça, est-ce que vous vous imaginez que je vais m'occuper d'une histoire aussi stupide !

– Quelle indemnité demandez-vous pour passer au château la nuit du 27 au 28 septembre ?

– Pas un sou, fichez-moi la paix.

– Fixez votre prix, je suis riche, extrêmement riche.

La brutalité de l'offre déconcerta Ganimard qui reprit, plus calme :

– Je suis ici en congé et je n'ai pas le droit de me mêler…

– Personne ne le saura. Je m'engage, quoi qu'il arrive, à garder le silence.

– Oh ! il n'arrivera rien.

– Eh bien, voyons, trois mille francs, est-ce assez ?

L'inspecteur huma une prise de tabac, réfléchit, et laissa tomber :

– Soit. Seulement, je dois vous déclarer loyalement que c'est de l'argent jeté par la fenêtre.

– Ça m'est égal.

– En ce cas… Et puis, après tout, est-ce qu'on sait, avec ce diable de Lupin ! Il doit avoir à ses ordres toute une bande… Êtes-vous sûr de vos domestiques ?

– Ma foi…

– Alors, ne comptons pas sur eux. Je vais prévenir par dépêche deux gaillards de mes amis qui nous donneront plus de sécurité… Et maintenant, filez, qu'on ne nous voie pas ensemble. À demain, vers les neuf heures.

Le lendemain, date fixée par Arsène Lupin, le baron Cahorn décrocha sa panoplie, fourbit ses armes, et se promena aux alentours du Malaquis. Rien d'équivoque ne le frappa.

Le soir, à huit heures et demie, il congédia ses domestiques. Ils habitaient une aile en façade sur la route, mais un peu en retrait, et tout au bout du château. Une fois seul, il ouvrit doucement les quatre portes. Après un moment, il entendit des pas qui s'approchaient.

Ganimard présenta ses deux auxiliaires, grands gars solides, au cou de taureau et aux mains puissantes, puis demanda certaines explications. S'étant rendu compte de la disposition des lieux, il ferma soigneusement et barricada toutes les issues par où l'on pouvait pénétrer dans les salles menacées. Il inspecta les murs, souleva les tapisseries, puis enfin il installa ses agents dans la galerie centrale.

– Pas de bêtises, hein ? On n'est pas ici pour dormir. À la moindre alerte, ouvrez les fenêtres de la cour et appelez-moi. Attention aussi du côté de l'eau. Dix mètres de falaise droite, des diables de leur calibre, ça ne les effraye pas.

Il les enferma, emporta les clefs, et dit au baron :

– Et maintenant, à notre poste.

Il avait choisi, pour y passer la nuit, une petite pièce pratiquée dans l'épaisseur des murailles d'enceinte, entre les deux portes principales, et qui était, jadis, le réduit du veilleur. Un judas s'ouvrait sur le pont, un autre sur la cour. Dans un coin on apercevait comme l'orifice d'un puits.

– Vous m'avez bien dit, monsieur le baron, que ce puits était l'unique entrée des souterrains, et que, de mémoire d'homme, elle est bouchée ?

– Oui.

– Donc, à moins qu'il n'existe une autre issue ignorée de tous, sauf d'Arsène Lupin, ce qui semble un peu problématique, nous sommes tranquilles.

Il aligna trois chaises, s'étendit confortablement, alluma sa pipe et soupira :

– Vraiment, monsieur le baron, il faut que j'aie rudement envie d'ajouter un étage à la maisonnette où je dois finir mes jours, pour accepter une besogne aussi élémentaire. Je raconterai l'histoire à l'ami Lupin, il se tiendra les côtes de rire.

Le baron ne riait pas. L'oreille aux écoutes, il interrogeait le silence avec une inquiétude croissante. De temps en temps il se penchait sur le puits et plongeait dans le trou béant un œil anxieux.

Onze heures, minuit, une heure sonnèrent.

Soudain, il saisit le bras de Ganimard qui se réveilla en sursaut.

– Vous entendez ?

– Oui.

– Qu'est-ce que c'est ?

– C'est moi qui ronfle.

– Mais non, écoutez…

– Ah ! parfaitement, c'est la corne d'une automobile.

– Eh bien ?

– Eh bien ! il est peu probable que Lupin se serve d'une automobile comme d'un bélier pour démolir votre château. Aussi, monsieur le baron, à votre place, je dormirais… comme je vais avoir l'honneur de le faire à nouveau. Bonsoir.

Ce fut la seule alerte. Ganimard put reprendre son somme interrompu, et le baron n'entendit plus que son ronflement sonore et régulier.

Au petit jour, ils sortirent de leur cellule. Une grande paix sereine, la paix du matin au bord de l'eau fraîche, enveloppait le château. Cahorn radieux de joie, Ganimard toujours paisible, ils montèrent l'escalier. Aucun bruit. Rien de suspect.

– Que vous avais-je dit, monsieur le baron ? Au fond, je n'aurais pas dû accepter... Je suis honteux...

Il prit les clefs et entra dans la galerie.

Sur deux chaises, courbés, les bras ballants, les deux agents dormaient.

– Tonnerre de nom d'un chien ! grogna l'inspecteur.

Au même instant, le baron poussait un cri :

– Les tableaux !... la crédence !...

Il balbutiait, suffoquait, la main tendue vers les places vides, vers les murs dénudés où pointaient les clous, où pendaient les cordes inutiles. Le Watteau, disparu ! Les Rubens, enlevés ! Les tapisseries, décrochées ! Les vitrines, vidées de leurs bijoux !

– Et mes candélabres Louis XVI !... et le chandelier du Régent et ma Vierge du douzième !...

Il courait d'un endroit à l'autre, effaré, désespéré. Il rappelait ses prix d'achat, additionnait les pertes subies, accumulait des chiffres, tout cela pêle-mêle, en mots indistincts, en phrases inachevées. Il trépignait, il se convulsait, fou de rage et de douleur. On aurait dit un homme ruiné qui n'a plus qu'à se brûler la cervelle.

Si quelque chose eût pu le consoler, c'eût été de voir la stupeur de Ganimard. Contrairement au baron, l'inspecteur ne bougeait pas, lui. Il semblait pétrifié, et d'un œil vague, il examinait les choses. Les fenêtres ? fermées. Les serrures des portes ? intactes. Pas de brèche au plafond. Pas de trou au plancher. L'ordre était parfait. Tout cela avait dû s'effectuer méthodiquement, d'après un plan inexorable et logique.

– Arsène Lupin... Arsène Lupin, murmura-t-il, effondré.

Soudain, il bondit sur les deux agents, comme si la colère enfin le secouait, et il les bouscula furieusement et les injuria, Ils ne se réveillèrent point !

– Diable, fit-il, est-ce que par hasard ?...

Il se pencha sur eux, et, tour à tour, les observa avec attention : ils dormaient, mais d'un sommeil qui n'était pas naturel.

Il dit au baron :

– On les a endormis.

– Mais qui ?

– Eh ! lui, parbleu !… ou sa bande, mais dirigée par lui. C'est un coup de sa façon. La griffe y est bien.

– En ce cas, je suis perdu, rien à faire.

– Rien à faire.

– Mais c'est abominable, c'est monstrueux.

– Déposez une plainte.

– À quoi bon ?

– Dame ! essayez toujours… la justice a des ressources…

– La justice ! mais vous voyez bien par vous-même… Tenez, en ce moment, où vous pourriez chercher un indice, découvrir quelque chose, vous ne bougez même pas.

– Découvrir quelque chose, avec Arsène Lupin ! Mais, mon cher monsieur, Arsène Lupin ne laisse jamais rien derrière lui ! Il n'y a pas de hasard avec Arsène Lupin ! J'en suis à me demander si ce n'est pas volontairement qu'il s'est fait arrêter par moi, en Amérique !

– Alors, je dois renoncer à mes tableaux, à tout ! Mais ce sont les perles de ma collection qu'il m'a dérobées. Je donnerais une fortune pour les retrouver. Si on ne peut rien contre lui, qu'il dise son prix !

Ganimard le regarda fixement.

– Ça, c'est une parole sensée. Vous ne la retirez pas ?

– Non, non, non. Mais pourquoi ?

– Une idée que j'ai.

– Quelle idée ?

– Nous en reparlerons si l'enquête n'aboutit pas… Seulement, pas un mot de moi, si vous voulez que je réussisse.

Il ajouta entre ses dents :

– Et puis, vrai, je n'ai pas de quoi me vanter.

Les deux agents reprenaient peu à peu connaissance, avec cet air hébété de ceux qui sortent du sommeil hypnotique. Ils ouvraient des yeux étonnés, ils cherchaient à comprendre. Quand Ganimard les interrogea, ils ne se souvenaient de rien.

– Cependant, vous avez dû voir quelqu'un ?

– Non.

– Rappelez-vous ?

– Non, non.

– Et vous n'avez pas bu ?

Ils réfléchirent, et l'un d'eux répondit :

– Si, moi j'ai bu un peu d'eau.

– De l'eau de cette carafe ?

– Oui.

– Moi aussi, déclara le second.

Ganimard la sentit, la goûta. Elle n'avait aucun goût spécial, aucune odeur.

– Allons, fit-il, nous perdons notre temps. Ce n'est pas en cinq minutes que l'on résout les problèmes posés par Arsène Lupin. Mais, morbleu, je jure bien que je le repincerai. Il gagne la seconde manche. À moi la belle !

Le jour même, une plainte en vol qualifié était déposée par le baron Cahorn contre Arsène Lupin, détenu à la Santé !

Cette plainte, le baron la regretta souvent quand il vit le Malaquis livré aux gendarmes, au procureur, au juge d'instruction, aux journalistes, à tous les curieux qui s'insinuent partout où ils ne devraient pas être.

L'affaire passionnait déjà l'opinion. Elle se produisait dans des conditions si particulières, le nom d'Arsène Lupin excitait à tel point les imaginations, que les histoires les plus fantaisistes remplissaient les colonnes des journaux et trouvaient créance auprès du public.

Mais la lettre initiale d'Arsène Lupin, que publia l'*Écho de France* (et nul ne sut jamais qui en avait communiqué le texte), cette lettre où le baron Cahorn était effrontément prévenu de ce qui le menaçait, causa une émotion considérable. Aussitôt des explications fabuleuses furent proposées. On rappela l'existence des fameux souterrains. Et le Parquet, influencé, poussa ses recherches dans ce sens.

On fouilla le château du haut en bas. On questionna chacune des pierres. On étudia les boiseries et les cheminées, les cadres des glaces et les poutres des plafonds. À la lueur des torches on examina les caves immenses où les seigneurs du Malaquis entassaient jadis leurs munitions et leurs provisions. On sonda les entrailles du rocher. Ce fut vainement. On ne découvrit pas le moindre vestige de souterrain. Il n'existait point de passage secret.

Soit, répondait-on de tous côtés, mais des meubles et des tableaux ne s'évanouissent pas comme des fantômes. Cela s'en va par des portes et par des fenêtres, et les gens qui s'en emparent s'introduisent et s'en vont également par des portes et des fenêtres. Quels sont ces gens ? Comment se sont-ils introduits ? Et comment s'en sont-ils allés ?

Le parquet de Rouen, convaincu de son impuissance, sollicita le secours d'agents parisiens. M. Dudouis, le chef de la Sûreté, envoya ses meilleurs limiers de la brigade de fer. Lui-même fit un séjour de quarante-huit heures au Malaquis. Il ne réussit pas davantage.

C'est alors qu'il manda l'inspecteur Ganimard dont il avait eu si souvent l'occasion d'apprécier les services.

Ganimard écouta silencieusement les instructions de son supérieur, puis, hochant la tête, il prononça :

– Je crois que l'on fait fausse route en s'obstinant à fouiller le château. La solution est ailleurs.

– Et où donc ?

– Auprès d'Arsène Lupin.

– Auprès d'Arsène Lupin ! Supposer cela, c'est admettre son intervention.

– Je l'admets. Bien plus, je la considère comme certaine.

– Voyons, Ganimard, c'est absurde. Arsène Lupin est en prison.

– Arsène Lupin est en prison, soit. Il est surveillé, je vous l'accorde. Mais il aurait les fers aux pieds, les cordes aux poignets et un bâillon sur la bouche, que je ne changerais pas d'avis.

– Et pourquoi cette obstination ?

– Parce que, seul, Arsène Lupin est de taille à combiner une machination de cette envergure, et à la combiner de telle façon qu'elle réussisse… comme elle a réussi.

– Des mots, Ganimard !

– Qui sont des réalités. Mais voilà, qu'on ne cherche pas de souterrain, de pierres tournant sur un pivot, et autres balivernes de ce calibre. Notre individu n'emploie pas des procédés aussi vieux jeu. Il est d'aujourd'hui, ou plutôt de demain.

– Et vous concluez ?

– Je conclus en vous demandant nettement l'autorisation de passer une heure avec lui.

– Dans sa cellule ?

– Oui. Au retour d'Amérique nous avons entretenu, pendant la traversée, d'excellents rapports, et j'ose dire qu'il a quelque sympathie pour celui qui a su l'arrêter. S'il peut me renseigner sans se compromettre, il n'hésitera pas à m'éviter un voyage inutile.

Il était un peu plus de midi lorsque Ganimard fut introduit dans la cellule d'Arsène Lupin. Celui-ci, étendu sur son lit, leva la tête et poussa un cri de joie.

– Ah ! ça, c'est une vraie surprise. Ce cher Ganimard, ici !

– Lui-même.

– Je désirais bien des choses dans la retraite que j'ai choisie… mais aucune plus passionnément que de t'y recevoir.

– Trop aimable.

– Mais non, mais non, je professe pour toi la plus vive estime.

– J'en suis fier.

– Je l'ai toujours prétendu : Ganimard est notre meilleur détective. Il vaut presque – tu vois que je suis franc – il vaut presque Sherlock Holmes. Mais, en vérité, je suis désolé de n'avoir à t'offrir que cet escabeau. Et pas un rafraîchissement ! pas un verre de bière ! Excuse-moi, je suis là de passage.

Ganimard s'assit en souriant, et le prisonnier reprit, heureux de parler :

– Mon Dieu, que je suis content de reposer mes yeux sur la figure d'un honnête homme ! J'en ai assez de toutes ces faces d'espions et de mouchards qui passent dix fois par jour la revue de mes poches et de ma modeste cellule, pour s'assurer que je ne prépare pas une évasion. Fichtre, ce que le gouvernement tient à moi !…

– Il a raison.

– Mais non ! je serais si heureux qu'on me laissât vivre dans mon petit coin !

– Avec les rentes des autres.

– N'est-ce pas ? Ce serait si simple ! Mais je bavarde, je dis des bêtises, et tu es peut-être pressé. Allons au fait, Ganimard ! Qu'est-ce qui me vaut l'honneur d'une visite ?

– L'affaire Cahorn, déclara Ganimard, sans détour.

– Halte-là ! une seconde… C'est que j'en ai tant, d'affaires ! Que je trouve d'abord dans mon cerveau le dossier de l'affaire Cahorn… Ah ! voilà, j'y suis. Affaire Cahorn, château du Malaquis, Seine-Inférieure… Deux Rubens, un Watteau, et quelques menus objets.

– Menus !

– Oh ! ma foi, tout cela est de médiocre importance. Il y a mieux. Mais il suffit que l'affaire t'intéresse… Parle donc, Ganimard.

– Dois-je t'expliquer où nous en sommes de l'instruction ?

– Inutile. J'ai lu les journaux de ce matin. Je me permettrai même de te dire que vous n'avancez pas vite.

– C'est précisément la raison pour laquelle je m'adresse à ton obligeance.

– Entièrement à tes ordres.

– Tout d'abord ceci : l'affaire a bien été conduite par toi ?

– Depuis A jusqu'à Z.

– La lettre d'avis ? le télégramme ?

– Sont de ton serviteur. Je dois même en avoir quelque part les récépissés.

Arsène ouvrit le tiroir d'une petite table en bois blanc qui composait, avec le lit et l'escabeau, tout le mobilier de la cellule, y prit deux chiffons de papier et les tendit à Ganimard.

– Ah ! ça mais, s'écria celui-ci, je te croyais gardé à vue et fouillé pour un oui ou pour un non. Or tu lis les journaux, tu collectionnes les reçus de la poste…

– Bah ! ces gens sont si bêtes ! Ils décousent la doublure de ma veste, ils explorent les semelles de mes bottines, ils auscultent les murs de cette pièce, mais pas un n'aurait l'idée qu'Arsène Lupin soit assez niais pour choisir une cachette aussi facile. C'est bien là-dessus que j'ai compté.

Ganimard, amusé, s'exclama :

– Quel drôle de garçon ! Tu me déconcertes. Allons, raconte-moi l'aventure.

– Oh ! oh ! comme tu y vas ! T'initier à tous mes secrets… te dévoiler mes petits trucs… C'est bien grave.

– Ai-je eu tort de compter sur ta complaisance ?

– Non, Ganimard, et puisque tu insistes…

Arsène Lupin arpenta deux ou trois fois sa chambre, puis s'arrêtant :

– Que penses-tu de ma lettre au baron ?

– Je pense que tu as voulu te divertir, épater un peu la galerie.

– Ah ! voilà, épater la galerie ! Eh bien, je t'assure, Ganimard, que je te croyais plus fort. Est-ce que je m'attarde à ces puérilités, moi, Arsène Lupin ! Est-ce que j'aurais écrit cette lettre, si j'avais pu dévaliser le baron sans lui écrire ? Mais comprends donc, toi et les autres, que cette lettre est le point de départ indispensable, le ressort qui a mis toute la machination en branle. Voyons, procédons par ordre, et préparons ensemble, si tu veux, le cambriolage du Malaquis.

– Je t'écoute.

Donc, supposons un château rigoureusement fermé, barricadé, comme l'était celui du baron Cahorn. Vais-je abandonner la partie et renoncer à des trésors que je convoite, sous prétexte que le château qui les contient est inaccessible ?

– Évidemment non.

– Vais-je tenter l'assaut comme autrefois, à la tête d'une troupe d'aventuriers ?

– Enfantin !

– Vais-je m'y introduire sournoisement ?

– Impossible.

– Reste un moyen, l'unique à mon avis, c'est de me faire inviter par le propriétaire dudit château.

– Le moyen est original.

— Et combien facile ! Supposons qu'un jour, ledit propriétaire reçoive une lettre, l'avertissant de ce que trame contre lui un nommé Arsène Lupin, cambrioleur réputé. Que fera-t-il ?

— Il enverra la lettre au procureur.

— Qui se moquera de lui, *puisque ledit Lupin est actuellement sous les verrous.* Donc, affolement du bonhomme, lequel est tout prêt à demander secours au premier venu, n'est-il pas vrai ?

— Cela est hors de doute.

— Et s'il lui arrive de lire dans une feuille de chou qu'un policier célèbre est en villégiature dans la localité voisine…

— Il ira s'adresser à ce policier.

— Tu l'as dit. Mais, d'autre part, admettons qu'en prévision de cette démarche inévitable, Arsène Lupin ait prié l'un de ses amis les plus habiles de s'installer à Caudebec, d'entrer en relations avec un rédacteur du *Réveil, journal auquel est abonné le baron,* de laisser entendre qu'il est un tel, le policier célèbre, qu'adviendra-t-il ?

— Que le rédacteur annoncera dans *Le Réveil* la présence à Caudebec dudit policier.

— Parfait, et de deux choses l'une : ou bien le poisson – je veux dire Cahorn – ne mord pas à l'hameçon, et alors rien ne se passe. Ou bien, et c'est l'hypothèse la plus vraisemblable, il accourt, tout frétillant. Et voilà donc mon Cahorn implorant contre moi l'assistance de l'un de mes amis.

— De plus en plus original.

— Bien entendu, le pseudo-policier refuse d'abord son concours. Là-dessus, dépêche d'Arsène Lupin. Épouvante du baron qui supplie de nouveau mon ami, et lui offre tant pour veiller à son salut. Ledit ami accepte, amène deux gaillards de notre bande, qui, la nuit, pendant que Cahorn est gardé à vue par son protecteur, déménagent par la fenêtre un certain nombre d'objets et les laissent glisser, à l'aide de cordes, dans une bonne petite chaloupe affrétée *ad hoc.* C'est simple comme Lupin.

— Et c'est tout bêtement merveilleux, s'écria Ganimard, et je ne saurais trop louer la hardiesse de la conception et l'ingéniosité des détails. Mais je ne vois guère de policier assez illustre pour que son nom ait pu attirer, suggestionner le baron à ce point.

Il y en a un, et il n'y en a qu'un.

Lequel ?

Celui du plus illustre, de l'ennemi personnel d'Arsène Lupin, bref, de l'inspecteur Ganimard.

– Moi !

– Toi-même, Ganimard. Et voilà ce qu'il y a de délicieux : si tu vas là-bas et que le baron se décide à causer, tu finiras par découvrir que ton devoir est de t'arrêter toi-même, comme tu m'as arrêté en Amérique. Hein ! la revanche est comique : je fais arrêter Ganimard par Ganimard !

Arsène Lupin riait de bon cœur. L'inspecteur, assez vexé, se mordait les lèvres. La plaisanterie ne lui semblait pas mériter de tels accès de joie.

L'arrivée d'un gardien lui donna le loisir de se remettre. L'homme apportait le repas qu'Arsène Lupin, par faveur spéciale, faisait venir du restaurant voisin. Ayant déposé le plateau sur la table, il se retira. Arsène s'installa, rompit son pain, en mangea deux ou trois bouchées et reprit :

– Mais sois tranquille, mon cher Ganimard, tu n'iras pas là-bas. Je vais te révéler une chose qui te stupéfiera : l'affaire Cahorn est sur le point d'être classée.

– Hein ?

– Sur le point d'être classée, te dis-je.

– Allons donc, je quitte à l'instant le chef de la Sûreté.

– Et après ? Est-ce que M. Dudouis en sait plus long que moi sur ce qui me concerne ? Tu apprendras que Ganimard – excuse-moi – que le pseudo-Ganimard est resté en fort bons termes avec le baron. Celui-ci, et c'est la raison principale pour laquelle il n'a rien avoué, l'a chargé de la très délicate mission de négocier avec moi une transaction, et à l'heure présente, moyennant une certaine somme, il est probable que le baron est rentré en possession de ses chers bibelots. En retour de quoi, il retirera sa plainte. Donc, plus de vol. Donc, il faudra bien que le parquet abandonne…

Ganimard considéra le détenu d'un air stupéfait.

– Et comment sais-tu tout cela ?

– Je viens de recevoir la dépêche que j'attendais.

– Tu viens de recevoir une dépêche ?

– À l'instant, cher ami. Par politesse, je n'ai pas voulu la lire en ta présence. Mais si tu m'y autorises…

– Tu te moques de moi, Lupin.

– Veuille, mon cher ami, décapiter doucement cet œuf à la coque. Tu constateras par toi-même que je ne me moque pas de toi.

Machinalement, Ganimard obéit, et cassa l'œuf avec la lame d'un couteau. Un cri de surprise lui échappa. La coque vide contenait une feuille de papier bleu. Sur la prière d'Arsène, il la déplia. C'était un télégramme, ou plutôt une partie de télégramme auquel on avait arraché les indications de la poste. Il lut :

« Accord conclu. Cent mille balles livrées. Tout va bien. »

– Cent mille balles ? fit-il.

– Oui, cent mille francs ! C'est peu, mais enfin les temps sont durs… Et j'ai des frais généraux si lourds ! Si tu connaissais mon budget… un budget de grande ville !

Ganimard se leva. Sa mauvaise humeur s'était dissipée. Il réfléchit quelques secondes, embrassa d'un coup d'œil toute l'affaire, pour tâcher d'en découvrir le point faible. Puis il prononça d'un ton où il laissait franchement percer son admiration de connaisseur :

– Par bonheur, il n'en existe pas des douzaines comme toi, sans quoi il n'y aurait plus qu'à fermer boutique.

Arsène Lupin prit un petit air modeste et répondit :

– Bah ! il fallait bien se distraire, occuper ses loisirs… d'autant que le coup ne pouvait réussir que si j'étais en prison.

– Comment ! s'exclama Ganimard, ton procès, ta défense, l'instruction, tout cela ne te suffit donc pas pour te distraire ?

– Non, car j'ai résolu de ne pas assister à mon procès.

– Oh ! oh !

Arsène Lupin répéta posément :

– Je n'assisterai pas à mon procès.

– En vérité !

– Ah ça, mon cher, t'imagines-tu que je vais pourrir sur la paille humide ? Tu m'outrages. Arsène Lupin ne reste en prison que le temps qu'il lui plaît, et pas une minute de plus.

– Il eût peut-être été plus prudent de commencer par ne pas y entrer, objecta l'inspecteur d'un ton ironique.

– Ah ! monsieur raille ? monsieur se souvient qu'il a eu l'honneur de procéder à mon arrestation ? Sache, mon respectable ami, que personne, pas plus toi qu'un autre, n'eût pu mettre la main sur moi, si un intérêt beaucoup plus considérable ne m'avait sollicité à ce moment critique.

– Tu m'étonnes.

– Une femme me regardait, Ganimard, et je l'aimais. Comprends-tu tout ce qu'il y a dans ce fait d'être regardé par une femme que l'on aime ? Le reste m'importait peu, je te jure. Et c'est pourquoi je suis ici.

– Depuis bien longtemps, permets-moi de le remarquer.

– Je voulais oublier d'abord. Ne ris pas : l'aventure avait été charmante, et j'en ai gardé encore le souvenir attendri… Et puis, je suis quelque peu neurasthénique ! La vie est si fiévreuse, de nos jours ! Il faut savoir, à certains moments, faire ce que l'on appelle une cure d'isolement. Cet endroit est souverain pour les régimes de ce genre. On y pratique la cure de la Santé dans toute sa rigueur.

– Arsène Lupin, observa Ganimard, tu te paies ma tête.

– Ganimard, affirma Lupin, nous sommes aujourd'hui vendredi. Mercredi prochain, j'irai fumer mon cigare chez toi, rue Pergolèse, à quatre heures de l'après-midi.

– Arsène Lupin, je t'attends.

Ils se serrèrent la main comme deux bons amis qui s'estiment à leur juste valeur, et le vieux policier se dirigea vers la porte.

– Ganimard !

Celui-ci se retourna.

– Qu'y a-t-il ?

– Ganimard, tu oublies ta montre.

– Ma montre ?

– Oui, elle s'est égarée dans ma poche.

Il la rendit en s'excusant.

– Pardonne-moi… une mauvaise habitude… Mais ce n'est pas une raison parce qu'ils m'ont pris la mienne pour que je te prive de la tienne. D'autant que j'ai là un chronomètre dont je n'ai pas à me plaindre et qui satisfait pleinement à mes besoins.

Il sortit du tiroir une large montre en or, épaisse et confortable, ornée d'une lourde chaîne.

– Et celle-ci, de quelle poche vient-elle ? demanda Ganimard.

Arsène Lupin examina négligemment les initiales.

– J. B… Qui diable cela peut-il bien être ?… Ah ! oui, je me souviens, Jules Bouvier, mon juge d'instruction, un homme charmant…

L'évasion d'Arsène Lupin

Au moment où Arsène Lupin, son repas achevé, tirait de sa poche un beau cigare bagué d'or et l'examinait avec complaisance, la porte de la cellule s'ouvrit. Il n'eut que le temps de le jeter dans le tiroir et de s'éloigner de la table. Le gardien entra, c'était l'heure de la promenade.

– Je t'attendais, mon cher ami, s'écria Lupin, toujours de bonne humeur.

Ils sortirent. Ils avaient à peine disparu à l'angle du couloir, que deux hommes à leur tour pénétrèrent dans la cellule et en commencèrent l'examen minutieux. L'un était l'inspecteur Dieuzy, l'autre l'inspecteur Folenfant.

On voulait en finir. Il n'y avait point de doute : Arsène Lupin conservait des intelligences avec le dehors et communiquait avec ses affiliés. La veille encore, le *Grand Journal* publiait ces lignes adressées à son collaborateur judiciaire :

« Monsieur,

« Dans un article paru ces jours-ci, vous vous êtes exprimé sur moi en des termes que rien ne saurait justifier. Quelques jours avant l'ouverture de mon procès, j'irai vous en demander compte.

« Salutations distinguées,

« Arsène Lupin. »

L'écriture était bien d'Arsène Lupin. Donc, il envoyait des lettres. Donc il en recevait. Donc il était certain qu'il préparait cette évasion annoncée par lui d'une façon si arrogante.

La situation devenait intolérable. D'accord avec le juge d'instruction, le chef de la Sûreté, M. Dudouis, se rendit lui-même à la Santé pour exposer au directeur de la prison les mesures qu'il convenait de prendre. Et, dès son arrivée, il envoya deux hommes dans la cellule du détenu.

Ils levèrent chacune des dalles, démontèrent le lit, firent tout ce qu'il est habituel de faire en pareil cas, et finalement ne découvrirent rien. Ils allaient renoncer à leurs investigations, lorsque le gardien accourut en toute hâte et leur dit :

– Le tiroir… regardez le tiroir de la table. Quand je suis entré, il m'a semblé qu'il le repoussait.

Ils regardèrent, et Dieuzy s'écria :

– Pour Dieu, cette fois nous le tenons, le client.

Folenfant l'arrêta.

– Halte-là, mon petit, le chef fera l'inventaire.

– Pourtant, ce cigare de luxe…

– Laisse le havane et prévenons le chef.

Deux minutes après, M. Dudouis explorait le tiroir. Il y trouva d'abord une liasse d'articles de journaux découpés par l'*Argus de la Presse* et qui concernaient Arsène Lupin, puis une blague à tabac, une pipe, du papier dit pelure d'oignon, et enfin deux livres.

Il en regarda le titre. C'était le *Culte des héros*, de Carlyle, édition anglaise, et un elzévir charmant, à reliure du temps, le *Manuel d'Épictète*, traduction allemande publiée à Leyde en 1634. Les ayant feuilletés, il constata que toutes les pages étaient balafrées, soulignées, annotées. Était-ce là signes conventionnels ou bien de ces marques qui montrent la ferveur que l'on a pour un livre ?

– Nous verrons cela en détail, dit M. Dudouis.

Il explora la blague à tabac, la pipe. Puis, saisissant le fameux cigare bagué d'or :

– Fichtre, il se met bien, notre ami, s'écria-t-il, un Henri Clay !

D'un geste machinal de fumeur, il le porta près de son oreille et le fit craquer. Et aussitôt une exclamation lui échappa. Le cigare avait molli sous la pression de ses doigts. Il l'examina avec plus d'attention et ne tarda pas à distinguer quelque chose de blanc entre les feuilles de tabac. Et délicatement, à l'aide d'une épingle, il attirait un rouleau de papier très fin, à peine gros comme un cure-dent. C'était un billet. Il le déroula et lut ces mots, d'une menue écriture de femme :

« Le panier a pris la place de l'autre. Huit sur dix sont préparés. En appuyant du pied extérieur, la plaque se soulève de haut en bas. De douze à seize tous les jours, H-P attendra. Mais où ? Réponse immédiate. Soyez tranquille, votre amie veille sur vous. »

M. Dudouis réfléchit un instant et dit :

– C'est suffisamment clair… le panier… les huit cases… De douze à seize, c'est-à-dire de midi à quatre heures…

– Mais ce H-P, qui attendra ?

– H-P en l'occurrence, doit signifier automobile, H-P, horse power, n'est-ce pas ainsi qu'en langage sportif on désigne la force d'un moteur ? Une vingt-quatre H-P, c'est une automobile de vingt-quatre chevaux.

Il se leva et demanda :

– Le détenu finissait de déjeuner ?

– Oui.

– Et comme il n'a pas encore lu ce message, ainsi que le prouve l'état du cigare, il est probable qu'il venait de le recevoir.

– Comment ?

– Dans ses aliments, au milieu de son pain ou d'une pomme de terre, que sais-je ?

– Impossible, on ne l'a autorisé à faire venir sa nourriture que pour le prendre au piège, et nous n'avons rien trouvé.

– Nous chercherons ce soir la réponse de Lupin. Pour le moment, retenez-le hors de sa cellule. Je vais porter ceci à monsieur le juge d'instruction. S'il est de mon avis, nous ferons immédiatement photographier la lettre, et dans une heure vous pourrez remettre dans le tiroir, outre ces objets, un cigare identique, contenant le message original lui-même. Il faut que le détenu ne se doute de rien.

Ce n'est pas sans une certaine curiosité que M. Dudouis s'en retourna le soir au greffe de la Santé en compagnie de l'inspecteur Dieuzy. Dans un coin, sur le poêle, trois assiettes s'étalaient.

Il a mangé ?

– Oui, répondit le directeur.

– Dieuzy, veuillez couper en morceaux très minces ces quelques brins de macaroni et ouvrir cette boulette de pain… Rien ?

– Non, chef.

M. Dudouis examina les assiettes, fourchette, la cuiller, enfin le couteau, un couteau réglementaire à lame ronde. Il en fit tourner le manche à gauche, puis à droite. À droite le manche céda et se dévissa. Le couteau était creux et servait d'étui à une feuille de papier.

– Peuh ! fit-il, ce n'est pas bien malin pour un homme comme Arsène. Mais ne perdons pas de temps. Vous, Dieuzy, allez donc faire une enquête dans ce restaurant.

Puis il lut :

« Je m'en remets à vous, H-P suivra de loin, chaque jour. J'irai au-devant. À bientôt, chère et admirable amie. »

– Enfin, s'écria M. Dudouis, en se frottant les mains, je crois que l'affaire est en bonne voie. Un petit coup de pouce de notre part, et l'évasion réussit… assez du moins pour nous permettre de pincer les complices.

– Et si Arsène Lupin vous glisse entre les doigts ? objecta le directeur.

– Nous emploierons le nombre d'hommes nécessaire. Si cependant il y mettait trop d'habileté… ma foi, tant pis pour lui ! Quant à la bande, puisque le chef refuse de parler, les autres parleront.

Et, de fait, il ne parlait pas beaucoup, Arsène Lupin. Depuis des mois, M. Jules Bouvier, le juge d'instruction, s'y évertuait vainement. Les interrogatoires se réduisaient à des colloques dépourvus d'intérêt entre le juge et l'avocat, maître Danval, un des princes du barreau, lequel d'ailleurs en savait sur l'inculpé à peu près autant que le premier venu.

De temps à autre, par politesse, Arsène Lupin laissait tomber :

– Mais oui, monsieur le Juge, nous sommes d'accord : le vol du Crédit Lyonnais, le vol de la rue de Babylone, l'émission des faux billets de banque, l'affaire des polices d'assurance, le cambriolage des châteaux d'Armesnil, de Gouret, d'Imblevain, des Groselliers, du Malaquis, tout cela, c'est de votre serviteur.

– Alors, pourriez-vous m'expliquer…

– Inutile, j'avoue tout en bloc, tout, et même dix fois plus que vous n'en supposez.

De guerre lasse, le juge avait suspendu ces interrogatoires fastidieux. Après avoir eu connaissance des deux billets interceptés, il les reprit. Et, régulièrement, à midi, Arsène Lupin fut amené de la Santé au Dépôt, dans une voiture pénitentiaire, avec un certain nombre de détenus. Ils en repartaient vers trois ou quatre heures.

Or, un après-midi, ce retour s'effectua dans des conditions particulières. Les autres détenus de la Santé n'ayant pas encore été questionnés, on décida de reconduire d'abord Arsène Lupin. Il monta donc seul dans la voiture.

Ces voitures pénitentiaires, vulgairement appelées « paniers à salade », sont divisées, dans leur longueur, par un couloir central, sur lequel s'ouvrent dix cases : cinq à droite et cinq à gauche. Chacune de ces cases est disposée de telle façon que l'on doit s'y tenir assis, et que les cinq prisonniers, outre qu'ils ne disposent chacun que d'une place fort étroite, sont séparés les uns des autres par des cloisons parallèles. Un garde municipal, placé à l'extrémité, surveille le couloir.

Arsène fut introduit dans la troisième cellule de droite, et la lourde voiture s'ébranla. Il se rendit compte que l'on quittait le quai de l'Horloge et que l'on passait devant le Palais de Justice. Alors, vers le milieu du pont Saint-Michel, il appuya du pied droit, ainsi qu'il le faisait chaque fois, sur la plaque de tôle qui fermait sa cellule. Tout de suite, quelque chose se déclencha, la plaque de tôle s'écarta insensiblement. Il put constater qu'il se trouvait juste entre les deux roues.

Il attendit, l'œil aux aguets. La voiture monta au pas le boulevard Saint-Michel. Au carrefour Saint-Germain, elle s'arrêta. Le cheval d'un camion s'était abattu. La circulation étant interrompue, très vite, ce fut un encombrement de fiacres et d'omnibus.

Arsène Lupin passa la tête. Une autre voiture pénitentiaire stationnait le long de celle qu'il occupait. Il souleva davantage la tête, mit le pied sur un des rayons de la grande roue et sauta à terre.

Un cocher le vit, s'esclaffa de rire, puis voulut appeler. Mais sa voix se perdit dans le fracas des véhicules, qui s'écoulaient de nouveau. D'ailleurs, Arsène Lupin était loin déjà.

Il avait fait quelques pas en courant, mais, sur le trottoir de gauche, il se retourna, jeta un regard circulaire, sembla prendre le vent, comme quelqu'un qui ne sait encore trop quelle direction il va suivre. Puis, résolu, il mit les mains dans ses poches, et, de l'air insouciant d'un promeneur qui flâne, il continua de monter le boulevard.

Le temps était doux, un temps heureux et léger d'automne. Les cafés étaient pleins. Il s'assit à la terrasse de l'un d'eux.

Il commanda un bock et un paquet de cigarettes. Il vida son verre à petites gorgées, fuma tranquillement une cigarette, en alluma une seconde. Enfin, s'étant levé, il pria le garçon de faire venir le gérant.

Le gérant vint, et Arsène Lupin lui dit, assez haut pour être entendu de tous :

– Je suis désolé, monsieur ; j'ai oublié mon porte-monnaie. Peut-être mon nom vous est-il assez connu pour que vous me consentiez un crédit de quelques jours : Arsène Lupin.

Le gérant le regarda, croyant à une plaisanterie. Mais Arsène répéta :

– Lupin, détenu à la Santé, actuellement en état d'évasion. J'ose croire que ce nom vous inspire toute confiance.

Et il s'éloigna, au milieu des rires, sans que l'autre songeât à réclamer.

Il traversa la rue Soufflot en biais et prit la rue Saint-Jacques. Il la suivit paisiblement, s'arrêtant aux vitrines et fumant des cigarettes. Boulevard de Port-Royal, il s'orienta, se renseigna, et marcha droit vers la rue de la Santé. Les hauts murs moroses de la prison se dressèrent bientôt. Les ayant longés, il arriva près du garde municipal qui montait la faction, et, retirant son chapeau :

– C'est bien ici la prison de la Santé ?

– Oui.

– Je désirerais regagner ma cellule. La voiture m'a laissé en route, et je ne voudrais pas abuser…

Le garçon grogna…

– Dites donc, l'homme, passez votre chemin, et plus vite que ça !

– Pardon, pardon ! C'est que mon chemin passe par cette porte. Et si vous empêchez Arsène Lupin de la franchir, cela pourrait vous coûter gros, mon ami !

– Arsène Lupin ! Qu'est-ce que vous me chantez là ?

– Je regrette de n'avoir pas ma carte, dit Arsène, affectant de fouiller ses poches.

Le garde le toisa des pieds à la tête, abasourdi. Puis, sans un mot, comme malgré lui, il tira une sonnette. La porte de fer s'entrebâilla.

Quelques minutes après, le directeur accourut jusqu'au greffe, gesticulant et feignant une colère violente. Arsène sourit :

– Allons, monsieur le Directeur, ne jouez pas au plus fin avec moi. Comment ! On a la précaution de me ramener seul dans la voiture, on prépare un bon petit encombrement, et l'on s'imagine que je vais prendre mes jambes à mon cou pour rejoindre mes amis ! Eh bien ! Et les vingt agents de la Sûreté, qui nous escortaient à pied, en fiacre et à bicyclette ? Non, ce qu'ils m'auraient arrangé ! Je n'en serais pas sorti vivant. Dites donc, monsieur le Directeur, c'est peut-être là-dessus que l'on comptait ?

Il haussa les épaules et ajouta :

– Je vous en prie, monsieur le Directeur, qu'on ne s'occupe pas de moi. Le jour où je voudrai m'échapper, je n'aurai besoin de personne.

Le surlendemain, l'*Écho de France*, qui, décidément, devenait le moniteur officiel des exploits d'Arsène Lupin – on disait qu'il en était un des principaux commanditaires – l'*Écho de France* publiait les détails les plus complets sur cette tentative d'évasion. Le texte même des billets échangés entre le détenu et sa mystérieuse amie, les moyens employés pour cette correspondance, la complicité de la police, la promenade du boulevard Saint-Michel, l'incident du café Soufflot, tout était dévoilé. On savait que les recherches de l'inspecteur Dieuzy auprès des garçons de restaurant n'avaient donné aucun résultat. Et l'on apprenait, en outre, cette chose stupéfiante, qui montrait l'infinie variété des ressources dont cet homme disposait : la voiture pénitentiaire, dans laquelle on l'avait transporté, était une voiture entièrement truquée, que sa bande avait substituée à l'une des six voitures habituelles qui composent le service des prisons.

L'évasion prochaine d'Arsène Lupin ne fit plus de doute pour personne. Lui-même, d'ailleurs, l'annonçait en termes catégoriques, comme le prouva sa réponse à M. Bouvier, au lendemain de l'incident. Le juge raillant son échec, il le regarda et lui dit froidement :

– Écoutez bien ceci, monsieur, et croyez-m'en sur parole : cette tentative d'évasion faisait partie de mon plan d'évasion.

– Je ne comprends pas, ricana le juge.

– Il est inutile que vous compreniez.

Et comme le juge, au cours de cet interrogatoire, qui parut tout au long dans les colonnes de l'*Écho de France*, comme le juge revenait à son instruction, il s'écria, d'un air de lassitude.

– Mon Dieu, mon Dieu, à quoi bon ! toutes ces questions n'ont aucune importance.

– Comment, aucune importance ?

– Mais non, puisque je n'assisterai pas à mon procès.

– Vous n'assisterez pas…

– Non, c'est une idée fixe, une décision irrévocable. Rien ne me fera transiger.

Une telle assurance, les indiscrétions inexplicables qui se commettaient chaque jour, agaçaient et déconcertaient la justice. Il y avait là des secrets qu'Arsène Lupin était seul à connaître, et dont la divulgation, par conséquent, ne pouvait provenir que de lui. Mais dans quel but les dévoilait-il ? et comment ?

On changea Arsène Lupin de cellule. Un soir, il descendit à l'étage inférieur. De son côté, le juge boucla son instruction et renvoya l'affaire à la chambre des mises en accusation.

Ce fut le silence. Il dura deux mois. Arsène les passa étendu sur son lit, le visage presque toujours tourné contre le mur. Ce changement de cellule semblait l'avoir abattu. Il refusa de recevoir son avocat. À peine échangeait-il quelques mots avec ses gardiens.

Dans la quinzaine qui précéda son procès, il parut se ranimer. Il se plaignait du manque d'air. On le fit sortir dans la cour, le matin, de très bonne heure, flanqué de deux hommes.

La curiosité publique, cependant ne s'était pas affaiblie. Chaque jour on avait attendu la nouvelle de son évasion. On la souhaitait presque, tellement le personnage plaisait à la foule avec sa verve, sa gaieté, sa diversité, son génie d'invention et le mystère de sa vie. Arsène Lupin devait s'évader. C'était inévitable, fatal. On s'étonnait même que cela tardât si longtemps. Tous les matins, le Préfet de police demandait à son secrétaire :

– Eh bien ! il n'est pas encore parti ?

– Non, monsieur le Préfet.

– Ce sera donc pour demain.

Et, la veille du procès, un monsieur se présenta dans les bureaux du Grand Journal, demanda le collaborateur judiciaire, lui jeta sa carte au visage, et s'éloigna rapidement. Sur la carte, ces mots étaient inscrits :

« Arsène Lupin tient toujours ses promesses. »

C'est dans ces conditions que les débats s'ouvrirent.

L'affluence y fut énorme. Personne qui ne voulût voir le fameux Lupin et ne savourât d'avance la façon dont il se jouerait du président. Avocats et magistrats, chroniqueurs et mondains, artistes et femmes du monde, le Tout-Paris se pressa sur les bancs de l'audience.

Il pleuvait, dehors le jour était sombre, on vit mal Arsène Lupin lorsque les gardes l'eurent introduit. Cependant son attitude lourde, la manière dont il se laissa tomber à sa place, son immobilité indifférente et passive ne prévinrent pas en sa faveur. Plusieurs fois son avocat – un des secrétaires de Me Danval, celui-ci ayant jugé indigne de lui le rôle auquel il était réduit – plusieurs fois son avocat lui adressa la parole. Il hochait la tête et se taisait.

Le greffier lut l'acte d'accusation, puis le président prononça :

– Accusé, levez-vous. Votre nom, prénom, âge et profession ?

Ne recevant pas de réponse, il répéta :

– Votre nom ? Je vous demande votre nom.

Une voix épaisse et fatiguée articula :

– Baudru, Désiré.

Il y eut des murmures. Mais le président repartit :

– Baudru, Désiré ? Ah ! bien, un nouvel avatar ! Comme c'est à peu près le huitième nom auquel vous prétendez, et qu'il est sans doute aussi imaginaire que les autres, nous nous en tiendrons, si vous le voulez bien, à celui d'Arsène Lupin, sous lequel vous êtes plus avantageusement connu.

Le président consulta ses notes et reprit :

– Car, malgré toutes les recherches, il a été impossible de reconstituer votre identité. Vous présentez ce cas assez original dans notre société moderne, de n'avoir point de passé. Nous ne savons qui vous êtes, d'où vous venez, où s'est écoulée votre enfance, bref, rien. Vous jaillissez tout d'un coup, il y a trois ans, on ne sait au juste de quel milieu, pour vous révéler tout d'un coup Arsène Lupin, c'est-à-dire un composé bizarre d'intelligence et de perversion, d'immoralité et de générosité. Les données que nous avons sur vous avant cette époque sont plutôt des suppositions. Il est probable que le nommé Rostat qui travailla, il y a huit ans, aux côtés du prestidigitateur Dickson n'était autre qu'Arsène Lupin. Il est probable que l'étudiant russe qui fréquenta, il y a six ans, le laboratoire du docteur Altier, à l'hôpital Saint-Louis, et qui souvent surprit le maître par l'ingéniosité de ses hypothèses sur la bactériologie et la hardiesse de ses expériences dans les maladies de la peau, n'était autre qu'Arsène Lupin. Arsène Lupin, également, le professeur de lutte japonaise qui s'établit à Paris bien avant qu'on y parlât de jiu-jitsu. Arsène Lupin, croyons-nous, le coureur cycliste qui gagna le Grand Prix de l'Exposition, toucha ses dix mille francs et ne reparut plus. Arsène Lupin peut-être aussi celui qui sauva tant de gens par la petite lucarne du Bazar de la Charité… et les dévalisa.

Et, après une pause, le président conclut :

– Telle est cette époque, qui semble n'avoir été qu'une préparation minutieuse à la lutte que vous avez entreprise contre la société, un apprentissage méthodique où vous portiez au plus haut point votre force, votre énergie et votre adresse. Reconnaissez-vous l'exactitude de ces faits ?

Pendant ce discours, l'accusé s'était balancé d'une jambe sur l'autre, le dos rond, les bras inertes. Sous la lumière plus vive, on remarqua son extrême maigreur, ses joues creuses, ses pommettes étrangement saillantes, son visage couleur de terre, marbré de petites plaques rouges, et encadré d'une barbe inégale et rare. La prison l'avait considérablement vieilli et flétri. On ne reconnaissait plus la silhouette élégante et le jeune visage dont les journaux avaient si souvent publié le portrait sympathique.

On eût dit qu'il n'avait pas entendu la question qu'on lui posait. Deux fois elle lui fut répétée. Alors il leva les yeux, parut réfléchir, puis, faisant un effort violent, murmura :

– Baudru, Désiré.

Le président se mit à rire.

– Je ne me rends pas un compte exact du système de défense que vous avez adopté, Arsène Lupin. Si c'est de jouer les imbéciles et les irresponsables, libre à vous. Quant à moi, j'irai droit au but sans me soucier de vos fantaisies.

Et il entra dans le détail des vols, escroqueries et faux reprochés à Lupin. Parfois il interrogeait l'accusé. Celui-ci poussait un grognement ou ne répondait pas.

Le défilé des témoins commença. Il y eut plusieurs dépositions insignifiantes, d'autres plus sérieuses, qui toutes avaient ce caractère commun de se contredire les unes les autres. Une obscurité troublante enveloppait les débats, mais l'inspecteur principal Ganimard fut introduit, et l'intérêt se réveilla.

Dès le début, toutefois, le vieux policier causa une certaine déception. Il avait l'air, non pas intimidé – il en avait vu bien d'autres – mais inquiet, mal à l'aise. Plusieurs fois, il tourna les yeux vers l'accusé avec une gêne visible. Cependant, les deux mains appuyées à la barre, il racontait les incidents auxquels il avait été mêlé, sa poursuite à travers l'Europe, son arrivée en Amérique. Et on l'écoutait avec avidité, comme on écouterait le récit des plus passionnantes aventures. Mais, vers la fin, ayant fait allusion à ses entretiens avec Arsène Lupin, à deux reprises il s'arrêta, distrait, indécis.

Il était clair qu'une autre pensée l'obsédait. Le président lui dit :

– Si vous êtes souffrant, il vaudrait mieux interrompre votre témoignage.

– Non, non, seulement…

Il se tut, regarda l'accusé longuement, profondément, puis il dit :

– Je demande l'autorisation d'examiner l'accusé de plus près, il y a là un mystère qu'il faut que j'éclaircisse.

Il s'approcha, le considéra plus longuement encore, de toute son attention concentrée, puis il retourna à la barre. Et là, d'un ton un peu solennel, il prononça :

– Monsieur le Président, j'affirme que l'homme qui est ici, en face de moi, n'est pas Arsène Lupin.

Un grand silence accueillit ces paroles. Le président, interloqué, d'abord, s'écria :

– Ah ça, que dites-vous ! vous êtes fou !

L'inspecteur affirma posément :

– À première vue, on peut se laisser prendre à une ressemblance, qui existe, en effet, je l'avoue, mais il suffit d'une seconde d'attention. Le nez, la bouche, les cheveux, la couleur de la peau… enfin, quoi : ce n'est pas Arsène Lupin. Et les yeux donc ! a-t-il jamais eu ces yeux d'alcoolique ?

– Voyons, voyons, expliquez-vous. Que prétendez-vous, témoin ?

– Est-ce que je sais ! Il aura mis en son lieu et place un pauvre diable que l'on allait condamner. À moins que ce ne soit un complice.

Des cris, des rires, des exclamations partaient de tous côtés, dans la salle qu'agitait ce coup de théâtre inattendu. Le président fit mander le juge d'instruction, le directeur de la Santé, les gardiens, et suspendit l'audience.

À la reprise, M. Bouvier et le directeur, mis en présence de l'accusé, déclarèrent qu'il n'y avait entre Arsène Lupin et cet homme qu'une très vague similitude de traits.

— Mais alors, s'écria le président, quel est cet homme ? D'où vient-il ? Comment se trouve-t-il entre les mains de la justice ?

On introduisit les deux gardiens de la Santé. Contradiction stupéfiante, ils reconnurent le détenu dont ils avaient la surveillance à tour de rôle !

Le président respira.

Mais l'un des gardiens reprit :

— Oui, oui, je crois bien que c'est lui.

— Comment, vous croyez ?

— Dame ! je l'ai à peine vu. On me l'a livré le soir, et, depuis deux mois, il reste toujours couché contre le mur.

— Mais avant ces deux mois ?

— Ah ! avant, il n'occupait pas la cellule 24.

Le directeur de la prison précisa ce point :

— Nous avons changé le détenu de cellule après sa tentative d'évasion.

— Mais vous, monsieur le directeur, vous l'avez vu depuis deux mois ?

— Je n'ai pas eu l'occasion de le voir… il se tenait tranquille.

— Et cet homme-là n'est pas le détenu qui vous a été remis ?

— Non.

— Alors, qui est-il ?

— Je ne saurais dire.

— Nous sommes donc en présence d'une substitution qui se serait effectuée il y a deux mois. Comment l'expliquez-vous ?

— C'est impossible.

– Alors ?

En désespoir de cause, le président se tourna vers l'accusé, et, d'une voix engageante :

– Voyons, accusé, pourriez-vous m'expliquer comment et depuis quand vous êtes entre les mains de la justice.

On eût dit que ce ton bienveillant désarmait la méfiance ou stimulait l'entendement de l'homme. Il essaya de répondre. Enfin, habilement et doucement interrogé, il réussit à rassembler quelques phrases, d'où il ressortait ceci : deux mois auparavant, il avait été amené au Dépôt. Il y avait passé une nuit et une matinée. Possesseur d'une somme de soixante-quinze centimes, il avait été relâché. Mais, comme il traversait la cour, deux gardes le prenaient par le bras et le conduisaient jusqu'à la voiture pénitentiaire. Depuis, il vivait dans la cellule 24, pas malheureux… on y mange bien… on y dort pas mal… Aussi n'avait-il pas protesté…

Tout cela paraissait vraisemblable. Au milieu des rires et d'une grande effervescence, le président renvoya l'affaire à une autre session pour supplément d'enquête.

L'enquête, tout de suite, établit ce fait consigné sur le registre d'écrou : huit semaines auparavant, un nommé Baudru Désiré avait couché au Dépôt. Libéré le lendemain, il quittait le Dépôt à deux heures de l'après-midi. Or, ce jour-là, à deux heures, interrogé pour la dernière fois, Arsène Lupin sortait de l'instruction et repartait en voiture pénitentiaire.

Les gardiens avaient-ils commis une erreur ? Trompés par la ressemblance, avaient-ils eux-mêmes, dans une minute d'inattention, substitué cet homme à leur prisonnier ? Il eût fallut vraiment qu'ils y missent une complaisance que leurs états de service ne permettaient pas de supposer.

La substitution était-elle combinée d'avance ? Outre que la disposition des lieux rendait la chose presque irréalisable, il eût été nécessaire en ce cas que Baudru fût un complice et qu'il se fût fait arrêter dans le but précis de prendre la place d'Arsène Lupin. Mais alors, par quel miracle un tel plan, uniquement fondé sur une série de chances invraisemblables, de rencontres fortuites et d'erreurs fabuleuses, avait-il pu réussir ?

On fit passer Désiré Baudru au service anthropométrique : il n'y avait pas de fiche correspondant à son signalement. Du reste on retrouva aisément ses traces. À Courbevoie, à Asnières, à Levallois, il était connu. Il vivait d'aumônes et couchait dans une de ces cahutes de chiffonniers qui s'entassent près de la barrière des Ternes. Depuis un an, cependant, il avait disparu.

Avait-il été embauché par Arsène Lupin ? Rien n'autorisait à le croire. Et quand cela eût été, on n'en eût pas su davantage sur la fuite du prisonnier. Le prodige demeurait le même. Des vingt hypothèses qui tentaient de l'expliquer, aucune n'était satisfaisante. L'évasion seule ne faisait pas de doute, et une évasion incompréhensible, impressionnante, où le public, de même que la justice, sentait l'effort d'une longue préparation, un ensemble d'actes merveilleusement enchevêtrés les uns dans les autres, et dont le dénouement justifiait l'orgueilleuse prédiction d'Arsène Lupin : « Je n'assisterai pas à mon procès. »

Au bout d'un mois de recherches minutieuses, l'énigme se présentait avec le même caractère indéchiffrable. On ne pouvait cependant pas garder indéfiniment ce pauvre diable de Baudru. Son procès eût été ridicule : quelles charges avait-on contre lui ? Sa mise en liberté fut signée par le juge d'instruction. Mais le chef de la Sûreté résolut d'établir autour de lui une surveillance active.

L'idée provenait de Ganimard. À son point de vue, il n'y avait ni complicité ni hasard. Baudru était un instrument dont Arsène Lupin avait joué avec son extraordinaire habileté. Baudru libre, par lui on remonterait jusqu'à Arsène Lupin ou du moins jusqu'à quelqu'un de sa bande.

On adjoignit à Ganimard les deux inspecteurs Folenfant et Dieuzy, et, un matin de janvier, par un temps brumeux, les portes de la prison s'ouvrirent devant Baudru Désiré.

Il parut d'abord embarrassé, et marcha comme un homme qui n'a pas d'idées bien précises sur l'emploi de son temps. Il suivit la rue de la Santé et la rue Saint-Jacques. Devant la boutique d'un fripier, il enleva sa veste et son gilet, vendit son gilet moyennant quelques sous, et, remettant sa veste, s'en alla.

Il traversa la Seine. Au Châtelet un omnibus le dépassa. Il voulut y monter. Il n'y avait pas de place. Le contrôleur lui conseillant de prendre un numéro, il entra dans la salle d'attente.

À ce moment, Ganimard appela ses deux hommes près de lui, et, sans quitter de vue le bureau, il leur dit en hâte :

– Arrêtez une voiture… non, deux, c'est plus prudent. J'irai avec l'un de vous et nous le suivrons.

Les hommes obéirent. Baudru cependant ne paraissait pas. Ganimard s'avança : il n'y avait personne dans la salle.

– Idiot que je suis, murmura-t-il, j'oubliais la seconde issue.

Le bureau communique, en effet, par un couloir intérieur, avec celui de la rue Saint-Martin. Ganimard s'élança. Il arriva juste à temps pour apercevoir Baudru sur l'impériale du Batignolles-Jardin des Plantes qui tournait au coin de la rue de Rivoli. Il courut et rattrapa l'omnibus. Mais il avait perdu ses deux agents. Il était seul à continuer la poursuite.

Dans sa fureur, il fut sur le point de le prendre au collet sans plus de formalité. N'était-ce pas avec préméditation et par une ruse ingénieuse que ce soi-disant imbécile l'avait séparé de ses auxiliaires ?

Il regarda Baudru. Il somnolait sur la banquette et sa tête ballottait de droite et de gauche. La bouche un peu entrouverte, son visage avait une incroyable expression de bêtise. Non, ce n'était pas là un adversaire capable de rouler le vieux Ganimard. Le hasard l'avait servi, voilà tout.

Au carrefour des Galeries Lafayette l'homme sauta de l'omnibus dans le tramway de la Muette. On suivit le boulevard Haussmann, l'avenue Victor-Hugo. Baudru ne descendit que devant la station de la Muette. Et d'un pas nonchalant, il s'enfonça dans le bois de Boulogne.

Il passait d'une allée à l'autre, revenait sur ses pas, s'éloignait. Que cherchait-il ? Avait-il un but ?

Après une heure de ce manège, il semblait harassé de fatigue. De fait, avisant un banc, il s'assit. L'endroit, situé non loin d'Auteuil, au bord d'un petit lac caché parmi les arbres, était absolument désert. Une demi-heure s'écoula. Impatienté, Ganimard résolut d'entrer en conversation.

Il s'approcha donc et prit place aux côtés de Baudru. Il alluma une cigarette, traça des ronds sur le sable du bout de sa canne, et dit :

– Il ne fait pas chaud.

Un silence. Et soudain, dans ce silence, un éclat de rire retentit, mais un rire joyeux, heureux, le rire d'un enfant pris de fou rire et qui ne peut pas s'empêcher de rire. Nettement, réellement, Ganimard sentit ses cheveux se hérisser sur le cuir soulevé de son crâne. Ce rire, ce rire infernal qu'il connaissait si bien !…

D'un geste brusque, il saisit l'homme par les parements de sa veste et le regarda, profondément, violemment, mieux encore qu'il ne l'avait regardé aux assises, et en vérité ce ne fut plus l'homme qu'il vit. C'était l'homme, mais c'était en même temps l'autre, le vrai.

Aidé par une volonté complice, il retrouvait la vie ardente des yeux, il complétait le masque amaigri, il apercevait la chair réelle sous l'épiderme abîmé, la bouche réelle à travers le rictus qui la déformait. Et c'étaient les yeux de l'autre, la bouche de l'autre, c'était surtout son expression aiguë, vivante, moqueuse, spirituelle, si claire et si jeune.

– Arsène Lupin, Arsène Lupin, balbutia-t-il.

Et subitement, pris de rage, lui serrant la gorge, il tenta de le renverser. Malgré ses cinquante ans, il était encore d'une vigueur peu commune, tandis que son adversaire semblait en assez mauvaise condition. Et puis, quel coup de maître s'il parvenait à le ramener !

La lutte fut courte. Arsène Lupin se défendit à peine, et, aussi promptement qu'il avait attaqué, Ganimard lâcha prise. Son bras droit pendait, inerte, engourdi.

– Si l'on vous apprenait le jiu-jitsu au quai des Orfèvres, déclara Lupin, tu saurais que ce coup s'appelle udi-shi-ghi en japonais.

Et il ajouta froidement :

« Une seconde de plus, je te cassais le bras, et tu n'aurais eu que ce que tu mérites. Comment, toi, un vieil ami que j'estime, devant qui je dévoile spontanément mon incognito, tu abuses de ma confiance ! C'est mal… Eh bien ! quoi, qu'as-tu ? »

Ganimard se taisait. Cette évasion dont il se jugeait responsable n'était-ce pas lui qui, par sa déposition sensationnelle, avait induit la justice en erreur ? – cette évasion lui semblait la honte de sa carrière. Une larme roula vers sa moustache grise.

– Eh ! mon Dieu, Ganimard, ne te fais pas de bile : si tu n'avais pas parlé, je me serais arrangé pour qu'un autre parlât. Voyons, pouvais-je admettre que l'on condamnât Baudru Désiré ?

– Alors, murmura Ganimard, c'était toi qui étais là-bas ? C'est toi qui es ici !

– Moi, toujours moi, uniquement moi.

– Est-ce possible ?

– Oh ! point n'est besoin d'être sorcier. Il suffit, comme l'a dit ce brave président, de se préparer pendant une dizaine d'années pour être prêt à toutes les éventualités.

– Mais ton visage ? Tes yeux ?

– Tu comprends bien que, si j'ai travaillé dix-huit mois à Saint-Louis avec le docteur Altier, ce n'est pas par amour de l'art. J'ai pensé que celui qui aurait un jour l'honneur de s'appeler Arsène Lupin devait se soustraire aux lois ordinaires de l'apparence et de l'identité. L'apparence ? Mais on la modifie à son gré. Telle injection hypodermique de paraffine vous boursoufle la peau, juste à l'endroit choisi. L'acide pyrogallique vous transforme en mohican. Le suc de la grande chélidoine vous orne de dartres et de tumeurs du plus heureux effet. Tel procédé chimique agit sur la pousse de votre barbe et de vos cheveux, tel autre sur le son de votre voix. Joins à cela deux mois de diète dans la cellule n°24, des exercices mille fois répétés pour ouvrir ma bouche selon ce rictus, pour porter ma tête selon cette inclinaison et mon dos selon cette courbe. Enfin cinq gouttes d'atropine dans les yeux pour les rendre hagards et fuyants, et le tour est joué.

– Je ne conçois pas que les gardiens…

– La métamorphose a été progressive. Ils n'ont pu remarquer l'évolution quotidienne.

– Mais Baudru Désiré ?

– Baudru existe. C'est un pauvre innocent que j'ai rencontré l'an dernier, et qui vraiment n'est pas sans offrir avec moi une certaine analogie de traits. En prévision d'une arrestation toujours possible, je l'ai mis en sûreté, et je me suis appliqué à discerner dès l'abord les points de dissemblance qui nous séparaient, pour les atténuer en moi autant que cela se pouvait. Mes amis lui ont fait passer une nuit au Dépôt, de manière qu'il en sortît à peu près à la même heure que moi, et que la coïncidence fût facile à constater. Car, note-le, il fallait qu'on retrouvât la trace de son passage, sans quoi la justice se fût demandé qui j'étais. Tandis qu'en lui offrant cet excellent Baudru, il était inévitable, tu entends, inévitable qu'elle sauterait sur lui, et que malgré les difficultés insurmontables d'une substitution, elle préférerait croire à la substitution plutôt que d'avouer son ignorance.

– Oui, oui, en effet, murmura Ganimard.

– Et puis, s'écria Arsène Lupin, j'avais entre les mains un atout formidable, une carte machinée par moi dès le début : l'attente où tout le monde était de mon évasion. Et voilà bien l'erreur grossière où vous êtes tombés, toi et les autres, dans cette partie passionnante que la justice et moi nous avions engagée, et dont l'enjeu était ma liberté : vous avez supposé encore une fois que j'agissais par fanfaronnade, que j'étais grisé par mes succès ainsi qu'un blanc-bec. Moi, Arsène Lupin, une telle faiblesse ! Et, pas plus que dans l'affaire Cahorn, vous ne vous êtes dit : « Du moment qu'Arsène Lupin crie sur les toits qu'il s'évadera, c'est qu'il a des raisons qui l'obligent à le crier. » Mais, sapristi, comprends donc que, pour m'évader… sans m'évader, il fallait que l'on crût à l'avance à cette évasion, que ce fût un article de foi, une conviction absolue, une vérité éclatante comme le soleil. Et ce fut cela, de par ma volonté. Arsène Lupin s'évaderait, Arsène Lupin n'assisterait pas à son procès. Et quand tu t'es levé pour dire : « Cet homme n'est pas Arsène Lupin », il eût été surnaturel que tout le monde ne crût pas immédiatement que je n'étais pas Arsène Lupin. Qu'une seule personne doutât qu'une seule émît cette simple restriction : « Et si c'était Arsène Lupin ? » à la minute même j'étais perdu. Il suffisait de se pencher vers moi, non pas avec l'idée que je n'étais pas Arsène Lupin, comme tu l'as fait, toi et les autres, mais avec l'idée que je pouvais être Arsène Lupin, et malgré toutes mes précautions, on me reconnaissait. Mais j'étais tranquille. Logiquement, psychologiquement, personne ne pouvait avoir cette simple petite idée.

Il saisit tout à coup la main de Ganimard.

– Voyons, Ganimard, avoue que huit jours après notre entrevue dans la prison de la Santé, tu m'as attendu à quatre heures, chez toi, comme je t'en avais prié.

– Et ta voiture pénitentiaire ? dit Ganimard évitant de répondre.

– Du bluff ! Ce sont mes amis qui ont rafistolé et substitué cette ancienne voiture hors d'usage et qui voulaient tenter le coup, Mais je le savais impraticable sans un concours de circonstances exceptionnelles. Seulement, j'ai trouvé utile de parachever cette tentative d'évasion et de lui donner la plus grande publicité. Une première évasion audacieusement combinée donnait à la seconde la valeur d'une évasion réalisée d'avance.

– De sorte que le cigare…

– Creusé par moi ainsi que le couteau.

– Et les billets ?

– Écrits par moi.

– Et la mystérieuse correspondante ?

– Elle et moi nous ne faisons qu'un. J'ai toutes les écritures à volonté. Ganimard réfléchit un instant et objecta :

– Comment se peut-il qu'au service d'anthropométrie, quand on a pris la fiche de Baudru, on ne se soit pas aperçu qu'elle coïncidait avec celle d'Arsène Lupin ?

– La fiche d'Arsène Lupin n'existe pas.

– Allons donc !

– Ou du moins elle est fausse. C'est une question que j'ai beaucoup étudiée. Le système Bertillon comporte d'abord le signalement visuel – et tu vois qu'il n'est pas infaillible – et ensuite le signalement par mesures, mesure de la tête, des doigts, des oreilles, etc. Là, par contre, rien à faire.

– Alors ?

– Alors il a fallu payer. Avant même mon retour d'Amérique, un des employés du service acceptait tant pour inscrire une fausse mesure au début de ma mensuration. C'est suffisant pour que tout le système dévie, et qu'une fiche s'oriente vers une case diamétralement opposée à la case où elle devait aboutir. La fiche Baudru ne devait donc pas coïncider avec la fiche Arsène Lupin.

Il y eut encore un silence, puis Ganimard demanda :

– Et maintenant que vas-tu faire ?

– Maintenant, s'exclama Lupin, je vais me reposer, suivre un régime de suralimentation et peu à peu redevenir moi. C'était très bien d'être Baudru ou tel autre, de changer de personnalité comme de chemise et de choisir son apparence, sa voix, son regard, son écriture. Mais il arrive que l'on ne s'y reconnaît plus dans tout cela et que c'est fort triste. Actuellement, j'éprouve ce que devait éprouver l'homme qui a perdu son ombre. Je vais me rechercher… et me retrouver.

Il se promena de long en large. Un peu d'obscurité se mêlait à la lueur du jour. Il s'arrêta devant Ganimard.

– Nous n'avons plus rien à nous dire, je crois ?

– Si, répondit l'inspecteur, je voudrais savoir si tu révéleras la vérité sur ton évasion… L'erreur que j'ai commise…

– Oh ! personne ne saura jamais que c'est Arsène Lupin qui a été relâché. J'ai trop d'intérêt à accumuler autour de moi les ténèbres les plus mystérieuses pour ne pas laisser à cette évasion son caractère presque miraculeux. Aussi, ne crains rien, mon bon ami, et adieu. Je dîne en ville ce soir, et je n'ai que le temps de m'habiller.

– Je te croyais si désireux de repos !

– Hélas ! il y a des obligations mondaines auxquelles on ne peut se soustraire. Le repos commencera demain.

– Et où dînes-tu donc ?

– À l'ambassade d'Angleterre.

Le mystérieux voyageur

La veille, j'avais envoyé mon automobile à Rouen par la route. Je devais l'y rejoindre en chemin de fer, et, de là, me rendre chez des amis qui habitent les bords de la Seine.

Or, à Paris, quelques minutes avant le départ, sept messieurs envahirent mon compartiment ; cinq d'entre eux fumaient. Si court que soit le trajet en rapide, la perspective de l'effectuer en une telle compagnie me fut désagréable, d'autant que le wagon, d'ancien modèle, n'avait pas de couloir. Je pris donc mon pardessus, mes journaux, mon indicateur, et me réfugiai dans un des compartiments voisins.

Une dame s'y trouvait. À ma vue, elle eut un geste de contrariété qui ne m'échappa point, et elle se pencha vers un monsieur planté sur le marchepied, son mari, sans doute, qui l'avait accompagnée à la gare. Le monsieur m'observa, et l'examen se termina probablement à mon avantage, car il parla bas à sa femme, en souriant, de l'air dont on rassure un enfant qui a peur. Elle sourit à son tour, et me glissa un œil amical, comme si elle comprenait tout à coup que j'étais un de ces galants hommes avec qui une femme peut rester enfermée deux heures durant, dans une petite boîte de six pieds carrés, sans avoir rien à craindre.

Son mari lui dit :

– Tu ne m'en voudras pas, ma chérie, mais j'ai un rendez-vous urgent, et je ne puis attendre.

Il l'embrassa affectueusement, et s'en alla. Sa femme lui envoya par la fenêtre de petits baisers discrets, et agita son mouchoir.

Mais un coup de sifflet retentit. Le train s'ébranla.

À ce moment précis, et malgré les protestations des employés, la porte s'ouvrit et un homme surgit dans notre compartiment. Ma compagne, qui était debout alors et rangeait ses affaires le long du filet, poussa un cri de terreur et tomba sur la banquette.

Je ne suis pas poltron, loin de là, mais j'avoue que ces irruptions de la dernière heure sont toujours pénibles. Elles semblent équivoques, peu naturelles. Il doit y avoir quelque chose là-dessous, sans quoi…

L'aspect du nouveau venu cependant et son attitude eussent plutôt atténué la mauvaise impression produite par son acte. De la correction, de l'élégance presque, une cravate de bon goût, des gants propres, un visage énergique… Mais, au fait, où diable avais-je vu ce visage ? Car, le doute n'était point possible, je l'avais vu. Du moins, plus exactement, je retrouvais en moi la sorte de souvenir que laisse la vision d'un portrait plusieurs fois aperçu et dont on n'a jamais contemplé l'original. Et, en même temps, je sentais l'inutilité de tout effort de mémoire, tellement ce souvenir était inconsistant et vague.

Mais, ayant reporté mon attention sur la dame, je fus stupéfait de sa pâleur et du bouleversement de ses traits. Elle regardait son voisin – ils étaient assis du même côté – avec une expression de réel effroi, et je constatai qu'une de ses mains, toute tremblante, se glissait vers un petit sac de voyage posé sur la banquette à vingt centimètres de ses genoux. Elle finit par le saisir et nerveusement l'attira contre elle.

Nos yeux se rencontrèrent, et je lus dans les siens tant de malaise et d'anxiété, que je ne pus m'empêcher de lui dire :

– Vous n'êtes pas souffrante, madame ?… Dois-je ouvrir cette fenêtre ?

Sans me répondre, elle me désigna d'un geste craintif l'individu. Je souris comme avait fait son mari, haussai les épaules et lui expliquai par signes qu'elle n'avait rien à redouter, que j'étais là, et d'ailleurs que ce monsieur semblait bien inoffensif.

À cet instant, il se tourna vers nous l'un après l'autre, nous considéra des pieds à la tête, puis se renfonça dans son coin et ne bougea plus.

Il y eut un silence, mais la dame, comme si elle avait ramassé toute son énergie pour accomplir un acte désespéré, me dit d'une voix à peine intelligible :

– Vous savez qu'il est dans notre train ?

– Qui ?

– Mais lui… lui… je vous assure.

– Qui, lui ?

– Arsène Lupin !

Elle n'avait pas quitté des yeux le voyageur et c'était à lui plutôt qu'à moi qu'elle lança les syllabes de ce nom inquiétant.

Il baissa son chapeau sur son nez. Était-ce pour masquer son trouble, ou simplement, se préparait-il à dormir ?

Je fis cette objection :

– Arsène Lupin a été condamné hier, par contumace, à vingt ans de travaux forcés. Il est donc peu probable qu'il commette aujourd'hui l'imprudence de se montrer en public. En outre, les journaux n'ont-ils pas signalé sa présence en Turquie, cet hiver, depuis sa fameuse évasion de la Santé ?

– Il se trouve dans ce train, répéta la dame, avec l'intention de plus en plus marquée d'être entendue de notre compagnon, mon mari est sous-directeur aux services pénitentiaires, et c'est le commissaire de la gare lui-même qui nous a dit qu'on cherchait Arsène Lupin.

– Ce n'est pas une raison…

– On l'a rencontré dans la salle des Pas-Perdus. Il a pris un billet de première classe pour Rouen.

– Il était facile de mettre la main sur lui.

– Il a disparu. Le contrôleur, à l'entrée des salles d'attente, ne l'a pas vu, mais on supposait qu'il avait passé par les quais de banlieue, et qu'il était monté dans l'express qui part dix minutes après nous.

– En ce cas, on l'y aura pincé.

– Et si, au dernier moment, il a sauté de cet express pour venir ici, dans notre train… comme c'est probable… comme c'est certain ?

– En ce cas, c'est ici qu'il sera pincé. Car les employés et les agents n'auront pas manqué de voir ce passage d'un train dans l'autre, et, lorsque nous arriverons à Rouen on le cueillera bien proprement.

– Lui, jamais ! il trouvera le moyen de s'échapper encore.

– En ce cas, je lui souhaite bon voyage.

– Mais d'ici là, tout ce qu'il peut faire…

– Quoi ?

– Est-ce que je sais ? Il faut s'attendre à tout.

Elle était très agitée, et de fait la situation justifiait jusqu'à un certain point cette surexcitation nerveuse.

Presque malgré moi, je lui dis :

– Il y a en effet des coïncidences curieuses… Mais tranquillisez-vous. En admettant qu'Arsène Lupin soit dans un de ces wagons, il s'y tiendra bien sage, et, plutôt que de s'attirer de nouveaux ennuis, il n'aura pas d'autre idée que d'éviter le péril qui le menace.

Mes paroles ne la rassurèrent point. Cependant elle se tut, craignant sans doute d'être indiscrète.

Moi, je dépliai mes journaux et lus les comptes rendus du procès d'Arsène Lupin. Comme ils ne contenaient rien que l'on ne connût déjà, ils ne m'intéressèrent que médiocrement. En outre, j'étais fatigué, j'avais mal dormi, je sentis mes paupières s'alourdir et ma tête s'incliner.

– Mais, monsieur, vous n'allez pas dormir.

La dame m'arrachait mes journaux et me regardait avec indignation.

– Évidemment non, répondis-je, je n'en ai aucune envie.

– Ce serait de la dernière imprudence, me dit-elle.

– De la dernière, répétai-je.

Et je luttai énergiquement, m'accrochant au paysage, aux nuées qui rayaient le ciel. Et bientôt tout cela se brouilla dans l'espace, l'image de la dame agitée et du monsieur assoupi s'effaça dans mon esprit, et ce fut en moi le grand, le profond silence du sommeil.

Des rêves inconsistants et légers bientôt l'agrémentèrent, un être qui jouait le rôle et portait le nom d'Arsène Lupin y tenait une certaine place. Il évoluait à l'horizon, le dos chargé d'objets précieux, traversait des murs et démeublait des châteaux.

Mais la silhouette de cet être, qui n'était d'ailleurs plus Arsène Lupin, se précisa. Il venait vers moi, devenait de plus en plus grand, sautait dans le wagon avec une incroyable agilité, et retombait en plein sur ma poitrine.

Une vive douleur… un cri déchirant. Je me réveillai. L'homme, le voyageur, un genou sur ma poitrine, me serrait à la gorge.

Je vis cela très vaguement, car mes yeux étaient injectés de sang. Je vis aussi la dame qui se convulsait dans un coin, en proie à une attaque de nerfs. Je n'essayai même pas de résister. D'ailleurs, je n'en aurais pas eu la force : mes tempes bourdonnaient, je suffoquais… je râlais… Une minute encore… et c'était l'asphyxie.

L'homme dut le sentir. Il relâcha son étreinte. Sans s'écarter, de la main droite, il tendit une corde où il avait préparé un nœud coulant, et, d'un geste sec, il me lia les deux poignets. En un instant, je fus garrotté, bâillonné, immobilisé.

Et il accomplit cette besogne de la façon la plus naturelle du monde, avec une aisance où se révélait le savoir d'un maître, d'un professionnel du vol et du crime. Pas un mot, pas un mouvement fébrile. Du sang-froid et de l'audace. Et j'étais là, sur la banquette, ficelé comme une momie, *moi, Arsène Lupin !*

En vérité, il y avait de quoi rire. Et, malgré la gravité des circonstances, je n'étais pas sans apprécier tout ce que la situation comportait d'ironique et de savoureux. Arsène Lupin roulé comme un novice ! dévalisé comme le premier venu – car, bien entendu, le bandit m'allégea de ma bourse et de mon portefeuille ! Arsène Lupin, victime à son tour, dupé, vaincu… Quelle aventure !

Restait la dame. Il n'y prêta même pas attention. Il se contenta de ramasser la petite sacoche qui gisait sur le tapis et d'en extraire les bijoux, porte-monnaie, bibelots d'or et d'argent qu'elle contenait. La dame ouvrit un œil, tressaillit d'épouvante, ôta ses bagues et les tendit à l'homme comme si elle avait voulu lui épargner tout effort inutile. Il prit les bagues et la regarda : elle s'évanouit.

Alors, toujours silencieux et tranquille, sans plus s'occuper de nous, il regagna sa place, alluma une cigarette et se livra à un examen approfondi des trésors qu'il avait conquis, examen qui parut le satisfaire entièrement.

J'étais beaucoup moins satisfait. Je ne parle pas des douze mille francs dont on m'avait indûment dépouillé : c'était un dommage que je n'acceptais que momentanément et je comptais bien que ces douze mille francs rentreraient en ma possession dans le plus bref délai, ainsi que les papiers fort importants que renfermait mon portefeuille : projets, devis, adresses, listes de correspondants, lettres compromettantes. Mais, pour le moment, un souci plus immédiat et plus sérieux me tracassait :

Qu'allait-il se produire ?

Comme bien l'on pense, l'agitation causée par mon passage à travers la gare Saint-Lazare ne m'avait pas échappé. Invité chez des amis que je fréquentais sous le nom de Guillaume Berlat, et pour qui ma ressemblance avec Arsène Lupin était un sujet de plaisanteries affectueuses, je n'avais pu me grimer à ma guise, et ma présence avait été signalée. En outre, on avait vu un homme se précipiter de l'express dans le rapide. Qui était cet homme, sinon Arsène Lupin ? Donc, inévitablement, fatalement, le commissaire de police de Rouen, prévenu par télégramme, et assisté d'un nombre respectable d'agents, se trouverait à l'arrivée du train, interrogerait les voyageurs suspects, et procéderait à une revue minutieuse des wagons.

Tout cela, je le prévoyais, et je ne m'en étais pas trop ému, certain que la police de Rouen ne serait pas plus perspicace que celle de Paris, et que je saurais bien passer inaperçu – ne me suffirait-il pas, à la sortie, de montrer négligemment ma carte de député, grâce à laquelle j'avais déjà inspiré toute confiance au contrôleur de Saint-Lazare ? Mais combien les choses avaient changé ! Je n'étais plus libre. Impossible de tenter un de mes coups habituels. Dans un des wagons, le commissaire découvrirait le sieur Arsène Lupin qu'un hasard propice lui envoyait pieds et poings liés, docile comme un agneau, empaqueté, tout préparé. Il n'aurait qu'à en prendre livraison, comme on reçoit un colis postal qui vous est adressé en gare, bourriche de gibier ou panier de fruits et légumes.

Et pour éviter ce fâcheux dénouement, que pouvais-je, entortillé dans mes bandelettes ?

Et le rapide filait vers Rouen, unique et prochaine station, brûlait Vernon, Saint-Pierre.

Un autre problème m'intriguait, où j'étais moins directement intéressé, mais dont la solution éveillait ma curiosité de professionnel. Quelles étaient les intentions de mon compagnon ?

J'aurais été seul qu'il eût le temps, à Rouen, de descendre en toute tranquillité. Mais la dame ? À peine la portière serait-elle ouverte, la dame si sage et si humble en ce moment, crierait, se démènerait, appellerait au secours !

Et de là mon étonnement ! pourquoi ne la réduisait-il pas à la même impuissance que moi, ce qui lui aurait donné le loisir de disparaître avant qu'on se fût aperçu de son double méfait ?

Il fumait toujours, les yeux fixés sur l'espace qu'une pluie hésitante commençait à rayer de grandes lignes obliques. Une fois cependant il se détourna, saisit mon indicateur et le consulta.

La dame, elle, s'efforçait de rester évanouie, pour rassurer son ennemi. Mais des quintes de toux provoquées par la fumée démentaient cet évanouissement.

Quant à moi, j'étais fort mal à l'aise, et très courbaturé. Et je songeais… je combinais…

Pont-de-l'Arche, Oissel… Le rapide se hâtait, joyeux, ivre de vitesse.

Saint-Étienne… À cet instant, l'homme se leva, et fit deux pas vers nous, ce à quoi la dame s'empressa de répondre par un nouveau cri et par un évanouissement non simulé.

Mais quel était son but, à lui ? Il baissa la glace de notre côté. La pluie maintenant tombait avec rage, et son geste marqua l'ennui qu'il éprouvait à n'avoir ni parapluie ni pardessus. Il jeta les yeux sur le filet : l'en-cas de la dame s'y trouvait. Il le prit. Il prit également mon pardessus et s'en vêtit.

On traversait la Seine. Il retroussa le bas de son pantalon, puis se penchant, il souleva le loquet extérieur.

Allait-il se jeter sur la voie ? À cette vitesse, c'eût été la mort certaine. On s'engouffra dans le tunnel percé sous la côte Sainte-Catherine. L'homme entrouvrit la portière et, du pied, tâta la première marche. Quelle folie ! Les ténèbres, la fumée, le vacarme, tout cela donnait à une telle tentative une apparence fantastique. Mais, tout à coup, le train ralentit, les westinghouse s'opposèrent à l'effort des roues. En une minute l'allure devint normale, diminua encore. Sans aucun doute des travaux de consolidation étaient projetés dans cette partie du tunnel, qui nécessitaient le passage ralenti des trains, depuis quelques jours peut-être, et l'homme le savait.

Il n'eut donc qu'à poser l'autre pied sur la marche, à descendre sur la seconde et à s'en aller paisiblement, non sans avoir au préalable rabattu le loquet et refermé la portière.

À peine avait-il disparu que du jour éclaira la fumée plus blanche. On déboucha dans une vallée. Encore un tunnel et nous étions à Rouen.

Aussitôt la dame recouvra ses esprits et son premier soin fut de se lamenter sur la perte de ses bijoux. Je l'implorai des yeux. Elle comprit et me délivra du bâillon qui m'étouffait. Elle voulait aussi dénouer mes liens, je l'en empêchai.

– Non, non, il faut que la police voie les choses en l'état. Je désire qu'elle soit édifiée sur ce gredin.

– Et si je tirais la sonnette d'alarme ?

– Trop tard, il fallait y penser pendant qu'il m'attaquait.

– Mais il m'aurait tuée ! Ah ! monsieur, vous l'avais-je dit qu'il voyageait dans ce train ! Je l'ai reconnu tout de suite, d'après son portrait. Et le voilà parti avec mes bijoux.

– On le retrouvera, n'ayez pas peur.

– Retrouver Arsène Lupin ! Jamais.

– Cela dépend de vous, madame. Écoutez. Dès l'arrivée, soyez à la portière, et appelez, faites du bruit. Des agents et des employés viendront. Racontez alors ce que vous avez vu, en quelques mots l'agression dont j'ai été victime et la fuite d'Arsène Lupin, donnez son signalement, un chapeau mou, un parapluie – le vôtre – un pardessus gris à taille.

– Le vôtre, dit-elle.

– Comment le mien ? Mais non, le sien. Moi, je n'en avais pas.

– Il m'avait semblé qu'il n'en avait pas non plus quand il est monté.

– Si, si… à moins que ce ne soit un vêtement oublié dans le filet. En tout cas, il l'avait quand il est descendu, et c'est là l'essentiel… un pardessus gris, à taille, rappelez-vous… Ah ! j'oubliais… dites votre nom, dès l'abord. Les fonctions de votre mari stimuleront le zèle de tous ces gens.

On arrivait. Elle se penchait déjà à la portière. Je repris d'une voix un peu forte, presque impérieuse, pour que mes paroles se gravassent bien dans son cerveau :

– Dites aussi mon nom, Guillaume Berlat. Au besoin, dites que vous me connaissez… Cela nous gagnera du temps… il faut qu'on expédie l'enquête préliminaire… l'important, c'est la poursuite d'Arsène Lupin… vos bijoux… Il n'y a pas d'erreur, n'est-ce pas ? Guillaume Berlat, un ami de votre mari.

– Entendu… Guillaume Berlat.

Elle appelait déjà et gesticulait. Le train n'avait pas stoppé qu'un monsieur montait, suivi de plusieurs hommes. L'heure critique sonnait.

Haletante, la dame s'écria :

– Arsène Lupin… ils nous a attaqués… il a volé mes bijoux… Je suis madame Renaud… mon mari est sous-directeur des services pénitentiaires… Ah ! tenez, voici précisément mon frère, Georges Ardelle, directeur du Crédit Rouennais… vous devez savoir…

Elle embrassa un jeune homme qui venait de nous rejoindre, et que le commissaire salua, et elle reprit, éplorée :

– Oui, Arsène Lupin… tandis que monsieur dormait, il s'est jeté à sa gorge… Monsieur Berlat, un ami de mon mari.

Le commissaire demanda :

– Mais où est-il, Arsène Lupin ?

– Il a sauté du train sous le tunnel, après la Seine.

– Êtes-vous sûre que ce soit lui ?

– Si j'en suis sûre ! Je l'ai parfaitement reconnu. D'ailleurs on l'a vu à la gare Saint-Lazare. Il avait un chapeau mou…

– Non pas… un chapeau de feutre dur, comme celui-ci, rectifia le commissaire en désignant mon chapeau.

– Un chapeau mou, je l'affirme, répéta Mme Renaud, et un pardessus gris à taille.

– En effet, murmura le commissaire, le télégramme signale ce pardessus gris, à taille et à col de velours noir.

– À col de velours noir, justement, s'écria Mme Renaud triomphante.

Je respirai. Ah ! la brave, l'excellente amie que j'avais là !

Les agents cependant m'avaient débarrassé de mes entraves. Je me mordis violemment les lèvres, du sang coula. Courbé en deux, le mouchoir sur la bouche, comme il convient à un individu qui est resté longtemps dans une position incommode, et qui porte au visage la marque sanglante du bâillon, je dis au commissaire, d'une voix affaiblie :

– Monsieur, c'était Arsène Lupin, il n'y a pas de doute… En faisant diligence on le rattrapera… Je crois que je puis vous être d'une certaine utilité…

Le wagon qui devait servir aux constatations de la justice fut détaché. Le train continua vers Le Havre. On nous conduisit vers le bureau du chef de gare, à travers la foule de curieux qui encombrait le quai.

À ce moment, j'eus une hésitation. Sous un prétexte quelconque, je pouvais m'éloigner, retrouver mon automobile et filer. Attendre était dangereux. Qu'un incident se produisît, qu'une dépêche survînt de Paris, et j'étais perdu.

Oui, mais mon voleur ? Abandonné à mes propres ressources, dans une région qui ne m'était pas très familière, je ne devais pas espérer le rejoindre.

« Bah ! tentons le coup, me dis-je, et restons. La partie est difficile à gagner, mais si amusante à jouer ! Et l'enjeu en vaut la peine. »

Et comme on nous priait de renouveler provisoirement nos dépositions, je m'écriai :

– Monsieur le commissaire, actuellement Arsène Lupin prend de l'avance. Mon automobile m'attend dans la cour. Si vous voulez me faire le plaisir d'y monter, nous essaierions…

Le commissaire sourit d'un air fin :

– L'idée n'est pas mauvaise… si peu mauvaise même qu'elle est en voie d'exécution.

– Ah !

– Oui, monsieur, deux de mes agents sont partis à bicyclette… depuis un certain temps déjà.

– Mais où ?

– À la sortie même du tunnel. Là, ils recueilleront les indices, les témoignages, et suivront la piste d'Arsène Lupin.

Je ne pus m'empêcher de hausser les épaules.

– Vos deux agents ne recueilleront ni indice ni témoignage.

– Vraiment !

– Arsène Lupin se sera arrangé pour que personne ne le voie sortir du tunnel. Il aura rejoint la première route et, de là…

– Et de là, Rouen, où nous le pincerons.

– Il n'ira pas à Rouen.

– Alors, il restera dans les environs où nous sommes encore plus sûrs…

– Il ne restera pas dans les environs.

– Oh ! oh ! Et où donc se cachera-t-il ?

Je tirai ma montre.

– À l'heure présente, Arsène Lupin rôde autour de la gare de Darnétal. À dix heures cinquante, c'est-à-dire dans vingt-deux minutes, il prendra le train qui va de Rouen, gare du Nord, à Amiens.

– Vous croyez ? Et comment le savez-vous ?

– Oh ! c'est bien simple. Dans le compartiment, Arsène Lupin a consulté mon indicateur. Pour quelle raison ? Y avait-il, non loin de l'endroit où il a disparu, une autre ligne, une gare sur cette ligne, et un train s'arrêtant à cette gare ? À mon tour je viens de consulter l'indicateur. Il m'a renseigné.

– En vérité, monsieur, dit le commissaire, c'est merveilleusement déduit. Quelle compétence !

Entraîné par ma conviction, j'avais commis une maladresse en faisant preuve de tant d'habileté. Il me regardait avec étonnement, et je crus sentir qu'un soupçon l'effleurait. – Oh ! à peine, car les photographies envoyées de tous côtés par le parquet étaient trop imparfaites, représentaient un Arsène Lupin trop différent de celui qu'il avait devant lui, pour qu'il lui fût possible de me reconnaître. Mais, tout de même, il était troublé, confusément inquiet.

Il y eut un moment de silence. Quelque chose d'équivoque et d'incertain arrêtait nos paroles. Moi-même, un frisson de gêne me secoua. La chance allait-elle tourner contre moi ? Me dominant, je me mis à rire.

– Mon Dieu, rien ne vous ouvre la compréhension comme la perte d'un portefeuille et le désir de le retrouver. Et il me semble que si vous vouliez bien me donner deux de vos agents, eux et moi, nous pourrions peut-être…

– Oh ! je vous en prie, monsieur le commissaire, s'écria Mᵐᵉ Renaud, écoutez M. Berlat.

L'intervention de mon excellente amie fut décisive. Prononcé par elle, la femme d'un personnage influent, ce nom de Berlat devenait réellement le mien et me conférait une identité qu'aucun soupçon ne pouvait atteindre. Le commissaire se leva :

– Je serais trop heureux monsieur Berlat, croyez-le bien, de vous voir réussir. Autant que vous je tiens à l'arrestation d'Arsène Lupin.

Il me conduisit jusqu'à l'automobile. Deux de ses agents, qu'il me présenta, Honoré Massol et Gaston Delivet, y prirent place. Je m'installai au volant. Mon mécanicien donna le tour de manivelle. Quelques secondes après nous quittions la gare. J'étais sauvé.

Ah ! j'avoue qu'en roulant sur les boulevards qui ceignent la vieille cité normande, à l'allure puissante de ma trente-cinq chevaux Moreau-Lepton, je n'étais pas sans concevoir quelque orgueil. Le moteur ronflait harmonieusement. À droite et à gauche, les arbres s'enfuyaient derrière nous. Et libre, hors de danger, je n'avais plus maintenant qu'à régler mes petites affaires personnelles, avec le concours des deux honnêtes représentants de la force publique. Arsène Lupin s'en allait à la recherche d'Arsène Lupin !

Modestes soutiens de l'ordre social, Delivet Gaston et Massol Honoré, combien votre assistance me fut précieuse ! Qu'aurais-je fait sans vous ? Sans vous, combien de fois, aux carrefours, j'eusse choisi la mauvaise route ! Sans vous, Arsène Lupin se trompait, et l'autre s'échappait !

Mais tout n'était pas fini. Loin de là. Il me restait d'abord à rattraper l'individu et ensuite à m'emparer moi-même des papiers qu'il m'avait dérobés. À aucun prix, il ne fallait que mes deux acolytes missent le nez dans ces documents, encore moins qu'ils ne s'en saisissent. Me servir d'eux et agir en dehors d'eux, voilà ce que je voulais et qui n'était point aisé.

À Darnétal, nous arrivâmes trois minutes après le passage du train. Il est vrai que j'eus la consolation d'apprendre qu'un individu en pardessus gris, à taille, à collet de velours noir, était monté dans un compartiment de seconde classe, muni d'un billet pour Amiens. Décidément, mes débuts comme policier promettaient.

Delivet me dit :

– Le train est express et ne s'arrête plus qu'à Montérolier-Buchy, dans dix-neuf minutes. Si nous n'y sommes pas avant Arsène Lupin, il peut continuer sur Amiens, comme bifurquer sur Clères, et de là gagner Dieppe ou Paris.

– Montérolier, quelle distance ?

– Vingt-trois kilomètres.

– Vingt-trois kilomètres en dix-neuf minutes… Nous y serons avant lui.

La passionnante étape ! Jamais ma fidèle Moreau-Lepton ne répondit à mon impatience avec plus d'ardeur et de régularité. Il me semblait que je lui communiquais ma volonté directement, sans l'intermédiaire des leviers et des manettes. Elle partageait mes désirs. Elle approuvait mon obstination. Elle comprenait mon animosité contre ce gredin d'Arsène Lupin. Le fourbe ! le traître ! aurais-je raison de lui ? Se jouerait-il une fois de plus de l'autorité, de cette autorité dont j'étais l'incarnation ?

– À droite, criait Delivet !… À gauche !… Tout droit !…

Nous glissions au-dessus du sol. Les bornes avaient l'air de petites bêtes peureuses qui s'évanouissaient à notre approche.

Et tout à coup, au détour d'une route, un tourbillon de fumée, l'express du Nord.

Durant un kilomètre, ce fut la lutte, côte à côte, lutte inégale dont l'issue était certaine. À l'arrivée, nous le battions de vingt longueurs.

En trois secondes, nous étions sur le quai, devant les deuxièmes classes. Les portières s'ouvrirent. Quelques personnes descendaient. Mon voleur point. Nous inspectâmes les compartiments. Pas d'Arsène Lupin.

Sapristi ! m'écriai-je, il m'aura reconnu dans l'automobile tandis que nous marchions côte à côte, et il aura sauté.

Le chef de train confirma cette supposition. Il avait vu un homme qui dégringolait le long du remblai, à deux cents mètres de la gare.

– Tenez, là-bas… celui qui traverse le passage à niveau.

Je m'élançai, suivi de mes deux acolytes, ou plutôt suivi de l'un d'eux, car l'autre, Massol, se trouvait être un coureur exceptionnel, ayant autant de fond que de vitesse. En peu d'instants, l'intervalle qui le séparait du fugitif diminua singulièrement. L'homme l'aperçut, franchit une haie et détala rapidement vers un talus qu'il grimpa. Nous le vîmes encore plus loin : il entrait dans un petit bois.

Quand nous atteignîmes le petit bois, Massol nous y attendait. Il avait jugé inutile de s'aventurer davantage, dans la crainte de nous perdre.

– Et je vous félicite, mon cher ami, lui dis-je. Après une pareille course, notre individu doit être à bout de souffle. Nous le tenons.

J'examinai les environs, tout en réfléchissant aux moyens de procéder seul à l'arrestation du fugitif, afin de faire moi-même des reprises que la justice n'aurait sans doute tolérées qu'après beaucoup d'enquêtes désagréables. Puis, je revins à mes compagnons.

– Voilà, c'est facile. Vous, Massol, postez-vous à gauche. Vous, Delivet, à droite. De là, vous surveillez toute la ligne postérieure du bosquet, et il ne peut en sortir, sans être aperçu de vous, que par cette cavée, où je prends position. S'il ne sort pas, moi j'entre, et, forcément, je le rabats sur l'un ou sur l'autre. Vous n'avez donc qu'à attendre. Ah ! j'oubliais : en cas d'alerte, un coup de feu.

Massol et Delivet s'éloignèrent chacun de son côté. Aussitôt qu'ils eurent disparus, je pénétrai dans le bois, avec les plus grandes précautions, de manière à n'être ni vu ni entendu. C'étaient des fourrés épais, aménagés pour la chasse, et coupés de sentes très étroites où il n'était possible de marcher qu'en se courbant comme dans des souterrains de verdure.

L'une d'elles aboutissait à une clairière où l'herbe mouillée présentait des traces de pas. Je les suivis en ayant soin de me glisser à travers les taillis. Elles me conduisirent au pied d'un petit monticule que couronnait une masure en plâtras, à moitié démolie.

66

« Il doit être là, pensai-je. L'observatoire est bien choisi. »

Je rampai jusqu'à proximité de la bâtisse. Un bruit léger m'avertit de sa présence, et, de fait, par une ouverture, je l'aperçus qui me tournait le dos.

En deux bonds je fus sur lui. Il essaya de braquer le revolver qu'il tenait à la main. Je ne lui en laissai pas le temps, et l'entraînai à terre, de telle façon que ses deux bras étaient pris sous lui, tordus, et que je pesais de mon genou sur sa poitrine.

– Écoute, mon petit, lui dis-je à l'oreille, je suis Arsène Lupin. Tu vas me rendre toute de suite et de bonne grâce mon portefeuille et la sacoche de la dame… moyennant quoi je te tire des griffes de la police, et je t'enrôle parmi mes amis. Un mot seulement : oui ou non ?

– Oui, murmura-t-il.

– Tant mieux. Ton affaire, ce matin, était joliment combinée. On s'entendra.

Je me relevai. Il fouilla dans sa poche, en sortit un large couteau et voulut m'en frapper.

– Imbécile ! m'écriai-je.

D'une main, j'avais paré l'attaque. De l'autre, je lui portai un violent coup sur l'artère carotide, ce qui s'appelle le « hook à la carotide ». Il tomba assommé.

Dans mon portefeuille, je retrouvai mes papiers et mes billets de banque. Par curiosité, je pris le sien. Sur une enveloppe qui lui était adressée, je lus son nom : Pierre Onfrey.

Je tressaillis. Pierre Onfrey, l'assassin de la rue Lafontaine, à Auteuil ! Pierre Onfrey, celui qui avait égorgé Mme Delbois et ses deux filles. Je me penchai sur lui. Oui, c'était ce visage qui, dans le compartiment, avait éveillé en moi le souvenir de traits déjà contemplés.

Mais le temps passait. Je mis dans une enveloppe deux billets de cent francs, une carte et ces mots :

« Arsène Lupin à ses bons collègues Honoré Massol et Gaston Delivet, en témoignage de reconnaissance. »

Je posai cela en évidence au milieu de la pièce. À côté, la sacoche de Mme Renaud. Pouvais-je ne point la rendre à l'excellente amie qui m'avait secouru ?

Je confesse cependant que j'en retirai tout ce qui présentait un intérêt quelconque, n'y laissant qu'un peigne en écaille, et un porte-monnaie vide. Que diable ! Les affaires sont les affaires. Et puis, vraiment, son mari exerçait un métier si peu honorable !…

Restait l'homme. Il commençait à remuer. Que devais-je faire ? Je n'avais qualité ni pour le sauver ni pour le condamner.

Je lui enlevai ses armes et tirai en l'air un coup de revolver.

– Les deux autres vont venir, pensai-je, qu'il se débrouille ! Les choses s'accompliront dans le sens de son destin.

Et je m'éloignai au pas de course par le chemin de la cavée.

Vingt minutes plus tard, une route de traverse, que j'avais remarquée lors de notre poursuite, me ramenait auprès de mon automobile.

À quatre heures, je télégraphiais à mes amis de Rouen qu'un incident imprévu me contraignait à remettre ma visite. Entre nous, je crains fort, étant donné ce qu'ils doivent savoir maintenant, d'être obligé de la remettre indéfiniment. Cruelle désillusion pour eux !

À six heures, je rentrais à Paris par l'Isle-Adam, Enghien et la porte Bineau.

Les journaux du soir m'apprirent que l'on avait enfin réussi à s'emparer de Pierre Onfrey.

Le lendemain – ne dédaignons point les avantages d'une intelligente réclame – l'*Écho de France* publiait cet entrefilet sensationnel :

« Hier, aux environs de Buchy, après de nombreux incidents, Arsène Lupin a opéré l'arrestation de Pierre Onfrey. L'assassin de la rue Lafontaine venait de dévaliser, sur la ligne de Paris au Havre, Mme Renaud, la femme du sous-directeur des services pénitentiaires. Arsène Lupin a restitué à Mme Renaud la sacoche qui contenait ses bijoux, et a récompensé généreusement les deux agents de la Sûreté qui l'avaient aidé au cours de cette dramatique arrestation. »

Le Collier de la Reine

Deux ou trois fois par an, à l'occasion de solennités importantes, comme les bals de l'ambassade d'Autriche ou les soirées de lady Billingstone, la comtesse de Dreux-Soubise mettait sur ses blanches épaules « le Collier de la Reine ».

C'était bien le fameux collier, le collier légendaire que Bohmer et Bassenge, joailliers de la couronne, destinaient à la du Barry, que le cardinal de Rohan-Soubise crut offrir à Marie-Antoinette, reine de France, et que l'aventurière Jeanne de Valois, comtesse de La Motte, dépeça un soir de février 1785, avec l'aide de son mari et de leur complice Rétaux de Villette.

Pour dire vrai, la monture seule était authentique. Rétaux de Villette l'avait conservée, tandis que le sieur de La Motte et sa femme dispersaient aux quatre vents les pierres brutalement desserties, les admirables pierres si soigneusement choisies par Bohmer. Plus tard, en Italie, il la vendit à Gaston de Dreux-Soubise, neveu et héritier du cardinal, sauvé par lui de la ruine lors de la retentissante banqueroute de Rohan-Guéménée, et qui en souvenir de son oncle, racheta les quelques diamants qui restaient en la possession du bijoutier anglais Jefferys, les compléta avec d'autres de valeur beaucoup moindre, mais de même dimension, et parvint à reconstituer le merveilleux « collier en esclavage », tel qu'il était sorti des mains de Bohmer et Bassenge.

De ce bijou historique, pendant près d'un siècle, les Dreux-Soubise s'enorgueillirent. Bien que diverses circonstances eussent notablement diminué leur fortune, ils aimèrent mieux réduire leur train de maison que d'aliéner la royale et précieuse relique. En particulier le comte actuel y tenait comme on tient à la demeure de ses pères. Par prudence, il avait loué un coffre au Crédit Lyonnais pour l'y déposer. Il allait l'y chercher lui-même l'après-midi du jour où sa femme voulait s'en parer, et l'y reportait lui-même le lendemain.

Ce soir-là, à la réception du Palais de Castille – l'aventure remonte au début du siècle – la comtesse eut un véritable succès, et le roi Christian, en l'honneur de qui la fête était donnée, remarqua sa beauté magnifique. Les pierreries ruisselaient autour du cou gracieux. Les mille facettes des diamants brillaient et scintillaient comme des flammes à la clarté des lumières. Nulle autre qu'elle, semblait-il, n'eût pu porter avec tant d'aisance et de noblesse le fardeau d'une telle parure.

Ce fut un double triomphe, que le comte de Dreux goûta profondément, et dont il s'applaudit, quand ils furent rentrés dans la chambre de leur vieil hôtel du faubourg Saint-Germain. Il était fier de sa femme et tout autant peut-être du bijou qui illustrait sa maison depuis quatre générations. Et sa femme en tirait une vanité un peu puérile, mais qui était bien la marque de son caractère altier.

Non sans regret, elle détacha le collier de ses épaules et le tendit à son mari qui l'examina avec admiration, comme s'il ne le connaissait point. Puis, l'ayant remis dans son écrin de cuir rouge aux armes du Cardinal, il passa dans un cabinet voisin, sorte d'alcôve plutôt, que l'on avait complètement isolée de la chambre, et dont l'unique entrée se trouvait au pied de leur lit. Comme les autres fois, il le dissimula sur une planche assez élevée, parmi des cartons à chapeau et des piles de linge. Il referma la porte et se dévêtit.

Au matin, il se leva vers neuf heures, avec l'intention d'aller, avant le déjeuner, jusqu'au Crédit Lyonnais. Il s'habilla, but une tasse de café et descendit aux écuries. Là, il donna des ordres. Un des chevaux l'inquiétait. Il le fit marcher et trotter devant lui dans la cour. Puis il retourna près de sa femme.

Elle n'avait point quitté la chambre, et se coiffait, aidée de sa bonne. Elle lui dit :

– Vous sortez ?

– Oui... pour cette course...

– Ah ! en effet... c'est plus prudent...

Il pénétra dans le cabinet. Mais, au bout de quelques secondes, il demanda, sans le moindre étonnement d'ailleurs :

– Vous l'avez pris, chère amie ?

Elle répliqua :

– Comment ? mais non, je n'ai rien pris.

– Vous l'avez dérangé.

– Pas du tout... je n'ai même pas ouvert cette porte.

Il apparut, décomposé, et il balbutia, la voix à peine intelligible :

– Vous n'avez pas ?... Ce n'est pas vous ?... Alors...

Elle accourut, et ils cherchèrent fiévreusement, jetant les cartons à terre et démolissant les piles de linge. Et le comte répétait :

– Inutile... tout ce que nous faisons est inutile... C'est ici, là, sur cette planche, que je l'ai mis.

– Vous avez pu vous tromper.

– C'est ici, là, sur cette planche, et pas sur une autre.

Ils allumèrent une bougie, car la pièce était assez obscure, et ils enlevèrent tout le linge et tous les objets qui l'encombraient. Et quand il n'y eut plus rien dans le cabinet, ils durent s'avouer avec désespoir que le fameux collier, « le Collier en esclavage de la Reine », avait disparu.

De nature résolue, la comtesse, sans perdre de temps en vaines lamentations, fit prévenir le commissaire, M. Valorbe, dont ils avaient eu déjà l'occasion d'apprécier l'esprit sagace et la clairvoyance. On le mit au courant par le détail, et tout de suite il demanda :

– Êtes-vous sûr, monsieur le comte, que personne n'a pu traverser la nuit votre chambre ?

– Absolument sûr. J'ai le sommeil très léger. Mieux encore : la porte de cette chambre était fermée au verrou. J'ai dû le tirer ce matin quand ma femme a sonné la bonne.

– Et il n'existe pas d'autre passage qui permette de s'introduire dans le cabinet ?

– Aucun.

– Pas de fenêtre ?

– Si, mais elle est condamnée.

– Je désirerais m'en rendre compte…

On alluma des bougies, et aussitôt M. Valorbe fit remarquer que la fenêtre n'était condamnée qu'à mi-hauteur, par un bahut, lequel, en outre, ne touchait pas exactement aux croisées.

– Il y touche suffisamment, répliqua M. de Dreux, pour qu'il soit impossible de le déplacer sans faire beaucoup de bruit.

– Et sur quoi donne cette fenêtre ?

– Sur une courette intérieure.

– Et vous avez encore un étage au-dessus de celui-là ?

– Deux, mais au niveau de celui des domestiques, la courette est protégée par une grille à petites mailles. C'est pourquoi nous avons si peu de jour.

D'ailleurs, quand on eut écarté le bahut, on constata que la fenêtre était close, ce qui n'aurait pas été, si quelqu'un avait pénétré du dehors.

– À moins, observa le comte, que ce quelqu'un ne soit sorti par notre chambre.

– Auquel cas, vous n'auriez pas trouvé le verrou de cette chambre poussé.

Le commissaire réfléchit un instant, puis se tournant vers la comtesse :

– Savait-on dans votre entourage, madame, que vous deviez porter ce collier hier soir ?

– Certes, je ne m'en suis pas cachée. Mais personne ne savait que nous l'enfermions dans ce cabinet.

– Personne ?

– Personne… À moins que…

– Je vous en prie, madame, précisez. C'est là un point des plus importants.

Elle dit à son mari :

– Je songeais à Henriette.

– Henriette ? Elle ignore ce détail comme les autres.

– En es-tu certain ?

– Quelle est cette dame ? interrogea M. Valorbe.

– Une amie de couvent, qui s'est fâchée avec sa famille pour épouser une sorte d'ouvrier. À la mort de son mari, je l'ai recueillie avec son fils et leur ai meublé un appartement dans cet hôtel.

Et elle ajouta avec embarras :

– Elle me rend quelques services. Elle est très adroite de ses mains.

– À quel étage habite-t-elle ?

– Au nôtre, pas loin du reste… à l'extrémité de ce couloir… Et même, j'y pense… la fenêtre de sa cuisine…

– Ouvre sur cette courette, n'est-ce pas ?

– Oui, juste en face de la nôtre.

Un léger silence suivit cette déclaration.

Puis M. Valorbe demanda qu'on le conduisît auprès d'Henriette.

Ils la trouvèrent en train de coudre, tandis que son fils Raoul, un bambin de six à sept ans, lisait à ses côtés. Assez étonné de voir le misérable appartement qu'on avait meublé pour elle, et qui se composait au total d'une pièce sans cheminée et d'un réduit servant de cuisine, le commissaire la questionna. Elle parut bouleversée en apprenant le vol commis. La veille au soir, elle avait elle-même habillé la comtesse et fixé le collier autour de son cou.

– Seigneur Dieu ! s'écria-t-elle, qui m'aurait jamais dit ?

– Et vous n'avez aucune idée ? pas le moindre doute ? Il est possible que le coupable ait passé par votre chambre.

Elle rit de bon cœur, sans même imaginer qu'on pouvait l'effleurer d'un soupçon :

– Mais je ne l'ai pas quittée, ma chambre ! je ne sors jamais, moi. Et puis ; vous n'avez donc pas vu ?

Elle ouvrit la fenêtre du réduit.

– Tenez, il y a bien trois mètres jusqu'au rebord opposé.

– Qui vous a dit que nous envisagions l'hypothèse d'un vol effectué par là ?

– Mais… le collier n'était-il pas dans le cabinet ?

– Comment le savez-vous ?

– Dame ! j'ai toujours su qu'on l'y mettait la nuit… on en a parlé devant moi…

Sa figure, encore jeune, mais que les chagrins avaient flétrie, marquait une grande douceur et de la résignation. Cependant elle eut soudain, dans le silence, une expression d'angoisse, comme si un danger l'eût menacée. Elle attira son fils contre elle. L'enfant lui prit la main et l'embrassa tendrement.

– Je ne suppose pas, dit M. de Dreux au commissaire, quand ils furent seuls, – je ne suppose pas que vous la soupçonniez ? Je réponds d'elle. C'est l'honnêteté même.

– Oh ! je suis tout à fait de votre avis, affirma M. Valorbe. C'est tout au plus si j'avais pensé à une complicité inconsciente. Mais je reconnais que cette explication doit être abandonnée, d'autant qu'elle ne résout nullement le problème, auquel nous nous heurtons.

Le commissaire ne poussa pas plus avant cette enquête, que le juge d'instruction reprit et compléta les jours suivants. On interrogea les domestiques, on vérifia l'état du verrou, on fit des expériences sur la fermeture et sur l'ouverture de la fenêtre du cabinet, on explora la courette de haut en bas… Tout fut inutile. Le verrou était intact. La fenêtre ne pouvait s'ouvrir ni se fermer du dehors.

73

Plus spécialement, les recherches visèrent Henriette, car, malgré tout, on en revenait toujours de ce côté. On fouilla sa vie minutieusement, et il fut constaté que, depuis trois ans, elle n'était sortie que quatre fois de l'hôtel, et les quatre fois pour des courses que l'on put déterminer. En réalité, elle servait de femme de chambre et de couturière à Mme de Dreux, qui se montrait à son égard d'une rigueur dont tous les domestiques témoignèrent en confidence.

– D'ailleurs, disait le juge d'instruction, qui, au bout d'une semaine, aboutit aux mêmes conclusions que le commissaire, en admettant que nous connaissions le coupable, et nous n'en sommes pas là, nous n'en saurions pas davantage sur la manière dont le vol a été commis. Nous sommes barrés à droite et à gauche par deux obstacles : une porte et une fenêtre fermées. Le mystère est double ! Comment a-t-on pu s'introduire, et comment, ce qui était beaucoup plus difficile, a-t-on pu s'échapper en laissant derrière soi une porte close au verrou et une fenêtre fermée ?

Au bout de quatre mois d'investigations, l'idée secrète du juge était celle-ci : M. et Mme de Dreux, pressés par des besoins d'argent, avaient vendu le Collier de la Reine. Il classa l'affaire.

Le vol du précieux bijou porta aux Dreux-Soubise un coup dont ils gardèrent longtemps la marque. Leur crédit n'étant plus soutenu par la sorte de réserve que constituait un tel trésor, ils se trouvèrent en face de créanciers plus exigeants et de prêteurs moins favorables. Ils durent couper dans le vif, aliéner, hypothéquer. Bref, c'eût été la ruine si deux gros héritages de parents éloignés ne les avaient sauvés.

Ils souffrirent aussi dans leur orgueil, comme s'ils avaient perdu un quartier de noblesse. Et, chose bizarre, ce fut à son ancienne amie de pension que la comtesse s'en prit. Elle ressentait contre elle une véritable rancune et l'accusait ouvertement. On la relégua d'abord à l'étage des domestiques, puis on la congédia du jour au lendemain.

Et la vie coula, sans événements notables. Ils voyagèrent beaucoup.

Un seul fait doit être relevé au cours de cette époque. Quelques mois après le départ d'Henriette, la comtesse reçut d'elle une lettre qui la remplit d'étonnement :

« Madame,

« Je ne sais comment vous remercier. Car c'est bien vous, n'est-ce pas, qui m'avez envoyé cela ? Ce ne peut être que vous. Personne autre ne connaît ma retraite au fond de ce petit village. Si je me trompe, excusez-moi et retenez du moins l'expression de ma reconnaissance pour vos bontés passées... »

Que voulait-elle dire ? Les bontés présentes ou passées de la comtesse envers elle se réduisaient à beaucoup d'injustices. Que signifiaient ces remerciements ?

Sommée de s'expliquer, elle répondit qu'elle avait reçu par la poste, en un pli non recommandé ni chargé, deux billets de mille francs. L'enveloppe, qu'elle joignait à sa réponse, était timbrée de Paris, et ne portait que son adresse, tracée d'une écriture visiblement déguisée.

D'où provenaient ces deux mille francs ? Qui les avait envoyés ? La justice s'informa. Mais quelle piste pouvait-on suivre parmi ces ténèbres ?

Et le même fait se reproduisit douze mois après. Et une troisième fois ; et une quatrième fois ; et chaque année pendant six ans, avec cette différence que la cinquième et la sixième année, la somme doubla, ce qui permit à Henriette, tombée subitement malade, de se soigner comme il convenait.

Autre différence : l'administration de la poste ayant saisi une des lettres sous prétexte qu'elle n'était point chargée, les deux dernières lettres furent envoyées selon le règlement, la première datée de Saint-Germain, l'autre de Suresnes. L'expéditeur signa d'abord Anquety, puis Péchard. Les adresses qu'il donna étaient fausses.

Au bout de six ans, Henriette mourut. L'énigme demeura entière.

Tous ces événements sont connus du public. L'affaire fut de celles qui passionnèrent l'opinion, et c'est un destin étrange que celui de ce collier, qui, après avoir bouleversé la France à la fin du XVIIIe siècle, souleva encore tant d'émotion cent vingt ans plus tard. Mais ce que je vais dire est ignoré de tous, sauf des principaux intéressés et de quelques personnes auxquelles le comte demanda le secret absolu. Comme il est probable qu'un jour ou l'autre elles manqueront à leur promesse, je n'ai, moi, aucun scrupule à déchirer le voile et l'on saura ainsi, en même temps que la clef de l'énigme, l'explication de la lettre publiée par les journaux d'avant-hier matin, lettre extraordinaire qui ajoutait encore, si c'est possible, un peu d'ombre et de mystère aux obscurités de ce drame.

Il y a cinq jours de cela. Au nombre des invités qui déjeunaient chez M. de Dreux-Soubise, se trouvaient ses deux nièces et sa cousine, et, comme hommes, le président d'Essaville, le député Bochas, le chevalier Floriani que le comte avait connu en Sicile, et le général marquis de Rouzières, un vieux camarade de cercle.

Après le repas, ces dames servirent le café et les messieurs eurent l'autorisation d'une cigarette, à condition de ne point déserter le salon. On causa. L'une des jeunes filles s'amusa à faire les cartes et à dire la bonne aventure. Puis on en vint à parler de crimes célèbres. Et c'est à ce propos que M. de Rouzières, qui ne manquait jamais l'occasion de taquiner le comte, rappela l'aventure du collier, sujet de conversation que M. de Dreux avait en horreur.

Aussitôt chacun émit son avis. Chacun recommença l'instruction à sa manière. Et, bien entendu, toutes les hypothèses se contredisaient, toutes également inadmissibles.

– Et vous, monsieur, demanda la comtesse au chevalier Floriani, quelle est votre opinion ?

– Oh ! moi, je n'ai pas d'opinion, madame.

On se récria. Précisément, le chevalier venait de raconter très brillamment diverses aventures auxquelles il avait été mêlé avec son père, magistrat à Palerme, et où s'étaient affirmés son jugement et son goût pour ces questions.

– J'avoue, dit-il, qu'il m'est arrivé de réussir alors que de plus habiles avaient renoncé. Mais de là à me considérer comme un Sherlock Holmes... Et puis, c'est à peine si je sais de quoi il s'agit.

On se tourna vers le maître de la maison. À contrecœur, il dut résumer les faits. Le chevalier écouta, réfléchit, posa quelques interrogations, et murmura :

– C'est drôle... à première vue il ne me semble pas que la chose soit si difficile à deviner.

Le comte haussa les épaules. Mais les autres personnes s'empressèrent autour du chevalier, et il reprit d'un ton un peu dogmatique :

– En général, pour remonter à l'auteur d'un crime ou d'un vol, il faut déterminer comment ce crime ou ce vol ont été commis. Dans le cas actuel, rien de plus simple, selon moi, car nous nous trouvons en face, non pas de plusieurs hypothèses, mais d'une certitude, d'une certitude unique, rigoureuse, et qui s'énonce ainsi : l'individu ne pouvait entrer que par la porte de la chambre ou par la fenêtre du cabinet. Or on n'ouvre pas, de l'extérieur, une porte verrouillée. Donc il est entré par la fenêtre.

– Elle était fermée, et on l'a retrouvée fermée, déclara M. de Dreux.

– Pour cela, continua Floriani, sans relever l'interruption, il n'a eu besoin que d'établir un pont, planche ou échelle, entre le balcon de la cuisine et le rebord de la fenêtre, et dès que l'écrin...

– Mais je vous répète que la fenêtre était fermée ! s'écria le comte avec impatience.

Cette fois Floriani dut répondre. Il le fit avec la plus grande tranquillité, en homme qu'une objection aussi insignifiante ne trouble point.

– Je veux croire qu'elle l'était, mais n'y a-t-il pas un vasistas ?

– Comment le savez-vous ?

– D'abord c'est presque une règle, dans les hôtels de cette époque. Et ensuite il faut bien qu'il en soit ainsi, puisque, autrement, le vol serait inexplicable.

– En effet, il y en a un, mais il est clos, comme la fenêtre. On n'y a même pas fait attention.

– C'est un tort. Car si on y avait fait attention, on aurait vu évidemment qu'il avait été ouvert.

– Et comment ?

– Je suppose que, pareil à tous les autres, il s'ouvre au moyen d'un fil de fer tressé, muni d'un anneau à son extrémité inférieure ?

– Oui.

– Et cet anneau pendait entre la croisée et le bahut ?

– Oui, mais je ne comprends pas…

– Voici. Par une fente pratiquée dans le carreau, on a pu, à l'aide d'un instrument quelconque, mettons une baguette de fer pourvue d'un crochet, agripper l'anneau, peser et ouvrir.

Le comte ricana :

– Parfait ! parfait ! vous arrangez tout cela avec une aisance seulement vous oubliez une chose, cher monsieur, c'est qu'il n'y a pas eu de fente pratiquée dans le carreau.

– Il y a eu une fente.

– Allons donc, on l'aurait vue.

– Pour voir il faut regarder, et l'on n'a pas regardé. La fente existe, il est matériellement impossible qu'elle n'existe pas, le long du carreau, contre le mastic… dans le sens vertical, bien entendu.

Le comte se leva. Il paraissait très surexcité. Il arpenta deux ou trois fois le salon d'un pas nerveux, et, s'approchant de Floriani :

– Rien n'a changé là-haut depuis ce jour… personne n'a mis les pieds dans ce cabinet.

– En ce cas, monsieur, il vous est loisible de vous assurer que mon explication concorde avec la réalité.

– Elle ne concorde avec aucun des faits que la justice a constatés. Vous n'avez rien vu, vous ne savez rien, et vous allez à l'encontre de tout ce que nous avons vu et de tout ce que nous savons.

Floriani ne sembla point remarquer l'irritation du comte, et il dit en souriant :

– Mon Dieu, monsieur, je tâche de voir clair, voilà tout. Si je me trompe, prouvez-moi mon erreur.

– Sans plus tarder… J'avoue qu'à la longue votre assurance…

M. de Dreux mâchonna encore quelques paroles, puis, soudain, se dirigea vers la porte et sortit.

Pas un mot ne fut prononcé. On attendait anxieusement, comme si, vraiment, une parcelle de la vérité allait apparaître. Et le silence avait une gravité extrême.

Enfin, le comte apparut dans l'embrasure de la porte. Il était pâle et singulièrement agité. Il dit à ses amis, d'une voix tremblante :

– Je vous demande pardon… les révélations de monsieur sont si imprévues… je n'aurais jamais pensé…

Sa femme l'interrogea avidement :

– Parle… je t'en supplie… qu'y a-t-il ?

Il balbutia :

– La fente existe… à l'endroit même indiqué… le long du carreau…

Il saisit brusquement le bras du chevalier et lui dit d'un ton impérieux :

– Et maintenant, monsieur, poursuivez… je reconnais que vous avez raison jusqu'ici ; mais maintenant, ce n'est pas fini… répondez… que s'est-il passé, selon vous ?

Floriani se dégagea doucement et après un instant prononça :

– Eh bien, selon moi, voilà ce qui s'est passé. L'individu, sachant que Mme de Dreux allait au bal avec le collier, a jeté sa passerelle pendant votre absence. Au travers de la fenêtre, il vous a surveillé et vous a vu cacher le bijou. Dès que vous êtes parti, il a coupé la vitre et a tiré l'anneau.

– Soit, mais la distance est trop grande pour qu'il ait pu, par le vasistas, atteindre la poignée de la fenêtre.

– S'il n'a pu l'ouvrir, c'est qu'il est entré par le vasistas lui-même.

– Impossible ; il n'y a pas d'homme assez mince pour s'introduire par là.

– Alors ce n'est pas un homme.

– Comment !

– Certes. Si le passage est trop étroit pour un homme, il faut bien que ce soit un enfant.

– Un enfant !

– Ne m'avez-vous pas dit que votre amie Henriette avait un fils ?

– En effet… un fils qui s'appelait Raoul.

– Il est infiniment probable que c'est ce Raoul qui a commis le vol.

– Quelle preuve en avez-vous ?

– Quelle preuve ?… il n'en manque pas, de preuves… Ainsi, par exemple…

Il se tut et réfléchit quelques secondes. Puis il reprit :

– Ainsi, par exemple, cette passerelle, il n'est pas à croire que l'enfant l'ait apportée du dehors et remportée sans que l'on s'en soit aperçu. Il a dû employer ce qui était à sa disposition. Dans le réduit où Henriette faisait sa cuisine, il y avait, n'est-ce pas, des tablettes accrochées au mur où l'on posait les casseroles ?

– Deux tablettes, autant que je me souvienne.

– Il faudrait s'assurer si ces planches sont réellement fixées aux tasseaux de bois qui les supportent. Dans le cas contraire, nous serions autorisés à penser que l'enfant les a déclouées, puis attachées l'une à l'autre. Peut-être aussi, puisqu'il y avait un fourneau, trouverait-on le crochet à fourneau dont il a dû se servir pour ouvrir le vasistas.

Sans mot dire le comte sortit, et cette fois, les assistants ne ressentirent même point la petite anxiété de l'inconnu qu'ils avaient éprouvée la première fois. Ils savaient, ils savaient de façon absolue que les prévisions de Floriani étaient justes. Il émanait de cet homme une impression de certitude si rigoureuse qu'on l'écoutait non point comme s'il déduisait des faits les uns des autres, mais comme s'il racontait des événements dont il était facile de vérifier au fur et à mesure l'authenticité.

Et personne ne s'étonna lorsque à son tour le comte déclara :

– C'est bien l'enfant, c'est bien lui, tout l'atteste.

– Vous avez vu les planches… le crochet ?

– J'ai vu… les planches ont été déclouées… le crochet est encore là.

Mme de Dreux-Soubise s'écria :

– C'est lui… Vous voulez dire plutôt que c'est sa mère. Henriette est la seule coupable. Elle aura obligé son fils…

– Non, affirma le chevalier, la mère n'y est pour rien.

– Allons donc ! ils habitaient la même chambre, l'enfant n'aurait pu agir à l'insu d'Henriette.

– Ils habitaient la même chambre, mais tout s'est passé dans la pièce voisine, la nuit, tandis que la mère dormait.

Et le collier ? fit le comte, on l'aurait trouvé dans les affaires de l'enfant.

– Pardon ! il sortait, lui. Le matin même où vous l'avez surpris devant sa table de travail, il venait de l'école, et peut-être la justice, au lieu d'épuiser ses ressources contre la mère innocente, aurait-elle été mieux inspirée en perquisitionnant là-bas, dans le pupitre de l'enfant, parmi ses livres de classe.

– Soit, mais ces deux mille francs qu'Henriette recevait chaque année, n'est-ce pas le meilleur signe de sa complicité ?

– Complice, vous eût-elle remerciés de cet argent ? Et puis, ne la surveillait-on pas ? Tandis que l'enfant est libre, lui, il a toute facilité pour courir jusqu'à la ville voisine pour s'aboucher avec un revendeur quelconque et lui céder à vil prix un diamant, deux diamants, selon le cas... sous la seule condition que l'envoi d'argent sera effectué de Paris, moyennant quoi on recommencera l'année suivante.

Un malaise indéfinissable oppressait les Dreux-Soubise et leurs invités. Vraiment il y avait dans le ton, dans l'attitude de Floriani, autre chose que cette certitude qui, dès le début avait si fort agacé le comte. Il y avait comme de l'ironie, et une ironie qui semblait plutôt hostile que sympathique et amicale ainsi qu'il eût convenu.

Le comte affecta de rire.

– Tout cela est d'un ingénieux qui me ravit ! Mes compliments ! Quelle imagination brillante !

– Mais non, mais non, s'écria Floriani avec plus de gravité, je n'imagine pas, j'évoque des circonstances qui furent inévitablement telles que je les montre.

– Qu'en savez-vous ?

– Ce que vous-même m'en avez dit. Je me représente la vie de la mère et de l'enfant, là-bas, au fond de la province, la mère qui tombe malade, les ruses et les inventions du petit pour vendre les pierreries et sauver sa mère ou tout au moins adoucir ses derniers moments. Le mal l'emporte. Elle meurt. Des années passent. L'enfant grandit, devient un homme. Et alors – et pour cette fois, je veux bien admettre que mon imagination se donne libre cours – supposons que cet homme éprouve le besoin de revenir dans les lieux où il a vécu son enfance, qu'il les revoie, qu'il retrouve ceux qui ont soupçonné, accusé sa mère... pensez-vous à l'intérêt poignant d'une telle entrevue dans la vieille maison où se sont déroulées les péripéties du drame ?

Ses paroles retentirent quelques secondes dans le silence inquiet, et sur le visage de M. et Mᵐᵉ de Dreux, se lisait un effort éperdu pour comprendre, en même temps que la peur, que l'angoisse de comprendre. Le comte murmura :

– Qui êtes-vous donc, monsieur ?

– Moi ? mais le chevalier Floriani que vous avez rencontré à Palerme et que vous avez été assez bon de convier chez vous déjà plusieurs fois.

– Alors que signifie cette histoire ?

– Oh ! mais rien du tout ! C'est simple jeu de ma part. J'essaie de me figurer la joie que le fils d'Henriette, s'il existe encore, aurait à vous dire qu'il fut le seul coupable, et qu'il le fut parce que sa mère était malheureuse, sur le point de perdre la place de… domestique dont elle vivait, et parce que l'enfant souffrait de voir sa mère malheureuse.

Il s'exprimait avec une émotion contenue, à demi levé et penché vers la comtesse. Aucun doute ne pouvait subsister. Le chevalier Floriani n'était autre que le fils d'Henriette. Tout, dans son attitude, dans ses paroles, le proclamait. D'ailleurs n'était-ce point son intention évidente, sa volonté même d'être reconnu comme tel ?

Le comte hésita. Quelle conduite allait-il tenir envers l'audacieux personnage ? Sonner ? Provoquer un scandale ? Démasquer celui qui l'avait dépouillé jadis ? Mais il y avait si longtemps ! Et qui voudrait admettre cette histoire absurde d'enfant coupable ? Non, il valait mieux accepter la situation, en affectant de n'en point saisir le véritable sens. Et le comte, s'approchant de Floriani, s'écria avec enjouement :

– Très amusant, très curieux, votre roman. Je vous jure qu'il me passionne. Mais, suivant vous, qu'est-il devenu, ce bon jeune homme, ce modèle des fils ? J'espère qu'il ne s'est pas arrêté en si beau chemin.

– Oh ! certes non.

– N'est-ce pas ! Après un tel début ! Prendre le collier de la Reine à six ans, le célèbre collier que convoitait Marie-Antoinette !

– Et le prendre, observa Floriani, se prêtant au jeu du comte, le prendre sans qu'il lui en coûte le moindre désagrément, sans que personne ait l'idée d'examiner l'état des carreaux, ou s'aviser que le rebord de la fenêtre est trop propre, ce rebord qu'il avait essuyé pour effacer les traces de son passage sur l'épaisse poussière… Avouez qu'il y avait de quoi tourner la tête d'un gamin de son âge. C'est donc si facile ? Il n'y a donc qu'à vouloir et tendre la main ?… Ma foi, il voulut…

– Et il tendit la main.

– Les deux mains, reprit le chevalier en riant.

Il y eut un frisson. Quel mystère cachait la vie de ce soi-disant Floriani ? Combien extraordinaire devait être l'existence de cet aventurier, voleur génial à six ans, et qui, aujourd'hui, par un raffinement de dilettante en quête d'émotion, ou tout au plus pour satisfaire un sentiment de rancune, venait braver sa victime chez elle, audacieusement, follement, et cependant avec toute la correction d'un galant homme en visite !

Il se leva et s'approcha de la comtesse pour prendre congé. Elle réprima un mouvement de recul. Il sourit.

– Oh ! madame, vous avez peur ! aurais-je donc poussé trop loin ma petite comédie de sorcier de salon ?

Elle se domina et répondit avec la même désinvolture un peu railleuse :

– Nullement, monsieur. La légende de ce bon fils m'a au contraire fort intéressée, et je suis heureuse que mon collier ait été l'occasion d'une destinée aussi brillante. Mais ne croyez-vous pas que le fils de cette… femme, de cette Henriette, obéissait surtout à sa vocation ?

Il tressaillit, sentant la pointe, et répliqua :

– J'en suis persuadé, et il fallait même que cette vocation fût sérieuse pour que l'enfant ne se rebutât point.

– Et comment cela ?

– Mais oui, vous le savez, la plupart des pierres étaient fausses. Il n'y avait de vrai que les quelques diamants rachetés au bijoutier anglais, les autres ayant été vendus un à un selon les dures nécessités de la vie.

– C'était toujours le Collier de la Reine, monsieur, dit la comtesse avec hauteur, et voilà, me semble-t-il, ce que le fils d'Henriette ne pouvait comprendre.

– Il a dû comprendre, madame, que faux ou vrai, le collier était avant tout un objet de parade, une enseigne.

M. de Dreux fit un geste. Sa femme aussitôt le prévint.

– Monsieur, dit-elle, si l'homme auquel vous faites allusion a la moindre pudeur…

Elle s'interrompit, intimidée par le calme regard de Floriani.

Il répéta :

– Si cet homme a la moindre pudeur ?…

Elle sentit qu'elle ne gagnerait rien à lui parler de la sorte, et malgré elle, malgré sa colère et son indignation toute frémissante d'orgueil humilié, elle lui dit presque poliment :

– Monsieur, la légende veut que Rétaux de Villette, quand il eut le Collier de la Reine entre les mains et qu'il en eut fait sauter tous les diamants avec Jeanne de Valois, n'ait point osé toucher à la monture. Il comprit que les diamants n'étaient que l'ornement, l'accessoire, mais que la monture était l'œuvre essentielle, la création même de l'artiste, et il la respecta. Pensez-vous que cet homme ait compris également ?

– Je ne doute pas que la monture existe. L'enfant l'a respectée.

– Eh bien ! monsieur, s'il vous arrive de le rencontrer, vous lui direz qu'il garde injustement une de ces reliques qui sont la propriété et la gloire de certaines familles, et qu'il a pu en arracher les pierres sans que le Collier de la Reine cessât d'appartenir à la maison de Dreux-Soubise. Il nous appartient comme notre nom, comme notre honneur.

Le chevalier répondit simplement :

– Je lui dirai, madame.

Il s'inclina devant elle, salua le comte, salua les uns après les autres tous les assistants et sortit.

Quatre jours après, Mme de Dreux trouvait sur la table de sa chambre un écrin rouge aux armes du Cardinal. Elle l'ouvrit. C'était le Collier en esclavage de la Reine.

Mais comme toutes les choses doivent, dans la vie d'un homme soucieux d'unité et de logique, concourir au même but – et qu'un peu de réclame n'est jamais nuisible – le lendemain l'*Écho de France* publiait ces lignes sensationnelles :

« Le Collier de la Reine, le célèbre bijou dérobé autrefois à la famille de Dreux-Soubise, a été retrouvé par Arsène Lupin. Arsène Lupin s'est empressé de le rendre à ses légitimes propriétaires. On ne peut qu'applaudir à cette attention délicate et chevaleresque. »

Le sept de cœur

Une question se pose et elle me fut souvent posée : « Comment ai-je connu Arsène Lupin ? »

Personne ne doute que je le connaisse. Les détails que j'accumule sur cet homme déconcertant, les faits irréfutables que j'expose, les preuves nouvelles que j'apporte, l'interprétation que je donne de certains actes dont on n'avait vu que les manifestations extérieures sans en pénétrer les raisons secrètes ni le mécanisme invisible, tout cela prouve bien, sinon une intimité, que l'existence même de Lupin rendrait impossible, du moins des relations amicales et des confidences suivies.

Mais comment l'ai-je connu ? D'où me vient la faveur d'être son historiographe ? Pourquoi moi et pas un autre ?

La réponse est facile : le hasard seul a présidé à un choix où mon mérite n'entre pour rien. C'est le hasard qui m'a mis sur sa route. C'est par hasard que j'ai été mêlé à une de ses plus étranges et de ses plus mystérieuses aventures, par hasard enfin que je fus acteur dans un drame dont il fut le merveilleux metteur en scène, drame obscur et complexe, hérissé de telles péripéties que j'éprouve un certain embarras au moment d'en entreprendre le récit.

Le premier acte se passe au cours de cette fameuse nuit du 22 au 23 juin, dont on a tant parlé. Et pour ma part, disons-le tout de suite, j'attribue la conduite assez anormale que je tins en l'occasion, à l'état d'esprit très spécial où je me trouvais en rentrant chez moi. Nous avions dîné entre amis au restaurant de la Cascade, et, toute la soirée, tandis que nous fumions et que l'orchestre de tziganes jouait des valses mélancoliques, nous n'avions parlé que de crimes et de vols, d'intrigues effrayantes et ténébreuses. C'est toujours là une mauvaise préparation au sommeil.

Les Saint-Martin s'en allèrent en automobile, Jean Daspry – ce charmant et insouciant Daspry qui devait six mois après, se faire tuer de façon si tragique sur la frontière du Maroc – Jean Daspry et moi nous revînmes à pied par la nuit obscure et chaude. Quand nous fûmes arrivés devant le petit hôtel que j'habitais depuis un an à Neuilly, sur le boulevard Maillot, il me dit :

– Vous n'avez jamais peur ?

– Quelle idée !

– Dame, ce pavillon est tellement isolé ! pas de voisins… des terrains vagues… Vrai, je ne suis pas poltron, et cependant…

– Eh bien ! vous êtes gai, vous !

– Oh ! je dis cela comme je dirais autre chose. Les Saint-Martin m'ont impressionné avec leurs histoires de brigands.

M'ayant serré la main, il s'éloigna. Je pris ma clef et j'ouvris.

– Allons ! bon, murmurai-je. Antoine a oublié de m'allumer une bougie.

Et soudain je me rappelai : Antoine était absent, je lui avais donné congé.

Tout de suite l'ombre et le silence me furent désagréables. Je montai jusqu'à ma chambre, à tâtons, le plus vite possible, et aussitôt, contrairement, à mon habitude, je tournai la clef et poussai le verrou. Puis j'allumai.

La flamme de la bougie me rendit mon sang-froid. Pourtant j'eus soin de tirer mon revolver de sa gaine, un gros revolver à longue portée, et je le posai à côté de mon lit. Cette précaution acheva de me rassurer. Je me couchai et, comme à l'ordinaire, pour m'endormir, je pris sur la table de nuit le livre qui m'y attendait chaque soir.

Je fus très étonné. À la place du coupe-papier dont je l'avais marqué la veille, se trouvait une enveloppe, cachetée de cinq cachets de cire rouge. Je la saisis vivement. Elle portait comme adresse mon nom et mon prénom, accompagnés de cette mention :

« Urgent. »

Une lettre ! une lettre à mon nom ! qui pouvait l'avoir mise à cet endroit ? Un peu nerveux, je déchirai l'enveloppe et je lus :

« À partir du moment où vous aurez ouvert cette lettre, quoi qu'il arrive, quoi que vous entendiez, ne bougez plus, ne faites pas un geste, ne jetez pas un cri. Sinon, vous êtes perdu. »

Moi non plus je ne suis pas un poltron, et, tout aussi bien qu'un autre, je sais me tenir en face du danger réel, ou sourire des périls chimériques dont s'effare notre imagination. Mais je le répète, j'étais dans une situation d'esprit anormale, plus facilement impressionnable, les nerfs à fleur de peau. Et d'ailleurs, n'y avait-il pas dans tout cela quelque chose de troublant et d'inexplicable qui eût ébranlé l'âme du plus intrépide ?

Mes doigts serraient fiévreusement la feuille de papier, et mes yeux relisaient sans cesse les phrases menaçantes… « Ne faites pas un geste… ne jetez pas un cri… sinon vous êtes perdu… » Allons donc ! pensai-je, c'est quelque plaisanterie, une farce imbécile.

Je fus sur le point de rire, même je voulus rire à haute voix. Qui m'en empêcha ? Quelle crainte indécise me comprima la gorge ?

Du moins je soufflerais la bougie. Non, je ne pus la souffler. « Pas un geste, ou vous êtes perdu », était-il écrit.

Mais pourquoi lutter contre ces sortes d'autosuggestions plus impérieuses souvent que les faits les plus précis ? Il n'y avait qu'à fermer les yeux. Je fermai les yeux.

Au même moment, un bruit léger passa dans le silence, puis des craquements. Et cela provenait, me sembla-t-il, d'une grande salle voisine où j'avais installé mon cabinet de travail et dont je n'étais séparé que par l'antichambre.

L'approche d'un danger réel me surexcita, et j'eus la sensation que j'allais me lever, saisir mon revolver, me précipiter dans la salle. Je ne me levai point : en face de moi, un des rideaux de la fenêtre de gauche avait remué.

Le doute n'était pas possible : il avait remué. Il remuait encore ! Et je vis – oh ! je vis cela distinctement – qu'il y avait entre les rideaux et la fenêtre, dans cet espace trop étroit, une forme humaine dont l'épaisseur empêchait l'étoffe de tomber droit.

Et l'être aussi me voyait, il était certain qu'il me voyait à travers les mailles très larges de l'étoffe. Alors je compris tout. Tandis que les autres emportaient leur butin, sa mission à lui consistait à me tenir en respect. Me lever ? Saisir un revolver ? Impossible… Il était là ! au moindre geste, au moindre cri, j'étais perdu.

Un coup violent secoua la maison, suivi de petits coups groupés par deux ou trois, comme ceux d'un marteau qui frappe sur des pointes et qui rebondit. Ou du moins voilà ce que j'imaginais, dans la confusion de mon cerveau. Et d'autres bruits s'entrecroisèrent, un véritable vacarme qui prouvait que l'on ne se gênait point, et que l'on agissait en toute sécurité.

On avait raison : je ne bougeai pas. Fût-ce lâcheté ? Non, anéantissement plutôt, impuissance totale à mouvoir un seul de mes membres. Sagesse également, car enfin, pourquoi lutter ? Derrière cet homme il y en avait dix autres qui viendraient à son appel. Allai-je risquer ma vie pour sauver quelques tapisseries et quelques bibelots ?

Et toute la nuit ce supplice dura. Supplice intolérable, angoisse terrible ! Le bruit s'était interrompu, mais je ne cessais d'attendre qu'il recommençât. Et l'homme ! l'homme qui me surveillait, l'arme à la main ! Mon regard effrayé ne le quittait pas. Et mon cœur battait, et de la sueur ruisselait de mon front et de tout mon corps !

Et tout à coup un bien-être inexprimable m'envahit : une voiture de laitier dont je connaissais bien le roulement, passa sur le boulevard, et j'eus en même temps l'impression que l'aube se glissait entre les persiennes closes et qu'un peu de jour dehors se mêlait à l'ombre.

Et le jour pénétra dans la chambre. Et d'autres voitures passèrent. Et tous les fantômes de la nuit s'évanouirent.

Alors je glissai un bras vers la table, lentement, sournoisement. En face rien ne remua. Je marquai des yeux le pli du rideau, l'endroit précis où il fallait viser, je fis le compte exact des mouvements que je devais exécuter, et, rapidement, j'empoignai mon revolver et je tirai.

Je sautai hors du lit avec un cri de délivrance, et je bondis sur le rideau. L'étoffe était percée, la vitre était percée. Quant à l'homme, je n'avais pu l'atteindre… pour cette bonne raison qu'il n'y avait personne.

Personne ! Ainsi, toute la nuit, j'avais été hypnotisé par un pli du rideau ! Et pendant ce temps, des malfaiteurs… Rageusement, d'un élan que rien n'eût arrêté, je tournai la clef dans la serrure, j'ouvris ma porte, je traversai l'antichambre, j'ouvris une autre porte, et je me ruai dans la salle.

Mais une stupeur me cloua sur le seuil, haletant, abasourdi, plus étonné encore que je ne l'avais été de l'absence de l'homme : rien n'avait disparu. Toutes les choses que je supposais enlevées : meubles, tableaux, vieux velours et vieilles soies, toutes ces choses étaient à leur place !

Spectacle incompréhensible ! Je n'en croyais pas mes yeux ! Pourtant ce vacarme, ces bruits de déménagement ? Je fis le tour de la pièce, j'inspectai les murs, je dressai l'inventaire de tous ces objets que je connaissais si bien. Rien ne manquait ! Et ce qui me déconcertait le plus, c'est que rien non plus ne révélait le passage des malfaiteurs, aucun indice, pas une chaise dérangée, pas une trace de pas.

« Voyons, voyons, me disais-je, en me prenant la tête à deux mains, je ne suis pourtant pas un fou ! J'ai bien entendu !… »

Pouce pour pouce, avec les procédés d'investigation les plus minutieux, j'examinai la salle. Ce fut en vain. Ou plutôt… mais pouvais-je considérer cela comme une découverte ? Sous un petit tapis persan, jeté sur le parquet, je ramassai une carte, une carte à jouer. C'était un sept de cœur, pareil à tous les sept de cœur des jeux de cartes français, mais qui retint mon attention par un détail assez curieux. La pointe extrême de chacune des sept marques rouges en forme de cœur, était percée d'un trou, le trou rond et régulier qu'eût pratiqué l'extrémité d'un poinçon.

Voilà tout. Une carte et une lettre trouvée dans un livre. En dehors de cela, rien. Était-ce assez pour affirmer que je n'avais pas été le jouet d'un rêve ?

Toute la journée, je poursuivis mes recherches dans le salon. C'était une grande pièce en disproportion avec l'exiguïté de l'hôtel, et dont l'ornementation attestait le goût bizarre de celui qui l'avait conçue. Le parquet était fait d'une mosaïque de petites pierres multicolores, formant de larges dessins symétriques. La même mosaïque recouvrait les murs, disposée en panneaux : allégories pompéiennes, compositions byzantines, fresque du Moyen Âge. Un Bacchus enfourchait un tonneau. Un empereur couronné d'or, à barbe fleurie, tenait un glaive dans sa main droite.

Tout en haut, un peu à la façon d'un atelier, se découpait l'unique et vaste fenêtre. Cette fenêtre étant toujours ouverte la nuit, il était probable que les hommes avaient passé par là, à l'aide d'une échelle. Mais, ici encore, aucune certitude. Les montants de l'échelle eussent dû laisser des traces sur le sol battu de la cour : il n'y en avait point. L'herbe du terrain vague qui entourait l'hôtel aurait dû être fraîchement foulée : elle ne l'était pas.

J'avoue que je n'eus point l'idée de m'adresser à la police, tellement les faits qu'il m'eût fallu exposer étaient inconsistants et absurdes. On se fût moqué de moi. Mais le surlendemain, c'était mon jour de chronique au *Gil Blas*, où j'écrivais alors. Obsédé par mon aventure, je la racontai tout au long.

L'article ne passa pas inaperçu, mais je vis bien qu'on ne le prenait guère au sérieux, et qu'on le considérait plutôt comme une fantaisie que comme une histoire réelle. Les Saint-Martin me raillèrent. Daspry, cependant, qui ne manquait pas d'une certaine compétence en ces matières, vint me voir, se fit expliquer l'affaire et l'étudia… sans plus de succès d'ailleurs.

Or, un des matins suivants, le timbre de la grille résonna, et Antoine vint m'avertir qu'un monsieur désirait me parler. Il n'avait pas voulu donner son nom. Je le priai de monter.

C'était un homme d'une quarantaine d'années, très brun, de visage énergique, et dont les habits propres, mais usés, annonçaient un souci d'élégance qui contrastait avec ses façons plutôt vulgaires.

Sans préambule, il me dit – d'une voix éraillée, avec des accents qui me confirmèrent la situation sociale de l'individu :

– Monsieur, en voyage, dans un café, le *Gil Blas* m'est tombé sous les yeux. J'ai lu votre article. Il m'a intéressé… beaucoup.

– Je vous remercie.

– Et je suis revenu.

– Ah !

– Oui, pour vous parler. Tous les faits que vous avez racontés sont-ils exacts ?

– Absolument exacts.

– Il n'en est pas un seul qui soit de votre invention ?

– Pas un seul.

– En ce cas, j'aurais peut-être des renseignements à vous fournir.

– Je vous écoute.

– Non.

– Comment, non ?

– Avant de parler, il faut que je vérifie s'ils sont justes.

– Et pour les vérifier ?

– Il faut que je reste seul dans cette pièce.

Je le regardai avec surprise.

– Je ne vois pas très bien…

– C'est une idée que j'ai eue en lisant votre article. Certains détails établissent une coïncidence vraiment extraordinaire avec une autre aventure que le hasard m'a révélée. Si je me suis trompé, il est préférable que je garde le silence. Et l'unique moyen de le savoir, c'est que je reste seul…

Qu'y avait-il sous cette proposition ? Plus tard je me suis rappelé qu'en la formulant l'homme avait un air inquiet, une expression de physionomie anxieuse. Mais, sur le moment, bien qu'un peu étonné, je ne trouvai rien de particulièrement anormal à sa demande. Et puis une telle curiosité me stimulait !

Je répondis :

– Soit. Combien vous faut-il de temps ?

– Oh ! trois minutes, pas davantage. D'ici trois minutes, je vous rejoindrai.

Je sortis de la pièce. En bas, je tirai ma montre. Une minute s'écoula. Deux minutes… Pourquoi donc me sentais-je oppressé ? Pourquoi ces instants me paraissaient-ils plus solennels que d'autres ?

Deux minutes et demie… Deux minutes trois quarts… Et soudain un coup de feu retentit.

En quelques enjambées j'escaladai les marches et j'entrai. Un cri d'horreur m'échappa.

Au milieu de la salle l'homme gisait, immobile, couché sur le côté gauche. Du sang coulait de son crâne, mêlé à des débris de cervelle. Près de son poing un revolver, tout fumant.

Une convulsion l'agita, et ce fut tout.

Mais plus encore que ce spectacle effroyable, quelque chose me frappa, quelque chose qui fit que je n'appelai pas au secours tout de suite, et que je ne me jetai point à genoux pour voir si l'homme respirait. À deux pas de lui, par terre, il y avait un sept de cœur !

Je le ramassai. Les sept extrémités des sept marques rouges étaient percées d'un trou…

Une demi-heure après, le commissaire de police de Neuilly arrivait, puis le médecin légiste, puis le chef de la Sûreté, M. Dudouis. Je m'étais bien gardé de toucher au cadavre. Rien ne put fausser les premières constatations.

Elles furent brèves, d'autant plus brèves que tout d'abord on ne découvrit rien, ou peu de chose. Dans les poches du mort, aucun papier, sur ses vêtements aucun nom, sur son linge aucune initiale. Somme toute, pas un indice capable d'établir son identité. Et dans la salle le même ordre qu'auparavant. Les meubles n'avaient pas été dérangés, et les objets avaient gardé leur ancienne position. Pourtant cet homme n'était pas venu chez moi dans l'unique intention de se tuer, et parce qu'il jugeait que mon domicile convenait, mieux que tout autre, à son suicide ! Il fallait qu'un motif l'eût déterminé à cet acte de désespoir, et que ce motif lui-même résultât d'un fait nouveau, constaté par lui au cours des trois minutes qu'il avait passées seul.

Quel fait ? Qu'avait-il vu ? Qu'avait-il surpris ? Quel secret épouvantable avait-il pénétré ? Aucune supposition n'était permise.

Mais, au dernier moment, un incident se produisit, qui nous parut d'un intérêt considérable. Comme deux agents se baissaient pour soulever le cadavre et l'emporter sur un brancard, ils s'aperçurent que la main gauche, fermée jusqu'alors et crispée, s'était détendue, et qu'une carte de visite, toute froissée, s'en échappait.

Cette carte portait : *Georges Andermatt, 37, rue de Berri.*

Qu'est-ce que cela signifiait ? Georges Andermatt était un gros banquier de Paris, fondateur et président de ce Comptoir des Métaux qui a donné une telle impulsion aux industries métallurgiques de France. Il menait grand train, possédant mail-coach, automobile, écurie de courses. Ses réunions étaient très suivies et l'on citait Mme Andermatt pour sa grâce et sa beauté.

– Serait-ce le nom du mort ? murmurai-je.

Le chef de la Sûreté se pencha :

– Ce n'est pas lui. M. Andermatt est un homme pâle et un peu grisonnant.

– Mais alors pourquoi cette carte ?

– Vous avez le téléphone, monsieur ?

– Oui, dans le vestibule. Si vous voulez bien m'accompagner.

Il chercha dans l'annuaire et demanda le 415-21.

– M. Andermatt est-il chez lui ? Veuillez lui dire que M. Dudouis le prie de venir en toute hâte au 102 du boulevard Maillot. C'est urgent.

Vingt minutes plus tard, M. Andermatt descendait de son automobile. On lui exposa les raisons qui nécessitaient son intervention, puis on le mena devant le cadavre.

Il eut une seconde d'émotion qui contracta son visage et prononça à voix basse, comme s'il parlait malgré lui :

– Étienne Varin.

– Vous le connaissiez ?

– Non… ou du moins oui… mais de vue seulement. Son frère…

– Il a un frère ?

– Oui, Alfred Varin… Son frère est venu autrefois me solliciter… je ne sais plus à quel propos…

– Où demeure-t-il ?

– Les deux frères demeuraient ensemble… rue de Provence, je crois.

– Et vous ne soupçonnez pas la raison pour laquelle celui-ci s'est tué ?

– Nullement.

– Cependant cette carte qu'il tenait dans sa main ?… Votre carte avec votre adresse !

– Je n'y comprends rien. Ce n'est là évidemment qu'un hasard que l'instruction nous expliquera.

Un hasard en tout cas bien curieux, pensai-je et je sentis que nous éprouvions tous la même impression.

Cette impression, je la retrouvai dans les journaux du lendemain, et chez tous ceux de mes amis avec qui je m'entretins de l'aventure. Au milieu des mystères qui la compliquaient, après la double découverte, si déconcertante, de ce sept de cœur sept fois percé, après les deux événements aussi énigmatiques l'un que l'autre dont ma demeure avait été le théâtre, cette carte de visite semblait enfin promettre un peu de lumière. Par elle on arriverait à la vérité.

Mais, contrairement aux prévisions, M. Andermatt ne fournit aucune indication.

– J'ai dit ce que je savais, répétait-il. Que veut-on de plus ? Je suis le premier stupéfait que cette carte ait été trouvée là, et j'attends comme tout le monde que ce point soit éclairci.

91

Il ne le fut pas. L'enquête établit que les frères Varin, Suisses d'origine, avaient mené sous des noms différents une vie fort mouvementée, fréquentant les tripots, en relations avec toute une bande d'étrangers, dont la police s'occupait, et qui s'était dispersée après une série de cambriolages auxquels leur participation ne fut établie que par la suite. Au numéro 24 de la rue de Provence où les frères Varin avaient en effet habité six ans auparavant, on ignorait ce qu'ils étaient devenus.

Je confesse que, pour ma part, cette affaire me semblait si embrouillée que je ne croyais guère à la possibilité d'une solution, et que je m'efforçais de n'y plus songer. Mais Jean Daspry, au contraire, que je vis beaucoup à cette époque, se passionnait chaque jour davantage.

Ce fut lui qui me signala cet écho d'un journal étranger que toute la presse reproduisait et commentait :

« On va procéder en présence de l'Empereur, et dans un lieu que l'on tiendra secret jusqu'à la dernière minute, aux premiers essais d'un sous-marin qui doit révolutionner les conditions futures de la guerre navale. Une indiscrétion nous en a révélé le nom : il s'appelle Le Sept-de-cœur. »

Le *Sept-de-cœur* ? était-ce là rencontre fortuite ? ou bien devait-on établir un lien entre le nom de ce sous-marin et les incidents dont nous avons parlé ? Mais un lien de quelle nature ? Ce qui se passait ici ne pouvait aucunement se relier à ce qui se passait là-bas.

– Qu'en savez-vous ? me disait Daspry. Les effets les plus disparates proviennent souvent d'une cause unique.

Le surlendemain, un autre écho nous arrivait :

« On prétend que les plans du Sept-de-cœur, le sous-marin dont les expériences vont avoir lieu incessamment, ont été exécutés par des ingénieurs français. Ces ingénieurs, ayant sollicité en vain l'appui de leurs compatriotes, se seraient adressés ensuite, sans plus de succès, à l'Amirauté anglaise. Nous donnons ces nouvelles sous toute réserve. »

Je n'ose pas insister sur des faits de nature extrêmement délicate, et qui provoquèrent, on s'en souvient, une émotion si considérable. Cependant, puisque tout danger de complication est écarté, il me faut bien parler de l'article de *l'Écho de France*, qui fit alors grand bruit, et qui jeta sur l'affaire du Sept-de-cœur, comme on l'appelait, quelques clartés… confuses.

Le voici, tel qu'il parut sous la signature de Salvator :

L'AFFAIRE DU « SEPT-DE-CŒUR »
UN COIN DU VOILE SOULEVÉ.

« Nous serons brefs. Il y a dix ans, un jeune ingénieur des mines, Louis Lacombe, désireux de consacrer son temps et sa fortune aux études qu'il poursuivait, donna sa démission, et loua, au numéro 102, boulevard Maillot, un petit hôtel qu'un comte italien avait fait récemment construire et décorer. Par l'intermédiaire de deux individus, les frères Varin, de Lausanne, dont l'un l'assistait dans ses expériences comme préparateur, et dont l'autre lui cherchait des commanditaires, il entra en relations avec M. Georges Andermatt, qui venait de fonder le Comptoir des Métaux.

« Après plusieurs entrevues, il parvint à l'intéresser à un projet de sous-marin auquel il travaillait, et il fut entendu que, dès la mise au point définitive de l'invention, M. Andermatt userait de son influence pour obtenir du ministère de la Marine une série d'essais.

« Durant deux années, Louis Lacombe fréquenta assidûment l'hôtel Andermatt et soumit au banquier les perfectionnements qu'il apportait à son projet, jusqu'au jour où, satisfait lui-même de son travail, ayant trouvé la formule définitive qu'il cherchait, il pria M. Andermatt de se mettre en campagne.

« Ce jour-là, Louis Lacombe dîna chez les Andermatt. Il s'en alla, le soir, vers onze heures et demie. Depuis on ne l'a plus revu.

« En relisant les journaux de l'époque, on verrait que la famille du jeune homme saisit la justice et que le parquet s'inquiéta. Mais on n'aboutit à aucune certitude, et généralement il fut admis que Louis Lacombe qui passait pour un garçon original et fantasque, était parti en voyage sans prévenir personne.

« Acceptons cette hypothèse… invraisemblable. Mais une question se pose, capitale pour notre pays : que sont devenus les plans du sous-marin ? Louis Lacombe les a-t-il emportés ? Sont-ils détruits ?

« De l'enquête très sérieuse à laquelle nous nous sommes livrés, il résulte que ces plans existent. Les frères Varin les ont eus entre les mains. Comment ? Nous n'avons encore pu l'établir, de même que nous ne savons pas pourquoi ils n'ont pas essayé plutôt de les vendre. Craignaient-ils qu'on ne leur demandât comment ils les avaient en leur possession ? En tout cas cette crainte n'a pas persisté, et nous pouvons en toute certitude affirmer ceci : les plans de Louis Lacombe sont la propriété d'une puissance étrangère, et nous sommes en mesure de publier la correspondance échangée à ce propos entre les frères Varin et le représentant de cette puissance. Actuellement le *Sept-de-cœur* imaginé par Louis Lacombe est réalisé par nos voisins.

« La réalité répondra-t-elle aux prévisions optimistes de ceux qui ont été mêlés à cette trahison ? Nous avons, pour espérer le contraire, des raisons que l'événement, nous voudrions le croire, ne trompera point. »

Et un post-scriptum ajoutait :

« Dernière heure. – Nous espérions à juste titre. Nos informations particulières nous permettent d'annoncer que les essais du *Sept-de-cœur* n'ont pas été satisfaisants. Il est assez probable qu'aux plans livrés par les frères Varin, il manquait le dernier document apporté par Louis Lacombe à M. Andermatt le soir de sa disparition, document indispensable à la compréhension totale du projet, sorte de résumé où l'on retrouve les conclusions définitives, les évaluations et les mesures contenues dans les autres papiers. Sans ce document, les plans sont imparfaits ; de même que, sans les plans, le document est inutile.

« Donc il est encore temps d'agir et de reprendre ce qui nous appartient. Pour cette besogne fort difficile, nous comptons beaucoup sur l'assistance de M. Andermatt. Il aura à cœur d'expliquer la conduite inexplicable qu'il a tenue depuis le début. Il dira non seulement pourquoi il n'a pas raconté ce qu'il savait au moment du suicide d'Étienne Varin, mais aussi pourquoi il n'a jamais révélé la disparition des papiers dont il avait connaissance. Il dira pourquoi, depuis six ans, il fait surveiller les frères Varin par des agents à sa solde.

« Nous attendons de lui, non point des paroles, mais des actes. Sinon… »

La menace était brutale, Mais en quoi consistait-elle ? Quel moyen d'intimidation Salvator, l'auteur… anonyme de l'article, possédait-il sur Andermatt ?

Une nuée de reporters assaillit le banquier, et, dix interviews exprimèrent le dédain avec lequel il répondit à cette mise en demeure. Sur quoi, le correspondant de l'*Écho de France* riposta par ces trois lignes :

« Que M. Andermatt le veuille ou non, il est, dès à présent, notre collaborateur dans l'œuvre que nous entreprenons. »

Le jour où parut cette réplique, Daspry et moi nous dînâmes ensemble. Le soir, les journaux étalés sur ma table, nous discutions l'affaire et l'examinions sous toutes ses faces avec cette irritation que l'on éprouverait à marcher indéfiniment dans l'ombre et à toujours se heurter aux mêmes obstacles.

Et soudain, sans que mon domestique m'eût averti, sans que le timbre eût résonné, la porte s'ouvrit, et une dame entra, couverte d'un voile épais.

Je me levai aussitôt et m'avançai. Elle me dit :

– C'est vous, monsieur, qui demeurez ici ?

– Oui, madame, mais je vous avoue…

– La grille sur le boulevard n'était pas fermée, expliqua-t-elle.

– Mais la porte du vestibule ?

Elle ne répondit pas, et je songeai qu'elle avait dû faire le tour par l'escalier de service. Elle connaissait donc le chemin ?

Il y eut un silence un peu embarrassé. Elle regarda Daspry. Malgré moi, comme j'eusse fait, dans un salon, je le présentai. Puis je la priai de s'asseoir et de m'exposer le but de sa visite.

Elle enleva son voile et je vis qu'elle était brune, de visage régulier, et, sinon très belle, du moins d'un charme infini qui provenait de ses yeux surtout, des yeux graves et douloureux.

Elle dit simplement :

— Je suis madame Andermatt.

— Madame Andermatt ! répétai-je, de plus en plus étonné.

Un nouveau silence, et elle reprit d'une voix calme, et de l'air le plus tranquille :

— Je viens au sujet de cette affaire… que vous savez. J'ai pensé que je pourrais peut-être avoir auprès de vous quelques renseignements…

— Mon Dieu, madame, je n'en connais pas plus que ce qu'en ont dit les journaux. Veuillez préciser en quoi je puis vous être utile.

— Je ne sais pas… Je ne sais pas…

Seulement alors j'eus l'intuition que son calme était factice, et que, sous cet air de sécurité parfaite, se cachait un grand trouble. Et nous nous tûmes, aussi gênés l'un que l'autre.

Mais Daspry, qui n'avait pas cessé de l'observer, s'approcha et lui dit :

— Voulez-vous me permettre, madame, de vous poser quelques questions ?

— Oh ! oui, s'écria-t-elle, comme cela je parlerai.

— Vous parlerez… quelles que soient ces questions ?

— Quelles qu'elles soient.

Il réfléchit et prononça :

— Vous connaissez Louis Lacombe ?

— Oui, par mon mari.

— Quand l'avez-vous vu pour la dernière fois ?

— Le soir où il a dîné chez nous.

— Ce soir-là, rien n'a pu vous donner à penser que vous ne le verriez plus ?

— Non. Il avait bien fait allusion à un voyage en Russie, mais si vaguement !

— Vous comptiez donc le revoir ?

– Le surlendemain, à dîner.

– Et comment expliquez-vous cette disparition ?

– Je ne l'explique pas.

– Et M. Andermatt ?

– Je l'ignore.

– Cependant…

– Ne m'interrogez pas là-dessus.

– L'article de l'*Écho de France* semble dire…

– Ce qu'il semble dire, c'est que les frères Varin ne sont pas étrangers à cette disparition.

– Est-ce votre avis ?

– Oui.

– Sur quoi repose votre conviction ?

En nous quittant, Louis Lacombe portait une serviette qui contenait tous les papiers relatifs à son projet. Deux jours après, il y a eu entre mon mari et l'un des frères Varin, celui qui vit, une entrevue au cours de laquelle mon mari acquérait la preuve que ces papiers étaient aux mains des deux frères.

– Et il ne les a pas dénoncés ?

– Non.

– Pourquoi ?

– Parce que, dans la serviette, se trouvait autre chose que les papiers de Louis Lacombe.

– Quoi ?

Elle hésita, fut sur le point de répondre, puis finalement garda le silence. Daspry continua :

– Voilà donc la cause pour laquelle votre mari, sans avertir la police, faisait surveiller les deux frères. Il espérait à la fois reprendre les papiers et cette chose… compromettante grâce à laquelle les deux frères exerçaient sur lui une sorte de chantage.

– Sur lui… et sur moi.

– Ah ! sur vous aussi ?

– Sur moi principalement.

Elle articula ces trois mots d'une voix sourde. Daspry l'observa, fit quelques pas, et revenant à elle :

– Vous avez écrit à Louis Lacombe ?

– Certes… mon mari était en relations…

– En dehors des lettres officielles, n'avez-vous pas écrit à Louis Lacombe… d'autre lettres ? Excusez mon insistance, mais il est indispensable que je sache toute la vérité. Avez-vous écrit d'autres lettres ?

Toute rougissante, elle murmura :

– Oui.

– Et ce sont ces lettres que possédaient les frères Varin ?

– Oui.

– M. Andermatt le sait donc ?

– Il ne les a pas vues, mais Alfred Varin lui en a révélé l'existence, le menaçant de les publier si mon mari agissait contre eux. Mon mari a eu peur… il a reculé devant le scandale.

– Seulement il a tout mis en œuvre pour leur arracher ces lettres.

– Il a tout mis en œuvre… du moins, je le suppose, car, à partir de cette dernière entrevue avec Alfred Varin, et après les quelques mots très violents par lesquels il m'en rendit compte, il n'y a plus eu entre mon mari et moi aucune intimité, aucune confiance. Nous vivons comme deux étrangers.

– En ce cas, si vous n'avez rien à perdre, que craignez-vous ?

– Si indifférente que je lui sois devenue, je suis celle qu'il a aimée, celle qu'il aurait encore pu aimer ; – oh ! cela, j'en suis certaine, murmura-t-elle d'une voix ardente, il m'aurait encore aimée, s'il ne s'était pas emparé de ces maudites lettres…

– Comment ! il aurait réussi… Mais les deux frères se méfiaient cependant ?

– Oui, et ils se vantaient même, paraît-il, d'avoir une cachette sûre.

– Alors ?…

– J'ai tout lieu de croire que mon mari a découvert cette cachette !

– Allons donc ! où se trouvait-elle ?

– Ici.

Je tressautai.

– Ici ?

– Oui, et je l'avais toujours soupçonné. Louis Lacombe, très ingénieux, passionné de mécanique, s'amusait, à ses heures perdues, à confectionner des coffres et des serrures. Les frères Varin ont dû surprendre et, par la suite, utiliser une de ces cachettes pour dissimuler les lettres… et d'autres choses aussi sans doute.

– Mais ils n'habitaient pas ici, m'écriai-je.

– Jusqu'à votre arrivée, il y a quatre mois, ce pavillon est resté inoccupé. Il est donc probable qu'ils y revenaient, et ils ont pensé en outre que votre présence ne les gênerait pas le jour où ils auraient besoin de retirer tous leurs papiers. Mais ils comptaient sans mon mari qui, dans la nuit du 22 au 23 juin, a forcé le coffre, a pris… ce qu'il cherchait, et a laissé sa carte pour bien montrer aux deux frères qu'il n'avait plus à les redouter et que les rôles changeaient. Deux jours plus tard, averti par l'article du *Gil Blas*, Étienne Varin se présentait chez vous en toute hâte, restait seul dans ce salon, trouvait le coffre vide, et se tuait.

Après un instant, Daspry demanda :

– C'est une simple supposition, n'est-ce pas ? M. Andermatt ne vous a rien dit ?

– Non.

– Son attitude vis-à-vis de vous ne s'est pas modifiée ? Il ne vous a pas paru plus sombre, plus soucieux ?

– Non.

– Et vous croyez qu'il en serait ainsi s'il avait trouvé les lettres ! Pour moi, il ne les a pas. Pour moi, ce n'est pas lui qui est entré ici.

– Mais qui alors ?

– Le personnage mystérieux qui conduit cette affaire, qui en tient tous les fils, et qui la dirige vers un but que nous ne faisons qu'entrevoir à travers tant de complications, le personnage mystérieux dont on sent l'action visible et toute-puissante depuis la première heure. C'est lui et ses amis qui sont entrés dans cet hôtel le 22 juin, c'est lui qui a découvert la cachette, c'est lui qui a laissé la carte de M. Andermatt, c'est lui qui détient la correspondance et les preuves de la trahison des frères Varin.

– Qui, lui ? interrompis-je, non sans impatience.

– Le correspondant de l'*Écho de France*, parbleu, ce Salvator ! N'est-ce pas d'une évidence aveuglante ? Ne donne-t-il pas dans son article des détails que, seul, peut connaître l'homme qui a pénétré les secrets des deux frères ?

– En ce cas, balbutia Mme Andermatt, avec effroi, il a mes lettres également, et c'est lui à son tour qui menace mon mari ! Que faire, mon Dieu !

– Lui écrire, déclara nettement Daspry, se confier à lui sans détours, lui raconter tout ce que vous savez et tout ce que vous pouvez apprendre.

– Que dites-vous !

Votre intérêt est le même que le sien. Il est hors de doute qu'il agit contre le survivant des deux frères. Ce n'est pas contre M. Andermatt qu'il cherche les armes, mais contre Alfred Varin. Aidez-le.

– Comment ?

– Votre mari a-t-il ce document qui complète et qui permet d'utiliser les plans de Louis Lacombe ?

– Oui.

– Prévenez-en Salvator. Au besoin, tâchez de lui procurer ce document. Bref, entrez en correspondance avec lui. Que risquez-vous ?

Le conseil était hardi, dangereux même à première vue ; mais Mme Andermatt n'avait guère le choix. Aussi bien, comme disait Daspry, que risquait-elle ? Si l'inconnu était un ennemi, cette démarche n'aggravait pas la situation. Si c'était un étranger qui poursuivait un but particulier, il devait n'attacher à ces lettres qu'une importance secondaire.

Quoi qu'il en soit, il y avait là une idée, et Mme Andermatt, dans son désarroi, fut trop heureuse de s'y rallier. Elle nous remercia avec effusion, et promit de nous tenir au courant.

Le surlendemain, en effet, elle nous envoyait ce mot qu'elle avait reçu en réponse :

« Les lettres ne s'y trouvaient pas. Mais je les aurai, soyez tranquille. Je veille à tout. S. »

Je pris le papier. C'était l'écriture du billet que l'on avait introduit dans mon livre de chevet, le soir du 22 juin.

Daspry avait donc raison, Salvator était bien le grand organisateur de cette affaire.

En vérité, nous commencions à discerner quelques lueurs parmi les ténèbres qui nous environnaient et certains points s'éclairaient d'une lumière inattendue. Mais que d'autres restaient obscurs, comme la découverte des deux sept de cœur ! Pour ma part, j'en revenais toujours là, plus intrigué peut-être qu'il n'eût fallu par ces deux cartes dont les sept petites figures transpercées avaient frappé mes yeux en de si troublantes circonstances. Quel rôle jouaient-elles dans le drame ? Quelle importance devait-on leur attribuer ? Quelle conclusion devait-on tirer de ce fait que le sous-marin construit sur les plans de Louis Lacombe portait le nom de *Sept-de-cœur* ?

Daspry, lui, s'occupait peu des deux cartes, tout entier à l'étude d'un autre problème dont la solution lui semblait plus urgente : il cherchait inlassablement la fameuse cachette.

– Et qui sait, disait-il, si je n'y trouverais point les lettres que Salvator n'y a point trouvées… par inadvertance peut-être. Il est si peu croyable que les frères Varin aient enlevé d'un endroit qu'ils supposaient inaccessible l'arme dont ils savaient la valeur inappréciable.

Et il cherchait. La grande salle n'ayant bientôt plus de secrets pour lui, il étendait ses investigations à toutes les autres pièces du pavillon : il scruta l'intérieur et l'extérieur, il examina les pierres et les briques des murailles, il souleva les ardoises du toit.

Un jour, il arriva avec une pioche et une pelle, me donna la pelle, garda la pioche et, désignant le terrain vague :

– Allons-y.

Je le suivis sans enthousiasme. Il divisa le terrain en plusieurs sections qu'il inspecta successivement. Mais, dans un coin, à l'angle que formaient les murs des deux propriétés voisines, un amoncellement de moellons et de cailloux recouverts de ronces et d'herbes attira son attention. Il l'attaqua.

Je dus l'aider. Durant une heure, en plein soleil, nous peinâmes inutilement. Mais lorsque, sous les pierres écartées, nous parvînmes au sol lui-même et que nous l'eûmes éventré, la pioche de Daspry mit à nu des ossements, un reste de squelette autour duquel s'effiloquaient encore des bribes de vêtements.

Et soudain je me sentis pâlir. J'apercevais fichée en terre une petite plaque de fer, découpée en forme de rectangle et où il me semblait distinguer des taches rouges. Je me baissai. C'était bien cela : la plaque avait les dimensions d'une carte à jouer, et les taches rouges, d'un rouge de minium rongé par places, étaient au nombre de sept, disposées comme les sept points d'un sept de cœur, et percées d'un trou à chacune des sept extrémités.

— Écoutez, Daspry, j'en ai assez de toutes ces histoires. Tant mieux pour vous si elles vous intéressent. Moi, je vous fausse compagnie.

Était-ce l'émotion ? Était-ce la fatigue d'un travail exécuté sous un soleil trop rude, toujours est-il que je chancelai en m'en allant, et que je dus me mettre au lit, où je restai quarante-huit heures, fiévreux et brûlant, obsédé par des squelettes qui dansaient autour de moi et se jetaient à la tête leurs cœurs sanguinolents.

Daspry me fut fidèle. Chaque jour, il m'accorda trois ou quatre heures, qu'il passa, il est vrai, dans la grande salle, à fureter, cogner, et tapoter.

— Les lettres sont là, dans cette pièce, venait-il me dire de temps à autre, elles sont là. J'en mettrais ma main au feu.

— Laissez-moi la paix, répondais-je, horripilé.

Le matin du troisième jour, je me levai, assez faible encore, mais guéri. Un déjeuner substantiel me réconforta. Mais un petit bleu que je reçus vers cinq heures contribua plus que tout à mon complet rétablissement, tellement ma curiosité fut, de nouveau et malgré tout, piquée au vif.

Le pneumatique contenait ces mots :

« Monsieur,

« Le drame dont le premier acte s'est passé dans la nuit du 22 au 23 juin touche à son dénouement. La force même des choses exigeant que je mette en présence l'un de l'autre les deux principaux personnages de ce drame et que cette confrontation ait lieu chez vous, je vous serais infiniment reconnaissant de me prêter votre domicile pour la soirée d'aujourd'hui. Il serait bon que, de neuf heures à onze heures, votre domestique fût éloigné, et préférable que vous-même eussiez l'extrême obligeance de bien vouloir laisser le champ libre aux adversaires. Vous avez pu vous rendre compte, dans la nuit du 22 au 23 juin, que je poussais jusqu'au scrupule le respect de tout ce qui vous appartient. De mon côté, je croirais vous faire injure si je doutais un seul instant de votre absolue discrétion à l'égard de celui qui signe

« Votre dévoué,

« SALVATOR. »

Il y avait dans cette missive un ton d'ironie courtoise, et, dans la demande qu'elle exprimait, une si jolie fantaisie, que je me délectai. C'était d'une désinvolture charmante, et mon correspondant semblait tellement sûr de mon acquiescement ! Pour rien au monde, je n'eusse voulu le décevoir ou répondre à sa confiance par l'ingratitude.

À huit heures, mon domestique, à qui j'avais offert une place de théâtre, venait de sortir, quand Daspry arriva. Je lui montrai le petit bleu.

– Eh bien ? me dit-il.

– Eh bien ! je laisse la grille du jardin ouverte, afin que l'on puisse entrer.

– Et vous vous en allez ?

– Jamais de la vie !

– Mais puisqu'on vous demande…

– On me demande la discrétion. Je serai discret. Mais je tiens furieusement à voir ce qui va se passer.

Daspry se mit à rire.

– Ma foi, vous avez raison, et je reste aussi. J'ai idée qu'on ne s'ennuiera pas.

Un coup de timbre l'interrompit.

– Eux déjà ? murmura-t-il, et vingt minutes en avance ! Impossible.

Du vestibule, je tirai le cordon qui ouvrait la grille. Une silhouette de femme traversa le jardin : Mme Andermatt.

Elle paraissait bouleversée, et c'est en suffoquant qu'elle balbutia :

– Mon mari… il vient… il a rendez-vous… on doit lui donner les lettres…

– Comment le savez-vous ? lui dis-je.

– Un hasard. Un mot que mon mari a reçu pendant le dîner.

– Un petit bleu ?

– Un message téléphonique. Le domestique me l'a remis par erreur. Mon mari l'a pris aussitôt, mais il était trop tard… j'avais lu.

– Vous aviez lu…

– Ceci à peu près : « À neuf heures, ce soir, soyez au boulevard Maillot avec les documents qui concernent l'affaire. En échange, les lettres. »

Après le dîner je suis remontée chez moi et je suis sortie.

– À l'insu de M. Andermatt ?

– Oui.

Daspry me regarda.

– Qu'en pensez-vous ?

– Je pense ce que vous pensez, que M. Andermatt est un des adversaires convoqués.

– Par qui ? et dans quel but ?

– C'est précisément ce que nous allons savoir.

Je les conduisis dans la grande salle.

Nous pouvions, à la rigueur, tenir tous les trois sous le manteau de la cheminée, et nous dissimuler derrière la tenture de velours. Nous nous installâmes. Mme Andermatt s'assit entre nous deux. Par les fentes du rideau la pièce entière nous apparaissait.

Neuf heures sonnèrent. Quelques minutes plus tard la grille du jardin grinça sur ses gonds.

J'avoue que je n'étais pas sans éprouver une certaine angoisse et qu'une fièvre nouvelle me surexcitait. J'étais sur le point de connaître le mot de l'énigme ! L'aventure déconcertante dont les péripéties se déroulaient devant moi depuis des semaines allait enfin prendre son véritable sens, et c'est sous mes yeux que la bataille allait se livrer.

Daspry saisit la main de Mme Andermatt et murmura :

– Surtout, pas un mouvement ! Quoi que vous entendiez ou voyiez, restez impassible.

Quelqu'un entra. Et je reconnus tout de suite, à sa grande ressemblance avec Étienne Varin, son frère Alfred. Même démarche lourde, même visage terreux envahi par la barbe.

Il entra de l'air inquiet d'un homme qui a l'habitude de craindre des embûches autour de lui, qui les flaire et les évite. D'un coup d'œil il embrassa la pièce et j'eus l'impression que cette cheminée masquée par une portière de velours lui était désagréable. Il fit trois pas de notre côté. Mais une idée, plus impérieuse sans doute, le détourna, car il obliqua vers le mur, s'arrêta devant le vieux roi en mosaïque, à la barbe fleurie, au glaive flamboyant, et l'examina longuement, montant sur une chaise, suivant du doigt le contour des épaules et de la figure, et palpant certaines parties de l'image.

Mais brusquement il sauta de sa chaise et s'éloigna du mur. Un bruit de pas retentissait. Sur le seuil apparut M. Andermatt.

Le banquier jeta un cri de surprise.

– Vous ! Vous ! C'est vous qui m'avez appelé ?

– Moi ? mais du tout, protesta Varin d'une voix cassée qui me rappela celle de son frère, c'est votre lettre qui m'a fait venir.

– Ma lettre !

– Une lettre signée de vous, où vous m'offrez…

– Je ne vous ai pas écrit.

– Vous ne m'avez pas écrit ?

Instinctivement, Varin se mit en garde, non point contre le banquier, mais contre l'ennemi inconnu qui l'avait attiré dans ce piège. Une seconde fois, ses yeux se tournèrent de notre côté, et, rapidement, il se dirigea vers la porte.

M. Andermatt lui barra le passage.

– Que faites-vous donc, Varin ?

– Il y a là-dessous des machinations qui ne me plaisent pas. Je m'en vais. Bonsoir.

– Un instant !

– Voyons, monsieur Andermatt, n'insistez pas, nous n'avons rien à nous dire.

– Nous avons beaucoup à nous dire et l'occasion est trop bonne…

– Laissez-moi passer.

– Non, non, non, vous ne passerez pas.

Varin recula, intimidé par l'attitude résolue du banquier, et il mâchonna :

– Alors, vite, causons, et que ce soit fini !

Une chose m'étonnait, et je ne doutais pas que mes deux compagnons n'éprouvassent la même déception. Comment se pouvait-il que Salvator ne fût pas là ? N'entrait-il pas dans ses projets d'intervenir ? et la seule confrontation du banquier et de Varin lui semblait-elle suffisante ? J'étais singulièrement troublé. Du fait de son absence, ce duel, combiné par lui, voulu par lui, prenait l'allure tragique des événements que suscite et commande l'ordre rigoureux du destin, et la force qui heurtait l'un à l'autre ces deux hommes impressionnait d'autant plus, qu'elle résidait en dehors d'eux.

Après un moment, M. Andermatt s'approcha de Varin, et, bien en face, les yeux dans les yeux :

— Maintenant que des années se sont écoulées, et que vous n'avez plus rien à redouter, répondez-moi franchement, Varin. Qu'avez-vous fait de Louis Lacombe ?

— En voilà une question ! Comme si je pouvais savoir ce qu'il est devenu !

— Vous le savez ! vous le savez ! Votre frère et vous, vous étiez attachés à ses pas, vous viviez presque chez lui, dans la maison même où nous sommes. Vous étiez au courant de tous ses travaux, de tous ses projets. Et le dernier soir, Varin, quand j'ai reconduit Louis Lacombe jusqu'à ma porte, j'ai vu deux silhouettes qui se dérobaient dans l'ombre. Cela, je suis prêt à le jurer.

— Et après, quand vous l'aurez juré ?

— C'était votre frère et vous, Varin.

— Prouvez-le.

— Mais la meilleure preuve, c'est que, deux jours plus tard, vous me montriez vous-même les papiers et les plans que vous aviez recueillis dans la serviette de Lacombe, et que vous me proposiez de me les vendre. Comment ces papiers étaient-ils en votre possession ?

— Je vous l'ai dit, monsieur Andermatt, nous les avons trouvés sur la table même de Louis Lacombe, le lendemain matin, après sa disparition.

— Ce n'est pas vrai.

— Prouvez-le.

— La justice aurait pu le prouver.

— Pourquoi ne vous êtes-vous pas adressé à la justice ?

— Pourquoi ? Ah ! pourquoi…

Il se tut, le visage sombre. Et l'autre reprit :

– Voyez-vous, monsieur Andermatt, si vous aviez eu la moindre certitude, ce n'est pas la petite menace que nous vous avons faite qui eût empêché…

– Quelle menace ? Ces lettres ? Est-ce que vous vous imaginez que j'aie jamais cru un instant ?…

– Si vous n'avez pas cru à ces lettres, pourquoi m'avez-vous offert des mille et des cents pour les ravoir ? Et pourquoi, depuis, nous avez-vous fait traquer comme des bêtes, mon frère et moi ?

– Pour reprendre des plans auxquels je tenais.

– Allons donc ! c'était pour les lettres. Une fois en possession des lettres, vous nous dénonciez. Plus souvent que je m'en serais dessaisi !

Il eut un éclat de rire qu'il interrompit tout d'un coup.

– Mais en voilà assez. Nous aurons beau répéter les mêmes paroles, que nous n'en serons pas plus avancés. Par conséquent, nous en resterons là.

– Nous n'en resterons pas là, dit le banquier, et puisque vous avez parlé des lettres, vous ne sortirez pas d'ici avant de me les avoir rendues.

– Je sortirai.

– Non, non.

– Écoutez, monsieur Andermatt, je vous conseille…

– Vous ne sortirez pas.

– C'est ce que nous verrons, dit Varin avec un tel accent de rage que Mme Andermatt étouffa un faible cri.

Il dut l'entendre, car il voulut passer de force. M. Andermatt le repoussa violemment. Alors je le vis qui glissait sa main dans la poche de son veston.

– Une dernière fois !

– Les lettres d'abord.

Varin tira un revolver et, visant M. Andermatt :

– Oui ou non ?

Le banquier se baissa vivement.

Un coup de feu jaillit. L'arme tomba.

Je fus stupéfait. C'était près de moi que le coup de feu avait jailli ! Et c'était Daspry qui, d'une balle de pistolet, avait fait sauter l'arme de la main d'Alfred Varin !

Et dressé subitement entre les deux adversaires, face à Varin, il ricanait :

– Vous avez de la veine, mon ami, une rude veine. C'est la main que je visais, et c'est le revolver que j'atteins.

Tous deux le contemplaient, immobiles et confondus. Il dit au banquier :

– Vous m'excuserez, monsieur, de me mêler de ce qui ne me regarde pas. Mais vraiment vous jouez votre partie avec trop de maladresse. Permettez-moi de tenir les cartes.

Se tournant vers l'autre :

– À nous deux, camarade. Et rondement, je t'en prie. L'atout est cœur, et je joue le sept.

Et, à trois pouces du nez, il lui colla la plaque de fer où les sept points rouges étaient marqués.

Jamais il ne m'a été donné de voir un tel bouleversement. Livide, les yeux écarquillés, les traits tordus d'angoisse, l'homme semblait hypnotisé par l'image qui s'offrait à lui.

– Qui êtes-vous ? balbutia-t-il.

– Je l'ai déjà dit, un monsieur qui s'occupe de ce qui ne le regarde pas... mais qui s'en occupe à fond.

– Que voulez-vous ?

– Tout ce que tu as apporté.

– Je n'ai rien apporté.

– Si, sans quoi, tu ne serais pas venu. Tu as reçu ce matin un mot te convoquant ici pour neuf heures, et t'enjoignant d'apporter tous les papiers que tu avais. Or te voici. Où sont les papiers ?

Il y avait dans la voix de Daspry, il y avait dans son attitude, une autorité qui me déconcertait, une façon d'agir toute nouvelle chez cet homme plutôt nonchalant d'ordinaire et doux. Absolument dompté, Varin désigna l'une de ses poches.

– Les papiers sont là.

– Ils y sont tous ?

– Oui.

– Tous ceux que tu as trouvés dans la serviette de Louis Lacombe et que tu as vendus au major von Lieben ?

– Oui.

– Est-ce la copie ou l'original ?

– L'original.

– Combien en veux-tu ?

– Cent mille.

Daspry s'esclaffa.

– Tu es fou. Le major ne t'en a donné que vingt mille. Vingt mille jetés à l'eau, puisque les essais ont manqué.

– On n'a pas su se servir des plans.

– Les plans sont incomplets.

– Alors, pourquoi me les demandez-vous ?

– J'en ai besoin. Je t'en offre cinq mille francs. Pas un sou de plus.

– Dix mille. Pas un sou de moins.

– Accordé.

Daspry revint à M. Andermatt.

– Veuillez signer un chèque, monsieur.

– Mais c'est que je n'ai pas…

– Votre carnet ? Le voici.

Ahuri, M. Andermatt palpa le carnet que lui tendait Daspry.

– C'est bien à moi… Comment se fait-il ?

– Pas de vaines paroles, je vous en prie, cher monsieur, vous n'avez qu'à signer.

Le banquier tira son stylographe et signa. Varin avança la main.

– Bas les pattes, fit Daspry, tout n'est pas fini.

Et s'adressant au banquier :

– Il était question aussi de lettres que vous réclamez ?

– Oui, un paquet de lettres.

– Où sont-elles, Varin ?

– Je ne les ai pas.

– Où sont-elles, Varin ?

– Je l'ignore. C'est mon frère qui s'en est chargé.

– Elles sont cachées ici, dans cette pièce.

– En ce cas, vous savez où elles sont.

– Comment le saurais-je ?

– Dame, n'est-ce pas vous qui avez visité la cachette ? Vous paraissez aussi bien renseigné que Salvator.

– Les lettres ne sont pas dans la cachette.

– Elles y sont.

–Ouvre-la.

Varin eut un regard de méfiance. Daspry et Salvator ne faisaient-ils qu'un réellement, comme tout le laissait présumer ? Si oui, il ne risquait rien en montrant une cachette déjà connue. Sinon, c'était inutile…

– Ouvre-la, répéta Daspry.

– Je n'ai pas de sept de cœur.

– Si, celui-là, dit Daspry, en tendant la plaque de fer.

Varin recula terrifié :

– Non… non… je ne veux pas…

– Qu'à cela ne tienne…

Daspry se dirigea vers le vieux monarque à la barbe fleurie, monta sur une chaise, et appliqua le sept de cœur au bas du glaive, contre la garde, et de façon que les bords de la plaque recouvrissent exactement les deux bords de l'épée. Puis, avec l'aide d'un poinçon qu'il introduisit tour à tour dans chacun des sept trous, pratiqués à l'extrémité des sept points de cœur, il pesa sur sept des petites pierres de la mosaïque. À la septième petite pierre enfoncée, un déclenchement se produisit, et tout le buste du roi pivota, démasquant une large ouverture, aménagée comme un coffre, avec des revêtements de fer et deux rayons d'acier luisant.

– Tu vois bien, Varin, le coffre est vide.

– En effet… Alors c'est que mon frère aura retiré les lettres.

Daspry revint vers l'homme et lui dit :

– Ne joue pas au plus fin avec moi. Il y a une autre cachette. Où est-elle ?

– Il n'y en a pas.

– Est-ce de l'argent que tu veux ? Combien ?

– Dix mille.

– Monsieur Andermatt, ces lettres valent-elles dix mille francs pour vous ?

– Oui, dit le banquier d'une voix forte.

Varin ferma le coffre, prit le sept de cœur non sans une répugnance visible, et l'appliqua sur le glaive, contre la garde, et juste au même endroit. Successivement, il enfonça le poinçon à l'extrémité des sept points de cœur. Il se produisit un second déclenchement, mais cette fois, chose inattendue, ce ne fut qu'une partie du coffre qui pivota, démasquant un petit coffre pratiqué dans l'épaisseur même de la porte qui fermait le plus grand.

Le paquet de lettres était là, noué d'une ficelle et cacheté. Varin le remit à Daspry. Celui-ci demanda :

– Le chèque est prêt, monsieur Andermatt ?

– Oui.

– Et vous avez aussi le dernier document que vous tenez de Louis Lacombe, et qui complète les plans du sous-marin ?

– Oui.

L'échange se fit. Daspry empocha le document et le chèque et offrit le paquet à M. Andermatt.

– Voici ce que vous désiriez, monsieur.

Le banquier hésita un moment, comme s'il avait peur de toucher à ces pages maudites qu'il avait cherchées avec tant d'âpreté. Puis, d'un geste nerveux, il s'en empara.

Auprès de moi, j'entendis un gémissement. Je saisis la main de Mme Andermatt : elle était glacée.

Et Daspry dit au banquier :

– Je crois, monsieur, que notre conversation est terminée. Oh ! pas de remerciements, je vous en supplie. Le hasard seul a voulu que je puisse vous être utile.

M. Andermatt se retira. Il emportait les lettres de sa femme à Louis Lacombe.

– À merveille, s'écria Daspry d'un air enchanté, tout s'arrange pour le mieux. Nous n'avons plus qu'à boucler notre affaire, camarade. Tu as les papiers ?

– Les voilà tous.

Daspry les compulsa, les examina attentivement, et les enfouit dans sa poche.

– Parfait, tu as tenu parole.

– Mais…

– Mais quoi ?

111

– Les deux chèques ?… l'argent ?…

– Eh bien ! tu as de l'aplomb, mon bonhomme. Comment, tu oses réclamer !

– Je réclame ce qui m'est dû.

– On te doit donc quelque chose pour des papiers que tu as volés ?

Mais l'homme paraissait hors de lui. Il tremblait de colère, les yeux injectés de sang.

– L'argent… les vingt mille… bégaya-t-il.

– Impossible… j'en ai l'emploi.

– L'argent !…

– Allons, sois raisonnable, et laisse donc ton poignard tranquille.

Il lui saisit le bras si brutalement que l'autre hurla de douleur, et il ajouta :

– Va-t'en, camarade, l'air te fera du bien. Veux-tu que je te reconduise ? Nous nous en irons par le terrain vague, et je te montrerai un tas de cailloux sous lequel…

– Ce n'est pas vrai ! Ce n'est pas vrai !

– Mais oui, c'est vrai. Cette petite plaque de fer aux sept points rouges vient de là-bas. Elle ne quittait jamais Louis Lacombe, tu te rappelles ? Ton frère et toi vous l'avez enterrée avec le cadavre… et avec d'autres choses qui intéresseront énormément la justice.

Varin se couvrit le visage de ses poings rageurs. Puis il prononça :

– Soit. Je suis roulé. N'en parlons plus. Un mot cependant… un seul mot, je voudrais savoir…

– J'écoute.

– Il y avait dans ce coffre, dans le plus grand des deux, une cassette ?

– Oui.

– Quand vous êtes venu ici, la nuit du 22 au 23 juin, elle y était ?

– Oui.

– Elle contenait ?…

– Tout ce que les frères Varin y avaient enfermé, une assez jolie collection de bijoux, diamants et perles, raccrochés de droite et de gauche par lesdits frères.

– Et vous l'avez prise ?

– Dame ! Mets-toi à ma place.

– Alors… c'est en constatant la disparition de la cassette que mon frère s'est tué ?

– Probable. La disparition de votre correspondance avec le major von Lieben n'eût pas suffi. Mais la disparition de la cassette… Est-ce là tout ce que tu avais à me demander ?

– Ceci encore : votre nom ?

– Tu dis cela comme si tu avais des idées de revanche.

– Parbleu ! La chance tourne. Aujourd'hui vous êtes le plus fort. Demain…

– Ce sera toi.

– J'y compte bien. Votre nom ?

– Arsène Lupin.

– Arsène Lupin !

L'homme chancela, assommé comme par un coup de massue. On eût dit que ces deux mots lui enlevaient toute espérance. Daspry se mit à rire.

– Ah ! ça, t'imaginais-tu qu'un monsieur Durant ou Dupont aurait pu monter toute cette belle affaire ? Allons donc, il fallait au moins un Arsène Lupin. Et maintenant que tu es renseigné, mon petit, va préparer ta revanche, Arsène Lupin t'attend.

Et il le poussa dehors, sans un mot de plus.

– Daspry, Daspry ! criai-je, lui donnant encore et malgré moi, le nom sous lequel je l'avais connu.

J'écartai le rideau de velours.

Il accourut.

– Quoi ? Qu'y a-t-il ?

– Madame Andermatt est souffrante.

Il s'empressa, lui fit respirer des sels, et, tout en la soignant, m'interrogeait :

– Eh bien ! que s'est-il donc passé ?

– Les lettres, lui dis-je… les lettres de Louis Lacombe que vous avez données à son mari !

Il se frappa le front.

– Elle a cru que j'avais fait cela… Mais oui, après tout, elle pouvait le croire. Imbécile que je suis !

Mme Andermatt, ranimée, l'écoutait avidement. Il sortit de son portefeuille un petit paquet en tous points semblable à celui qu'avait emporté M. Andermatt.

– Voici vos lettres, madame, les vraies.

– Mais… les autres ?

– Les autres sont les mêmes que celles-ci, mais recopiées par moi, cette nuit, et soigneusement arrangées. Votre mari sera d'autant plus heureux de les lire qu'il ne se doutera pas de la substitution, puisque tout a paru sous ses yeux…

– L'écriture…

– Il n'y a pas d'écriture qu'on ne puisse imiter.

Elle le remercia, avec les mêmes paroles de gratitude qu'elle eût adressées à un homme de son monde, et je vis bien qu'elle n'avait pas dû entendre les dernières phrases échangées entre Varin et Arsène Lupin.

Moi, je le regardais non sans embarras, ne sachant trop que dire à cet ancien ami qui se révélait à moi sous un jour si imprévu. Lupin ! c'était Lupin ! mon camarade de cercle n'était autre que Lupin ! Je n'en revenais pas. Mais lui, très à l'aise :

– Vous pouvez faire vos adieux à Jean Daspry.

– Ah !

– Oui, Jean Daspry part en voyage. Je l'envoie au Maroc. Il est fort possible qu'il y trouve une fin digne de lui. J'avoue même que c'est son intention.

– Mais Arsène Lupin nous reste ?

– Oh ! plus que jamais. Arsène Lupin n'est encore qu'au début de sa carrière, et il compte bien…

Un mouvement de curiosité irrésistible me jeta sur lui, et l'entraînant à quelque distance de Mme Andermatt :

– Vous avez donc fini par découvrir la seconde cachette, celle où se trouvait le paquet de lettres ?

– J'ai eu assez de mal ! C'est hier seulement, l'après-midi, pendant que vous étiez couché. Et pourtant, Dieu sait combien c'était facile ! Mais les choses les plus simples sont celles auxquelles on pense en dernier.

Et me montrant le sept de cœur :

– J'avais bien deviné que pour ouvrir le grand coffre, il fallait appuyer cette carte contre le glaive du bonhomme en mosaïque…

– Comment aviez-vous deviné cela ?

– Aisément. Par mes informations particulières, je savais, en venant ici, le 22 juin au soir…

– Après m'avoir quitté…

Oui, et après vous avoir mis par des conversations choisies dans un état d'esprit tel qu'un nerveux et un impressionnable comme vous deviez fatalement me laisser agir à ma guise, sans sortir de son lit.

– Le raisonnement était juste.

– Je savais donc, en venant ici, qu'il y avait une cassette cachée dans un coffre à serrure secrète, et que le sept de cœur était la clef, le mot de cette serrure. Il ne s'agissait plus que de plaquer ce sept de cœur à un endroit qui lui fût visiblement réservé. Une heure d'examen m'a suffi.

– Une heure !

– Observez le bonhomme en mosaïque.

– Le vieil empereur ?

– Ce vieil empereur est la représentation exacte du roi de cœur de tous les jeux de cartes, Charlemagne.

– En effet… Mais pourquoi le sept de cœur ouvre-t-il tantôt le grand coffre, tantôt le petit ? Et pourquoi n'avez-vous ouvert d'abord que le grand coffre ?

– Pourquoi ? mais parce que je m'obstinais toujours à placer mon sept de cœur dans le même sens. Hier seulement je me suis aperçu qu'en le retournant, c'est-à-dire en mettant le septième point, celui du milieu, en l'air au lieu de le mettre en bas, la disposition des sept points changeait.

– Parbleu !

– Évidemment, parbleu, mais encore fallait-il y penser.

– Autre chose : vous ignoriez l'histoire des lettres avant que madame Andermatt…

– En parlât devant moi ? Oui. Je n'avais découvert dans le coffre, outre la cassette, que la correspondance des deux frères, correspondance qui m'a mis sur la voie de leur trahison.

– Somme toute, c'est par hasard que vous avez été amené d'abord à reconstituer l'histoire des deux frères, puis à rechercher les plans et les documents du sous-marin ?

– Par hasard.

– Mais dans quel but avez-vous recherché ?…

Daspry m'interrompit en riant :

– Mon Dieu ! comme cette affaire vous intéresse !

– Elle me passionne.

– Eh bien ! tout à l'heure, quand j'aurai reconduit madame Andermatt et fait porter à l'*Écho de France* le mot que je vais écrire, je reviendrai et nous entrerons dans le détail.

Il s'assit et écrivit une de ces petites notes lapidaires où se divertit la fantaisie du personnage. Qui ne se rappelle le bruit que fit celle-ci dans le monde entier ?

« Arsène Lupin a résolu le problème que Salvator a posé dernièrement. Maître de tous les documents et plans originaux de l'ingénieur Louis Lacombe, il les a fait parvenir entre les mains du ministre de la Marine. À cette occasion il ouvre une souscription dans le but d'offrir à l'État le premier sous-marin construit d'après ces plans. Et il s'inscrit lui-même en tête de cette souscription pour la somme de vingt mille francs. »

– Les vingt mille francs des chèques de monsieur Andermatt ? lui dis-je, quand il m'eut donné le papier à lire.

– Précisément. Il est équitable que Varin rachète en partie sa trahison.

Et voilà comment j'ai connu Arsène Lupin. Voilà comment j'ai su que Jean Daspry, camarade de cercle, relation mondaine, n'était autre qu'Arsène Lupin, gentleman-cambrioleur. Voilà comment j'ai noué des liens d'amitié fort agréables avec notre grand homme, et comment peu à peu, grâce à la confiance dont il veut bien m'honorer, je suis devenu son très humble, très fidèle et très reconnaissant historiographe.

Le coffre-fort de madame Imbert

À trois heures du matin, il y avait encore une demi-douzaine de voitures devant un des petits hôtels de peintre qui composent l'unique côté du boulevard Berthier. La porte de cet hôtel s'ouvrit. Un groupe d'invités, hommes et dames, sortirent. Quatre voitures filèrent de droite et de gauche et il ne resta sur l'avenue que deux messieurs qui se quittèrent au coin de la rue de Courcelles, où demeurait l'un d'eux. L'autre résolut de rentrer à pied jusqu'à la porte Maillot.

Il traversa donc l'avenue de Villiers et continua son chemin sur le trottoir opposé aux fortifications. Par cette belle nuit d'hiver, pure et froide, il y avait plaisir à marcher. On respirait bien. Le bruit des pas résonnait allégrement.

Mais au bout de quelques minutes, il eut l'impression désagréable qu'on le suivait. De fait, s'étant retourné, il aperçut l'ombre d'un homme qui se glissait entre les arbres. Il n'était point peureux ; cependant il hâta le pas afin d'arriver le plus vite possible à l'octroi des Ternes. Mais l'homme se mit à courir. Assez inquiet, il jugea plus prudent de lui faire face et de tirer son revolver.

Il n'en eut pas le temps, l'homme l'assaillit violemment, et tout de suite une lutte s'engagea sur le boulevard désert, lutte à bras-le-corps où il sentit aussitôt qu'il avait le désavantage. Il appela au secours, se débattit, et fut renversé contre un tas de cailloux, serré à la gorge, bâillonné d'un mouchoir, que son adversaire lui enfonçait dans la bouche. Ses yeux se fermèrent, ses oreilles bourdonnèrent, et il allait perdre connaissance, lorsque soudain l'étreinte se desserra, et l'homme qui l'étouffait de son poids se releva pour se défendre à son tour contre une attaque imprévue.

Un coup de canne sur le poignet, un coup de botte sur la cheville… L'homme poussa deux grognements de douleur et s'enfuit en boitant et en jurant.

Sans daigner le poursuivre, le nouvel arrivant se pencha et dit :

– Êtes-vous blessé, monsieur ?

Il n'était pas blessé, mais fort étourdi et incapable de se tenir debout. Par bonheur, un des employés d'octroi, attiré par les cris, accourut. Une voiture fut requise. Le monsieur y prit place accompagné de son sauveur, et on le conduisit à son hôtel de l'avenue de la Grande-Armée.

Devant la porte, tout à fait remis, il se confondit en remerciements.

– Je vous dois la vie, monsieur, veuillez croire que je ne l'oublierai point. Je ne veux pas effrayer ma femme en ce moment, mais je tiens à ce qu'elle vous exprime elle-même, dès aujourd'hui, toute ma reconnaissance.

Il le pria de venir déjeuner et lui dit son nom : Ludovic Imbert, ajoutant :

– Puis-je savoir à qui j'ai l'honneur…

– Mais certainement, fit l'autre.

Et il se présenta :

– Arsène Lupin.

Arsène Lupin n'avait pas alors cette célébrité que lui ont value l'affaire Cahorn, son évasion de la Santé, et tant d'autres exploits retentissants. Il ne s'appelait même pas Arsène Lupin. Ce nom auquel l'avenir réservait un tel lustre fut spécialement imaginé pour désigner le sauveur de M. Imbert, et l'on peut dire que c'est dans cette affaire qu'il reçut le baptême du feu. Prêt au combat, il est vrai, armé de toutes pièces, mais sans ressources, sans l'autorité que donne le succès, Arsène Lupin n'était qu'apprenti dans une profession où il devait bientôt passer maître.

Aussi quel frisson de joie à son réveil quand il se rappela l'invitation de la nuit ! Enfin il touchait au but ! Enfin il entreprenait une œuvre digne de ses forces et de son talent ! Les millions des Imbert, quelle proie magnifique pour un appétit comme le sien.

Il fit une toilette spéciale, redingote râpée, pantalon élimé, chapeau de soie un peu rougeâtre, manchettes et faux col effiloqués, le tout fort propre, mais sentant la misère. Comme cravate, un ruban noir épinglé d'un diamant de noix à surprise. Et, ainsi accoutré, il descendit l'escalier du logement qu'il occupait à Montmartre. Au troisième étage, sans s'arrêter, il frappa du pommeau de sa canne sur le battant d'une porte close. Dehors, il gagna les boulevards extérieurs. Un tramway passait. Il y prit place, et quelqu'un qui marchait derrière lui, le locataire du troisième étage, s'assit à son côté.

Au bout d'un instant, cet homme lui dit :

– Eh bien, patron ?

– Eh bien ! c'est fait.

– Comment ?

– J'y déjeune.

– Vous y déjeunez !

– Tu ne voudrais pas, j'espère, que j'eusse exposé gratuitement des jours aussi précieux que les miens ? J'ai arraché M. Ludovic Imbert à la mort certaine que tu lui réservais. M. Ludovic Imbert est une nature reconnaissante. Il m'invite à déjeuner.

Un silence, et l'autre hasarda :

– Alors, vous n'y renoncez pas ?

– Mon petit, fit Arsène, si j'ai machiné la petite agression de cette nuit, si je me suis donné la peine, à trois heures du matin, le long des fortifications, de t'allonger un coup de canne sur le poignet et un coup de pied sur le tibia, risquant ainsi d'endommager mon unique ami, ce n'est pas pour renoncer maintenant au bénéfice d'un sauvetage si bien organisé.

– Mais les mauvais bruits qui courent sur la fortune…

– Laisse-les courir. Il y a six mois que je poursuis l'affaire, six mois que je me renseigne, que j'étudie, que je tends mes filets, que j'interroge les domestiques, les prêteurs et les hommes de paille, six mois que je vis dans l'ombre du mari et de la femme. Par conséquent, je sais à quoi m'en tenir. Que la fortune provienne du vieux Brawford, comme ils le prétendent, ou d'une autre source, j'affirme qu'elle existe. Et puisqu'elle existe, elle est à moi.

– Bigre, cent millions !

– Mettons-en dix, ou même cinq, n'importe ! il y a de gros paquets de titres dans le coffre-fort. C'est bien le diable, si, un jour ou l'autre, je ne mets pas la main sur la clef.

Le tramway s'arrêta place de l'Étoile. L'homme murmura :

– Ainsi, pour le moment ?

– Pour le moment, rien à faire. Je t'avertirai. Nous avons le temps.

Cinq minutes après, Arsène Lupin montait le somptueux escalier de l'hôtel Imbert, et Ludovic le présentait à sa femme. Gervaise était une bonne petite dame, toute ronde, très bavarde. Elle fit à Lupin le meilleur accueil.

– J'ai voulu que nous soyons seuls à fêter notre sauveur, dit-elle.

Et dès l'abord on traita « notre sauveur » comme un ami d'ancienne date. Au dessert l'intimité était complète, et les confidences allèrent bon train. Arsène raconta sa vie, la vie de son père, intègre magistrat, les tristesses de son enfance, les difficultés du présent. Gervaise, à son tour, dit sa jeunesse, son mariage, les bontés du vieux Brawford, les cent millions dont elle avait hérité, les obstacles qui retardaient l'entrée en jouissance, les emprunts qu'elle avait dû contracter à des taux exorbitants, ses interminables démêlés avec les neveux de Brawford, et les oppositions et les séquestres ! tout enfin !

– Pensez donc, monsieur Lupin, les titres sont là, à côté dans le bureau de mon mari, et si nous en détachons un seul coupon, nous perdons tout ! ils sont là, dans notre coffre-fort, et nous ne pouvons pas y toucher.

Un léger frémissement secoua M. Lupin à l'idée de ce voisinage. Et il eut la sensation très nette que M. Lupin n'aurait jamais assez d'élévation d'âme pour éprouver les mêmes scrupules que la bonne dame.

– Ah ! ils sont là, murmura-t-il, la gorge sèche.

– Ils sont là.

Des relations commencées sous de tels auspices ne pouvaient que former des nœuds plus étroits. Délicatement interrogé, Arsène Lupin avoua sa misère, sa détresse. Sur-le-champ, le malheureux garçon fut nommé secrétaire particulier des deux époux, aux appointements de cent cinquante francs par mois. Il continuerait à habiter chez lui, mais il viendrait chaque jour prendre les ordres de travail et, pour plus de commodité, on mettait à sa disposition, comme cabinet de travail, une des chambres du deuxième étage.

Il choisit. Par quel excellent hasard se trouva-t-elle au-dessus du bureau de Ludovic ?

Arsène ne tarda pas à s'apercevoir que son poste de secrétaire ressemblait furieusement à une sinécure. En deux mois, il n'eut que quatre lettres insignifiantes à recopier, et ne fut appelé qu'une fois dans le bureau de son patron, ce qui ne lui permit qu'une fois de contempler officiellement le coffre-fort. En outre, il nota que le titulaire de cette sinécure ne devait pas être jugé digne de figurer auprès du député Anquety, ou du bâtonnier Grouvel, car on omit de le convier aux fameuses réceptions mondaines.

Il ne s'en plaignit point, préférant de beaucoup garder sa modeste petite place à l'ombre, et se tint à l'écart, heureux et libre. D'ailleurs il ne perdait pas son temps. Il rendit tout d'abord un certain nombre de visites clandestines au bureau de Ludovic, et présenta ses devoirs au coffre-fort, lequel n'en resta pas moins hermétiquement fermé. C'était un énorme bloc de fonte et d'acier, à l'aspect rébarbatif, et contre quoi ne pouvaient prévaloir ni les limes, ni les vrilles, ni les pinces monseigneur.

Arsène Lupin n'était pas entêté.

– Où la force échoue, la ruse réussit, se dit-il. L'essentiel est d'avoir un œil et une oreille dans la place.

Il prit donc les mesures nécessaires, et après de minutieux et pénibles sondages à travers le parquet de sa chambre, il introduisit le tuyau de plomb qui aboutissait au plafond du bureau entre deux moulures de la corniche. Par ce tuyau, tube acoustique et lunette d'approche, il espérait voir et entendre.

Dès lors il vécut à plat ventre sur son parquet. Et de fait il vit souvent les Imbert en conférence devant le coffre, compulsant des registres et maniant des dossiers. Quand ils tournaient successivement les quatre boutons qui commandaient la serrure, il tâchait, pour savoir le chiffre, de saisir le nombre de crans qui passaient. Il surveillait leurs gestes, il épiait leurs paroles. Que faisaient-ils de la clef ? La cachaient-ils ?

Un jour, il descendit en hâte, les ayant vus qui sortaient de la pièce sans refermer le coffre. Et il entra résolument. Ils étaient revenus.

– Oh ! excusez-moi, dit-il, je me suis trompé de porte.

Mais Gervaise se précipita, et l'attirant :

– Entrez donc, monsieur Lupin, entrez donc, n'êtes-vous pas chez vous ici ? Vous allez nous donner un conseil. Quels titres devons-nous vendre ? de l'Extérieure ou de la Rente ?

– Mais l'opposition ? objecta Lupin, très étonné.

– Oh ! elle ne frappe pas tous les titres.

Elle écarta le battant. Sur les rayons s'entassaient des portefeuilles ceinturés de sangles. Elle en saisit un. Mais son mari protesta.

– Non, non, Gervaise, ce serait de la folie de vendre de l'Extérieure. Elle va monter… Tandis que la Rente est au plus haut. Qu'en pensez-vous, mon cher ami ?

Le cher ami n'avait aucune opinion, cependant il conseilla le sacrifice de la Rente. Alors elle prit une autre liasse, et, dans cette liasse, au hasard, un papier. C'était un titre de 3% de 1374 francs. Ludovic le mit dans sa poche. L'après-midi, accompagné de son secrétaire, il fit vendre ce titre par un agent de change et toucha 46,000 francs.

Quoi qu'en eût dit Gervaise, Arsène Lupin ne se sentait pas chez lui. Bien au contraire, sa situation dans l'hôtel Imbert le remplissait de surprise. À diverses occasions, il put constater que les domestiques ignoraient son nom. Ils l'appelaient monsieur. Ludovic le désignait toujours ainsi : « Vous préviendrez monsieur… Est-ce que monsieur est arrivé ? » Pourquoi cette appellation énigmatique ?

D'ailleurs, après l'enthousiasme du début, les Imbert lui parlaient à peine, et tout en le traitant avec les égards dus à un bienfaiteur, ne s'occupaient jamais de lui ! On avait l'air de le considérer comme un original qui n'aime pas qu'on l'importune, et on respectait son isolement, comme si cet isolement était une règle édictée par lui, un caprice de sa part. Une fois qu'il passait dans le vestibule, il entendit Gervaise qui disait à deux messieurs :

« C'est un tel sauvage ! »

Soit, pensa-t-il, nous sommes un sauvage. Et renonçant à s'expliquer les bizarreries de ces gens, il poursuivait l'exécution de son plan. Il avait acquis la certitude qu'il ne fallait point compter sur le hasard ni sur une étourderie de Gervaise que la clef du coffre ne quittait pas, et qui, au surplus, n'eût jamais emporté cette clef sans avoir préalablement brouillé les lettres de la serrure. Ainsi donc il devait agir.

Un événement précipita les choses, la violente campagne menée contre les Imbert par certains journaux. On les accusait d'escroquerie. Arsène Lupin assista aux péripéties du drame, aux agitations du ménage, et il comprit qu'en tardant davantage, il allait tout perdre.

Cinq jours de suite, au lieu de partir vers six heures comme il en avait l'habitude, il s'enferma dans sa chambre. On le supposait sorti. Lui, s'étendait sur le parquet et surveillait le bureau de Ludovic.

Les cinq soirs, la circonstance favorable qu'il attendait ne s'étant pas produite, il s'en alla au milieu de la nuit, par la petite porte qui desservait la cour. Il en possédait la clef.

Mais le sixième jour, il apprit que les Imbert, en réponse aux insinuations malveillantes de leurs ennemis, avaient proposé qu'on ouvrît le coffre et qu'on en fît l'inventaire.

« C'est pour ce soir, pensa Lupin. »

Et en effet, après le dîner, Ludovic s'installa dans son bureau. Gervaise le rejoignit. Ils se mirent à feuilleter les registres du coffre.

Une heure s'écoula, puis une autre heure. Il entendit les domestiques qui se couchaient. Maintenant il n'y avait plus personne au premier étage. Minuit. Les Imbert continuaient leur besogne.

– Allons-y, murmura Lupin.

Il ouvrit sa fenêtre. Elle donnait sur la cour, et l'espace, par la nuit, sans lune et sans étoile, était obscur. Il tira de son armoire une corde à nœuds qu'il assujettit à la rampe du balcon, enjamba et se laissa glisser doucement, en s'aidant d'une gouttière, jusqu'à la fenêtre située au-dessous de la sienne. C'était celle du bureau, et le voile épais des rideaux molletonnés masquait la pièce. Debout sur le balcon, il resta un moment immobile, l'oreille tendue et l'œil aux aguets.

Tranquillisé par le silence, il poussa légèrement les deux croisées. Si personne n'avait eu soin de les vérifier, elles devaient céder à l'effort, car lui, au cours de l'après-midi, en avait tourné l'espagnolette de façon qu'elle n'entrât plus dans les gâches.

Les croisées cédèrent. Alors, avec des précautions infinies, il les entrebâilla davantage. Dès qu'il put glisser la tête, il s'arrêta. Un peu de lumière filtrait entre les deux rideaux mal joints ; il aperçut Gervaise et Ludovic assis à côté du coffre.

Ils n'échangeaient que de rares paroles et à voix basse, absorbés par leur travail. Arsène calcula la distance qui le séparait d'eux, établit les mouvements exacts qu'il lui faudrait faire pour les réduire l'un après l'autre à l'impuissance, avant qu'ils n'eussent le temps d'appeler au secours, et il allait se précipiter, lorsque Gervaise dit :

– Comme la pièce s'est refroidie depuis un instant ! Je vais me mettre au lit. Et toi ?

123

– Je voudrais finir.

– Finir ! Mais tu en as pour la nuit.

– Mais non, une heure au plus.

Elle se retira. Vingt minutes, trente minutes passèrent. Arsène poussa la fenêtre un peu plus. Les rideaux frémirent. Il poussa encore. Ludovic se retourna, et, voyant les rideaux gonflés par le vent, se leva pour fermer la fenêtre…

Il n'y eut pas un cri, par même une apparence de lutte. En quelques gestes précis, et sans lui faire le moindre mal, Arsène l'étourdit, lui enveloppa la tête avec le rideau, le ficela, de telle manière que Ludovic ne distingua même pas le visage de son agresseur.

Puis, rapidement, il se dirigea vers le coffre, saisit deux portefeuilles qu'il mit sous son bras, sortit du bureau, descendit l'escalier, traversa la cour, et ouvrit la porte de service. Une voiture stationnait dans la rue.

– Prends cela d'abord, dit-il au cocher et suis-moi.

Il retourna jusqu'au bureau. En deux voyages ils vidèrent le coffre. Puis Arsène monta dans sa chambre, enleva la corde, effaça toute trace de son passage. C'était fini.

Quelques heures après, Arsène Lupin, aidé de son compagnon, opéra le dépouillement des portefeuilles. Il n'éprouva aucune déception, l'ayant prévu, à constater que la fortune des Imbert n'avait pas l'importance qu'on lui attribuait. Les millions ne se comptaient pas par centaines, ni même par dizaines. Mais enfin le total formait encore un chiffre très respectable, et c'étaient d'excellentes valeurs, obligations de chemins de fer, Villes de Paris, fonds d'État, Suez, mines du Nord, etc.

Il se déclarait satisfait.

– Certes, dit-il, il y aura un rude déchet quand le temps sera venu de négocier. On se heurtera à des oppositions, et il faudra plus d'une fois liquider à vil prix. N'importe, avec cette première mise de fonds, je me charge de vivre comme je l'entends… et de réaliser quelques rêves qui me tiennent au cœur.

– Et le reste ?

– Tu peux le brûler, mon petit. Ces tas de papiers faisaient bonne figure dans le coffre-fort. Pour nous, c'est inutile. Quant aux titres, nous allons les enfermer bien tranquillement dans le placard, et nous attendrons le moment propice.

Le lendemain, Arsène pensa qu'aucune raison ne l'empêchait de retourner à l'hôtel Imbert. Mais la lecture des journaux lui révéla cette nouvelle imprévue : Ludovic et Gervaise avaient disparu.

L'ouverture du coffre eut lieu en grande solennité. Les magistrats y trouvèrent ce qu'Arsène Lupin avait laissé… peu de chose.

Tels sont les faits, et telle est l'explication que donne à certains d'entre eux l'intervention d'Arsène Lupin. J'en tiens le récit de lui-même, un jour qu'il était en veine de confidence.

Ce jour-là, il se promenait de long en large, dans mon cabinet de travail, et ses yeux avaient une petite fièvre que je ne leur connaissais pas.

– Somme toute, lui dis-je, c'est votre plus beau coup ?

Sans me répondre directement, il reprit :

– Il y a dans cette affaire des secrets impénétrables. Ainsi, même après l'explication que je vous ai donnée, que d'obscurités encore ! Pourquoi cette fuite ? Pourquoi n'ont-ils pas profité du secours que je leur apportais involontairement ? Il était si simple de dire : « Les cent millions se trouvaient dans le coffre, ils n'y sont plus parce qu'on les a volés. »

– Ils ont perdu la tête.

– Oui, voilà, ils ont perdu la tête… D'autre part, il est vrai…

– Il est vrai ?…

– Non, rien.

Que signifiait cette réticence ? Il n'avait pas tout dit, c'était visible, et ce qu'il n'avait pas dit, il répugnait à le dire. J'étais intrigué. Il fallait que la chose fût grave pour provoquer de l'hésitation chez un tel homme.

Je lui posai des questions au hasard.

– Vous ne les avez pas revus ?

– Non.

– Et il ne vous est pas advenu d'éprouver, à l'égard de ces deux malheureux, quelque pitié ?

– Moi ! proféra-t-il en sursautant.

Sa révolte m'étonna. Avais-je touché juste ? J'insistai :

– Évidemment. Sans vous, ils auraient peut-être pu faire face au danger… ou du moins partir les poches remplies.

– Des remords, c'est bien cela que vous m'attribuez, n'est-ce pas ?

– Dame !

Il frappa violemment sur ma table.

– Ainsi, selon vous, je devrais avoir des remords ?

– Appelez cela des remords ou des regrets, bref un sentiment quelconque…

– Un sentiment quelconque pour des gens…

– Pour des gens à qui vous avez dérobé une fortune.

– Quelle fortune ?

– Enfin… ces deux ou trois liasses de titres…

– Ces deux ou trois liasses de titres ! Je leur ai dérobé des paquets de titres, n'est-ce pas ? une partie de leur héritage ? voilà ma faute ? voilà mon crime ?

– Mais, sacrebleu, mon cher, vous n'avez donc pas deviné qu'ils étaient faux, ces titres ?… vous entendez ?

– ILS ÉTAIENT FAUX !

Je le regardai, abasourdi.

– Faux, les quatre ou cinq millions ?

– Faux, s'écria-t-il rageusement, archi-faux ! Faux, les obligations, les Ville de Paris, les fonds d'État, du papier, rien que du papier ! Pas un sou, je n'ai pas tiré un sou de tout le bloc ! Et vous me demandez d'avoir des remords ? Mais c'est eux qui devraient en avoir ! Ils m'ont roulé comme un vulgaire gogo ! Ils m'ont plumé comme la dernière de leurs dupes, et la plus stupide !

Une réelle colère l'agitait, faite de rancune et d'amour-propre blessé.

– Mais, d'un bout à l'autre, j'ai eu le dessous dès la première heure ! Savez-vous le rôle que j'ai joué dans cette affaire, ou plutôt le rôle qu'ils m'ont fait jouer ? Celui d'André Brawford ! Oui, mon cher, et je n'y ai vu que du feu !

« C'est après, par les journaux, et en rapprochant certains détails, que je m'en suis aperçu. Tandis que je posais au bienfaiteur, au monsieur qui a risqué sa vie pour vous tirer de la griffe des apaches, eux, ils me faisaient passer pour un des Brawford !

– N'est-ce pas admirable ? Cet original qui avait sa chambre au deuxième étage, ce sauvage que l'on montrait de loin, c'était Brawford, et Brawford, c'était moi ! Et grâce à moi, grâce à la confiance que j'inspirais sous le nom de Brawford, les banquiers prêtaient, et les notaires engageaient leurs clients à prêter ! Hein, quelle école pour un débutant ! Ah ! je vous jure que la leçon m'a servi !

Il s'arrêta brusquement, me saisit le bras, et il me dit d'un ton exaspéré où il était facile, cependant, de sentir des nuances d'ironie et d'admiration, il me dit cette phrase ineffable :

– Mon cher, à l'heure actuelle, Gervaise Imbert me doit quinze cents francs !

Pour le coup, je ne pus m'empêcher de rire. C'était vraiment d'une bouffonnerie supérieure. Et lui-même eut un accès de franche gaieté.

– Oui, mon cher, quinze cents francs ! Non seulement je n'ai pas palpé le premier sou de mes appointements, mais encore elle m'a emprunté quinze cents francs ! Toutes mes économies de jeune homme ! Et savez-vous pourquoi ? Je vous le donne en mille… Pour ses pauvres ! Comme je vous le dis ! pour de prétendus malheureux qu'elle soulageait à l'insu de Ludovic !

– Et j'ai coupé là-dedans ! Est-ce assez drôle, hein ? Arsène Lupin refait de quinze cents francs, et refait par la bonne dame à laquelle il volait quatre millions de titres faux ! Et que de combinaisons, d'efforts et de ruses géniales il m'a fallu pour arriver à ce beau résultat !

– C'est la seule fois que j'ai été roulé dans ma vie. Mais fichtre ! je l'ai bien été cette fois-là, et proprement, dans les grands prix !…

La perle noire

Un violent coup de sonnette réveilla la concierge du numéro 9 de l'avenue Hoche. Elle tira le cordon en grognant :

– Je croyais tout le monde rentré. Il est au moins trois heures !

Son mari bougonna :

– C'est peut-être pour le docteur.

En effet, une voix demanda :

– Le docteur Harel… quel étage ?

– Troisième à gauche. Mais le docteur ne se dérange pas la nuit.

– Il faudra bien qu'il se dérange.

Le monsieur pénétra dans le vestibule, monta un étage, deux étages, et, sans même s'arrêter sur le palier du docteur Harel, continua jusqu'au cinquième. Là, il essaya deux clefs. L'une fit fonctionner la serrure, l'autre le verrou de sûreté.

– À merveille, murmura-t-il, la besogne est considérablement simplifiée. Mais avant d'agir, il faut assurer notre retraite. Voyons… ai-je eu logiquement le temps de sonner chez le docteur, et d'être congédié par lui ?

Pas encore… un peu de patience…

Au bout d'une dizaine de minutes, il descendit et heurta le carreau de la loge en maugréant contre le docteur. On lui ouvrit, et il claqua la porte derrière lui. Or, cette porte ne se ferma point, l'homme ayant vivement appliqué un morceau de fer sur la gâche afin que le pêne ne pût s'y introduire.

Il entra donc, sans bruit, à l'insu des concierges. En cas d'alarme, sa retraite était assurée.

Paisiblement, il remonta les cinq étages. Dans l'antichambre, à la lueur d'une lanterne électrique, il déposa son pardessus et son chapeau sur une des chaises, s'assit sur une autre, et enveloppa ses bottines d'épais chaussons de feutre.

– Ouf ! ça y est… Et combien facilement ! Je me demande un peu pourquoi tout le monde ne choisit pas le confortable métier de cambrioleur ? Avec un peu d'adresse et de réflexion, il n'en est pas de plus charmant. Un métier de tout repos… un métier de père de famille… Trop commode même… cela devient fastidieux.

Il déplia un plan détaillé de l'appartement.

– Commençons par nous orienter. Ici, j'aperçois le rectangle du vestibule où je suis. Du côté de la rue, le salon, le boudoir et la salle à manger. Inutile de perdre son temps par là, il paraît que la comtesse a un goût déplorable… pas un bibelot de valeur !… Donc, droit au but… Ah ! voici le tracé d'un couloir, du couloir qui mène aux chambres. À trois mètres, je dois rencontrer la porte du placard aux robes qui communique avec la chambre de la comtesse.

Il replia son plan, éteignit sa lanterne, et s'engagea dans le couloir en comptant :

– Un mètre… deux mètres… trois mètres… Voici la porte… Comme tout s'arrange, mon Dieu ! Un simple verrou, un petit verrou, me sépare de la chambre, et, qui plus est, je sais que ce verrou se trouve à un mètre quarante-trois du plancher… De sorte que, grâce à une légère incision que je vais pratiquer autour, nous en serons débarrassés…

Il sortit de sa poche les instruments nécessaires, mais une idée l'arrêta.

– Et si, par hasard, ce verrou n'était pas poussé. Essayons toujours… Pour ce qu'il en coûte !

Il tourna le bouton de la serrure. La porte s'ouvrit.

– Mon brave Lupin, décidément la chance te favorise. Que te faut-il maintenant ? Tu connais la topographie des lieux où tu vas opérer ; tu connais l'endroit où la comtesse cache la perle noire… Par conséquent, pour que la perle noire t'appartienne, il s'agit tout bêtement d'être plus silencieux que le silence, plus invisible que la nuit.

Arsène Lupin employa bien une demi-heure pour ouvrir la seconde porte, une porte vitrée qui donnait sur la chambre. Mais il le fit avec tant de précaution, qu'alors même que la comtesse n'eût pas dormi, aucun grincement équivoque n'aurait pu l'inquiéter.

D'après les indications de son plan, il n'avait qu'à suivre le contour d'une chaise longue. Cela le conduisait à un fauteuil, puis à une petite table située près du lit. Sur la table, il y avait une boîte de papier à lettres, et, enfermée tout simplement dans cette boîte, la perle noire.

Il s'allongea sur le tapis et suivit les contours de la chaise longue. Mais à l'extrémité il s'arrêta pour réprimer les battements de son cœur. Bien qu'aucune crainte ne l'agitât, il lui était impossible de vaincre cette sorte d'angoisse nerveuse que l'on éprouve dans le trop grand silence. Et il s'en étonnait, car, enfin, il avait vécu sans émotion des minutes plus solennelles. Nul danger ne le menaçait. Alors pourquoi son cœur battait-il comme une cloche affolée ? Était-ce cette femme endormie qui l'impressionnait, cette vie si voisine de la sienne ?

Il écouta et crut discerner le rythme d'une respiration. Il fut rassuré comme par une présence amie.

Il chercha le fauteuil, puis, par petits gestes insensibles, rampa vers la table, tâtant l'ombre de son bras étendu. Sa main droite rencontra un des pieds de la table.

Enfin ! il n'avait plus qu'à se lever, à prendre la perle et à s'en aller. Heureusement ! car son cœur recommençait à sauter dans sa poitrine comme une bête terrifiée, et avec un tel bruit qu'il lui semblait impossible que la comtesse ne s'éveillât point.

Il l'apaisa dans un élan de volonté prodigieux, mais, au moment où il essayait de se relever, sa main gauche heurta sur le tapis un objet qu'il reconnut tout de suite pour un flambeau, un flambeau renversé ; et aussitôt, un autre objet se présenta, une pendule, une de ces petites pendules de voyage qui sont recouvertes d'une gaine de cuir.

Quoi ? Que se passait-il ? Il ne comprenait pas. Ce flambeau… cette pendule… pourquoi ces objets n'étaient-ils pas à leur place habituelle ? Ah ! que se passait-il dans l'ombre effarante ?

Et soudain, un cri lui échappa. Il avait touché… oh ! à quelle chose étrange, innommable ! Mais non, non, la peur lui troublait le cerveau. Vingt secondes, trente secondes, il demeura immobile, épouvanté, de la sueur aux tempes. Et ses doigts gardaient la sensation de ce contact.

Par un effort implacable, il tendit le bras de nouveau. Sa main, de nouveau, effleura la chose, la chose étrange, innommable ! Il la palpa. Il exigea que sa main la palpât et se rendit compte. C'était une chevelure, un visage… et ce visage était froid, presque glacé.

Si terrifiante que soit la réalité, un homme comme Arsène Lupin la domine dès qu'il en a pris connaissance. Rapidement, il fit jouer le ressort de sa lanterne. Une femme gisait devant lui, couverte de sang. D'affreuses blessures dévastaient son cou et ses épaules. Il se pencha et l'examina. Elle était morte.

– Morte, morte, répéta-t-il avec stupeur.

Et il regardait ces yeux fixes, le rictus de cette bouche, cette chair livide, ce sang tout ce sang qui avait coulé sur le tapis et se figeait maintenant, épais et noir.

S'étant relevé, il tourna le bouton de l'électricité, la pièce s'emplit de lumière, et il put voir tous les signes d'une lutte acharnée. Le lit était entièrement défait, les couvertures et les draps arrachés. Par terre, le flambeau, puis la pendule – les aiguilles marquaient onze heures vingt – puis, plus loin, une chaise renversée, et partout du sang, des flaques de sang.

– Et la perle noire ? murmura-t-il.

La boîte de papier à lettres était à sa place. Il l'ouvrit vivement. Elle contenait l'écrin. Mais l'écrin était vide.

– Fichtre ! se dit-il, tu t'es vanté un peu tôt de ta chance, mon ami Arsène Lupin… La comtesse assassinée, la perle noire disparue… la situation n'est pas brillante ! Filons, sans quoi tu risques fort d'encourir de lourdes responsabilités.

Il ne bougea pas cependant.

– Filer ? Oui, un autre filerait. Mais Arsène Lupin ? N'y a-t-il pas mieux à faire ? Voyons, procédons par ordre. Après tout, ta conscience est tranquille… Suppose que tu es commissaire de police et que tu dois procéder à une enquête… Oui, mais pour cela il faudrait avoir un cerveau plus clair. Et le mien est dans un état !

Il tomba sur un fauteuil, ses poings crispés contre son front brûlant.

L'affaire de l'avenue Hoche est une de celles qui nous ont le plus vivement intrigués en ces derniers temps, et je ne l'eusse certes pas racontée si la participation d'Arsène Lupin ne l'éclairait d'un jour tout spécial. Cette participation, il en est peu qui la soupçonnent. Nul ne sait en tout cas l'exacte et curieuse vérité.

Qui ne connaissait, pour l'avoir rencontré au Bois, Léontine Zalti, l'ancienne cantatrice, épouse et veuve du comte d'Andillot, la Zalti dont le luxe éblouissait Paris, il y a quelque vingt ans, comtesse d'Andillot, à qui ses parures de diamants et de perles valaient une réputation européenne ? On disait d'elle qu'elle portait sur ses épaules le coffre-fort de plusieurs maisons de banque et les mines d'or de plusieurs compagnies australiennes. Les grands joailliers travaillaient pour la Zalti comme on travaillait jadis pour les rois et pour les reines.

Et qui ne se souvient de la catastrophe où toutes ces richesses furent englouties ? Maisons de banque et mines d'or, le gouffre dévora tout. De la collection merveilleuse, dispersée par le commissaire priseur, il ne resta que la fameuse perle noire. La perle noire ! c'est-à-dire une fortune, si elle avait voulu s'en défaire.

Elle ne le voulut point. Elle préféra se restreindre, vivre dans un simple appartement, avec sa dame de compagnie, sa cuisinière et un domestique, plutôt que de vendre cet inestimable joyau. Il y avait à cela une raison qu'elle ne craignait pas d'avouer : la perle noire était le cadeau d'un empereur ! Et presque ruinée, réduite à l'existence la plus médiocre, elle demeura fidèle à sa compagne des beaux jours.

– Moi vivante, disait-elle, je ne la quitterai pas.

Du matin jusqu'au soir, elle la portait à son cou. La nuit, elle la mettait dans un endroit connu d'elle seule.

Tous ces faits rappelés par les feuilles publiques stimulèrent la curiosité, et, chose bizarre, mais facile à comprendre pour ceux qui ont le mot de l'énigme, ce fut précisément l'arrestation de l'assassin présumé qui compliqua le mystère et prolongea l'émotion. Le surlendemain, en effet, les journaux publiaient la nouvelle suivante :

« On nous annonce l'arrestation de Victor Danègre, le domestique de la comtesse d'Andillot. Les charges relevées contre lui sont écrasantes. Sur la manche en lustrine de son gilet de livrée, que M. Dudouis, le chef de la Sûreté, a trouvé dans sa mansarde, entre le sommier et le matelas, on a constaté des taches de sang. En outre, il manquait à ce gilet un bouton recouvert d'étoffe. Or ce bouton, dès le début des perquisitions, avait été ramassé sous le lit même de la victime.

« Il est probable qu'après le dîner, Danègre, au lieu de regagner sa mansarde, se sera glissé dans le cabinet aux robes, et que, par la porte vitrée, il a vu la comtesse cacher la perle noire.

« Nous devons dire que, jusqu'ici, aucune preuve n'est venue confirmer cette supposition. En tout cas, un autre point reste obscur. À sept heures du matin, Danègre s'est rendu au bureau de tabac du boulevard de Courcelles : la concierge d'abord, puis la buraliste ont témoigné dans ce sens. D'autre part, la cuisinière de la comtesse et sa dame de compagnie, qui toutes deux couchent au bout du couloir, affirment qu'à huit heures, quand elles se sont levées, la porte de l'antichambre et la porte de la cuisine étaient fermées à double tour. Depuis vingt ans au service de la comtesse, ces deux personnes sont au-dessus de tout soupçon. On se demande donc comment Danègre a pu sortir de l'appartement. S'était-il fait faire une autre clef ? L'instruction éclaircira ces différents points. »

L'instruction n'éclaircit absolument rien, au contraire. On apprit que Victor Danègre était un récidiviste dangereux, un alcoolique et un débauché, qu'un coup de couteau n'effrayait pas. Mais l'affaire elle-même semblait, au fur et à mesure qu'on l'étudiait, s'envelopper de ténèbres plus épaisses et de contradictions plus inexplicables.

D'abord une demoiselle de Sinclèves, cousine et unique héritière de la victime, déclara que la comtesse, un mois avant sa mort, lui avait confié dans une de ses lettres la façon dont elle cachait la perle noire. Le lendemain du jour où elle recevait cette lettre, elle en constatait la disparition. Qui l'avait volée ?

De leur côté, les concierges racontèrent qu'ils avaient ouvert la porte à un individu, lequel était monté chez le docteur Harel. On manda le docteur. Personne n'avait sonné chez lui. Alors qui était cet individu ? Un complice ?

Cette hypothèse d'un complice fut adoptée par la presse et par le public. Ganimard, le vieil inspecteur principal, Ganimard la défendait, non sans raison.

– Il y a du Lupin là-dessous, disait-il au juge.

– Bah ! ripostait celui-ci, vous le voyez partout, votre Lupin.

– Je le vois partout, parce qu'il est partout.

– Dites plutôt que vous le voyez chaque fois où quelque chose ne vous paraît pas très clair. D'ailleurs, en l'espèce, remarquez ceci : le crime a été commis à onze heures vingt du soir, ainsi que l'atteste la pendule, et la visite nocturne, dénoncée par les concierges, n'a eu lieu qu'à trois heures du matin.

La justice obéit souvent à ces entraînements de conviction qui font qu'on oblige les événements à se plier à l'explication première qu'on en a donnée. Les antécédents déplorables de Victor Danègre, récidiviste, ivrogne et débauché, influencèrent le juge, et bien qu'aucune circonstance nouvelle ne vînt corroborer les deux ou trois indices primitivement découverts, rien ne put l'ébranler. Il boucla son instruction. Quelques semaines après les débats commencèrent.

Ils furent embarrassés et languissants. Le président les dirigea sans ardeur. Le ministère public attaqua mollement. Dans ces conditions, l'avocat de Danègre avait beau jeu. Il montra les lacunes et les impossibilités de l'accusation. Nulle preuve matérielle n'existait. Qui avait forgé la clef, l'indispensable clef sans laquelle Danègre, après son départ, n'aurait pu refermer à double tour la porte de l'appartement ? Qui l'avait vue, cette clef, et qu'était-elle devenue ? Qui avait vu le couteau de l'assassin, et qu'était-il devenu ?

– Et, en tout cas, concluait l'avocat, prouvez que c'est mon client qui a tué. Prouvez que l'auteur du vol et du crime n'est pas ce mystérieux personnage qui s'est introduit dans la maison à trois heures du matin. La pendule marquait onze heures, me direz-vous ? Et après ? ne peut-on mettre les aiguilles d'une pendule à l'heure qui vous convient ?

Victor Danègre fut acquitté.

Il sortit de prison un vendredi au déclin du jour, amaigri, déprimé par six mois de cellule. L'instruction, la solitude, les débats, les délibérations du jury, tout cela l'avait empli d'une épouvante maladive. La nuit, d'affreux cauchemars, des visions d'échafaud le hantaient. Il tremblait de fièvre et de terreur.

Sous le nom d'Anatole Dufour, il loua une petite chambre sur les hauteurs de Montmartre, et il vécut au hasard des besognes, bricolant de droite et de gauche.

Vie lamentable ! Trois fois engagé par trois patrons différents, il fut reconnu et renvoyé sur-le-champ.

Souvent il s'aperçut, ou crut s'apercevoir, que des hommes le suivaient, des hommes de la police, il n'en doutait point, qui ne renonçait pas à le faire tomber dans quelque piège. Et d'avance il sentait l'étreinte rude de la main qui le prendrait au collet.

Un soir qu'il dînait chez un traiteur du quartier, quelqu'un s'installa en face de lui. C'était un individu d'une quarantaine d'années, vêtu d'une redingote noire, de propreté douteuse. Il commanda une soupe, des légumes et un litre de vin.

Et quand il eut mangé la soupe, il tourna les yeux vers Danègre et le regarda longuement.

Danègre pâlit. Pour sûr cet individu était de ceux qui le suivaient depuis des semaines. Que lui voulait-il ? Danègre essaya de se lever. Il ne le put. Ses jambes chancelaient sous lui.

L'homme se versa un verre de vin et emplit le verre de Danègre.

– Nous trinquons, camarade ?

Victor balbutia :

– Oui… oui… à votre santé, camarade.

– À votre santé, Victor Danègre.

L'autre sursauta :

– Moi !… moi !… mais non… je vous jure…

– Vous me jurez quoi ? que vous n'êtes pas vous ? le domestique de la comtesse ?

– Quel domestique ? Je m'appelle Dufour. Demandez au patron.

– Dufour, Anatole, oui, pour le patron, mais Danègre pour la justice, Victor Danègre.

– Pas vrai ! Pas vrai ! on vous a menti.

Le nouveau venu tira de sa poche une carte et la tendit. Victor lut :

« Grimaudan, ex-inspecteur de la Sûreté. Renseignements confidentiels. » Il tressaillit.

– Vous êtes de la police ?

– Je n'en suis plus, mais le métier me plaisait, et je continue d'une façon plus… lucrative. On déniche de temps en temps des affaires d'or… comme la vôtre ?

– La mienne ?

– Oui, la vôtre, c'est une affaire exceptionnelle, si toutefois vous voulez bien y mettre un peu de complaisance.

– Et si je n'en mets pas ?

– Il le faudra. Vous êtes dans une situation où vous ne pouvez rien me refuser.

Une appréhension sourde envahissait Victor Danègre. Il demanda :

– Qu'y a-t-il ?… parlez.

– Soit, répondit l'autre, finissons-en. En deux mots, voici : je suis envoyé par Mlle de Sinclèves.

– Sinclèves ?

L'héritière de la comtesse d'Andillot.

– Eh bien ?

– Eh bien, Mlle de Sinclèves me charge de vous réclamer la perle noire.

– La perle noire ?

– Celle que vous avez volée.

– Mais je ne l'ai pas !

– Vous l'avez.

– Si je l'avais, ce serait moi l'assassin.

– C'est vous l'assassin.

Danègre s'efforça de rire.

– Heureusement, mon bon monsieur, que la Cour d'assises n'a pas été du même avis. Tous les jurés, vous entendez, m'ont reconnu innocent. Et quand on a sa conscience pour soi et l'estime de douze braves gens…

L'ex-inspecteur lui saisit le bras :

– Pas de phrases, mon petit. Écoutez-moi bien attentivement et pesez mes paroles, elles en valent la peine. Danègre, trois semaines avant le crime, vous avez dérobé à la cuisinière la clef qui ouvre la porte de service, et vous avez fait faire une clef semblable chez Outard, serrurier, 244, rue Oberkampf.

– Pas vrai, pas vrai, gronda Victor, personne n'a vu cette clef… elle n'existe pas.

– La voici.

Après un silence, Grimaudan reprit :

– Vous avez tué la comtesse à l'aide d'un couteau à virole acheté au bazar de la République, le jour même où vous commandiez votre clef. La lame est triangulaire et creusée d'une cannelure.

– De la blague, tout cela, vous parlez au hasard. Personne n'a vu le couteau.

– Le voici.

Victor Danègre eut un geste de recul. L'ex-inspecteur continua :

– Il y a dessus des taches de rouille. Est-il besoin de vous en expliquer la provenance ?

– Et après ?... vous avez une clef et un couteau... Qui peut affirmer qu'ils m'appartenaient ?

– Le serrurier d'abord, et ensuite l'employé auquel vous avez acheté le couteau. J'ai déjà rafraîchi leur mémoire. En face de vous, ils ne manqueront pas de vous reconnaître.

Il parlait sèchement et durement, avec une précision terrifiante. Danègre était convulsé de peur. Ni le juge, ni le président des assises, ni l'avocat général ne l'avaient serré d'aussi près, n'avaient vu aussi clair dans des choses que lui-même ne discernait plus très nettement.

Cependant, il essaya encore de jouer l'indifférence.

– Si c'est là toutes vos preuves !

– Il me reste celle-ci. Vous êtes reparti, après le crime, par le même chemin. Mais, au milieu du cabinet aux robes, pris d'effroi, vous avez dû vous appuyer contre le mur pour garder votre équilibre.

– Comment le savez-vous ? bégaya Victor... personne ne peut le savoir.

– La justice, non, il ne pouvait venir à l'idée d'aucun de ces messieurs du parquet d'allumer une bougie et d'examiner les murs. Mais si on le faisait, on verrait sur le plâtre blanc une marque rouge très légère, assez nette cependant pour qu'on y retrouve l'empreinte de la face antérieure de votre pouce, de votre pouce tout humide de sang et que vous avez posé contre le mur. Or vous n'ignorez pas qu'en anthropométrie, c'est là un des principaux moyens d'identification.

Victor Danègre était blême. Des gouttes de sueur coulaient de son front. Il considérait avec des yeux de fou cet homme étrange qui évoquait son crime comme s'il en avait été le témoin invisible.

Il baissa la tête, vaincu, impuissant. Depuis des mois il luttait contre tout le monde. Contre cet homme-là, il avait l'impression qu'il n'y avait rien à faire.

– Si je vous rends la perle, balbutia-t-il, combien me donnerez-vous ?

– Rien.

– Comment ! vous vous moquez ! Je vous donnerais une chose qui vaut des mille et des centaines de mille, et je n'aurais rien ?

– Si, la vie.

Le misérable frissonna. Grimaudan ajouta, d'un ton presque doux :

– Voyons, Danègre, cette perle n'a aucune valeur pour vous. Il vous est impossible de la vendre. À quoi bon la garder ?

– Il y a des receleurs… et un jour ou l'autre, à n'importe quel prix…

– Un jour ou l'autre il sera trop tard.

– Pourquoi ?

– Pourquoi ? mais parce que la justice aura remis la main sur vous, et, cette fois, avec les preuves que je lui fournirai, le couteau, la clef, l'indication de votre pouce, vous êtes fichu, mon bonhomme. Victor s'étreignit la tête de ses deux mains et réfléchit. Il se sentait perdu, en effet, irrémédiablement perdu, et, en même temps, une grande fatigue l'envahissait, un immense besoin de repos et d'abandon. Il murmura :

– Quand vous la faut-il ?

– Ce soir, avant une heure.

– Sinon ?

– Sinon, je mets à la poste cette lettre où Mlle de Sinclèves vous dénonce au procureur de la République. Danègre se versa deux verres de vin qu'il but coup sur coup, puis se levant :

– Payez l'addition, et allons-y… j'en ai assez de cette maudite affaire.

La nuit était venue. Les deux hommes descendirent la rue Lepic et suivirent les boulevards extérieurs en se dirigeant vers l'Étoile. Ils marchaient silencieusement, Victor, très las et le dos voûté.

Au parc Monceau, il dit :

– C'est du côté de la maison…

– Parbleu ! vous n'en êtes sorti, avant votre arrestation, que pour aller au bureau de tabac.

– Nous y sommes, fit Danègre, d'une voix sourde.

Ils longèrent la grille du jardin, et traversèrent une rue dont le bureau de tabac faisait l'encoignure. Danègre s'arrêta quelques pas plus loin. Ses jambes vacillaient. Il tomba sur un banc.

– Eh bien ? demanda son compagnon.

– C'est là.

– C'est là ! qu'est-ce que vous me chantez ?

– Oui là, devant nous.

– Devant nous ! Dites donc, Danègre, il ne faudrait pas…

– Je vous répète qu'elle est là…

– Où ?

– Entre deux pavés.

– Lesquels ?

– Cherchez.

– Lesquels ? répéta Grimaudan.

Victor ne répondit pas.

– Ah ! parfait, tu veux me faire poser, mon bonhomme.

– Non… mais… je vais crever de misère.

– Et alors, tu hésites ? Allons, je serai bon prince. Combien te faut-il ?

– De quoi prendre un billet d'entrepont pour l'Amérique.

– Convenu.

– Et un billet de cent francs pour les premiers frais.

– Tu en auras deux. Parle.

– Comptez les pavés, à droite de l'égout. C'est entre le douzième et le treizième.

– Dans le ruisseau ?

– Oui, en bas du trottoir.

Grimaudan regarda autour de lui. Des tramways passaient, des gens passaient. Mais bah ! qui pouvait se douter ?…

Il ouvrit son canif et le planta entre le douzième et le treizième pavé.

– Et si elle n'y est pas ?

– Si personne ne m'a vu me baisser et l'enfoncer, elle y est encore.

Se pouvait-il qu'elle y fût ? La perle noire jetée dans la boue d'un ruisseau, à la disposition de premier venu ! La perle noire… une fortune !

– À quelle profondeur ?

– Elle est à dix centimètres, à peu près.

Il creusa le sable mouillé. La pointe de son canif heurta quelque chose. Avec ses doigts, il élargit le trou.

Il aperçut la perle noire.

– Tiens, voilà tes deux cents francs. Je t'enverrai ton billet pour l'Amérique.

Le lendemain, l'*Écho de France* publiait cet entrefilet, qui fut reproduit par les journaux du monde entier.

« Depuis hier, la fameuse perle noire est entre les mains d'Arsène Lupin qui l'a reprise au meurtrier de la comtesse d'Andillot. Avant peu, des fac-similés de ce précieux bijou seront exposés à Londres, à Saint-Pétersbourg, à Calcutta, à Buenos Aires et à New York.

« Arsène Lupin attend les propositions que voudront bien lui faire ses correspondants. »

– Et voilà comme quoi le crime est toujours puni et la vertu récompensée, conclut Arsène Lupin, lorsqu'il m'eut révélé les dessous de l'affaire.

– Et voilà comme quoi, sous le nom de Grimaudan, ex-inspecteur de la Sûreté, vous fûtes choisi par le destin pour enlever au criminel le bénéfice de son forfait.

– Justement. Et j'avoue que c'est une des aventures dont je suis le plus fier. Les quarante minutes que j'ai passées dans l'appartement de la comtesse, après avoir constaté sa mort, sont parmi les plus étonnantes et les plus profondes de ma vie. En quarante minutes, empêtré dans la situation la plus inextricable, j'ai reconstitué le crime, j'ai acquis la certitude, à l'aide de quelques indices, que le coupable ne pouvait être qu'un domestique de la comtesse. Enfin, j'ai compris que, pour avoir la perle, il fallait que ce domestique fût arrêté – et j'ai laissé le bouton de gilet – mais qu'il ne fallait pas qu'on relevât contre lui des preuves irrécusables de sa culpabilité – et j'ai ramassé le couteau oublié sur le tapis, emporté la clef oubliée sur la serrure, fermé la porte à double tour, et effacé les traces des doigts sur le plâtre du cabinet aux robes. À mon sens, ce fut là un de ces éclairs…

– De génie, interrompis-je.

– De génie, si vous voulez, et qui n'eût pas illuminé le cerveau du premier venu. Deviner en une seconde les deux termes du problème – une arrestation et un acquittement – me servir de l'appareil formidable de la justice pour détraquer mon homme, pour l'abêtir, bref, pour le mettre dans un état d'esprit tel, qu'une fois libre, il devait inévitablement, fatalement, tomber dans le piège un peu grossier que je lui tendais !…

– Un peu ? dites beaucoup, car il ne courait aucun danger.

– Oh ! pas le moindre, puisque tout acquittement est une chose définitive.

– Pauvre diable…

– Pauvre diable… Victor Danègre ! vous ne songez pas que c'est un assassin ? Il eût été de la dernière immoralité que la perle noire lui restât. Il vit, pensez donc, Danègre vit !

– Et la perle noire est à vous.

Il la sortit d'une des poches secrètes de son portefeuille, l'examina, la caressa de ses doigts et de ses yeux, et il soupirait :

– Quel est le boyard, quel est le rajah imbécile et vaniteux qui possédera ce trésor ? À quel milliardaire américain est destiné le petit morceau de beauté et de luxe qui ornait les blanches épaules de Léontine Zalti, comtesse d'Andillot ?...

Herlock Sholmès arrive trop tard

– C'est étrange ce que vous ressemblez à Arsène Lupin, Velmont !

– Vous le connaissez !

– Oh ! comme tout le monde, par ses photographies, dont aucune n'est pareille aux autres, mais dont chacune laisse l'impression d'une physionomie identique… qui est bien la vôtre.

Horace Velmont parut plutôt vexé.

– N'est-ce pas, mon cher Devanne ? Et vous n'êtes pas le premier à m'en faire la remarque, croyez-le.

– C'est au point, insista Devanne, que si vous n'aviez pas été recommandé par mon cousin d'Estevan, et si vous n'étiez pas le peintre connu dont j'admire les belles marines, je me demande si je n'aurais pas averti la police de votre présence à Dieppe.

La boutade fut accueillie par un rire général. Il y avait là, dans la grande salle à manger du château de Thibermesnil, outre Velmont : l'abbé Gélis, curé du village, et une douzaine d'officiers dont les régiments manœuvraient aux environs, et qui avaient répondu à l'invitation du banquier Georges Devanne et de sa mère. L'un d'eux s'écria :

– Mais, est-ce que, précisément, Arsène Lupin n'a pas été signalé sur la côte, après son fameux coup du rapide de Paris au Havre ?

– Parfaitement, il y a de cela trois mois, et la semaine suivante je faisais connaissance au casino de notre excellent Velmont qui, depuis, a bien voulu m'honorer de quelques visites – agréable préambule d'une visite domiciliaire plus sérieuse qu'il me rendra l'un de ces jours… ou plutôt l'une de ces nuits !

On rit de nouveau et l'on passa dans l'ancienne salle des gardes, vaste pièce, très haute, qui occupe toute la partie inférieure de la tour Guillaume, et où Georges Devanne a réuni les incomparables richesses accumulées à travers les siècles par les sires de Thibermesnil. Des bahuts et des crédences, des landiers et des girandoles la décorent. De magnifiques tapisseries pendent aux murs de pierre. Les embrasures des quatre fenêtres sont profondes, munies de bancs, et se terminent par des croisées ogivales à vitraux encadrés de plomb. Entre la porte et la fenêtre de gauche, s'érige une bibliothèque monumentale de style Renaissance, sur le fronton de laquelle on lit, en lettres d'or : « Thibermesnil » et au-dessous, la fière devise de la famille : « Fais ce que veulx. »

Et comme on allumait des cigares, Devanne reprit :

– Seulement, dépêchez-vous, Velmont, c'est la dernière nuit qui vous reste.

– Et pourquoi ? fit le peintre qui, décidément, prenait la chose en plaisantant.

Devanne allait répondre quand sa mère lui fit signe. Mais l'excitation du dîner, le désir d'intéresser ses hôtes l'emportèrent.

– Bah ! murmura-t-il, je puis parler maintenant. Une indiscrétion n'est plus à craindre.

On s'assit autour de lui avec une vive curiosité, et il déclara, de l'air satisfait de quelqu'un qui annonce une grosse nouvelle :

– Demain, à quatre heures du soir, Herlock Sholmès, le grand policier anglais pour qui il n'est point de mystère, Herlock Sholmès, le plus extraordinaire déchiffreur d'énigmes que l'on ait jamais vu, le prodigieux personnage qui semble forgé de toutes pièces par l'imagination d'un romancier, Herlock Sholmès sera mon hôte.

On se récria. Herlock Sholmès à Thibermesnil ? C'était donc sérieux ? Arsène Lupin se trouvait réellement dans la contrée ?

– Arsène Lupin et sa bande ne sont pas loin. Sans compter l'affaire du baron Cahorn, à qui attribuer les cambriolages de Montigny, de Gruchet, de Crasville, sinon à notre voleur national ? Aujourd'hui, c'est mon tour.

– Et vous êtes prévenu, comme le fut le baron Cahorn ?

– Le même truc ne réussit pas deux fois.

– Alors ?

– Alors ?… alors voici.

Il se leva, et désignant du doigt, sur l'un des rayons de la bibliothèque, un petit espace vide entre deux énormes in-folio :

– Il y avait là un livre, un livre du XVIe siècle, intitulé la *Chronique de Thibermesnil*, et qui était l'histoire du château depuis sa construction par le duc Rollon sur l'emplacement d'une forteresse féodale. Il contenait trois planches gravées. L'une représentait une vue cavalière du domaine dans son ensemble, la seconde le plan des bâtiments, et la troisième j'appelle votre attention là-dessus – le tracé d'un souterrain dont l'une des issues s'ouvre à l'extérieur de la première ligne des remparts, et dont l'autre aboutit ici, oui, dans la salle même où nous nous tenons. Or ce livre a disparu depuis le mois dernier.

– Fichtre, dit Velmont, c'est mauvais signe. Seulement cela ne suffit pas pour motiver l'intervention de Herlock Sholmès.

– Certes, cela n'eût point suffi s'il ne s'était passé un autre fait qui donne à celui que je viens de vous raconter toute sa signification. Il existait à la Bibliothèque Nationale un second exemplaire de cette *Chronique*, et ces deux exemplaires différaient par certains détails concernant le souterrain, comme l'établissement d'un profil et d'une échelle, et diverses annotations, non pas imprimées, mais écrites à l'encre et plus ou moins effacées. Je savais ces particularités, et je savais que le tracé définitif ne pouvait être reconstitué que par une confrontation minutieuse des deux cartes. Or, le lendemain du jour où mon exemplaire disparaissait, celui de la Bibliothèque Nationale était demandé par un lecteur qui l'emportait sans qu'il fût possible de déterminer les conditions dans lesquelles le vol était effectué.

Des exclamations accueillirent ces paroles.

– Cette fois, l'affaire devient sérieuse.

– Aussi, cette fois, dit Devanne, la police s'émut et il y eut une double enquête, qui, d'ailleurs, n'eut aucun résultat.

– Comme toutes celles dont Arsène Lupin est l'objet.

– Précisément. C'est alors qu'il me vint à l'esprit de demander son concours à Herlock Sholmès, lequel me répondit qu'il avait le plus vif désir d'entrer en contact avec Arsène Lupin.

– Quelle gloire pour Arsène Lupin ! dit Velmont. Mais si notre voleur national, comme vous l'appelez, ne nourrit aucun projet sur Thibermesnil, Herlock Sholmès n'aura qu'à se tourner les pouces ?

– Il y a autre chose, et qui l'intéressera vivement, la découverte du souterrain.

– Comment, vous nous avez dit qu'une des entrées s'ouvrait sur la campagne, l'autre dans ce salon même !

– Où ? En quel lieu de ce salon ? La ligne qui représente le souterrain sur les cartes aboutit bien d'un côté à un petit cercle accompagné de ces deux majuscules : « T. G. », ce qui signifie sans doute, n'est-ce pas, Tour Guillaume. Mais la tour est ronde, et qui pourrait déterminer à quel endroit du rond s'amorce le tracé du dessin ?

Devanne alluma un second cigare et se versa un verre de Bénédictine. On le pressait de questions. Il souriait, heureux de l'intérêt provoqué. Enfin, il prononça :

– Le secret est perdu. Nul au monde ne le connaît. De père en fils, dit la légende, les puissants seigneurs se le transmettaient à leur lit de mort, jusqu'au jour où Geoffroy, dernier du nom, eut la tête tranchée sur l'échafaud, le 7 thermidor an II, dans sa dix-neuvième année.

– Mais depuis un siècle, on a dû chercher ?

143

– On a cherché, mais vainement. Moi-même, quand j'eus acheté le château à l'arrière-petit-neveu du conventionnel Leribourg, j'ai fait faire des fouilles. À quoi bon ? Songez que cette tour, environnée d'eau, n'est reliée au château que par un point, et qu'il faut, en conséquence, que le souterrain passe sous les anciens fossés. Le plan de la Bibliothèque Nationale montre d'ailleurs une suite de quatre escaliers comportant quarante-huit marches, ce qui laisse supposer une profondeur de plus de dix mètres. Et l'échelle, annexée à l'autre plan, fixe la distance à deux cents mètres. En réalité, tout le problème est ici, entre ce plancher, ce plafond et ces murs. Ma foi, j'avoue que j'hésite à les démolir.

– Et l'on n'a aucun indice ?

– Aucun.

L'abbé Gélis objecta :

– Monsieur Devanne, nous devons faire état de deux citations.

– Oh ! s'écria Devanne en riant, monsieur le curé est un fouilleur d'archives, un grand liseur de mémoires, et tout ce qui touche à Thibermesnil le passionne. Mais l'explication dont il parle ne sert qu'à embrouiller les choses.

– Mais encore ?

– Vous y tenez ?

– Énormément.

– Vous saurez donc qu'il résulte de ses lectures que deux rois de France ont eu le mot de l'énigme.

– Deux rois de France !

– Henri IV et Louis XVI.

– Ce ne sont pas les premiers venus. Et comment monsieur l'abbé est-il au courant ?…

– Oh ! c'est bien simple, continua Devanne. L'avant-veille de la bataille d'Arques, le roi Henri IV vint souper et coucher dans ce château. À onze heures du soir, Louise de Tancarville, la plus jolie dame de Normandie, fut introduite auprès de lui par le souterrain avec la complicité du duc Edgard, qui, en cette occasion, livra le secret de famille. Ce secret, Henri IV le confia plus tard à son ministre Sully, qui raconte l'anecdote dans ses Royales Économies d'État sans l'accompagner d'autre commentaire que de cette phrase incompréhensible :

« La hache tournoie dans l'air qui frémit, mais l'aile s'ouvre, et l'on va jusqu'à Dieu. »

Il y eut un silence, et Velmont ricana :

– Ce n'est pas d'une clarté aveuglante.

– N'est-ce pas ? Monsieur le curé veut que Sully ait noté par là le mot de l'énigme, sans trahir le secret des scribes auxquels il dictait ses mémoires.

– L'hypothèse est ingénieuse.

– Je l'accorde, mais qu'est-ce que la hache qui tournoie, et l'oiseau qui s'envole ?

– Et qu'est-ce qui va jusqu'à Dieu ?

– Mystère !

Velmont reprit :

– Et ce bon Louis XVI, fût-ce également pour recevoir la visite d'une dame, qu'il se fit ouvrir le souterrain ?

– Je l'ignore. Tout ce qu'il est permis de dire, c'est que Louis XVI a séjourné en 1784 à Thibermesnil, et que la fameuse armoire de fer, trouvée au Louvre sur la dénonciation de Gamain, renfermait un papier avec ces mots écrits par lui : « Thibermesnil : 2-6-12. »

Horace Valmont éclata de rire :

– Victoire ! les ténèbres se dissipent de plus en plus. Deux fois six font douze.

– Riez à votre guise, monsieur, fit l'abbé, il n'empêche que ces deux citations contiennent la solution, et qu'un jour ou l'autre viendra quelqu'un qui saura les interpréter.

– Herlock Sholmès d'abord, dit Devanne… À moins qu'Arsène Lupin ne le devance. Qu'en pensez-vous, Velmont ?

Velrnont se leva, mit la main sur l'épaule de Devanne, et déclara :

– Je pense qu'aux données fournies par votre livre et par celui de la Bibliothèque, il manquait un renseignement de la plus haute importance, et que vous avez eu la gentillesse de me l'offrir. Je vous en remercie.

– De sorte que ?…

– De sorte que maintenant, la hache ayant tournoyé, l'oiseau s'étant enfui, et deux fois six faisant douze, je n'ai plus qu'à me mettre en campagne.

– Sans perdre une minute.

– Sans perdre une seconde ! Ne faut-il pas que cette nuit, c'est-à-dire avant l'arrivée de Herlock Sholmès, je cambriole votre château ?

– Il est de fait que vous n'avez que le temps. Voulez-vous que je vous conduise ?

– Jusqu'à Dieppe ?

– Jusqu'à Dieppe. J'en profiterai pour ramener moi-même monsieur et madame d'Androl et une jeune fille de leurs amis qui arrivent par le train de minuit.

Et s'adressant aux officiers, Devanne ajouta :

– D'ailleurs, nous nous retrouverons tous ici demain à déjeuner, n'est-ce pas, messieurs ? Je compte bien sur vous, puisque ce château doit être investi par vos régiments et pris d'assaut sur le coup de onze heures.

L'invitation fut acceptée, on se sépara et un instant plus tard, une 20-30 Étoile d'Or emportait Devanne et Velmont sur la route de Dieppe. Devanne déposa le peintre devant le casino, et se rendit à la gare.

À minuit, ses amis descendaient du train. À minuit et demi, l'automobile franchissait les portes de Thibermesnil. À une heure, après un léger souper servi dans le salon, chacun se retira. Peu à peu toutes les lumières s'éteignirent. Le grand silence de la nuit enveloppa le château.

Mais la lune écarta les nuages qui la voilaient, et, par deux des fenêtres, emplit le salon de clarté blanche. Cela ne dura qu'un moment. Très vite la lune se cacha derrière le rideau des collines. Et ce fut l'obscurité. Le silence s'augmenta de l'ombre plus épaisse. À peine, de temps à autre, des craquements de meubles le troublaient-ils, ou bien le bruissement des roseaux sur l'étang qui baigne les vieux murs de ses eaux vertes.

La pendule égrenait le chapelet infini des secondes. Elle sonna deux heures. Puis, de nouveau, les secondes tombèrent hâtives et monotones dans la paix lourde de la nuit. Puis trois heures sonnèrent.

Et tout à coup quelque chose claqua, comme fait, au passage d'un train, le disque d'un signal qui s'ouvre et se rabat. Et un jet fin de lumière traversa le salon de part en part, ainsi qu'une flèche qui laisserait derrière elle une traînée étincelante. Il jaillissait de la cannelure centrale d'un pilastre où s'appuie, à droite, le fronton de la bibliothèque. Il s'immobilisa d'abord sur le panneau opposé en un cercle éclatant, puis il se promena de tous côtés comme un regard inquiet qui scrute l'ombre, puis il s'évanouit pour jaillir encore, pendant que toute une partie de la bibliothèque tournait sur elle-même et démasquait une large ouverture en forme de voûte.

Un homme entra, qui tenait à la main une lanterne électrique. Un autre homme et un troisième surgirent qui portaient un rouleau de cordes et différents instruments. Le premier inspecta la pièce, écouta et dit :

– Appelez les camarades.

De ces camarades, il en vint huit par le souterrain, gaillards solides, au visage énergique. Le déménagement commença.

Ce fut rapide. Arsène Lupin passait d'un meuble à un autre, l'examinait et, suivant ses dimensions ou sa valeur artistique, lui faisait grâce ou ordonnait :

– Enlevez !

Et l'objet était enlevé, avalé par la gueule béante du tunnel, expédié dans les entrailles de la terre.

Et ainsi furent escamotés six fauteuils et six chaises Louis XV, et des tapisseries d'Aubusson, et des girandoles signées Gouthière, et deux Fragonard, et un Nattier, et un buste de Houdon, et des statuettes. Quelquefois Lupin s'attardait devant un magnifique bahut ou un superbe tableau et soupirait :

– Trop lourd, celui-là… trop grand… quel dommage !

Et il continuait son expertise.

En quarante minutes, le salon fut « désencombré », selon l'expression d'Arsène. Et tout cela s'était accompli dans un ordre admirable, sans aucun bruit, comme si tous les objets que maniaient ces hommes eussent été garnis d'épaisse ouate.

Il dit alors au dernier d'entre eux, qui s'en allait, porteur d'un cartel signé Boulle :

– Inutile de revenir. Il est entendu, n'est-ce pas, qu'aussitôt l'autocamion chargé, vous filez jusqu'à la grange de Roquefort.

– Mais vous, patron ?

– Qu'on me laisse la motocyclette.

L'homme parti, il repoussa, tout contre, le pan mobile de la bibliothèque, puis, après avoir fait disparaître les traces du déménagement, effacé les marques de pas, il souleva une portière, et pénétra dans une galerie qui servait de communication entre la tour et le château. Au milieu, il y avait une vitrine, et c'était à cause de cette vitrine qu'Arsène Lupin avait poursuivi ses investigations.

Elle contenait des merveilles, une collection unique de montres, de tabatières, de bagues, de châtelaines, de miniatures du plus joli travail. Avec une pince il força la serrure, et ce lui fut un plaisir inexprimable que de saisir ces joyaux d'or et d'argent, ces petites œuvres d'un art si précieux et si délicat.

Il avait passé en bandoulière autour de son cou un large sac de toile spécialement aménagé pour ces aubaines. Il le remplit. Et il remplit aussi les poches de sa veste, de son pantalon et de son gilet. Et il refermait son bras gauche sur une pile de ces réticules en perles si goûtés de nos ancêtres, et que la mode actuelle recherche si passionnément… lorsqu'un léger bruit frappa son oreille.

Il écouta : il ne se trompait pas, le bruit se précisait.

Et soudain il se rappela : à l'extrémité de la galerie, un escalier intérieur conduisait à un appartement inoccupé jusqu'ici, mais qui était, depuis ce soir, réservé à cette jeune fille que Devanne avait été chercher à Dieppe avec ses amis d'Androl.

D'un geste rapide ; il pressa du doigt le ressort de sa lanterne : elle s'éteignit. Il avait à peine gagné l'embrasure d'une fenêtre qu'au haut de l'escalier la porte fut ouverte et d'une faible lueur éclaira la galerie.

Il eut la sensation – car, à demi caché par un rideau, il ne voyait point – qu'une personne descendait les premières marches avec précaution. Il espéra qu'elle n'irait pas plus loin. Elle descendit cependant et avança de plusieurs pas dans la pièce. Mais elle poussa un cri. Sans doute avait-elle aperçu la vitrine brisée, aux trois quarts vide.

Au parfum, il reconnut la présence d'une femme. Ses vêtements frôlaient presque le rideau qui le dissimulait, et il lui sembla qu'il entendait battre le cœur de cette femme, et qu'elle aussi devinait la présence d'un autre être, derrière elle, dans l'ombre, à portée de sa main… Il se dit : « Elle a peur… elle va partir… il est impossible qu'elle ne parte pas. » Elle ne partit point. La bougie qui tremblait dans sa main s'affermit. Elle se retourna, hésita un instant, parut écouter le silence effrayant, puis, d'un coup, écarta le rideau.

Ils se virent.

Arsène murmura, bouleversé :

– Vous… vous… mademoiselle !

C'était miss Nelly.

Miss Nelly ! la passagère du transatlantique, celle qui avait mêlé ses rêves aux rêves du jeune homme durant cette inoubliable traversée, celle qui avait assisté à son arrestation, et qui, plutôt que de le trahir, avait eu ce joli geste de jeter à la mer le Kodak où il avait caché les bijoux et les billets de banque… Miss Nelly ! la chère et souriante créature dont l'image avait si souvent attristé ou réjoui ses longues heures de prison !

Le hasard était si prodigieux, qui les mettait en présence l'un de l'autre dans ce château et à cette heure de la nuit, qu'ils ne bougeaient point et ne prononçaient pas une parole, stupéfaits, comme hypnotisés par l'apparition fantastique qu'ils étaient l'un pour l'autre.

Chancelante, brisée d'émotion, miss Nelly dut s'asseoir.

Il resta debout en face d'elle. Et peu à peu, au cours des secondes interminables qui s'écoulèrent, il eut conscience de l'impression qu'il devait donner en cet instant, les bras chargés de bibelots, les poches gonflées, et son sac rempli à en crever. Une grande confusion l'envahit, et il rougit de se trouver là, dans cette vilaine posture du voleur qu'on prend en flagrant délit. Pour elle, désormais, quoi qu'il advînt, il était le voleur, celui qui met la main dans la poche des autres, celui qui crochète les portes et s'introduit furtivement.

Une des montres roula sur le tapis, une autre également. Et d'autres choses encore allaient glisser de ses bras, qu'il ne savait comment retenir. Alors, se décidant brusquement, il laissa tomber sur le fauteuil une partie des objets, vida ses poches et se défit de son sac.

Il se sentit plus à l'aise devant Nelly, il fit un pas vers elle avec l'intention de lui parler. Mais elle eut un geste de recul, puis se leva vivement, comme prise d'effroi, et se précipita vers le salon. La portière se referma sur elle, il la rejoignit. Elle était là, interdite, tremblante, et ses yeux contemplaient avec terreur l'immense pièce dévastée.

Aussitôt il lui dit :

– À trois heures, demain, tout sera remis en place… Les meubles seront rapportés…

Elle ne répondit pas, et il répéta :

– Demain, à trois heures, je m'y engage… Rien au monde ne pourra m'empêcher de tenir ma promesse… Demain, à trois heures…

Un long silence pesa sur eux. Il n'osait le rompre et l'émotion de la jeune fille lui causait une véritable souffrance. Doucement, sans un mot, il s'éloigna d'elle.

Et il pensait :

« Qu'elle s'en aille !… Qu'elle se sente libre de s'en aller… Qu'elle n'ait pas peur de moi !… »

Mais soudain elle tressaillit et balbutia :

– Écoutez… des pas… j'entends marcher…

Il la regarda avec étonnement. Elle semblait bouleversée, ainsi qu'à l'approche d'un péril.

– Je n'entends rien, dit-il, et quand même…

– Comment ! mais il faut fuir… vite, fuyez…

– Fuir… pourquoi ?

– Il le faut… il le faut… Ah ! ne restez pas…

D'un trait elle courut jusqu'à l'endroit de la galerie et prêta l'oreille. Non, il n'y avait personne. Peut-être le bruit venait-il du dehors ?… Elle attendit une seconde, puis, rassurée, se retourna.

Arsène Lupin avait disparu.

À l'instant même où Devanne constata le pillage de son château, il se dit : « C'est Velmont qui a fait le coup, et Velmont n'est autre qu'Arsène Lupin. » Tout s'expliquait ainsi, et rien ne s'expliquait autrement. Cette idée ne fit, d'ailleurs, que l'effleurer, tellement il était invraisemblable que Velmont ne fût point Velmont, c'est-à-dire le peintre connu, le camarade de cercle de son cousin d'Estevan. Et lorsque le brigadier de gendarmerie, aussitôt averti, se présenta, Devanne ne songea même pas à lui communiquer cette supposition absurde.

Toute la matinée, ce fut, à Thibermesnil, un va-et-vient indescriptible. Les gendarmes, le garde champêtre, le commissaire de police de Dieppe, les habitants du village, tout ce monde s'agitait dans les couloirs, ou dans le parc, ou autour du château. L'approche des troupes en manœuvre, le crépitement des fusils ajoutaient au pittoresque de la scène.

Les premières recherches ne fournirent point d'indice. Les fenêtres n'ayant pas été brisées ni les portes fracturées, sans nul doute le déménagement s'était effectué par l'issue secrète. Pourtant, sur le tapis, aucune trace de pas, sur les murs, aucune marque insolite.

Une seule chose, inattendue, et qui dénotait bien la fantaisie d'Arsène Lupin : la fameuse *Chronique* du XVIe siècle avait repris son ancienne place, et, à côté, se trouvait un livre semblable qui n'était autre que l'exemplaire volé à la Bibliothèque Nationale.

À onze heures les officiers arrivèrent. Devanne les accueillit gaiement – quelque ennui que lui causât la perte de telles richesses artistiques, sa fortune lui permettait de la supporter sans mauvaise humeur. Ses amis d'Androl et Nelly descendirent.

Les présentations faites, on s'aperçut qu'il manquait un convive. Horace Velmont. Ne viendrait-il point ?

Son absence eût réveillé les soupçons de Georges Devanne. Mais à midi précis, il entrait. Devanne s'écria :

– À la bonne heure ! Vous voilà !

– Ne suis-je pas exact ?

– Si, mais vous auriez pu ne pas l'être… après une nuit si agitée ! car vous savez la nouvelle ?

– Quelle nouvelle ?

– Vous avez cambriolé le château.

– Allons donc !

– Comme je vous le dis. Mais offrez tout d'abord votre bras à miss Underdown, et passons à table... Mademoiselle, permettez-moi...

Il s'interrompit, frappé par le trouble de la jeune fille. Puis, soudain, se rappelant :

– C'est vrai, à propos, vous avez voyagé avec Arsène Lupin, jadis... avant son arrestation... La ressemblance vous étonne, n'est-ce pas ?

Elle ne répondit point. Devant elle, Velmont souriait. Il s'inclina, elle prit son bras. Il la conduisit à sa place et s'assit en face d'elle.

Durant le déjeuner on ne parla que d'Arsène Lupin, des meubles enlevés, du souterrain, de Herlock Sholmès. À la fin du repas seulement, comme on abordait d'autres sujets, Velmont se mêla à la conversation. Il fut tour à tour amusant et grave, éloquent et spirituel. Et tout ce qu'il disait, il semblait ne le dire que pour intéresser la jeune fille, Très absorbée, elle ne paraissait point l'entendre.

On servit le café sur la terrasse qui domine la cour d'honneur et le jardin du côté de la façade principale. Au milieu de la pelouse, la musique du régiment se mit à jouer, et la foule des paysans et des soldats se répandit dans les allées du parc.

Cependant Nelly se souvenait de la promesse d'Arsène Lupin : « À trois heures tout sera là, je m'y engage. »

À trois heures ! et les aiguilles de la grande horloge qui ornait l'aile droite marquaient deux heures quarante. Elle les regardait malgré elle à tout instant. Et elle regardait aussi Velmont qui se balançait paisiblement dans un confortable rocking-chair.

Deux heures cinquante... deux heures cinquante-cinq... une sorte d'impatience, mêlée d'angoisse, étreignait la jeune fille. Était-il admissible que le miracle s'accomplît, et qu'il s'accomplît à la minute fixée, alors que le château, la cour, la campagne étaient remplis de monde, et qu'en ce moment même le procureur de la République et le juge d'instruction poursuivaient leur enquête ?

Et pourtant... pourtant Arsène Lupin avait promis avec une telle solennité ! Cela sera comme il l'a dit, pensa-t-elle impressionnée par tout ce qu'il y avait en cet homme d'énergie, d'autorité et de certitude. Et cela ne lui semblait pas un miracle, mais un événement naturel qui devait se produire par la force des choses.

Une seconde, leurs regards se croisèrent. Elle rougit et détourna la tête.

Trois heures… Le premier coup sonna, le deuxième, le troisième… Horace Velmont tira sa montre, leva les yeux vers l'horloge, puis remit sa montre dans sa poche. Quelques secondes s'écoulèrent. Et voici que la foule s'écarta, autour de la pelouse, livrant passage à deux voitures qui venaient de franchir la grille du parc, attelées l'une et l'autre de deux chevaux. C'étaient de ces fourgons qui vont à la suite des régiments et qui portent les cantines des officiers et les sacs des soldats. Ils s'arrêtèrent devant le perron. Un sergent fourrier sauta de l'un des sièges et demanda M. Devanne.

Devanne accourut et descendit les marches. Sous les bâches, il vit, soigneusement rangés, bien enveloppés, ses meubles, ses tableaux, ses objets d'art.

Aux questions qu'on lui posa, le fourrier répondit en exhibant l'ordre qu'il avait reçu de l'adjudant de service, et que cet adjudant avait pris, le matin, au rapport. Par cet ordre, la deuxième compagnie du quatrième bataillon devait pourvoir à ce que les objets mobiliers déposés au carrefour des Halleux, en forêt d'Arques, fussent portés à trois heures à M. Georges Devanne, propriétaire du château de Thibermesnil. Signé : le colonel Beauvel.

– Au carrefour, ajouta le sergent, tout se trouvait prêt, aligné sur le gazon, et sous la garde… des passants. Ça m'a semblé drôle, mais quoi ! l'ordre était catégorique.

Un des officiers examina la signature : elle était parfaitement imitée, mais fausse.

La musique avait cessé de jouer, on vida les fourgons, on réintégra les meubles.

Au milieu de cette agitation, Nelly resta seule à l'extrémité de la terrasse. Elle était grave et soucieuse, agitée de pensées confuses qu'elle ne cherchait pas à formuler. Soudain, elle aperçut Velmont qui s'approchait. Elle souhaita de l'éviter, mais l'angle de la balustrade qui porte la terrasse l'entourait de deux côtés, et une ligne de grandes caisses d'arbustes : orangers, lauriers-roses et bambous, ne lui laissait d'autre retraite que le chemin par où s'avançait le jeune homme. Elle ne bougea pas. Un rayon de soleil tremblait sur ses cheveux d'or, agité par les feuilles frêles d'un bambou. Quelqu'un prononça très bas :

– J'ai tenu ma promesse de cette nuit.

Arsène Lupin était près d'elle, et autour d'eux il n'y avait personne.

Il répéta, l'attitude hésitante, la voix timide :

– J'ai tenu ma promesse de cette nuit.

Il attendait un mot de remerciement, un geste du moins qui prouvât l'intérêt qu'elle prenait à cet acte. Elle se tut.

Ce mépris irrita Arsène Lupin, et, en même temps, il avait le sentiment profond de tout ce qui le séparait de Nelly, maintenant qu'elle savait la vérité. Il eût voulu se disculper, chercher des excuses, montrer sa vie dans ce qu'elle avait d'audacieux et de grand. Mais, d'avance, les paroles le froissaient, et il sentait l'absurdité et l'insolence de toute explication. Alors il murmura tristement, envahi d'un flot de souvenirs :

– Comme le passé est loin ! Vous rappelez-vous les longues heures sur le pont de la *Provence*. Ah ! tenez… vous aviez, comme aujourd'hui, une rose à la main, une rose pâle comme celle-ci… Je vous l'ai demandée… vous n'avez pas eu l'air d'entendre… Cependant, après votre départ, j'ai trouvé la rose… oubliée sans doute… Je l'ai gardée…

Elle ne répondit pas encore. Elle semblait très loin de lui. Il continua :

– En mémoire de ces heures, ne songez pas à ce que vous savez. Que le passé se relie au présent ! Que je ne sois pas celui que vous avez vu cette nuit, mais celui d'autrefois, et que vos yeux me regardent, ne fût-ce qu'une seconde, comme ils me regardaient… Je vous en prie… Ne suis-je plus le même ?

Elle leva les yeux, comme il le demandait, et le regarda. Puis, sans un mot, elle posa son doigt sur une bague qu'il portait à l'index. On n'en pouvait voir que l'anneau, mais le chaton, retourné à l'intérieur, était formé d'un rubis merveilleux.

Arsène Lupin rougit. Cette bague appartenait à Georges Devanne.

Il sourit avec amertume.

– Vous avez raison. Ce qui a été sera toujours. Arsène Lupin n'est et ne peut être qu'Arsène Lupin, et entre vous et lui, il ne peut même pas y avoir un souvenir… Pardonnez-moi… J'aurais dû comprendre que ma seule présence auprès de vous est un outrage…

Il s'effaça le long de la balustrade, le chapeau à la main. Nelly passa devant lui. Il fut tenté de la retenir, de l'implorer. L'audace lui manqua, et il la suivit des yeux, comme un jour lointain où elle traversait la passerelle sur le quai de New York. Elle monta les degrés qui conduisent à la porte. Un instant encore sa fine silhouette se dessina parmi les marbres du vestibule. Il ne la vit plus.

Un nuage obscurcit le soleil. Arsène Lupin observait, immobile, la trace des petits pas empreints dans le sable. Tout à coup, il tressaillit : sur la chaise de bambou contre laquelle Nelly s'était appuyée gisait la rose, la rose pâle qu'il n'avait pas osé lui demander… Oubliée sans doute, elle aussi ? Mais oubliée volontairement ou par distraction ?

Il la saisit ardemment. Des pétales s'en détachèrent. Il les ramassa un à un comme des reliques…

– Allons, se dit-il, je n'ai plus rien à faire ici. D'autant que si Herlock Sholmès s'en mêle, ça pourrait devenir mauvais.

Le parc était désert. Cependant, près du pavillon qui commande l'entrée, se tenait un groupe de gendarmes. Il s'enfonça dans les taillis, escalada le mur d'enceinte et prit, pour se rendre à la gare la plus proche, un sentier qui serpentait parmi les champs. Il n'avait point marché durant dix minutes que le chemin se rétrécit, encaissé entre deux talus, et comme il arrivait dans ce défilé, quelqu'un s'y engageait qui venait en sens inverse.

C'était un homme d'une cinquantaine d'années peut-être, assez fort, la figure rasée, et dont le costume précisait l'aspect étranger. Il portait à la main une lourde canne, et une sacoche pendait à son cou.

Ils se croisèrent. L'étranger dit, avec un accent anglais à peine perceptible :

– Excusez-moi, monsieur… est-ce bien ici la route du château ?

– Tout droit, monsieur, et à gauche dès que vous serez au pied du mur. On vous attend avec impatience.

– Ah !

– Oui, mon ami Devanne nous annonçait votre visite dès hier soir.

– Tant pis pour monsieur Devanne s'il a trop parlé.

– Et je suis heureux d'être le premier à vous saluer. Herlock Sholmès n'a pas d'admirateur plus fervent que moi.

Il y eut dans sa voix une nuance imperceptible d'ironie qu'il regretta aussitôt, car Herlock Sholmès le considéra des pieds à la tête, et d'un œil à la fois si enveloppant et si aigu, qu'Arsène Lupin eut l'impression d'être saisi, emprisonné, enregistré par ce regard, plus exactement et plus essentiellement qu'il ne l'avait jamais été par aucun appareil photographique.

« Le cliché est pris, pensa-t-il. Plus la peine de me déguiser avec ce bonhomme-là. Seulement… m'a-t-il reconnu ? »

Ils se saluèrent. Mais un bruit de pas résonna, un bruit de chevaux qui caracolent dans un cliquetis d'acier. C'étaient les gendarmes. Les deux hommes durent se coller contre le talus, dans l'herbe haute, pour éviter d'être bousculés. Les gendarmes passèrent, et comme ils se suivaient à une certaine distance, ce fut assez long. Et Lupin songeait :

« Tout dépend de cette question : m'a-t-il reconnu ? Si oui, il y a bien des chances pour qu'il abuse de la situation. Le problème est angoissant. »

Quand le dernier cavalier les eut dépassés, Herlock Sholmès se releva et, sans rien dire, brossa son vêtement sali de poussière. La courroie de son sac était embarrassée d'une branche d'épines. Arsène Lupin s'empressa. Une seconde encore ils s'examinèrent. Et, si quelqu'un avait pu les surprendre à cet instant, c'eût été un spectacle émouvant que la première rencontre de ces deux hommes si puissamment armés, tous deux vraiment supérieurs et destinés fatalement par leurs aptitudes spéciales à se heurter comme deux forces égales que l'ordre des choses pousse l'une contre l'autre à travers l'espace.

Puis l'Anglais dit :

— Je vous remercie, monsieur.

— Tout à votre service, répondit Lupin.

Ils se quittèrent. Lupin se dirigea vers la station. Herlock Sholmès vers le château.

Le juge d'instruction et le procureur étaient partis après de vaines recherches et l'on attendait Herlock Sholmès avec une curiosité que justifiait sa grande réputation. On fut un peu déçu par son aspect de bon bourgeois, qui différait si profondément de l'image qu'on se faisait de lui. Il n'avait rien du héros de roman, du personnage énigmatique et diabolique qu'évoque en nous l'idée de Herlock Sholmès. Devanne, cependant, s'écria, plein d'exubérance :

— Enfin, Maître, c'est vous ! Quel bonheur ! Il y a si longtemps que j'espérais… Je suis presque heureux de tout ce qui s'est passé, puisque cela me vaut le plaisir de vous voir. Mais, à propos, comment êtes-vous venu ?

— Par le train.

— Quel dommage ! Je vous avais cependant envoyé mon automobile au débarcadère.

— Une arrivée officielle, n'est-ce pas ? avec tambour et musique. Excellent moyen pour me faciliter la besogne, bougonna l'Anglais.

Ce ton peu engageant déconcerta Devanne qui, s'efforçant de plaisanter, reprit :

— La besogne, heureusement, est plus facile que je ne vous l'avais écrit.

— Et pourquoi ?

— Parce que le vol a eu lieu cette nuit.

— Si vous n'aviez pas annoncé ma visite, monsieur, il est probable que le vol n'aurait pas eu lieu cette nuit.

— Et quand donc ?

Demain, ou un autre jour.

— Et en ce cas ?

– Lupin eût été pris au piège.

– Et mes meubles ?

– N'auraient pas été enlevés.

– Mes meubles sont ici.

– Ici ?

– Ils ont été rapportés à trois heures.

– Par Lupin ?

– Par deux fourgons militaires.

Herlock Sholmès enfonça violemment son chapeau sur sa tête et rajusta son sac ; mais Devanne s'écria :

– Que faites-vous ?

– Je m'en vais.

– Et pourquoi ?

– Vos meubles sont là, Arsène Lupin est loin. Mon rôle est terminé.

– Mais j'ai absolument besoin de votre concours, cher monsieur. Ce qui s'est passé hier peut se renouveler demain, puisque nous ignorons le plus important : comment Arsène Lupin est entré, comment il est sorti, et pourquoi, quelques heures plus tard, il procédait à une restitution.

– Ah ! vous ignorez…

L'idée d'un secret à découvrir adoucit Herlock Sholmès.

– Soit, cherchons. Mais vite, n'est-ce pas ? et, autant que possible, seuls.

La phrase désignait clairement les assistants. Devanne comprit et introduisit l'Anglais dans le salon. D'un ton sec, en phrases qui semblaient comptées d'avance, et avec quelle parcimonie ! Sholmès lui posa des questions sur la soirée de la veille, sur les convives qui s'y trouvaient, sur les habitués du château. Puis il examina les deux volumes de la Chronique, compara les cartes du souterrain, se fit répéter les citations relevées par l'abbé Gélis, et demanda :

– C'est bien hier que, pour la première fois, vous avez parlé de ces deux citations ?

– Hier.

– Vous ne les aviez jamais communiquées à M. Horace Velmont ?

– Jamais.

– Bien. Commandez votre automobile. Je repars dans une heure.

– Dans une heure !

– Arsène Lupin n'a pas mis davantage à résoudre le problème que vous lui avez posé.

– Moi !… je lui ai posé…

– Eh ! oui, Arsène Lupin et Velmont, c'est la même chose.

– Je m'en doutais… ah ! le gredin !

– Or, hier soir, à dix heures, vous avez fourni à Lupin les éléments de vérité qui lui manquaient et qu'il cherchait depuis des semaines. Et, dans le courant de la nuit, Lupin a trouvé le temps de comprendre, de réunir sa bande et de vous dévaliser. J'ai la prétention d'être aussi expéditif.

Il se promena d'un bout à l'autre de la pièce en réfléchissant, puis s'assit, croisa ses longues jambes, et ferma les yeux.

Devanne attendit, assez embarrassé.

« Dort-il ? Réfléchit-il ? »

À tout hasard, il sortit pour donner des ordres. Quand il revint, il l'aperçut au bas de l'escalier de la galerie, à genoux, et scrutant le tapis.

– Qu'y a-t-il donc ?

– Regardez… là… ces taches de bougie…

– Tiens, en effet… et toutes fraîches…

– Et vous pouvez en observer également sur le haut de l'escalier, et davantage encore autour de cette vitrine qu'Arsène Lupin a fracturée, et dont il a enlevé les bibelots pour les déposer sur ce fauteuil.

– Et vous en concluez ?

– Rien. Tous ces faits expliqueraient sans aucun doute la restitution qu'il a opérée. Mais c'est un côté de la question que je n'ai pas le temps d'aborder. L'essentiel, c'est le tracé du souterrain.

– Vous espérez toujours…

– Je n'espère pas, je sais. Il existe, n'est-ce pas, une chapelle à deux ou trois cents mètres du château ?

– Une chapelle en ruines, où se trouve le tombeau du duc Rollon.

– Dites à votre chauffeur qu'il nous attende auprès de cette chapelle.

– Mon chauffeur n'est pas encore de retour… On doit me prévenir… Mais, d'après ce que je vois, vous estimez que le souterrain aboutit à la chapelle. Sur quel indice…

Herlock Sholmès l'interrompit :

– Je vous prierai, monsieur, de me procurer une échelle et une lanterne.

– Ah ! vous avez besoin d'une lanterne et d'une échelle ?

– Apparemment, puisque je vous les demande.

Devanne, quelque peu interloqué, sonna. Les deux objets furent apportés.

Les ordres se succédèrent alors avec la rigueur et la précision des commandements militaires.

– Appliquez cette échelle contre la bibliothèque, à gauche du mot Thibermesnil…

Devanne dressa l'échelle et l'Anglais continua :

– Plus à gauche… à droite… Halte ! Montez… Bien… Toutes les lettres de ce mot sont en relief, n'est-ce pas ?

– Oui.

Occupons-nous de la lettre H. Tourne-t-elle dans un sens ou dans l'autre ?

Devanne saisit la lettre H, et s'exclama :

– Mais oui, elle tourne ! vers la droite, et d'un quart de cercle ! Qui donc vous a révélé ?...

Sans répondre, Herlock Sholmès reprit :

– Pouvez-vous, d'où vous êtes, atteindre la lettre R ? Oui... Remuez-la plusieurs fois, comme vous feriez d'un verrou que l'on pousse et que l'on retire.

Devanne remua la lettre R. À sa grande stupéfaction, il se produisit un déclenchement intérieur.

– Parfait, dit Herlock Sholmès. Il ne nous reste plus qu'à glisser votre échelle à l'autre extrémité, c'est-à-dire à la fin du mot Thibermesnil... Bien... Et maintenant, si je ne me suis pas trompé, si les choses s'accomplissent comme elles le doivent, la lettre L s'ouvrira ainsi qu'un guichet.

Avec une certaine solennité, Devanne saisit la lettre L. La lettre L s'ouvrit, mais Devanne dégringola de son échelle, car toute la partie de la bibliothèque située entre la première et la dernière lettre du mot, pivota sur elle-même et découvrit l'orifice du souterrain.

Herlock Sholmès prononça, flegmatique :

– Vous n'êtes pas blessé ?

– Non, non, fit Devanne en se relevant, pas blessé, mais ahuri, j'en conviens... ces lettres qui s'agitent... ce souterrain béant...

– Et après ? Cela n'est-il pas exactement conforme à la citation de Sully ?

– En quoi, Seigneur ?

– Dame ! L'H tournoie, l'R frémit et l'L s'ouvre... et c'est ce qui a permis à Henri IV de recevoir Mlle de Tancarville à une heure insolite.

– Mais Louis XVI ? demanda Devanne, abasourdi.

– Louis XVI était un grand forgeron et habile serrurier. J'ai lu un *Traité des serrures de combinaison* qu'on lui attribue. De la part de Thibermesnil, c'était se conduire en bon courtisan, que de montrer à son maître ce chef-d'œuvre de mécanique. Pour mémoire, le Roi écrivit : 2-6-12, c'est-à-dire, H. R. L., la deuxième, la sixième et la douzième lettre du nom.

– Ah ! parfait, je commence à comprendre... Seulement, voilà... Si je m'explique comment on sort de cette salle, je ne m'explique pas comment Lupin a pu y pénétrer. Car, remarquez-le bien, il venait du dehors, lui.

Herlock Sholmès alluma la lanterne et s'avança de quelques pas dans le souterrain.

– Tenez, tout le mécanisme est apparent ici comme les ressorts d'une horloge, et toutes les lettres s'y trouvent à l'envers. Lupin n'a donc eu qu'à les faire jouer de ce côté-ci de la cloison.

– Quelle preuve ?

– Quelle preuve ? Voyez cette flaque d'huile. Lupin avait même prévu que les rouages auraient besoin d'être graissés, fit Herlock Sholmès non sans admiration.

– Mais alors il connaissait l'autre issue ?

– Comme je la connais. Suivez-moi.

– Dans le souterrain ?

– Vous avez peur ?

– Non, mais êtes-vous sûr de vous y reconnaître ?

– Les yeux fermés.

Ils descendirent d'abord douze marches, puis douze autres, et encore deux fois douze autres. Puis ils enfilèrent un long corridor dont les parois de briques portaient la marque de restaurations successives et qui suintaient par places. Le sol était humide.

– Nous passons sous l'étang, remarqua Devanne, nullement rassuré.

Le couloir aboutit à un escalier de douze marches, suivi de trois autres escaliers de douze marches, qu'ils remontèrent péniblement, et ils débouchèrent dans une petite cavité taillée à même le roc. Le chemin n'allait pas plus loin.

– Diable, murmura Herlock Sholmès, rien que des murs nus, cela devient embarrassant.

– Si l'on retournait, murmura Devanne, car, enfin, je ne vois nullement la nécessité d'en savoir plus long. Je suis édifié.

Mais, ayant levé la tête, l'Anglais poussa un soupir de soulagement au-dessus d'eux se répétait le même mécanisme qu'à l'entrée. Il n'eut qu'à faire manœuvrer les trois lettres. Un bloc de granit bascula. C'était, de l'autre côté, la pierre tombale du duc Rollon, gravée des douze lettres en relief « Thibermesnil ». Et ils se trouvèrent dans la petite chapelle en ruines que l'Anglais avait désignée.

– Et l'on va jusqu'à Dieu, c'est-à-dire jusqu'à la chapelle, dit-il, rapportant la fin de la citation.

– Est-ce possible, s'écria Devanne, confondu par la clairvoyance et la vivacité de Herlock Sholmès, est-ce possible que cette simple indication vous ait suffi ?

– Bah ! fit l'Anglais, elle était même inutile. Sur l'exemplaire de la Bibliothèque Nationale, le trait se termine à gauche, vous le savez, par un cercle, et à droite, vous l'ignorez, par une petite croix, mais si effacée, qu'on ne peut la voir qu'à la loupe. Cette croix signifie évidemment la chapelle où nous sommes.

Le pauvre Devanne n'en croyait pas ses oreilles.

– C'est inouï, miraculeux, et cependant, d'une simplicité enfantine ! Comment personne n'a-t-il jamais percé ce mystère ?

– Parce que personne n'a jamais réuni les trois ou quatre éléments nécessaires, c'est-à-dire les deux livres et les citations… Personne, sauf Arsène Lupin et moi.

– Mais, moi aussi, objecta Devanne, et l'abbé Gélis… Nous en savions tous deux autant que vous, et néanmoins…

Sholmès sourit.

– Monsieur Devanne, tout le monde n'est pas apte à déchiffrer les énigmes.

– Mais voilà dix ans que je cherche. Et vous, en dix minutes…

– Bah ! l'habitude…

Ils sortirent de la chapelle, et l'Anglais s'écria :

– Tiens, une automobile qui attend !

– Mais c'est la mienne !

– La vôtre ? mais je pensais que le chauffeur n'était pas revenu.

– En effet… et je me demande…

Ils s'avancèrent jusqu'à la voiture, et Devanne, interpellant le chauffeur :

– Édouard, qui vous a donné l'ordre de venir ici ?

– Mais, répondit l'homme, c'est M. Velmont.

– M. Velmont ? Vous l'avez donc rencontré ?

– Près de la gare, et il m'a dit de me rendre à la chapelle.

– De vous rendre à la chapelle ! mais pourquoi ?

– Pour y attendre Monsieur… et l'ami de Monsieur…

Devanne et Herlock Sholmès se regardèrent. Devanne dit :

– Il a compris que l'énigme serait un jeu pour vous. L'hommage est délicat.

Un sourire de contentement plissa les lèvres minces du détective. L'hommage lui plaisait. Il prononça, en hochant la tête :

– C'est un homme. Rien qu'à le voir, d'ailleurs, je l'avais jugé.

– Vous l'avez donc vu ?

– Nous nous sommes croisés tout à l'heure.

– Et vous saviez que c'était Horace Velmont, je veux dire Arsène Lupin ?

– Non, mais je n'ai pas tardé à le deviner… à une certaine ironie de sa part.

– Et vous l'avez laissé échapper ?

– Ma foi, oui… j'avais pourtant la partie belle… cinq gendarmes qui passaient.

– Mais sacrebleu ! c'était l'occasion ou jamais de profiter…

– Justement, monsieur, dit l'Anglais avec hauteur, quand il s'agit d'un adversaire comme Arsène Lupin, Herlock Sholmès ne profite pas des occasions… il les fait naître…

Mais l'heure pressait et, puisque Lupin avait eu l'attention charmante d'envoyer l'automobile, il fallait en profiter sans retard. Devanne et Herlock Sholmès s'installèrent au fond de la confortable limousine. Édouard donna le tour de manivelle et l'on partit. Des champs, des bouquets d'arbres défilèrent. Les molles ondulations du pays de Caux s'aplanirent devant eux. Soudain les yeux de Devanne furent attirés par un petit paquet posé dans un des vide-poches.

– Tiens, qu'est-ce que c'est que cela ? Un paquet ! Et pour qui donc ? Mais c'est pour vous.

– Pour moi ?

– Lisez : « *M. Herlock Sholmès, de la part d'Arsène Lupin.* »

L'Anglais saisit le paquet, le déficela, enleva les deux feuilles de papier qui l'enveloppaient. C'était une montre.

– Aoh ! dit-il, en accompagnant cette exclamation d'un geste de colère…

– Une montre, fit Devanne, est-ce que par hasard ?…

L'Anglais ne répondit pas.

– Comment ! C'est votre montre ! Arsène Lupin vous renvoie votre montre ! Mais s'il vous la renvoie, c'est qu'il l'avait prise… Il avait pris votre montre ! Ah ! elle est bonne, celle-là, la montre de Herlock Sholmès subtilisée par Arsène Lupin ! Dieu, que c'est drôle ! Non, vrai… vous m'excuserez… mais c'est plus fort que moi.

Et quand il eut bien ri, il affirma d'un ton convaincu :

– Oh ! c'est un homme, en effet.

L'Anglais ne broncha pas. Jusqu'à Dieppe, il ne prononça pas une parole, les yeux fixés sur l'horizon fuyant. Son silence fut terrible, insondable, plus violent que la rage la plus farouche. Au débarcadère, il dit simplement, sans colère cette fois, mais d'un ton où l'on sentait toute la volonté et toute l'énergie du personnage :

– Oui, c'est un homme, et un homme sur l'épaule duquel j'aurai plaisir à poser cette main que je vous tends, monsieur Devanne. Et j'ai idée, voyez-vous, qu'Arsène Lupin et Herlock Sholmès se rencontreront de nouveau un jour ou l'autre… Oui, le monde est trop petit pour qu'ils ne se rencontrent pas… et ce jour là…

ARSÈNE LUPIN CONTRE HERLOCK SHOLMÈS

Maurice Leblanc

(1908)

Premier épisode

LA DAME BLONDE

Chapitre 1

Le numéro 514 – série 23

Le 8 décembre de l'an dernier, M. Gerbois, professeur de mathématiques au lycée de Versailles, dénicha, dans le fouillis d'un marchand de bric-à-brac, un petit secrétaire en acajou qui lui plut par la multiplicité de ses tiroirs.

« Voilà bien ce qu'il me faut pour l'anniversaire de Suzanne, pensa-t-il. »

Et comme il s'ingéniait, dans la mesure de ses modestes ressources, à faire plaisir à sa fille, il débattit le prix et versa la somme de soixante-cinq francs.

Au moment où il donnait son adresse, un jeune homme, de tournure élégante, et qui furetait déjà de droite et de gauche, aperçut le meuble et demanda :

– Combien ?

– Il est vendu, répliqua le marchand.

– Ah !… À Monsieur, peut-être ?

M. Gerbois salua et, d'autant plus heureux d'avoir ce meuble qu'un de ses semblables le convoitait, il se retira.

Mais il n'avait pas fait dix pas dans la rue qu'il fut rejoint par le jeune homme, qui, le chapeau à la main et d'un ton de parfaite courtoisie, lui dit :

– Je vous demande infiniment pardon, Monsieur… Je vais vous poser une question indiscrète… Cherchiez-vous ce secrétaire plus spécialement qu'autre chose ?

– Non. Je cherchais une balance d'occasion pour certaines expériences de physique.

– Par conséquent, vous n'y tenez pas beaucoup ?

– J'y tiens, voilà tout.

– Parce qu'il est ancien, peut-être ?

– Parce qu'il est commode.

– En ce cas vous consentiriez à l'échanger contre un secrétaire aussi commode, mais en meilleur état ?

– Celui-ci est en bon état, et l'échange me paraît inutile.

– Cependant…

M. Gerbois est un homme facilement irritable et de caractère ombrageux. Il répondit sèchement :

– Je vous en prie, Monsieur, n'insistez pas.

L'inconnu se planta devant lui.

– J'ignore le prix que vous l'avez payé, Monsieur… Je vous en offre le double.

– Non.

– Le triple ?

– Oh restons-en là, s'écria le professeur, impatienté, ce qui m'appartient n'est pas à vendre.

Le jeune homme le regarda fixement, d'un air que M. Gerbois ne devait pas oublier, puis, sans mot dire, tourna sur ses talons et s'éloigna.

Une heure après on apportait le meuble dans la maisonnette que le professeur occupait sur la route de Viroflay. Il appela sa fille.

– Voici pour toi, Suzanne, si toutefois il te convient.

Suzanne était une jolie créature, expansive et heureuse. Elle se jeta au cou de son père et l'embrassa avec autant de joie que s'il lui avait offert un cadeau royal.

Le soir même, l'ayant placé dans sa chambre avec l'aide d'Hortense, la bonne, elle nettoya les tiroirs et rangea soigneusement ses papiers, ses boîtes à lettres, sa correspondance, ses collections de cartes postales, et quelques souvenirs furtifs qu'elle conservait en l'honneur de son cousin Philippe.

Le lendemain, à sept heures et demie, M. Gerbois se rendit au lycée. À dix heures, Suzanne, suivant une habitude quotidienne, l'attendait à la sortie, et c'était un grand plaisir pour lui que d'aviser, sur le trottoir opposé à la grille, sa silhouette gracieuse et son sourire d'enfant.

Ils s'en revinrent ensemble.

– Et ton secrétaire ?

– Une pure merveille ! Hortense et moi, nous avons fait les cuivres. On dirait de l'or.

– Ainsi tu es contente ?

– Si je suis contente ! C'est-à-dire que je ne sais pas comment j'ai pu m'en passer jusqu'ici.

Ils traversèrent le jardin qui précède la maison. M. Gerbois proposa :

– Nous pourrions aller le voir avant le déjeuner ?

– Oh ! oui, c'est une bonne idée.

Elle monta la première, mais, arrivée au seuil de sa chambre, elle poussa un cri d'effarement.

– Qu'y a-t-il donc ? balbutia M. Gerbois.

À son tour il entra dans la chambre. Le secrétaire n'y était plus.

Ce qui étonna le juge d'instruction, c'est l'admirable simplicité des moyens employés. En l'absence de Suzanne, et tandis que la bonne faisait son marché, un commissionnaire muni de sa plaque – des voisins la virent – avait arrêté sa charrette devant le jardin et sonné par deux fois. Les voisins, ignorant que la bonne était dehors, n'eurent aucun soupçon, de sorte que l'individu effectua sa besogne dans la plus absolue quiétude.

À remarquer ceci : aucune armoire ne fut fracturée, aucune pendule dérangée. Bien plus, le porte-monnaie de Suzanne, qu'elle avait laissé sur le marbre du secrétaire, se retrouva sur la table voisine avec les pièces d'or qu'il contenait. Le mobile du vol était donc nettement déterminé, ce qui rendait le vol d'autant plus inexplicable, car, enfin, pourquoi courir tant de risques pour un butin si minime ?

Le seul indice que put fournir le professeur fut l'incident de la veille.

– Tout de suite ce jeune homme a marqué, de mon refus, une vive contrariété, et j'ai eu l'impression très nette qu'il me quittait sur une menace.

C'était bien vague. On interrogea le marchand. Il ne connaissait ni l'un ni l'autre de ces deux messieurs. Quant à l'objet, il l'avait acheté quarante francs à Chevreuse, dans une vente après décès, et croyait bien l'avoir revendu à sa juste valeur. L'enquête poursuivie n'apprit rien de plus.

Mais M. Gerbois resta persuadé qu'il avait subi un dommage énorme. Une fortune devait être dissimulée dans le double-fond d'un tiroir, et c'était la raison pour laquelle le jeune homme, connaissant la cachette, avait agi avec une telle décision.

– Mon pauvre père, qu'aurions-nous fait de cette fortune ? répétait Suzanne.

– Comment ! Mais avec une pareille dot, tu pouvais prétendre aux plus hauts partis.

Suzanne, qui bornait ses prétentions à son cousin Philippe, lequel était un parti pitoyable, soupirait amèrement. Et dans la petite maison de Versailles, la vie continua, moins gaie, moins insouciante, assombrie de regrets et de déceptions.

Deux mois se passèrent. Et soudain, coup sur coup, les événements les plus graves, une suite imprévue d'heureuses chances et de catastrophes ! ...

Le 1er février, à cinq heures et demie, M. Gerbois, qui venait de rentrer, un journal du soir à la main, s'assit, mit ses lunettes et commença de lire. La politique ne l'intéressant pas, il tourna la page. Aussitôt un article attira son attention, intitulé :

« Troisième tirage de la loterie des Associations de la Presse.

« Le numéro 514 – série 23, gagne un million... »

Le journal lui glissa des doigts. Les murs vacillèrent devant ses yeux, et son cœur cessa de battre. Le numéro 514 – série 23, c'était son numéro !

Il l'avait acheté par hasard, pour rendre service à l'un de ses amis, car il ne croyait guère aux faveurs du destin, et voilà qu'il gagnait !

Vite, il tira son calepin. Le numéro 514 – série 23 était bien inscrit, pour mémoire, sur la page de garde. Mais le billet ?

Il bondit vers son cabinet de travail pour y chercher la boîte d'enveloppes parmi lesquelles il avait glissé le précieux billet, et dès l'entrée il s'arrêta net, chancelant de nouveau et le cœur contracté, la boîte d'enveloppes ne se trouvait pas là, et, chose terrifiante, il se rendait subitement compte qu'il y avait des semaines qu'elle n'était pas là ! Depuis des semaines, il ne l'apercevait plus devant lui aux heures où il corrigeait les devoirs de ses élèves !

Un bruit de pas sur le gravier du jardin... Il appela :

– Suzanne ! Suzanne !

Elle arrivait de course. Elle monta précipitamment. Il bégaya d'une voix étranglée :

– Suzanne… la boîte… la boîte d'enveloppes ?…

– Laquelle ?

– Celle du Louvre… que j'avais rapportée un jeudi… et qui était au bout de cette table.

– Mais rappelle-toi, père… c'est ensemble que nous l'avons rangée…

– Quand ?

– Le soir… tu sais… la veille du jour…

– Mais où ?… réponds… tu me fais mourir…

– Où ? … dans le secrétaire.

– Dans le secrétaire qui a été volé ?

– Oui.

– Dans le secrétaire qui a été volé !

Il répéta ces mots tout bas, avec une sorte d'épouvante. Puis il lui saisit la main, et d'un ton plus bas encore :

– Elle contenait un million, ma fille…

– Ah ! père, pourquoi ne me l'as-tu pas dit ? murmura-t-elle naïvement.

– Un million ! reprit-il, c'était le numéro gagnant des bons de la Presse.

L'énormité du désastre les écrasait, et longtemps ils gardèrent un silence qu'ils n'avaient pas le courage de rompre.

Enfin Suzanne prononça :

– Mais, père, on te le paiera tout de même.

– Pourquoi ? Sur quelles preuves ?

– Il faut donc des preuves ?

– Parbleu !

– Et tu n'en as pas ?

– Si, j'en ai une.

– Alors ?

– Elle était dans la boîte.

– Dans la boîte qui a disparu ?

– Oui. Et c'est l'autre qui touchera.

– Mais ce serait abominable ! Voyons, père, tu pourras t'y opposer ?

– Est-ce qu'on sait ! Est-ce qu'on sait ! Cet homme doit être si fort ! Il dispose de telles ressources ! … Souviens-toi… l'affaire de ce meuble…

Il se releva dans un sursaut d'énergie, et frappant du pied :

– Eh bien, non, non, il ne l'aura pas, ce million, il ne l'aura pas ! Pourquoi l'aurait-il ? Après tout, si habile qu'il soit, lui non plus ne peut rien faire. S'il se présente pour toucher, on le coffre ! Ah ! nous verrons bien, mon bonhomme !

– Tu as donc une idée, père ?

– Celle de défendre nos droits, jusqu'au bout, quoi qu'il arrive ! Et nous réussirons ! … Le million est à moi je l'aurai !

Quelques minutes plus tard, il expédiait cette dépêche :

« Gouverneur Crédit Foncier, rue Capucines, Paris »

« Suis possesseur du numéro 514 – série 23, mets opposition par toutes voies légales à toute réclamation étrangère. »

« Gerbois. »

Presque en même temps parvenait au Crédit Foncier cet autre télégramme :

171

« Le numéro 514 – série 23 est en ma possession.

« Arsène Lupin. »

Chaque fois que j'entreprends de raconter quelqu'une des innombrables aventures dont se compose la vie d'Arsène Lupin, j'éprouve une véritable confusion, tellement il me semble que la plus banale de ces aventures est connue de tous ceux qui vont me lire. De fait, il n'est pas un geste de notre « voleur national », comme on l'a si joliment appelé, qui n'ait été signalé de la façon la plus retentissante, pas un exploit que l'on n'ait étudié sous toutes ses faces, pas un acte qui n'ait été commenté avec cette abondance de détails que l'on réserve d'ordinaire au récit des actions héroïques.

Qui ne connaît, par exemple, cette étrange histoire de « La Dame blonde », avec ces épisodes curieux que les reporters intitulaient en gros caractères : Le numéro 514 – série 23… Le crime de l'avenue Henri-Martin !… Le diamant bleu !… Quel bruit autour de l'intervention du fameux détective anglais Herlock Sholmès ! Quelle effervescence après chacune des péripéties qui marquèrent la lutte de ces deux grands artistes ! Et quel vacarme sur les boulevards, le jour où les camelots vociféraient « L'arrestation d'Arsène Lupin ! »

Mon excuse, c'est que j'apporte du nouveau : j'apporte le mot de l'énigme. Il reste toujours de l'ombre autour de ces aventures : je la dissipe. Je reproduis des articles lus et relus, je recopie d'anciennes interviews : mais tout cela je le coordonne, je le classe, et je le soumets à l'exacte vérité. Mon collaborateur, c'est Arsène Lupin dont la complaisance à mon égard est inépuisable. Et c'est aussi, en l'occurrence, l'ineffable Wilson, l'ami et le confident de Sholmès.

On se rappelle le formidable éclat de rire qui accueillit la publication de la double dépêche. Le nom seul d'Arsène Lupin était un gage d'imprévu, une promesse de divertissement pour la galerie. Et la galerie, c'était le monde entier.

Des recherches opérées aussitôt par le Crédit Foncier, il résulta que le numéro 514 – série 23 avait été délivré par l'intermédiaire du Crédit Lyonnais, succursale de Versailles, au commandant d'artillerie Bessy. Or, le commandant était mort d'une chute de cheval. On sut par des camarades auxquels il s'était confié que, quelque temps avant sa mort, il avait dû céder son billet à un ami.

– Cet ami, c'est moi, affirma M. Gerbois.

– Prouvez-le, objecta le gouverneur du Crédit Foncier.

– Que je le prouve ? Facilement. Vingt personnes vous diront que j'avais avec le commandant des relations suivies et que nous nous rencontrions au café de la Place d'Armes. C'est là qu'un jour, pour l'obliger dans un moment de gêne, je lui ai repris son billet contre la somme de vingt francs.

– Vous avez des témoins de cet échange ?

– Non.

– En ce cas, sur quoi fondez-vous votre réclamation ?

– Sur la lettre qu'il m'a écrite à ce sujet.

– Quelle lettre ?

– Une lettre qui était épinglée avec le billet.

– Montrez-la.

– Mais elle se trouvait dans le secrétaire volé !

– Retrouvez-la.

Arsène Lupin la communiqua, lui. Une note insérée par l'*Écho de France* – lequel a l'honneur d'être son organe officiel, et dont il est, paraît-il, un des principaux actionnaires – une note annonça qu'il remettait entre les mains de Maître Detinan, son avocat-conseil, la lettre que le commandant Bessy lui avait écrite, à lui personnellement.

Ce fut une explosion de joie : Arsène Lupin prenait un avocat ! Arsène Lupin, respectueux des règles établies, désignait pour le représenter un membre du barreau !

Toute la presse se rua chez Maître Detinan, député radical influent, homme de haute probité en même temps que d'esprit fin, un peu sceptique, volontiers paradoxal.

Maître Detinan n'avait jamais eu le plaisir de rencontrer Arsène Lupin – et il le regrettait vivement – mais il venait en effet de recevoir ses instructions, et, très touché d'un choix dont il sentait tout l'honneur, il comptait défendre vigoureusement le droit de son client. Il ouvrit donc le dossier nouvellement constitué, et, sans détours, exhiba la lettre du commandant. Elle prouvait bien la cession du billet, mais ne mentionnait pas le nom de l'acquéreur. « Mon cher ami… », disait-elle simplement.

« Mon cher ami », c'est moi, ajoutait Arsène Lupin dans une note jointe à la lettre du commandant. Et la meilleure preuve c'est que j'ai la lettre.

La nuée des reporters s'abattit immédiatement chez M. Gerbois qui ne put que répéter :

– « Mon cher ami » n'est autre que moi. Arsène Lupin a volé la lettre du commandant avec le billet de loterie.

– Qu'il le prouve riposta Lupin aux journalistes.

173

– Mais puisque c'est lui qui a volé le secrétaire ! s'exclama M. Gerbois devant les mêmes journalistes.

Et Lupin riposta :

– Qu'il le prouve !

Et ce fut un spectacle d'une fantaisie charmante que ce duel public entre les deux possesseurs du numéro 514 – série 23, que ces allées et venues des reporters, que le sang-froid d'Arsène Lupin en face de l'affolement de ce pauvre M. Gerbois.

Le malheureux, la presse était remplie de ses lamentations ! Il confiait son infortune avec une ingénuité touchante.

– Comprenez-le, Messieurs, c'est la dot de Suzanne que ce gredin me dérobe ! Pour moi, personnellement, je m'en moque, mais pour Suzanne ! Pensez donc, un million ! Dix fois cent mille francs ! Ah je savais bien que le secrétaire contenait un trésor !

On avait beau lui objecter que son adversaire, en emportant le meuble, ignorait la présence d'un billet de loterie, et que nul en tout cas ne pouvait prévoir que ce billet gagnerait le gros lot, il gémissait :

– Allons donc, il le savait !… Sinon pourquoi se serait-il donné la peine de prendre ce misérable meuble ?

– Pour des raisons inconnues, mais certes point pour s'emparer d'un chiffon de papier qui valait alors la modeste somme de vingt francs.

– La somme d'un million ! Il le savait… Il sait tout ! … Ah ! vous ne le connaissez pas, le bandit ! … Il ne vous a pas frustré d'un million, vous !

Le dialogue aurait pu durer longtemps. Mais le douzième jour, M. Gerbois reçut d'Arsène Lupin une missive qui portait la mention « confidentielle ». Il lut, avec une inquiétude croissante :

« Monsieur, la galerie s'amuse à nos dépens. N'estimez-vous pas le moment venu d'être sérieux ? J'y suis, pour ma part, fermement résolu.

« La situation est nette : je possède un billet que je n'ai pas, moi, le droit de toucher, et vous avez, vous, le droit de toucher un billet que vous ne possédez pas. Donc nous ne pouvons rien l'un sans l'autre.

« Or, ni vous ne consentiriez à me céder VOTRE droit, ni moi à vous céder MON billet.

« Que faire ?

« Je ne vois qu'un moyen, séparons. Un demi-million pour vous, un demi-million pour moi. N'est-ce pas équitable ? Et ce jugement de Salomon ne satisfait-il pas à ce besoin de justice qui est en chacun de nous ?

« Solution juste, mais solution immédiate. Ce n'est pas une offre que vous ayez le loisir de discuter, mais une nécessité à laquelle les circonstances vous contraignent à vous plier. Je vous donne trois jours pour réfléchir. Vendredi matin, j'aime à croire que je lirai, dans les petites annonces de l'*Écho de France*, une note discrète adressée à M. Ars. Lup. et contenant, en termes voilés, votre adhésion pure et simple au pacte que je vous propose. Moyennant quoi, vous rentrez en possession immédiate du billet et touchez le million – quitte à me remettre cinq cent mille francs par la voie que je vous indiquerai ultérieurement.

« En cas de refus, j'ai pris mes dispositions pour que le résultat soit identique. Mais, outre les ennuis très graves que vous causerait une telle obstination, vous auriez à subir une retenue de vingt-cinq mille francs pour frais supplémentaires.

« Veuillez agréer, Monsieur, l'expression de mes sentiments les plus respectueux.

« Arsène Lupin. »

Exaspéré, M. Gerbois commit la faute énorme de montrer cette lettre et d'en laisser prendre copie. Son indignation le poussait à toutes les sottises.

– Rien il n'aura rien ! s'écria-t-il devant l'assemblée des reporters. Partager ce qui m'appartient ? Jamais. Qu'il déchire son billet, s'il le veut !

– Cependant cinq cent mille francs valent mieux que rien.

– Il ne s'agit pas de cela, mais de mon droit, et ce droit je l'établirai devant les tribunaux.

– Attaquer Arsène Lupin ? Ce serait drôle.

– Non, mais le Crédit Foncier. Il doit me délivrer le million.

– Contre le dépôt du billet, ou du moins contre la preuve que vous l'avez acheté.

– La preuve existe, puisque Arsène Lupin avoue qu'il a volé le secrétaire.

– La parole d'Arsène Lupin suffira-t-elle aux tribunaux ?

– N'importe, je poursuis.

La galerie trépignait. Des paris furent engagés, les uns tenant que Lupin réduirait M. Gerbois, les autres qu'il en serait pour ses menaces. Et l'on éprouvait une sorte d'appréhension, tellement les forces étaient inégales entre les deux adversaires, l'un si rude dans son assaut, l'autre effaré comme une bête qu'on traque.

Le vendredi, on s'arracha l'*Écho de France*, et on scruta fiévreusement la cinquième page à l'endroit des petites annonces. Pas une ligne n'était adressée à M. Ars. Lup. Aux injonctions d'Arsène Lupin, M. Gerbois répondait par le silence. C'était la déclaration de guerre.

Le soir, on apprenait par les journaux l'enlèvement de Mlle Gerbois.

Ce qui nous réjouit dans ce qu'on pourrait appeler les spectacles d'Arsène Lupin, c'est le rôle éminemment comique de la police. Tout se passe en dehors d'elle. Il parle, lui, il écrit, prévient, commande, menace, exécute, comme s'il n'existait ni chef de la Sûreté, ni agents, ni commissaires, personne enfin qui pût l'entraver dans ses desseins. Tout cela est considéré comme nul et non avenu. L'obstacle ne compte pas.

Et pourtant elle se démène, la police ! Dès qu'il s'agit d'Arsène Lupin, du haut en bas de l'échelle, tout le monde prend feu, bouillonne, écume de rage. C'est l'ennemi, et l'ennemi qui vous nargue, vous provoque, vous méprise, ou, qui pis est, vous ignore.

Et que faire contre un pareil ennemi ? À dix heures moins vingt, selon le témoignage de la bonne, Suzanne partait de chez elle. À dix heures cinq minutes, en sortant du lycée, son père ne l'apercevait pas sur le trottoir où elle avait coutume de l'attendre. Donc tout s'était passé au cours de la petite promenade de vingt minutes qui avait conduit Suzanne de chez elle jusqu'au lycée, ou du moins jusqu'aux abords du lycée.

Deux voisins affirmèrent l'avoir croisée à trois cents pas de la maison. Une dame avait vu marcher le long de l'avenue une jeune fille dont le signalement correspondait au sien. Et après ? Après on ne savait pas.

On perquisitionna de tous côtés, on interrogea les employés des gares et de l'octroi. Ils n'avaient rien remarqué ce jour-là qui pût se rapporter à l'enlèvement d'une jeune fille. Cependant, à Ville-d'Avray, un épicier déclara qu'il avait fourni de l'huile à une automobile fermée qui arrivait de Paris. Sur le siège se tenait un mécanicien, à l'intérieur une dame blonde – excessivement blonde, précisa le témoin. Une heure plus tard l'automobile revenait de Versailles. Un embarras de voiture l'obligea de ralentir, ce qui permit à l'épicier de constater, à côté de la dame blonde déjà entrevue, la présence d'une autre dame, entourée, celle-ci, de châles et de voiles. Nul doute que ce ne fût Suzanne Gerbois.

Mais alors il fallait supposer que l'enlèvement avait eu lieu en plein jour, sur une route très fréquentée, au centre même de la ville !

Comment ? À quel endroit ? Pas un cri ne fut entendu, pas un mouvement suspect ne fut observé.

L'épicier donna le signalement de l'automobile, une limousine 24 chevaux de la maison Peugeon, à carrosserie bleu foncé. À tout hasard, on s'informa auprès de la directrice du Grand-Garage, Mme Bob-Walthour, qui s'est fait une spécialité d'enlèvements par automobile. Le vendredi matin, en effet, elle avait loué pour la journée une limousine Peugeon à une dame blonde qu'elle n'avait du reste point revue.

– Mais le mécanicien ?

– C'était un nommé Ernest, engagé la veille sur la foi d'excellents certificats.

– Il est ici ?

– Non, il a ramené la voiture, et il n'est pas revenu.

– Ne pouvons-nous retrouver sa trace ?

– Certes, auprès des personnes dont il s'est recommandé. Voici leurs noms.

On se rendit chez ces personnes. Aucune d'elles ne connaissait le nommé Ernest.

Ainsi donc, quelque piste que l'on suivît pour sortir des ténèbres, on aboutissait à d'autres ténèbres, à d'autres énigmes.

M. Gerbois n'était pas de force à soutenir une bataille qui commençait pour lui de façon si désastreuse. Inconsolable depuis la disparition de sa fille, bourrelé de remords, il capitula.

Une petite annonce parue à l'*Écho de France*, et que tout le monde commenta, affirma sa soumission pure et simple, sans arrière-pensée.

C'était la victoire, la guerre terminée en quatre fois vingt-quatre heures.

Deux jours après, M. Gerbois traversait la cour du Crédit Foncier. Introduit auprès du gouverneur, il tendit le numéro 514 – série 23. Le gouverneur sursauta.

– Ah ! vous l'avez ? Il vous a été rendu ?

– Il a été égaré, le voici, répondit M. Gerbois.

– Cependant vous prétendiez… il a été question…

– Tout cela n'est que racontars et mensonges.

– Mais il nous faudrait tout de même quelque document à l'appui.

– La lettre du commandant suffit-elle ?

– Certes.

– La voici.

– Parfait. Veuillez laisser ces pièces en dépôt. Il nous est donné quinze jours pour vérification. Je vous préviendrai dès que vous pourrez vous présenter à notre caisse. D'ici là, Monsieur, je crois que vous avez tout intérêt à ne rien dire et à terminer cette affaire dans le silence le plus absolu.

– C'est mon intention.

M. Gerbois ne parla point, le gouverneur non plus. Mais il est des secrets qui se dévoilent sans qu'aucune indiscrétion soit commise, et l'on apprit soudain qu'Arsène Lupin avait eu l'audace de renvoyer à M. Gerbois le numéro 514 – série 23 ! La nouvelle fut accueillie avec une admiration stupéfaite. Décidément c'était un beau joueur que celui qui jetait sur la table un atout de cette importance, le précieux billet ! Certes, il ne s'en était dessaisi qu'à bon escient et pour une carte qui rétablissait l'équilibre. Mais si la jeune fille s'échappait ? Si l'on réussissait à reprendre l'otage qu'il détenait ?

La police sentit le point faible de l'ennemi et redoubla d'efforts. Arsène Lupin désarmé, dépouillé par lui-même, pris dans l'engrenage de ses combinaisons, ne touchant pas un traître sou du million convoité… du coup les rieurs passaient dans l'autre camp.

Mais il fallait retrouver Suzanne. Et on ne la retrouvait pas, et pas davantage, elle ne s'échappait !

Soit, disait-on, le point est acquis, Arsène gagne la première manche. Mais le plus difficile est à faire ! Mlle Gerbois est entre ses mains, nous l'accordons, et il ne la remettra que contre cinq cent mille francs. Mais où et comment s'opérera l'échange ? Pour que cet échange s'opère, il faut qu'il y ait rendez-vous, et alors qui empêche M. Gerbois d'avertir la police et, par là, de reprendre sa fille tout en gardant l'argent ?

On interviewa le professeur. Très abattu, désireux de silence, il demeura impénétrable.

– Je n'ai rien à dire, j'attends.

– Et Mlle Gerbois ?

– Les recherches continuent.

– Mais Arsène Lupin vous a écrit ?

– Non.

– Vous l'affirmez ?

– Non.

– Donc c'est oui. Quelles sont ses instructions ?

– Je n'ai rien à dire.

On assiégea Maître Detinan. Même discrétion.

– M. Lupin est mon client, répondait-il avec une affectation de gravité, vous comprendrez que je sois tenu à la réserve la plus absolue.

Tous ces mystères irritaient la galerie. Évidemment des plans se tramaient dans l'ombre. Arsène Lupin disposait et resserrait les mailles de ses filets, pendant que la police organisait autour de M. Gerbois une surveillance de jour et de nuit. Et l'on examinait les trois seuls dénouements possibles : l'arrestation, le triomphe, ou l'avortement ridicule et piteux.

Mais il arriva que la curiosité du public ne devait être satisfaite que de façon partielle, et c'est ici dans ces pages que, pour la première fois, l'exacte vérité se trouve révélée.

Le mardi 12 mars, M. Gerbois reçut, sous une enveloppe d'apparence ordinaire, un avis du Crédit Foncier.

Le jeudi, à une heure, il prenait le train pour Paris. À deux heures, les mille billets de mille francs lui furent délivrés.

Tandis qu'il les feuilletait un à un, en tremblant – cet argent, n'était-ce pas la rançon de Suzanne ? – deux hommes s'entretenaient dans une voiture arrêtée à quelque distance du grand portail. L'un de ces hommes avait des cheveux grisonnants et une figure énergique qui contrastait avec son habillement et ses allures de petit employé. C'était l'inspecteur principal Ganimard, le vieux Ganimard, l'ennemi implacable de Lupin. Et Ganimard disait au brigadier Folenfant :

– Ça ne va pas tarder… avant cinq minutes, nous allons revoir notre bonhomme. Tout est prêt ?

– Absolument.

– Combien sommes-nous ?

– Huit, dont deux à bicyclette.

– Et moi qui compte pour trois. C'est assez, mais ce n'est pas trop. À aucun prix il ne faut que le Gerbois nous échappe… sinon bonsoir : il rejoint Lupin au rendez-vous qu'ils ont dû fixer, il troque la demoiselle contre le demi-million, et le tour est joué.

– Mais pourquoi donc le bonhomme ne marche-t-il pas avec nous ? Ce serait si simple ! En nous mettant dans son jeu il garderait le million entier.

– Oui, mais il a peur. S'il essaye de mettre l'autre dedans, il n'aura pas sa fille.

– Quel autre ?

– Lui.

Ganimard prononça ce mot d'un ton grave, un peu craintif, comme s'il parlait d'un être surnaturel dont il aurait déjà senti les griffes.

– Il est assez drôle, observa judicieusement le brigadier Folenfant, que nous en soyons réduits à protéger ce Monsieur contre lui-même.

– Avec Lupin, le monde est renversé, soupira Ganimard !

Une minute s'écoula.

– Attention, fit-il.

M. Gerbois sortait. À l'extrémité de la rue des Capucines, il prit les boulevards, du côté gauche. Il s'éloignait lentement, le long des magasins, et regardait les étalages.

– Trop tranquille, le client, disait Ganimard. Un individu qui vous a dans la poche un million n'a pas cette tranquillité.

– Que peut-il faire ?

– Oh ! Rien, évidemment… N'importe, je me méfie. Lupin, c'est Lupin.

À ce moment M. Gerbois se dirigea vers un kiosque, choisit des journaux, se fit rendre de la monnaie, déplia l'une des feuilles, et, les bras étendus, tout en s'avançant à petits pas, se mit à lire. Et soudain, d'un bond il se jeta dans une automobile qui stationnait au bord du trottoir. Le moteur était en marche, car elle partit rapidement, doubla la Madeleine et disparut.

– Non de nom ! s'écria Ganimard, encore un coup de sa façon !

Il s'était élancé, et d'autres hommes couraient, en même temps que lui, autour de la Madeleine.

Mais il éclata de rire. À l'entrée du boulevard Malesherbes, l'automobile était arrêtée, en panne, et M. Gerbois en descendait.

– Vite, Folenfant… le mécanicien… c'est peut-être le nommé Ernest.

Folenfant s'occupa du mécanicien. C'était un nommé Gaston, employé à la Société des fiacres automobiles ; dix minutes auparavant, un Monsieur l'avait retenu et lui avait dit d'attendre « sous pression », près du kiosque, jusqu'à l'arrivée d'un autre Monsieur.

– Et le second client, demanda Folenfant, quelle adresse a-t-il donnée ?

– Aucune adresse… « Boulevard Malesherbes… avenue de Messine… double pourboire » … Voilà tout.

Mais, pendant ce temps, sans perdre une minute, M. Gerbois avait sauté dans la première voiture qui passait.

– Cocher, au métro de la Concorde.

Le professeur sortit du métro place du Palais-Royal, courut vers une autre voiture et se fit conduire place de la Bourse. Deuxième voyage en métro, puis, avenue de Villiers, troisième voiture.

– Cocher, 25, rue Clapeyron.

Le 25 de la rue Clapeyron est séparé du boulevard des Batignolles par la maison qui fait l'angle. Il monta au premier étage et sonna. Un Monsieur lui ouvrit.

– C'est bien ici que demeure Maître Detinan ?

– C'est moi-même. Monsieur Gerbois, sans doute.

– Parfaitement.

– Je vous attendais, Monsieur. Donnez-vous la peine d'entrer.

Quand M. Gerbois pénétra dans le bureau de l'avocat, la pendule marquait trois heures, et tout de suite il dit :

– C'est l'heure qu'il m'a fixée. Il n'est pas là ?

– Pas encore.

M. Gerbois s'assit, s'épongea le front, regarda sa montre comme s'il ne connaissait pas l'heure, et reprit anxieusement :

– Viendra-t-il ?

L'avocat répondit :

– Vous m'interrogez, Monsieur, sur la chose du monde que je suis le plus curieux de savoir. Jamais je n'ai ressenti pareille impatience. En tout cas, s'il vient, il risque gros, cette maison est très surveillée depuis quinze jours… on se méfie de moi.

– Et de moi encore davantage. Aussi je n'affirme pas que les agents, attachés à ma personne, aient perdu ma trace.

– Mais alors…

– Ce ne serait point de ma faute, s'écria vivement le professeur, et l'on n'a rien à me reprocher. Qu'ai-je promis ? D'obéir à ses ordres. Eh bien, j'ai obéi aveuglément à ses ordres, j'ai touché l'argent à l'heure fixée par lui, et je me suis rendu chez vous de la façon qu'il m'a prescrite. Responsable du malheur de ma fille, j'ai tenu mes engagements en toute loyauté. À lui de tenir les siens.

Et il ajouta, de la même voix anxieuse :

– Il ramènera ma fille, n'est-ce pas ?

– Je l'espère.

– Cependant… vous l'avez vu ?

– Moi ? Mais non ! Il m'a simplement demandé par lettre de vous recevoir tous deux, de congédier mes domestiques avant trois heures, et de n'admettre personne dans mon appartement entre votre arrivée et son départ. Si je ne consentais pas à cette proposition, il me priait de l'en prévenir par deux lignes à l'*Écho de France*. Mais je suis trop heureux de rendre service à Arsène Lupin et je consens à tout.

M. Gerbois gémit :

– Hélas ! Comment tout cela finira-t-il ?

Il tira de sa poche les billets de banque, les étala sur la table et en fit deux paquets de même nombre. Puis ils se turent. De temps à autre M. Gerbois prêtait l'oreille… n'avait-on pas sonné ?

Avec les minutes son angoisse augmentait, et Maître Detinan aussi éprouvait une impression presque douloureuse.

Un moment même l'avocat perdit tout sang-froid. Il se leva brusquement :

– Nous ne le verrons pas… Comment voulez-vous ?… Ce serait de la folie de sa part ! Qu'il ait confiance en nous, soit, nous sommes d'honnêtes gens incapables de le trahir. Mais le danger n'est pas seulement ici.

Et M. Gerbois, écrasé, les deux mains sur les billets, balbutiait :

– Qu'il vienne, mon Dieu, qu'il vienne ! Je donnerais tout cela pour retrouver Suzanne.

La porte s'ouvrit.

– La moitié suffira, Monsieur Gerbois.

Quelqu'un se tenait sur le seuil, un homme jeune, élégamment vêtu, en qui M. Gerbois reconnut aussitôt l'individu qui l'avait abordé près de la boutique de bric-à-brac, à Versailles. Il bondit vers lui.

– Et Suzanne ? Où est ma fille ?

Arsène Lupin ferma la porte soigneusement et, tout en défaisant ses gants du geste le plus paisible, il dit à l'avocat :

– Mon cher Maître, je ne saurais trop vous remercier de la bonne grâce avec laquelle vous avez consenti à défendre mes droits. Je ne l'oublierai pas.

Maître Detinan murmura :

– Mais vous n'avez pas sonné… je n'ai pas entendu la porte…

– Les sonnettes et les portes sont des choses qui doivent fonctionner sans qu'on les entende jamais. Me voilà tout de même, c'est l'essentiel.

– Ma fille ! Suzanne ! Qu'en avez-vous fait ? répéta le professeur.

– Mon Dieu, Monsieur, dit Lupin, que vous êtes pressé. Allons, rassurez-vous, encore un instant et Mademoiselle votre fille sera dans vos bras.

Il se promena, puis du ton d'un grand seigneur qui distribue des éloges :

– Monsieur Gerbois, je vous félicite de l'habileté avec laquelle vous avez agi tout à l'heure. Si l'automobile n'avait pas eu cette panne absurde, on se retrouvait tout simplement à l'Étoile, et l'on épargnait à Maître Detinan l'ennui de cette visite… enfin ! c'était écrit…

Il aperçut les deux liasses de bank-notes et s'écria :

– Ah parfait ! Le million est là… nous ne perdrons pas de temps. Vous permettez ?

– Mais, objecta Maître Detinan, en se plaçant devant la table, Mlle Gerbois n'est pas encore arrivée.

– Eh bien ?

– Eh bien, sa présence n'est-elle pas indispensable ?

– Je comprends ! Je comprends ! Arsène Lupin n'inspire qu'une confiance relative. Il empoche le demi-million et ne rend pas l'otage. Ah, mon cher Maître, je suis un grand méconnu ! Parce que le destin m'a conduit à des actes de nature un peu… spéciale, on suspecte ma bonne foi… à moi ! Moi qui suis l'homme du scrupule et de la délicatesse ! D'ailleurs, mon cher Maître, si vous avez peur, ouvrez votre fenêtre et appelez. Il y a bien une douzaine d'agents dans la rue.

– Vous croyez ?

Arsène Lupin souleva le rideau.

– Je crois M. Gerbois incapable de dépister Ganimard… que vous disais-je ? Le voici, ce brave ami !

– Est-ce possible ! s'écria le professeur. Je vous jure cependant…

– Que vous ne m'avez point trahi ?… Je n'en doute pas, mais les gaillards sont habiles. Tenez, Folenfant que j'aperçois !… Et Gréaume !… Et Dieuzy ! … Tous mes bons camarades, quoi !

Maître Detinan le regardait avec surprise. Quelle tranquillité ! Il riait d'un rire heureux, comme s'il se divertissait à quelque jeu d'enfant et qu'aucun péril ne l'eût menacé.

Plus encore que la vue des agents, cette insouciance rassura l'avocat. Il s'éloigna de la table où se trouvaient les billets de banque.

Arsène Lupin saisit l'une après l'autre les deux liasses, allégea chacune d'elles de vingt-cinq billets, et tendant à Maître Detinan les cinquante billets ainsi obtenus :

– La part d'honoraires de M. Gerbois, mon cher maître, et celle d'Arsène Lupin. Nous vous devons bien cela.

– Vous ne me devez rien, répliqua Maître Detinan.

– Comment ? Et tout le mal que nous vous causons !

184

– Et tout le plaisir que je prends à me donner ce mal !

– C'est-à-dire, mon cher Maître, que vous ne voulez rien accepter d'Arsène Lupin. Voilà ce que c'est, soupira-t-il, d'avoir une mauvaise réputation.

Il tendit les cinquante mille francs au professeur.

– Monsieur, en souvenir de notre bonne rencontre, permettez-moi de vous remettre ceci : ce sera mon cadeau de noces à Mlle Gerbois.

M. Gerbois prit vivement les billets, mais protesta :

– Ma fille ne se marie pas.

– Elle ne se marie pas si vous lui refusez votre consentement. Mais elle brûle de se marier.

– Qu'en savez-vous ?

– Je sais que les jeunes filles font souvent des rêves sans l'autorisation de leurs papas. Heureusement qu'il y a de bons génies qui s'appellent Arsène Lupin, et qui dans le fond des secrétaires découvrent le secret de ces âmes charmantes.

– Vous n'y avez pas découvert autre chose ? demanda Maître Detinan. J'avoue que je serais fort curieux de savoir pourquoi ce meuble fut l'objet de vos soins.

– Raison historique, mon cher maître. Bien que, contrairement à l'avis de M. Gerbois, il ne contînt aucun autre trésor que le billet de loterie – et cela je l'ignorais – j'y tenais et je le recherchais depuis longtemps. Ce secrétaire, en bois d'if et d'acajou, décoré de chapiteaux à feuilles d'acanthe, fut retrouvé dans la petite maison discrète qu'habitait à Boulogne Marie Walewska, et il porte sur l'un des tiroirs l'inscription :

« Dédié à Napoléon 1er, Empereur des Français, par son très fidèle serviteur, Mancion ». Et, en dessous, ces mots, gravés à la pointe d'un couteau : « À toi, Marie ». Par la suite, Napoléon le fit recopier pour l'impératrice Joséphine – de sorte que le secrétaire qu'on admirait à la Malmaison n'était qu'une copie imparfaite de celui qui désormais fait partie de mes collections.

Le professeur gémit :

– Hélas ! Si j'avais su, chez le marchand, avec quelle hâte je vous l'aurais cédé !

Arsène Lupin dit en riant :

– Et vous auriez eu, en outre, cet avantage appréciable de conserver, pour vous seul, le numéro 514 – série 23.

– Ce qui ne vous aurait pas conduit à enlever ma fille que tout cela a dû bouleverser.

– Tout cela ?

– Cet enlèvement…

– Mais, mon cher Monsieur, vous faites erreur. Mlle Gerbois n'a pas été enlevée.

– Ma fille n'a pas été enlevée !

– Nullement. Qui dit enlèvement, dit violence. Or c'est de son plein gré qu'elle a servi d'otage.

– De son plein gré ! répéta M. Gerbois, confondu.

– Et presque sur sa demande ! Comment ! Une jeune fille intelligente comme Mlle Gerbois, et, qui plus est, cultive au fond de son âme une passion inavouée, aurait refusé de conquérir sa dot ! Ah ! je vous jure qu'il a été facile de lui faire comprendre qu'il n'y avait pas d'autre moyen de vaincre votre obstination.

Maître Detinan s'amusait beaucoup. Il objecta :

– Le plus difficile était de vous entendre avec elle. Il est inadmissible que Mlle Gerbois se soit laissé aborder.

– Oh ! par moi, non. Je n'ai même pas l'honneur de la connaître. C'est une personne de mes amies qui a bien voulu entamer les négociations.

– La dame blonde de l'automobile, sans doute, interrompit Maître Detinan.

– Justement. Dès la première entrevue auprès du lycée, tout était réglé. Depuis, Mlle Gerbois et sa nouvelle amie ont voyagé, visitant la Belgique et la Hollande, de la manière la plus agréable et la plus instructive pour une jeune fille. Du reste elle-même va vous expliquer…

On sonnait à la porte du vestibule, trois coups rapides, puis un coup isolé, puis un coup isolé.

– C'est elle, dit Lupin. Mon cher maître, si vous voulez bien…

L'avocat se précipita.

Deux jeunes femmes entrèrent. L'une se jeta dans les bras de M. Gerbois. L'autre s'approcha de Lupin. Elle était de taille élevée, le buste harmonieux, la figure très pâle, et ses cheveux blonds, d'un blond étincelant, se divisaient en deux bandeaux ondulés et très lâches. Vêtue de noir, sans autre ornement qu'un collier de jais à quintuple tour, elle paraissait cependant d'une élégance raffinée.

Arsène Lupin lui dit quelques mots, puis, saluant Mlle Gerbois :

– Je vous demande pardon, Mademoiselle, de toutes ces tribulations, mais j'espère cependant que vous n'avez pas été trop malheureuse…

– Malheureuse ! J'aurais même été très heureuse, s'il n'y avait pas eu mon pauvre père.

– Alors tout est pour le mieux. Embrassez-le de nouveau, et profitez de l'occasion – elle est excellente – pour lui parler de votre cousin.

– Mon cousin… que signifie ?… Je ne comprends pas.

– Mais si, vous comprenez… votre cousin Philippe… ce jeune homme dont vous gardez précieusement les lettres…

Suzanne rougit, perdit contenance, et enfin, comme le conseillait Lupin, se jeta de nouveau dans les bras de son père.

Lupin les considéra tous deux d'un œil attendri.

Comme on est récompensé de faire le bien ! Touchant spectacle !

Heureux père ! Heureuse fille ! Et dire que ce bonheur c'est ton œuvre, Lupin ! Ces êtres te béniront plus tard… ton nom sera pieusement transmis à leurs petits-enfants… oh ! La famille !… La famille ! …

Il se dirigea vers la fenêtre.

– Ce bon Ganimard est-il toujours là ?… Il aimerait tant assister à ces charmantes effusions … mais non, il n'est plus là… plus personne… ni lui, ni les autres… diable ! La situation devient grave… il n'y aurait rien d'étonnant à ce qu'ils fussent déjà sous la porte cochère… chez le concierge peut-être… ou même dans l'escalier !

M. Gerbois laissa échapper un mouvement. Maintenant que sa fille lui était rendue, le sentiment de la réalité lui revenait. L'arrestation de son adversaire, c'était pour lui un demi-million. Instinctivement il fit un pas… comme par hasard, Lupin se trouva sur son chemin.

– Où allez-vous, Monsieur Gerbois ? Me défendre contre eux ? Mille fois aimable ! Ne vous dérangez pas. D'ailleurs, je vous jure qu'ils sont plus embarrassés que moi.

Et il continua en réfléchissant :

– Au fond que savent-ils ? Que vous êtes ici, et peut-être que Mlle Gerbois y est également, car ils ont dû la voir arriver avec une dame inconnue. Mais moi ? Ils ne s'en doutent pas. Comment me serais-je introduit dans une maison qu'ils ont fouillée ce matin de la cave au grenier ? Non, selon toutes probabilités, ils m'attendent pour me saisir au vol… pauvres chéris ! … À moins qu'ils ne devinent que la dame inconnue est envoyée par moi et qu'ils ne la supposent chargée de procéder à l'échange… auquel cas ils s'apprêtent à l'arrêter à son départ…

Un coup de timbre retentit.

D'un geste brusque, Lupin immobilisa M. Gerbois, et la voix sèche, impérieuse :

– Halte-là, Monsieur, pensez à votre fille et soyez raisonnable, sinon… quant à vous, Maître Detinan, j'ai votre parole.

M. Gerbois fut cloué sur placé. L'avocat ne bougea point.

Sans la moindre hâte, Lupin prit son chapeau. Un peu de poussière le maculait : il le brossa du revers de sa manche.

– Mon cher Maître, si jamais vous avez besoin de moi… mes meilleurs vœux, Mademoiselle Suzanne, et toutes mes amitiés à M. Philippe.

Il tira de sa poche une lourde montre à double boîtier d'or.

– Monsieur Gerbois, il est trois heures quarante-deux minutes ; à trois heures quarante-six, je vous autorise à sortir de ce salon… pas une minute plus tôt que trois heures quarante-six, n'est-ce pas ?

– Mais ils vont entrer de force, ne put s'empêcher de dire Maître Detinan.

– Et la loi que vous oubliez, mon cher Maître ! Jamais Ganimard n'oserait violer la demeure d'un citoyen français. Nous aurions le temps de faire un excellent bridge. Mais pardonnez-moi, vous semblez un peu émus tous les trois, et je ne voudrais pas abuser…

Il déposa sa montre sur la table, ouvrit la porte du salon, et, s'adressant à la dame blonde :

– Vous êtes prête, chère amie ?

Il s'effaça devant elle, adressa un dernier salut, très respectueux, à Mlle Gerbois, sortit et referma la porte sur lui.

Et on l'entendit qui disait, dans le vestibule, à haute voix :

– Bonjour, Ganimard, comment ça va-t-il ? Rappelez-moi au bon souvenir de Mme Ganimard… un de ces jours, j'irai lui demander à déjeuner… adieu, Ganimard.

Un coup de timbre encore, brusque, violent, puis des coups répétés, et des bruits de voix sur le palier.

– Trois heures quarante-cinq, balbutia M. Gerbois.

Après quelques secondes, résolument, il passa dans le vestibule. Lupin et la dame blonde n'y étaient plus.

– Père ! il ne faut pas ! attends s'écria Suzanne.

– Attendre ? Tu es folle !… Des ménagements avec ce gredin… et le demi-million ?…

Il ouvrit.

Ganimard se rua.

– Cette dame… où est-elle ? Et Lupin ?

– Il était là… il est là.

Ganimard poussa un cri de triomphe :

– Nous le tenons.., la maison est cernée.

Maître Detinan objecta :

– Mais l'escalier de service ?

– L'escalier de service aboutit à la cour, et il n'y a qu'une issue, la grand-porte : dix hommes la gardent.

– Mais il n'est pas entré par la grand-porte… il ne s'en ira pas par là…

– Et par où donc ? riposta Ganimard… à travers les airs ?

Il écarta un rideau. Un long couloir s'offrit qui conduisait à la cuisine. Ganimard le suivit en courant et constata que la porte de l'escalier de service était fermée à double tour.

De la fenêtre, il appela l'un des agents :

– Personne ?

– Personne.

– Alors, s'écria-t-il, ils sont dans l'appartement ! … Ils sont cachés dans l'une des chambres !… Il est matériellement impossible qu'ils se soient échappés… ah ! Mon petit Lupin, tu t'es fichu de moi, mais, cette fois, c'est la revanche.

À sept heures du soir, M. Dudouis, chef de la Sûreté, étonné de n'avoir point de nouvelles, se présenta rue Clapeyron. Il interrogea les agents qui gardaient l'immeuble, puis monta chez Maître Detinan qui le mena dans sa chambre. Là, il aperçut un homme, ou plutôt deux jambes qui s'agitaient sur le tapis, tandis que le torse auquel elles appartenaient était engagé dans les profondeurs de la cheminée.

– Ohé !… Ohé !….. glapissait une voix étouffée.

Et une voix plus lointaine, qui venait de tout en haut, répondait :

– Ohé !… Ohé !…

M. Dudouis s'écria en riant :

– Eh bien, Ganimard, qu'avez-vous donc à faire le fumiste ?

L'inspecteur s'exhuma des entrailles de la cheminée. Le visage noirci, les vêtements couverts de suie, les yeux brillants de fièvre, il était méconnaissable.

– Je le cherche, grogna-t-il.

– Qui ?

– Arsène Lupin… Arsène Lupin et son amie.

– Ah ça ! Mais, vous imaginez-vous qu'ils se cachent dans les tuyaux de la cheminée ?

Ganimard se releva, appliqua sur la manche de son supérieur cinq doigts couleur de charbon, et sourdement, rageusement :

– Où voulez-vous qu'ils soient, chef ? Il faut bien qu'ils soient quelque part. Ce sont des êtres comme vous et moi, en chair et en os. Ces êtres-là ne s'en vont pas en fumée.

– Non, mais ils s'en vont tout de même.

– Par où ? Par où ? La maison est entourée ! Il y a des agents sur le toit.

– La maison voisine ?

– Pas de communication avec elle.

– Les appartements des autres étages ?

– Je connais tous les locataires : ils n'ont vu personne… ils n'ont entendu personne.

– Êtes-vous sûr de les connaître tous ?

– Tous. Le concierge répond d'eux. D'ailleurs, pour plus de précaution, j'ai posté un homme dans chacun de ces appartements.

– Il faut pourtant bien qu'on mette la main dessus.

– C'est ce que je dis, chef, c'est ce que je dis. Il le faut, et ça sera, parce qu'ils sont ici tous deux… ils ne peuvent pas ne pas y être ! Soyez tranquille, chef, si ce n'est pas ce soir, je les aurai demain… j'y coucherai !… J'y coucherai !

De fait il y coucha, et le lendemain aussi, et le surlendemain également.

Et, lorsque trois jours entiers et trois nuits se furent écoulés, non seulement il n'avait pas découvert l'insaisissable Lupin et sa non moins insaisissable compagne, mais il n'avait même pas relevé le petit indice qui lui permît d'établir la plus petite hypothèse.

Et c'est pourquoi son opinion de la première heure ne variait pas.

Du moment qu'il n'y a aucune trace de leur fuite, c'est qu'ils sont là !

Peut-être, au fond de sa conscience, était-il moins convaincu. Mais il ne voulait pas se l'avouer. Non, mille fois non, un homme et une femme ne s'évanouissent pas ainsi que les mauvais génies des contes d'enfants. Et sans perdre courage, il continuait ses fouilles et ses investigations comme s'il avait espéré les découvrir, dissimulés en quelque retraite impénétrable, incorporés aux pierres de la maison.

Chapitre 2

Le diamant bleu

Le soir du 27 mars, au 134 de l'avenue Henri-Martin, dans le petit hôtel que lui avait légué son frère six mois auparavant, le vieux général Baron d'Hautrec, ambassadeur à Berlin sous le second Empire, dormait au fond d'un confortable fauteuil, tandis que sa demoiselle de compagnie lui faisait la lecture, et que la sœur Auguste bassinait son lit et préparait la veilleuse.

À onze heures la religieuse qui, par exception, devait rentrer ce soir-là au couvent de sa communauté et passer la nuit près de la sœur supérieure, la religieuse prévint la demoiselle de compagnie.

— Mademoiselle Antoinette, mon ouvrage est fini, je m'en vais.

— Bien, ma sœur.

— Et surtout n'oubliez pas que la cuisinière a congé et que vous êtes seule dans l'hôtel, avec le domestique.

— Soyez sans crainte pour M. le Baron, je couche dans la chambre voisine comme c'est entendu, et je laisse ma porte ouverte.

La religieuse s'en alla. Au bout d'un instant ce fut Charles, le domestique, qui vint prendre les ordres. Le Baron s'était réveillé. Il répondit lui-même.

— Toujours les mêmes ordres, Charles : vérifier si la sonnerie électrique fonctionne bien dans votre chambre, et au premier appel descendre et courir chez le médecin.

— Mon général s'inquiète toujours.

— Ça ne va pas… ça ne va pas fort. Allons, Mademoiselle Antoinette, où en étions-nous de notre lecture ?

— Monsieur le Baron ne se met donc pas au lit ?

— Mais non, mais non, je me couche très tard, et d'ailleurs je n'ai besoin de personne.

Vingt minutes après, le vieillard sommeillait de nouveau, et Antoinette s'éloignait sur la pointe des pieds.

À ce moment Charles fermait soigneusement, comme à l'ordinaire, tous les volets du rez-de-chaussée.

Dans la cuisine, il poussa le verrou de la porte qui donnait sur le jardin, et dans le vestibule il accrocha en outre, d'un battant à l'autre, la chaîne de sûreté. Puis il regagna sa mansarde, au troisième étage, se coucha et s'endormit.

Une heure peut-être s'était écoulée quand, soudain, il sauta d'un bond hors de son lit : la sonnerie retentissait. Elle retentit longtemps, sept ou huit secondes peut-être, et de façon posée, ininterrompue…

« Bon, se dit Charles, recouvrant ses esprits, une nouvelle lubie du Baron. »

Il enfila ses vêtements, descendit rapidement l'escalier, s'arrêta devant la porte, et, par habitude, frappa. Aucune réponse. Il entra.

« Tiens, murmura-t-il, pas de lumière… pourquoi diable ont-ils éteint ? »

Et à voix basse, il appela :

– Mademoiselle ?

Aucune réponse.

– Vous êtes là, Mademoiselle ?… Qu'y a-t-il donc ? Monsieur le Baron est malade ?

Le même silence autour de lui, un silence lourd qui finit par l'impressionner. Il fit deux pas en avant : son pied heurta une chaise, et, l'ayant touchée, il s'aperçut qu'elle était renversée. Et tout de suite sa main rencontra par terre d'autres objets, un guéridon, un paravent. Inquiet, il revint vers la muraille, et, à tâtons chercha le bouton électrique. Il l'atteignit, le tourna.

Au milieu de la pièce, entre la table et l'armoire à glace, gisait le corps de son maître, le Baron d'Hautrec.

– Quoi ! … Est-ce possible ?… bégaya-t-il.

Il ne savait que faire, et sans bouger, les yeux écarquillés, il contemplait le bouleversement des choses, les chaises tombées, un grand flambeau de cristal cassé en mille morceaux, la pendule qui gisait sur le marbre du foyer, toutes ces traces qui révélaient la lutte affreuse et sauvage. Le manche d'un stylet d'acier étincelait, non loin du cadavre. La lame en dégouttait de sang. Le long du matelas, pendait un mouchoir souillé de marques rouges.

Charles hurla de terreur : le corps s'était tendu en un suprême effort, puis s'était recroquevillé sur lui-même… deux ou trois secousses, et ce fut tout.

Il se pencha. Par une fine blessure au cou, du sang giclait, qui mouchetait le tapis de taches noires. Le visage conservait une expression d'épouvante folle.

– On l'a tué, balbutia-t-il, on l'a tué.

Et il frissonna à l'idée d'un autre crime probable : la demoiselle de compagnie ne couchait-elle pas dans la chambre voisine ? Et le meurtrier du Baron ne l'avait-il pas tuée elle aussi ?

Il poussa la porte : la pièce était vide. Il conclut qu'Antoinette avait été enlevée, ou bien qu'elle était partie avant le crime.

Il regagna la chambre du Baron et, ses yeux ayant rencontré le secrétaire, il remarqua que ce meuble n'avait pas été fracturé.

Bien plus, il vit sur la table, près du trousseau de clefs et du portefeuille que le Baron y déposait chaque soir, une poignée de louis d'or. Charles saisit le portefeuille et en déplia les poches. L'une d'elles contenait des billets de banque. Il les compta : il y avait treize billets de cent francs.

Alors ce fut plus fort que lui : instinctivement, mécaniquement, sans même que sa pensée participât au geste de la main, il prit les treize billets, les cacha dans son veston, dégringola l'escalier, tira le verrou, décrocha la chaîne, referma la porte et s'enfuit par le jardin.

Charles était un honnête homme. Il n'avait pas repoussé la grille que, frappé par le grand air, le visage rafraîchi par la pluie, il s'arrêta. L'acte commis lui apparaissait sous son véritable jour, et il en avait une horreur subite.

Un fiacre passait. Il héla le cocher.

– Camarade, file au poste de police et ramène le commissaire… au galop ! Il y a mort d'homme.

Le cocher fouetta son cheval. Mais quand Charles voulut rentrer, il ne le put pas : lui-même avait fermé la grille, et la grille ne s'ouvrait pas du dehors.

D'autre part, il était inutile de sonner puisqu'il n'y avait personne dans l'hôtel.

Il se promena donc le long de ces jardins qui font à l'avenue, du côté de la Muette, une riante bordure d'arbustes verts et bien taillés. Et ce fut seulement après une heure d'attente qu'il put enfin raconter au commissaire les détails du crime et lui remettre entre les mains les treize billets de banque.

Pendant ce temps, on réquisitionnait un serrurier, lequel, avec beaucoup de peine, réussit à forcer la grille du jardin et la porte du vestibule. Le commissaire monta, et tout de suite, du premier coup d'œil, il dit au domestique :

– Tiens, vous m'aviez annoncé que la chambre était dans le plus grand désordre.

Il se retourna. Charles semblait cloué au seuil, hypnotisé : tous les meubles avaient repris leur place habituelle ! Le guéridon se dressait entre les deux fenêtres, les chaises étaient debout et la pendule au milieu de la cheminée. Les débris du candélabre avaient disparu.

Il articula, béant de stupeur :

– Le cadavre… M. le Baron…

– Au fait, s'écria le commissaire, où se trouve la victime ?

Il s'avança vers le lit. Sous un grand drap qu'il écarta, reposait le général Baron d'Hautrec, ancien ambassadeur de France à Berlin. Sa houppelande de général le recouvrait, ornée de la croix d'honneur.

Le visage était calme. Les yeux étaient clos.

Le domestique balbutia :

– Quelqu'un est venu.

– Par où ?

– Je ne sais pas, mais quelqu'un est venu pendant mon absence… tenez, il y avait là, par terre, un poignard très mince, en acier… et puis, sur la table, un mouchoir avec du sang… il n'y a plus rien… on a tout enlevé… on a tout rangé…

– Mais qui ?

– L'assassin !

– Nous avons trouvé toutes les portes fermées.

– C'est qu'il était resté dans l'hôtel.

– Il y serait encore puisque vous n'avez pas quitté le trottoir.

Le domestique réfléchit, et prononça lentement :

– En effet… en effet… et je ne me suis pas éloigné de la grille… cependant…

– Voyons, quelle est la dernière personne que vous ayez vue près du Baron ?

– Mlle Antoinette, la demoiselle de compagnie.

– Qu'est-elle devenue ?

– Selon moi, son lit n'étant même pas défait, elle a dû profiter de l'absence de la sœur Auguste pour sortir elle aussi. Cela ne m'étonne qu'à moitié, elle est jolie… jeune…

– Mais comment serait-elle sortie ?

– Par la porte.

– Vous aviez mis le verrou et accroché la chaîne !

– Bien plus tard. À ce moment elle avait dû quitter l'hôtel.

– Et le crime aurait eu lieu après son départ ?

– Naturellement.

On chercha du haut en bas de la maison, dans les greniers comme dans les caves ; mais l'assassin avait pris la fuite. Comment ? À quel instant ? Était-ce lui ou un complice qui avait jugé à propos de retourner sur la scène du crime et de faire disparaître tout ce qui eût pu le compromettre ? Telles étaient les questions qui se posaient à la justice.

À sept heures survint le médecin légiste, à huit heures le chef de la Sûreté. Puis ce fut le tour du procureur de la République et du juge d'instruction. Et il y avait aussi, encombrant l'hôtel, des agents, des inspecteurs, des journalistes, le neveu du Baron d'Hautrec et d'autres membres de la famille.

On fouilla, on étudia la position du cadavre d'après les souvenirs de Charles, on interrogea, dès son arrivée, la sœur Auguste. On ne fit aucune découverte. Tout au plus la sœur Auguste s'étonnait-elle de la disparition d'Antoinette Bréhat. Elle avait engagé la jeune fille douze jours auparavant, sur la foi d'excellents certificats, et se refusait à croire qu'elle eût pu abandonner le malade qui lui était confié, pour courir, seule, la nuit.

– D'autant plus qu'en ce cas, appuya le juge d'instruction, elle serait déjà rentrée. Nous en revenons donc au même point : qu'est-elle devenue ?

– Pour moi, dit Charles, elle a été enlevée par l'assassin.

L'hypothèse était plausible et concordait avec certaines apparences. Le chef de la Sûreté prononça :

– Enlevée ? Ma foi, cela n'est point invraisemblable.

– Non seulement invraisemblable, dit une voix, mais en opposition absolue avec les faits, avec les résultats de l'enquête, bref avec l'évidence même.

196

La voix était rude, l'accent brusque, et personne ne fut surpris quand on eut reconnu Ganimard. À lui seul d'ailleurs on pouvait pardonner cette façon un peu cavalière de s'exprimer.

– Tiens, c'est vous, Ganimard ? s'écria M. Dudouis, je ne vous avais pas vu.

– Je suis là depuis deux heures.

– Vous prenez donc quelque intérêt à ce qui n'est pas le billet 514 – série 23, l'affaire de la rue Clapeyron, la Dame blonde et Arsène Lupin ?

– Eh ! Eh ! ricana le vieil inspecteur, je n'affirmerais pas que Lupin n'est pour rien dans l'affaire qui nous occupe... mais laissons de côté, jusqu'à nouvel ordre, l'histoire du billet de loterie, et voyons de quoi il s'agit.

Ganimard n'est pas un de ces policiers de grande envergure dont les procédés font école et dont le nom restera dans les annales judiciaires. Il lui manque ces éclairs de génie qui illuminent les Dupin, les Lecoq et les Sherlock Holmes. Mais il a d'excellentes qualités moyennes, de l'observation, de la sagacité, de la persévérance, et même de l'intuition. Son mérite est de travailler avec l'indépendance la plus absolue. Rien, si ce n'est peut-être l'espèce de fascination qu'Arsène Lupin exerce sur lui, rien ne le trouble ni ne l'influence.

Quoi qu'il en soit, son rôle, en cette matinée, ne manqua pas d'éclat et sa collaboration fut de celles qu'un juge peut apprécier.

– Tout d'abord, commença-t-il, je demanderai au sieur Charles de bien préciser ce point : tous les objets qu'il a vus, la première fois, renversés ou dérangés, étaient-ils, à son second passage, exactement à leur place habituelle ?

– Exactement.

– Il est donc évident qu'ils n'ont pu être remis à leur place que par une personne pour qui la place de chacun de ces objets était familière.

La remarque frappa les assistants. Ganimard reprit :

– Une autre question, Monsieur Charles... vous avez été réveillé par une sonnerie... selon vous, qui vous appelait ?

– M. le Baron, parbleu.

– Soit, mais à quel moment aurait-il sonné ?

– Après la lutte... au moment de mourir.

– Impossible, puisque vous l'avez trouvé gisant, inanimé, à un endroit distant de plus de quatre mètres du bouton d'appel.

– Alors, il a sonné pendant la lutte.

– Impossible, puisque la sonnerie, avez-vous dit, fut régulière, ininterrompue, et dura sept ou huit secondes. Croyez-vous que son agresseur lui eût donné le loisir de sonner ainsi ?

– Alors, c'était avant, au moment d'être attaqué.

– Impossible, vous nous avez dit qu'entre le signal de la sonnerie et l'instant où vous avez pénétré dans la chambre, il s'est écoulé tout au plus trois minutes. Si donc le Baron avait sonné avant, il aurait fallu que la lutte, l'assassinat, l'agonie et la fuite, se soient déroulés en ce court espace de trois minutes. Je le répète, c'est impossible.

– Pourtant, dit le juge d'instruction, quelqu'un a sonné. Si ce n'est pas le Baron, qui est-ce ?

– Le meurtrier.

– Dans quel but ?

– J'ignore son but. Mais tout au moins le fait qu'il a sonné nous prouve-t-il qu'il devait savoir que la sonnerie communiquait avec la chambre d'un domestique. Or, qui pouvait connaître ce détail, sinon une personne de la maison même ?

Le cercle des suppositions se restreignait. En quelques phrases rapides, nettes, logiques, Ganimard plaçait la question sur son véritable terrain, et la pensée du vieil inspecteur apparaissant clairement, il sembla tout naturel que le juge d'instruction conclût :

– Bref, en deux mots, vous soupçonnez Antoinette Bréhat.

– Je ne la soupçonne pas, je l'accuse.

– Vous l'accusez d'être la complice ?

– Je l'accuse d'avoir tué le général Baron d'Hautrec.

– Allons donc ! Et quelle preuve ?…

– Cette poignée de cheveux que j'ai découverte dans la main droite de la victime, dans sa chair même où la pointe de ses ongles l'avait enfoncée.

198

Il les montra, ces cheveux ; ils étaient d'un blond éclatant, lumineux comme des fils d'or, et Charles murmura :

– Ce sont bien les cheveux de Mlle Antoinette. Pas moyen de s'y tromper.

Et il ajouta :

– Et puis… il y a autre chose… je crois bien que le couteau… celui que je n'ai pas revu la seconde fois… lui appartenait… elle s'en servait pour couper les pages des livres.

Le silence fut long et pénible, comme si le crime prenait plus d'horreur d'avoir été commis par une femme. Le juge d'instruction discuta.

– Admettons jusqu'à plus ample informé que le Baron ait été tué par Antoinette Bréhat. Il faudrait encore expliquer quel chemin elle a pu suivre pour sortir après le crime, pour rentrer après le départ du sieur Charles, et pour sortir de nouveau avant l'arrivée du commissaire. Vous avez une opinion là-dessus, Monsieur Ganimard ?

– Aucune.

– Alors ?

Ganimard eut l'air embarrassé. Enfin il prononça, non sans un effort visible :

– Tout ce que je puis dire, c'est que je retrouve ici le même procédé que dans l'affaire du billet 514 – 23, le même phénomène que l'on pourrait appeler la faculté de disparition. Antoinette Bréhat apparaît et disparaît dans cet hôtel, aussi mystérieusement qu'Arsène Lupin pénétra chez Maître Detinan et s'en échappa en compagnie de la Dame blonde.

– Ce qui signifie ?

– Ce qui signifie que je ne peux m'empêcher de penser à ces deux coïncidences, tout au moins bizarres : Antoinette Bréhat fut engagée par la sœur Auguste, il y a douze jours, c'est-à-dire le lendemain du jour où la Dame blonde me filait entre les doigts. En second lieu, les cheveux de la Dame blonde ont précisément cette couleur violente, cet éclat métallique à reflets d'or, que nous retrouvons dans ceux-ci.

– De sorte que, suivant vous, Antoinette Bréhat…

– N'est autre que la Dame blonde.

– Et que Lupin, par conséquent, a machiné les deux affaires ?

– Je le crois.

Il y eut un éclat de rire. C'était le chef de la Sûreté qui se divertissait.

– Lupin ! Toujours Lupin ! Lupin est dans tout, Lupin est partout !

– Il est où il est, scanda Ganimard, vexé.

– Encore faut-il qu'il ait des raisons pour être quelque part, observa M. Dudouis, et, en l'espèce, les raisons me semblent obscures. Le secrétaire n'a pas été fracturé, ni le portefeuille volé. Il reste même de l'or sur la table.

– Oui, s'écria Ganimard, mais le fameux diamant ?

– Quel diamant ?

– Le diamant bleu ! Le célèbre diamant qui faisait partie de la couronne royale de France et qui fut donné par le Duc d'A… à Léonide L…, et, à la mort de Léonide L…, racheté par le Baron d'Hautrec en mémoire de la brillante comédienne qu'il avait passionnément aimée. C'est un de ces souvenirs qu'un vieux Parisien comme moi n'oublie point.

– Il est évident, dit le juge d'instruction, que, si le diamant bleu ne se retrouve pas, tout s'explique… mais où chercher ?

– Au doigt même de M. le Baron, répondit Charles. Le diamant bleu ne quittait pas sa main gauche.

– J'ai vu cette main, affirma Ganimard en s'approchant de la victime, et comme vous pouvez vous en assurer, il n'y a qu'un simple anneau d'or.

– Regardez du côté de la paume, reprit le domestique.

Ganimard déplia les doigts crispés. Le chaton était retourné à l'intérieur, et au cœur de ce chaton resplendissait le diamant bleu.

– Fichtre, murmura Ganimard, absolument interdit, je n'y comprends plus rien.

– Et vous renoncez, je l'espère, à suspecter ce malheureux Lupin ? ricana M. Dudouis.

Ganimard prit un temps, réfléchit, et riposta d'un ton sentencieux :

– C'est justement quand je ne comprends plus que je suspecte Arsène Lupin.

Telles furent les premières constatations effectuées par la justice au lendemain de ce crime étrange. Constatations vagues, incohérentes et auxquelles la suite de l'instruction n'apporta ni cohérence ni certitude. Les allées et venues d'Antoinette Bréhat demeurèrent absolument inexplicables, comme celles de la Dame blonde, et pas davantage on ne sut quelle était cette mystérieuse créature aux cheveux d'or, qui avait tué le Baron d'Hautrec et n'avait pas pris à son doigt le fabuleux diamant de la couronne royale de France.

Et, plus que tout, la curiosité qu'elle inspirait donnait au crime un relief de grand forfait dont s'exaspérait l'opinion publique.

Les héritiers du Baron d'Hautrec ne pouvaient que bénéficier d'une pareille réclame. Ils organisèrent avenue Henri-Martin, dans l'hôtel même, une exposition des meubles et objets qui devaient se vendre à la salle Drouot. Meubles modernes et de goût médiocre, objets sans valeur artistique... mais au centre de la pièce, sur un socle tendu de velours grenat, protégée par un globe de verre, et gardée par deux agents, étincelait la bague au diamant bleu.

Diamant magnifique, énorme, d'une pureté incomparable, et de ce bleu indéfini que l'eau claire prend au ciel qu'il reflète, de ce bleu que l'on devine dans la blancheur du linge. On admirait, on s'extasiait... et l'on regardait avec effroi la chambre de la victime, l'endroit où gisait le cadavre, le parquet démuni de son tapis ensanglanté, et les murs surtout, les murs infranchissables au travers desquels avait passé la criminelle. On s'assurait que le marbre de la cheminée ne basculait pas, que telle moulure de la glace ne cachait pas un ressort destiné à la faire pivoter. On imaginait des trous béants, des orifices de tunnel, des communications avec les égouts, avec les catacombes...

La vente du diamant bleu eut lieu à l'hôtel Drouot. La foule s'étouffait et la fièvre des enchères s'exaspéra jusqu'à la folie.

Il y avait là le Tout-Paris des grandes occasions, tous ceux qui achètent et tous ceux qui veulent faire croire qu'ils peuvent acheter, des boursiers, des artistes, des dames de tous les mondes, deux ministres, un ténor italien, un roi en exil qui, pour consolider son crédit, se donna le luxe de pousser, avec beaucoup d'aplomb et une voix vibrante, jusqu'à cent mille francs. Cent mille francs ! Il pouvait les offrir sans se compromettre. Le ténor italien en risqua cent cinquante, une sociétaire des Français cent soixante-quinze.

À deux cent mille francs néanmoins, les amateurs se découragèrent. À deux cent cinquante mille, il n'en resta plus que deux : Herschmann, le célèbre financier, le roi des mines d'or, et la comtesse de Crozon, la richissime Américaine dont la collection de diamants et de pierres précieuses est réputée.

– Deux cent soixante mille... deux cent soixante-dix mille... soixante-quinze.., quatre-vingt... proférait le commissaire, interrogeant successivement du regard les deux compétiteurs... deux cent quatre-vingt mille pour madame... personne ne dit mot ?...

– Trois cent mille, murmura Herschmann.

Un silence. On observait la comtesse de Crozon. Debout, souriante, mais d'une pâleur qui dénonçait son trouble, elle s'appuyait au dossier de la chaise placée devant elle. En réalité, elle le savait et tous les assistants le savaient aussi, l'issue du duel n'était pas douteuse :

logiquement, fatalement, il devait se terminer à l'avantage du financier, dont les caprices étaient servis par une fortune de plus d'un demi-milliard. Pourtant, elle prononça :

– Trois cent cinq mille.

Un silence encore. On se retourna vers le roi des mines, dans l'attente de l'inévitable surenchère. Il était certain qu'elle allait se produire, forte, brutale, définitive.

Elle ne se produisit point. Herschmann restait impassible, les yeux fixés sur une feuille de papier que tenait sa main droite, tandis que l'autre gardait les morceaux d'une enveloppe déchirée.

– Trois cent cinq mille, répétait le commissaire. Une fois ?... Deux fois ?... Il est encore temps... personne ne dit mot ?... Je répète : une fois ?... deux fois ?...

Herschmann ne broncha pas. Un dernier silence. Le marteau tomba.

– Quatre cent mille, clama Herschmann, sursautant, comme si le bruit du marteau l'arrachait de sa torpeur.

Trop tard. L'adjudication était irrévocable.

On s'empressa autour de lui. Que s'était-il passé ? Pourquoi n'avait-il pas parlé plus tôt ?

Il se mit à rire.

– Que s'est-il passé ? Ma foi, je n'en sais rien. J'ai eu une minute de distraction.

– Est-ce possible ?

– Mais oui, une lettre qu'on m'a remise.

– Et cette lettre a suffi...

– Pour me troubler, oui, sur le moment.

Ganimard était là. Il avait assisté à la vente de la bague. Il s'approcha d'un des garçons de service.

– C'est vous, sans doute, qui avez remis une lettre à M. Herschmann ?

– Oui.

– De la part de qui ?

– De la part d'une dame.

– Où est-elle ?

– Où est-elle ?… Tenez, Monsieur, là-bas… cette dame qui a une voilette épaisse.

– Et qui s'en va ?

– Oui.

Ganimard se précipita vers la porte et aperçut la dame qui descendait l'escalier. Il courut. Un flot de monde l'arrêta près de l'entrée. Dehors, il ne la retrouva pas.

Il revint dans la salle, aborda Herschmann, se fit connaître et l'interrogea sur la lettre. Herschmann la lui donna. Elle contenait, écrits au crayon, à la hâte, et d'une écriture que le financier ignorait, ces simples mots :

« Le diamant bleu porte malheur. Souvenez-vous du Baron d'Hautrec. »

Les tribulations du diamant bleu n'étaient pas achevées, et, déjà connu par l'assassinat du Baron d'Hautrec et par les incidents de l'hôtel Drouot, il devait, six mois plus part, atteindre à la grande célébrité. L'été suivant, en effet, on volait à la comtesse de Crozon le précieux joyau qu'elle avait eu tant de peine à conquérir.

Résumons cette curieuse affaire dont les émouvantes et dramatiques péripéties nous ont tous passionnés et sur laquelle il m'est enfin permis de jeter quelque lumière.

Le soir du 10 août, les hôtes de M. et Mme de Crozon étaient réunis dans le salon du magnifique château qui domine la baie de la Somme. On fit de la musique. La comtesse se mit au piano et posa sur un petit meuble, près de l'instrument, ses bijoux, parmi lesquels se trouvait la bague du Baron d'Hautrec.

Au bout d'une heure le comte se retira, ainsi que ses deux cousins, les d'Andelle, et Mme de Réal, une amie intime de la comtesse de Crozon. Celle-ci resta seule avec M. Bleichen, consul autrichien, et sa femme.

Ils causèrent, puis la comtesse éteignit une grande lampe située sur la table du salon. Au même moment, M. Bleichen éteignait les deux lampes du piano. Il y eut un instant d'obscurité, un peu d'effarement, puis le consul alluma une bougie, et tous trois gagnèrent leurs appartements. Mais, à peine chez elle, la comtesse se souvint de ses bijoux et enjoignit à sa femme de chambre d'aller les chercher. Celle-ci revint et les déposa sur la cheminée sans que sa maîtresse les examinât. Le lendemain, Mme de Crozon constatait qu'il manquait une bague, la bague au diamant bleu.

Elle avertit son mari. Leur conclusion fut immédiate : la femme de chambre étant au-dessus de tout soupçon, le coupable ne pouvait être que M. Bleichen.

Le comte prévint le commissaire central d'Amiens, qui ouvrit une enquête et, discrètement, organisa la surveillance la plus active pour que le consul autrichien ne pût ni vendre ni expédier la bague.

Jour et nuit des agents entourèrent le château.

Deux semaines s'écoulent sans le moindre incident. M. Bleichen annonce son départ. Ce jour-là une plainte est déposée contre lui. Le commissaire intervient officiellement et ordonne la visite des bagages. Dans un petit sac dont la clé ne quitte jamais le consul, on trouve un flacon de poudre de savon ; dans ce flacon, la bague !

Mme Bleichen s'évanouit. Son mari est mis en état d'arrestation.

On se rappelle le système de défense adopté par l'inculpé. Il ne peut s'expliquer, disait-il, la présence de la bague que par une vengeance de M. de Crozon. « Le comte est brutal et rend sa femme malheureuse. J'ai eu un long entretien avec celle-ci et l'ai vivement engagée au divorce. Mis au courant, le comte s'est vengé en prenant la bague, et, lors de mon départ, en la glissant dans le nécessaire de toilette ». Le comte et la comtesse maintinrent énergiquement leur plainte. Entre l'explication qu'ils donnaient et celle du consul, toutes deux également possibles, également probables, le public n'avait qu'à choisir. Aucun fait nouveau ne fit pencher l'un des plateaux de la balance. Un mois de bavardages, de conjectures et d'investigations n'amena pas un seul élément de certitude.

Ennuyés par tout ce bruit, impuissants à produire la preuve évidente de culpabilité qui eût justifié leur accusation, M. et Mme de Crozon demandèrent qu'on leur envoyât de Paris un agent de la Sûreté capable de débrouiller les fils de l'écheveau. On envoya Ganimard.

Durant quatre jours le vieil inspecteur principal fureta, potina, se promena dans le parc, eut de longues conférences avec la bonne, avec le chauffeur, les jardiniers, les employés des bureaux de poste voisins, visita les appartements qu'occupaient le ménage Bleichen, les cousins d'Andelle et Mme de Réal. Puis, un matin, il disparut sans prendre congé de ses hôtes.

Mais une semaine plus tard, ils recevaient ce télégramme :

« Vous prie venir demain vendredi, cinq heures soir, au Thé japonais, rue Boissy-d'Anglas. Ganimard ».

À cinq heures exactement, ce vendredi, leur automobile s'arrêtait devant le numéro 9 de la rue Boissy-d'Anglas. Sans un mot d'explication, le vieil inspecteur qui les attendait sur le trottoir les conduisit au premier étage du Thé japonais.

Ils trouvèrent dans l'une des salles deux personnes que Ganimard leur présenta :

– M. Gerbois, professeur au lycée de Versailles, à qui, vous vous en souvenez, Arsène Lupin vola un demi-million – M. Léonce d'Hautrec, neveu et légataire universel du Baron d'Hautrec.

Les quatre personnes s'assirent. Quelques minutes après il en vint une cinquième. C'était le chef de la Sûreté.

M. Dudouis paraissait d'assez méchante humeur. Il salua et dit :

– Qu'y a-t-il donc, Ganimard ? On m'a remis, à la Préfecture, votre avis téléphonique. Est-ce sérieux ?

– Très sérieux, chef. Avant une heure, les dernières aventures auxquelles j'ai donné mon concours auront leur dénouement ici. Il m'a semblé que votre présence était indispensable.

– Et la présence également de Dieuzy et de Folenfant, que j'ai aperçus en bas, aux environs de la porte ?

– Oui, chef.

– Et en quoi ? S'agit-il d'une arrestation ? Quelle mise en scène ! Allons, Ganimard, on vous écoute.

Ganimard hésita quelques instants, puis prononça avec l'intention visible de frapper ses auditeurs :

– Tout d'abord j'affirme que M. Bleichen n'est pour rien dans le vol de la bague.

– Oh ! Oh ! fit M. Dudouis, c'est une simple affirmation… et fort grave.

Et le comte demanda :

– Est-ce à cette… découverte que se bornent vos efforts ?

– Non, Monsieur. Le surlendemain du vol, les hasards d'une excursion en automobile ont mené trois de vos invités jusqu'au bourg de Crécy. Tandis que deux de ces personnes allaient visiter le fameux champ de bataille, la troisième se rendait en hâte au bureau de poste et expédiait une petite boîte ficelée, cachetée suivant les règlements, et déclarée pour une valeur de cent francs.

M. de Crozon objecta :

– Il n'y a rien là que de naturel.

– Peut-être vous semblera-t-il moins naturel que cette personne, au lieu de donner son nom véritable, ait fait l'expédition sous le nom de Rousseau, et que le destinataire, un M. Beloux, demeurant à Paris, ait déménagé le soir même du jour où il recevait la boîte, c'est-à-dire la bague.

– Il s'agit peut-être, interrogea le comte, d'un de mes cousins d'Andelle ?

– Il ne s'agit pas de ces messieurs.

– Donc de Mme de Réal ?

– Oui.

La comtesse s'écria, stupéfaite :

– Vous accusez mon amie Mme de Réal ?

– Une simple question, madame, répondit Ganimard. Mme de Réal assistait-elle à la vente du diamant bleu ?

– Oui, mais de son côté. Nous n'étions pas ensemble.

– Vous avait-elle engagée à acheter la bague ?

La comtesse rassembla ses souvenirs.

– Oui… en effet… je crois même que c'est elle qui m'en a parlé la première.

– Je note votre réponse, madame. Il est bien établi que c'est Mme de Réal qui vous a parlé la première de cette bague, et qui vous a engagée à l'acheter.

– Cependant… mon amie est incapable…

– Pardon, pardon, Mme de Réal n'est que votre amie occasionnelle, et non votre amie intime, comme les journaux l'ont imprimé, ce qui a écarté d'elle les soupçons. Vous ne la connaissez que depuis cet hiver. Or, je me fais fort de vous démontrer que tout ce qu'elle vous a raconté sur elle, sur son passé, sur ses relations, est absolument faux, que Mme Blanche de Réal n'existait pas avant de vous avoir rencontrée, et qu'elle n'existe plus à l'heure actuelle.

– Et après ?

– Après ? fit Ganimard.

– Oui, toute cette histoire est très curieuse, mais en quoi s'applique-t-elle à notre cas ? Si tant est que Mme de Réal ait pris la bague, ce qui n'est nullement prouvé, pourquoi l'a-telle cachée dans la poudre dentifrice de M. Bleichen ? Que diable ! Quand on se donne la peine de dérober le diamant bleu, on le garde. Qu'avez-vous à répondre à cela ?

– Moi, rien, mais Mme de Réal y répondra.

– Elle existe donc ?

– Elle existe… sans exister. En quelques mots, voici. Il y a trois jours, en lisant le journal que je lis chaque jour, j'ai vu en tête de la liste des étrangers, à Trouville, « Hôtel Beaurivage : Mme de Réal, etc. » Vous comprendrez que le soir même j'étais à Trouville, et que j'interrogeais le directeur de Beaurivage. D'après le signalement et d'après certains indices que je recueillis, cette Mme de Réal était bien la personne que je cherchais, mais elle avait quitté l'hôtel, laissant son adresse à Paris, 3, rue du Colisée. Avant-hier je me suis présenté à cette adresse, et j'appris qu'il n'y avait point de Mme de Réal, mais tout simplement une dame Réal, qui habitait le deuxième étage, qui exerçait le métier de courtière en diamants, et qui s'absentait souvent. La veille encore, elle arrivait de voyage. Hier j'ai sonné à sa porte, et j'ai offert à Mme Réal, sous un faux nom, mes services comme intermédiaire auprès de personnes en situation d'acheter des pierres de valeur. Aujourd'hui nous avons rendez-vous ici pour une première affaire.

– Comment ! Vous l'attendez ?

– À cinq heures et demie.

– Et vous êtes sûr ?…

– Que c'est la Mme de Réal du château de Crozon ? J'ai des preuves irréfutables. Mais… écoutez… le signal de Folenfant…

Un coup de sifflet avait retenti, Ganimard se leva vivement.

– Il n'y a pas de temps à perdre. Monsieur et madame de Crozon, veuillez passer dans la pièce voisine. Vous aussi, Monsieur d'Hautrec… et vous aussi Monsieur Gerbois… la porte restera ouverte et, au premier signal, je vous demanderai d'intervenir. Restez, chef, je vous en prie.

– Et s'il arrive d'autres personnes ? observa M. Dudouis.

– Non. Cet établissement est nouveau, et le patron qui est un de mes amis ne laissera monter âme qui vive… sauf la Dame blonde.

– La Dame blonde ! Que dites-vous ?

– La Dame blonde elle-même, chef, la complice et l'amie d'Arsène Lupin, la mystérieuse Dame blonde, contre qui j'ai des preuves certaines, mais contre qui je veux en outre, et devant vous, réunir les témoignages de tous ceux qu'elle a dépouillés.

Il se pencha par la fenêtre.

– Elle approche… elle entre… plus moyen qu'elle s'échappe : Folenfant et Dieuzy gardent la porte… la Dame blonde est à nous, chef !

Presque aussitôt, une femme s'arrêtait sur le seuil, grande, mince, le visage très pâle et les cheveux d'un or violent.

Une telle émotion suffoqua Ganimard qu'il demeura muet, incapable d'articuler le moindre mot. Elle était là, en face de lui, à sa disposition !

Quelle victoire sur Arsène Lupin ! Et quelle revanche ! Et en même temps cette victoire lui semblait remportée avec une telle aisance qu'il se demandait si la Dame blonde n'allait pas lui glisser entre les mains grâce à quelques-uns de ces miracles dont Lupin était coutumier.

Elle attendait cependant, surprise de ce silence, et regardait autour d'elle sans dissimuler son inquiétude.

– Elle va partir ! Elle va disparaître ! pensa Ganimard effaré.

Brusquement il s'interposa entre elle et la porte. Elle se retourna et voulut sortir.

– Non, non, fit-il, pourquoi vous éloigner ?

– Mais enfin, Monsieur, je ne comprends rien à ces manières. Laissez-moi…

– Il n'y a aucune raison pour que vous vous en alliez, madame, et beaucoup au contraire pour que vous restiez.

– Cependant…

– Inutile. Vous ne sortirez pas.

Toute pâle, elle s'affaissa sur une chaise et balbutia :

– Que voulez-vous ?…

Ganimard était vainqueur. Il tenait la Dame blonde. Maître de lui, il articula :

– Je vous présente cet ami, dont je vous ai parlé, et qui serait désireux d'acheter des bijoux… et surtout des diamants. Vous êtes-vous procuré celui que vous m'aviez promis ?

– Non… non… je ne sais pas… je ne me rappelle pas.

– Mais si… cherchez bien… une personne de votre connaissance devait vous remettre un diamant teinté… « Quelque chose comme le diamant bleu », ai-je dit en riant, et vous m'avez répondu : « Précisément, j'aurai peut-être votre affaire. » Vous souvenez-vous ?

Elle se taisait. Un petit réticule qu'elle tenait à la main tomba. Elle le ramassa vivement et le serra contre elle. Ses doigts tremblaient un peu.

– Allons, dit Ganimard, je vois que vous n'avez pas confiance en nous, madame de Réal, je vais vous donner le bon exemple, et vous montrer ce que je possède, moi.

Il tira de son portefeuille un papier qu'il déplia, et tendit une mèche de cheveux.

– Voici d'abord quelques cheveux d'Antoinette Bréhat, arrachés par le Baron et recueillis dans la main du mort. J'ai vu Mlle Gerbois : elle a reconnu positivement la couleur des cheveux de la Dame blonde… la même couleur que les vôtres d'ailleurs… exactement la même couleur.

Mme Réal l'observait d'un air stupide, et comme si vraiment elle ne saisissait pas le sens de ses paroles. Il continua :

– Et maintenant voici deux flacons d'odeur, sans étiquette, il est vrai, et vides, mais encore assez imprégnés de leur odeur, pour que Mlle Gerbois ait pu, ce matin même, y distinguer le parfum de cette Dame blonde qui fut sa compagne de voyage durant deux semaines. Or l'un de ces flacons provient de la chambre que Mme de Réal occupait au château de Crozon, et l'autre de la chambre que vous occupiez à l'hôtel Beaurivage.

– Que dites-vous !… La Dame blonde… le château de Crozon…

Sans répondre, l'inspecteur aligna sur la table quatre feuilles.

– Enfin ! dit-il, voici, sur ces quatre feuilles, un spécimen de l'écriture d'Antoinette Bréhat, un autre de la dame qui écrivit au Baron Herschmann lors de la vente du diamant bleu, un autre de Mme de Réal, lors de son séjour à Crozon, et le quatrième… de vous-même, madame, … c'est votre nom et votre adresse, donnés par vous, au portier de l'hôtel Beaurivage à Trouville. Or, comparez les quatre écritures. Elles sont identiques.

– Mais vous êtes fou, Monsieur ! Vous êtes fou ! Que signifie tout cela ?

– Cela signifie, madame, s'écria Ganimard dans un grand mouvement, que la Dame blonde, l'amie et la complice d'Arsène Lupin, n'est autre que vous.

Il poussa la porte du salon voisin, se rua sur M. Gerbois, le bouscula par les épaules, et l'attirant devant Mme Réal :

– Monsieur Gerbois, reconnaissez-vous la personne qui enleva votre fille, et que vous avez vue chez Maître Detinan ?

– Non.

Il y eut comme une commotion dont chacun reçut le choc. Ganimard chancela.

– Non ?… Est-ce possible… voyons, réfléchissez…

– C'est tout réfléchi… madame est blonde comme la Dame blonde… pâle comme elle… mais elle ne lui ressemble pas du tout.

– Je ne puis croire… une pareille erreur est inadmissible… Monsieur d'Hautrec, vous reconnaissez bien Antoinette Bréhat ?

– J'ai vu Antoinette Bréhat chez mon oncle… ce n'est pas elle.

– Et madame n'est pas non plus Mme de Réal, affirma le comte de Crozon.

C'était le coup de grâce. Ganimard en fut étourdi et ne broncha plus, la tête basse, les yeux fuyants. De toutes ses combinaisons il ne restait rien. L'édifice s'écroulait.

M. Dudouis se leva.

– Vous nous excuserez, madame, il y a là une confusion regrettable que je vous prie d'oublier. Mais ce que je ne saisis pas bien c'est votre trouble… votre attitude bizarre depuis que vous êtes ici.

– Mon Dieu, Monsieur, j'avais peur… il y a plus de cent mille francs de bijoux dans mon sac, et les manières de votre ami n'étaient guère rassurantes.

– Mais vos absences continuelles ?…

– N'est-ce pas mon métier qui l'exige ?

M. Dudouis n'avait rien à répondre. Il se tourna vers son subordonné.

– Vous avez pris vos informations avec une légèreté déplorable, Ganimard, et tout à l'heure vous vous êtes conduit envers madame de la façon la plus maladroite. Vous viendrez vous en expliquer dans mon cabinet.

L'entrevue était terminée, et le chef de la Sûreté se disposait à partir, quand il se passa un fait vraiment déconcertant. Mme Réal s'approcha de l'inspecteur et lui dit :

– J'entends que vous vous appelez Monsieur Ganimard… je ne me trompe pas ?

– Non.

– En ce cas, cette lettre doit être pour vous, je l'ai reçue ce matin, avec l'adresse que vous pouvez lire : « M. Justin Ganimard, aux bons soins de Mme Réal. » J'ai pensé que c'était une plaisanterie, puisque je ne vous connaissais pas sous ce nom, mais sans doute ce correspondant inconnu savait-il notre rendez-vous.

Par une intuition singulière, Justin Ganimard fut près de saisir la lettre et de l'anéantir. Il n'osa, devant son supérieur, et déchira l'enveloppe. La lettre contenait ces mots qu'il articula d'une voix à peine intelligible :

« Il y avait une fois une Dame blonde, un Lupin et un Ganimard. Or le mauvais Ganimard voulait faire du mal à la jolie Dame blonde, et le bon Lupin ne le voulait pas. Aussi le bon Lupin, désireux que la Dame blonde entrât dans l'intimité de la comtesse de Crozon, lui fit-il prendre le nom de Mme de Réal qui est celui – ou à peu près – d'une honnête commerçante dont les cheveux sont dorés et la figure pâle. Et le bon Lupin se disait : "Si jamais le mauvais Ganimard est sur la piste de la Dame blonde, combien il pourra m'être utile de le faire dévier sur la piste de l'honnête commerçante !" Sage précaution et qui porte ses fruits. Une petite note envoyée au journal du mauvais Ganimard, un flacon d'odeur oublié volontairement par la vraie Dame blonde à l'hôtel Beaurivage, le nom et l'adresse de Mme Réal écrits par cette vraie Dame blonde sur les registres de l'hôtel, et le tour est joué. Qu'en dites-vous, Ganimard ? J'ai voulu vous conter l'aventure par le menu, sachant qu'avec votre esprit vous seriez le premier à en rire. De fait elle est piquante, et j'avoue que, pour ma part, je m'en suis follement diverti.

« À vous donc merci, cher ami, et mes bons souvenirs à cet excellent M. Dudouis.

« Arsène Lupin. »

– Mais il sait tout ! gémit Ganimard, qui ne songeait nullement à rire, il sait des choses que je n'ai dites à personne. Comment pouvait-il savoir que je vous demanderais de venir, chef ? Comment pouvait-il savoir ma découverte du premier flacon ?… Comment pouvait-il savoir ?…

Il trépignait, s'arrachait les cheveux, en proie au plus tragique désespoir.

M. Dudouis eut pitié de lui.

– Allons, Ganimard, consolez-vous, on tâchera de mieux faire une autre fois.

Et le chef de la Sûreté s'éloigna, accompagné de Mme Réal.

Dix minutes s'écoulèrent. Ganimard lisait et relisait la lettre de Lupin. Dans un coin, M. et Mme de Crozon, M. d'Hautrec et M. Gerbois s'entretenaient avec animation. Enfin le comte s'avança vers l'inspecteur et lui dit :

– De tout cela il résulte, cher Monsieur, que nous ne sommes pas plus avancés qu'avant.

– Pardon. Mon enquête a établi que la Dame blonde est l'héroïne indiscutable de ces aventures et que Lupin la dirige. C'est un pas énorme.

– Et qui ne sert à rien. Le problème est peut-être même plus obscur. La Dame blonde tue pour voler le diamant bleu et elle ne le vole pas. Elle le vole, et c'est pour s'en débarrasser au profit d'un autre.

– Je n'y peux rien.

– Certes, mais quelqu'un pourrait peut-être…

– Que voulez vous dire ?

Le comte hésitait, mais la comtesse prit la parole et nettement :

– Il est un homme, un seul après vous, selon moi, qui serait capable de combattre Lupin et de le réduire à merci. Monsieur Ganimard, vous serait-il désagréable que nous sollicitions l'aide d'Herlock Sholmès ?

Il fut décontenancé.

– Mais non… seulement… je ne comprends pas bien…

– Voilà. Tous ces mystères m'agacent. Je veux voir clair. M. Gerbois et M. d'Hautrec ont la même volonté, et nous nous sommes mis d'accord pour nous adresser au célèbre détective anglais.

– Vous avez raison, Madame, prononça l'inspecteur avec une loyauté qui n'était pas sans quelque mérite, vous avez raison ; le vieux Ganimard n'est pas de force à lutter contre Arsène Lupin. Herlock Sholmès y réussira-t-il ? Je le souhaite, car j'ai pour lui la plus grande admiration… cependant… il est peu probable…

– Il est peu probable qu'il aboutisse ?

– C'est mon avis. Je considère qu'un duel entre Herlock Sholmès et Arsène Lupin est une chose réglée d'avance. L'Anglais sera battu.

– En tout cas, peut-il compter sur vous ?

– Entièrement, Madame. Mon concours lui est assuré sans réserves.

– Vous connaissez son adresse ?

– Oui, Parker street, 219.

Le soir même, M. et Mme de Crozon se désistaient de leur plainte contre le consul Bleichen, et une lettre collective était adressée à Herlock Sholmès.

Chapitre 3

Herlock Sholmès ouvre les hostilités

– Que désirent ces messieurs ?

– Ce que vous voulez, répondit Arsène Lupin, en homme que ces détails de nourriture intéressaient peu… ce que vous voulez, mais ni viande ni alcool.

Le garçon s'éloigna, dédaigneux.

Je m'écriai :

– Comment, encore végétarien ?

– De plus en plus, affirma Lupin.

– Par goût ? Par croyance ? Par habitude ?

– Par hygiène.

– Et jamais d'infraction ?

– Oh ! si… quand je vais dans le monde… pour ne pas me singulariser.

Nous dînions tous deux près de la gare du Nord, au fond d'un petit restaurant où Arsène Lupin m'avait convoqué. Il se plaît ainsi, de temps à autre, à me fixer le matin, par télégramme, un rendez-vous en quelque coin de Paris. Il s'y montre toujours d'une verve intarissable, heureux de vivre, simple et bon enfant, et toujours c'est une anecdote imprévue, un souvenir, le récit d'une aventure que j'ignorais.

Ce soir-là il me parut plus exubérant encore qu'à l'ordinaire. Il riait et bavardait avec un entrain singulier, et cette ironie fine qui lui est spéciale, ironie sans amertume, légère et spontanée. C'était plaisir que de le voir ainsi, et je ne pus m'interdire de lui exprimer mon contentement.

– Eh ! oui, s'écria-t-il, j'ai de ces jours où tout me semble délicieux, où la vie est en moi comme un trésor infini que je n'arriverai jamais à épuiser. Et Dieu sait pourtant que je vis sans compter !

– Trop peut-être.

– Le trésor est infini, vous dis-je ! Je puis me dépenser et me gaspiller, je puis jeter mes forces et ma jeunesse aux quatre vents, c'est de la place que je fais à des forces plus vives et plus jeunes… et puis vraiment, ma vie est si belle … je n'aurais qu'à vouloir, n'est-ce pas, pour devenir du jour au lendemain, que sais-je … orateur, chef d'usine, homme politique… eh bien, je vous le jure, jamais l'idée ne m'en viendrait ! Arsène Lupin je suis, Arsène Lupin je reste. Et je cherche vainement dans l'histoire une destinée comparable à la mienne, mieux remplie, plus intense… Napoléon ? Oui, peut-être… mais alors Napoléon à la fin de sa carrière impériale, pendant la campagne de France, quand l'Europe l'écrasait, et qu'il se demandait à chaque bataille si ce n'était pas la dernière qu'il livrait.

Était-il sérieux ? Plaisantait-il ? Le ton de sa voix s'était échauffé, et il continua.

– Tout est là, voyez-vous, le danger ! L'impression ininterrompue du danger ! Le respirer comme l'air que l'on respire, le discerner autour de soi qui souffle, qui rugit, qui guette, qui approche… et au milieu de la tempête, rester calme… ne pas broncher !… Sinon, vous êtes perdu… il n'y a qu'une sensation qui vaille celle-là, celle du chauffeur en course d'automobile ! Mais la course dure une matinée, et ma course à moi dure toute la vie !

– Quel lyrisme ! m'écriai-je… Et vous allez me faire accroire que vous n'avez pas un motif particulier d'excitation !

Il sourit.

– Allons, dit-il, vous êtes un fin psychologue. Il y a en effet autre chose.

Il se versa un grand verre d'eau fraîche, l'avala et me dit :

– Vous avez lu le *Temps* d'aujourd'hui ?

– Ma foi non.

– Herlock Sholmès a dû traverser la Manche cet après-midi et arriver vers six heures.

– Diable ! Et pourquoi ?

– Un petit voyage que lui offrent les Crozon, le neveu d'Hautrec et le Gerbois. Ils se sont retrouvés à la gare du Nord, et de là ils ont rejoint Ganimard. En ce moment ils confèrent tous les six.

Jamais, malgré la formidable curiosité qu'il m'inspire, je ne me permets d'interroger Arsène Lupin sur les actes de sa vie privée, avant que lui-même ne m'en ait parlé. Il y a là, de ma part, une question de réserve sur laquelle je ne transige point. À ce moment d'ailleurs, son nom n'avait pas encore été prononcé, du moins officiellement, au sujet du diamant bleu. Je patientai donc. Il reprit :

– Le *Temps* publie également une interview de cet excellent Ganimard, d'après laquelle une certaine dame blonde qui serait mon amie, aurait assassiné le Baron d'Hautrec et tenté de soustraire à Mme de Crozon sa fameuse bague. Et, bien entendu, il m'accuse d'être l'instigateur de ces forfaits.

Un léger frisson m'agita. Était-ce vrai ? Devais-je croire que l'habitude du vol, son genre d'existence, la logique même des événements, avaient entraîné cet homme jusqu'au crime ? Je l'observai. Il semblait si calme, ses yeux vous regardaient si franchement !

J'examinai ses mains : elles avaient une délicatesse de modelé infinie, des mains inoffensives vraiment, des mains d'artiste…

– Ganimard est un halluciné, murmurai-je.

Il protesta :

– Mais non, mais non, Ganimard a de la finesse… parfois même de l'esprit.

– De l'esprit !

– Si, si. Par exemple cette interview est un coup de maître. Premièrement il annonce l'arrivée de son rival anglais pour me mettre en garde et lui rendre la tâche plus difficile. Deuxièmement il précise le point exact où il a mené l'affaire, pour que Sholmès n'ait que le bénéfice de ses propres découvertes. C'est de bonne guerre.

– Quoi qu'il en soit, vous voici deux adversaires sur les bras, et quels adversaires !

– Oh ! l'un ne compte pas.

– Et l'autre ?

– Sholmès ? Oh ! j'avoue que celui-ci est de taille. Mais c'est justement ce qui me passionne et ce pour quoi vous me voyez de si joyeuse humeur. D'abord, question d'amour-propre : on juge que ce n'est pas de trop du célèbre Anglais pour avoir raison de moi. Ensuite, pensez au plaisir que doit éprouver un lutteur de ma sorte à l'idée d'un duel avec Herlock Sholmès. Enfin ! je vais être obligé de m'employer à fond ! car, je le connais, le bonhomme, il ne reculera pas d'une semelle.

– Il est fort.

– Très fort. Comme policier, je ne crois pas qu'il ait jamais existé ou qu'il existe jamais son pareil. Seulement j'ai un avantage sur lui, c'est qu'il attaque et que, moi, je me défends. Mon rôle est plus facile. En outre…

Il sourit imperceptiblement et, achevant sa phrase :

– En outre je connais sa façon de se battre et il ne connaît pas la mienne. Et je lui réserve quelques bottes secrètes qui le feront réfléchir…

Il tapotait la table à petits coups de doigt, et lâchait de menues phrases d'un air ravi.

– Arsène Lupin contre Herlock Sholmès… la France contre l'Angleterre… enfin, Trafalgar sera vengé !… Ah ! Le malheureux… il ne se doute pas que je suis préparé… et un Lupin averti…

Il s'interrompit subitement, secoué par une quinte de toux, et il se cacha la figure dans sa serviette, comme quelqu'un qui a avalé de travers.

– Une miette de pain ? demandai-je… buvez donc un peu d'eau.

– Non, ce n'est pas ça, dit-il, d'une voix étouffée.

– Alors… quoi ?

– Le besoin d'air.

– Voulez-vous qu'on ouvre la fenêtre ?

– Non, je sors… vite, donnez-moi mon pardessus et mon chapeau, je file…

– Ah ? Ça mais, que signifie ?…

– Ces deux messieurs qui viennent d'entrer… vous voyez le plus grand… eh bien, en sortant, marchez à ma gauche de manière à ce qu'il ne puisse m'apercevoir.

– Celui qui s'assoit derrière vous ?…

– Celui-là… pour des raisons personnelles, je préfère… dehors je vous expliquerai…

– Mais qui est-ce donc ?

– Herlock Sholmès.

Il fit un violent effort sur lui-même, comme s'il avait honte de son agitation, reposa sa serviette, avala un verre d'eau, et me dit en souriant, tout à fait remis :

– C'est drôle, hein ? Je ne m'émeus pourtant pas facilement, mais cette vision imprévue…

– Qu'est-ce que vous craignez, puisque personne ne peut vous reconnaître, au travers de toutes vos transformations ? Moi-même, chaque fois que je vous retrouve, il me semble que je suis en face d'un individu nouveau.

– Lui me reconnaîtra, dit Arsène Lupin. Lui, il ne m'a vu qu'une fois, mais j'ai senti qu'il me voyait pour la vie, et qu'il voyait, non pas mon apparence toujours modifiable, mais l'être même que je suis… et puis… et puis… je ne m'y attendais pas, quoi !… Quelle singulière rencontre … ce petit restaurant…

– Eh bien, lui dis-je, nous sortons ?

– Non… non…

– Qu'allez-vous faire ?

– Le mieux serait d'agir franchement… de m'en remettre à lui…

– Vous n'y pensez pas ?

– Mais si, j'y pense… outre que j'aurais avantage à l'interroger, à savoir ce qu'il sait… ah ! tenez, j'ai l'impression que ses yeux se posent sur ma nuque, sur mes épaules… et qu'il cherche… qu'il se rappelle…

Il réfléchit. J'avisai un sourire de malice au coin de ses lèvres, puis, obéissant, je crois, à une fantaisie de sa nature primesautière plus encore qu'aux nécessités de la situation, il se leva brusquement, fit volte-face, et s'inclinant, tout joyeux :

– Par quel hasard ? C'est vraiment trop de chance… permettez-moi de vous présenter un de mes amis…

Une seconde ou deux, l'Anglais fut décontenancé, puis il eut un mouvement instinctif, tout prêt à se jeter sur Arsène Lupin. Celui-ci hocha la tête :

– Vous auriez tort… sans compter que le geste ne serait pas beau… et tellement inutile !

L'Anglais se retourna de droite et de gauche, comme s'il cherchait du secours.

— Cela non plus, dit Lupin… d'ailleurs êtes-vous bien sûr d'avoir qualité pour mettre la main sur moi ? Allons, montrez-vous beau joueur.

Se montrer beau joueur, en l'occasion, ce n'était guère tentant. Néanmoins, il est probable que ce fut ce parti qui sembla le meilleur à l'Anglais, car il se leva à demi, et froidement présenta :

— Monsieur Wilson, mon ami et collaborateur.

— Monsieur Arsène Lupin.

La stupeur de Wilson provoqua l'hilarité. Ses yeux écarquillés et sa bouche large ouverte barraient de deux traits sa figure épanouie, à la peau luisante et tendue comme une pomme, et autour de laquelle des cheveux en brosse et une barbe courte étaient plantés comme des brins d'herbe, drus et vigoureux.

— Wilson, vous ne cachez pas assez votre ahurissement devant les événements les plus naturels de ce monde, ricana Herlock Sholmès avec une nuance de raillerie.

Wilson balbutia :

— Pourquoi ne l'arrêtez-vous pas ?

— Vous n'avez point remarqué, Wilson, que ce gentleman est placé entre la porte et moi, et à deux pas de la porte. Je n'aurais pas le temps de bouger le petit doigt qu'il serait déjà dehors.

— Qu'à cela ne tienne, dit Lupin.

Il fit le tour de la table et s'assit de manière à ce que l'Anglais fût entre la porte et lui. C'était se mettre à sa discrétion.

Wilson regarda Sholmès pour savoir s'il avait le droit d'admirer ce coup d'audace. L'Anglais demeura impénétrable. Mais, au bout d'un instant, il appela :

— Garçon !

Le garçon accourut. Sholmès commanda :

— Des sodas, de la bière et du whisky.

La paix était signée… jusqu'à nouvel ordre. Bientôt après, tous quatre assis à la même table, nous causions tranquillement.

Herlock Sholmès est un homme… comme on en rencontre tous les jours. Âgé d'une cinquantaine d'années, il ressemble à un brave bourgeois qui aurait passé sa vie, devant un bureau, à tenir des livres de comptabilité. Rien ne le distingue d'un honnête citoyen de Londres, ni ses favoris roussâtres, ni son menton rasé, ni son aspect un peu lourd – rien, si ce n'est ses yeux terriblement aigus, vifs et pénétrants.

Et puis, c'est Herlock Sholmès, c'est-à-dire une sorte de phénomène d'intuition, d'observation, de clairvoyance et d'ingéniosité. On croirait que la nature s'est amusée à prendre les deux types de policier les plus extraordinaires que l'imagination ait produits, le Dupin d'Edgar Poe, et le Lecoq de Gaboriau, pour en construire un à sa manière, plus extraordinaire encore et plus irréel. Et l'on se demande vraiment, quand on entend le récit de ces exploits qui l'ont rendu célèbre dans l'univers entier, on se demande si lui-même, ce Herlock Sholmès, n'est pas un personnage légendaire, un héros sorti vivant du cerveau d'un grand romancier, d'un Conan Doyle, par exemple.

Tout de suite, comme Arsène Lupin l'interrogeait sur la durée de son séjour, il mit la conversation sur son terrain véritable.

– Mon séjour dépend de vous, Monsieur Lupin.

– Oh ! s'écria l'autre en riant, si cela dépendait de moi, je vous prierais de reprendre votre paquebot dès ce soir.

– Ce soir est un peu tôt, mais j'espère que dans huit ou dix jours…

– Vous êtes donc si pressé ?

– J'ai tant de choses en train, le vol de la Banque anglo-chinoise, l'enlèvement de Lady Eccleston… voyons, Monsieur Lupin, croyez-vous qu'une semaine suffira ?

– Largement, si vous vous en tenez à la double affaire du diamant bleu. C'est, du reste, le laps de temps qu'il me faut pour prendre mes précautions, au cas où la solution de cette double affaire vous donnerait sur moi certains avantages dangereux pour ma sécurité.

– Eh mais, dit l'Anglais, c'est que je compte bien prendre ces avantages en l'espace de huit à dix jours.

– Et me faire arrêter le onzième, peut-être ?

– Le dixième, dernière limite.

Lupin réfléchit et, hochant la tête :

– Difficile… difficile…

– Difficile, oui, mais possible, donc certain…

– Absolument certain, dit Wilson, comme si lui-même eût distingué nettement la longue série d'opérations qui conduirait son collaborateur au résultat annoncé.

Herlock Sholmès sourit :

– Wilson, qui s'y connaît, est là pour vous l'attester.

Et il reprit :

– Évidemment, je n'ai pas tous les atouts entre les mains, puisqu'il s'agit d'affaires déjà vieilles de plusieurs mois. Il me manque les éléments, les indices sur lesquels j'ai l'habitude d'appuyer mes enquêtes.

– Comme les taches de boue et les cendres de cigarette, articula Wilson avec importance.

– Mais outre les remarquables conclusions de M. Ganimard, j'ai à mon service tous les articles écrits à ce sujet, toutes les observations recueillies, et, conséquence de tout cela, quelques idées personnelles sur l'affaire.

– Quelques vues qui nous ont été suggérées soit par analyse, soit par hypothèse, ajouta Wilson sentencieusement.

– Est-il indiscret, fit Arsène Lupin, de ce ton déférent qu'il employait pour parler à Sholmès, est-il indiscret de vous demander l'opinion générale que vous avez su vous former ?

Vraiment c'était la chose la plus passionnante que de voir ces deux hommes en présence l'un de l'autre, les coudes sur la table, discutant gravement et posément comme s'ils avaient à résoudre un problème ardu ou à se mettre d'accord sur un point de controverse. Et c'était aussi d'une ironie supérieure, dont ils jouissaient tous deux profondément, en dilettantes et en artistes. Wilson, lui, se pâmait d'aise.

Herlock bourra lentement sa pipe, l'alluma et s'exprima de la sorte :

– J'estime que cette affaire est infiniment moins complexe qu'elle ne le paraît au premier abord.

– Beaucoup moins, en effet, fit Wilson, écho fidèle.

– Je dis l'affaire, car, pour moi, il n'y en a qu'une. La mort du Baron d'Hautrec, l'histoire de la bague, et, ne l'oublions pas, le mystère du numéro 514 – série 23, ne sont que les faces diverses de ce qu'on pourrait appeler l'énigme de la Dame blonde. Or, à mon sens, il s'agit tout simplement de découvrir le lien qui réunit ces trois épisodes de la même histoire, le fait qui prouve l'unité des trois méthodes. Ganimard, dont le jugement est un peu superficiel, voit cette unité dans la faculté de disparition, dans le pouvoir d'aller et de venir tout en restant invisible. Cette intervention du miracle ne me satisfait pas.

– Et alors ?

– Alors, selon moi, énonça nettement Sholmès, la caractéristique de ces trois aventures, c'est votre dessein manifeste, évident, quoique inaperçu jusqu'ici, d'amener l'affaire sur le terrain préalablement choisi par vous. Il y a là de votre part, plus qu'un plan, une nécessité, une condition sine qua non de réussite.

– Pourriez-vous entrer dans quelques détails ?

– Facilement. Ainsi, dès le début de votre conflit avec M. Gerbois, n'est-il pas évident que l'appartement de Maître Detinan est le lieu choisi par vous, le lieu inévitable où il faut qu'on se réunisse ? Il n'en est pas un qui vous paraisse plus sûr, à tel point que vous y donnez rendez-vous, publiquement pourrait-on dire, à la Dame blonde et à Mlle Gerbois.

– La fille du professeur, précisa Wilson.

– Maintenant, parlons du diamant bleu. Aviez-vous essayé de vous l'approprier depuis que le Baron d'Hautrec le possédait ? Non. Mais le Baron prend l'hôtel de son frère : six mois après, intervention d'Antoinette Bréhat et première tentative. Le diamant vous échappe, et la vente s'organise à grand fracas à l'hôtel Drouot. Sera-t-elle libre, cette vente ? Le plus riche amateur est-il sûr d'acquérir le bijou ? Nullement. Au moment où le banquier Herschmann va l'emporter, une dame lui fait passer une lettre de menaces, et c'est la comtesse de Crozon, préparée, influencée par cette même dame, qui achète le diamant. Va-t-il disparaître aussitôt ? Non : les moyens vous manquent. Donc, intermède. Mais la comtesse s'installe dans son château. C'est ce que vous attendiez. La bague disparaît.

– Pour reparaître dans la poudre dentifrice du consul Bleichen, anomalie bizarre, objecta Lupin.

– Allons donc, s'écria Herlock, en frappant la table du poing, ce n'est pas à moi qu'il faut conter de telles sornettes. Que les imbéciles s'y laissent prendre, soit, mais pas le vieux renard que je suis.

– Ce qui veut dire ?

– Ce qui veut dire…

Sholmès prit un temps, comme s'il voulait ménager son effet. Enfin il formula :

– Le diamant bleu qu'on a découvert dans la poudre dentifrice est un diamant faux. Le vrai, vous l'avez gardé.

Arsène Lupin demeura un instant silencieux, puis, très simplement, les yeux fixés sur l'Anglais :

– Vous êtes un rude homme, Monsieur.

– Un rude homme, n'est-ce pas ? souligna Wilson, béant d'admiration.

– Oui, affirma Lupin, tout s'éclaire, tout prend son véritable sens. Pas un seul des juges d'instruction, pas un seul des journalistes spéciaux qui se sont acharnés sur ces affaires, n'ont été aussi loin dans la direction de la vérité. C'est miraculeux d'intuition et de logique.

– Peuh ! fit l'Anglais flatté de l'hommage d'un tel connaisseur, il suffisait de réfléchir.

– Il suffisait de savoir réfléchir, et si peu le savent ! Mais maintenant que le champ des suppositions est plus étroit et que le terrain est déblayé…

– Eh bien maintenant, je n'ai plus qu'à découvrir pourquoi les trois aventures se sont dénouées au 25 de la rue Clapeyron, au 134 de l'avenue Henri-Martin et entre les murs du château de Crozon. Toute l'affaire est là. Le reste n'est que balivernes et charade pour enfant. N'est-ce pas votre avis ?

– C'est mon avis.

– En ce cas, Monsieur Lupin, ai-je tort de répéter que dans dix jours ma besogne sera achevée ?

– Dans dix jours, oui, toute la vérité vous sera connue.

– Et vous serez arrêté.

– Non.

– Non ?

– Il faut, pour que je sois arrêté, un concours de circonstances si invraisemblable, une série de mauvais hasards si stupéfiants, que je n'admets pas cette éventualité.

– Ce que ne peuvent ni les circonstances ni les hasards contraires, la volonté et l'obstination d'un homme le pourront, Monsieur Lupin.

– Si la volonté et l'obstination d'un autre homme n'opposent à ce dessein un obstacle invincible, Monsieur Sholmès.

– Il n'y a pas d'obstacle invincible, Monsieur Lupin.

Le regard qu'ils échangèrent fut profond, sans provocation d'une part ni de l'autre, mais calme et hardi. C'était le battement de deux épées qui engagent le fer. Cela sonnait clair et franc.

– À la bonne heure, s'écria Lupin, voici quelqu'un ! Un adversaire, mais c'est l'oiseau rare, et celui-là est Herlock Sholmès ! On va s'amuser.

– Vous n'avez pas peur ? demanda Wilson.

– Presque, Monsieur Wilson, et la preuve, dit Lupin en se levant, c'est que je vais hâter mes dispositions de retraite… sans quoi je risquerais d'être pris au gîte. Nous disons donc dix jours, Monsieur Sholmès ?

– Dix jours. Nous sommes aujourd'hui dimanche. De mercredi en huit, tout sera fini.

– Et je serai sous les verrous ?

– Sans le moindre doute.

– Bigre ! Moi qui me réjouissais de ma vie paisible. Pas d'ennuis, un bon petit courant d'affaires, la police au diable, et l'impression réconfortante de l'universelle sympathie qui m'entoure… il va falloir changer tout cela ! Enfin c'est l'envers de la médaille… après le beau temps, la pluie… il ne s'agit plus de rire. Adieu…

– Dépêchez-vous, fit Wilson, plein de sollicitude pour un individu auquel Sholmès inspirait une considération visible, ne perdez pas une minute.

– Pas une minute, Monsieur Wilson, le temps seulement de vous dire combien je suis heureux de cette rencontre, et combien j'envie le maître d'avoir un collaborateur aussi précieux que vous.

On se salua courtoisement, comme, sur le terrain, deux adversaires que ne divise aucune haine, mais que la destinée oblige à se battre sans merci. Et Lupin me saisissant le bras, m'entraîna dehors.

– Qu'en dites-vous, mon cher ? Voilà un repas dont les incidents feront bon effet dans les mémoires que vous préparez sur moi.

Il referma la porte du restaurant et s'arrêtant quelques pas plus loin :

– Vous fumez ?

– Non, mais vous non plus, il me semble.

– Moi non plus.

Il alluma une cigarette à l'aide d'une allumette-bougie qu'il agita plusieurs fois pour l'éteindre. Mais aussitôt il jeta la cigarette, franchit en courant la chaussée et rejoignit deux hommes qui venaient de surgir de l'ombre, comme appelés par un signal. Il s'entretint quelques minutes avec eux sur le trottoir opposé, puis revint à moi.

– Je vous demande pardon, ce satané Sholmès va me donner du fil à retordre. Mais je vous jure qu'il n'en a pas fini avec Lupin… ah le bougre, il verra de quel bois je me chauffe… au revoir… l'ineffable Wilson a raison, je n'ai pas une minute à perdre.

Il s'éloigna rapidement.

Ainsi finit cette étrange soirée, ou du moins la partie de cette soirée à laquelle je fus mêlé. Car il s'écoula pendant les heures qui suivirent bien d'autres événements, que les confidences des autres convives de ce dîner m'ont permis heureusement de reconstituer en détail.

À l'instant même où Lupin me quittait, Herlock Sholmès tirait sa montre et se levait à son tour.

– Neuf heures moins vingt. À neuf heures je dois retrouver le comte et la comtesse à la gare.

– En route ! s'exclama Wilson avalant coup sur coup deux verres de whisky.

Ils sortirent.

– Wilson, ne tournez pas la tête… peut-être sommes-nous suivis ; en ce cas, agissons comme s'il ne nous importait point de l'être… dites donc, Wilson, donnez-moi votre avis : pourquoi Lupin était-il dans ce restaurant ?

Wilson n'hésita pas.

– Pour manger.

– Wilson, plus nous travaillons ensemble, et plus je m'aperçois de la continuité de vos progrès. Ma parole, vous devenez étonnant.

Dans l'ombre, Wilson rougit de plaisir, et Sholmès reprit :

– Pour manger, soit, et ensuite, tout probablement, pour s'assurer si je vais bien à Crozon comme l'annonce Ganimard dans son interview. Je pars donc afin de ne pas le contrarier. Mais comme il s'agit de gagner du temps sur lui, je ne pars pas.

– Ah ! fit Wilson interloqué.

– Vous, mon ami, filez par cette rue, prenez une voiture, deux, trois voitures. Revenez plus tard chercher les valises que nous avons laissées à la consigne, et, au galop, jusqu'à l'Élysée Palace.

– Et à l'Élysée-Palace ?

– Vous demanderez une chambre où vous vous coucherez, où vous dormirez à poings fermés, et attendrez mes instructions.

Wilson, tout fier du rôle important qui lui était assigné, s'en alla. Herlock Sholmès prit son billet et se rendit à l'express d'Amiens où le comte et la comtesse de Crozon étaient déjà installés.

Il se contenta de les saluer, alluma une seconde pipe, et fuma paisiblement, debout dans le couloir.

Le train s'ébranla. Au bout de dix minutes, il vint s'asseoir auprès de la comtesse et lui dit :

– Vous avez là votre bague, Madame ?

– Oui.

– Ayez l'obligeance de me la prêter.

Il la prit et l'examina.

– C'est bien ce que je pensais, c'est du diamant reconstitué.

– Du diamant reconstitué ?

– Un nouveau procédé qui consiste à soumettre de la poussière de diamant à une température énorme, de façon à la réduire en fusion… et à n'avoir plus qu'à la reconstituer en une seule pierre.

– Comment ! Mais mon diamant est vrai.

– Le vôtre, oui, mais celui-là n'est pas le vôtre.

– Où donc est le mien ?

– Entre les mains d'Arsène Lupin.

– Et alors, celui-là ?

– Celui-là a été substitué au vôtre et glissé dans le flacon de M. Bleichen où vous l'avez retrouvé.

– Il est donc faux ?

– Absolument faux.

Interdite, bouleversée, la comtesse se taisait, tandis que son mari, incrédule, tournait et retournait le bijou en tous sens. Elle finit par balbutier :

– Est-ce possible ! Mais pourquoi ne l'a-t-on pas volé tout simplement ? Et puis comment l'a t'on pris ?

– C'est précisément ce que je vais tâcher d'éclaircir.

– Au château de Crozon ?

– Non, je descends à Creil, et je retourne à Paris. C'est là que doit se jouer la partie entre Arsène Lupin et moi. Les coups vaudront pour un endroit comme pour l'autre, mais il est préférable que Lupin me croie en voyage.

– Cependant…

– Que vous importe, madame ? l'essentiel, c'est votre diamant, n'est-ce pas ?

– Oui.

– Eh bien, soyez tranquille. J'ai pris tout à l'heure un engagement beaucoup plus difficile à tenir. Foi d'Herlock Sholmès, je vous rendrai le véritable diamant.

Le train ralentissait. Il mit le faux diamant dans sa poche et ouvrit la portière. Le comte s'écria :

– Mais vous descendez à contre-voie !

– De cette manière, si Lupin me fait surveiller, on perd ma trace. Adieu.

Un employé protesta vainement. L'Anglais se dirigea vers le bureau du chef de gare. Cinquante minutes après, il sautait dans un train qui le ramenait à Paris un peu avant minuit.

Il traversa la gare en courant, rentra par le buffet, sortit par une autre porte et se précipita dans un fiacre.

– Cocher, rue Clapeyron.

Ayant acquis la certitude qu'il n'était pas suivi, il fit arrêter sa voiture au commencement de la rue, et se livra à un examen minutieux de la maison de Maître Detinan et des deux maisons voisines. À l'aide d'enjambées égales il mesurait certaines distances, et inscrivait des notes et des chiffres sur son carnet.

– Cocher, avenue Henri-Martin.

Au coin de l'avenue et de la rue de la Pompe, il régla sa voiture, suivit le trottoir jusqu'au 134, et recommença les mêmes opérations devant l'ancien hôtel du Baron d'Hautrec et les deux immeubles de rapport qui l'encadrent, mesurant la largeur des façades respectives et calculant la profondeur des petits jardins qui précèdent la ligne de ces façades.

L'avenue était déserte et très obscure sous ses quatre rangées d'arbres entre lesquels, de place en place, un bec de gaz semblait lutter inutilement contre des épaisseurs de ténèbres. L'un d'eux projetait une pâle lumière sur une partie de l'hôtel, et Sholmès vit la pancarte « à louer » suspendue à la grille, les deux allées incultes qui encerclaient la menue pelouse, et les vastes fenêtres vides de la maison inhabitée.

– C'est vrai, se dit-il, depuis la mort du Baron, il n'y a pas de locataires… ah ! si je pouvais entrer et faire une première visite !

Il suffisait que cette idée l'effleurât pour qu'il voulût la mettre à exécution. Mais comment ? La hauteur de la grille rendant impossible toute tentative d'escalade, il tira de sa poche une lanterne électrique et une clef passe-partout qui ne le quittait pas. À son grand étonnement, il s'avisa qu'un des battants était entrouvert. Il se glissa donc dans le jardin en ayant soin de ne pas refermer le battant. Mais il n'avait pas fait trois pas qu'il s'arrêta. À l'une des fenêtres du second étage une lueur avait passé.

Et la lueur repassa à une deuxième fenêtre et à une troisième, sans qu'il pût voir autre chose qu'une silhouette qui se profilait sur les murs des chambres. Et du second étage la lueur descendit au premier, et, longtemps, erra de pièce en pièce.

« Qui diable peut se promener à une heure du matin dans la maison où le Baron d'Hautrec a été tué ? se demanda Herlock, prodigieusement intéressé. »

Il n'y avait qu'un moyen de le savoir, c'était de s'y introduire soi-même. Il n'hésita pas. Mais au moment où il traversait, pour gagner le perron, la bande de clarté que lançait le bec de gaz, l'homme dut l'apercevoir, car la lueur s'éteignit soudain et Herlock Sholmès ne la revit plus.

Doucement il appuya sur la porte qui commandait le perron. Elle était ouverte également. N'entendant aucun bruit, il se risqua dans l'obscurité, rencontra la pomme de la rampe et monta un étage. Et toujours le même silence, les mêmes ténèbres.

Arrivé sur le palier, il pénétra dans une pièce et s'approcha de la fenêtre que blanchissait un peu la lumière de la nuit. Alors il avisa dehors l'homme qui, descendu sans doute par un autre escalier, et sorti par une autre porte, se faufilait à gauche, le long des arbustes qui bordent le mur de séparation entre les deux jardins.

« Fichtre, s'écria Sholmès, il va m'échapper ! »

Il dégringola l'étage et franchit le perron afin de lui couper toute retraite. Mais il ne vit plus personne, et il lui fallut quelques secondes pour distinguer dans le fouillis des arbustes une masse plus sombre qui n'était pas tout à fait immobile.

L'Anglais réfléchit. Pourquoi l'individu n'avait-il pas essayé de fuir alors qu'il l'eût pu si aisément ? Demeurait-il là pour surveiller à son tour l'intrus qui l'avait dérangé dans sa mystérieuse besogne ?

– En tout cas, pensa-t-il, ce n'est pas Lupin, Lupin serait plus adroit. C'est quelqu'un de sa bande.

De longues minutes s'écoulèrent. Herlock ne bougeait pas, l'œil fixé sur l'adversaire qui l'épiait. Mais comme cet adversaire ne bougeait pas davantage, et que l'Anglais n'était pas homme à se morfondre dans l'inaction, il vérifia si le barillet de son revolver fonctionnait, dégagea son poignard de sa gaine, et marcha droit sur l'ennemi avec cette audace froide, et ce mépris du danger qui le rendent si redoutable. Un bruit sec : l'individu armait son revolver. Herlock se jeta brusquement dans le massif. L'autre n'eut pas le temps de se retourner : l'Anglais était déjà sur lui. Il y eut une lutte violente, désespérée, au cours de laquelle Herlock devinait l'effort de l'homme pour tirer son couteau. Mais Sholmès, qu'exaspérait l'idée de sa victoire prochaine, le désir fou de s'emparer, dès la première heure, de ce complice d'Arsène Lupin, sentait en lui des forces irrésistibles. Il renversa son adversaire, pesa sur lui de tout son poids, et l'immobilisant de ses cinq doigts plantés dans la gorge du malheureux comme les griffes d'une serre, de sa main libre il chercha sa lanterne électrique, en pressa le bouton et projeta la lumière sur le visage de son prisonnier.

– Wilson ! hurla-t-il, terrifié.

– Herlock Sholmès, balbutia une voix étranglée, caverneuse.

Ils demeurèrent longtemps l'un près de l'autre sans échanger une parole, tous deux anéantis, le cerveau vide. La corne d'une automobile déchira l'air. Un peu de vent agita les feuilles. Et Sholmès ne bougeait pas, les cinq doigts toujours agrippés à la gorge de Wilson qui exhalait un râle de plus en plus faible.

Et soudain Herlock, envahi d'une colère, lâcha son ami, mais pour l'empoigner par les épaules et le secouer avec frénésie.

– Que faites-vous là ? Répondez… quoi ?… Est-ce que je vous ai dit de vous fourrer dans les massifs et de m'espionner ?

– Vous espionner, gémit Wilson, mais je ne savais pas que c'était vous.

– Alors quoi ? Que faites vous là ? Vous deviez vous coucher.

– Je me suis couché.

– Il fallait dormir !

– J'ai dormi.

– Il ne fallait pas vous réveiller !

– Votre lettre…

– Ma lettre ?…

– Oui, celle qu'un commissionnaire m'a apportée de votre part à l'hôtel…

– De ma part ? Vous êtes fou ?

– Je vous jure.

– Où est cette lettre ?

Son ami lui tendit une feuille de papier. À la clarté de sa lanterne, il lut avec stupeur :

« Wilson, hors du lit, et filez avenue Henri-Martin. La maison est vide. Entrez, inspectez, dressez un plan exact, et retournez vous coucher. Herlock Sholmès. »

– J'étais en train de mesurer les pièces, dit Wilson, quand j'ai aperçu une ombre dans le jardin. Je n'ai eu qu'une idée…

– C'est de vous emparer de l'ombre… l'idée était excellente… seulement, voyez-vous, dit Sholmès en aidant son compagnon à se relever et en l'entraînant, une autre fois, Wilson, lorsque vous recevrez une lettre de moi, assurez-vous d'abord que mon écriture n'est pas imitée.

– Mais alors, fit Wilson, commençant à entrevoir la vérité, la lettre n'est donc pas de vous ?

– Hélas ! non.

– De qui ?

– D'Arsène Lupin.

– Mais dans quel but l'a-t-il écrite ?

– Ah ! Ça je n'en sais rien, et c'est justement ce qui m'inquiète. Pourquoi diable s'est-il donné la peine de vous déranger ? S'il s'agissait encore de moi, je comprendrais, mais il ne s'agit que de vous. Et je me demande quel intérêt…

– J'ai hâte de retourner à l'hôtel.

– Moi aussi, Wilson.

Ils arrivaient à la grille. Wilson, qui se trouvait en tête, saisit un barreau et tira.

– Tiens, dit-il, vous avez fermé ?

– Mais nullement, j'ai laissé le battant tout contre.

– Cependant…

Herlock tira à son tour, puis, effaré, se précipita sur la serrure. Un juron lui échappa.

– Tonnerre de D… elle est fermée ! Fermée à clef !

Il ébranla la porte de toute sa vigueur, puis comprenant la vanité de ses efforts, laissa tomber ses bras, découragé, et il articula d'une voix saccadée :

– Je m'explique tout maintenant, c'est lui : Il a prévu que je descendrais à Creil, et il m'a tendu ici une jolie petite souricière pour le cas où je viendrais commencer mon enquête le soir même. En outre il a eu la gentillesse de m'envoyer un compagnon de captivité. Tout cela pour me faire perdre un jour, et aussi, sans doute, pour me prouver que je ferais bien mieux de me mêler de mes affaires…

– C'est-à-dire que nous sommes ses prisonniers.

– Vous avez dit le mot. Herlock Sholmès et Wilson sont les prisonniers d'Arsène Lupin. L'aventure s'engage à merveille… mais non, mais non, il n'est pas admissible…

Une main s'abattit sur son épaule, la main de Wilson.

– Là-haut… regardez là-haut… une lumière…

En effet, l'une des fenêtres du premier étage était illuminée.

Ils s'élancèrent tous deux au pas de course, chacun par son escalier, et se retrouvèrent en même temps à l'entrée de la chambre éclairée. Au milieu de la pièce brûlait un bout de bougie. À côté, il y avait un panier, et de ce panier émergeaient le goulot d'une bouteille, les cuisses d'un poulet et la moitié d'un pain.

Sholmès éclata de rire.

– À merveille, on nous offre à souper. C'est le palais des enchantements. Une vraie féerie Allons, Wilson, ne faites pas cette figure d'enterrement. Tout cela est très drôle.

– Êtes-vous sûr que ce soit très drôle ? gémit Wilson, lugubre.

– Si j'en suis sûr, s'écria Sholmès, avec une gaieté un peu trop bruyante pour être naturelle, c'est-à-dire que je n'ai jamais rien vu de plus drôle. C'est du bon comique… quel maître ironiste que cet Arsène Lupin … il vous roule, mais si gracieusement … je ne donnerais pas ma place à ce festin pour tout l'or du monde… Wilson, mon vieil ami, vous me chagrinez. Me serais-je mépris, et n'auriez-vous point cette noblesse de caractère qui aide à supporter l'infortune ! De quoi vous plaignez vous ? À cette heure vous pourriez avoir mon poignard dans la gorge… ou moi le vôtre dans la mienne… car c'était bien ce que vous cherchiez, mauvais ami.

Il parvint, à force d'humour et de sarcasmes, à ranimer ce pauvre Wilson, et à lui faire avaler une cuisse de poulet et un verre de vin. Mais quand la bougie eut expiré, qu'ils durent s'étendre, pour dormir, sur le parquet, et accepter le mur comme oreiller, le côté pénible et ridicule de la situation leur apparut. Et leur sommeil fut triste.

Au matin Wilson s'éveilla, courbaturé et transi de froid. Un léger bruit attira son attention : Herlock Sholmès, à genoux, courbé en deux, observait à la loupe des grains de poussière et relevait des marques de craie blanche, presque effacées, qui formaient des chiffres, lesquels chiffres il inscrivait sur son carnet.

Escorté de Wilson que ce travail intéressait d'une façon particulière, il étudia chaque pièce, et dans deux autres il constata les mêmes signes à la craie. Et il nota également deux cercles sur des panneaux de chêne, une flèche sur un lambris, et quatre chiffres sur quatre degrés d'escalier.

Au bout d'une heure, Wilson lui dit :

– Les chiffres sont exacts, n'est-ce pas ?

– Exacts, j'en sais rien, répondit Herlock, à qui de telles découvertes avaient rendu sa belle humeur, en tout cas ils signifient quelque chose.

– Quelque chose de très clair, dit Wilson, ils représentent le nombre des lames de parquet.

– Ah !

– Oui. Quant aux deux cercles, ils indiquent que les panneaux sonnent faux, comme vous pouvez vous en assurer, et la flèche est dirigée dans le sens de l'ascension du monte-plats.

Herlock Sholmès le regarda, émerveillé.

– Ah çà ! Mais, mon bon ami, comment savez-vous tout cela ? Votre clairvoyance me rend presque honteux.

– Oh ! c'est bien simple, dit Wilson, gonflé de joie, c'est moi qui ai tracé ces marques hier soir, suivant vos instructions… ou plutôt suivant celles de Lupin, puisque la lettre que vous m'avez adressée est de lui.

Peut-être Wilson courut-il, à cette minute, un danger plus terrible que pendant sa lutte dans le massif avec Sholmès. Celui-ci eut une envie féroce de l'étrangler. Se dominant, il esquissa une grimace qui voulait être un sourire et prononça :

– Parfait, parfait, voilà de l'excellente besogne et qui nous avance beaucoup. Votre admirable esprit d'analyse et d'observation s'est-il exercé sur d'autres points ? Je profiterais des résultats acquis.

– Ma foi, non, j'en suis resté là.

– Dommage ! Le début promettait. Mais, puisqu'il en est ainsi, nous n'avons plus qu'à nous en aller.

– Nous en aller ! Et comment ?

– Selon le mode habituel des honnêtes gens qui s'en vont : par la porte.

– Elle est fermée.

– On l'ouvrira.

– Qui ?

– Veuillez appeler ces deux policemen qui déambulent sur l'avenue.

– Mais…

– Mais quoi ?

– C'est fort humiliant… que dira-t-on quand on saura que vous, Herlock Sholmès, et moi Wilson, nous avons été prisonniers d'Arsène Lupin ?

– Que voulez-vous, mon cher, on rira à se tenir les côtes, répondit Herlock, la voix sèche, le visage contracté. Mais nous ne pouvons pourtant pas élire domicile dans cette maison.

– Et vous ne tentez rien ?

– Rien.

– Cependant l'homme qui nous a apporté le panier de provisions n'a traversé le jardin ni à son arrivée, ni à son départ. Il existe donc une autre issue. Cherchons-la et nous n'aurons pas besoin de recourir aux agents.

– Puissamment raisonné. Seulement vous oubliez que, cette issue, toute la police de Paris l'a cherchée depuis six mois et que, moi-même, tandis que vous dormiez, j'ai visité l'hôtel du haut en bas. Ah ! mon bon Wilson, Arsène Lupin est un gibier dont nous n'avons pas l'habitude. Il ne laisse rien derrière lui, celui-là…

À onze heures, Herlock Sholmès et Wilson furent délivrés… et conduits au poste de police le plus proche, où le commissaire, après les avoir sévèrement interrogés, les relâcha avec une affectation d'égards tout à fait exaspérante.

– Je suis désolé, Messieurs, de ce qui vous arrive. Vous allez avoir une triste opinion de l'hospitalité française. Mon Dieu, quelle nuit vous avez dû passer ! Ah ! Ce Lupin manque vraiment d'égards.

Une voiture les mena jusqu'à l'Élysée-Palace. Au bureau, Wilson demanda la clef de sa chambre.

Après quelques recherches, l'employé répondit, très étonné :

– Mais, Monsieur, vous avez donné congé de cette chambre.

– Moi ! Et comment ?

– Par votre lettre de ce matin, que votre ami nous a remise.

– Quel ami ?

– Le Monsieur qui nous a remis votre lettre… tenez, votre carte de visite y est encore jointe. Les voici.

Wilson les prit. C'était bien une de ses cartes de visite, et, sur la lettre, c'était bien son écriture.

– Seigneur Dieu, murmura-t-il, voilà encore un vilain tour.

Et il ajouta anxieusement :

– Et les bagages ?

– Mais votre ami les a emportés.

– Ah ! … et vous les avez donnés ?

– Certes, puisque votre carte nous y autorisait.

– En effet… en effet…

Ils s'en allèrent tous deux à l'aventure, par les Champs-Élysées, silencieux et lents. Un joli soleil d'automne éclairait l'avenue. L'air était doux et léger.

Au rond-point, Herlock alluma sa pipe et se remit en marche. Wilson s'écria :

– Je ne vous comprends pas, Sholmès, vous êtes d'un calme. On se moque de vous, on joue avec vous comme un chat joue avec une souris… et vous ne soufflez pas mot !

Sholmès s'arrêta et lui dit :

– Wilson, je pense à votre carte de visite.

– Eh bien ?

– Eh bien, voilà un homme qui, en prévision d'une lutte possible avec nous, s'est procuré des spécimens de votre écriture et de la mienne, et qui possède, toute prête dans son portefeuille, une de vos cartes. Songez-vous à ce que cela représente de précaution, de volonté perspicace, de méthode et d'organisation ?

– C'est-à-dire ?…

– C'est-à-dire, Wilson, que pour combattre un ennemi si formidablement armé, si merveilleusement préparé – et pour le vaincre – il faut être… il faut être moi. Et encore, comme vous le voyez, Wilson, ajouta t-il en riant, on ne réussit pas du premier coup.

À six heures l'*Écho de France*, dans son édition du soir, publiait cet entrefilet :

« Ce matin, M. Thénard, commissaire de police du 16e arrondissement, a libéré MM. Herlock Sholmès et Wilson, enfermés par les soins d'Arsène Lupin dans l'hôtel du défunt Baron d'Hautrec, où ils avaient passé une excellente nuit. »

« Allégés en outre de leurs valises, ils ont déposé une plainte contre Arsène Lupin. »

« Arsène Lupin qui, pour cette fois, s'est contenté de leur infliger une petite leçon, les supplie de ne pas le contraindre à des mesures plus graves. »

– Bah ! fit Herlock Sholmès, en froissant le journal, des gamineries ! C'est le seul reproche que j'adresse à Lupin... un peu trop d'enfantillages... la galerie compte trop pour lui... il y a du gavroche dans cet homme !

– Ainsi donc, Herlock, toujours le même calme ?

– Toujours le même calme répliqua Sholmès avec un accent où grondait la plus effroyable colère. À quoi bon m'irriter ? JE SUIS TELLEMENT SÛR D'AVOIR LE DERNIER MOT !

Chapitre 4

Quelques lueurs dans les ténèbres

Si bien trempé que soit le caractère d'un homme – et Sholmès est de ces êtres sur qui la mauvaise fortune n'a guère de prises – il y a cependant des circonstances où le plus intrépide éprouve le besoin de rassembler ses forces avant d'affronter de nouveau les chances d'une bataille.

– Je me donne vacances aujourd'hui, dit-il.

– Et moi ?

– Vous, Wilson, vous achèterez des vêtements et du linge pour remonter notre garde-robe. Pendant ce temps je me repose.

– Reposez-vous, Sholmès. Je veille.

Wilson prononça ces deux mots avec toute l'importance d'une sentinelle placée aux avant-postes et par conséquent exposée aux pires dangers. Son torse se bomba. Ses muscles se tendirent. D'un œil aigu, il scruta l'espace de la petite chambre d'hôtel où ils avaient élu domicile.

– Veillez, Wilson. J'en profiterai pour préparer un plan de campagne mieux approprié à l'adversaire que nous avons à combattre. Voyez-vous, Wilson, nous nous sommes trompés sur Lupin. Il faut reprendre les choses à leur début.

– Avant même si possible. Mais avons-nous le temps ?

– Neuf jours, vieux camarade ! C'est cinq de trop.

Tout l'après-midi, l'Anglais le passa à fumer et à dormir. Ce n'est que le lendemain qu'il commença ses opérations.

– Wilson, je suis prêt, maintenant nous allons marcher.

– Marchons, s'écria Wilson, plein d'une ardeur martiale. J'avoue que pour ma part j'ai des fourmis dans les jambes.

Sholmès eut trois longues entrevues – avec Maître Detinan d'abord, dont il étudia l'appartement dans ses moindres détails ; avec Suzanne Gerbois à laquelle il avait télégraphié de venir et qu'il interrogea sur la Dame blonde ; avec la sœur Auguste enfin, retirée au couvent des Visitandines depuis l'assassinat du Baron d'Hautrec.

À chaque visite, Wilson attendait dehors, et chaque fois il demandait :

– Content ?

– Très content.

– J'étais certain, nous sommes sur la bonne voie. Marchons.

Ils marchèrent beaucoup. Ils visitèrent les deux immeubles qui encadrent l'hôtel de l'avenue Henri-Martin, puis s'en allèrent jusqu'à la rue Clapeyron, et tandis qu'il examinait la façade du numéro 25, Sholmès continuait :

– Il est évident qu'il existe des passages secrets entre toutes ces maisons… mais ce que je ne saisis pas…

Au fond de lui, et pour la première fois, Wilson douta de la toute-puissance de son génial collaborateur. Pourquoi parlait-il tant et agissait-il si peu ?

– Pourquoi ? s'écria Sholmès, répondant aux pensées intimes de Wilson, parce que, avec ce diable de Lupin, on travaille dans le vide, au hasard, et qu'au lieu d'extraire la vérité de faits précis, on doit la tirer de son propre cerveau, pour vérifier ensuite si elle s'adapte bien aux événements.

– Les passages secrets pourtant ?

– Et puis quoi ! Quand bien même je les connaîtrais, quand je connaîtrais celui qui a permis à Lupin d'entrer chez son avocat, ou celui qu'a suivi la Dame blonde après le meurtre du Baron d'Hautrec, en serais-je plus avancé ? Cela me donnerait-il des armes pour l'attaquer ?

– Attaquons toujours, s'exclama Wilson.

Il n'avait pas achevé ces mots qu'il recula, avec un cri. Quelque chose venait de tomber à leurs pieds, un sac à moitié rempli de sable, qui eût pu les blesser grièvement.

Sholmès leva la tête au-dessus d'eux, des ouvriers travaillaient sur un échafaudage accroché au balcon du cinquième étage.

– Eh bien ! Nous avons de la chance, s'écria-t-il, un pas de plus et nous recevions sur le crâne le sac d'un de ces maladroits. On croirait vraiment…

Il s'interrompit, puis bondit vers la maison, escalada les cinq étages, sonna, fit irruption dans l'appartement, au grand effroi du valet de chambre, et passa sur le balcon. Il n'y avait personne.

– Les ouvriers qui étaient là ?… dit-il au valet de chambre.

– Ils viennent de s'en aller.

– Par où ?

– Mais par l'escalier de service.

Sholmès se pencha. Il vit deux hommes qui sortaient de la maison, leurs bicyclettes à la main. Ils se mirent en selle et disparurent.

– Il y a longtemps qu'ils travaillent sur cet échafaudage ?

– Ceux-là ? depuis ce matin seulement. C'étaient des nouveaux.

Sholmès rejoignit Wilson.

Ils rentrèrent mélancoliquement et cette seconde journée se termina dans un mutisme morne.

Le lendemain, programme identique. Ils s'assirent sur le même banc de l'avenue Henri-Martin, et ce fut, au grand désespoir de Wilson qui ne s'amusait nullement, une interminable station vis-à-vis des trois immeubles.

– Qu'espérez-vous, Sholmès ? Que Lupin sorte de ces maisons ?

– Non.

– Que la Dame blonde apparaisse ?

– Non.

– Alors ?

– Alors j'espère qu'un petit fait se produira, un tout petit fait quelconque, qui me servira de point de départ.

– Et s'il ne se produit pas ?

– En ce cas, il se produira quelque chose en moi, une étincelle qui mettra le feu aux poudres.

Un seul incident rompit la monotonie de cette matinée, mais de façon plutôt désagréable.

Le cheval d'un Monsieur, qui suivait l'allée cavalière située entre les deux chaussées de l'avenue, fit un écart et vint heurter le banc où ils étaient assis, en sorte que sa croupe effleura l'épaule de Sholmès.

– Eh ! Eh ! ricana celui-ci, un peu plus j'avais l'épaule fracassée !

Le Monsieur se débattait avec son cheval. L'Anglais tira son revolver et visa. Mais Wilson lui saisit le bras vivement.

– Vous êtes fou, Herlock ! Voyons… quoi … vous allez tuer ce gentleman !

– Lâchez-moi donc, Wilson… lâchez-moi.

Une lutte s'engagea, pendant laquelle le Monsieur maîtrisa sa monture et piqua des deux.

– Et maintenant tirez dessus, s'exclama Wilson, triomphant, lorsque le cavalier fut à quelque distance.

– Mais, triple imbécile, vous ne comprenez donc pas que c'était un complice d'Arsène Lupin ?

Sholmès tremblait de colère. Wilson, piteux, balbutia :

– Que dites-vous ? Ce gentleman ?…

– Complice de Lupin, comme les ouvriers qui nous ont lancé le sac sur la tête.

– Est-ce croyable ?

– Croyable ou non, il y avait là un moyen d'acquérir une preuve.

– En tuant ce gentleman ?

– En abattant son cheval, tout simplement. Sans vous, je tenais un des complices de Lupin. Comprenez-vous votre sottise ?

L'après-midi fut morose. Ils ne s'adressèrent pas la parole. À cinq heures, comme ils faisaient les cent pas dans la rue de Clapeyron, tout en ayant soin de se tenir éloignés des maisons, trois jeunes ouvriers qui chantaient et se tenaient par le bras les heurtèrent et voulurent continuer leur chemin sans se désunir. Sholmès, qui était de mauvaise humeur, s'y opposa. Il y eut une courte bousculade. Sholmès se mit en posture de boxeur, lança un coup de poing dans une poitrine, un coup de poing sur un visage et démolit deux des trois jeunes gens qui, sans insister davantage, s'éloignèrent ainsi que leur compagnon.

– Ah ! s'écria-t-il, ça me fait du bien… J'avais justement les nerfs tendus… excellente besogne…

Mais, apercevant Wilson appuyé contre le mur, il lui dit :

– Eh quoi ! qu'y a-t-il, vieux camarade, vous êtes tout pâle.

Le vieux camarade montra son bras qui pendait inerte, et balbutia :

– Je ne sais pas ce que j'ai… une douleur au bras.

– Une douleur au bras ? Sérieuse ?

– Oui… oui… le bras droit…

Malgré tous ses efforts il ne parvenait pas à le remuer. Herlock le palpa, doucement d'abord, puis de façon plus rude, « pour voir, dit-il, le degré exact de la douleur ». Le degré exact de la douleur fut si élevé que, très inquiet, il entra dans une pharmacie voisine où Wilson éprouva le besoin de s'évanouir.

Le pharmacien et ses aides s'empressèrent. On constata que le bras était cassé, et tout de suite il fut question de chirurgien, d'opération et de maison de santé. En attendant, on déshabilla le patient qui, secoué par la souffrance, se mit à pousser des hurlements.

– Bien… bien… parfait, disait Sholmès qui s'était chargé de tenir le bras… un peu de patience, mon vieux camarade… dans cinq ou six semaines, il n'y paraîtra plus… Mais ils me le paieront, les gredins vous entendez.., lui surtout... car c'est encore ce Lupin de malheur qui a fait le coup... ah ! je vous jure que si jamais...

Il s'interrompit brusquement, lâcha le bras, ce qui causa à Wilson un tel sursaut de douleur que l'infortuné s'évanouit de nouveau.., et, se frappant le front, il articula :

– Wilson, j'ai une idée... est-ce que par hasard ?...

Il ne bougeait pas, les yeux fixes, et marmottait de petits bouts de phrase.

– Mais oui, c'est cela... tout s'expliquerait... on cherche bien loin ce qui est à côté de soi... eh parbleu, je le savais qu'il n'y avait qu'à réfléchir... ah mon bon Wilson, je crois que vous allez être content !

Et laissant le vieux camarade en plan, il sauta dans la rue et courut jusqu'au numéro 25.

Au-dessus et à droite de la porte, il y avait, inscrit sur l'une des pierres :

« Destange, architecte, 1875. »

Au 23, même inscription.

Jusque-là, rien que de naturel. Mais là-bas, avenue Henri-Martin, que lirait-il ?

Une voiture passait.

– Cocher, avenue Henri-Martin, n° 134, et au galop.

Debout dans la voiture, il excitait le cheval, offrait des pourboires au cocher. Plus vite !... Encore plus vite !

Quelle fut son angoisse au détour de la rue de la Pompe ! Était-ce un peu de la vérité qu'il avait entrevu ?

Sur l'une des pierres de l'hôtel, ces mots étaient gravés : » Destange, architecte, 1874. »

Sur les immeubles voisins, même inscription : « Destange, architecte, 1874. »

Le contrecoup de ces émotions fut tel qu'il s'affaissa quelques minutes au fond de sa voiture, tout frissonnant de joie. Enfin, une petite lueur vacillait au milieu des ténèbres ! Parmi la grande forêt sombre où mille sentiers se croisaient, voilà qu'il recueillait la première marque d'une piste suivie par l'ennemi !

Dans un bureau de poste, il demanda la communication téléphonique avec le château de Crozon. La comtesse lui répondit elle-même.

– Allô !… C'est vous, Madame ?

– Monsieur Sholmès, n'est-ce pas ? Tout va bien ?

– Très bien, mais, en toute hâte, veuillez me dire… allô … un mot seulement…

– J'écoute.

– Le château de Crozon a été construit à quelle époque ?

– Il a été brûlé il y a trente ans, et reconstruit.

– Par qui ? Et en quelle année ?

– Une inscription au-dessus du perron porte ceci : « Lucien Destange, architecte, 1877. »

– Merci, madame, je vous salue.

Il repartit en murmurant :

– Destange… Lucien Destange… ce nom ne m'est pas inconnu.

Ayant aperçu un cabinet de lecture, il consulta un dictionnaire de biographie moderne et copia la note consacrée à « Lucien Destange, né en 1840, Grand-Prix de Rome, officier de la Légion d'honneur, auteur d'ouvrages très appréciés sur l'architecture… etc. »

Il se rendit alors à la pharmacie, et, de là, à la maison de santé où l'on avait transporté Wilson. Sur son lit de torture, le bras emprisonné dans une gouttière, grelottant de fièvre, le vieux camarade divaguait :

– Victoire ! Victoire ! s'écria Sholmès, je tiens une extrémité du fil.

– De quel fil ?

– Celui qui me mènera au but ! Je vais marcher sur un terrain solide, où il y aura des empreintes, des indices…

– De la cendre de cigarette ? demanda Wilson, que l'intérêt de la situation ranimait.

– Et bien d'autres choses ! Pensez donc, Wilson, j'ai dégagé le lien mystérieux qui unissait entre elles les différentes aventures de la Dame blonde. Pourquoi les trois demeures où se sont dénouées ces trois aventures ont-elles été choisies par Lupin ?

– Oui, pourquoi ?

– Parce que ces trois demeures, Wilson, ont été construites par le même architecte. C'était facile à deviner, direz-vous ? Certes… aussi personne n'y songeait-il.

– Personne, sauf vous.

– Sauf moi, qui sais maintenant que le même architecte, en combinant des plans analogues, a rendu possible l'accomplissement de trois actes, en apparence miraculeux, en réalité simples et faciles.

– Quel bonheur !

– Et il était temps, vieux camarade, je commençais à perdre patience… c'est que nous en sommes déjà au quatrième jour.

– Sur dix.

– Oh ! Désormais…

Il ne tenait pas en place, exubérant et joyeux contre son habitude.

– Non, mais quand je pense que, tantôt, dans la rue, ces gredins-là auraient pu casser mon bras tout aussi bien que le vôtre. Qu'en dites-vous, Wilson ?

Wilson se contenta de frissonner à cette horrible supposition.

Et Sholmès reprit :

– Que cette leçon nous profite ! Voyez-vous, Wilson, notre grand tort a été de combattre Lupin à visage découvert, et de nous offrir complaisamment à ses coups. Il n'y a que demi-mal, puisqu'il n'a réussi qu'à vous atteindre…

– Et que j'en suis quitte pour un bras cassé, gémit Wilson.

– Alors que les deux pouvaient l'être. Mais plus de fanfaronnades. En plein jour et surveillé, je suis vaincu. Dans l'ombre, et libre de mes mouvements, j'ai l'avantage, quelles que soient les forces de l'ennemi.

– Ganimard pourrait vous aider.

– Jamais ! Le jour où il me sera permis de dire Arsène Lupin est là, voici son gîte, et voici comment il faut s'emparer de lui, j'irai relancer Ganimard à l'une des deux adresses qu'il m'a données : son domicile, rue Pergolèse, ou la taverne suisse, place du Châtelet. D'ici là, j'agis seul.

Il s'approcha du lit, posa sa main sur l'épaule de Wilson – sur l'épaule malade naturellement – et lui dit avec une grande affection :

– Soignez-vous, mon vieux camarade. Votre rôle consiste désormais à occuper deux ou trois hommes d'Arsène Lupin, qui attendront vainement, pour retrouver ma trace, que je vienne prendre de vos nouvelles. C'est un rôle de confiance.

– Un rôle de confiance et je vous en remercie, répliqua Wilson, pénétré de gratitude ; je mettrai tous mes soins à le remplir consciencieusement. Mais, d'après ce que je vois, vous ne revenez plus ?

– Pour quoi faire ? demanda froidement Sholmès.

– En effet… en effet… je vais aussi bien que possible. Alors, un dernier service, Herlock : ne pourriez-vous me donner à boire ?

– À boire ?

– Oui, je meurs de soif, et avec ma fièvre…

– Mais comment donc ! Tout de suite…

Il tripota deux ou trois bouteilles, aperçut un paquet de tabac, alluma sa pipe, et soudain, comme s'il n'avait même pas entendu la prière de son ami, il s'en alla pendant que le vieux camarade implorait du regard un verre d'eau inaccessible.

– M. Destange !

Le domestique toisa l'individu auquel il venait d'ouvrir la porte de l'hôtel – le magnifique hôtel qui fait le coin de la place Malesherbes et de la rue Montchanin – et à l'aspect de ce petit homme à cheveux gris, mal rasé, et dont la longue redingote noire, d'une propreté douteuse, se conformait aux bizarreries d'un corps que la nature avait singulièrement disgracié, il répondit avec le dédain qui convenait :

– M. Destange est ici, ou n'y est pas. Ça dépend. Monsieur a sa carte ?

Monsieur n'avait pas sa carte, mais il avait une lettre d'introduction, et le domestique dut porter cette lettre à M. Destange, lequel M. Destange donna l'ordre qu'on amenât auprès de lui le nouveau venu.

Il fut donc introduit dans une immense pièce en rotonde qui occupe une des ailes de l'hôtel et dont les murs étaient recouverts de livres, et l'architecte lui dit :

– Vous êtes Monsieur Stickmann ?

– Oui, Monsieur.

– Mon secrétaire m'annonce qu'il est malade et vous envoie pour continuer le catalogue général des livres qu'il a commencé sous ma direction, et plus spécialement le catalogue des livres allemands. Vous avez l'habitude de ces sortes de travaux ?

– Oui, Monsieur, une longue habitude, répondit le sieur Stickmann avec un fort accent tudesque.

Dans ces conditions l'accord fut vite conclu, et M. Destange, sans plus tarder, se mit au travail avec son nouveau secrétaire.

Herlock Sholmès était dans la place.

Pour échapper à la surveillance de Lupin et pour pénétrer dans l'hôtel que Lucien Destange habitait avec sa fille Clotilde, l'illustre détective avait dû faire un plongeon dans l'inconnu, accumuler les stratagèmes, s'attirer, sous les noms les plus variés, les bonnes grâces et les confidences d'une foule de personnages, bref vivre, pendant quarante-huit heures, de la vie la plus compliquée.

Comme renseignement il savait ceci : M. Destange, de santé médiocre et désireux de repos, s'était retiré des affaires et vivait parmi les collections de livres qu'il a réunies sur l'architecture. Nul plaisir ne l'intéressait, hors le spectacle et le maniement des vieux tomes poudreux.

Quant à sa fille Clotilde, elle passait pour originale. Toujours enfermée, comme son père, mais dans une autre partie de l'hôtel, elle ne sortait jamais.

« Tout cela, se disait-il, en inscrivant sur un registre des titres de livres que M. Destange lui dictait, tout cela n'est pas encore décisif, mais quel pas en avant ! Il est possible que je ne découvre point la solution d'un de ces problèmes passionnants : M. Destange est-il l'associé d'Arsène Lupin ? Continue-t-il à le voir ? Existe-t-il des papiers relatifs à la construction des trois immeubles ? Ces papiers ne me fourniront-ils pas l'adresse d'autres immeubles, pareillement truqués, et que Lupin se serait réservés, pour lui et sa bande ? »

M. Destange, complice d'Arsène Lupin ! Cet homme vénérable, officier de la Légion d'honneur, travaillant aux côtés d'un cambrioleur, l'hypothèse n'était guère admissible. D'ailleurs, en admettant cette complicité, comment M. Destange aurait-il pu prévoir, trente ans auparavant, les évasions d'Arsène Lupin, alors en nourrice ?

N'importe ! L'Anglais s'acharnait. Avec son flair prodigieux, avec cet instinct qui lui est particulier, il sentait un mystère qui rôdait autour de lui. Cela se devinait à de petites choses qu'il n'eût pu préciser, mais dont il subissait l'impression depuis son entrée dans l'hôtel.

Le matin du deuxième jour il n'avait encore fait aucune découverte intéressante. À deux heures, il aperçut pour la première fois Clotilde Destange qui venait chercher un livre dans la bibliothèque. C'était une femme d'une trentaine d'années, brune, de gestes lents et silencieux, et dont le visage gardait cette expression indifférente de ceux qui vivent beaucoup en eux-mêmes. Elle échangea quelques paroles avec M. Destange, et se retira sans même avoir regardé Sholmès.

L'après-midi se traîna, monotone. À cinq heures, M. Destange annonça qu'il sortait. Sholmès resta seul sur la galerie circulaire accrochée à mi-hauteur de la rotonde. Le jour s'atténua. Il se disposait, lui aussi, à partir, quand un craquement se fit entendre, et, en même temps, il eut la sensation qu'il y avait quelqu'un dans la pièce. De longues minutes s'ajoutèrent les unes aux autres. Et soudain il frissonna : une ombre émergeait de la demi-obscurité, tout près de lui, sur le balcon. Était-ce croyable ? Depuis combien de temps ce personnage invisible lui tenait-il compagnie ? Et d'où venait-il ?

Et l'homme descendit les marches et se dirigea du côté d'une grande armoire de chêne. Dissimulé derrière les étoffes qui pendaient à la rampe de la galerie, à genoux, Sholmès observa, et il vit l'homme qui fouillait parmi les papiers dont l'armoire était encombrée. Que cherchait-il ?

Et voilà tout à coup que la porte s'ouvrit et que Mlle Destange entra vivement, en disant à quelqu'un qui la suivait :

– Alors décidément tu ne sors pas, père ?... En ce cas, j'allume... une seconde... ne bouge pas...

L'homme repoussa les battants de l'armoire et se cacha dans l'embrasure d'une large fenêtre dont il tira les rideaux sur lui. Comment Mlle Destange ne le vit-elle pas ? Comment ne l'entendit-elle pas ? Très calmement, elle tourna le bouton de l'électricité et livra passage à son père. Ils s'assirent l'un près de l'autre. Elle prit un volume qu'elle avait apporté et se mit à lire.

– Ton secrétaire n'est donc plus là ? dit-elle au bout d'un instant.

– Non... tu vois...

– Tu en es toujours content ? reprit-elle, comme si elle ignorait la maladie du véritable secrétaire et son remplacement par Stickmann.

– Toujours... toujours...

La tête de M. Destange ballottait de droite et de gauche. Il s'endormit.

Un moment s'écoula. La jeune fille lisait. Mais un des rideaux de la fenêtre fut écarté, et l'homme se glissa le long du mur, vers la porte, mouvement qui le faisait passer derrière M. Destange, mais en face de Clotilde, et de telle façon que Sholmès put le voir distinctement. C'était Arsène Lupin.

L'Anglais frissonna de joie. Ses calculs étaient justes, il avait pénétré au cœur même de la mystérieuse affaire, et Lupin se trouvait à l'endroit prévu.

Clotilde ne bougeait pas cependant, quoiqu'il fût inadmissible qu'un seul geste de cet homme lui échappât. Et Lupin touchait presque à la porte, et déjà il tendait le bras vers la poignée, quand un objet tomba d'une table, frôlé par son vêtement. M. Destange se réveilla en sursaut. Arsène Lupin était déjà devant lui, le chapeau à la main, et souriant.

– Maxime Bermond, s'écria M. Destange avec joie… ce cher Maxime ! … Quel bon vent vous amène ?

– Le désir de vous voir, ainsi que Mlle Destange.

– Vous êtes donc revenu de voyage ?

– Hier.

– Et vous nous restez à dîner ?

– Non, je dîne au restaurant avec des amis.

– Demain, alors ? Clotilde, insiste pour qu'il vienne demain. Ah ! ce bon Maxime… justement je pensais à vous ces jours-ci.

– C'est vrai ?

– Oui, je rangeais mes papiers d'autrefois, dans cette armoire, et j'ai retrouvé notre dernier compte.

– Quel compte ?

– Celui de l'avenue Henri-Martin.

– Comment ! Vous gardez ces paperasses ! À quoi bon ! …

Ils s'installèrent tous trois dans un petit salon qui attenait à la rotonde par une large baie.

– Est-ce Lupin ? se dit Sholmès, envahi d'un doute subit.

Oui, en toute évidence, c'était lui, mais c'était un autre homme aussi, qui ressemblait à Arsène Lupin par certains points, et qui pourtant gardait son individualité distincte, ses traits personnels, son regard, sa couleur de cheveux…

En habit, cravaté de blanc, la chemise souple moulant son torse, il parlait allégrement, racontant des histoires dont M. Destange riait de tout cœur et qui amenaient un sourire sur les lèvres de Clotilde. Et chacun de ces sourires paraissait une récompense que recherchait Arsène Lupin et qu'il se réjouissait d'avoir conquise. Il redoublait d'esprit et de gaieté, et, insensiblement, au son de cette voix heureuse et claire, le visage de Clotilde s'animait et perdait cette expression de froideur qui le rendait peu sympathique.

« Ils s'aiment, pensa Sholmès, mais que diable peut-il y avoir de commun entre Clotilde Destange et Maxime Bermond ? Sait-elle que Maxime n'est autre qu'Arsène Lupin ? »

Jusqu'à sept heures, il écouta anxieusement, faisant son profit des moindres paroles. Puis, avec d'infinies précautions, il descendit et traversa le côté de la pièce où il ne risquait pas d'être vu du salon.

Dehors, Sholmès s'assura qu'il n'y avait ni automobile, ni fiacre en station, et s'éloigna en boitillant par le boulevard Malesherbes. Mais, dans une rue adjacente, il mit sur son dos le pardessus qu'il portait sur son bras, déforma son chapeau, se redressa et, ainsi métamorphosé, revint vers la place où il attendit, les yeux fixés à la porte de l'hôtel Destange.

Arsène Lupin sortit presque aussitôt, et par les rues de Constantinople et de Londres, se dirigea vers le centre de Paris. À cent pas derrière lui marchait Herlock.

Minutes délicieuses pour l'Anglais ! Il reniflait avidement l'air, comme un bon chien qui sent la piste toute fraîche. Vraiment, cela lui semblait une chose infiniment douce que de suivre son adversaire. Ce n'était plus lui qui était surveillé, mais Arsène Lupin, l'invisible Arsène Lupin. Il le tenait pour ainsi dire au bout de son regard, comme attaché par des liens impossibles à briser. Et il se délectait à considérer, parmi les promeneurs, cette proie qui lui appartenait.

Mais un phénomène bizarre ne tarda pas à le frapper au milieu de l'intervalle qui le séparait d'Arsène Lupin, d'autres gens s'avançaient dans la même direction, notamment deux grands gaillards en chapeau rond sur le trottoir de gauche, deux autres sur le trottoir de droite en casquette et la cigarette aux lèvres.

Il n'y avait là peut-être qu'un hasard. Mais Sholmès s'étonna davantage quand Lupin, ayant pénétré dans un bureau de tabac, les quatre hommes s'arrêtèrent – et davantage encore – quand ils repartirent en même temps que lui, mais isolément, chacun suivant de son côté la Chaussée d'Antin.

« Malédiction, pensa Sholmès, il est donc filé ! »

L'idée que d'autres étaient sur la trace d'Arsène Lupin, que d'autres lui raviraient, non pas la gloire – il s'en inquiétait peu – mais le plaisir immense, l'ardente volupté de réduire, à lui seul, le plus redoutable ennemi qu'il eût jamais rencontré, cette idée l'exaspérait. Cependant l'erreur n'était pas possible, les hommes avaient cet air détaché, cet air trop naturel de ceux qui, tout en réglant leur allure sur l'allure d'une autre personne, ne veulent pas être remarqués.

« Ganimard en saurait-il plus long qu'il ne le dit ? murmura Sholmès… se joue-t-il de moi ? »

Il eut envie d'accoster l'un des quatre individus, afin de se concerter avec lui. Mais aux approches du boulevard, la foule devenant plus dense, il craignit de perdre Lupin et pressa le pas. Il déboucha au moment où Lupin gravissait le perron du restaurant hongrois, à l'angle de la rue Helder. La porte en était ouverte de telle façon que Sholmès, assis sur un banc du boulevard, de l'autre côté de la rue, le vit qui prenait place à une table luxueusement servie, ornée de fleurs, et où se trouvaient déjà trois messieurs en habit et deux dames d'une grande élégance, qui l'accueillirent avec des démonstrations de sympathie.

Herlock chercha des yeux les quatre individus et les aperçut, disséminés dans des groupes qui écoutaient l'orchestre de tziganes d'un café voisin. Chose curieuse, ils ne paraissaient pas s'occuper d'Arsène Lupin, mais beaucoup plus des gens qui les entouraient.

Tout à coup, l'un d'eux tira de sa poche une cigarette et aborda un Monsieur en redingote et en chapeau haut de forme. Le Monsieur présenta son cigare, et Sholmès eut l'impression qu'ils causaient, et plus longtemps même que ne l'eût exigé le fait d'allumer une cigarette. Enfin, le Monsieur monta les marches du perron et jeta un coup d'œil dans la salle du restaurant. Avisant Lupin, il s'avança, s'entretint quelques instants avec lui, puis il choisit une table voisine, et Sholmès constata que ce Monsieur n'était autre que le cavalier de l'avenue Henri-Martin.

Alors il comprit. Non seulement Arsène Lupin n'était pas filé, mais ces hommes faisaient partie de sa bande ! Ces hommes veillaient à sa sûreté !

C'était sa garde du corps, ses satellites, son escorte attentive. Partout où le maître courait un danger, les complices étaient là, prêts à l'avertir, prêts à le défendre. Complices les quatre individus ! Complice le Monsieur en redingote !

Un frisson parcourut l'Anglais. Se pouvait-il que jamais il réussît à s'emparer de cet être inaccessible ? Quelle puissance illimitée représentait une pareille association, dirigée par un tel chef !

Il déchira une feuille de son carnet, écrivit au crayon quelques lignes qu'il inséra dans une enveloppe, et dit à un gamin d'une quinzaine d'années qui s'était couché sur le banc :

– Tiens, mon garçon, prends une voiture et porte cette lettre à la caissière de la taverne suisse, place du Châtelet. Et rapidement…

Il lui remit une pièce de cinq francs. Le gamin disparut.

Une demi-heure s'écoula. La foule avait grossi, et Sholmès ne distinguait plus que de temps en temps les acolytes de Lupin. Mais quelqu'un le frôla, et une voix lui dit à l'oreille :

– Eh bien ! Qu'y a-t-il, Monsieur Sholmès ?

– C'est vous, Monsieur Ganimard ?

– Oui, j'ai reçu votre mot à la taverne. Qu'y a-t-il ?

– Il est là.

– Que dites-vous ?

– Là-bas… au fond du restaurant… penchez-vous à droite… vous le voyez ?

– Non.

– Il verse du champagne à sa voisine.

– Mais ce n'est pas lui.

– C'est lui.

– Moi, je vous réponds… ah cependant… en effet il se pourrait… ah ! le gredin, comme il se ressemble ! murmura Ganimard naïvement… et les autres, des complices ?

– Non, sa voisine c'est lady Cliveden, l'autre, c'est la duchesse de Cleath, et, vis-à-vis, l'ambassadeur d'Espagne à Londres.

Ganimard fit un pas. Herlock le retint.

– Quelle imprudence ! Vous êtes seul.

– Lui aussi.

– Non, il a des hommes sur le boulevard qui montent la garde… sans compter, à l'intérieur de ce restaurant, ce Monsieur…

– Mais moi, quand j'aurai mis la main au collet d'Arsène Lupin en criant son nom, j'aurai toute la salle pour moi, tous les garçons.

– J'aimerais mieux quelques agents.

– C'est pour le coup que les amis d'Arsène Lupin ouvriraient l'œil… non, voyez-vous, Monsieur Sholmès, nous n'avons pas le choix.

Il avait raison, Sholmès le sentit. Mieux valait tenter l'aventure et profiter de circonstances exceptionnelles. Il recommanda seulement à Ganimard :

– Tâchez qu'on vous reconnaisse le plus tard possible…

Et lui-même se glissa derrière un kiosque de journaux, sans perdre de vue Arsène Lupin qui, là-bas, penché sur sa voisine, souriait.

L'inspecteur traversa la rue, les mains dans ses poches, en homme qui va droit devant lui. Mais, à peine sur le trottoir opposé, il bifurqua vivement et d'un bond escalada le perron.

Un coup de sifflet strident… Ganimard se heurta contre le maître d'hôtel, planté soudain en travers de la porte et qui le repoussa avec indignation, comme il aurait fait d'un intrus dont la mise équivoque eût déshonoré le luxe du restaurant. Ganimard chancela. Au même instant, le Monsieur en redingote sortait. Il prit parti pour l'inspecteur, et tous deux, le maître d'hôtel et lui, disputaient violemment, tous deux d'ailleurs accrochés à Ganimard, l'un le retenant, l'autre le poussant, et de telle manière que, malgré tous ses efforts, malgré ses protestations furieuses, le malheureux fut expulsé jusqu'au bas du perron.

Un rassemblement se produisit aussitôt. Deux agents de police, attirés par le bruit, essayèrent de fendre la foule, mais une résistance incompréhensible les immobilisa, sans qu'ils parvinssent à se dégager des épaules qui les pressaient, des dos qui leur barraient la route…

Et tout à coup, comme par enchantement, le passage est libre !… Le maître d'hôtel, comprenant son erreur, se confond en excuses, le Monsieur en redingote renonce à défendre l'inspecteur, la foule s'écarte, les agents passent, Ganimard fonce sur la table aux six convives… il n'y en a plus que cinq. Il regarde autour de lui… pas d'autre issue que la porte.

– La personne qui était à cette place, crie-t-il aux cinq convives stupéfaits ?… Oui, vous étiez six… où se trouve la sixième personne ?

– M. Destro ?

– Mais non, Arsène Lupin !

Un garçon s'approche :

– Ce Monsieur vient de monter à l'entresol.

Ganimard se précipite. L'entresol est composé de salons particuliers et possède une sortie spéciale sur le boulevard !

– Allez donc le chercher maintenant, gémit Ganimard, il est loin !

Il n'était pas très loin, à deux cents mètres tout au plus, dans l'omnibus Madeleine-Bastille, lequel omnibus roulait paisiblement au petit trot de ses trois chevaux, franchissait la place de l'Opéra et s'en allait par le boulevard des Capucines. Sur la plate-forme, deux grands gaillards à chapeau melon devisaient. Sur l'impériale, au haut de l'escalier, somnolait un vieux petit bonhomme : Herlock Sholmès.

Et la tête dodelinante, bercé par le mouvement du véhicule, l'Anglais monologuait :

« Si mon brave Wilson me voyait, comme il serait fier de son collaborateur !... Bah !... Il était facile de prévoir au coup de sifflet que la partie était perdue, et qu'il n'y avait rien de mieux à faire que de surveiller les alentours du restaurant. Mais, en vérité, la vie ne manque pas d'intérêt avec ce diable d'homme ! »

Au point terminus, Herlock s'étant penché, vit Arsène Lupin qui passait devant ses gardes du corps, et il l'entendit murmurer : « À l'Étoile. »

« À l'Étoile, parfait, on se donne rendez-vous. J'y serai. Laissons-le filer dans ce fiacre automobile, et suivons en voiture les deux compagnons. »

Les deux compagnons s'en furent à pied, gagnèrent en effet l'Étoile et sonnèrent à la porte d'une étroite maison située au numéro 40 de la rue Chalgrin. Au coude que forme cette petite rue peu fréquentée, Sholmès put se cacher dans l'ombre d'un renfoncement.

Une des deux fenêtres du rez-de-chaussée s'ouvrit, un homme en chapeau rond ferma les volets. Au-dessus des volets, l'imposte s'éclaira.

Au bout de dix minutes, un Monsieur vint sonner à cette même porte, puis, tout de suite après, un autre individu. Et enfin, un fiacre automobile s'arrêta, d'où Sholmès vit descendre deux personnes : Arsène Lupin et une dame enveloppée d'un manteau et d'une voilette épaisse.

« La Dame blonde, sans aucun doute », se dit Sholmès, tandis que le fiacre s'éloignait.

Il laissa s'écouler un instant, s'approcha de la maison, escalada le rebord de la fenêtre, et, haussé sur la pointe des pieds, il put, par l'imposte, jeter un coup d'œil dans la pièce.

Arsène Lupin, appuyé à la cheminée, parlait avec animation. Debout autour de lui, les autres l'écoutaient attentivement. Parmi eux, Sholmès reconnut le Monsieur à la redingote et crut reconnaître le maître d'hôtel du restaurant. Quant à la Dame blonde, elle lui tournait le dos, assise dans un fauteuil.

« On tient conseil, pensa-t-il... les événements de ce soir les ont inquiétés et ils éprouvent le besoin de délibérer. Ah ! Les prendre tous à la fois, d'un coup !... »

Un des complices ayant bougé, il sauta à terre et se renfonça dans l'ombre. Le Monsieur en redingote et le maître d'hôtel sortirent de la maison. Aussitôt le premier étage s'éclaira, quelqu'un tira les volets des fenêtres. Et ce fut l'obscurité en haut comme en bas.

« Elle et lui sont restés au rez-de-chaussée, se dit Herlock. Les deux complices habitent le premier étage. »

Il attendit une partie de la nuit sans bouger, craignant qu'Arsène Lupin ne s'en allât pendant son absence. À quatre heures, apercevant deux agents de police à l'extrémité de la rue, il les rejoignit, leur expliqua la situation et leur confia la surveillance de la maison.

Alors il se rendit au domicile de Ganimard, rue Pergolèse, et le fit réveiller.

– Je le tiens encore.

– Arsène Lupin ?

– Oui.

– Si vous le tenez comme tout à l'heure, autant me recoucher. Enfin, passons au commissariat.

Ils allèrent jusqu'à la rue Mesnil, et de là, au domicile du commissaire, M. Decointre. Puis, accompagnés d'une demi-douzaine d'hommes, ils s'en revinrent rue Chalgrin.

– Du nouveau ? demanda Sholmès aux deux agents en faction.

– Rien.

Le jour commençait à blanchir le ciel lorsque, ses dispositions prises, le commissaire sonna et se dirigea vers la loge de la concierge. Effrayée par cette invasion, toute tremblante, cette femme répondit qu'il n'y avait pas de locataires au rez-de-chaussée.

– Comment, pas de locataire ! s'écria Ganimard.

– Mais non, c'est ceux du premier, les messieurs Leroux… ils ont meublé le bas pour des parents de province…

– Un Monsieur et une dame ?

– Oui.

– Qui sont venus hier soir avec eux ?

– Peut-être bien… je dormais… pourtant, je ne crois pas, voici la clef… ils ne l'ont pas demandée…

Avec cette clef le commissaire ouvrit la porte qui se trouvait de l'autre côté du vestibule. Le rez-de-chaussée ne contenait que deux pièces : elles étaient vides.

– Impossible ! proféra Sholmès, je les ai vus, elle et lui.

Le commissaire ricana :

– Je n'en doute pas, mais ils n'y sont plus.

– Montons au premier étage. Ils doivent y être.

– Le premier étage est habité par des messieurs Leroux.

– Nous interrogerons les messieurs Leroux.

Ils montèrent tous l'escalier, et le commissaire sonna. Au second coup, un individu, qui n'était autre qu'un des gardes du corps, apparut, en bras de chemise et l'air furieux.

– Eh bien, quoi ! En voilà du tapage… est-ce qu'on réveille les gens…

Mais il s'arrêta, confondu :

– Dieu me pardonne… en vérité, je ne rêve pas ? C'est Monsieur Decointre !… Et vous aussi, Monsieur Ganimard ? Qu'y a-t-il donc pour votre service ?

Un éclat de rire formidable jaillit. Ganimard pouffait, dans une crise d'hilarité qui le courbait en deux et lui congestionnait la face.

– C'est vous, Leroux, bégayait-il… oh ! que c'est drôle… Leroux, complice d'Arsène Lupin… ah ! j'en mourrai… et votre frère, Leroux, est-il visible ?

– Edmond, tu es là ? C'est M. Ganimard qui nous rend visite…

Un autre individu s'avança dont la vue redoubla la gaieté de Ganimard.

– Est-ce possible ! On n'a pas idée de ça ! Ah ! Mes amis, vous êtes dans de beaux draps… qui se serait jamais douté ! Heureusement que le vieux Ganimard veille, et surtout qu'il a des amis pour l'aider… des amis qui viennent de loin !

Et se tournant vers Sholmès, il présenta :

– Victor Leroux, inspecteur de la Sûreté, un des bons parmi les meilleurs de la brigade de fer… Edmond Leroux, commis principal au service anthropométrique…

Chapitre 5

Un enlèvement

Herlock Sholmès ne broncha pas. Protester ? Accuser ces deux hommes ? C'était inutile. À moins de preuves qu'il n'avait point et qu'il ne voulait pas perdre son temps à chercher, personne ne le croirait.

Tout crispé, les poings serrés, il ne songeait qu'à ne pas trahir, devant Ganimard triomphant, sa rage et sa déception. Il salua respectueusement les frères Leroux, soutiens de la société, et se retira.

Dans le vestibule il fit un crochet vers une porte basse qui indiquait l'entrée de la cave, et ramassa une petite pierre de couleur rouge : c'était un grenat.

Dehors, s'étant retourné, il lut, près du n° 40 de la maison, cette inscription : « Lucien Destange, architecte, 1877. »

Même inscription au n° 42.

« Toujours la double issue, pensa-t-il. Le 40 et le 42 communiquent. Comment n'y ai-je pas songé ? J'aurais dû rester avec les deux agents cette nuit. »

Il dit à ces hommes :

– Deux personnes sont sorties par cette porte pendant mon absence, n'est-ce pas ?

Et il désignait la porte de la maison voisine.

– Oui, un Monsieur et une dame.

Il prit le bras de l'inspecteur principal, et l'entraînant :

– Monsieur Ganimard, vous avez trop ri pour m'en vouloir beaucoup du petit dérangement que je vous ai causé…

– Oh je ne vous en veux nullement.

– N'est-ce pas ? Mais les meilleures plaisanteries n'ont qu'un temps, et je suis d'avis qu'il faut en finir.

– Je le partage.

– Nous voici au septième jour. Dans trois jours il est indispensable que je sois à Londres.

– Oh ! Oh !

– J'y serai, Monsieur, et je vous prie de vous tenir prêt dans la nuit de mardi à mercredi.

– Pour une expédition du même genre ? fit Ganimard, gouailleur.

– Oui, Monsieur, du même genre.

– Et qui se terminera ?

– Par la capture de Lupin.

– Vous croyez ?

– Je vous le jure sur l'honneur, Monsieur.

Sholmès salua et s'en fut prendre un peu de repos dans l'hôtel le plus proche ; après quoi, ragaillardi, confiant en lui-même, il retourna rue Chalgrin, glissa deux louis dans la main de la concierge, s'assura que les frères Leroux étaient partis, apprit que la maison appartenait à un M. Harmingeat, et, muni d'une bougie, descendit à la cave par la petite porte auprès de laquelle il avait ramassé le grenat.

Au bas de l'escalier il en ramassa un autre de forme identique.

– Je ne me trompais pas, pensa-t-il, c'est par là qu'on communique... voyons, ma clef passe-partout ouvre-t-elle le caveau réservé au locataire du rez-de-chaussée ? Oui.., parfait... examinons ces casiers de vin. Oh ! Oh ! Voici des places où la poussière a été enlevée... et, par terre, des empreintes de pas...

Un bruit léger lui fit prêter l'oreille. Rapidement il poussa la porte, souffla sa bougie et se dissimula derrière une pile de caisses vides. Après quelques secondes, il nota qu'un des casiers de fer pivotait doucement, entraînant avec lui tout le morceau de muraille auquel il était accroché. La lueur d'une lanterne fut projetée. Un bras apparut. Un homme entra.

Il était courbé en deux comme quelqu'un qui cherche. Du bout des doigts il remuait la poussière, et plusieurs fois il se releva et jeta quelque chose dans une boîte en carton qu'il tenait de la main gauche. Ensuite il effaça la trace de ses pas, de même que les empreintes laissées par Lupin et la Dame blonde, et il se rapprocha du casier.

255

Il eut un cri rauque et s'effondra. Sholmès avait bondi sur lui. Ce fut l'affaire d'une minute, et, de façon la plus simple du monde, l'homme se trouva étendu sur le sol, les chevilles attachées et les poignets ficelés.

L'Anglais se pencha.

– Combien veux-tu pour parler ?… pour dire ce que tu sais ?

L'homme répondit par un sourire d'une telle ironie que Sholmès comprit la vanité de sa question.

Il se contenta d'explorer les poches de son captif, mais ses investigations ne lui valurent qu'un trousseau de clefs, un mouchoir, et la petite boîte en carton dont l'individu s'était servi, et qui contenait une douzaine de grenats pareils à ceux que Sholmès avait recueillis. Maigre butin !

En outre, qu'allait-il faire de cet homme ? Attendre que ses amis vinssent à son secours et les livrer tous à la police ? À quoi bon ? Quel avantage en tirerait-il contre Lupin ?

Il hésitait, quand l'examen de la boîte le décida. Elle portait cette adresse : « Léonard, bijoutier, rue de la Paix. »

Il résolut tout simplement d'abandonner l'homme. Il repoussa le casier, ferma la cave, et sortit de la maison. D'un bureau de poste, il avertit M. Destange, par petit bleu, qu'il ne pourrait venir que le lendemain. Puis il se rendit chez le bijoutier, auquel il remit les grenats.

– Madame m'envoie pour ces pierres. Elles se sont détachées d'un bijou qu'elle a acheté ici.

Sholmès tombait juste. Le marchand répondit :

– En effet… Cette dame m'a téléphoné. Elle passera tantôt elle-même.

Ce n'est qu'à cinq heures que Sholmès, posté sur le trottoir, aperçut une dame enveloppée d'un voile épais, et dont la tournure lui sembla suspecte. À travers la vitre il put la voir qui déposait sur le comptoir un bijou ancien orné de grenats.

Elle s'en alla presque aussitôt, fit des courses à pied, monta du côté de Clichy, et tourna par des rues que l'Anglais ne connaissait pas. À la nuit tombante, il pénétrait derrière elle, et sans que la concierge l'avisât, dans une maison à cinq étages, à deux corps de bâtiment, et par conséquent à innombrables locataires. Au deuxième étage elle s'arrêta et entra. Deux minutes plus tard, l'Anglais tentait la chance, et, les unes après les autres, essayait avec précaution les clefs du trousseau dont il s'était emparé. La quatrième fit jouer la serrure.

À travers l'ombre qui les emplissait, il aperçut des pièces absolument vides comme celles d'un appartement inhabité, et dont toutes les portes étaient ouvertes. Mais au bout d'un couloir, la lueur d'une lampe filtra, et s'étant approché sur la pointe des pieds, il vit, par la glace sans tain qui séparait le salon d'une chambre contiguë, la dame voilée qui ôtait son vêtement et son chapeau, les déposait sur l'unique siège de cette chambre et s'enveloppait d'un peignoir de velours.

Et il la vit aussi s'avancer vers la cheminée et pousser le bouton d'une sonnerie électrique. Et la moitié du panneau qui s'étendait à droite de la cheminée s'ébranla, glissa selon le plan même du mur, et s'insinua dans l'épaisseur du panneau voisin.

Dès que l'entrebâillement fut assez large, la dame passa... et disparut, emportant la lampe.

Le système était simple. Sholmès l'employa.

Il marcha dans l'obscurité, à tâtons, mais tout de suite sa figure heurta des choses molles. À la flamme d'une allumette, il constata qu'il se trouvait dans un petit réduit encombré de robes et de vêtements qui étaient suspendus à des tringles. Il se fraya un passage et s'arrêta devant l'embrasure d'une porte close par une tapisserie ou du moins par l'envers d'une tapisserie. Et son allumette s'étant consumée, il aperçut de la lumière qui perçait la trame lâche et usée de la vieille étoffe.

Alors il regarda.

La Dame blonde était là, sous ses yeux, à portée de sa main.

Elle éteignit la lampe et alluma l'électricité. Pour la première fois Sholmès put voir son visage en pleine lumière. Il tressaillit. La femme qu'il avait fini par atteindre après tant de détours et de manœuvres n'était autre que Clotilde Destange.

Clotilde Destange, la meurtrière du Baron d'Hautrec et la voleuse du diamant bleu ! Clotilde Destange, la mystérieuse amie d'Arsène Lupin !

La Dame blonde enfin !

« Eh oui, parbleu, pensa-t-il, je ne suis qu'un âne bâté. Parce que l'amie de Lupin est blonde et Clotilde brune, je n'ai pas songé à rapprocher les deux femmes l'une de l'autre ! Comme si la Dame blonde pouvait rester blonde après le meurtre du Baron et le vol du diamant ! »

Sholmès voyait une partie de la pièce, élégant boudoir de femme, orné de tentures claires et de bibelots précieux. Une méridienne d'acajou s'allongeait sur une marche basse. Clotilde s'y était assise, et demeurait immobile la tête entre ses mains. Et, au bout d'un instant, il s'aperçut qu'elle pleurait. De grosses larmes coulaient sur ses joues pâles, glissaient vers sa bouche, tombaient goutte à goutte sur le velours de son corsage. Et d'autres larmes les suivaient indéfiniment, comme surgies d'une source inépuisable. Et c'était le spectacle le plus triste qui fût que ce désespoir morne et résigné qui s'exprimait par la lente coulée des larmes.

257

Mais une porte s'ouvrit derrière elle. Arsène Lupin entra.

Ils se regardèrent longtemps, sans dire une parole, puis il s'agenouilla près d'elle, lui appuya la tête sur sa poitrine, l'entoura de ses bras, et il y avait dans le geste dont il enlaçait la jeune fille une tendresse profonde et beaucoup de pitié. Ils ne bougeaient pas. Un doux silence les unit, et les larmes coulaient moins abondantes.

– J'aurais tant voulu vous rendre heureuse ! murmura-t-il.

– Je suis heureuse.

– Non, puisque vous pleurez… vos larmes me désolent, Clotilde.

Malgré tout, elle se laissait prendre au son de cette voix caressante, et elle écoutait, avide d'espoir et de bonheur. Un sourire amollit son visage, mais un sourire si triste encore ! Il la supplia :

– Ne soyez pas triste, Clotilde, vous ne devez pas l'être. Vous n'en avez pas le droit.

Elle lui montra ses mains blanches, fines et souples, et dit gravement :

– Tant que ces mains seront mes mains, je serai triste, Maxime.

– Mais pourquoi ?

– Elles ont tué.

Maxime s'écria :

– Taisez-vous ! Ne pensez pas à cela… le passé est mort, le passé ne compte pas.

Et il baisait ses longues mains pâles, et elle le regardait avec un sourire plus clair comme si chaque baiser eût effacé un peu de l'horrible souvenir.

– Il faut m'aimer, Maxime, il le faut parce qu'aucune femme ne vous aimera comme moi. Pour vous plaire, j'ai agi, j'agis encore, non pas même selon vos ordres, mais selon vos désirs secrets. J'accomplis des actes contre lesquels tous mes instincts et toute ma conscience se révoltent, mais je ne peux pas résister… tout ce que je fais, je le fais machinalement, parce que cela vous est utile, et que vous le voulez… et je suis prête à recommencer demain… et toujours.

Il dit avec amertume :

– Ah ! Clotilde, pourquoi vous ai-je mêlée à ma vie aventureuse ? J'aurais dû rester le Maxime Bermond que vous avez aimé, il y a cinq ans, et ne pas vous faire connaître… l'autre homme que je suis.

Elle dit très bas :

– J'aime aussi cet autre homme, et je ne regrette rien.

– Si, vous regrettez votre vie passée, la vie au grand jour.

– Je ne regrette rien quand vous êtes là, dit-elle passionnément ! Il n'y a plus de faute, il n'y a plus de crime quand mes yeux vous voient. Que m'importe d'être malheureuse loin de vous, et de souffrir, et de pleurer, et d'avoir horreur de tout ce que je fais… votre amour efface tout… j'accepte tout… mais il faut m'aimer !…

– Je ne vous aime pas parce qu'il le faut, Clotilde, mais pour l'unique raison que je vous aime.

– En êtes-vous sûr ? dit-elle toute confiante.

– Je suis sûr de moi comme de vous. Seulement, mon existence est violente et fiévreuse, et je ne puis pas toujours vous consacrer le temps que je voudrais.

Elle s'affola aussitôt.

– Qu'y a-t-il ? Un danger nouveau ? Vite, parlez.

– Oh ! Rien de grave encore. Pourtant…

– Pourtant ?

– Eh bien, il est sur nos traces.

– Sholmès ?

– Oui. C'est lui qui a lancé Ganimard dans l'affaire du restaurant hongrois. C'est lui qui a posté, cette nuit, les deux agents de la rue Chalgrin. J'en ai la preuve. Ganimard a fouillé la maison ce matin, et Sholmès l'accompagnait. En outre…

– En outre ?

– Eh bien, il y a autre chose : il nous manque un de nos hommes, Jeanniot.

– Le concierge ?

– Oui.

– Mais c'est moi qui l'ai envoyé ce matin, rue Chalgrin, pour ramasser des grenats qui étaient tombés de ma broche.

– Il n'y a pas de doute, Sholmès l'aura pris au piège.

– Nullement. Les grenats ont été apportés au bijoutier de la rue de la Paix.

– Alors, qu'est-il devenu depuis ?

– Oh Maxime, j'ai peur.

– Il n'y a pas de quoi s'effrayer. Mais j'avoue que la situation est très grave. Que sait-il ? Où se cache-t-il ? Sa force réside dans son isolement. Rien ne peut le trahir.

– Que décidez-vous ?

– L'extrême prudence, Clotilde. Depuis longtemps je suis résolu à changer mon installation et à la transporter là-bas, dans l'asile inviolable que vous savez. L'intervention de Sholmès brusque les choses. Quand un homme comme lui est sur une piste, on doit se dire que fatalement, il arrivera au bout de cette piste. Donc, j'ai tout préparé. Après-demain, mercredi, le déménagement aura lieu. À midi, ce sera fini. À deux heures, je pourrai moi-même quitter la place, après avoir enlevé les derniers vestiges de notre installation, ce qui n'est pas une petite affaire. D'ici là…

– D'ici là ?

– Nous ne devons pas nous voir, et personne ne doit vous voir, Clotilde. Ne sortez pas. Je ne crains rien pour moi. Je crains tout dès qu'il s'agit de vous.

– Il est impossible que cet Anglais parvienne jusqu'à moi.

– Tout est possible avec lui, et je me méfie. Hier, quand j'ai manqué d'être surpris par votre père, j'étais venu pour fouiller l'armoire qui contient les anciens registres de M. Destange. Il y a là un danger. Il y en a partout. Je devine l'ennemi qui rôde dans l'ombre et qui se rapproche de plus en plus. Je sens qu'il nous surveille… qu'il tend ses filets autour de nous. C'est là une de ces intuitions qui ne me trompent jamais.

– En ce cas, dit-elle, partez, Maxime, et ne pensez plus à mes larmes. Je serai forte, et j'attendrai que le danger soit conjuré. Adieu, Maxime.

Elle l'embrassa longuement. Et ce fut elle-même qui le poussa dehors. Sholmès entendit le son de leurs voix qui s'éloignait.

Hardiment, surexcité par ce même besoin d'agir, envers et contre tout, qui le stimulait depuis la veille, il s'engagea dans une antichambre à l'extrémité de laquelle il y avait un escalier. Mais, au moment où il allait descendre, le bruit d'une conversation partit de l'étage inférieur, et il jugea préférable de suivre un couloir circulaire qui le conduisit à un autre escalier. Au bas de cet escalier il fut très surpris de voir des meubles dont il connaissait déjà la forme et l'emplacement. Une porte était entrebâillée. Il pénétra dans une grande pièce ronde. C'était la bibliothèque de M. Destange.

« Parfait ! Admirable ! murmura-t-il, je comprends tout. Le boudoir de Clotilde, c'est-à-dire de la Dame blonde, communique avec un des appartements de la maison voisine, et cette maison voisine a sa sortie, non sur la place Malesherbes, mais sur une rue adjacente, la rue Montchanin, autant que je m'en souvienne… À merveille ! Et je m'explique comment Clotilde Destange va rejoindre son bien-aimé tout en gardant la réputation d'une personne qui ne sort jamais. Et je m'explique aussi comment Arsène Lupin a surgi près de moi, hier soir, sur la galerie : il doit y avoir une autre communication entre l'appartement voisin et cette bibliothèque… »

Et il concluait :

« Encore une maison truquée. Encore une fois, sans doute, Destange architecte ! Il s'agit maintenant de profiter de mon passage ici pour vérifier le contenu de l'armoire… et pour me documenter sur les autres maisons truquées. »

Sholmès monta sur la galerie et se dissimula derrière les étoffes de la rampe. Il y resta jusqu'à la fin de la soirée. Un domestique vint éteindre les lampes électriques. Une heure plus tard, l'Anglais fit fonctionner le ressort de sa lanterne et se dirigea vers l'armoire.

Comme il le savait, elle contenait les anciens papiers de l'architecte, dossiers, devis, livres de comptabilité. Au second plan, une série de registres, classés par ordre d'ancienneté, se dressait.

Il prit alternativement ceux des dernières années, et aussitôt il examinait la page de récapitulation, et, plus spécialement, la lettre H. Enfin, ayant découvert le mot Harmingeat, accompagné du chiffre 63, il se reporta à la page 63 et lut :

« Harmingeat, 40, rue Chalgrin. »

Suivait le détail de travaux exécutés pour ce client en vue de l'établissement d'un calorifère dans son immeuble. Et en marge, cette note : « Voir le dossier M. B. »

– Eh ! Je le sais bien, dit-il, le dossier M. B., c'est celui qu'il me faut. Par lui, je saurai le domicile actuel de M. Lupin.

Ce n'est qu'au matin que, sur la deuxième moitié d'un registre, il découvrit ce fameux dossier.

Il comportait quinze pages. L'une reproduisait la page consacrée à M. Harmingeat de la rue Chalgrin. Une autre détaillait les travaux exécutés pour M. Vatinel, propriétaire, 25, rue Clapeyron. Une autre était réservée au Baron d'Hautrec, 134, avenue Henri-Martin, une autre au château de Crozon, et les onze autres à différents propriétaires de Paris.

Sholmès copia cette liste de onze noms et de onze adresses, puis il remit les choses en place, ouvrit une fenêtre, et sauta sur la place déserte, en ayant soin de repousser les volets.

Dans sa chambre d'hôtel il alluma sa pipe avec la gravité qu'il apportait à cet acte, et, entouré de nuages de fumée, il étudia les conclusions que l'on pouvait tirer du dossier M. B., ou, pour mieux dire, du dossier Maxime Bermond, alias Arsène Lupin.

À huit heures, il envoyait à Ganimard ce pneumatique :

« Je passerai sans doute, ce matin, rue Pergolèse et vous confierai une personne dont la capture est de la plus haute importance. En tout cas, soyez chez vous cette nuit et demain mercredi jusqu'à midi, et arrangez-vous pour avoir une trentaine d'hommes à votre disposition… »

Puis il choisit sur le boulevard un fiacre automobile dont le chauffeur lui plut par sa bonne figure réjouie et peu intelligente, et se fit conduire sur la place Malesherbes, cinquante pas plus loin que l'hôtel Destange.

– Mon garçon, fermez votre voiture, dit-il au mécanicien, relevez le col de votre fourrure, car le vent est froid, et attendez patiemment. Dans une heure et demie, vous mettrez votre moteur en marche. Dès que je reviendrai, en route pour la rue Pergolèse.

Au moment de franchir le seuil de l'hôtel, il eut une dernière hésitation. N'était-ce pas une faute de s'occuper ainsi de la Dame blonde tandis que Lupin achevait ses préparatifs de départ ? Et n'aurait-il pas mieux fait, à l'aide de la liste des immeubles, de chercher tout d'abord le domicile de son adversaire ?

– Bah ? se dit-il, quand la Dame blonde sera ma prisonnière, je serai maître de la situation.

Et il sonna.

M. Destange se trouvait déjà dans la bibliothèque. Ils travaillèrent un moment et Sholmès cherchait un prétexte pour monter jusqu'à la chambre de Clotilde, lorsque la jeune fille entra, dit bonjour à son père, s'assit dans le petit salon et se mit à écrire.

De sa place, Sholmès la voyait, penchée sur la table, et qui, de temps à autre, méditait, la plume en l'air et le visage pensif. Il attendit, puis prenant un volume, il dit à M. Destange :

– Voici justement un livre que Mlle Destange m'a prié de lui apporter dès que je mettrais la main dessus.

Il se rendit dans le petit salon et se posta devant Clotilde de façon à ce que son père ne pût l'apercevoir, et il prononça :

– Je suis M. Stickmann, le nouveau secrétaire de M. Destange.

– Ah ! fit-elle sans se déranger. Mon père a donc changé de secrétaire ?

– Oui, Mademoiselle, et je désirerais vous parler.

– Veuillez vous asseoir, Monsieur, j'ai fini.

Elle ajouta quelques mots à sa lettre, la signa, cacheta l'enveloppe, repoussa ses papiers, appuya sur la sonnerie d'un téléphone, obtint la communication avec sa couturière, pria celle-ci de hâter l'achèvement d'un manteau de voyage dont elle avait un besoin urgent, et enfin se tournant vers Sholmès :

– Je suis à vous, Monsieur. Mais notre conversation ne peut-elle avoir lieu devant mon père ?

– Non, Mademoiselle, et je vous supplierai même de ne pas hausser la voix. Il est préférable que M. Destange ne nous entende point.

– Pour qui est-ce préférable ?

– Pour vous, Mademoiselle.

– Je n'admets pas de conversation que mon père ne puisse entendre.

– Il faut pourtant bien que vous admettiez celle-ci.

Ils se levèrent l'un et l'autre, les yeux croisés.

Et elle dit :

– Parlez, Monsieur.

Toujours debout, il commença :

– Vous me pardonnerez si je me trompe sur certains points secondaires. Ce que je garantis, c'est l'exactitude générale des incidents que j'expose.

– Pas de phrases, je vous prie. Des faits.

263

À cette interruption, lancée brusquement, il sentit que la jeune femme était sur ses gardes, et il reprit :

– Soit, j'irai droit au but. Donc il y a cinq ans, Monsieur votre père a eu l'occasion de rencontrer un M. Maxime Bermond, lequel s'est présenté à lui comme entrepreneur... ou architecte, je ne saurais préciser. Toujours est-il que M. Destange s'est pris d'affection pour ce jeune homme, et, comme l'état de sa santé ne lui permettait plus de s'occuper de ses affaires, il confia à M. Bermond l'exécution de quelques commandes qu'il avait acceptées de la part d'anciens clients, et qui semblaient en rapport avec les aptitudes de son collaborateur.

Herlock s'arrêta. Il lui parut que la pâleur de la jeune fille s'était accentuée. Ce fut pourtant avec le plus grand calme qu'elle prononça :

– Je ne connais pas les faits dont vous m'entretenez, Monsieur, et surtout je ne vois pas en quoi ils peuvent m'intéresser.

– En ceci, Mademoiselle, c'est que M. Maxime Bermond s'appelle de son vrai nom, vous le savez aussi bien que moi, Arsène Lupin.

Elle éclata de rire.

– Pas possible ! Arsène Lupin ? M. Maxime Bermond s'appelle Arsène Lupin ?

– Comme j'ai l'honneur de vous le dire, Mademoiselle, et puisque vous refusez de me comprendre à demi-mot, j'ajouterai qu'Arsène Lupin a trouvé ici, pour l'accomplissement de ses projets, une amie, plus qu'une amie, une complice aveugle et... passionnément dévouée.

Elle se leva, et, sans émotion, ou du moins avec si peu d'émotion que Sholmès fut frappé d'une telle maîtrise, elle déclara :

– J'ignore le but de votre conduite, Monsieur, et je veux l'ignorer. Je vous prie donc de ne pas ajouter un mot et de sortir d'ici.

– Je n'ai jamais eu l'intention de vous imposer ma présence indéfiniment, répondit Sholmès, aussi paisible qu'elle. Seulement j'ai résolu de ne pas sortir seul de cet hôtel.

– Et qui donc vous accompagnera, Monsieur ?

– Vous !

– Moi ?

– Oui, Mademoiselle, nous sortirons ensemble de cet hôtel, et vous me suivrez, sans une protestation, sans un mot.

Ce qu'il y avait d'étrange dans cette scène, c'était le calme absolu des deux adversaires. Plutôt qu'un duel implacable entre deux volontés puissantes, on eût dit, à leur attitude, au ton de leurs voix, le débat courtois de deux personnes qui ne sont pas du même avis.

Dans la rotonde, par la baie grande ouverte, on apercevait M. Destange qui maniait ses livres avec des gestes mesurés.

Clotilde se rassit en haussant légèrement les épaules. Herlock tira sa montre.

– Il est dix heures et demie. Dans cinq minutes nous partons.

– Sinon ?

– Sinon, je vais trouver M. Destange, et je lui raconte…

– Quoi ?

– La vérité. Je lui raconte la vie mensongère de Maxime Bermond, et je lui raconte la double vie de sa complice.

– De sa complice ?

– Oui, de celle que l'on appelle la Dame blonde, de celle qui fut blonde.

– Et quelles preuves lui donnerez-vous ?

– Je l'emmènerai rue Chalgrin, et je lui montrerai le passage qu'Arsène Lupin, profitant des travaux dont il avait la direction, a fait pratiquer par ses hommes entre le 40 et le 42, le passage qui vous a servi à tous les deux, l'avant-dernière nuit.

–Après ?

– Après, j'emmènerai M. Destange chez Maître Detinan, nous descendrons l'escalier de service par lequel vous êtes descendue avec Arsène Lupin pour échapper à Ganimard. Et nous chercherons tous deux la communication sans doute analogue qui existe avec la maison voisine, maison dont la sortie donne sur le boulevard des Batignolles et non sur la rue Clapeyron ?

– Après ?

– Après, j'emmènerai M. Destange au château de Crozon, et il lui sera facile, à lui qui sait le genre de travaux exécutés par Arsène Lupin lors de la restauration de ce château, de découvrir les passages secrets qu'Arsène Lupin a fait pratiquer par ses hommes. Il constatera que ces passages ont permis à la Dame blonde de s'introduire, la nuit, dans la chambre de la

265

comtesse et d'y prendre sur la cheminée le diamant bleu, puis, deux semaines plus tard, de s'introduire dans la chambre du conseiller Bleichen et de cacher ce diamant bleu au fond d'un flacon… acte assez bizarre, je l'avoue, petite vengeance de femme peut-être, je ne sais, cela n'importe point.

– Après ?

– Après, fit Herlock d'une voix plus grave, j'emmènerai M. Destange au 134 avenue Henri-Martin, et nous chercherons comment le Baron d'Hautrec…

– Taisez-vous, taisez-vous, balbutia la jeune fille, avec un effroi soudain… je vous défends ! … Alors vous osez dire que c'est moi… vous m'accusez…

– Je vous accuse d'avoir tué le Baron d'Hautrec.

– Non, non, c'est une infamie.

– Vous avez tué le Baron d'Hautrec, Mademoiselle. Vous étiez entrée à son service sous le nom d'Antoinette Bréhat, dans le but de lui ravir le diamant bleu, et vous l'avez tué.

De nouveau elle murmura, brisée, réduite à la prière :

– Taisez-vous, Monsieur, je vous en supplie. Puisque vous savez tant de choses, vous devez savoir que je n'ai pas assassiné le Baron.

– Je n'ai pas dit que vous l'aviez assassiné, Mademoiselle. Le Baron d'Hautrec était sujet à des accès de folie que, seule, la sœur Auguste pouvait maîtriser. Je tiens ce détail d'elle-même. En l'absence de cette personne, il a dû se jeter sur vous, et c'est au cours de la lutte, pour défendre votre vie, que vous l'avez frappé. Épouvantée par un tel acte, vous avez sonné et vous vous êtes enfuie sans même arracher du doigt de votre victime ce diamant bleu que vous étiez venue prendre. Un instant après vous rameniez un des complices de Lupin, domestique dans la maison voisine, vous transportiez le Baron sur son lit, vous remettiez la chambre en ordre… mais toujours sans oser prendre le diamant bleu. Voilà ce qui s'est passé. Donc, je le répète, vous n'avez pas assassiné le Baron. Cependant ce sont bien vos mains qui l'ont frappé.

Elle les avait croisées sur son front, ses longues mains fines et pâles, et elle les garda longtemps ainsi, immobiles. Enfin, déliant ses doigts, elle découvrit son visage douloureux et prononça :

– Et c'est tout cela que vous avez l'intention de dire à mon père ?

– Oui, et je lui dirai que j'ai comme témoins Mlle Gerbois, qui reconnaîtra la Dame blonde, la sœur Auguste qui reconnaîtra Antoinette Bréhat, la comtesse de Crozon qui reconnaîtra Mme de Réal. Voilà ce que je lui dirai.

– Vous n'oserez pas, dit-elle, recouvrant son sang-froid devant la menace d'un péril immédiat.

Il se leva et fit un pas vers la bibliothèque. Clotilde l'arrêta :

– Un instant, Monsieur.

Elle réfléchit, maîtresse d'elle-même maintenant, et, fort calme, lui demanda :

– Vous êtes Herlock Sholmès, n'est-ce pas ?

– Oui.

– Que voulez-vous de moi ?

– Ce que je veux ? J'ai engagé contre Arsène Lupin un duel dont il faut que je sorte vainqueur. Dans l'attente d'un dénouement qui ne saurait tarder beaucoup, j'estime qu'un otage aussi précieux que vous me donne sur mon adversaire un avantage considérable. Donc, vous me suivrez, Mademoiselle, je vous confierai à quelqu'un de mes amis. Dès que mon but sera atteint, vous serez libre.

– C'est tout ?

– C'est tout, je ne fais pas partie de la police de votre pays, et je ne me sens par conséquent aucun droit… de justicier.

Elle semblait résolue. Cependant elle exigea encore un moment de répit. Ses yeux se fermèrent, et Sholmès la regardait, si tranquille soudain, presque indifférente aux dangers qui l'entouraient.

« Et même, songeait l'Anglais, se croit-elle en danger ? Mais non, puisque Lupin la protège. Avec Lupin rien ne peut vous atteindre. Lupin est tout-puissant, Lupin est infaillible. »

– Mademoiselle, dit-il, j'ai parlé de cinq minutes, il y en a plus de trente.

– Me permettez-vous de monter dans ma chambre, Monsieur, et d'y prendre mes affaires ?

– Si vous le désirez, Mademoiselle, j'irai vous attendre rue Montchanin. Je suis un excellent ami du concierge Jeanniot.

– Ah ! vous savez… fit-elle avec un effroi visible.

– Je sais bien des choses.

– Soit. Je sonnerai donc.

On lui apporta son chapeau et son vêtement, et Sholmès lui dit :

– Il faut que vous donniez à M. Destange une raison qui explique notre départ, et que cette raison puisse au besoin expliquer votre absence pendant quelques jours.

– C'est inutile. Je serai ici tantôt.

De nouveau ils se défièrent du regard, ironiques tous deux et souriants.

– Comme vous êtes sûre de lui dit Sholmès.

– Aveuglément.

– Tout ce qu'il fait est bien, n'est-ce pas ? Tout ce qu'il veut se réalise. Et vous approuvez tout, et vous êtes prête à tout pour lui.

– Je l'aime, dit-elle, frissonnante de passion.

– Et vous croyez qu'il vous sauvera ?

Elle haussa les épaules et, s'avançant vers son père, elle le prévint.

– Je t'enlève M. Stickmann. Nous allons à la Bibliothèque nationale.

– Tu rentres déjeuner ?

– Peut-être… ou plutôt non… mais ne t'inquiète pas…

Et elle déclara fermement à Sholmès :

– Je vous suis, Monsieur.

– Sans arrière-pensée ?

– Les yeux fermés.

– Si vous tentez de vous échapper, j'appelle, je crie, on vous arrête, et c'est la prison. N'oubliez pas que la Dame blonde est sous le coup d'un mandat.

– Je vous jure sur l'honneur que je ne ferai rien pour m'échapper.

– Je vous crois. Marchons.

Ensemble, comme il l'avait prédit, tous deux quittèrent l'hôtel.

Sur la place, l'automobile stationnait, tournée dans le sens opposé. On voyait le dos du mécanicien et sa casquette que recouvrait presque le col de sa fourrure. En approchant, Sholmès entendit le ronflement du moteur. Il ouvrit la portière, pria Clotilde de monter et s'assit auprès d'elle.

La voiture démarra brusquement, gagna les boulevards extérieurs, l'avenue Hoche, l'avenue de la Grande-Armée.

Herlock, pensif, combinait ses plans.

« Ganimard est chez lui… je laisse la jeune fille entre ses mains… lui dirai-je qui est cette jeune fille ? Non, il la mènerait droit au Dépôt, ce qui dérangerait tout. Une fois seul, je consulte la liste du dossier M. B., et je me mets en chasse. Et cette nuit, ou demain matin au plus tard, je vais trouver Ganimard comme il est convenu, et je lui livre Arsène Lupin et sa bande… »

Il se frotta les mains, heureux de sentir enfin le but à sa portée et de voir qu'aucun obstacle sérieux ne l'en séparait. Et, cédant à un besoin d'expansion qui contrastait avec sa nature, il s'écria :

– Excusez-moi, Mademoiselle, si je montre tant de satisfaction. La bataille fut pénible, et le succès m'est particulièrement agréable.

– Succès légitime, Monsieur, et dont vous avez le droit de vous réjouir.

– Je vous remercie. Mais quelle drôle de route nous prenons ! Le chauffeur n'a donc pas entendu ?

À ce moment, on sortait de Paris par la porte de Neuilly. Que diable pourtant, la rue Pergolèse n'était pas en dehors des fortifications.

Sholmès baissa la glace.

– Dites donc, chauffeur, vous vous trompez… rue Pergolèse !…

L'homme ne répondit pas. Il répéta, d'un ton plus élevé :

– Je vous dis d'aller rue Pergolèse.

L'homme ne répondit point.

– Ah ! ça, mais vous êtes sourd, mon ami. Ou vous y mettez de la mauvaise volonté… nous n'avons rien à faire par ici… rue Pergolèse ! Je vous ordonne de rebrousser chemin, et au plus vite.

Toujours le même silence. L'Anglais frémit d'inquiétude. Il regarda Clotilde : un sourire indéfinissable plissait les lèvres de la jeune fille.

– Pourquoi riez-vous ? maugréa-t-il… cet incident n'a aucun rapport… cela ne change rien aux choses…

– Absolument rien, répondit-elle.

Tout à coup une idée le bouleversa. Se levant à moitié, il examina plus attentivement l'homme qui se trouvait sur le siège. Les épaules étaient plus minces, l'attitude plus dégagée… une sueur froide le couvrit, ses mains se crispèrent, tandis que la plus effroyable conviction s'imposait à son esprit : cet homme, c'était Arsène Lupin.

– Eh bien, Monsieur Sholmès, que dites-vous de cette petite promenade ?

– Délicieuse, cher Monsieur, vraiment délicieuse, riposta Sholmès.

Jamais peut-être il ne lui fallut faire sur lui-même un effort plus terrible que pour articuler ces paroles sans un frémissement dans la voix, sans rien qui pût indiquer le déchaînement de tout son être. Mais aussitôt, par une sorte de réaction formidable, un flot de rage et de haine brisa les digues, emporta sa volonté, et, d'un geste brusque tirant son revolver, il le braqua sur Mlle Destange.

– À la minute même, à la seconde, arrêtez, Lupin, ou je fais feu sur Mademoiselle.

– Je vous recommande de viser la joue si vous voulez atteindre la tempe, répondit Lupin sans tourner la tête.

Clotilde prononça :

– Maxime, n'allez pas trop vite, le pavé est glissant, et je suis très peureuse.

Elle souriait toujours, les yeux fixés aux pavés, dont la route se hérissait devant la voiture.

– Qu'il arrête ! Qu'il arrête donc ! lui dit Sholmès, fou de colère, vous voyez bien que je suis capable de tout !

Le canon du revolver frôla les boucles de cheveux.

Elle murmura :

– Ce Maxime est d'une imprudence ! À ce train-là nous sommes sûrs de déraper.

Sholmès remit l'arme dans sa poche et saisit la poignée de la portière, prêt à s'élancer, malgré l'absurdité d'un pareil acte.

Clotilde lui dit :

– Prenez garde, Monsieur, il y a une automobile derrière nous.

Il se pencha. Une voiture les suivait en effet, énorme, farouche d'aspect avec sa proue aiguë, couleur de sang, et les quatre hommes en peau de bête qui la montaient.

« Allons, pensa-t-il, je suis bien gardé, patientons. »

Il croisa les bras sur sa poitrine, avec cette soumission orgueilleuse de ceux qui s'inclinent et qui attendent quand le destin se tourne contre eux. Et tandis que l'on traversait la Seine et que l'on brûlait Suresnes, Rueil, Chatou, immobile, résigné, maître de sa colère et sans amertume ; il ne songeait plus qu'à découvrir par quel miracle Arsène Lupin s'était substitué au chauffeur. Que le brave garçon qu'il avait choisi le matin sur le boulevard pût être un complice placé là d'avance, il ne l'admettait pas. Pourtant il fallait bien qu'Arsène Lupin eût été prévenu, et il ne pouvait l'avoir été qu'après le moment où, lui, Sholmès avait menacé Clotilde, puisque personne, auparavant, ne soupçonnait son projet. Or, depuis ce moment, Clotilde et lui ne s'étaient point quittés.

Un souvenir le frappa : la communication téléphonique demandée par la jeune fille, sa conversation avec la couturière. Et tout de suite il comprit. Avant même qu'il n'eût parlé, à la seule annonce de l'entretien qu'il sollicitait comme nouveau secrétaire de M. Destange, elle avait flairé le péril, deviné le nom et le but du visiteur, et, froidement, naturellement, comme si elle accomplissait bien en réalité l'acte qu'elle semblait accomplir, elle avait appelé Lupin à son secours, sous le couvert d'un fournisseur, et en se servant de formules convenues entre eux.

Comment Arsène Lupin était venu, comment cette automobile en station, dont le moteur trépidait, lui avait paru suspecte, comment il avait soudoyé le mécanicien, tout cela importait peu. Ce qui passionnait Sholmès au point d'apaiser sa fureur, c'était l'évocation de cet instant, où une simple femme, une amoureuse il est vrai, domptant ses nerfs, écrasant son instinct, immobilisant les traits de son visage, soumettant l'expression de ses yeux, avait donné le change au vieux Herlock Sholmès.

Que faire contre un homme servi par de tels auxiliaires, et qui, par le seul ascendant de son autorité, insufflait à une femme de telles provisions d'audace et d'énergie ?

On franchit la Seine et l'on escalada la côte de Saint-Germain ; mais, à cinq cents mètres au-delà de cette ville, le fiacre ralentit. L'autre voiture vint à sa hauteur, et toutes deux s'arrêtèrent. Il n'y avait personne aux alentours.

– Monsieur Sholmès, dit Lupin, ayez l'obligeance de changer de véhicule. Le nôtre est vraiment d'une lenteur !…

– Comment donc ! s'écria Sholmès, d'autant plus empressé qu'il n'avait pas le choix.

– Vous me permettrez aussi de vous prêter cette fourrure, car nous irons assez vite, et de vous offrir ces deux sandwichs… Si, si, acceptez, qui sait quand vous dînerez !

Les quatre hommes étaient descendus. L'un d'eux s'approcha, et comme il avait retiré les lunettes qui le masquaient, Sholmès reconnut le Monsieur en redingote du restaurant hongrois. Lupin lui dit :

– Vous reconduirez ce fiacre au chauffeur à qui je l'ai loué. Il attend dans le premier débit de vins à droite de la rue Legendre. Vous lui ferez le second versement de mille francs promis. Ah ! j'oubliais, veuillez donner vos lunettes à M. Sholmès.

Il s'entretint avec Mlle Destange, puis s'installa au volant et partit, Sholmès à ses côtés, et, derrière lui, un de ses hommes.

Lupin n'avait pas exagéré en disant qu'on irait « assez vite ». Dès le début ce fut une allure vertigineuse. L'horizon venait à leur rencontre, comme attiré par une force mystérieuse, et il disparaissait à l'instant comme absorbé par un abîme vers lequel d'autres choses aussitôt, arbres, maisons, plaines et forêts, se précipitaient avec la hâte tumultueuse d'un torrent qui sent l'approche du gouffre.

Sholmès et Lupin n'échangeaient pas une parole. Au-dessus de leurs têtes, les feuilles des peupliers faisaient un grand bruit de vagues, bien rythmé par l'espacement régulier des arbres. Et les villes s'évanouirent : Mantes, Vernon, Gaillon. D'une colline à l'autre, de Bon-Secours à Canteleu, Rouen, sa banlieue, son port, ses kilomètres de quais, Rouen ne sembla que la rue d'une bourgade. Et ce fut Duclair, Caudebec, le pays de Caux dont ils effleurèrent les ondulations de leur vol puissant, et Lillebonne, et Quillebeuf. Et voilà qu'ils se trouvèrent soudain au bord de la Seine, à l'extrémité d'un petit quai, au bord duquel s'allongeait un yacht sobre et robuste de lignes, et dont la cheminée lançait des volutes de fumée noire.

La voiture stoppa. En deux heures, ils avaient parcouru plus de quarante lieues.

Un homme s'avança en vareuse bleue, la casquette galonnée d'or et salua.

– Parfait, capitaine ! s'écria Lupin. Vous avez reçu la dépêche ?

– Je l'aie reçue.

– L'Hirondelle est prête ?

– L'Hirondelle est prête.

– En ce cas, Monsieur Sholmès ?

L'Anglais regarda autour de lui, vit un groupe de personnes à la terrasse d'un café, un autre plus près, un instant, puis comprenant qu'avant toute intervention, il serait happé, embarqué, expédié à fond de cale, il traversa la passerelle et suivit Lupin dans la cabine du capitaine.

Elle était vaste, d'une propreté méticuleuse, et toute claire du vernis de ses lambris et de l'étincellement de ses cuivres.

Lupin referma la porte et, sans préambule, presque brutalement, il dit à Sholmès :

– Que savez-vous au juste ?

– Tout.

– Tout ? Précisez.

Il n'y avait plus dans l'intonation de sa voix cette politesse un peu ironique qu'il affectait à l'égard de l'Anglais. C'était l'accent impérieux du maître qui a l'habitude de commander et l'habitude que tout le monde plie devant lui, fût-ce un Herlock Sholmès.

Ils se mesurèrent du regard, ennemis maintenant, ennemis déclarés et frémissants. Un peu énervé, Lupin reprit :

– Voilà plusieurs fois, Monsieur, que je vous rencontre sur mon chemin. C'est autant de fois de trop, et j'en ai assez de perdre mon temps à déjouer les pièges que vous me tendez. Je vous préviens donc que ma conduite avec vous dépendra de votre réponse. Que savez-vous au juste ?

– Tout, Monsieur, je vous le répète.

Arsène Lupin se contint et d'un ton saccadé :

– Je vais vous le dire, moi, ce que vous savez. Vous savez que, sous le nom de Maxime Bermond, j'ai… retouché quinze maisons construites par M. Destange.

– Oui.

– Sur ces quinze maisons, vous en connaissez quatre.

– Oui.

– Et vous avez la liste des onze autres.

273

– Oui.

– Vous avez pris cette liste chez M. Destange, cette nuit sans doute.

– Oui.

– Et comme vous supposez que, parmi ces onze immeubles, il y en a fatalement un que j'ai gardé pour moi, pour mes besoins et pour ceux de mes amis, vous avez confié à Ganimard le soin de se mettre en campagne et de découvrir ma retraite.

– Non.

– Ce qui signifie ?

– Ce qui signifie que j'agis seul, et que j'allais me mettre, seul, en campagne.

– Alors, je n'ai rien à craindre, puisque vous êtes entre mes mains.

– Vous n'avez rien à craindre tant que je serai entre vos mains.

– C'est-à-dire que vous n'y resterez pas ?

– Non.

Arsène Lupin se rapprocha encore de l'Anglais, et lui posant très doucement la main sur l'épaule :

– Écoutez, Monsieur, je ne suis pas en humeur de discuter, et vous n'êtes pas, malheureusement pour vous, en état de me faire échec. Donc, finissons-en.

– Finissons-en.

– Vous allez me donner votre parole d'honneur de ne pas chercher à vous échapper de ce bateau avant d'être dans les eaux anglaises.

– Je vous donne ma parole d'honneur de chercher par tous les moyens à m'échapper, répondit Sholmès, indomptable.

– Mais, sapristi, vous savez pourtant que je n'ai qu'un mot à dire pour vous réduire à l'impuissance. Tous ces hommes m'obéissent aveuglément. Sur un signe de moi, ils vous mettent une chaîne au cou…

– Les chaînes se cassent.

– … Et vous jettent par-dessus bord à dix milles des côtes.

– Je sais nager.

– Bien répondu, s'écria Lupin en riant. Dieu me pardonne, j'étais en colère. Excusez-moi, maître… et concluons. Admettez-vous que je cherche les mesures nécessaires à ma sécurité et à celle de mes amis ?

– Toutes les mesures. Mais elles sont inutiles.

– D'accord. Cependant vous ne m'en voudrez pas de les prendre.

– C'est votre devoir. Allons-y.

Lupin ouvrit la porte et appela le capitaine et deux matelots. Ceux-ci saisirent l'Anglais, et après l'avoir fouillé lui ficelèrent les jambes et l'attachèrent à la couchette du capitaine.

– Assez ! ordonna Lupin. En vérité, il faut votre obstination, Monsieur, et la gravité exceptionnelle des circonstances, pour que j'ose me permettre…

Les matelots se retirèrent. Lupin dit au capitaine :

– Capitaine, un homme d'équipage restera ici à la disposition de M. Sholmès, et vous-même lui tiendrez compagnie autant que possible. Qu'on ait pour lui tous les égards. Ce n'est pas un prisonnier, mais un hôte. Quelle heure est-il à votre montre, capitaine ?

– Deux heures cinq.

Lupin consulta sa montre, puis une pendule accrochée à la cloison de la cabine.

– Deux heures cinq ?… nous sommes d'accord. Combien de temps vous faut-il pour aller à Southampton ?

– Neuf heures, sans nous presser.

– Vous en mettrez onze. Il ne faut pas que vous touchiez terre avant le départ du paquebot qui laisse Southampton à minuit et qui arrive au Havre à huit heures du matin. Vous entendez, n'est-ce pas, capitaine ? Je me répète : comme il serait infiniment dangereux pour nous tous que Monsieur revînt en France par ce bateau, il ne faut pas que vous arriviez à Southampton avant une heure du matin.

– C'est compris.

– Je vous salue, Maître. À l'année prochaine, dans ce monde ou dans l'autre.

– À demain.

Quelques minutes plus tard Sholmès entendit l'automobile qui s'éloignait, et tout de suite, aux profondeurs de L'Hirondelle, la vapeur haleta plus violemment. Le bateau démarrait.

Vers trois heures on avait franchi l'estuaire de la Seine et l'on entrait en pleine mer. À ce moment, étendu sur la couchette où il était lié, Herlock Sholmès dormait profondément.

Le lendemain matin, dixième et dernier jour de la guerre engagée par les deux grands rivaux, l'*Écho de France* publiait ce délicieux entrefilet :

« Hier un décret d'expulsion a été pris par Arsène Lupin contre Herlock Sholmès, détective anglais. Signifié à midi, le décret était exécuté le jour même. À une heure du matin, Sholmès a été débarqué à Southampton. »

Chapitre 6

La seconde arrestation d'Arsène Lupin

Dès huit heures, douze voitures de déménagement encombrèrent la rue Crevaux, entre l'avenue du Bois-de-Boulogne et l'avenue Bugeaud. M. Félix Davey quittait l'appartement qu'il occupait au quatrième étage du n° 8. Et M. Dubreuil, expert, qui avait réuni en un seul appartement le cinquième étage de la même maison et le cinquième étage des deux maisons contiguës, expédiait le même jour – pure coïncidence, puisque ces messieurs ne se connaissaient pas – les collections de meubles pour lesquelles tant de correspondants étrangers lui rendaient quotidiennement visite.

Détail qui fut remarqué dans le quartier, mais dont on ne parla que plus tard, aucune des douze voitures ne portait le nom et l'adresse du déménageur, et aucun des hommes qui les accompagnaient ne s'attarda dans les débits avoisinants. Ils travaillèrent si bien qu'à onze heures tout était fini. Il ne restait plus rien que ces monceaux de papiers et de chiffons qu'on laisse derrière soi, aux coins des chambres vides.

M. Félix Davey, jeune homme élégant, vêtu selon la mode la plus raffinée, mais qui portait à la main une canne d'entraînement dont le poids indiquait chez son possesseur un biceps peu ordinaire, M. Félix Davey s'en alla tranquillement et s'assit sur le banc de l'allée transversale qui coupe l'avenue du Bois, en face de la rue Pergolèse. Près de lui, une femme, en tenue de petite bourgeoise, lisait son journal, tandis qu'un enfant jouait à creuser avec sa pelle un tas de sable.

Au bout d'un instant Félix Davey dit à la femme, sans tourner la tête :

– Ganimard ?

– Parti depuis ce matin neuf heures.

– Où ?

– À la Préfecture de police.

– Seul ?

– Seul.

– Pas de dépêche cette nuit ?

– Aucune.

– On a toujours confiance en vous dans la maison ?

– Toujours. Je rends de petits services à Mme Ganimard, et elle me raconte tout ce que fait son mari… nous avons passé la matinée ensemble.

– C'est bien. Jusqu'à nouvel ordre, continuez à venir ici, chaque jour, à onze heures.

Il se leva et se rendit, près de la porte Dauphine, au Pavillon chinois où il prit un repas frugal, deux œufs, des légumes et des fruits. Puis il retourna rue Crevaux et dit à la concierge :

– Je jette un coup d'œil là-haut, et je vous rends les clefs.

Il termina son inspection par la pièce qui lui servait de cabinet de travail. Là, il saisit l'extrémité d'un tuyau de gaz dont le coude était articulé et qui pendait le long de la cheminée enleva le bouchon de cuivre qui le fermait, adapta un petit appareil en forme de cornet, et souffla.

Un léger coup de sifflet lui répondit. Portant le tuyau à sa bouche, il murmura :

– Personne, Dubreuil ?

– Personne.

– Je peux monter ?

– Oui.

Il remit le tuyau à sa place, tout en se disant :

« Jusqu'où va le progrès ? Notre siècle fourmille de petites inventions qui rendent vraiment la vie charmante et pittoresque. Et si amusante ! … Surtout quand on sait jouer à la vie comme moi. »

Il fit pivoter une des moulures de marbre de la cheminée. La plaque de marbre elle-même bougea, et la glace qui la surmontait glissa sur d'invisibles rainures, démasquant une ouverture béante où reposaient les premières marches d'un escalier construit dans le corps même de la cheminée ; tout cela bien propre, en fonte soigneusement astiquée et en carreaux de porcelaine blanche.

Il monta. Au cinquième étage, même orifice au-dessus de la cheminée. M. Dubreuil attendait.

– C'est fini, chez vous ?

– C'est fini.

– Tout est débarrassé ?

– Entièrement.

– Le personnel ?

– Il n'y a plus que les trois hommes de garde.

– Allons-y.

L'un après l'autre ils montèrent par le même chemin jusqu'à l'étage des domestiques, et débouchèrent dans une mansarde où se trouvaient trois individus dont l'un regardait par la fenêtre.

– Rien de nouveau ?

– Rien, patron.

– La rue est calme ?

– Absolument.

– Encore dix minutes et je pars définitivement… vous partirez aussi. D'ici là, au moindre mouvement suspect dans la rue, avertissez-moi.

– J'ai toujours le doigt sur la sonnerie d'alarme, patron.

– Dubreuil, vous aviez recommandé à nos déménageurs de ne pas toucher aux fils de cette sonnerie ?

– Certes, elle fonctionne à merveille.

– Alors je suis tranquille.

Ces deux messieurs redescendirent jusqu'à l'appartement de Félix Davey. Et celui-ci, après avoir rajusté la moulure de marbre, s'exclama joyeusement :

– Dubreuil, je voudrais voir la tête de ceux qui découvriront tous ces admirables trucs, timbres d'avertissement, réseau de fils électriques et de tuyaux acoustiques, passages invisibles, lames de parquets qui glissent, escaliers dérobés… une vraie machination pour féerie !

– Quelle réclame pour Arsène Lupin !

– Une réclame dont on se serait bien passé. Dommage de quitter une pareille installation. Tout est à recommencer, Dubreuil… et sur un nouveau modèle, évidemment, car il ne faut jamais se répéter. Peste soit du Sholmès !

– Toujours pas revenu, le Sholmès ?

– Et comment ? De Southampton, un seul paquebot, celui de minuit. Du Havre, un seul train, celui de huit heures du matin qui arrive à onze heures onze. Du moment qu'il n'a pas pris le paquebot de minuit – et il ne l'a pas pris, les instructions données au capitaine étant formelles – il ne pourra être en France que ce soir, via Newhaven et Dieppe.

– S'il revient !

– Sholmès n'abandonne jamais la partie. Il reviendra, mais trop tard. Nous serons loin.

– Et Mlle Destange ?

– Je dois la retrouver dans une heure.

– Chez elle ?

– Oh ! Non, elle ne rentrera chez elle que dans quelques jours, après la tourmente… et lorsque je n'aurai plus à m'occuper que d'elle. Mais, vous, Dubreuil, il faut vous hâter. L'embarquement de tous nos colis sera long, et votre présence est nécessaire sur le quai.

– Vous êtes sûr que nous ne sommes pas surveillés ?

– Par qui ? Je ne craignais que Sholmès.

Dubreuil se retira. Félix Davey fit un dernier tour, ramassa deux ou trois lettres déchirées, puis, apercevant un morceau de craie, il le prit, dessina sur le papier sombre de la salle à manger un grand cadre, et inscrivit, ainsi que l'on fait sur une plaque commémorative :

« ICI HABITA, DURANT CINQ ANNÉES, AU DÉBUT DU XXème SIÈCLE, ARSÈNE LUPIN, GENTILHOMME-CAMBRIOLEUR. »

Cette petite plaisanterie parut lui causer une vive satisfaction. Il la contempla en sifflotant un air d'allégresse, et s'écria :

– Maintenant que je suis en règle avec les historiens des générations futures, filons. Dépêchez-vous, maître Herlock Sholmès, avant trois minutes j'aurai quitté mon gîte, et votre défaite sera totale… encore deux minutes ! Vous me faites attendre, maître !… Encore une minute ! Vous ne venez pas ? Eh bien, je proclame votre déchéance et mon apothéose. Sur quoi, je m'esquive. Adieu, royaume d'Arsène Lupin ! Je ne vous verrai plus. Adieu les cinquante-cinq pièces des six appartements sur lesquels je régnais ! Adieu, ma chambrette, mon austère chambrette !

Une sonnerie coupa net son accès de lyrisme, une sonnerie aiguë, rapide et stridente, qui s'interrompit deux fois, reprit deux fois et cessa. C'était la sonnerie d'alarme.

Qu'y avait-il donc ? Quel danger imprévu ? Ganimard ? Mais non…

Il fut sur le point de regagner son bureau et de s'enfuir. Mais d'abord il se dirigea du côté de la fenêtre. Personne dans la rue. L'ennemi serait-il donc déjà dans la maison ? Il écouta et crut discerner des rumeurs confuses. Sans plus hésiter, il courut jusqu'à son cabinet de travail, et, comme il en franchissait le seuil, il distingua le bruit d'une clef que l'on cherchait à introduire dans la porte du vestibule.

– Diable, murmura-t-il, il n'est que temps. La maison est peut-être cernée… l'escalier de service, impossible. Heureusement que la cheminée…

Il poussa vivement la moulure : elle ne bougea pas. Il fit un effort plus violent : elle ne bougea pas.

Au même moment il eut l'impression que la porte s'ouvrait là-bas et que des pas résonnaient.

– Sacré nom, jura-t-il, je suis perdu si ce fichu mécanisme…

Ses doigts se convulsèrent autour de la moulure. De tout son poids il pesa. Rien ne bougea. Rien ! Par une malchance incroyable, par une méchanceté vraiment effarante du destin, le mécanisme, qui fonctionnait encore un instant auparavant, ne fonctionnait plus !

Il s'acharna, se crispa. Le bloc de marbre demeurait inerte, immuable. Malédiction ! Était-il admissible que cet obstacle stupide lui barrât le chemin ? Il frappa le marbre, il le frappa à coups de poing rageurs, il le martela, il l'injuria…

– Eh bien, quoi, Monsieur Lupin, il y a donc quelque chose qui ne marche pas comme il vous plaît ?

Lupin se retourna, secoué d'épouvante. Herlock Sholmès était devant lui !

Herlock Sholmès ! Il le regarda en clignant des yeux, comme gêné par une vision cruelle. Herlock Sholmès à Paris ! Herlock Sholmès qu'il avait expédié la veille en Angleterre ainsi qu'un colis dangereux, et qui se dressait en face de lui, victorieux et libre ! Ah ! pour que cet impossible miracle se fût réalisé malgré la volonté d'Arsène Lupin, il fallait un bouleversement des lois naturelles, le triomphe de tout ce qui est illogique et anormal ! Herlock Sholmès en face de lui !

Et l'Anglais prononça, ironique à son tour, et plein de cette politesse dédaigneuse avec laquelle son adversaire l'avait si souvent cinglé :

– Monsieur Lupin, je vous avertis qu'à partir de cette minute, je ne penserai plus jamais à la nuit que vous m'avez fait passer dans l'hôtel du Baron d'Hautrec, plus jamais aux mésaventures de mon ami Wilson, plus jamais à mon enlèvement en automobile, et non plus à ce voyage que je viens d'accomplir, ficelé par vos ordres sur une couchette peu confortable. Cette minute efface tout. Je ne me souviens plus de rien. Je suis payé. Je suis royalement payé.

Lupin garda le silence. L'Anglais reprit :

– N'est-ce pas votre avis ?

Il avait l'air d'insister comme s'il eût réclamé un acquiescement, une sorte de quittance à l'égard du passé.

Après un instant de réflexion, durant lequel l'Anglais se sentit pénétré, scruté jusqu'au plus profond de son âme, Lupin déclara :

– Je suppose, Monsieur, que votre conduite actuelle s'appuie sur des motifs sérieux ?

– Extrêmement sérieux.

– Le fait d'avoir échappé à mon capitaine et à mes matelots n'est qu'un incident secondaire de notre lutte. Mais le fait d'être ici, devant moi, seul, vous entendez, seul en face d'Arsène Lupin, me donne à croire que votre revanche est aussi complète que possible.

– Aussi complète que possible.

– Cette maison ?

– Cernée.

– Les deux maisons voisines ?

– Cernées.

– L'appartement au-dessus de celui-ci ?

– Les trois appartements du cinquième que M. Dubreuil occupait, cernés.

– De sorte que…

– De sorte que vous êtes pris, Monsieur Lupin, irrémédiablement pris.

Les mêmes sentiments qui avaient agité Sholmès au cours de sa promenade en automobile, Lupin les éprouva, la même fureur concentrée, la même révolte – mais aussi, en fin de compte – la même loyauté le courba sous la force des choses. Tous deux également puissants, ils devaient pareillement accepter la défaite comme un mal provisoire auquel on doit se résigner.

– Nous sommes quittes, Monsieur, dit-il nettement.

L'Anglais sembla ravi de cet aveu. Ils se turent. Puis Lupin reprit, déjà maître de lui et souriant :

– Et je n'en suis pas fâché ! Cela devenait fastidieux de gagner à tous coups. Je n'avais qu'à allonger le bras pour vous atteindre en pleine poitrine. Cette fois, j'y suis. Touché, maître !

Il riait de bon cœur.

– Enfin on va se divertir ! Lupin est dans la souricière. Comment va t-il sortir de là ? Dans la souricière ! … Quelle aventure … ah maître, je vous dois une rude émotion. C'est cela, la vie !

Il se pressa les tempes de ses deux poings fermés, comme pour comprimer la joie désordonnée qui bouillonnait en lui, et il avait aussi des gestes d'enfant qui décidément s'amuse au-delà de ses forces.

Enfin il s'approcha de l'Anglais.

– Et maintenant, qu'attendez-vous ?

282

– Ce que j'attends ?

– Oui, Ganimard est là, avec ses hommes. Pourquoi n'entre-t-il pas ?

– Je l'ai prié de ne pas entrer.

– Et il a consenti ?

– Je n'ai requis ses services qu'à la condition formelle qu'il se laisserait guider par moi. D'ailleurs il croit que M. Félix Davey n'est qu'un complice de Lupin !

– Alors je répète ma question sous une autre forme. Pourquoi êtes-vous entré seul ?

– J'ai voulu d'abord vous parler.

– Ah ! Ah ! Vous avez à me parler.

Cette idée parut plaire singulièrement à Lupin. Il y a telles circonstances où l'on préfère de beaucoup les paroles aux actes.

– Monsieur Sholmès, je regrette de n'avoir point de fauteuil à vous offrir. Cette vieille caisse à moitié brisée vous agrée-t-elle ? Ou bien le rebord de cette fenêtre ? Je suis sûr qu'un verre de bière serait le bienvenu… brune ou blonde ?… Mais asseyez-vous, je vous en prie…

– Inutile. Causons.

– J'écoute.

– Je serai bref. Le but de mon séjour en France n'était pas votre arrestation. Si j'ai été amené à vous poursuivre, c'est qu'aucun autre moyen ne se présentait d'arriver à mon véritable but.

– Qui était ?

– De retrouver le diamant bleu !

– Le diamant bleu !

– Certes, puisque celui qu'on a découvert dans le flacon du consul Bleichen n'était pas le vrai.

– En effet. Le vrai fut expédié par la Dame blonde, je le fis copier exactement, et comme, alors, j'avais des projets sur les autres bijoux de la comtesse, et que le consul Bleichen était déjà suspect, la susdite Dame blonde, pour n'être point soupçonnée à son tour, glissa le faux diamant dans les bagages du susdit consul.

– Tandis que vous, vous gardiez le vrai.

– Bien entendu.

– Ce diamant-là, il me le faut.

– Impossible. Mille regrets.

– Je l'ai promis à la comtesse de Crozon. Je l'aurai.

– Comment l'aurez-vous, puisqu'il est en ma possession ?

– Je l'aurai précisément parce qu'il est en votre possession.

– Je vous le rendrai donc ?

– Oui.

– Volontairement ?

– Je vous l'achète.

Lupin eut un accès de gaieté.

– Vous êtes bien de votre pays. Vous traitez ça comme une affaire.

– C'est une affaire.

– Et que m'offrez-vous ?

– La liberté de Mlle Destange.

– Sa liberté ? Mais je ne sache pas qu'elle soit en état d'arrestation.

– Je fournirai à M. Ganimard les indications nécessaires. Privée de votre protection, elle sera prise, elle aussi.

Lupin s'esclaffa de nouveau.

– Cher Monsieur, vous m'offrez ce que vous n'avez pas. Mlle Destange est en sûreté et ne craint rien. Je demande autre chose.

L'Anglais hésita, visiblement embarrassé, un peu de rouge aux pommettes. Puis, brusquement, il mit la main sur l'épaule de son adversaire :

– Et si je vous proposais…

– Ma liberté ?

– Non… mais enfin je puis sortir de cette pièce, me concerter avec M. Ganimard…

– Et me laisser réfléchir ?

– Oui.

– Eh ! Mon Dieu, à quoi cela me servira-t-il ! Ce satané mécanisme ne fonctionne plus, dit Lupin en poussant avec irritation la moulure de la cheminée.

Il étouffa un cri de stupéfaction cette fois, caprice des choses, retour inespéré de la chance, le bloc de marbre avait bougé sous ses doigts !

C'était le salut, l'évasion possible. En ce cas, à quoi bon se soumettre aux conditions de Sholmès ?

Il marcha de droite et de gauche, comme s'il méditait sa réponse. Puis, à son tour, il posa sa main sur l'épaule de l'Anglais.

– Tout bien pesé, Monsieur Sholmès, j'aime mieux faire mes petites affaires seul.

– Cependant…

– Non, je n'ai besoin de personne.

– Quand Ganimard vous tiendra, ce sera fini. On ne vous lâchera pas.

– Qui sait !

– Voyons, c'est de la folie. Toutes les issues sont occupées.

– Il en reste une.

– Laquelle ?

– Celle que je choisirai.

– Des mots ! Votre arrestation peut être considérée comme effectuée.

– Elle ne l'est pas.

– Alors ?

– Alors je garde le diamant bleu.

Sholmès tira sa montre.

– Il est trois heures moins dix. À trois heures j'appelle Ganimard.

– Nous avons donc dix minutes devant nous pour bavarder. Profitons-en, Monsieur Sholmès, et, pour satisfaire la curiosité qui me dévore, dites-moi comment vous vous êtes procuré mon adresse et mon nom de Félix Davey.

Tout en surveillant attentivement Lupin dont la bonne humeur l'inquiétait, Sholmès se prêta volontiers à cette petite explication où son amour-propre trouvait son compte, et repartit :

– Votre adresse ? Je la tiens de la Dame blonde.

– Clotilde !

– Elle-même. Rappelez-vous… hier matin… quand j'ai voulu l'enlever en automobile, elle a téléphoné à sa couturière.

– En effet.

– Eh bien, j'ai compris plus tard que la couturière, c'était vous. Et, dans le bateau, cette nuit, par un effort de mémoire, qui est peut-être une des choses dont il me sera permis de tirer vanité, je suis parvenu à reconstituer les deux derniers chiffres de votre numéro de téléphone… 73. De la sorte, possédant la liste de vos maisons « retouchées », il m'a été facile, dès mon arrivée à Paris, ce matin, à onze heures, de chercher et de découvrir dans l'annuaire du téléphone le nom et l'adresse de M. Félix Davey. Ce nom et cette adresse connus, j'ai demandé l'aide de M. Ganimard.

– Admirable ! De premier ordre ! Je n'ai qu'à m'incliner. Mais ce que je ne saisis pas, c'est que vous ayez pris le train du Havre. Comment avez-vous fait pour vous évader de L'Hirondelle ?

– Je ne me suis pas évadé.

– Cependant…

– Vous aviez donné l'ordre au capitaine de n'arriver à Southampton qu'à une heure du matin. On m'a débarqué à minuit. J'ai donc pu prendre le paquebot du Havre.

– Le capitaine m'aurait trahi ? C'est inadmissible.

– Il ne vous a pas trahi.

–Alors ?

– C'est sa montre.

– Sa montre ?

– Oui, sa montre que j'ai avancée d'une heure.

– Comment ?

– Comme on avance une montre, en tournant le remontoir. Nous causions, assis l'un près de l'autre, je lui racontais des histoires qui l'intéressaient… ma foi, il ne s'est aperçu de rien.

– Bravo, bravo, le tour est joli, je le retiens. Mais la pendule, qui était accrochée à la cloison de sa cabine ?

– Ah la pendule, c'était plus difficile, car j'avais les jambes liées, mais le matelot qui me gardait pendant les absences du capitaine a bien voulu donner un coup de pouce aux aiguilles.

– Lui ? Allons donc ! Il a consenti ?…

– Oh ! Il ignorait l'importance de son acte ! Je lui ai dit qu'il me fallait à tout prix prendre le premier train pour Londres, et… il s'est laissé convaincre…

– Moyennant…

– Moyennant un petit cadeau… que l'excellent homme d'ailleurs a l'intention de vous transmettre loyalement.

– Quel cadeau ?

– Presque rien.

– Mais encore ?

– Le diamant bleu.

– Le diamant bleu !

– Oui, le faux, celui que vous avez substitué au diamant de la comtesse, et qu'elle m'a confié…

Ce fut une explosion de rire, soudaine et tumultueuse. Lupin se pâmait, les yeux mouillés de larmes.

– Dieu, que c'est drôle ! Mon faux diamant repassé au matelot ! Et la montre du capitaine ! Et les aiguilles de la pendule ! …

Jamais encore Sholmès n'avait senti la lutte aussi violente entre Lupin et lui. Avec son instinct prodigieux, il devinait, sous cette gaieté excessive, une concentration de pensée formidable, comme un ramassement de toutes les facultés.

Peu à peu Lupin s'était rapproché. L'Anglais recula et, distraitement, glissa les doigts dans la poche de son gousset.

– Il est trois heures, Monsieur Lupin.

– Trois heures déjà ? Quel dommage !… On s'amusait tellement !…

– J'attends votre réponse.

– Ma réponse ? Mon Dieu que vous êtes exigeant ! Alors c'est la fin de la partie que nous jouons. Et comme enjeu, ma liberté !

– Ou le diamant bleu.

– Soit… jouez le premier. Que faites-vous ?

– Je marque le roi, dit Sholmès, en jetant un coup de revolver.

– Et moi le point, riposta Arsène en lançant son poing vers l'Anglais.

Sholmès avait tiré en l'air, pour appeler Ganimard dont l'intervention lui semblait urgente. Mais le poing d'Arsène jaillit droit à l'estomac de Sholmès qui pâlit et chancela. D'un bond Lupin sauta jusqu'à la cheminée, et déjà la plaque de marbre s'ébranlait… trop tard ! La porte s'ouvrit.

– Rendez vous, Lupin. Sinon…

Ganimard, posté sans doute plus près que Lupin n'avait cru, Ganimard était là, le revolver braqué sur lui. Et derrière Ganimard, dix hommes, vingt hommes se bousculaient, de ces gaillards solides et sans scrupules, qui l'eussent abattu comme un chien au moindre signe de résistance.

Il fit un geste, très calme.

– Bas les pattes ! Je me rends.

Et il croisa ses bras sur sa poitrine.

Il y eut comme une stupeur. Dans la pièce dégarnie de ses meubles et de ses tentures, les paroles d'Arsène Lupin se prolongeaient ainsi qu'un écho. « Je me rends ! » Paroles incroyables ! On s'attendait à ce qu'il s'évanouît soudain par une trappe, ou qu'un pan de mur s'écroulât devant lui et le dérobât une fois de plus à ses agresseurs. Et il se rendait !

Ganimard s'avança, et, très ému, avec toute la gravité que comportait un tel acte, lentement, il étendit la main sur son adversaire, et il eut la jouissance infinie de prononcer :

– Je vous arrête, Lupin.

– Brrr, frissonna Lupin, vous m'impressionnez, mon bon Ganimard. Quelle mine lugubre ! On dirait que vous parlez sur la tombe d'un ami. Voyons, ne prenez pas ces airs d'enterrement.

– Je vous arrête.

– Et ça vous épate ? Au nom de la loi dont il est le fidèle exécuteur, Ganimard, inspecteur principal, arrête le méchant Lupin. Minute historique, et dont vous saisissez toute l'importance… et c'est la seconde fois que pareil fait se produit. Bravo, Ganimard, vous irez loin dans la carrière !

Et il offrit ses poignets au cabriolet d'acier…

Ce fut un événement qui s'accomplit d'une manière un peu solennelle. Les agents, malgré leur brusquerie ordinaire et l'âpreté de leur ressentiment contre Lupin, agissaient avec réserve, étonnés qu'il leur fût permis de toucher à cet être intangible.

– Mon pauvre Lupin, soupira-t-il, que diraient tes amis du noble faubourg s'ils te voyaient humilié de la sorte ?

Il écarta les poignets avec un effort progressif et continu de tous ses muscles. Les veines de son front se gonflèrent. Les maillons de la chaîne pénétrèrent dans sa peau.

– Allons-y, fit-il.

La chaîne sauta, brisée.

– Une autre, camarades, celle-ci ne vaut rien.

On lui en passa deux. Il approuva :

– À la bonne heure ! Vous ne sauriez prendre trop de précautions.

Puis, comptant les agents :

– Combien êtes-vous, mes amis ? Vingt-cinq ? Trente ? C'est beaucoup… rien à faire.
Ah ! Si vous n'aviez été que quinze !

Il avait vraiment de l'allure, une allure de grand acteur qui joue son rôle d'instinct et
de verve, avec impertinence et légèreté. Sholmès le regardait, comme on regarde un beau
spectacle dont on sait apprécier toutes les beautés et toutes les nuances. Et vraiment il eut
cette impression bizarre que la lutte était égale entre ces trente hommes d'un côté, soutenus
par tout l'appareil formidable de la justice, et de l'autre côté, cet être seul, sans armes et
enchaîné. Les deux partis se valaient.

– Eh bien, maître, lui dit Lupin, voilà votre œuvre. Grâce à vous, Lupin va pourrir sur
la paille humide des cachots. Avouez que votre conscience n'est pas absolument tranquille, et
que le remords vous ronge ?

Malgré lui l'Anglais haussa les épaules, avec l'air de dire « Il ne tenait qu'à vous… »

– Jamais ! Jamais s'écria Lupin… Vous rendre le diamant bleu ? Ah ! non, il m'a
coûté trop de peine déjà. J'y tiens. Lors de la première visite que j'aurai l'honneur de vous
faire à Londres, le mois prochain sans doute, je vous dirai les raisons… mais serez-vous à
Londres, le mois prochain ? Préférez-vous Vienne ? Saint-Pétersbourg ?

Il sursauta. Au plafond, soudain, résonnait un timbre. Et ce n'était plus la sonnerie
d'alarme, mais l'appel du téléphone dont les fils aboutissaient à son bureau, entre les deux
fenêtres, et dont l'appareil n'avait pas été enlevé.

Le téléphone ! Ah qui donc allait tomber dans le piège que tendait un abominable
hasard ! Arsène Lupin eut un mouvement de rage vers l'appareil, comme s'il avait voulu le
briser, le réduire en miettes, et, par là même, étouffer la voix mystérieuse qui demandait à lui
parler. Mais Ganimard décrocha le récepteur et se pencha.

– Allô… allô… le numéro 648.73… oui, c'est ici.

Vivement, avec autorité, Sholmès l'écarta, saisit les deux récepteurs et appliqua son
mouchoir sur la plaque pour rendre plus indistinct le son de sa voix.

À ce moment il leva les yeux sur Lupin. Et le regard qu'ils échangèrent leur prouva que la même pensée les avait frappés tous deux, et que tous deux ils prévoyaient jusqu'aux dernières conséquences de cette hypothèse possible, probable, presque certaine : c'était la Dame blonde qui téléphonait. Elle croyait téléphoner à Félix Davey, ou plutôt à Maxime Bermond, et c'est à Sholmès qu'elle allait se confier !

Et l'Anglais scanda :

– Allô ! … allô ! …

Un silence, et Sholmès :

– Oui, c'est moi, Maxime.

Tout de suite le drame se dessinait, avec une précision tragique. Lupin, l'indomptable et railleur Lupin, ne songeait même pas à cacher son anxiété, et, la figure pâlie d'angoisse, il s'efforçait d'entendre, de deviner. Et Sholmès continuait, en réponse à la voix mystérieuse :

– Allô… allô… mais oui, tout est terminé, et je m'apprêtais justement à vous rejoindre, comme il était convenu… où ?… Mais à l'endroit où vous êtes. Ne croyez-vous pas que c'est encore là…

Il hésitait, cherchant ses mots, puis il s'arrêta. Il était clair qu'il tâchait d'interroger la jeune fille sans trop s'avancer lui-même et qu'il ignorait absolument où elle se trouvait. En outre la présence de Ganimard semblait le gêner… Ah ! Si quelque miracle avait pu couper le fil de cet entretien diabolique ! Lupin l'appelait de toutes ses forces, de tous ses nerfs tendus !

Et Sholmès prononça :

– Allô !… Allô !… Vous n'entendez pas ?… Moi non plus… très mal… c'est à peine si je distingue… vous écoutez ? Eh bien, voilà… en réfléchissant… il est préférable que vous rentriez chez vous…

– Quel danger ? Aucun…

– Mais il est en Angleterre ! j'ai reçu une dépêche de Southampton, me confirmant son arrivée.

L'ironie de ces mots ! Sholmès les articula avec un bien-être inexprimable. Et il ajouta :

– Ainsi donc, ne perdez pas de temps, chère amie, je vous rejoins. Il accrocha les récepteurs.

– Monsieur Ganimard, je vous demanderai trois de vos hommes.

– C'est pour la Dame blonde, n'est-ce pas ?

– Oui.

– Vous savez qui c'est, où elle est ?

– Oui.

– Bigre ! Jolie capture. Avec Lupin... la journée est complète. Folenfant, emmenez deux hommes, et accompagnez Monsieur.

L'Anglais s'éloigna, suivi des trois agents.

C'était fini. La Dame blonde, elle aussi, allait tomber au pouvoir de Sholmès. Grâce à son admirable obstination, grâce à la complicité d'événements heureux, la bataille s'achevait pour lui en victoire, pour Lupin, en un désastre irréparable.

– Monsieur Sholmès !

L'Anglais s'arrêta.

– Monsieur Lupin ?

Lupin semblait profondément ébranlé par ce dernier coup. Des rides creusaient son front. Il était las et sombre. Il se redressa pourtant en un sursaut d'énergie. Et malgré tout, allègre, dégagé, il s'écria :

– Vous conviendrez que le sort s'acharne après moi. Tout à l'heure, il m'empêche de m'évader par cette cheminée et me livre à vous. Cette fois, il se sert du téléphone pour vous faire cadeau de la Dame blonde. Je m'incline devant ses ordres.

– Ce qui signifie ?

– Ce qui signifie que je suis prêt à rouvrir les négociations.

Sholmès prit à part l'inspecteur et sollicita, d'un ton d'ailleurs qui n'admettait point de réplique, l'autorisation d'échanger quelques paroles avec Lupin. Puis il revint vers celui-ci. Colloque suprême ! Il s'engagea sur un ton sec et nerveux.

– Que voulez-vous ?

– La liberté de Mlle Destange.

– Vous savez le prix ?

– Oui.

– Et vous acceptez ?

– J'accepte toutes vos conditions.

– Ah ! fit l'Anglais, étonné… mais… vous avez refusé… pour vous…

– Il s'agissait de moi, Monsieur Sholmès. Maintenant il s'agit d'une femme… et d'une femme que j'aime. En France, voyez-vous, nous avons des idées très particulières sur ces choses-là. Et ce n'est pas parce que l'on s'appelle Lupin que l'on agit différemment… au contraire !

Il dit cela très calmement. Sholmès eut une imperceptible inclinaison de la tête et murmura :

– Alors le diamant bleu ?

– Prenez ma canne, là, au coin de la cheminée. Serrez d'une main la pomme, et, de l'autre, tournez la virole de fer qui termine l'extrémité opposée du bâton.

Sholmès prit la canne et tourna la virole, et, tout en tournant, il s'aperçut que la pomme se dévissait. À l'intérieur de cette pomme se trouvait une boule de mastic. Dans cette boule un diamant.

Il l'examina. C'était le diamant bleu.

– Mlle Destange est libre, Monsieur Lupin.

– Libre dans l'avenir comme dans le présent ? Elle n'a rien à craindre de vous ?

– Ni de personne.

– Quoi qu'il arrive ?

– Quoi qu'il arrive. Je ne sais plus son nom ni son adresse.

– Merci. Et au revoir. Car on se reverra, n'est-ce pas, Monsieur Sholmès ?

– Je n'en doute pas.

Il y eut entre l'Anglais et Ganimard une explication assez agitée à laquelle Sholmès coupa court avec une certaine brusquerie.

– Je regrette beaucoup, Monsieur Ganimard, de n'être point de votre avis. Mais je n'ai pas le temps de vous convaincre. Je pars pour l'Angleterre dans une heure.

– Cependant… la Dame blonde ?…

– Je ne connais pas cette personne.

– Il n'y a qu'un instant…

– C'est à prendre ou à laisser. Je vous ai déjà livré Lupin. Voici le diamant bleu… que vous aurez le plaisir de remettre vous-même à la comtesse de Crozon. Il me semble que vous n'avez pas à vous plaindre.

– Mais la Dame blonde ?

– Trouvez-la.

Il enfonça son chapeau sur sa tête et s'en alla rapidement, comme un Monsieur qui n'a pas coutume de s'attarder lorsque ses affaires sont finies.

– Bon voyage, maître, cria Lupin. Et croyez bien que je n'oublierai jamais les relations cordiales que nous avons entretenues. Mes amitiés à M. Wilson.

Il n'obtint aucune réponse et ricana :

– C'est ce qui s'appelle filer à l'anglaise. Ah ! Ce digne insulaire ne possède pas cette fleur de courtoisie par laquelle nous nous distinguons. Pensez un peu, Ganimard, à la sortie qu'un Français eût effectuée en de pareilles circonstances, sous quels raffinements de politesse il eût masqué son triomphe ! … Mais, Dieu me pardonne, Ganimard, que faites-vous ? Allons bon, une perquisition ! Mais il n'y a plus rien, mon pauvre ami, plus un papier. Mes archives sont en lieu sûr.

– Qui sait ! Qui sait !

Lupin se résigna. Tenu par deux inspecteurs, entouré par tous les autres, il assista patiemment aux diverses opérations. Mais au bout de vingt minutes il soupira :

– Vite, Ganimard, vous n'en finissez pas.

– Vous êtes donc bien pressé ?

– Si je suis pressé ! Un rendez-vous urgent !

– Au Dépôt ?

– Non, en ville.

– Bah ! Et à quelle heure ?

– À deux heures.

– Il en est trois.

– Justement, je serai en retard, et il n'est rien que je déteste comme d'être en retard.

– Me donnez-vous cinq minutes ?

– Pas une de plus.

– Trop aimable… je vais tâcher…

– Ne parlez pas tant… encore ce placard ? Mais il est vide !

– Cependant voici des lettres.

– De vieilles factures !

– Non, un paquet attaché par une faveur.

– Une faveur rose ? Oh ! Ganimard, ne dénouez pas, pour l'amour du ciel !

– C'est d'une femme ?

– Oui.

– Une femme du monde ?

– Du meilleur.

– Son nom ?

– Mme Ganimard.

– Très drôle ! Très drôle ! s'écria l'inspecteur d'un ton pincé.

À ce moment, les hommes envoyés dans les autres pièces annoncèrent que les perquisitions n'avaient abouti à aucun résultat. Lupin se mit à rire.

– Parbleu est-ce que vous espériez découvrir la liste de mes camarades, ou la preuve de mes relations avec l'empereur d'Allemagne ? Ce qu'il faudrait chercher, Ganimard, ce sont les petits mystères de cet appartement. Ainsi ce tuyau de gaz est un tuyau acoustique. Cette cheminée contient un escalier. Cette muraille est creuse. Et l'enchevêtrement des sonneries ! Tenez, Ganimard, pressez ce bouton…

Ganimard obéit.

– Vous n'entendez rien ? interrogea Lupin.

– Non.

– Moi non plus. Pourtant vous avez averti le commandant de mon parc aérostatique de préparer le ballon dirigeable qui va nous enlever bientôt dans les airs.

– Allons, dit Ganimard, qui avait terminé son inspection, assez de bêtises, et en route !

Il fit quelques pas, les hommes le suivirent.

Lupin ne bougea point d'une semelle.

Ses gardiens le poussèrent. En vain.

– Eh bien, dit Ganimard, vous refusez de marcher ?

– Pas du tout.

– En ce cas…

– Mais ça dépend.

– De quoi ?

– De l'endroit où vous me conduirez.

– Au Dépôt, parbleu.

– Alors je ne marche pas. Je n'ai rien à faire au Dépôt.

– Mais vous êtes fou ?

– N'ai-je pas eu l'honneur de vous prévenir que j'avais un rendez-vous urgent ?

– Lupin !

– Comment, Ganimard, la Dame blonde attend ma visite, et vous me supposez assez grossier pour la laisser dans l'inquiétude ? Ce serait indigne d'un galant homme.

– Écoutez, Lupin, dit l'inspecteur que ce persiflage commençait à irriter, j'ai eu pour vous jusqu'ici des prévenances excessives. Mais il y a des limites. Suivez-moi.

– Impossible. J'ai un rendez-vous, je serai à ce rendez-vous.

– Une dernière fois ?

– Im-pos-sible.

Ganimard fit un signe. Deux hommes enlevèrent Lupin sous les bras. Mais ils le lâchèrent aussitôt avec un gémissement de douleur : de ses deux mains Arsène Lupin enfonçait dans la chair deux longues aiguilles.

Fous de rage, les autres se précipitèrent, leur haine enfin déchaînée, brûlant de venger leurs camarades et de se venger eux-mêmes de tant d'affronts, et ils frappèrent, et ils cognèrent à l'envi. Un coup plus violent l'atteignit à la tempe. Il tomba.

– Si vous l'abîmez, gronda Ganimard, furieux, vous aurez affaire à moi.

Il se pencha, prêt à le soigner. Mais, ayant constaté qu'il respirait librement, il ordonna qu'on le prît par les pieds et par la tête, tandis que lui-même le soutiendrait par les reins.

– Allez doucement surtout… pas de secousses… ah les brutes, ils me l'auraient tué. Eh ! Lupin, comment ça va ?

Lupin ouvrait les yeux. Il balbutia :

– Pas chic, Ganimard… vous m'avez laissé démolir.

– C'est de votre faute, nom d'un chien… avec votre entêtement répondit Ganimard, désolé… mais vous ne souffrez pas ?

On arrivait au palier. Lupin gémit :

– Ganimard… l'ascenseur… ils vont me casser les os…

– Bonne idée, excellente idée, approuva Ganimard. D'ailleurs l'escalier est si étroit… il n'y aurait pas moyen…

Il fit monter l'ascenseur. On installa Lupin sur le siège avec toutes sortes de précautions. Ganimard prit place auprès de lui et dit à ses hommes :

– Descendez en même temps que nous. Vous m'attendrez devant la loge du concierge. C'est convenu ?

Il tira la porte. Mais elle n'était pas fermée que des cris jaillirent. D'un bond, l'ascenseur s'était élevé comme un ballon dont on a coupé le câble. Un éclat de rire retentit, sardonique.

– Nom de D…, hurla Ganimard, cherchant frénétiquement dans l'ombre le bouton de descente.

Et comme il ne trouvait pas, il cria :

– Le cinquième ! Gardez la porte du cinquième.

Quatre à quatre les agents grimpèrent l'escalier. Mais il se produisit ce fait étrange : l'ascenseur sembla crever le plafond du dernier étage, disparut aux yeux des agents, émergea soudain à l'étage supérieur, celui des domestiques, et s'arrêta. Trois hommes guettaient qui ouvrirent la porte. Deux d'entre eux maîtrisèrent Ganimard, lequel, gêné dans ses mouvements, abasourdi, ne songeait guère à se défendre. Le troisième emporta Lupin.

– Je vous avais prévenu, Ganimard… l'enlèvement en ballon… et grâce à vous ! Une autre fois, soyez moins compatissant. Et surtout rappelez-vous qu'Arsène Lupin ne se laisse pas frapper et mettre à mal sans des raisons sérieuses. Adieu…

La cabine était déjà refermée et l'ascenseur, avec Ganimard, réexpédié vers les étages inférieurs. Et tout cela s'exécuta si rapidement que le vieux policier rattrapa les agents près de la loge de la concierge.

Sans même se donner le mot, ils traversèrent la cour en toute hâte et remontèrent l'escalier de service, seul moyen d'arriver à l'étage des domestiques par où l'évasion s'était produite.

Un long couloir à plusieurs coudes et bordé de petites chambres numérotées, conduisait à une porte, que l'on avait simplement repoussée. De l'autre côté de cette porte, et par conséquent dans une autre maison, partait un autre couloir, également à angles brisés et bordé de chambres semblables. Tout au bout, un escalier de service. Ganimard le descendit, traversa une cour, un vestibule et s'élança dans une rue, la rue Picot. Alors il comprit : les deux maisons, bâties en profondeur, se touchaient, et leurs façades donnaient sur deux rues, non point perpendiculaires, mais parallèles, et distantes l'une de l'autre de plus de soixante mètres.

Il entra dans la loge de la concierge et montrant sa carte :

– Quatre hommes viennent de passer ?

– Oui, les deux domestiques du quatrième et du cinquième, et deux amis.

– Qu'est-ce qui habite au quatrième et au cinquième ?

– Ces messieurs Fauvel et leurs cousins Provost… ils ont déménagé aujourd'hui. Il ne restait que ces deux domestiques… ils viennent de partir.

– Ah pensa Ganimard, qui s'effondra sur un canapé de la loge, quel beau coup nous avons manqué ! Toute la bande occupait ce pâté de maisons.

Quarante minutes plus tard, deux messieurs arrivaient en voiture à la gare du Nord et se hâtaient vers le rapide de Calais, suivis d'un homme d'équipe qui portait leurs valises.

L'un d'eux avait le bras en écharpe, et sa figure pâle n'offrait pas l'apparence de la bonne santé. L'autre semblait joyeux.

– Au galop, Wilson, il ne s'agit pas de manquer le train… ah Wilson, je n'oublierai jamais ces dix jours.

– Moi non plus.

– Ah les belles batailles !

– Superbes.

– À peine, çà et là, quelques petits ennuis…

– Bien petits.

– Et finalement, le triomphe sur toute la ligne. Lupin arrêté ! Le diamant bleu reconquis !

– Mon bras cassé.

– Quand il s'agit de pareilles satisfactions, qu'importe un bras cassé !

– Surtout le mien.

– Eh oui ! Rappelez-vous, Wilson, c'est au moment même où vous étiez chez le pharmacien, en train de souffrir comme un héros, que j'ai découvert le fil qui m'a conduit dans les ténèbres.

– Quelle heureuse chance !

Des portières se fermaient.

– En voiture, s'il vous plaît. Pressons-nous, Messieurs.

L'homme d'équipe escalada les marches d'un compartiment vide et disposa les valises dans le filet, tandis que Sholmès hissait l'infortuné Wilson.

– Mais qu'avez-vous, Wilson ? Vous n'en finissez pas !… Du nerf, vieux camarade…

– Ce n'est pas le nerf qui me manque.

– Mais quoi ?

– Je n'ai qu'une main de disponible.

– Et après ! s'exclama joyeusement Sholmès… en voilà des histoires. On croirait qu'il n'y a que vous dans cet état ! Et les manchots ? Les vrais manchots ? Allons, ça y est-il, ce n'est pas dommage.

Il tendit à l'homme d'équipe une pièce de cinquante centimes.

– Bien, mon ami. Voici pour vous.

– Merci, Monsieur Sholmès.

L'Anglais leva les yeux : Arsène Lupin.

– Vous !… vous ! balbutia-t-il, ahuri.

Et Wilson bégaya, en brandissant son unique main avec des gestes de quelqu'un qui démontre un fait :

– Vous ! Vous ! Mais vous êtes arrêté ! Sholmès me l'a dit. Quand il vous a quitté, Ganimard et ses trente agents vous entouraient…

Lupin croisa ses bras et, d'un air indigné :

– Alors vous avez supposé que je vous laisserais partir sans vous dire adieu ? Après les excellents rapports d'amitié que nous n'avons jamais cessé d'avoir les uns avec les autres ! Mais ce serait de la dernière incorrection. Pour qui me prenez-vous ?

Le train sifflait.

– Enfin, je vous pardonne… mais avez-vous ce qu'il vous faut ? Du tabac, des allumettes… oui… et les journaux du soir ? Vous y trouverez des détails sur mon arrestation, votre dernier exploit, maître. Et maintenant, au revoir, et enchanté d'avoir fait votre connaissance… enchanté vraiment !… Et si vous avez besoin de moi, je serai trop heureux…

Il sauta sur le quai et referma la portière.

– Adieu, fit-il encore, en agitant son mouchoir. Adieu… je vous écrirai… vous aussi, n'est-ce pas ? Et votre bras cassé, Monsieur Wilson ? J'attends de vos nouvelles à tous deux… une carte postale de temps à autre… comme adresse : Lupin, Paris… c'est suffisant… inutile d'affranchir… adieu… à bientôt…

Deuxième épisode

LA LAMPE JUIVE

Chapitre 1

Herlock Sholmès et Wilson étaient assis à droite et à gauche de la grande cheminée, les pieds allongés vers un confortable feu de coke.

La pipe de Sholmès, une courte bruyère à virole d'argent, s'éteignit. Il en vida les cendres, la bourra de nouveau, l'alluma, ramena sur ses genoux les pans de sa robe de chambre, et sortit de sa pipe de longues bouffées qu'il s'ingéniait à lancer au plafond en petits anneaux de fumée.

Wilson le regardait. Il le regardait, comme le chien couché en cercle sur le tapis du foyer regarde son maître, avec des yeux ronds, sans battements de paupières, des yeux qui n'ont d'autre espoir que de refléter le geste attendu. Le maître allait-il rompre le silence ? Allait-il lui révéler le secret de sa songerie actuelle et l'admettre dans le royaume de la méditation dont il semblait à Wilson que l'entrée lui était interdite ?

Sholmès se taisait.

Wilson risqua :

– Les temps sont calmes. Pas une affaire à nous mettre sous la dent.

Sholmès se tut de plus en plus violemment, mais ses anneaux de fumée étaient de mieux en mieux réussis, et tout autre que Wilson eût observé qu'il en tirait cette profonde satisfaction que nous donnent ces menus succès d'amour-propre, aux heures où le cerveau est complètement vide de pensées.

Wilson, découragé, se leva et s'approcha de la fenêtre.

La triste rue s'étendait entre les façades mornes des maisons, sous un ciel noir d'où tombait une pluie méchante et rageuse. Un cab passa, un autre cab. Wilson en inscrivit les numéros sur son calepin. Sait-on jamais ?

– Tiens, s'écria-t-il, le facteur.

L'homme entra, conduit par le domestique.

– Deux lettres recommandées, Monsieur… si vous voulez signer ?

Sholmès signa le registre, accompagna l'homme jusqu'à la porte et revint tout en décachetant l'une des lettres.

– Vous avez l'air tout heureux, nota Wilson au bout d'un instant.

– Cette lettre contient une proposition fort intéressante. Vous qui réclamiez une affaire, en voici une. Lisez…

Wilson lut :

« Monsieur,

« Je viens vous demander le secours de votre expérience. J'ai été victime d'un vol important, et les recherches effectuées jusqu'ici ne semblent pas devoir aboutir.

« Je vous envoie par ce courrier un certain nombre de journaux qui vous renseigneront sur cette affaire, et, s'il vous agrée de la poursuivre, je mets mon hôtel à votre disposition et vous prie d'inscrire sur le chèque ci-inclus, signé de moi, la somme qu'il vous plaira de fixer pour vos frais de déplacement.

« Veuillez avoir l'obligeance de me télégraphier votre réponse, et croyez, Monsieur, à l'assurance de mes sentiments de haute considération.

« Baron Victor d'Imblevalle, 18, rue Murillo. »

– Hé ! Hé ! fit Sholmès, voilà qui s'annonce à merveille… un petit voyage à Paris, ma foi pourquoi pas ? Depuis mon fameux duel avec Arsène Lupin, je n'ai pas eu l'occasion d'y retourner. Je ne serais pas fâché de voir la capitale du monde dans des conditions un peu plus tranquilles.

Il déchira le chèque en quatre morceaux, et tandis que Wilson, dont le bras n'avait pas recouvré son ancienne souplesse, prononçait contre Paris des mots amers, il ouvrit la seconde enveloppe.

Tout de suite, un mouvement d'irritation lui échappa, un pli barra son front pendant toute la lecture, et, froissant le papier, il en fit une boule qu'il jeta violemment sur le parquet.

– Quoi ? Qu'y a-t-il ? s'écria Wilson effaré.

Il ramassa la boule, la déplia et lut avec une stupeur croissante :

« Mon cher Maître,

« Vous savez l'admiration que j'ai pour vous et l'intérêt que je prends à votre renommée. Eh bien, croyez-moi, ne vous occupez point de l'affaire à laquelle on vous sollicite de concourir. Votre intervention causerait beaucoup de mal, tous vos efforts n'amèneraient qu'un résultat pitoyable, et vous seriez obligé de faire publiquement l'aveu de votre échec.

« Profondément désireux de vous épargner une telle humiliation, je vous conjure, au nom de l'amitié qui nous unit, de rester bien tranquillement au coin de votre feu.

« Mes bons souvenirs à M. Wilson, et pour vous, mon cher Maître, le respectueux hommage de votre dévoué.

« Arsène Lupin. »

– Arsène Lupin répéta Wilson, confondu…

Sholmès se mit à frapper la table à coups de poing.

– Ah ! Mais, il commence à m'embêter, cet animal-là Il se moque de moi comme d'un gamin ! L'aveu public de mon échec ! Ne l'ai-je pas contraint à rendre le diamant bleu ?

– Il a peur, insinua Wilson.

– Vous dites des bêtises ! Arsène Lupin n'a jamais peur, et la preuve c'est qu'il me provoque.

– Mais comment a-t-il connaissance de la lettre que nous envoie le Baron d'Imblevalle ?

– Qu'est-ce que j'en sais ? Vous me posez des questions stupides, mon cher !

– Je pensais… je m'imaginais…

– Quoi ? Que je suis sorcier ?

– Non, mais je vous ai vu faire de tels prodiges !

– Personne ne fait de prodiges… moi pas plus qu'un autre. Je réfléchis, je déduis, je conclus, mais je ne devine pas. Il n'y a que les imbéciles qui devinent.

Wilson prit l'attitude modeste d'un chien battu, et s'efforça, afin de n'être pas un imbécile, de ne point deviner pourquoi Sholmès arpentait la chambre à grands pas irrités. Mais Sholmès ayant sonné son domestique et lui ayant commandé sa valise, Wilson se crut en droit, puisqu'il y avait là un fait matériel, de réfléchir, de déduire et de conclure que le maître partait en voyage.

La même opération d'esprit lui permit d'affirmer, en homme qui ne craint pas l'erreur :

– Herlock, vous allez à Paris.

– Possible.

– Et vous y allez plus encore pour répondre à la provocation de Lupin que pour obliger le Baron d'Imblevalle.

– Possible.

– Herlock, je vous accompagne.

– Ah ! Ah vieil ami, s'écria Sholmès, en interrompant sa promenade, vous n'avez donc pas peur que votre bras gauche ne partage le sort de votre bras droit ?

– Que peut-il m'arriver ? Vous serez là.

– À la bonne heure, vous êtes un gaillard ! Et nous allons montrer à ce Monsieur qu'il a peut-être tort de nous jeter le gant avec tant d'effronterie. Vite, Wilson, et rendez-vous au premier train.

– Sans attendre les journaux dont le Baron vous annonce l'envoi ?

– À quoi bon !

– J'expédie un télégramme ?

– Inutile, Arsène Lupin connaîtrait mon arrivée. Je n'y tiens pas. Cette fois, Wilson, il faut jouer serré.

L'après-midi, les deux amis s'embarquaient à Douvres. La traversée fut excellente. Dans le rapide de Calais à Paris, Sholmès s'offrit trois heures du sommeil le plus profond, tandis que Wilson faisait bonne garde à la porte du compartiment et méditait, l'œil vague.

Sholmès s'éveilla heureux et dispos. La perspective d'un nouveau duel avec Arsène Lupin le ravissait, et il se frotta les mains de l'air satisfait d'un homme qui se prépare à goûter des joies abondantes.

– Enfin, s'exclama Wilson, on va se dégourdir !

Et il se frotta les mains du même air satisfait.

En gare, Sholmès prit les plaids, et, suivi de Wilson qui portait les valises – chacun son fardeau – il donna les tickets et sortit allégrement.

– Beau temps, Wilson… du soleil !… Paris est en fête pour nous recevoir.

– Quelle foule !

– Tant mieux, Wilson ! Nous ne risquons pas d'être remarqués. Personne ne nous reconnaîtra au milieu d'une telle multitude !

– Monsieur Sholmès, n'est-ce pas ?

Il s'arrêta, quelque peu interloqué. Qui diable pouvait ainsi le désigner par son nom ?

Une femme se tenait à ses côtés, une jeune fille, dont la mise très simple soulignait la silhouette distinguée, et dont la jolie figure avait une expression inquiète et douloureuse.

Elle répéta :

– Vous êtes bien Monsieur Sholmès ?

Comme il se taisait, autant par désarroi que par habitude de prudence, elle redit une troisième fois :

– C'est bien à Monsieur Sholmès que j'ai l'honneur de parler ?

– Que me voulez-vous ? dit-il assez bourru, croyant à une rencontre douteuse.

Elle se planta devant lui.

– Écoutez-moi, Monsieur, c'est très grave, je sais que vous allez rue Murillo.

– Que dites-vous ?

– Je sais… je sais… rue Murillo… au numéro 18. Eh bien, il ne faut pas… non, vous ne devez pas y aller… je vous assure que vous le regretteriez. Si je vous dis cela, ne pensez pas que j'y aie quelque intérêt. C'est par raison, c'est en toute conscience.

Il essaya de l'écarter, elle insista :

– Oh je vous en prie, ne vous obstinez pas… ah ! si je savais comment vous convaincre ! Regardez tout au fond de moi, tout au fond de mes yeux… ils sont sincères… ils disent la vérité.

Elle offrait ses yeux éperdument, de ces beaux yeux graves et limpides, où semble se refléchir l'âme elle-même. Wilson hocha la tête :

– Mademoiselle a l'air bien sincère.

– Mais oui, implora-t-elle, et il faut avoir confiance…

– J'ai confiance, Mademoiselle, répliqua Wilson.

– Oh comme je suis heureuse ! et votre ami aussi, n'est-ce pas ? Je le sens… j'en suis sûre ! Quel bonheur ! Tout va s'arranger !… Ah ! la bonne idée que j'ai eue !… Tenez, Monsieur, il y a un train pour Calais dans vingt minutes… eh bien, vous le prendrez… vite, suivez-moi… le chemin est de ce côté, et vous n'avez que le temps…

Elle cherchait à l'entraîner. Sholmès lui saisit le bras et d'une voix qu'il cherchait à rendre aussi douce que possible :

– Excusez-moi, Mademoiselle, de ne pouvoir accéder à votre désir, mais je n'abandonne jamais une tâche que j'ai entreprise.

– Je vous en supplie… je vous en supplie… ah si vous pouviez comprendre !

Il passa outre et s'éloigna rapidement.

Wilson dit à la jeune fille :

– Ayez bon espoir… il ira jusqu'au bout de l'affaire… il n'y a pas d'exemple qu'il ait encore échoué…

Et il rattrapa Sholmès en courant.

HERLOCK SHOLMES – ARSENE LUPIN

Ces mots, qui se détachaient en grosses lettres noires les heurtèrent aux premiers pas. Ils s'approchèrent ; une théorie d'hommes sandwich déambulaient les uns derrière les autres, portant à la main de lourdes cannes ferrées dont ils frappaient le trottoir en cadence, et, sur le dos, d'énormes affiches où l'on pouvait lire :

« LE MATCH HERLOCK SHOLMÈS-ARSÈNE LUPIN. ARRIVÉE DU CHAMPION ANGLAIS. LE GRAND DÉTECTIVE S'ATTAQUE AU MYSTÈRE DE LA RUE MURILLO. LIRE LES DÉTAILS DANS L'ÉCHO DE FRANCE ».

Wilson hocha la tête :

– Dites donc, Herlock, nous qui nous flattions de travailler incognito ! Je ne serais pas étonné que la garde républicaine nous attendît rue Murillo, et qu'il y eût réception officielle, avec toasts et champagne.

– Quand vous vous mettez à avoir de l'esprit, Wilson, vous en valez deux, grinça Sholmès.

Il s'avança vers l'un de ces hommes avec l'intention très nette de le prendre entre ses mains puissantes et de le réduire en miettes, lui et son placard. La foule cependant s'attroupait autour des affiches. On plaisantait et l'on riait.

Réprimant un furieux accès de rage, il dit à l'homme :

– Quand vous a-t-on embauchés ?

– Ce matin.

– Vous avez commencé votre promenade ?…

– Il y a une heure.

– Mais les affiches étaient prêtes ?

– Ah ! Dame, oui… lorsque nous sommes venus ce matin à l'agence, elles étaient là.

Ainsi donc, Arsène Lupin avait prévu que lui, Sholmès, accepterait la bataille. Bien plus, la lettre écrite par Lupin prouvait qu'il désirait cette bataille, et qu'il entrait dans ses plans de se mesurer une fois de plus avec son rival. Pourquoi ? Quel motif le poussait à recommencer la lutte ?

Herlock eut une seconde d'hésitation. Il fallait vraiment que Lupin fût bien sûr de la victoire pour montrer tant d'insolence, et n'était-ce pas tomber dans le piège que d'accourir ainsi au premier appel ?

– Allons-y, Wilson. Cocher, 18, rue Murillo, s'écria-t-il en un réveil d'énergie.

Et les veines gonflées, les poings serrés comme s'il allait se livrer à un assaut de boxe, il sauta dans une voiture.

La rue Murillo est bordée de luxueux hôtels particuliers dont la façade postérieure a vue sur le parc Monceau. Une des plus belles parmi ces demeures s'élève au numéro 18, et le Baron d'Imblevalle, qui l'habite avec sa femme et ses enfants, l'a meublée de la façon la plus somptueuse, en artiste et en millionnaire. Une cour d'honneur précède l'hôtel, et des communs le bordent à droite et à gauche. En arrière, un jardin mêle les branches de ses arbres aux arbres du parc.

Après avoir sonné, les deux Anglais franchirent la cour et furent reçus par un valet de pied qui les conduisit dans un petit salon situé sur l'autre façade.

Ils s'assirent et inspectèrent d'un coup d'œil rapide les objets précieux qui encombraient ce boudoir.

– De jolies choses, murmura Wilson, du goût et de la fantaisie... on peut déduire que ceux qui ont eu le loisir de dénicher ces objets sont des gens d'un certain âge... cinquante ans peut-être...

Il n'acheva pas. La porte s'était ouverte, et M. d'Imblevalle entrait, suivi de sa femme.

Contrairement aux déductions de Wilson, ils étaient tous deux jeunes, de tournure élégante, et très vifs d'allure et de paroles. Tous deux ils se confondirent en remerciements.

– C'est trop gentil à vous ! Un pareil dérangement ! Nous sommes presque heureux de l'ennui qui nous arrive, puisque cela nous procure le plaisir...

« Quels charmeurs que ces Français ! » pensa Wilson qu'une observation profonde n'effrayait pas.

– Mais la temps est de l'argent, s'écria le Baron... le vôtre surtout, Monsieur Sholmès. Aussi, droit au but ! Que pensez-vous de l'affaire ? Espérez-vous la mener à bien ?

– Pour la mener à bien, il faudrait d'abord la connaître.

– Vous ne la connaissez pas ?

– Non, et je vous prie de m'expliquer les choses par le menu et sans rien omettre. De quoi s'agit-il ?

– Il s'agit d'un vol.

– Quel jour a-t-il eu lieu ?

– Samedi dernier, répliqua le Baron, dans la nuit de samedi à dimanche.

– Il y a donc six jours. Maintenant je vous écoute.

– Il faut dire d'abord, Monsieur, que ma femme et moi, tout en nous conformant au genre de vie qu'exige notre situation, nous sortons peu. L'éducation de nos enfants, quelques réceptions, et l'embellissement de notre intérieur, voilà notre existence, et toutes nos soirées, ou à peu près, s'écoulent ici, dans cette pièce qui est le boudoir de ma femme et où nous avons réuni quelques objets d'art. Samedi dernier donc, vers onze heures, j'éteignis l'électricité, et, ma femme et moi, nous nous retirâmes comme d'habitude dans notre chambre.

– Qui se trouve ?…

– À côté, cette porte que vous voyez. Le lendemain, c'est-à-dire dimanche, je me levai de bonne heure. Comme Suzanne ma femme dormait encore, je passai dans ce boudoir aussi doucement que possible pour ne pas la réveiller. Quel fut mon étonnement en constatant que cette fenêtre était ouverte, alors que, la veille au soir, nous l'avions laissée fermée !

– Un domestique…

– Personne n'entre ici le matin avant que nous n'ayons sonné. Du reste je prends toujours la précaution de pousser le verrou de cette seconde porte, laquelle communique avec l'antichambre. Donc la fenêtre avait bien été ouverte du dehors. J'en eus d'ailleurs la preuve le second carreau de la croisée de droite – près de l'espagnolette – avait été découpé.

– Et cette fenêtre ?…

– Cette fenêtre, comme vous pouvez vous en rendre compte, donne sur une petite terrasse entourée d'un balcon de pierre. Nous sommes ici au premier étage, et vous apercevez le jardin qui s'étend derrière l'hôtel, et la grille qui le sépare du parc Monceau. Il y a donc certitude que l'homme est venu du parc Monceau, a franchi la grille à l'aide d'une échelle, et est monté jusqu'à la terrasse.

– Il y a certitude, dites-vous ?

– On a trouvé de chaque côté de la grille, dans la terre molle des plates-bandes, des trous laissés par les deux montants de l'échelle, et les deux mêmes trous existaient au bas de la terrasse. Enfin le balcon porte deux légères éraflures, causées évidemment par le contact des montants.

– Le parc Monceau n'est-il pas fermé la nuit ?

– Fermé, non, mais en tout cas, au numéro 14, il y a un hôtel en construction. Il était facile de pénétrer par là.

Herlock Sholmès réfléchit quelques moments et reprit :

– Arrivons au vol. Il aurait donc été commis dans la pièce où nous sommes ?

– Oui. Il y avait, entre cette Vierge du XIIème siècle et ce tabernacle en argent ciselé, il y avait une petite lampe juive. Elle a disparu.

– Et c'est tout ?

– C'est tout.

– Ah … et qu'appelez-vous une lampe juive ?

– Ce sont de ces lampes en cuivre dont on se servait autrefois, composées d'une tige et d'un récipient où l'on mettait l'huile. De ce récipient s'échappaient deux ou plusieurs becs destinés aux mèches.

– Somme toute, des objets sans grande valeur.

– Sans grande valeur en effet. Mais celle-ci contenait une cachette où nous avions l'habitude de placer un magnifique bijou ancien, une chimère en or, sertie de rubis et d'émeraudes qui était d'un très grand prix.

– Pourquoi cette habitude ?

– Ma foi, Monsieur, je ne saurais trop dire. Peut-être le simple amusement d'utiliser une cachette de ce genre.

– Personne ne la connaissait ?

– Personne.

– Sauf, évidemment, le voleur de la chimère, objecta Sholmès… sans quoi il n'eût pas pris la peine de voler la lampe juive.

– Évidemment. Mais comment pouvait-il la connaître, puisque c'est le hasard qui nous a révélé le mécanisme secret de cette lampe ?

– Le même hasard a pu le révéler à quelqu'un… un domestique… un familier de la maison… mais continuons : la justice a été prévenue ?

– Sans doute. Le juge d'instruction a fait son enquête. Les chroniqueurs détectives attachés à chacun des grands journaux ont fait la leur. Mais, ainsi que je vous l'ai écrit, il ne semble pas que le problème ait la moindre chance d'être jamais résolu.

Sholmès se leva, se dirigea vers la fenêtre, examina la croisée, la terrasse, le balcon, se servit de sa loupe pour étudier les deux éraflures de la pierre, et pria M. d'Imblevalle de le conduire dans le jardin.

Dehors, Sholmès s'assit tout simplement sur un fauteuil d'osier et regarda le toit de la maison d'un œil rêveur. Puis il marcha soudain vers deux petites caissettes en bois avec lesquelles on avait recouvert, afin d'en conserver l'empreinte exacte, les trous laissés au pied de la terrasse par les montants de l'échelle. Il enleva les caissettes, se mit à genoux sur le sol, et, le dos rond, le nez à vingt centimètres du sol, il scruta, prit des mesures. Même opération le long de la grille, mais moins longue.

C'était fini.

Tous deux s'en retournèrent au boudoir où les attendait Mme d'Imblevalle.

Sholmès garda le silence quelques minutes encore, puis prononça ces paroles :

— Dès le début de votre récit, Monsieur le Baron, j'ai été frappé par le côté vraiment trop simple de l'agression. Appliquer une échelle, couper un carreau, choisir un objet et s'en aller, non, les choses ne se passent pas aussi facilement. Tout cela est trop clair, trop net.

— De sorte que ?…

— De sorte que le vol de la lampe juive a été commis sous la direction d'Arsène Lupin…

— Arsène Lupin ! s'exclama le Baron.

— Mais il a été commis en dehors de lui, sans que personne entrât dans cet hôtel… Un domestique peut-être qui sera descendu de sa mansarde sur la terrasse, le long d'une gouttière que j'ai aperçue du jardin.

— Mais sur quelles preuves ?…

— Arsène Lupin ne serait pas sorti du boudoir les mains vides.

— Les mains vides… et la lampe ?

— Prendre la lampe ne l'eût pas empêché de prendre cette tabatière enrichie de diamants, ou ce collier de vieilles opales. Il lui suffisait de deux gestes en plus. S'il ne les a pas accomplis, c'est qu'il ne l'a pas vu.

— Cependant les traces relevées ?

— Comédie ! Mise en scène pour détourner les soupçons !

— Les éraflures de la balustrade ?

— Mensonge ! Elles ont été produites avec du papier de verre. Tenez, voici quelques brins de papier que j'ai recueillis.

— Les marques laissées par les montants de l'échelle ?

– De la blague ! Examinez les deux trous rectangulaires du bas de la terrasse, et les deux trous situés près de la grille. Leur forme est semblable, mais, parallèles ici, ils ne le sont plus là-bas. Mesurez la distance qui sépare chaque trou de son voisin, l'écart change selon l'endroit. Au pied de la terrasse il est de 23 centimètres. Le long de la grille il est de 28 centimètres.

– Et vous en concluez ?

– J'en conclus, puisque leur forme est identique, que les quatre trous ont été faits à l'aide d'un seul et unique bout de bois convenablement taillé.

– Le meilleur argument serait ce bout de bois lui-même.

– Le voici, dit Sholmès, je l'ai ramassé dans le jardin, sous la caisse d'un laurier.

Le Baron s'inclina. Il y avait quarante minutes que l'Anglais avait franchi le seuil de cette porte, et il ne restait plus rien de tout ce que l'on avait cru jusqu'ici sur le témoignage même des faits apparents. La réalité, une autre réalité, se dégageait, fondée sur quelque chose de beaucoup plus solide, le raisonnement d'un Herlock Sholmès.

– L'accusation que vous lancez contre notre personnel est bien grave, Monsieur, dit la Baronne. Nos domestiques sont d'anciens serviteurs de la famille, et aucun d'eux n'est capable de nous trahir.

– Si l'un d'eux ne vous trahissait pas, comment expliquer que cette lettre ait pu me parvenir le jour même et par le même courrier que celle que vous m'avez écrite ?

Il tendit à la Baronne la lettre que lui avait adressée Arsène Lupin.

Mme d'Imblevalle fut stupéfaite.

– Arsène Lupin… comment a-t-il su ?

– Vous n'avez mis personne au courant de votre lettre ?

– Personne, dit le Baron, c'est une idée que nous avons eue l'autre soir à table.

– Devant les domestiques ?

– Il n'y avait que nos deux enfants. Et encore, non… Sophie et Henriette n'étaient plus à table, n'est-ce pas, Suzanne ?

Mme d'Imblevalle réfléchit et affirma :

– En effet, elles avaient rejoint Mademoiselle.

– Mademoiselle ? interrogea Sholmès.

– La gouvernante, Mlle Alice Demun.

– Cette personne ne prend donc pas ses repas avec vous ?

– Non, on la sert à part, dans sa chambre.

Wilson eut une idée.

– La lettre écrite à mon ami Herlock Sholmès a été mise à la poste.

– Naturellement.

– Qui donc la porta ?

– Dominique, mon valet de chambre depuis vingt ans, répondit le Baron. Toute recherche de ce côté serait du temps perdu.

– On ne perd jamais son temps quand on cherche, dit Wilson sentencieusement.

La première enquête était terminée. Sholmès demanda la permission de se retirer.

Une heure plus tard, au dîner, il vit Sophie et Henriette, les deux enfants des d'Imblevalle, deux jolies fillettes de huit et de six ans. On causa peu. Sholmès répondit aux amabilités du Baron et de sa femme d'un air si rébarbatif qu'ils se résolurent au silence. On servit le café. Sholmès avala le contenu de sa tasse et se leva.

À ce moment un domestique entra, qui apportait un message téléphonique à son adresse. Il ouvrit et lut :

« Vous envoie mon admiration enthousiaste. Les résultats obtenus par vous en si peu de temps sont étourdissants. Je suis confondu.

« Arpin Lusène. »

Il eut un geste d'agacement, et montrant la dépêche au Baron :

– Commencez-vous à croire, Monsieur, que vos murs ont des yeux et des oreilles ?

– Je n'y comprends rien, murmura M. d'Imblevalle abasourdi.

– Moi non plus. Mais ce que je comprends, c'est que pas un mouvement ne se fait ici qui ne soit aperçu par lui. Pas un mot ne se prononce qu'il ne l'entende.

Ce soir-là, Wilson se coucha avec la conscience légère d'un homme qui a rempli son devoir et qui n'a plus d'autre besogne que de s'endormir. Aussi s'endormit-il très vite, et de beaux rêves le visitèrent où il poursuivait Lupin à lui seul et se disposait à l'arrêter de sa propre main, et la sensation de cette poursuite était si nette qu'il se réveilla.

Quelqu'un frôlait son lit. Il saisit son revolver.

– Un geste encore, Lupin, et je tire.

– Diable ! Comme vous y allez, vieux camarade !

– Comment, c'est vous, Sholmès ! Vous avez besoin de moi ?

– J'ai besoin de vos yeux. Levez-vous…

Il le mena vers la fenêtre.

– Regardez… de l'autre côté de la grille…

– Dans le parc ?

– Oui. Vous ne voyez rien ?

– Je ne vois rien.

– Si, vous voyez quelque chose.

– Ah ! En effet, une ombre… deux même.

– N'est-ce pas ? Contre la grille… tenez, elles remuent. Ne perdons pas de temps.

À tâtons, en se tenant à la rampe, ils descendirent l'escalier, et arrivèrent dans une pièce qui donnait sur le perron du jardin. À travers les vitres de la porte, ils aperçurent les deux silhouettes à la même place.

– C'est curieux dit Sholmès, il me semble entendre du bruit dans la maison.

– Dans la maison ? Impossible ! Tout le monde dort.

– Écoutez cependant…

À ce moment, un léger coup de sifflet vibra du côté de la grille, et ils aperçurent une vague lumière qui paraissait venir de l'hôtel.

– Les d'Imblevalle ont dû allumer, murmura Sholmès. C'est leur chambre qui est au-dessus de nous.

– C'est eux sans doute que nous avons entendus, fit Wilson. Peut-être sont-ils en train de surveiller la grille.

Un second coup de sifflet, plus discret encore.

– Je ne comprends pas, je ne comprends pas, dit Sholmès, agacé.

– Moi non plus, confessa Wilson.

Sholmès tourna la clef de la porte, ôta le verrou et poussa doucement le battant.

Un troisième coup de sifflet, un peu plus fort celui-ci, et modulé d'autre sorte. Et au-dessus de leur tête, le bruit s'accentua, se précipita.

– On croirait plutôt que c'est sur la terrasse du boudoir, souffla Sholmès.

Il passa la tête dans l'entrebâillement, mais aussitôt recula en étouffant un juron. À son tour, Wilson regarda. Tout près d'eux, une échelle se dressait contre le mur, appuyée au balcon de la terrasse.

– Eh parbleu, fit Sholmès, il y a quelqu'un dans le boudoir ! Voilà ce qu'on entendait. Vite, enlevons l'échelle.

Mais à cet instant, une forme glissa du haut en bas, l'échelle fut enlevée, et l'homme qui la portait courut en toute hâte vers la grille, à l'endroit où l'attendaient ses complices. D'un bond, Sholmès et Wilson s'étaient élancés. Ils rejoignirent l'homme alors qu'il posait l'échelle contre la grille. De l'autre côté, deux coups de feu jaillirent.

– Blessé ? cria Sholmès.

– Non, répondit Wilson.

Il saisit l'homme par le corps et tenta de l'immobiliser. Mais l'homme se retourna, l'empoigna d'une main, et de l'autre lui plongea son couteau en pleine poitrine. Wilson exhala un soupir, vacilla et tomba.

– Damnation ! hurla Sholmès, si on me l'a tué, je tue.

Il étendit Wilson sur la pelouse et se rua sur l'échelle. Trop tard... l'homme l'avait escaladée et, reçu par ses complices, s'enfuyait parmi les massifs.

– Wilson, Wilson, ce n'est pas sérieux, hein ? Une simple égratignure.

Les portes de l'hôtel s'ouvrirent brusquement. Le premier, M. d'Imblevalle survint, puis des domestiques, munis de bougies.

– Quoi ! Qu'y a-t-il, s'écria le Baron, M. Wilson est blessé ?

– Rien, une simple égratignure, répéta Sholmès, cherchant à s'illusionner.

Le sang coulait en abondance, et la face était livide.

Le docteur, vingt minutes après, constatait que la pointe du couteau s'était arrêtée à quatre millimètres du cœur.

– Quatre millimètres du cœur ! Ce Wilson a toujours eu de la chance, conclut Sholmès d'un ton d'envie.

– De la chance... de la chance... grommela le docteur.

– Dame ! Avec sa robuste constitution, il en sera quitte...

– Pour six semaines de lit et deux mois de convalescence.

– Pas davantage ?

– Non, à moins de complications.

– Pourquoi diable voulez-vous qu'il y ait des complications ?

Pleinement rassuré, Sholmès rejoignit le Baron au boudoir. Cette fois le mystérieux visiteur n'y avait pas mis la même discrétion. Sans vergogne, il avait fait main basse sur la tabatière enrichie de diamants, sur le collier d'opales et, d'une façon générale, sur tout ce qui pouvait prendre place dans les poches d'un honnête cambrioleur.

La fenêtre était encore ouverte, un des carreaux avait été proprement découpé, et, au petit, jour, une enquête sommaire, en établissant que l'échelle provenait de l'hôtel en construction, indiqua la voie que l'on avait suivie.

– Bref, dit M. d'Imblevalle avec une certaine ironie, c'est la répétition exacte du vol de la lampe juive.

– Oui, si l'on accepte la première version adoptée par la justice.

– Vous ne l'adoptez donc pas encore ? Ce second vol n'ébranle pas votre opinion sur le premier ?

– Il la confirme, Monsieur.

– Est-ce croyable ! Vous avez la preuve irréfutable que l'agression de cette nuit a été commise par quelqu'un du dehors, et vous persistez à soutenir que la lampe juive a été soustraite par quelqu'un de notre entourage ?

– Par quelqu'un qui habite cet hôtel.

– Alors comment expliquez-vous ?…

– Je n'explique rien, Monsieur, je constate deux faits qui n'ont l'un avec l'autre que des rapports d'apparence, je les juge isolément, et je cherche le lien qui les unit.

Sa conviction semblait si profonde, ses façons d'agir fondées sur des motifs si puissants, que le Baron s'inclina :

– Soit. Nous allons prévenir le commissaire…

– À aucun prix ! s'écria vivement l'Anglais, à aucun prix ! J'entends ne m'adresser à ces gens que quand j'ai besoin d'eux.

– Cependant, les coups de feu ?…

– Il n'importe !

– Votre ami ? …

– Mon ami n'est que blessé… obtenez que le docteur se taise. Moi, je réponds de tout du côté de la justice.

Deux jours s'écoulèrent, vides d'incidents, mais où Sholmès poursuivit sa besogne avec un soin minutieux et un amour-propre qu'exaspérait le souvenir de cette audacieuse agression, exécutée sous ses yeux, en dépit de sa présence, et sans qu'il en pût empêcher le succès. Infatigable, il fouilla l'hôtel et le jardin, s'entretint avec les domestiques, et fit de longues stations à la cuisine et à l'écurie. Et bien qu'il ne recueillît aucun indice qui l'éclairât, il ne perdait pas courage.

– Je trouverai, pensait-il, et c'est ici que je trouverai. Il ne s'agit pas, comme dans l'affaire de la Dame blonde, de marcher à l'aventure, et d'atteindre, par des chemins que j'ignorais, un but que je ne connaissais pas. Cette fois, je suis sur le terrain même de la bataille. L'ennemi n'est plus seulement l'insaisissable et invisible Lupin, c'est le complice en chair et en os qui vit et qui se meut dans les bornes de cet hôtel. Le moindre petit détail, et je suis fixé.

Ce détail, dont il devait tirer de telles conséquences, et avec une habileté si prodigieuse que l'on peut considérer l'affaire de la lampe juive comme une de celles où éclate le plus victorieusement son génie de policier, ce détail, ce fut le hasard qui le lui fournit.

L'après-midi du troisième jour, comme il entrait dans une pièce située au-dessus du boudoir, et qui servait de salle d'études aux enfants, il trouva Henriette, la plus petite des sœurs. Elle cherchait ses ciseaux.

– Tu sais, dit-elle à Sholmès, j'en fais aussi des papiers comme celui que t'as reçu l'autre soir.

– L'autre soir ?

– Oui, à la fin du dîner. Tu as reçu un papier avec des bandes dessus… tu sais, un télégramme… eh bien, j'en fais aussi, moi.

Elle sortit. Pour tout autre, ces paroles n'eussent rien signifié que l'insignifiante réflexion d'un enfant, et Sholmès, lui-même, les écouta d'une oreille distraite et continua son inspection. Mais tout à coup il se mit à courir après l'enfant dont la dernière phrase le frappait subitement. Il la rattrapa au haut de l'escalier et lui dit :

– Alors, toi aussi, tu colles des bandes sur papier ?

Henriette, très fière, déclara :

– Mais oui, je découpe des mots et je les colle.

– Et qui t'a montré ce petit jeu ?

– Mademoiselle… ma gouvernante… je lui en ai vu faire autant. Elle prend des mots sur des journaux et les colle…

– Et qu'est-ce qu'elle en fait ?

– Des télégrammes, des lettres qu'elle envoie.

Herlock Sholmès rentra dans la salle d'études, singulièrement intrigué par cette confidence et s'efforçant d'en extraire les déductions qu'elle comportait.

Des journaux, il y en avait un paquet sur la cheminée. Il les déplia, et vit en effet des groupes de mots ou des lignes qui manquaient, régulièrement et proprement enlevés. Mais il lui suffit de lire les mots qui précédaient ou qui suivaient, pour constater que les mots qui manquaient avaient été découpés au hasard des ciseaux, par Henriette évidemment. Il se pouvait que, dans la liasse des journaux, il y en eût un que Mademoiselle eût découpé elle-même. Mais comment s'en assurer ?

Machinalement, Herlock feuilleta les livres de classe empilés sur la table, puis d'autres qui reposaient sur les rayons d'un placard. Et soudain il eut un cri de joie. Dans un coin de ce placard, sous de vieux cahiers amoncelés, il avait trouvé un album pour enfants, un alphabet orné d'images, et, à l'une des pages de cet album, un vide lui était apparu.

Il vérifia. C'était la nomenclature des jours de la semaine. Lundi, mardi, mercredi, etc. Le mot samedi manquait. Or, le vol de la lampe juive avait eu lieu dans la nuit d'un samedi.

Herlock éprouva ce petit serrement du cœur qui lui annonçait toujours, de la manière la plus nette, qu'il avait touché au nœud même d'une intrigue. Cette étreinte de la vérité, cette émotion de la certitude, ne le trompait jamais.

Fiévreux et confiant, il s'empressa de feuilleter l'album. Un peu plus loin, une autre surprise l'attendait.

C'était une page composée de lettres majuscules, suivies d'une ligne de chiffres.

Neuf de ces lettres, et trois de ces chiffres avaient été enlevés soigneusement.

Sholmès les inscrivit sur son carnet, dans l'ordre qu'ils eussent occupé, et obtint le résultat suivant :

CDEHNOPRZ-237

– Fichtre… murmura-t-il, à première vue cela ne signifie pas grand-chose.

Pouvait-on, en mêlant ces lettres et en les employant toutes, former un, ou deux, ou trois mots complets ?

Sholmès le tenta vainement.

Une seule solution s'imposait à lui, qui revenait sans cesse sous son crayon, et qui, à la longue, lui parut la véritable, aussi bien parce qu'elle correspondait à la logique des faits que parce qu'elle s'accordait avec les circonstances générales.

Étant donné que la page de l'album ne comportait qu'une seule fois chacune des lettres de l'alphabet, il était probable, il était certain qu'on se trouvait en présence de mots incomplets et que ces mots avaient été complétés par des lettres empruntées à d'autres pages. Dans ces conditions, et sauf erreur, l'énigme se posait ainsi :

REPOND.Z – CH – 237

Le premier mot était clair : répondez, un E manquant parce que la lettre E, déjà employée, n'était plus disponible.

Quant au second mot inachevé, il formait indubitablement, avec le nombre 237, l'adresse que donnait l'expéditeur au destinataire de la lettre. On proposait d'abord de fixer le jour au samedi, et l'on demandait une réponse à l'adresse CH.237.

Ou bien CH.237 était une formule de poste restante, ou bien les lettres C H faisaient partie d'un mot incomplet. Sholmès feuilleta l'album : aucune autre découpure n'avait été effectuée dans les pages suivantes. Il fallait donc, jusqu'à nouvel ordre, s'en tenir à l'explication trouvée.

– C'est amusant, n'est-ce pas ?

Henriette était revenue. Il répondit :

– Si c'est amusant ! Seulement, tu n'as pas d'autres papiers ?… Ou bien des mots déjà découpés et que je pourrais coller ?

– Des papiers. ?… Non… et puis, Mademoiselle ne serait pas contente.

– Mademoiselle ?

– Oui, elle m'a déjà grondée.

– Pourquoi ?

– Parce que je vous ai dit des choses… et qu'elle dit qu'on ne doit jamais dire des choses sur ceux qu'on aime bien.

– Tu as absolument raison.

Henriette sembla ravie de l'approbation, tellement ravie qu'elle tira d'un menu sac de toile, épinglé à sa robe, quelques loques, trois boutons, deux morceaux de sucre, et, finalement, un carré de papier qu'elle tendit à Sholmès.

– Tiens, je te le donne tout de même. C'était un numéro de fiacre, le 8279.

– D'où vient-il, ce numéro ?

– Il est tombé de son porte-monnaie.

– Quand ?

– Dimanche, à la messe, comme elle prenait des sous pour la quête.

– Parfait. Et maintenant je vais te donner le moyen de n'être pas grondée. Ne dis pas à Mademoiselle que tu m'as vu.

Sholmès s'en alla trouver M. d'Imblevalle et nettement l'interrogea sur Mademoiselle.

Le Baron eut un haut-le-corps.

– Alice Demun ! Est-ce que vous penseriez ?... C'est impossible.

– Depuis combien de temps est-elle à votre service ?

– Un an seulement, mais je ne connais pas de personne plus tranquille et en qui j'aie plus de confiance.

– Comment se fait-il que je ne l'aie pas encore aperçue ?

– Elle s'est absentée deux jours.

– Et actuellement ?

– Dès son retour elle a voulu s'installer au chevet de votre ami. Elle a toutes les qualités de la garde-malade… douce… prévenante… M. Wilson en paraît enchanté.

– Ah fit Sholmès qui avait complètement négligé de prendre des nouvelles du vieux camarade.

Il réfléchit et s'informa :

– Et le dimanche matin, est-elle sortie ?

– Le lendemain du vol ?

– Oui.

Le Baron appela sa femme et lui posa la question. Elle répondit :

– Mademoiselle est partie comme à l'ordinaire pour aller à la messe de onze heures avec les enfants.

– Mais, auparavant ?

– Auparavant ? Non… ou plutôt… mais j'étais si bouleversée par ce vol !… Cependant je me souviens qu'elle m'avait demandé la veille l'autorisation de sortir le dimanche matin… pour voir une cousine de passage à Paris, je crois. Mais je ne suppose pas que vous la soupçonniez ?…

– Certes, non… cependant je voudrais la voir.

Il monta jusqu'à la chambre de Wilson. Une femme, vêtue, comme les infirmières, d'une longue robe de toile grise, était courbée sur le malade et lui donnait à boire. Quand elle se tourna, Sholmès reconnut la jeune fille qui l'avait abordé devant la gare du Nord.

Il n'y eut pas entre eux la moindre explication. Alice Demun sourit doucement, de ses yeux charmants et graves, sans aucun embarras. L'Anglais voulut parler, ébaucha quelques syllabes et se tut. Alors elle reprit sa besogne, évolua paisiblement sous le regard étonné de Sholmès, remua des flacons, déroula et roula des bandes de toile, et de nouveau lui adressa son clair sourire.

Il pivota sur ses talons, redescendit, avisa dans la cour l'automobile de M. d'Imblevalle, s'y installa et se fit mener à Levallois, au dépôt de voitures dont l'adresse était marquée sur le bulletin de fiacre livré par l'enfant. Le cocher Duprêt, qui conduisait le 8279 dans la matinée du dimanche, n'étant pas là, il renvoya l'automobile et attendit jusqu'à l'heure du relais.

Le cocher Duprêt raconta qu'il avait en effet « chargé » une dame aux environs du parc Monceau, une jeune dame en noir qui avait une grosse violette et qui paraissait très agitée.

– Elle portait un paquet ?

– Oui, un paquet assez long.

– Et vous l'avez menée ?

– Avenue des Ternes, au coin de la place Saint-Ferdinand. Elle y est restée une dizaine de minutes, et puis on s'en est retourné au parc Monceau.

– Vous reconnaîtriez la maison de l'avenue des Ternes ?

– Parbleu ! Faut-il vous y conduire ?

– Tout à l'heure. Conduisez-moi d'abord au 36, quai des Orfèvres.

À la Préfecture de police il eut la chance de rencontrer aussitôt l'inspecteur principal Ganimard.

– Monsieur Ganimard, vous êtes libre ?

– S'il s'agit de Lupin, non.

– Il s'agit de Lupin.

– Alors je ne bouge pas.

– Comment ! Vous renoncez…

– Je renonce à l'impossible ! Je suis las d'une lutte inégale, où nous sommes sûrs d'avoir le dessous. C'est lâche, c'est absurde, tout ce que vous voudrez… je m'en moque ! Lupin est plus fort que nous. Par conséquent, il n'y a qu'à s'incliner.

– Je ne m'incline pas.

– Il vous inclinera, vous comme les autres.

– Eh bien, c'est un spectacle qui ne peut manquer de vous faire plaisir !

– Ah ! Ça, c'est vrai, dit Ganimard ingénument. Et puisque vous n'avez pas votre compte de coups de bâtons, allons-y.

Tous deux montèrent dans le fiacre. Sur leur ordre, le cocher les arrêta un peu avant la maison et de l'autre côté de l'avenue, devant un petit café à la terrasse duquel ils s'assirent, entre des lauriers et des fusains. Le jour commençait à baisser.

– Garçon, fit Sholmès, de quoi écrire.

Il écrivit, et rappelant le garçon :

– Portez cette lettre au concierge de la maison qui est en face. C'est évidemment l'homme en casquette qui fume sous la porte cochère.

Le concierge accourut, et, Ganimard ayant décliné son titre d'inspecteur principal, Sholmès demanda si, le matin du dimanche, il était venu une jeune dame en noir.

– En noir ? Oui, vers neuf heures… celle qui monte au second.

– Vous la voyez souvent ?

– Non, mais depuis quelque temps, davantage… la dernière quinzaine, presque tous les jours.

– Et depuis dimanche ?

– Une fois seulement… sans compter aujourd'hui.

– Comment ! Elle est venue !

– Elle est là.

– Elle est là !

– Voilà bien dix minutes. Sa voiture attend sur la place Saint-Ferdinand, comme d'habitude. Elle, je l'ai croisée sous la porte.

– Et quel est ce locataire du second ?

– Il y en a deux, une modiste, Mlle Langeais, et un Monsieur qui a loué deux chambres meublées, depuis un mois, sous le nom de Bresson.

– Pourquoi dites-vous « sous le nom » ?

– Une idée à moi que c'est un nom d'emprunt. Ma femme fait son ménage : eh bien, il n'a pas deux chemises avec les mêmes initiales.

– Comment vit-il ?

– Oh ! Dehors presque. Des trois jours, il ne rentre pas chez lui.

– Est-il rentré dans la nuit de samedi à dimanche ?

– Dans la nuit de samedi à dimanche ? Écoutez voir, que je réfléchisse… oui, samedi soir, il est rentré et il n'a pas bougé.

– Et quelle sorte d'homme est-ce ?

– Ma foi je ne saurais dire. Il est si changeant ! Il est grand, il est petit, il est gros, il est fluet… brun et blond. Je ne le reconnais toujours pas.

Ganimard et Sholmès se regardèrent.

– C'est lui, murmura l'inspecteur, c'est bien lui.

Il y eut vraiment chez le vieux policier un instant de trouble qui se traduisit par un bâillement et par une crispation de ses deux poings.

Sholmès aussi, bien que plus maître de lui, sentit une étreinte au cœur.

– Attention, dit le concierge, voici la jeune fille.

325

Mademoiselle en effet apparaissait au seuil de la porte et traversait la place.

– Et voici M. Bresson.

– M. Bresson ? Lequel ?

– Celui qui porte un paquet sous le bras.

– Mais il ne s'occupe pas de la jeune fille. Elle regagne seule sa voiture.

– Ah ! Ça, je ne les ai jamais vus ensemble.

Les deux policiers s'étaient levés précipitamment. À la lueur des réverbères ils reconnurent la silhouette de Lupin, qui s'éloignait dans une direction opposée à la place.

– Qui préférez-vous suivre ? demanda Ganimard.

– Lui, parbleu ! C'est le gros gibier.

– Alors, moi, je file la demoiselle, proposa Ganimard.

– Non, non, dit vivement l'Anglais, qui ne voulait rien dévoiler de l'affaire à Ganimard, la demoiselle, je sais où la retrouver... ne me quittez pas.

À distance, et en utilisant l'abri momentané des passants et des kiosques, ils se mirent à la poursuite de Lupin. Poursuite facile d'ailleurs, car il ne se retournait pas et marchait rapidement, avec une légère claudication de la jambe droite, si légère qu'il fallait l'œil exercé d'un observateur pour la percevoir, Ganimard dit :

– Il fait semblant de boiter.

Et il reprit :

– Ah ! Si l'on pouvait ramasser deux ou trois agents et sauter sur notre individu ! Nous risquons de le perdre.

Mais aucun agent ne se montra avant la porte des Ternes, et, les fortifications franchies, ils ne devaient plus escompter le moindre secours.

– Séparons-nous, dit Sholmès, l'endroit est désert.

C'était le boulevard Victor-Hugo. Chacun d'eux prit un trottoir et s'avança selon la ligne des arbres.

Ils allèrent ainsi pendant vingt minutes jusqu'au moment où Lupin tourna sur la gauche et longea la Seine. Là, ils aperçurent Lupin qui descendait au bord du fleuve. Il y resta quelques secondes sans qu'il leur fût possible de distinguer ses gestes. Puis il remonta la berge et revint sur ses pas. Ils se collèrent contre les piliers d'une grille. Lupin passa devant eux. Il n'avait plus de paquet.

Et comme il s'éloignait, un autre individu se détacha d'une encoignure de maison et se glissa entre les arbres.

Sholmès dit à voix basse :

– Il a l'air de le suivre aussi, celui-là.

– Oui, il m'a semblé déjà le voir en allant.

La chasse recommença, mais compliquée par la présence de cet individu. Lupin reprit le même chemin, traversa de nouveau la porte des Ternes, et rentra dans la maison de la place Saint-Ferdinand.

Le concierge fermait lorsque Ganimard se présenta.

– Vous l'avez vu, n'est-ce pas ?

– Oui, j'éteignais le gaz de l'escalier, il a poussé le verrou de sa porte.

– Il n'y a personne avec lui ?

– Personne, aucun domestique… il ne mange jamais ici.

– Il n'existe pas d'escalier de service ?

– Non.

Ganimard dit à Sholmès :

– Le plus simple est que je m'installe à la porte même de Lupin, tandis que vous allez chercher le commissaire de police de la rue Demours. Je vais vous donner un mot.

Sholmès objecta :

– Et s'il s'échappe pendant ce temps ?

– Puisque je reste ! …

– Un contre un, la lutte est inégale avec lui.

– Je ne puis pourtant pas forcer son domicile, je n'en ai pas le droit, la nuit surtout.

Sholmès haussa les épaules.

– Quand vous aurez arrêté Lupin, on ne vous chicanera pas sur les conditions de l'arrestation. D'ailleurs, quoi ! Il s'agit tout au plus de sonner. Nous verrons alors ce qui se passera.

Ils montèrent. Une porte à deux battants s'offrait à gauche du palier. Ganimard sonna.

Aucun bruit. Il sonna de nouveau. Personne.

– Entrons, murmura Sholmès.

– Oui, allons-y.

Pourtant, ils demeurèrent immobiles, l'air irrésolu. Comme des gens qui hésitent au moment d'accomplir un acte décisif, ils redoutaient d'agir, et il leur semblait soudain impossible qu'Arsène Lupin fût là, si près d'eux, derrière cette cloison fragile qu'un coup de poing pouvait abattre. L'un et l'autre, ils le connaissaient trop, le diabolique personnage, pour admettre qu'il se laissât pincer aussi stupidement. Non, non, mille fois non, il n'était plus là. Par les maisons contiguës, par les toits, par telle issue convenablement préparée, il avait dû s'évader, et une fois de plus, c'est l'ombre seule de Lupin qu'on allait étreindre.

Ils frissonnèrent. Un bruit imperceptible, qui venait de l'autre côté de la porte, avait comme effleuré le silence. Et ils eurent l'impression, la certitude, que tout de même il était là, séparé d'eux par la mince cloison de bois, et qu'il les écoutait, qu'il les entendait.

Que faire ? La situation était tragique. Malgré leur sang-froid de vieux routiers de police, une telle émotion les bouleversait qu'ils s'imaginaient percevoir les battements de leur cœur.

Du coin de l'œil, Ganimard consulta Sholmès. Puis, violemment, de son poing, il ébranla le battant de la porte.

Un bruit de pas, maintenant, un bruit qui ne cherchait plus à se dissimuler…

Ganimard secoua la porte. D'un élan irrésistible, Sholmès, l'épaule en avant, l'abattit, et tous deux se ruèrent à l'assaut.

Ils s'arrêtèrent net. Un coup de feu avait retenti dans la pièce voisine. Un autre encore, et le bruit d'un corps qui tombait…

Quand ils entrèrent, ils virent l'homme étendu, la face contre le marbre de la cheminée. Il eut une convulsion. Son revolver glissa de sa main.

Ganimard se pencha et tourna la tête du mort. Du sang la couvrait, qui giclait de deux larges blessures, l'une à la joue, et l'autre à la tempe.

– Il est méconnaissable, murmura-t-il.

– Parbleu ! fit Sholmès, ce n'est pas lui.

– Comment le savez-vous ? Vous ne l'avez même pas examiné.

L'Anglais ricana :

– Pensez-vous donc qu'Arsène Lupin est homme à se tuer ?

– Pourtant, nous avions bien cru le reconnaître dehors…

– Nous avions cru, parce que nous voulions croire. Cet homme nous obsède.

– Alors, c'est un de ses complices.

– Les complices d'Arsène Lupin ne se tuent pas.

– Alors, qui est-ce ?

Ils fouillèrent le cadavre. Dans une poche Herlock Sholmès trouva un portefeuille vide, dans une autre Ganimard trouva quelques louis. Au linge, point de marque, aux vêtements non plus.

Dans les malles – une grosse malle et deux valises – rien que des effets. Sur la cheminée un paquet de journaux. Ganimard les déplia. Tous parlaient du vol de la lampe juive.

Une heure après, lorsque Ganimard et Sholmès se retirèrent, ils n'en savaient pas plus sur le singulier personnage que leur intervention avait acculé au suicide.

Qui était-ce ? Pourquoi s'était-il tué ? Par quel lien se rattachait-il à l'affaire de la lampe juive ? Qui l'avait filé au cours de sa promenade ? Autant de questions aussi complexes les unes que les autres… autant de mystères…

Herlock Sholmès se coucha de fort mauvaise humeur. À son réveil il reçut un pneumatique ainsi conçu :

« Arsène Lupin a l'honneur de vous faire part de son tragique décès en la personne du sieur Bresson, et vous prie d'assister à ses convoi, service et enterrement, qui auront lieu aux frais de l'État, jeudi le 25 juin. »

Chapitre 2

– Voyez-vous, mon vieux camarade, disait Sholmès à Wilson, en brandissant le pneumatique d'Arsène Lupin, ce qui m'exaspère dans cette aventure, c'est de sentir continuellement posé sur moi l'œil de ce satané gentleman. Aucune de mes pensées les plus secrètes ne lui échappe. J'agis comme un acteur dont tous les pas sont réglés par une mise en scène rigoureuse, qui va là et qui dit cela, parce que le voulut ainsi une volonté supérieure. Comprenez-vous, Wilson ?

Wilson eût certainement compris s'il n'avait dormi le profond sommeil d'un homme dont la température varie entre quarante et quarante et un degrés. Mais qu'il entendît ou non, cela n'avait aucune importance pour Sholmès qui continuait :

– Il me faut faire appel à toute mon énergie et mettre en œuvre toutes mes ressources pour ne pas me décourager. Heureusement qu'avec moi, ces petites taquineries sont autant de coups d'épingle qui me stimulent. Le feu de la piqûre apaisé, la plaie d'amour-propre refermée, j'en arrive toujours à dire : « Amuse-toi bien, mon bonhomme. Un moment ou l'autre, c'est toi-même qui te trahiras. » Car enfin, Wilson, n'est-ce pas Lupin qui, par sa première dépêche et par la réflexion qu'elle a suggérée à la petite Henriette, n'est-ce pas lui qui m'a livré le secret de sa correspondance avec Alice Demun ? Vous oubliez ce détail, vieux camarade.

Il déambulait dans la chambre, à pas sonores, au risque de réveiller le vieux camarade.

– Enfin ! Ça ne va pas trop mal, et si les chemins que je suis sont un peu obscurs, je commence à m'y retrouver. Tout d'abord je vais être fixé sur le sieur Bresson. Ganimard et moi nous avons rendez-vous au bord de la Seine, à l'endroit où Bresson a jeté son paquet, et le rôle du Monsieur nous sera connu. Pour le reste, c'est une partie à jouer entre Alice Demun et moi. L'adversaire est de mince envergure, hein, Wilson ? Et ne pensez-vous pas qu'avant peu je saurai la phrase de l'album, et ce que signifient ces deux lettres isolées, ce C et ce H ? Car tout est là, Wilson.

Mademoiselle entra au même instant, et apercevant Sholmès qui gesticulait, elle lui dit gentiment :

– Monsieur Sholmès, je vais vous gronder si vous réveillez mon malade. Ce n'est pas bien à vous de le déranger. Le docteur exige une tranquillité absolue.

Il la contemplait sans un mot, étonné comme au premier jour de son calme inexplicable.

– Qu'avez-vous à me regarder, Monsieur Sholmès ? Rien ? Mais si… vous semblez toujours avoir une arrière-pensée… laquelle ? Répondez, je vous en prie.

Elle l'interrogeait de tout son clair visage, de ses yeux ingénus, de sa bouche qui souriait, et de toute son attitude aussi, de ses mains jointes, de son buste légèrement penché en avant. Et il y avait tant de candeur en elle que l'Anglais en éprouva de la colère. Il s'approcha et lui dit à voix basse :

– Bresson s'est tué hier soir.

Elle répéta, sans avoir l'air de comprendre :

– Bresson s'est tué hier…

En vérité aucune contraction n'altéra son visage, rien qui révélât l'effort du mensonge.

– Vous étiez prévenue, lui dit-il avec irritation… sinon, vous auriez au moins tressailli… ah ! Vous êtes plus forte que je ne croyais… mais pourquoi dissimuler ?

Il saisit l'album à images qu'il venait de déposer sur une table voisine et, l'ouvrant à la page découpée :

– Pourriez-vous me dire dans quel ordre on doit disposer les lettres qui manquent ici, pour connaître la teneur exacte du billet que vous avez envoyé à Bresson quatre jours avant le vol de la lampe juive ?

– Dans quel ordre ?… Bresson ?… Le vol de la lampe juive ?…

Elle redisait les mots, lentement, comme pour en dégager le sens.

Il insista.

– Oui. Voici les lettres employées… sur ce bout de papier. Que disiez-vous à Bresson ?

– Les lettres employées… ce que je disais…

Soudain elle éclata de rire :

– Ça y est ! Je comprends ! Je suis la complice du vol ! Il y a un M. Bresson qui a pris la lampe juive et qui s'est tué. Et moi, je suis l'amie de ce Monsieur. Oh ! que c'est amusant !

– Qui donc avez-vous été voir hier dans la soirée, au second étage d'une maison de l'avenue des Ternes ?

– Qui ? Mais ma modiste, Mlle Langeais. Est-ce que ma modiste et mon ami M. Bresson ne feraient qu'une seule et même personne ?

Malgré tout, Sholmès douta. On peut feindre, de manière à donner le change, la terreur, la joie, l'inquiétude, tous les sentiments, mais non point l'indifférence, non point le rire heureux et insouciant.

Cependant il lui dit encore :

– Un dernier mot : pourquoi l'autre soir, à la gare du Nord, m'avez vous abordé ? Et pourquoi m'avez-vous supplié de repartir immédiatement sans m'occuper de ce vol ?

– Ah vous êtes trop curieux, Monsieur Sholmès, répondit-elle en riant toujours de la façon la plus naturelle. Pour votre punition, vous ne saurez rien, et en outre vous garderez le malade pendant que je vais chez le pharmacien... une ordonnance pressée... je me sauve.

Elle sortit.

– Je suis roulé, murmura Sholmès. Non seulement je n'ai rien tiré d'elle, mais c'est moi qui me suis découvert.

Et il se rappelait l'affaire du diamant bleu et l'interrogatoire qu'il avait fait subir à Clotilde Destange. N'était-ce pas la même sérénité que la Dame blonde lui avait opposée, et ne se trouvait-il pas de nouveau en face d'un de ces êtres qui, protégés par Arsène Lupin, sous l'action directe de son influence, gardaient dans l'angoisse même du danger le calme le plus stupéfiant ?

– Sholmès... Sholmès...

Il s'approcha de Wilson qui l'appelait, et s'inclina vers lui.

– Qu'y a-t-il, vieux camarade ? On souffre ?

Wilson remua les lèvres sans pouvoir parler. Enfin, après de grands efforts, il bégaya :

– Non.., Sholmès... ce n'est pas elle... il est impossible que ce soit elle...

– Qu'est-ce que vous me chantez là ? Je vous dis que c'est elle, moi ! Il n'y a qu'en face d'une créature de Lupin, dressée et remontée par lui, que je perds la tête et que j'agis aussi sottement... la voilà maintenant qui connaît toute l'histoire de l'album... je vous parie qu'avant une heure Lupin sera prévenu. Avant une heure ? Que dis-je ! Mais tout de suite ! Le pharmacien, l'ordonnance pressée... des blagues !

Il s'esquiva rapidement, descendit l'avenue de Messine, et avisa Mademoiselle qui entrait dans une pharmacie. Elle reparut, dix minutes plus tard, avec des flacons et une bouteille enveloppés de papier blanc. Mais, alors qu'elle remontait l'avenue, elle fut accostée par un homme qui la poursuivit, la casquette à la main et l'air obséquieux, comme s'il demandait la charité.

Elle s'arrêta et lui fit l'aumône, puis reprit son chemin.

— Elle lui a parlé, se dit l'Anglais.

Plutôt qu'une certitude, ce fut une intuition, assez forte cependant pour qu'il changeât de tactique. Abandonnant la jeune fille, il se lança sur la piste du faux mendiant.

Ils arrivèrent ainsi, l'un derrière l'autre, à la place Saint-Ferdinand, et l'homme erra longtemps autour de la maison de Bresson, levant parfois les yeux aux fenêtres du second étage, et surveillant les gens qui pénétraient dans la maison.

Au bout d'une heure, il monta sur l'impériale d'un tramway qui se dirigeait vers Neuilly. Sholmès y monta également et s'assit derrière l'individu, un peu plus loin, et à côté d'un Monsieur que dissimulaient les feuilles ouvertes de son journal. Aux fortifications, le journal s'abaissa, Sholmès aperçut Ganimard, et Ganimard lui dit à l'oreille en désignant l'individu :

— C'est notre homme d'hier soir, celui qui suivait Bresson. Il y a une heure qu'il vagabonde sur la place.

— Rien de nouveau pour Bresson ? demanda Sholmès.

— Si, une lettre qui est arrivée ce matin à son adresse.

— Ce matin ? Donc elle a été mise à la poste hier, avant que l'expéditeur ne sache la mort de Bresson.

— Précisément. Elle est entre les mains du juge d'instruction. Mais j'en ai retenu les termes : « Il n'accepte aucune transaction. Il veut tout, la première chose aussi bien que celles de la seconde affaire. Sinon, il agit. » Et pas de signature, ajouta Ganimard. Comme vous voyez, ces quelques lignes ne nous serviront guère.

— Je ne suis pas du tout de votre avis, Monsieur Ganimard, ces quelques lignes me semblent au contraire fort intéressantes.

— Et pourquoi, mon Dieu !

— Pour des raisons qui me sont personnelles, répondit Sholmès avec le sans-gêne dont il usait envers son collègue.

Le tramway s'arrêta rue du Château, au point terminus. L'individu descendit et s'en alla paisiblement.

Sholmès l'escortait, et de si près que Ganimard s'en effraya :

— S'il se retourne, nous sommes brûlés.

— Il ne se retournera pas maintenant.

— Qu'en savez-vous ?

— C'est un complice d'Arsène Lupin, et le fait qu'un complice de Lupin s'en va ainsi, les mains dans ses poches, prouve d'abord qu'il se sait suivi, et en second lieu qu'il ne craint rien.

— Pourtant nous le serrons d'assez près !

— Pas assez pour qu'il ne puisse nous glisser entre les doigts avant une minute. Il est trop sûr de lui.

— Voyons ! Voyons ! Vous me faites poser. Il y a là-bas, à la porte de ce café, deux agents cyclistes. Si je décide de les requérir et d'aborder le personnage, je me demande comment il nous glissera entre les doigts.

— Le personnage ne paraît pas s'émouvoir beaucoup de cette éventualité. C'est lui-même qui les requiert !

— Nom d'un chien, proféra Ganimard, il a de l'aplomb !

L'individu en effet s'était avancé vers les deux agents au moment où ceux-ci se disposaient à enfourcher leurs bicyclettes. Il leur dit quelques mots, puis, soudain, sauta sur une troisième bicyclette, qui était appuyée contre le mur du café, et s'éloigna rapidement avec les deux agents.

L'Anglais s'esclaffa.

— Hein ! L'avais-je prévu ? Un, deux, trois, enlevé ! Et par qui ? Par deux de vos collègues, Monsieur Ganimard. Ah ! Il se met bien, Arsène Lupin ! Des agents cyclistes à sa solde ! Quand je vous disais que notre personnage était beaucoup trop calme !

— Alors quoi, s'écria Ganimard, vexé, que fallait-il faire ? C'est très commode de rire !

— Allons, allons, ne vous fâchez pas. On se vengera. Pour le moment, il nous faut du renfort.

— Folenfant m'attend au bout de l'avenue de Neuilly.

— Eh bien, prenez-le au passage et venez me rejoindre.

Ganimard s'éloigna, tandis que Sholmès suivait les traces des bicyclettes, d'autant plus visibles sur la poussière de la route, que deux des machines étaient munies de pneumatiques striés. Et il s'aperçut bientôt que ces traces le conduisaient au bord de la Seine, et que les trois hommes avaient tourné du même côté que Bresson, la veille au soir. Il parvint ainsi à la grille contre laquelle lui-même s'était caché avec Ganimard, et, un peu plus loin, il constata un emmêlement des lignes striées qui lui prouva qu'on avait fait halte à cet endroit. Juste en face il y avait une petite langue de terrain qui pointait dans la Seine et à l'extrémité de laquelle une vieille barque était amarrée.

C'est là que Bresson avait dû jeter son paquet, ou plutôt qu'il l'avait laissé tomber. Sholmès descendit le talus et vit que, la berge s'abaissant en pente très douce et l'eau du fleuve étant basse, il lui serait facile de retrouver le paquet… à moins que les trois hommes n'eussent pris les devants.

– Non, non, se dit-il, ils n'ont pas eu le temps… un quart d'heure tout au plus… et cependant pourquoi ont-ils passé par là ?

Un pêcheur était assis dans la barque. Sholmès lui demanda :

– Vous n'avez pas aperçu trois hommes à bicyclette ?

Le pêcheur fit signe que non.

L'Anglais insista :

– Mais si… trois hommes… ils viennent de s'arrêter à deux pas de vous…

Le pêcheur mit sa ligne sous son bras, sortit de sa poche un carnet, écrivit sur une des pages, la déchira et la tendit à Sholmès.

Un grand frisson secoua l'Anglais. D'un coup d'œil il avait vu, au milieu de la page qu'il tenait à la main, la série des lettres déchirées de l'album.

CDEHNOPRZEO-237

Un lourd soleil pesait sur la rivière. L'homme avait repris sa besogne, abrité sous la vaste cloche d'un chapeau de paille, sa veste et son gilet pliés à côté de lui. Il pêchait attentivement, tandis que le bouchon de sa ligne flottait au fil de l'eau.

Il s'écoula bien une minute, une minute de solennel et terrible silence.

– Est-ce lui ? pensait Sholmès avec une anxiété presque douloureuse.

Et la vérité l'éclairant :

– C'est lui ! C'est lui ! Lui seul est capable de rester ainsi sans un frémissement d'inquiétude, sans rien craindre de ce qui va se passer… et quel autre saurait cette histoire de l'album ? Alice l'a prévenu par son messager.

Tout à coup l'Anglais sentit que sa main, que sa propre main avait saisi la crosse de son revolver, et que ses yeux se fixaient sur le dos de l'individu, un peu au-dessous de la nuque. Un geste, et tout le drame se dénouait, la vie de l'étrange aventurier se terminait misérablement.

Le pêcheur ne bougea pas.

Sholmès serra nerveusement son arme avec l'envie farouche de tirer et d'en finir, et l'horreur en même temps d'un acte qui déplaisait à sa nature. La mort était certaine. Ce serait fini.

– Ah pensa-t-il, qu'il se lève, qu'il se défende… sinon tant pis pour lui… une seconde encore… et je tire…

Mais un bruit de pas lui ayant fait tourner la tête, il avisa Ganimard qui s'en venait en compagnie des inspecteurs.

Alors, changeant d'idée, il prit son élan, d'un bond sauta dans la barque dont l'amarre se cassa sous la poussée trop forte, tomba sur l'homme et l'étreignit à bras-le-corps. Ils roulèrent tous deux au fond du bateau.

– Et après ? s'écria Lupin, tout en se débattant, qu'est-ce que cela prouve ? Quand l'un de nous aura réduit l'autre à l'impuissance, il sera bien avancé ! Vous ne saurez pas quoi faire de moi, ni moi de vous. On restera là comme deux imbéciles…

Les deux rames glissèrent à l'eau. La barque s'en fut à la dérive. Des exclamations s'entrecroisaient le long de la berge, et Lupin continuait :

– Que d'histoires, Seigneur ! Vous avez donc perdu la notion des choses ?… De pareilles bêtises à votre âge ! Et un grand garçon comme vous ! Fi, que c'est vilain ! …

Il réussit à se dégager.

Exaspéré, résolu à tout, Herlock Sholmès mit la main à sa poche. Il poussa un juron : Lupin lui avait pris son revolver.

Alors il se jeta à genoux et tâcha de rattraper un des avirons afin de gagner le bord, tandis que Lupin s'acharnait après l'autre, afin de gagner le large.

– L'aura… l'aura pas, disait Lupin… d'ailleurs ça n'a aucune importance… si vous avez votre rame, je vous empêche de vous en servir… et vous de même. Mais voilà, dans la vie, on s'efforce d'agir… sans la moindre raison, puisque c'est toujours le sort qui décide… tenez, vous voyez, le sort… eh bien, il se décide pour son vieux Lupin… victoire ! Le courant me favorise !

Le bateau en effet tendait à s'éloigner.

– Garde à vous, cria Lupin.

Quelqu'un, sur la rive, braquait un revolver. Il baissa la tête, une détonation retentit, un peu d'eau jaillit auprès d'eux. Lupin éclata de rire.

– Dieu me pardonne, c'est l'ami Ganimard !… Mais c'est très mal ce que vous faites là, Ganimard. Vous n'avez le droit de tirer qu'en cas de légitime défense… ce pauvre Arsène vous rend donc féroce au point d'oublier tous vos devoirs ?… Allons bon, le voilà qui recommence !… Mais, malheureux, c'est mon cher maître que vous allez frapper.

Il fit à Sholmès un rempart de son corps, et, debout dans la barque, face à Ganimard :

– Bien ! Maintenant je suis tranquille… visez là, Ganimard, en plein cœur… plus haut… à gauche… c'est raté… fichu maladroit… encore un coup !… Mais vous tremblez, Ganimard… au commandement, n'est-ce pas ? Et du sang-froid !… Une, deux, trois, feu !… Raté ! Sacrebleu, le gouvernement vous donne donc des joujoux d'enfant comme pistolets ?

Il exhiba un long revolver, massif et plat, et, sans viser, tira.

L'inspecteur porta la main à son chapeau : une balle l'avait troué.

– Qu'en dites-vous, Ganimard ? Ah ! cela vient d'une bonne fabrique. Saluez, Messieurs, c'est le revolver de mon noble ami, maître Herlock Sholmès !

Et, d'un tour de bras, il lança l'arme aux pieds mêmes de Ganimard.

Sholmès ne pouvait s'empêcher de sourire et d'admirer. Quel débordement de vie. Quelle allégresse jeune et spontanée. Et comme il paraissait se divertir ! On eût dit que la sensation du péril lui causait une joie physique, et que l'existence n'avait pas d'autre but pour cet homme extraordinaire que la recherche de dangers qu'il s'amusait ensuite à conjurer.

De chaque côté du fleuve, cependant, des gens se massaient, et Ganimard et ses hommes suivaient l'embarcation qui se balançait au large, très doucement entraînée par le courant. C'était la capture inévitable, mathématique.

– Avouez, maître, s'écria Lupin en se retournant vers l'Anglais, que vous ne donneriez pas votre place pour tout l'or du Transvaal ! C'est que vous êtes au premier rang des fauteuils ! Mais, d'abord et avant tout, le prologue… après quoi nous sauterons d'un coup au cinquième acte, la capture ou l'évasion d'Arsène Lupin. Donc, mon cher maître, j'ai une question à vous poser, et je vous supplie, afin qu'il n'y ait pas d'équivoque, d'y répondre par un oui ou un non. Renoncez à vous occuper de cette affaire. Il en est encore temps et je puis réparer le mal que vous avez fait. Plus tard je ne le pourrais plus. Est-ce convenu ?

– Non.

La figure de Lupin se contracta. Visiblement cette obstination l'irritait. Il reprit :

– J'insiste. Pour vous encore plus que pour moi, j'insiste, certain que vous serez le premier à regretter votre intervention. Une dernière fois, oui ou non ?

– Non.

Lupin s'accroupit, déplaça une des planches du fond et, durant quelques minutes, exécuta un travail dont Sholmès ne put discerner la nature. Puis il se releva, s'assit auprès de l'Anglais, et lui tint ce langage :

– Je crois, maître, que nous sommes venus au bord de cette rivière pour des raisons identiques : repêcher l'objet dont Bresson s'est débarrassé ? Pour ma part, j'avais donné rendez-vous à quelques camarades, et j'étais sur le point – mon costume sommaire l'indique – d'effectuer une petite exploration dans les profondeurs de la Seine, quand mes amis m'ont annoncé votre approche. Je vous confesse d'ailleurs que je n'en fus pas surpris, étant prévenu heure par heure, j'ose le dire, des progrès de votre enquête. C'est si facile. Dès qu'il se passe, rue Murillo, la moindre chose susceptible de m'intéresser, vite, un coup de téléphone, et je suis averti ! Vous comprendrez que, dans ces conditions…

Il s'arrêta. La planche qu'il avait écartée se soulevait maintenant, et, tout autour, de l'eau filtrait par petits jets.

– Diable, j'ignore comment j'ai procédé, mais j'ai tout lieu de penser qu'il y a une voie d'eau au fond de cette vieille embarcation. Vous n'avez pas peur, maître ?

Sholmès haussa les épaules. Lupin continua :

– Vous comprendrez donc que, dans ces conditions, et sachant par avance que vous rechercheriez le combat d'autant plus ardemment que je m'efforçais, moi, de l'éviter, il m'était plutôt agréable d'engager avec vous une partie dont l'issue est certaine puisque j'ai tous les atouts en main. Et j'ai voulu donner à notre rencontre le plus d'éclat possible, afin que votre défaite fût universellement connue, et qu'une autre comtesse de Crozon ou un autre Baron d'Imblevalle ne fussent pas tentés de solliciter votre secours contre moi. Ne voyez là d'ailleurs, mon cher maître…

Il s'interrompit de nouveau, et, se servant de ses mains à demi fermées comme de lorgnettes, il observa les rives.

– Bigre ! ils ont frété un superbe canot, un vrai navire de guerre, et les voilà qui font force rames. Avant cinq minutes, ce sera l'abordage et je suis perdu. Monsieur Sholmès, un conseil : vous vous jetez sur moi, vous me ficelez et vous me livrez à la justice de mon pays… ce programme vous plaît-il ?... À moins que d'ici là, nous n'ayons fait naufrage, auquel cas il ne nous resterait plus qu'à préparer notre testament. Qu'en pensez-vous ?

Leurs regards se croisèrent. Cette fois Sholmès s'expliqua la manœuvre de Lupin : il avait percé le fond de la barque. Et l'eau montait.

Elle gagna les semelles de leurs bottines. Elle recouvrit leurs pieds : ils ne firent pas un mouvement.

Elle dépassa leurs chevilles : l'Anglais saisit sa blague à tabac, roula une cigarette et l'alluma.

Lupin poursuivit :

– Et ne voyez là, mon cher maître, que l'humble aveu de mon impuissance à votre égard. C'est m'incliner devant vous que d'accepter les seules batailles où la victoire me soit acquise, afin d'éviter celles dont je n'aurais pas choisi le terrain. C'est reconnaître que Sholmès est l'unique ennemi que je craigne, et proclamer mon inquiétude tant que Sholmès ne sera pas écarté de ma route. Voilà, mon cher maître, ce que je tenais à vous dire, puisque le destin m'accorde l'honneur d'une conversation avec vous. Je ne regrette qu'une chose, c'est que cette conversation ait lieu pendant que nous prenons un bain de pieds ! ... Situation qui manque de gravité, je le confesse... et que dis-je un bain de pieds ! ... Un bain de siège plutôt !

L'eau en effet parvenait au banc où ils étaient assis, et de plus en plus la barque s'enfonçait.

Sholmès, imperturbable, la cigarette aux lèvres, semblait absorbé dans la contemplation du ciel. Pour rien au monde, en face de cet homme environné de périls, cerné par la foule, traqué par la meute des agents, et qui cependant gardait sa belle humeur, pour rien au monde il n'eût consenti à montrer, lui, le plus léger signe d'agitation.

Quoi ! avaient-ils l'air de dire tous deux, s'émeut-on pour de telles futilités ? N'advient-il pas chaque jour que l'on se noie dans un fleuve ? Est-ce là de ces événements qui méritent qu'on y prête attention ? Et l'un bavardait, et l'autre rêvassait, tous deux cachant sous un même masque d'insouciance le choc formidable de leurs deux orgueils.

Une minute encore, et ils allaient couler.

– L'essentiel, formula Lupin, est de savoir si nous coulerons avant ou après l'arrivée des champions de la justice. Tout est là. Car, pour la question du naufrage, elle ne se pose même plus. Maître, c'est l'heure solennelle du testament. Je lègue toute ma fortune à Herlock Sholmès, citoyen anglais, à charge pour lui… mais, mon Dieu, qu'ils avancent vite, les champions de la justice ! Ah les braves gens ! Ils font plaisir à voir. Quelle précision dans le coup de rame ! Tiens, mais c'est vous, brigadier Folenfant ? Bravo ! L'idée du navire de guerre est excellente. Je vous recommanderai à vos supérieurs, brigadier Folenfant… est-ce la

339

médaille que vous souhaitez ? Entendu… c'est chose faite. Et votre camarade Dieuzy, où est-il donc ? Sur la rive gauche, n'est-ce pas, au milieu d'une centaine d'indigènes ?… De sorte que, si j'échappe au naufrage, je suis recueilli à gauche par Dieuzy et ses indigènes, ou bien à droite par Ganimard et les populations de Neuilly. Fâcheux dilemme…

Il y eut un remous. L'embarcation vira sur elle-même, et Sholmès dut s'accrocher à l'anneau des avirons.

— Maître, dit Lupin, je vous supplie d'ôter votre veste. Vous serez plus à l'aise pour nager. Non ? Vous refusez ? Alors je remets la mienne.

Il enfila sa veste, la boutonna hermétiquement comme celle de Sholmès, et soupira :

— Quel rude homme vous faites ! Et qu'il est dommage que vous vous entêtiez dans une affaire… où vous donnez certes la mesure de vos moyens, mais si vainement ! Vrai, vous gâchez votre beau génie…

— Monsieur Lupin, prononça Sholmès, sortant enfin de son mutisme, vous parlez beaucoup trop, et vous péchez souvent par excès de confiance et par légèreté.

— Le reproche est sévère.

— C'est ainsi que, sans le savoir, vous m'avez fourni, il y a un instant, le renseignement que je cherchais.

— Comment ! Vous cherchiez un renseignement et vous ne me le disiez pas !

— Je n'ai besoin de personne. D'ici trois heures je donnerai le mot de l'énigme à M. et Mme d'Imblevalle. Voilà l'unique réponse…

Il n'acheva pas sa phrase. La barque avait sombré d'un coup, les entraînant tous deux. Elle émergea aussitôt, retournée, la coque en l'air. Il y eut de grands cris sur les deux rives, puis un silence anxieux, et soudain de nouvelles exclamations : un des naufragés avait reparu.

C'était Herlock Sholmès.

Excellent nageur, il se dirigea à larges brassées vers le canot de Folenfant.

— Hardi, Monsieur Sholmès, hurla le brigadier, nous y sommes… ne faiblissez pas… on s'occupera de lui après… nous le tenons, allez… un petit effort, Monsieur Sholmès… prenez la corde…

L'Anglais saisit une corde qu'on lui tendait. Mais, pendant qu'il se hissait à bord, une voix, derrière lui, l'interpella :

– Le mot de l'énigme, mon cher maître, parbleu oui, vous l'aurez. Je m'étonne même que vous ne l'ayez pas déjà... et après ? À quoi cela vous servira-t-il ? C'est justement alors que la bataille sera perdue pour vous...

À cheval sur la coque dont il venait d'escalader les parois tout en pérorant, confortablement installé maintenant, Arsène Lupin poursuivait son discours avec des gestes solennels, et comme s'il espérait convaincre son interlocuteur.

– Comprenez-le bien, mon cher maître, il n'y a rien à faire, absolument rien... vous vous trouvez dans la situation déplorable d'un Monsieur...

Folenfant l'ajusta :

– Rendez-vous, Lupin.

– Vous êtes un malotru, brigadier Folenfant, vous m'avez coupé au milieu d'une phrase. Je disais donc...

– Rendez-vous, Lupin.

– Mais sacrebleu, brigadier Folenfant, on ne se rend que si l'on est en danger. Or vous n'avez pas la prétention de croire que je cours le moindre danger !

– Pour la dernière fois, Lupin, je vous somme de vous rendre.

– Brigadier Folenfant, vous n'avez nullement l'intention de me tuer, tout au plus de me blesser, tellement vous avez peur que je m'échappe. Et si par hasard la blessure était mortelle ? Non, mais pensez à vos remords, malheureux ! À votre vieillesse empoisonnée !...

Le coup partit.

Lupin chancela, se cramponna un instant à l'épave, puis lâcha prise et disparût.

Il était exactement trois heures lorsque ces événements se produisirent. À six heures précises, ainsi qu'il l'avait annoncé, Herlock Sholmès, vêtu d'un pantalon trop court et d'un veston trop étroit qu'il avait empruntés à un aubergiste de Neuilly, coiffé d'une casquette et paré d'une chemise de flanelle à cordelière de soie, entra dans le boudoir de la rue Murillo, après avoir fait prévenir M. et Mme d'Imblevalle qu'il leur demandait un entretien.

Ils le trouvèrent qui se promenait de long en large. Et il leur parut si comique dans sa tenue bizarre qu'ils durent réprimer une forte envie de rire. L'air pensif, le dos voûté, il marchait comme un automate, de la fenêtre à la porte, et de la porte à la fenêtre, faisant chaque fois le même nombre de pas, et pivotant chaque fois dans le même sens.

Il s'arrêta, saisit un bibelot, l'examina machinalement, puis reprit sa promenade.

Enfin, se plantant devant eux, il demanda :

— Mademoiselle est-elle ici ?

— Oui, dans le jardin, avec les enfants.

— Monsieur le Baron, l'entretien que nous allons avoir étant définitif, je voudrais que Mlle Demun y assistât.

— Est-ce que, décidément… ?

— Ayez un peu de patience, Monsieur. La vérité sortira clairement des faits que je vais exposer devant vous avec le plus de précision possible.

— Soit. Suzanne, veux-tu ?…

Mme d'Imblevalle se leva et revint presque aussitôt, accompagnée d'Alice Demun. Mademoiselle, un peu plus pâle que de coutume, resta debout, appuyée contre une table et sans même demander la raison pour laquelle on l'avait appelée.

Sholmès ne parut pas la voir, et, se tournant brusquement vers M. d'Imblevalle, il articula d'un ton qui n'admettait pas de réplique :

— Après plusieurs jours d'enquête, Monsieur, et bien que certains événements aient modifié un instant ma manière de voir, je vous répéterai ce que je vous ai dit dès la première heure : la lampe juive a été volée par quelqu'un qui habite cet hôtel.

— Le nom du coupable ?

— Je le connais.

— Les preuves ?

— Celles que j'ai suffiront à le confondre.

— Il ne suffit pas qu'il soit confondu. Il faut encore qu'il nous restitue…

— La lampe juive ? Elle est en ma possession.

— Le collier d'opales ? La tabatière ?…

— Le collier d'opales, la tabatière, bref tout ce qui vous fut dérobé la seconde fois est en ma possession.

Sholmès aimait ces coups de théâtre et cette manière un peu sèche d'annoncer ses victoires.

De fait le Baron et sa femme semblaient stupéfiés, et le considéraient avec une curiosité silencieuse qui était la meilleure des louanges.

Il reprit ensuite par le menu le récit de ce qu'il avait fait durant ces trois jours. Il dit la découverte de l'album, écrivit sur une feuille de papier la phrase formée par les lettres découpées, puis raconta l'expédition de Bresson au bord de la Seine et le suicide de l'aventurier, et enfin la lutte que lui, Sholmès, venait de soutenir contre Lupin, le naufrage de la barque et la disparition de Lupin.

Quand il eut terminé, le Baron dit à voix basse :

– Il ne vous reste plus qu'à nous révéler le nom du coupable. Qui donc accusez-vous ?

– J'accuse la personne qui a découpé les lettres de cet alphabet, et communiqué au moyen de ces lettres avec Arsène Lupin.

– Comment savez-vous que le correspondant de cette personne est Arsène Lupin ?

– Par Lupin lui-même.

Il tendit un bout de papier mouillé et froissé. C'était la page que Lupin avait arrachée de son carnet, dans la barque, et sur laquelle il avait inscrit la phrase.

– Et remarquez, nota Sholmès, avec satisfaction, que rien ne l'obligeait à me donner cette feuille, et, par conséquent, à se faire reconnaître. Simple gaminerie de sa part, et qui m'a renseigné.

– Qui vous a renseigné…. dit le Baron. Je ne vois rien cependant…

Sholmès repassa au crayon les lettres et les chiffres.

CDEHNOPRZEO-237.

– Eh bien ? fit M. d'Imblevalle, c'est la formule que vous venez de nous montrer vous-même.

– Non. Si vous aviez tourné et retourné cette formule dans tous les sens, vous auriez vu du premier coup d'œil, comme je l'ai vu, qu'elle n'est pas semblable à la première.

– Et en quoi donc ?

– Elle comprend deux lettres de plus, un E et un O.

– En effet, je n'avais pas observé...

– Rapprochez ces deux lettres du C et du H qui nous restaient en dehors du mot « répondez » et vous constaterez que le seul mot possible est ECHO.

– Ce qui signifie ?

– Ce qui signifie l'*Écho de France*, le journal de Lupin, son organe officiel, celui auquel il réserve ses « communiqués ». Répondez à « l'*Écho de France*, rubrique de la petite correspondance, numéro 237 ». C'était là le mot de l'énigme que j'ai tant cherché, et que Lupin m'a fourni avec tant de bonne grâce. J'arrive des bureaux de l'*Écho de France*.

– Et vous avez trouvé ?

– J'ai trouvé toute l'histoire détaillée des relations d'Arsène Lupin et de... sa complice.

Et Sholmès étala sept journaux ouverts à la quatrième page et dont il détacha les sept lignes suivantes :

1° ARS. LUP. Dame impl. protect. 540.

2° 540. Attends explications. A. L.

3° A. L. Sous domin. ennemie. Perdue.

4° 540. Ecrivez adresse. Ferai enquête.

5° A. L. Murillo.

6° 540. Parc trois heures. Violettes.

7° 237. Entendu sam. serai dim. mat. parc.

– Et vous appelez cela une histoire détaillée ! s'écria M. d'Imblevalle...

– Mon Dieu, oui, et pour peu que vous y prêtiez attention, vous serez de mon avis. Tout d'abord, une dame qui signe 540, implore la protection d'Arsène Lupin, à quoi Lupin riposte par une demande d'explications. La dame répond qu'elle est sous la domination d'un ennemi, de Bresson sans aucun doute, et qu'elle est perdue si l'on ne vient à son aide. Lupin, qui se méfie, qui n'ose encore s'aboucher avec cette inconnue, exige l'adresse et propose une enquête. La dame hésite pendant quatre jours – consultez les dates – enfin pressée par les événements, influencée par les menaces de Bresson, elle donne le nom de sa rue, Murillo. Le lendemain, Arsène Lupin annonce qu'il sera dans le parc Monceau à trois heures, et prie son

344

inconnue de porter un bouquet de violettes comme signe de ralliement. Là, une interruption de huit jours dans la correspondance. Arsène Lupin et la dame n'ont pas besoin de s'écrire par la voie du journal : ils se voient ou s'écrivent directement. Le plan est ourdi pour satisfaire aux exigences de Bresson, la dame enlèvera la lampe juive. Reste à fixer le jour. La dame qui, par prudence, correspond à l'aide de mots découpés et collés, se décide pour le samedi et ajoute : « Répondez Écho 237. » Lupin répond que c'est entendu et qu'il sera en outre le dimanche matin dans le parc. Le dimanche matin, le vol avait lieu.

– En effet, tout s'enchaîne, approuva le Baron, et l'histoire est complète.

Sholmès reprit :

– Donc le vol a lieu. La dame sort le dimanche matin, rend compte à Lupin de ce qu'elle a fait, et porte à Bresson la lampe juive. Les choses se passent alors comme Lupin l'avait prévu. La justice, abusée par une fenêtre ouverte, quatre trous dans la terre et deux éraflures sur un balcon, admet aussitôt l'hypothèse du vol par effraction. La dame est tranquille.

– Soit, fit le Baron, j'admets cette explication très logique. Mais le second vol…

– Le second vol fut provoqué par le premier. Les journaux ayant raconté comment la lampe juive avait disparu, quelqu'un eut l'idée de répéter l'agression et de s'emparer de ce qui n'avait pas été emporté. Et cette fois ce ne fut pas un vol simulé, mais un vol réel, avec effraction véritable, escalade, etc.

– Lupin, bien entendu…

– Non, Lupin n'agit pas aussi stupidement. Lupin ne tire pas sur les gens pour un oui ou un non.

– Alors qui est-ce ?

– Bresson, sans aucun doute, et à l'insu de la dame qu'il avait fait chanter. C'est Bresson qui est entré ici, c'est lui que j'ai poursuivi, c'est lui qui a blessé mon pauvre Wilson.

– En êtes-vous bien sûr ?

– Absolument. Un des complices de Bresson lui a écrit hier, avant son suicide, une lettre qui prouve que des pourparlers furent engagés entre ce complice et Lupin pour la restitution de tous les objets volés dans votre hôtel. Lupin exigeait tout, « la première chose (c'est-à-dire la lampe juive) aussi bien que celles de la seconde affaire ». En outre il surveillait Bresson. Quand celui-ci s'est rendu hier soir au bord de la Seine, un des compagnons de Lupin le filait en même temps que nous.

– Qu'allait faire Bresson au bord de la Seine ?

– Averti des progrès de mon enquête…

– Averti par qui ?

– Par la même dame, laquelle craignait à juste titre que la découverte de la lampe juive n'amenât la découverte de son aventure… donc, Bresson averti, réunit en un seul paquet ce qui peut le compromettre, et il le jette dans un endroit où il lui est possible de le reprendre, une fois le danger passé. C'est au retour que, traqué par Ganimard et par moi, ayant sans doute d'autres forfaits sur la conscience, il perd la tête et se tue.

– Mais que contenait le paquet ?

– La lampe juive et vos autres bibelots.

– Ils ne sont donc pas en votre possession ?

– Aussitôt après la disparition de Lupin, j'ai profité du bain qu'il m'avait forcé de prendre, pour me faire conduire à l'endroit choisi par Bresson, et j'ai retrouvé, enveloppé de linge et de toile cirée, ce qui vous fut dérobé. Le voici, sur cette table.

Sans un mot le Baron coupa les ficelles, déchira d'un coup les linges mouillés, en sortit la lampe, tourna un écrou placé sous le pied, fit effort des deux mains sur le récipient, le dévissa, l'ouvrit en deux parties égales, et découvrit la chimère en or, rehaussée de rubis et d'émeraudes.

Elle était intacte.

Il y avait dans toute cette scène, si naturelle en apparence, et qui consistait en une simple exposition de faits, quelque chose qui la rendait effroyablement tragique, c'était l'accusation formelle, directe, irréfutable, que Sholmès lançait à chacune de ses paroles contre Mademoiselle. Et c'était aussi le silence impressionnant d'Alice Demun.

Pendant cette longue, cette cruelle accumulation de petites preuves ajoutées les unes aux autres, pas un muscle de son visage n'avait remué, pas un éclair de révolte ou de crainte n'avait troublé la sérénité de son limpide regard. Que pensait-elle ? Et surtout qu'allait-elle dire à la minute solennelle où il lui faudrait répondre, où il lui faudrait se défendre et briser le cercle de fer dans lequel Herlock Sholmès l'emprisonnait si habilement ?

Cette minute avait sonné et la jeune fille se taisait.

– Parlez ! Parlez donc ! s'écria M. d'Imblevalle.

Elle ne parla point.

Il insista :

– Un mot vous justifierait… un mot de révolte, et je vous croirai.

Ce mot, elle ne le dit point.

Le Baron traversa vivement la pièce, revint sur ses pas, recommença, puis s'adressant à Sholmès :

– Eh bien non, Monsieur ! Je ne peux pas admettre que ce soit vrai ! Il y a des crimes impossibles ! Et celui-là est en opposition avec tout ce que je sais, tout ce que je vois depuis un an.

Il appliqua sa main sur l'épaule de l'Anglais.

– Mais, vous-même, Monsieur, êtes-vous absolument et définitivement certain de ne pas vous tromper ?

Sholmès hésita, comme un homme qu'on attaque à l'improviste et dont la riposte n'est pas immédiate. Pourtant il sourit et dit :

– Seule la personne que j'accuse pouvait, par la situation qu'elle occupe chez vous, savoir que la lampe juive contenait ce magnifique bijou.

– Je ne veux pas le croire, murmura le Baron.

– Demandez-le-lui.

C'était, en effet, la seule chose qu'il n'eût point tentée, dans la confiance aveugle que lui inspirait la jeune fille. Pourtant il n'était plus permis de se soustraire à l'évidence.

Il s'approcha d'elle, et, les yeux dans les yeux :

– C'est vous, Mademoiselle ? C'est vous qui avez pris le bijou ? C'est vous qui avez correspondu avec Arsène Lupin et simulé le vol ?

Elle répondit :

– C'est moi, Monsieur.

Elle ne baissa pas la tête. Sa figure n'exprima ni honte ni gêne.

– Est-ce possible ! murmura M. d'Imblevalle… je n'aurais jamais cru… vous êtes la dernière personne que j'aurais soupçonnée… comment avez-vous fait, malheureuse ?

Elle dit :

347

– J'ai fait ce que M. Sholmès a raconté. La nuit du samedi au dimanche, je suis descendue dans ce boudoir, j'ai pris la lampe, et, le matin, je l'ai portée… à cet homme.

– Mais non, objecta le Baron, ce que vous prétendez est inadmissible.

– Inadmissible ! Et pourquoi ?

– Parce que le matin j'ai retrouvé fermée au verrou la porte de ce boudoir.

Elle rougit, perdit contenance et regarda Sholmès comme si elle lui demandait conseil.

Plus encore que par l'objection du Baron, Sholmès sembla frappé par l'embarras d'Alice Demun. N'avait-elle donc rien à répondre ? Les aveux qui consacraient l'explication que lui, Sholmès, avait fournie sur le vol de la lampe juive, masquaient-ils un mensonge que détruisait aussitôt l'examen des faits ?

Le Baron reprit :

– Cette porte était fermée. J'affirme que j'ai retrouvé le verrou comme je l'avais mis la veille au soir. Si vous aviez passé par cette porte, ainsi que vous le prétendez, il eût fallu que quelqu'un vous ouvrit de l'intérieur, c'est-à-dire du boudoir ou de notre chambre. Or, il n'y avait personne à l'intérieur de ces deux pièces… il n'y avait personne que ma femme et moi.

Sholmès se courba vivement et couvrit son visage de ses deux mains afin de masquer sa rougeur. Quelque chose comme une lumière trop brusque l'avait heurté, et il en restait ébloui, mal à l'aise. Tout se dévoilait à lui ainsi qu'un paysage obscur d'où la nuit s'écarterait soudain.

Alice Demun était innocente.

Alice Demun était innocente. Il y avait là une vérité certaine, aveuglante, et c'était en même temps l'explication de la sorte de gêne qu'il éprouvait depuis le premier jour à diriger contre la jeune fille la terrible accusation. Il voyait clair maintenant. Il savait. Un geste, et sur le champ la preuve irréfutable s'offrirait à lui.

Il releva la tête et, après quelques secondes, aussi naturellement qu'il le put, il tourna les yeux vers Mme d'Imblevalle.

Elle était pâle, de cette pâleur inaccoutumée qui vous envahit aux heures implacables de la vie. Ses mains, qu'elle s'efforçait de cacher, tremblaient imperceptiblement.

– Une seconde encore, pensa Sholmès, et elle se trahit.

Il se plaça entre elle et son mari, avec le désir impérieux d'écarter l'effroyable danger qui, par sa faute, menaçait cet homme et cette femme. Mais à la vue du Baron, il tressaillit au plus profond de son être. La même révélation soudaine qui l'avait ébloui de clarté, illuminait maintenant M. d'Imblevalle. Le même travail s'opérait dans le cerveau du mari. Il comprenait à son tour ! Il voyait !

Désespérément, Alice Demun se cabra contre la vérité implacable.

– Vous avez raison, Monsieur, je faisais erreur… en effet, je ne suis pas entrée par ici. J'ai passé par le vestibule et par le jardin, et c'est à l'aide d'une échelle…

Effort suprême du dévouement… mais effort inutile ! Les paroles sonnaient faux. La voix était mal assurée, et la douce créature n'avait plus ses yeux limpides et son grand air de sincérité. Elle baissa la tête, vaincue.

Le silence fut atroce. Mme d'Imblevalle attendait, livide, toute raidie par l'angoisse et l'épouvante. Le Baron semblait se débattre encore, comme s'il ne voulait pas croire à l'écroulement de son bonheur.

Enfin il balbutia :

– Parle ! Explique-toi ! …

– Je n'ai rien à te dire, mon pauvre ami, fit-elle très bas et le visage tordu de douleur.

– Alors… Mademoiselle…

– Mademoiselle m'a sauvée… par dévouement… par affection… et elle s'accusait…

– Sauvée de quoi ? De qui ?

– De cet homme.

– Bresson ?

– Oui, c'est moi qu'il tenait par ses menaces… je l'ai connu chez une amie… et j'ai eu la folie de l'écouter… oh rien que tu ne puisses pardonner… cependant j'ai écrit deux lettres… des lettres que tu verras… Je les ai rachetées… tu sais comment. Oh ! Aie pitié de moi… j'ai tant pleuré !

– Toi ! Toi ! Suzanne !

Il leva sur elle ses poings serrés, prêt à la battre, prêt à la tuer. Mais ses bras retombèrent, et il murmura de nouveau :

– Toi, Suzanne !… Toi !… Est-ce possible !…

Par petites phrases hachées, elle raconta la navrante et banale aventure, son réveil effaré devant l'infamie du personnage, ses remords, son affolement, et elle dit aussi la conduite admirable d'Alice, la jeune fille devinant le désespoir de sa maîtresse, lui arrachant sa confession, écrivant à Lupin, et organisant cette histoire de vol pour la sauver des griffes de Bresson.

— Toi, Suzanne, toi… répétait M. d'Imblevalle, courbé en deux, terrassé… comment as-tu pu ?…

Le soir de ce même jour, le steamer Ville-de-Londres qui fait le service entre Calais et Douvres, glissait lentement sur l'eau immobile. La nuit était obscure et calme. Des nuages paisibles se devinaient au-dessus du bateau, et, tout autour, de légers voiles de brume le séparaient de l'espace infini où devait s'épandre la blancheur de la lune et des étoiles.

La plupart des passagers avaient regagné les cabines et les salons. Quelques-uns cependant, plus intrépides, se promenaient sur le pont ou bien sommeillaient au fond de larges rocking-chairs et sous d'épaisses couvertures. On voyait çà et là des lueurs de cigares, et l'on entendait, mêlé au souffle doux de la brise, le murmure de voix qui n'osaient s'élever dans le grand silence solennel.

Un des passagers, qui déambulait d'un pas régulier le long des bastingages, s'arrêta près d'une personne étendue sur un banc, l'examina, et, comme cette personne remuait un peu, il lui dit :

— Je croyais que vous dormiez, Mademoiselle Alice.

— Non, non, Monsieur Sholmès, je n'ai pas envie de dormir. Je réfléchis.

— À quoi ? Est-ce indiscret de vous le demander ?

— Je pensais à Mme d'Imblevalle. Elle doit être si triste ! Sa vie est perdue.

— Mais non, mais non, dit-il vivement. Son erreur n'est pas de celles qu'on ne pardonne pas. M. d'Imblevalle oubliera cette défaillance. Déjà, quand nous sommes partis, il la regardait moins durement.

— Peut-être… mais l'oubli sera long… et elle souffre.

— Vous l'aimez beaucoup ?

— Beaucoup. C'est cela qui m'a donné tant de force pour sourire quand je tremblais de peur, pour vous regarder en face quand j'aurais voulu fuir vos yeux.

— Et vous êtes malheureuse de la quitter ?

— Très malheureuse. Je n'ai ni parents, ni amis… je n'avais qu'elle.

– Vous aurez des amis, dit l'Anglais, que ce chagrin bouleversait, je vous en fais la promesse… j'ai des relations… beaucoup d'influence… je vous assure que vous ne regretterez pas votre situation.

– Peut-être, mais Mme d'Imblevalle ne sera plus là…

Ils n'échangèrent pas d'autres paroles. Herlock Sholmès fit encore deux ou trois tours sur le pont, puis revint s'installer auprès de sa compagne de voyage.

Le rideau de brume se dissipait et les nuages semblaient se disjoindre au ciel. Des étoiles scintillèrent.

Sholmès tira sa pipe du fond de son macfarlane, la bourra et frotta successivement quatre allumettes sans réussir à les enflammer. Comme il n'en avait pas d'autres, il se leva et dit à un Monsieur qui se trouvait assis à quelques pas :

– Auriez-vous un peu de feu, s'il vous plaît ?

Le Monsieur ouvrit une boîte de tisons et frotta. Tout de suite une flamme jaillit. À sa lueur, Sholmès aperçut Arsène Lupin.

S'il n'y avait pas eu chez l'Anglais un tout petit geste, un imperceptible geste de recul, Lupin aurait pu supposer que sa présence à bord était connue de Sholmès, tellement celui-ci resta maître de lui, et tellement fut naturelle l'aisance avec laquelle il tendit la main à son adversaire.

– Toujours en bonne santé, Monsieur Lupin ?

– Bravo ! s'exclama Lupin, à qui un tel empire sur soi-même arracha un cri d'admiration.

– Bravo ?… Et pourquoi ?

– Comment, pourquoi ? Vous me voyez réapparaître devant vous, comme un fantôme, après avoir assisté à mon plongeon dans la Seine – et par orgueil, par un miracle d'orgueil que je qualifierai de tout britannique, vous n'avez pas un mouvement de stupeur, pas un mot de surprise ! Ma foi, je le répète, bravo, c'est admirable !

– Ce n'est pas admirable. À votre façon de tomber de la barque, j'ai fort bien vu que vous tombiez volontairement et que vous n'étiez pas atteint par la balle du brigadier.

– Et vous êtes parti sans savoir ce que je devenais ?

– Ce que vous deveniez ? Je le savais. Cinq cents personnes commandaient les deux rives sur un espace d'un kilomètre. Du moment que vous échappiez à la mort, votre capture était certaine.

– Pourtant, me voici.

– Monsieur Lupin, il y a deux hommes au monde de qui rien ne peut m'étonner : moi d'abord et vous ensuite.

La paix était conclue.

Si Sholmès n'avait point réussi dans ses entreprises contre Arsène Lupin, si Lupin demeurait l'ennemi exceptionnel qu'il fallait définitivement renoncer à saisir, si au cours des engagements il conservait toujours la supériorité, l'Anglais n'en avait pas moins, par sa ténacité formidable, retrouvé la lampe juive comme il avait retrouvé le diamant bleu. Peut-être cette fois le résultat était-il moins brillant, surtout au point de vue du public, puisque Sholmès était obligé de taire les circonstances dans lesquelles la lampe juive avait été découverte, et de proclamer qu'il ignorait le nom du coupable. Mais d'homme à homme, de Lupin à Sholmès, de policier à cambrioleur, il n'y avait en toute équité ni vainqueur ni vaincu. Chacun d'eux pouvait prétendre à d'égales victoires.

Ils causèrent donc, en adversaires courtois qui ont déposé leurs armes et qui s'estiment à leur juste valeur.

Sur la demande de Sholmès, Lupin raconta son évasion.

– Si tant est, dit-il, que l'on puisse appeler cela une évasion. Ce fut si simple ! Mes amis veillaient, puisqu'on s'était donné rendez-vous pour repêcher la lampe juive. Aussi, après être resté une bonne demi-heure sous la coque renversée de la barque, j'ai profité d'un instant où Folenfant et ses hommes cherchaient mon cadavre le long des rives, et je suis remonté sur l'épave. Mes amis n'ont eu qu'à me cueillir au passage dans leur canot automobile, et à filer sous l'œil ahuri des cinq cents curieux, de Ganimard et de Folenfant.

– Très joli ! s'écria Sholmès… tout à fait réussi !… Et maintenant vous avez à faire en Angleterre ?

– Oui, quelques règlements de comptes… mais j'oubliais… M. d'Imblevalle ?

– Il sait tout.

– Ah ! Mon cher maître, que vous avais-je dit ? Le mal est irréparable maintenant. N'eût-il pas mieux valu me laisser agir à ma guise ? Encore un jour ou deux, et je reprenais à Bresson la lampe juive et les bibelots, je les renvoyais aux d'Imblevalle, et ces deux braves gens eussent achevé de vivre paisiblement l'un auprès de l'autre. Au lieu de cela…

– Au lieu de cela, ricana Sholmès, j'ai brouillé les cartes et porté la discorde au sein d'une famille que vous protégiez.

– Mon Dieu, oui, que je protégeais ! Est-il indispensable de toujours voler, duper et faire le mal ?

– Alors, vous faites le bien aussi ?

– Quand j'ai le temps. Et puis ça m'amuse. Je trouve extrêmement drôle que, dans l'aventure qui nous occupe, je sois le bon génie qui secoure et qui sauve, et vous le mauvais génie qui apporte le désespoir et les larmes.

– Les larmes ! Les larmes ! protesta l'Anglais.

– Certes ! Le ménage d'Imblevalle est démoli et Alice Demun pleure.

– Elle ne pouvait plus rester… Ganimard eût fini par la découvrir… et par elle on remontait jusqu'à Mme d'Imblevalle.

– Tout à fait de votre avis, maître, mais à qui la faute ?

Deux hommes passèrent devant eux. Sholmès dit à Lupin, d'une voix dont le timbre semblait légèrement altéré :

– Vous savez qui sont ces gentlemen ?

– J'ai cru reconnaître le commandant du bateau.

– Et l'autre ?

– J'ignore.

– C'est M. Austin Gilett. Et M. Austin Gilett occupe en Angleterre une situation qui correspond à celle de M. Dudouis, votre chef de la Sûreté.

– Ah quelle chance ! Seriez-vous assez aimable pour me présenter ? M. Dudouis est un de mes bons amis, et je serais heureux d'en pouvoir dire autant de M. Austin Gilett.

Les deux gentlemen reparurent.

– Et si je vous prenais au mot, Monsieur Lupin ? dit Sholmès en se levant.

Il avait saisi le poignet d'Arsène Lupin et le serrait d'une main de fer.

– Pourquoi serrer si fort, maître ? Je suis tout prêt à vous suivre.

Il se laissait, de fait, entraîner sans la moindre résistance. Les deux gentlemen s'éloignaient.

Sholmès doubla le pas. Ses ongles pénétraient dans la chair même de Lupin.

– Allons… allons… proférait-il sourdement dans une sorte de hâte fiévreuse à tout régler le plus vite possible… allons ! Plus vite que cela.

Mais il s'arrêta net : Alice Demun les avait suivis.

– Que faites-vous, Mademoiselle ! C'est inutile… ne venez pas !

Ce fut Lupin qui répondit :

– Je vous prie de remarquer, maître, que Mademoiselle ne vient pas de son plein gré. Je lui serre le poignet avec une énergie semblable à celle que vous déployez à mon égard.

– Et pourquoi ?

– Comment ! Mais je tiens absolument à la présenter aussi. Son rôle dans l'histoire de la lampe juive est encore plus important que le mien. Complice d'Arsène Lupin, complice de Bresson, elle devra également raconter l'aventure de la Baronne d'Imblevalle, ce qui intéressera prodigieusement la justice… et vous aurez de la sorte poussé votre bienfaisante intervention jusqu'à ses dernières limites, généreux Sholmès.

L'Anglais avait lâché le poignet de son prisonnier. Lupin libéra Mademoiselle.

Ils restèrent quelques secondes immobiles, les uns en face des autres. Puis Sholmès regagna son banc et s'assit. Lupin et la jeune fille reprirent leurs places.

Un long silence les divisa. Et Lupin dit :

– Voyez-vous, maître, quoi que nous fassions, nous ne serons jamais du même bord. Vous êtes d'un côté du fossé, moi de l'autre. On peut se saluer, se tendre la main, converser un moment, mais le fossé est toujours là. Toujours vous serez Herlock Sholmès, détective, et moi Arsène Lupin, cambrioleur. Et toujours Herlock Sholmès obéira, plus ou moins spontanément, avec plus ou moins d'à-propos, à son instinct de détective, qui est de s'acharner après le cambrioleur et de le « fourrer dedans » si possible. Et toujours Arsène Lupin sera conséquent avec son âme de cambrioleur en évitant la poigne du détective, et en se moquant de lui si faire se peut. Et cette fois, faire se peut ! Ah ! ah ! ah !

Il éclata de rire, un rire narquois, cruel et détestable…

Puis, soudain grave, il se pencha vers la jeune fille.

– Soyez sûre, Mademoiselle, que, même réduit à la dernière extrémité, je ne vous eusse pas trahie. Arsène Lupin ne trahit jamais, surtout ceux qu'il aime et qu'il admire. Et vous me permettrez de vous dire que j'aime et que j'admire la vaillante et chère créature que vous êtes.

Il tira de son portefeuille une carte de visite, la déchira en deux, en tendit une moitié à la jeune fille, et, d'une même voix émue et respectueuse :

– Si M. Sholmès ne réussit pas dans ses démarches, Mademoiselle, présentez-vous chez lady Strongborough (vous trouverez facilement son domicile actuel) et remettez-lui cette moitié de carte, en lui adressant ces deux mots « souvenir fidèle ». Lady Strongborough vous sera dévouée comme une sœur.

– Merci, dit la jeune fille, j'irai demain chez cette dame.

– Et maintenant, maître, s'écria Lupin du ton satisfait d'un Monsieur qui a rempli son devoir, je vous souhaite une bonne nuit. Nous avons une heure encore de traversée. J'en profite.

Il s'étendit tout de son long, et croisa ses mains derrière sa tête.

Le ciel s'était ouvert devant la lune. Autour des étoiles et au ras de la mer, sa clarté radieuse s'épanouissait. Elle flottait dans l'eau, et l'immensité, où se dissolvaient les derniers nuages, semblait lui appartenir.

La ligne des côtes se détacha de l'horizon obscur. Des passagers remontèrent. Le pont se couvrit de monde. M. Austin Gilett passa en compagnie de deux individus que Sholmès reconnut pour des agents de la police anglaise.

Sur son banc, Lupin dormait…

LES CONFIDENCES
D'ARSÈNE LUPIN

Maurice Leblanc

(1913)

LES «ROMANS D'AVENTURES ET D'ACTION»

MAURICE LEBLANC   PRIX: 2ᶠ50

LES CONFIDENCES
d'Arsène Lupin

Éditions Pierre Lafitte.

– 1 –

Les jeux du soleil

– Lupin, racontez-moi donc quelque chose.

– Eh ! que voulez-vous que je vous raconte ? On connaît toute ma vie ! me répondit Lupin qui somnolait sur le divan de mon cabinet de travail.

– Personne ne la connaît ! m'écriai-je. On sait, par telle de vos lettres, publiée dans les journaux, que vous avez été mêlé à telle affaire, que vous avez donné le branle à telle autre… Mais votre rôle en tout cela, le fond même de l'histoire, le dénouement du drame on l'ignore.

– Bah ! Un tas de potins qui n'ont aucun intérêt.

– Aucun intérêt, votre cadeau de cinquante mille francs à la femme de Nicolas Dugrival ! Aucun intérêt, la façon mystérieuse dont vous avez déchiffré l'énigme des trois tableaux !

– Étrange énigme, en vérité, dit Lupin. Je vous propose un titre : *Le signe de l'ombre*.

– Et vos succès mondains ? ajoutai-je. Et le secret de vos bonnes actions ? Toutes ces histoires auxquelles vous avez souvent fait allusion devant moi et que vous appeliez L'anneau nuptial, La mort qui rôde ! etc. Que de confidences en retard, mon pauvre Lupin ! Allons, un peu de courage…

C'était l'époque où Lupin, déjà célèbre, n'avait pourtant pas encore livré ses plus formidables batailles ; l'époque qui précède les grandes aventures de l'Aiguille creuse et de 813. Sans songer à s'approprier le trésor séculaire des rois de France ou à cambrioler l'Europe au nez du Kaiser, il se contentait des coups de main plus modestes et de bénéfices plus raisonnables, se dépensant en efforts quotidiens, faisant le mal au jour le jour, et faisant le bien aussi, par nature et par dilettantisme, en Don Quichotte qui s'amuse et qui s'attendrit.

Comme il se taisait, je répétai :

– Lupin, je vous en prie !

À ma stupéfaction, il répliqua :

– Prenez un crayon, mon cher, et une feuille de papier.

J'obéis vivement, tout heureux à l'idée qu'il allait enfin me dicter quelques-unes de ces pages où il sait mettre tant de verve et de fantaisie, et que moi, hélas ! je suis obligé d'abîmer par de lourdes explications et de fastidieux développements.

– Vous y êtes ? dit-il.

– J'y suis.

– Inscrivez : 19 – 21 – 18 – 20 – 15 – 21 – 20

– Comment ?

– Inscrivez, vous dis-je.

Il était assis sur le divan, les yeux tournés vers la fenêtre ouverte, et ses doigts roulaient une cigarette de tabac oriental.

Il prononça :

– Inscrivez : 9 – 12 – 6 – 1…

Il y eut un arrêt. Puis il reprit :

– 21.

Et, après un silence :

– 20 – 6…

Était-il fou ? Je le regardai, et peu à peu je m'aperçus qu'il n'avait plus les mêmes yeux indifférents qu'aux minutes précédentes, mais que ses yeux étaient attentifs, et qu'ils semblaient suivre quelque part, dans l'espace, un spectacle qui devait le captiver.

Cependant, il dictait, avec des intervalles entre chacun des chiffres :

– 21 – 9 – 18 – 5…

Par la fenêtre, on ne pouvait guère contempler qu'un morceau de ciel bleu vers la droite, et que la façade de la maison opposée, façade de vieil hôtel dont les volets étaient fermés comme à l'ordinaire. Il n'y avait là rien de particulier, aucun détail qui me parût nouveau parmi ceux que je considérais depuis des années…

– 12 – 5 – 4 – 1…

Et soudain, je compris…, ou plutôt, je crus comprendre. Car comment admettre qu'un homme comme Lupin, si raisonnable au fond sous son masque d'ironie, pût perdre son temps à de telles puérilités ? Cependant il n'y avait pas de doute possible. C'était bien cela qu'il comptait, les reflets intermittents d'un rayon de soleil qui se jouait sur la façade noircie de la vieille maison, à la hauteur du second étage.

– 14 – 7…, me dit Lupin.

Le reflet disparut pendant quelques secondes, puis, coup sur coup, à intervalles réguliers, frappa la façade, et disparut de nouveau.

Instinctivement, j'avais compté, et je dis à haute voix :

– 5…

– Vous avez saisi ? Pas dommage ! ricana Lupin.

Il se dirigea vers la fenêtre et se pencha comme pour se rendre compte du sens exact que suivait le rayon lumineux. Puis il alla se recoucher sur le canapé en me disant :

– À votre tour, maintenant, comptez…

J'obéis, tellement ce diable d'homme avait l'air de savoir où il voulait en venir. D'ailleurs, je ne pouvais m'empêcher d'avouer que c'était chose assez curieuse que cette régularité des coups de lumière sur la façade, que ces apparitions et ces disparitions qui se succédaient comme les signaux d'un phare.

Cela provenait évidemment d'une maison située sur le côté de la rue où nous nous trouvions, puisque le soleil pénétrait alors obliquement par mes fenêtres. On eût dit que quelqu'un ouvrait ou fermait alternativement une croisée, ou plutôt se divertissait à renvoyer des rayons de clarté à l'aide d'un petit miroir de poche.

– C'est un enfant qui s'amuse, m'écriai-je au bout d'un instant, quelque peu agacé par l'occupation stupide qui m'était imposée.

– Allez toujours !

Et je comptais… Et j'alignais des chiffres… Et le soleil continuait à danser en face de moi, avec une précision vraiment mathématique.

– Et ensuite ? me dit Lupin, à la suite d'un silence plus long…

– Ma foi, cela me semble terminé… Voilà plusieurs minutes qu'il n'y a rien.

Nous attendîmes, et, comme aucune lueur ne se jouait plus dans l'espace, je plaisantai :

– M'est avis que nous avons perdu notre temps. Quelques chiffres sur du papier, le butin est maigre.

Sans bouger de son divan, Lupin reprit :

– Ayez l'obligeance, mon cher, de remplacer chacun de ces chiffres par la lettre de l'alphabet qui lui correspond en comptant, n'est-ce pas, A comme 1, B comme 2, etc.

– Mais c'est idiot.

– Absolument idiot, mais on fait tant de choses idiotes dans la vie… Une de plus…

Je me résignai à cette besogne stupide, et je notai les premières lettres S-U-R-T-O-U-T…

Je m'interrompis, étonné :

– Un mot ! m'écriai-je… Voici un mot qui se forme.

– Continuez donc, mon cher.

Et je continuai, et les lettres suivantes composèrent d'autres mots que je séparais les uns des autres, au fur et à mesure. Et, à ma grande stupéfaction, une phrase entière s'aligna sous mes yeux.

– Ça y est ? me dit Lupin, au bout d'un instant.

– Ça y est ! Par exemple, il y a des fautes d'orthographe.

– Ne vous occupez pas de cela, je vous prie…, lisez lentement.

Alors je lus cette phrase inachevée, que je donne ici telle qu'elle m'apparut :

Surtout il faut fuire le danger, éviter les ataques, n'affronter les forces enemies qu'avec la plus grande prudance, et…

Je me mis à rire.

– Et voilà ! La lumière se fit ! Hein nous sommes éblouis de clarté !

Mais vraiment, Lupin, confessez que ce chapelet de conseils, égrené par une cuisinière, ne vous avance pas beaucoup.

Lupin se leva sans se départir de son mutisme dédaigneux, et saisit la feuille de papier.

363

Je me suis souvenu par la suite qu'un hasard, à ce moment, accrocha mes yeux à la pendule. Elle marquait cinq heures dix-huit.

Lupin cependant restait debout, la feuille à la main, et je pouvais constater à mon aise sur son visage si jeune, cette extraordinaire mobilité d'expression qui déroute les observateurs les plus habiles et qui est sa grande force, sa meilleure sauvegarde. À quels signes se rattacher pour identifier un visage qui se transforme à volonté, sans même les secours des fards, et dont chaque expression passagère semble être l'expression définitive ? À quels signes ? Il y en avait un que je connaissais, un signe immuable deux petites rides en croix qui creusaient son front quand il donnait un violent effort d'attention. Et je la vis en cet instant, nette et profonde, la menue croix révélatrice.

Il reposa la feuille de papier et murmura :

– Enfantin !

Cinq heures et demi sonnaient.

– Comment ! m'écriai-je, vous avez réussi ? en douze minutes !

Il fit quelques pas de droite et de gauche dans la pièce, puis alluma une cigarette, et me dit :

– Ayez l'obligeance d'appeler au téléphone le baron Repstein et de le prévenir que je serai chez lui à dix heures du soir.

– Le baron Repstein ? demandai-je, le mari de la fameuse baronne ?

– Oui.

– C'est sérieux ?

– Très sérieux.

Absolument confondu, incapable de lui résister, j'ouvris l'annuaire du téléphone et décrochai l'appareil. Mais, à ce moment, Lupin m'arrêta d'un geste autoritaire, et il prononça, les yeux toujours fixés sur la feuille qu'il avait reprise :

– Non, taisez-vous… C'est inutile de le prévenir… Il y a quelque chose de plus urgent quelque chose de bizarre et qui m'intrigue… Pourquoi diable cette phrase est-elle inachevée ? Pourquoi cette phrase est-elle…

Rapidement, il empoigna sa canne et son chapeau.

– Partons. Si je ne me trompe pas, c'est une affaire qui demande une solution immédiate, et je ne crois pas me tromper.

– Vous savez quelque chose ?

– Jusqu'ici, rien du tout.

Dans l'escalier, il passa son bras sous le mien et me dit :

– Je sais ce que tout le monde sait. Le baron Repstein, financier et sportsman, dont le cheval Etna a gagné cette année le Derby d'Epsom et le Grand-Prix de Longchamp, le baron Repstein a été la victime de sa femme, laquelle femme, très connue pour ses cheveux blonds, ses toilettes et son luxe, s'est enfuie voilà quinze jours, emportant avec elle une somme de trois millions, volée à son mari, et toute une collection de diamants, de perles et de bijoux, que la princesse de Berny lui avait confiée et qu'elle devait acheter. Depuis deux semaines, on poursuit la baronne à travers la France et l'Europe, ce qui est facile, la baronne semant l'or et les bijoux sur son chemin. À chaque instant, on croit l'arrêter. Avant-hier même, en Belgique, notre policier national, l'ineffable Ganimard, cueillait, dans un grand hôtel, une voyageuse contre qui les preuves les plus irréfutables s'accumulaient. Renseignements pris, c'était une théâtreuse notoire, Nelly Darbel. Quant à la baronne, introuvable. De son côté, le baron Repstein offre une prime de cent mille francs à qui fera retrouver sa femme. L'argent est entre les mains d'un notaire. En outre, pour désintéresser la princesse de Berny, il vient de vendre en bloc son écurie de courses, son hôtel du boulevard Haussmann et son château de Roquencourt.

– Et le prix de la vente, ajoutai-je, doit être touché tantôt. Demain, disent les journaux, la princesse de Berny aura l'argent. Seulement, je ne vois pas, en vérité, le rapport qui existe entre cette histoire, que vous avez résumée à merveille, et la phrase énigmatique…

Lupin ne daigna pas me répondre.

Nous avions suivi la rue que j'habitais et nous avions marché pendant cent cinquante ou deux cents mètres, lorsqu'il descendit du trottoir et se mit à examiner un immeuble, de construction déjà ancienne, et où devaient loger de nombreux locataires.

– D'après mes calculs, me dit-il, c'est d'ici que partaient les signaux, sans doute de cette fenêtre encore ouverte.

– Au troisième étage ?

– Oui.

Il se dirigea vers la concierge et lui demanda :

– Est-ce qu'un de vos locataires ne serait pas en relation avec le baron Repstein ?

– Comment donc ! Mais oui, s'écria la bonne femme, nous avons ce brave M. Lavernoux, qui est le secrétaire, l'intendant du baron. C'est moi qui fais son petit ménage.

– Et on peut le voir ?

– Le voir ? Il est bien malade, ce pauvre monsieur…

– Malade ?

– Depuis quinze jours… depuis l'aventure de la baronne… Il est rentré le lendemain avec la fièvre, et il s'est mis au lit.

– Mais il se lève ?

– Ah ! ça, j'sais pas.

– Comment, vous ne savez pas ?

– Non, son docteur défend qu'on entre dans sa chambre. Il m'a repris la clef.

– Qui ?

– Le docteur. C'est lui-même qui vient le soigner, deux ou trois fois par jour. Tenez, il sort de la maison, il n'y a pas vingt minutes…, un vieux à barbe grise et à lunettes, tout cassé… Mais où allez-vous, monsieur ?

– Je monte, conduisez-moi, dit Lupin, qui, déjà, avait couru jusqu'à l'escalier. C'est bien au troisième étage, à gauche ?

– Mais ça m'est défendu, gémissait la bonne femme en je poursuivant. Et puis, je n'ai pas la clef, puisque le docteur…

L'un derrière l'autre, ils montèrent les trois étages. Sur le palier, Lupin tira de sa poche un instrument, et, malgré les protestations de la concierge, l'introduisit dans la serrure. La porte céda presque aussitôt. Nous entrâmes.

Au bout d'une pièce obscure, on apercevait de la clarté qui filtrait par une porte entrebâillée. Lupin se précipita, et, dès le seuil, il poussa un cri :

– Trop tard ! Ah ! crebleu !

La concierge tomba à genoux, comme évanouie.

Ayant pénétré à mon tour dans la chambre, je vis sur le tapis un homme à moitié nu qui gisait, les jambes recroquevillées, les bras tordus, et la face toute pâle, une face amaigrie, sans chair, dont les yeux gardaient une expression d'épouvante, et dont la bouche se convulsait en un rictus effroyable.

– Il est mort, fit Lupin, après un examen rapide.

– Mais comment ? m'écriai-je, il n'y a pas trace de sang.

– Si, si, répondit Lupin, en montrant sur la poitrine, par la chemise entrouverte, deux ou trois gouttes rouges… Tenez, on l'aura saisi d'une main à la gorge, et de l'autre on l'aura piqué au cœur. Je dis « piqué », car vraiment la blessure est imperceptible. On croirait le trou d'une aiguille très longue.

Il regarda par terre, autour du cadavre. Il n'y avait rien qui attirât l'attention, rien qu'un petit miroir de poche, le petit miroir avec lequel M. Lavernoux s'amusait à faire danser dans l'espace des rayons de soleil.

Mais, soudain, comme la concierge se lamentait et appelait au secours, Lupin se jeta sur elle et la bouscula :

– Taisez-vous !… Écoutez-moi… Vous appellerez tout à l'heure… Écoutez-moi et répondez. C'est d'une importance considérable. M. Lavernoux avait un ami dans cette rue, n'est-ce pas ? à droite et sur le même côté un ami intime ?

– Oui.

– Un ami qu'il retrouvait tous les soirs au café, et avec lequel il échangeait des journaux illustrés ?

– Oui.

– Son nom ?

– M. Dulâtre.

– Son adresse ?

– Au 92 de la rue.

– Un mot encore ce vieux médecin, à barbe grise et à lunettes, dont vous m'avez parlé, venait depuis longtemps ?

– Non. Je ne le connaissais pas. Il est venu le soir même où M. Lavernoux est tombé malade.

Sans en dire davantage, Lupin m'entraîna de nouveau, redescendit et, une fois dans la rue, tourna sur la droite, ce qui nous fit passer devant mon appartement. Quatre numéros plus

367

loin, il s'arrêtait en face du 92, petite maison basse dont le rez-de-chaussée était occupé par un marchand de vins qui, justement, fumait sur le pas de sa porte, auprès du couloir d'entrée. Lupin s'informa si M. Dulâtre se trouvait chez lui.

— M. Dulâtre est parti, répondit le marchand voilà peut-être une demi-heure… Il semblait très agité, et il a pris une automobile, ce qui n'est pas son habitude.

— Et vous ne savez pas…

— Où il se rendait ? Ma foi, il n'y a pas d'indiscrétion. Il a crié l'adresse assez fort ! « À la Préfecture de Police », qu'il a dit au chauffeur…

Lupin allait lui-même héler un taxi-auto, quand il se ravisa, et je l'entendis murmurer :

— À quoi bon, il a trop d'avance !

Il demanda encore si personne n'était venu après le départ de M. Dulâtre.

— Si, un vieux monsieur à barbe grise et à lunettes qui est monté chez M. Dulâtre, qui a sonné et qui est reparti.

— Je vous remercie, monsieur, dit Lupin en saluant.

Il se mit à marcher lentement, sans m'adresser la parole et d'un air soucieux. Il était hors de doute que le problème lui semblait fort difficile et qu'il ne voyait pas très clair dans les ténèbres où il paraissait se diriger avec tant de certitude.

D'ailleurs, lui-même m'avoua :

— Ce sont là des affaires qui nécessitent beaucoup plus d'intuition que de réflexion. Seulement, celle-ci vaut fichtre la peine qu'on s'en occupe…

Nous étions arrivés sur les boulevards. Lupin entra dans un cabinet de lecture et consulta très longuement les journaux de la dernière quinzaine. De temps à autre, il marmottait :

— Oui…, oui. Évidemment ce n'est qu'une hypothèse, mais elle explique tout… Or une hypothèse qui répond à toutes les questions n'est pas loin d'être une vérité.

La nuit était venue, nous dînâmes dans un petit restaurant et je remarquai que le visage de Lupin s'animait peu à peu. Ses gestes avaient plus de décision. Il retrouvait de la gaieté, de la vie. Quand nous partîmes, et durant le trajet qu'il me fit faire sur le boulevard Haussmann, vers le domicile du baron Repstein, c'était vraiment le Lupin des grandes occasions, le Lupin qui a résolu d'agir et de gagner la bataille.

Un peu avant la rue de Courcelles, notre allure se ralentit. Le baron Repstein habitait à gauche, entre cette rue et le faubourg Saint-Honoré, un hôtel à trois étages dont nous pouvions apercevoir la façade enjolivée de colonnes et de cariatides.

– Halte dit Lupin tout à coup.

– Qu'y a-t-il ?

– Encore une preuve qui confirme mon hypothèse…

– Quelle preuve ? Je ne vois rien.

– Je vois… Cela suffit…

Il releva le col de son vêtement, rabattit les bords de son chapeau mou, et prononça :

– Crebleu ! le combat sera rude. Allez vous coucher, mon bon ami. Demain, je vous raconterai mon expédition si toutefois elle ne me coûte pas la vie.

– Hein ?

– Eh, eh ! je risque gros. D'abord, mon arrestation, ce qui est peu. Ensuite, la mort, ce qui est pis ! Seulement…

Il me prit violemment par l'épaule :

– Il y a une troisième chose que je risque, c'est d'empocher deux millions… Et quand j'aurai une première mise de deux millions, on verra de quoi je suis capable. Bonne nuit, mon cher, et si vous ne me revoyez pas…

Il déclama :

« Plantez un saule au cimetière,
J'aime son feuillage éploré… »

Je m'éloignai aussitôt. Trois minutes plus tard – et je continue le récit d'après celui qu'il voulut bien me faire le lendemain – trois minutes plus tard, Lupin sonnait à la porte de l'hôtel Repstein.

– M. le baron est-il chez lui ?

– Oui, répondit le domestique, en examinant cet intrus d'un air étonné, mais M. le baron ne reçoit pas à cette heure-ci.

– M. le baron connaît l'assassinat de son intendant Lavernoux ?

369

– Certes.

– Eh bien, veuillez lui dire que je viens à propos de cet assassinat, et qu'il n'y a pas un instant à perdre.

Une voix cria d'en haut :

– Faites monter, Antoine.

Sur cet ordre émis de façon péremptoire, le domestique conduisit Lupin au premier étage. Une porte était ouverte au seuil de laquelle attendait un monsieur que Lupin reconnut pour avoir vu sa photographie dans les journaux, le baron Repstein, le mari de la fameuse baronne, et le propriétaire d'Etna, le cheval le plus célèbre de l'année.

C'était un homme très grand, carré d'épaules, dont la figure, toute rasée, avait une expression aimable, presque souriante, que n'atténuait pas la tristesse des yeux. Il portait des vêtements de coupe élégante, un gilet de velours marron, et, à sa cravate, une perle que Lupin estima d'une valeur considérable.

Il introduisit Lupin dans son cabinet de travail, vaste pièce à trois fenêtres, meublée de bibliothèques, de casiers verts, d'un bureau américain et d'un coffre-fort. Et, tout de suite, avec un empressement visible, il demanda :

– Vous savez quelque chose ?

– Oui, monsieur le baron.

– Relativement à l'assassinat de ce pauvre Lavernoux ?

– Oui, monsieur le baron, et relativement aussi à Mme la baronne.

– Serait-ce possible ? Vite, je vous en supplie…

Il avança une chaise. Lupin s'assit, et commença :

– Monsieur le baron, les circonstances sont graves. Je serai rapide.

– Au fait ! Au fait !

– Eh bien, monsieur le baron, voici en quelques mots, et sans préambule. Tantôt, de sa chambre, Lavernoux, qui, depuis quinze jours, était tenu par son docteur en une sorte de réclusion, Lavernoux a – comment dirais-je ? – a télégraphié certaines révélations à l'aide de signaux, que j'ai notés en partie, et qui m'ont mis sur la trace de cette affaire. Lui-même a été surpris au milieu de cette communication et assassiné.

– Mais par qui ? Par qui ?

– Par son docteur.

– Le nom de ce docteur ?

– Je l'ignore. Mais un des amis de M. Lavernoux, M. Dulâtre, celui-là précisément avec lequel il communiquait, doit le savoir, et il doit savoir également le sens exact et complet de la communication car, sans en attendre la fin, il a sauté dans une automobile et s'est fait conduire à la Préfecture de Police.

– Pourquoi ? Pourquoi ? et quel est le résultat de cette démarche ?

– Le résultat, monsieur le baron, c'est que votre hôtel est cerné. Douze agents se promènent sous vos fenêtres. Dès que le soleil sera levé, ils entreront au nom de la loi, et ils arrêteront le coupable.

– L'assassin de Lavernoux se cache donc dans cet hôtel ? Un de mes domestiques ? Mais non, puisque vous parlez d'un docteur !

– Je vous ferai remarquer, monsieur le baron, que, en allant transmettre à la Préfecture de Police les révélations de son ami Lavernoux, le sieur Dulâtre ignorait que son ami Lavernoux allait être assassiné. La démarche du sieur Dulâtre visait autre chose…

– Quelle chose ?

– La disparition de Mme la baronne, dont il connaissait le secret par la communication de Lavernoux.

– Quoi ! On sait enfin ! On a retrouvé la baronne ! Où est-elle ? Et l'argent qu'elle m'a extorqué ?

Le baron Repstein parlait avec une surexcitation extraordinaire. Il se leva et, apostrophant Lupin :

– Allez jusqu'au bout, monsieur. Il m'est impossible d'attendre davantage.

Lupin reprit d'une voix lente et qui hésitait :

– C'est que voilà… l'explication devient difficile étant donné que nous partons d'un point de vue tout à fait opposé.

– Je ne comprends pas.

– Il faut pourtant que vous compreniez, monsieur le baron… Nous disons, n'est-ce pas – je m'en rapporte aux journaux – nous disons que la baronne Repstein partageait le secret de toutes vos affaires, et qu'elle pouvait non seulement ouvrir ce coffre-fort, mais aussi celui du Crédit Lyonnais où vous enfermiez toutes vos valeurs.

– Oui.

– Or, il y a quinze jours, un soir, tandis que vous étiez au cercle, la baronne Repstein, qui avait réalisé toutes ces valeurs à votre insu, est sortie d'ici avec un sac de voyage où se trouvait votre argent, ainsi que tous les bijoux de la princesse de Berny ?

– Oui.

– Et depuis on ne l'a pas revue ?

– Non.

– Eh bien, il y a une excellente raison pour qu'on ne l'ait pas revue.

– Laquelle ?

– C'est que la baronne Repstein a été assassinée…

– Assassinée la baronne ! Mais vous êtes fou !

– Assassinée, et ce soir-là, tout probablement.

– Je vous répète que vous êtes fou ! Comment la baronne aurait-elle été assassinée, puisqu'on suit sa trace, pour ainsi dire, pas à pas ?

– On suit la trace d'une autre femme.

– Quelle femme ?

– La complice de l'assassin.

– Et cet assassin ?

– Celui-là même qui, depuis quinze jours, sachant que Lavernoux, par la situation qu'il occupait dans cet hôtel, a découvert la vérité, le tient enfermé, l'oblige au silence, le menace, le terrorise ; celui-là même qui, surprenant Lavernoux en train de communiquer avec un de ses amis, le supprime froidement d'un coup de stylet au cœur.

– Le docteur, alors ?

– Oui.

– Mais qui est ce docteur ? Quel est ce génie malfaisant, cet être infernal qui apparaît et qui disparaît, qui tue dans l'ombre et que nul ne soupçonne ?

– Vous ne devinez pas ?

– Non.

– Et vous voulez savoir ?

– Si je le veux ! Mais parlez ! Parlez donc ! Vous savez où il se cache ?

– Oui.

– Dans cet hôtel ?

– Oui.

– C'est lui que la police recherche ?

– Oui.

– Qui est-ce ?

– Vous !

– Moi !

Il n'y avait certes pas dix minutes que Lupin se trouvait en face du baron, et le duel commençait. L'accusation était portée, précise, violente, implacable.

Il répéta :

– Vous-même, affublé d'une fausse barbe et d'une paire de lunettes, courbé en deux comme un vieillard. Bref, vous, le baron Repstein, et c'est vous, pour une bonne raison à laquelle personne n'a songé, c'est que si ce n'est pas vous qui avez combiné toute cette machination, l'affaire est inexplicable. Tandis que, vous coupable, vous assassinant la baronne pour vous débarrasser d'elle et manger les millions avec une autre femme, vous assassinant votre intendant Lavernoux pour supprimer un témoin irrécusable – oh ! alors, tout s'explique.

Le baron, qui, durant le début de l'entretien, demeurait incliné vers son interlocuteur, épiant chacune de ses paroles avec une avidité fiévreuse, le baron s'était redressé et il regardait Lupin comme si, décidément, il avait affaire à un fou. Lorsque Lupin eut terminé son discours, il recula de deux ou trois pas, parut prêt à dire des mots que, en fin de compte, il ne prononça point, puis il se dirigea vers la cheminée et sonna.

Lupin ne fit pas un geste. Il attendait en souriant.

Le domestique entra. Son maître lui dit :

– Vous pouvez vous coucher, Antoine. Je reconduirai Monsieur.

– Dois-je éteindre, Monsieur ?

– Laissez le vestibule allumé.

Antoine se retira, et aussitôt, le baron, ayant sorti de son bureau un revolver, revint auprès de Lupin, mit l'arme dans sa poche, et dit très calmement :

– Vous excuserez, monsieur, cette petite précaution, que je suis obligé de prendre au cas, d'ailleurs invraisemblable, où vous seriez devenu fou. Non, vous n'êtes pas fou. Mais vous venez ici dans un but que je ne m'explique pas, et vous avez lancé contre moi une accusation si stupéfiante que je suis curieux d'en connaître la raison.

Il avait une voix émue, et ses yeux tristes semblaient mouillés de larmes.

Lupin frissonna. S'était-il trompé ? L'hypothèse que son intuition lui avait suggérée et qui reposait sur une base fragile de petits faits, cette hypothèse était-elle fausse ? Un détail attira son attention par l'échancrure du gilet, il aperçut la pointe de l'épingle fixée à la cravate du baron, et il constata ainsi la longueur insolite de cette épingle. De plus, la tige d'or en était triangulaire, et formait comme un menu poignard, très fin, très délicat, mais redoutable en des mains expertes.

Et Lupin ne douta pas que l'épingle, ornée de la perle magnifique, n'eût été l'arme qui avait perforé le cœur de ce pauvre M. Lavernoux.

Il murmura :

– Vous êtes rudement fort, monsieur le baron.

L'autre, toujours grave, garda le silence comme s'il ne comprenait pas, et comme s'il attendait les explications auxquelles il avait droit. Et malgré tout, cette attitude impassible troublait Arsène Lupin.

– Oui, rudement fort, car il est évident que la baronne n'a fait qu'obéir à vos ordres en réalisant vos valeurs, de même qu'en empruntant, pour les acheter, les bijoux de la princesse. Et il est évident que la personne qui est sortie de votre hôtel avec un sac de voyage n'était pas votre femme, mais une complice, votre amie, probablement, et que c'est votre amie qui se fait pourchasser volontairement à travers l'Europe par notre bon Ganimard. Et je trouve la combinaison merveilleuse. Que risque cette femme puisque c'est la baronne que l'on cherche ? Et comment chercherait-on une autre femme que la baronne, puisque vous avez promis une prime de cent mille francs à qui retrouverait la baronne ? Oh ! les cent mille francs déposés chez un notaire, quel coup de génie ! Ils ont ébloui la police. Ils ont bouché les yeux des plus perspicaces. Un monsieur qui dépose cent mille francs chez un notaire dit la vérité. Et l'on poursuit la baronne ! Et on vous laisse mijoter tranquillement vos petites affaires, vendre au mieux votre écurie de courses et vos meubles, et préparer votre fuite ! Dieu que c'est drôle !

Le baron ne bronchait pas. Il s'avança vers Lupin et lui dit, toujours avec le même flegme :

– Qui êtes-vous ?

Lupin éclata de rire :

– Quel intérêt cela peut-il avoir en l'occurrence ? Mettons que je sois l'envoyé du destin, et que je surgisse de l'ombre pour vous perdre !

Il se leva précipitamment, saisit le baron à l'épaule et lui jeta en mots saccadés :

– Ou pour te sauver, baron. Écoute-moi ! Les trois millions de la baronne, presque tous les bijoux de la princesse, l'argent que tu as touché aujourd'hui pour la vente de ton écurie et de tes immeubles, tout est là, dans ta poche ou dans ce coffre-fort. Ta fuite est prête. Tiens, derrière cette tenture, on aperçoit le cuir de ta valise. Les papiers de ton bureau sont en ordre. Cette nuit, tu filais à l'anglaise. Cette nuit, bien déguisé, méconnaissable, toutes tes précautions prises, tu rejoignais ta maîtresse, celle pour qui tu as tué : Nelly Darbel, sans doute, que Ganimard arrêtait en Belgique. Un seul obstacle, soudain, imprévu, la police, les douze agents que les révélations de Lavernoux ont postés sous tes fenêtres. Tu es fichu ! Eh bien, je te sauve. Un coup de téléphone et, vers trois ou quatre heures du matin, vingt de mes amis suppriment l'obstacle, escamotent les douze agents et, sans tambours ni trompettes, on détale. Comme condition, presque rien, une bêtise pour toi, le partage des millions et des bijoux. Ça colle ?

Il était penché sur le baron et l'apostrophait avec une énergie irrésistible. Le baron chuchota :

– Je commence à comprendre, c'est du chantage…

– Chantage ou non, appelle ça comme tu veux, mon bonhomme, mais il faut que tu en passes par où j'ai décidé. Et ne crois pas que je flanche au dernier moment. Ne te dis pas « Voilà un gentleman que la crainte de la police fera réfléchir. Si je joue gros jeu en refusant, lui, il risque également les menottes, la cellule, tout le diable et son train, puisque nous sommes traqués tous deux comme des bêtes fauves. » Erreur, monsieur le baron. Moi, je m'en tire toujours. Il s'agit uniquement de toi… La bourse ou la vie, monseigneur. Part à deux, sinon… sinon, l'échafaud ! Ça colle ?

Un geste brusque. Le baron se dégagea, empoigna son revolver et tira.

Mais Lupin prévoyait l'attaque, d'autant que le visage du baron avait perdu son assurance et pris peu à peu, sous une poussée lente de peur et de rage, une expression féroce, presque bestiale, qui annonçait la révolte, si longtemps contenue.

Deux fois il tira. Lupin se jeta de côté d'abord, puis s'abattit aux genoux du baron qu'il saisit par les jambes et fit basculer. D'un effort, le baron se dégagea. Les deux ennemis s'agrippèrent à bras-le-corps, et la lutte fut acharnée, sournoise, sauvage.

Tout à coup, Lupin sentit une douleur à la poitrine.

– Ah ! canaille hurla-t-il. C'est comme avec Lavernoux. L'épingle !

Il se raidit désespérément, maîtrisa le baron et l'étreignit à la gorge, vainqueur enfin, et tout-puissant.

– Imbécile… Si tu n'avais pas abattu ton jeu, j'étais capable de lâcher la partie. T'as une telle figure d'honnête homme ! Mais quels muscles, monseigneur ! Un moment, j'ai bien cru… Seulement, cette fois, ça y est ! Allons, mon bon ami, donnez l'épingle et faites risette… Mais non, c'est une grimace, ça… Je serre trop fort, peut-être ? Monsieur va tourner de l'œil ? Alors, soyez sage… Bien, une toute petite ficelle autour des poignets… Vous permettez ? Mon Dieu, quel accord parfait entre nous ! C'est touchant ! Au fond, tu sais, j'ai de la sympathie pour toi… Et maintenant, petit frère, attention ! Et mille excuses !

Il se dressa à demi et, de toutes ses forces, lui assena au creux de l'estomac un coup de poing formidable. L'autre râla, étourdi, sans connaissance.

– Voilà ce que c'est que de manquer de logique, mon bon ami, dit Lupin. Je t'offrais la moitié de tes richesses. Je ne t'accorde plus rien du tout…, si tant est que je puisse avoir quelque chose. Car c'est là l'essentiel. Où le bougre a-t-il caché son magot ? Dans le coffre-fort ? Bigre, ça sera dur. Heureusement que j'ai toute la nuit…

Il se mit à fouiller les poches du baron, prit un trousseau de clefs, s'assura d'abord que la valise, dissimulée derrière la tenture, ne contenait pas les papiers et les bijoux, et se dirigea vers le coffre-fort.

Mais à ce moment, il s'arrêta court il entendait du bruit quelque part. Les domestiques ? Impossible ! Leurs mansardes se trouvaient au troisième étage. Il écouta. Le bruit provenait d'en bas. Et subitement il comprit : les agents, ayant perçu les deux détonations, frappaient à la grande porte sans attendre le lever du jour.

– Crebleu ! dit-il, je suis dans de beaux draps. Voilà ces messieurs maintenant…, et à la minute même où nous allions recueillir le fruit de nos laborieux efforts. Voyons, voyons, Lupin, du sang-froid ! De quoi s'agit-il ? D'ouvrir en vingt secondes un coffre dont tu ignores le secret. Et tu perds la tête pour si peu ? Voyons, t'as qu'à le trouver, ce secret. Combien qu'il y a de lettres dans le mot ? Quatre ?

Il continuait à réfléchir tout en parlant et tout en écoutant les allées et venues de l'extérieur. Il ferma à double tour la porte de l'antichambre, puis il revint au coffre.

– Quatre chiffres… Quatre lettres… Quatre lettres… Qui diable pourrait me donner un petit coup de main ? un petit bout de tuyau ? Qui ? Mais Lavernoux, parbleu ! Ce bon Lavernoux, puisqu'il a pris la peine, au risque de ses jours, de faire de la télégraphie optique… Dieu que je suis bête. Mais oui, mais oui, nous y sommes ! Crénom ! ça m'émeut. Lupin, tu vas compter jusqu'à dix et comprimer les battements trop rapides de ton cœur. Sinon, c'est de la mauvaise ouvrage.

Ayant compté jusqu'à dix, tout à fait calme, il s'agenouilla devant le coffre-fort. Il manœuvra les quatre boutons avec une attention minutieuse. Ensuite, il examina le trousseau de clefs, choisit l'une d'elles, puis une autre, et tenta vainement de les introduire.

– Au troisième coup l'on gagne, murmura-t-il, en essayant une troisième clef Victoire ! Celle-ci marche ! Sésame, ouvre-toi !

La serrure fonctionna. Le battant fut ébranlé. Lupin l'entraîna vers lui en reprenant le trousseau.

– À nous les millions, dit-il. Sans rancune, baron Repstein.

Mais, d'un bond, il sauta en arrière, avec un hoquet d'épouvante. Ses jambes vacillèrent sous lui. Les clefs s'entrechoquaient dans sa main fébrile avec un cliquetis sinistre. Et durant vingt, trente secondes, malgré le vacarme que l'on faisait en bas, et les sonneries électriques qui retentissaient à travers l'hôtel, il resta là, les yeux hagards, à contempler la plus horrible, la plus abominable vision un corps de femme à moitié vêtu, courbé en deux dans le coffre, tassé comme un paquet trop gros et des cheveux blonds qui pendaient…, et du sang…

– La baronne ! bégaya-t-il, la baronne ! Oh ! le monstre !

Il s'éveilla de sa torpeur, subitement, pour cracher à la figure de l'assassin et pour le marteler à coups de talon.

– Tiens, misérable !… Tiens, canaille ! Et avec ça, l'échafaud, le panier à son !

Cependant, aux étages supérieurs, des cris répondaient à l'appel des agents. Lupin entendit des pas qui dégringolaient l'escalier. Il était temps de songer à la retraite.

En réalité cela l'embarrassait peu. Durant son entretien avec le baron Repstein, il avait eu l'impression, tellement l'ennemi montrait de sang-froid, qu'il devait exister une issue particulière. Pourquoi, d'ailleurs, le baron eût-il engagé la lutte, s'il n'avait été sûr d'échapper à la police ?

Lupin passa dans la chambre voisine. Elle donnait sur un jardin. À la minute même où les agents étaient introduits, il enjambait le balcon et se laissait glisser le long d'une gouttière.

Il fit le tour des bâtiments. En face, il y avait un mur bordé d'arbustes. Il s'engagea entre ce mur et les arbustes, et trouva une petite porte qu'il lui fut facile d'ouvrir avec une des clefs du trousseau. Dès lors, il n'eut qu'à franchir une cour, à traverser les pièces vides d'un pavillon, et, quelques instants plus tard, il se trouvait dans la rue du Faubourg-Saint-Honoré. Bien entendu – et de cela il ne doutait point – la police n'avait pas prévu cette issue secrète.

– Eh bien, qu'en dites-vous, du baron Repstein ? s'écria Lupin, après m'avoir raconté tous les détails de cette nuit tragique. Hein quel immonde personnage ! Et comme il faut parfois se méfier des apparences ! Je vous jure que celui-là avait l'air d'un véritable honnête homme !

Je lui demandai :

– Mais les millions ? Les bijoux de la princesse ?

– Ils étaient dans le coffre. Je me rappelle très bien avoir aperçu le paquet.

– Alors ?

– Ils y sont toujours.

– Pas possible…

– Ma foi, oui. Je pourrais vous dire que j'ai eu peur des agents, ou bien alléguer une délicatesse subite. La vérité est plus simple et plus prosaïque Ça sentait trop mauvais !

– Quoi ?

– Oui, mon cher, l'odeur qui se dégageait de ce coffre, de ce cercueil… Non, je n'ai pas pu… la tête m'a tourné… Une seconde de plus, je me trouvais mal. Est-ce assez idiot ? Tenez, voilà tout ce que j'ai rapporté de mon expédition, l'épingle de cravate. La perle vaut au bas mot cinquante mille francs… Mais, tout de même, je vous l'avoue, je suis fichtrement vexé. Quelle gaffe !

– Encore une question, repris-je. Le mot du coffre-fort ?

– Eh bien ?

– Comment l'avez-vous deviné ?

– Oh ! très facilement. Je m'étonne même de n'y avoir pas songé plus tôt.

– Bref ? Il était contenu dans les révélations télégraphiées par ce pauvre Lavernoux.

– Hein ? Voyons, mon cher, les fautes d'orthographe…

378

– Les fautes d'orthographe ?

– Crebleu ! mais elles sont voulues. Serait-il admissible que le secrétaire, que l'intendant du baron, fît des fautes d'orthographe et qu'il écrivît fuire avec un e final, ataque avec un seul t, enemies avec un seul n et prudance avec un a ? Moi, cela m'a frappé aussitôt. J'ai réuni les quatre lettres, et j'ai obtenu le mot ETNA, le nom du fameux cheval.

– Et ce seul mot a suffi ?

– Parbleu ! Il a suffi, d'abord, pour me lancer sur la piste de l'affaire Repstein, dont tous les journaux parlaient, et ensuite, pour faire naître en moi l'hypothèse que c'était là le mot du coffre-fort, puisque, d'une part, Lavernoux connaissait le contenu macabre du coffre-fort, et que, de l'autre, il dénonçait le baron. Et c'est ainsi, également, que j'ai été conduit à supposer que Lavernoux avait un ami dans la rue, qu'ils fréquentaient tous deux le même café, qu'ils s'amusaient à déchiffrer les problèmes et les devinettes cryptographiques des journaux illustrés, et qu'ils s'ingéniaient à correspondre télégraphiquement d'une fenêtre à l'autre.

– Et voilà, m'écriai-je, c'est tout simple !

– Très simple. Et l'aventure prouve une fois de plus qu'il y a, dans la découverte des crimes, quelque chose de bien supérieur à l'examen des faits, à l'observation, déduction, raisonnement et autres balivernes, c'est, je le répète, l'intuition… l'intuition et l'intelligence… Et Arsène, sans se vanter, ne manque ni de l'une ni de l'autre.

– 2 –

L'anneau nuptial

Yvonne d'Origny embrassa son fils et lui recommanda d'être bien sage.

– Tu sais que ta grand-mère d'Origny n'aime pas beaucoup les enfants. Pour une fois qu'elle te fait venir chez elle, il faut lui montrer que tu es un petit garçon raisonnable.

Et s'adressant à la gouvernante :

– Surtout, Fraulein, ramenez-le tout de suite après dîner… Monsieur est encore ici ?

– Oui, Madame, M. le comte est dans son cabinet de travail.

Aussitôt seule, Yvonne d'Origny marcha vers la fenêtre afin d'apercevoir son fils dès qu'il serait dehors. En effet, au bout d'un instant il sortit de l'hôtel, leva la tête et lui envoya des baisers comme chaque jour. Puis sa gouvernante lui prit la main d'un geste dont Yvonne remarqua, avec étonnement, la brusquerie inaccoutumée. Elle se pencha davantage et, comme l'enfant gagnait l'angle du boulevard, elle vit soudain un homme qui descendait d'une automobile et qui s'approchait de lui. Cet homme – elle reconnut Bernard, le domestique de confiance de son mari – cet homme saisit l'enfant par le bras, le fit monter dans l'automobile ainsi que la gouvernante, et donna l'ordre au chauffeur de s'éloigner.

Tout cela n'avait pas duré dix secondes.

Yvonne, bouleversée, courut jusqu'à la chambre, empoigna un vêtement se dirigea vers la porte. La porte était fermée à clef, et il n'y avait point de clef sur la serrure. En hâte, elle retourna dans son boudoir.

La porte de son boudoir était fermée également.

Tout de suite, l'image de son mari la heurta, cette figure sombre qu'aucun sourire n'éclairait jamais, ce regard impitoyable où, depuis des années, elle sentait tant de rancune et de haine.

– C'est lui ! C'est lui ! se dit-elle… Il a pris l'enfant… Ah c'est horrible !

À coups de poing, à coups de pied, elle frappa la porte, puis bondit vers la cheminée et sonna, sonna éperdument.

Du haut en bas de l'hôtel, le timbre vibra. Les domestiques allaient venir. Des passants peut-être s'ameuteraient dans la rue. Et elle pressait le bouton avec un espoir forcené.

Un bruit de serrure. La porte s'ouvrit violemment. Le comte apparut au seuil du boudoir. Et l'expression de son visage était si terrible qu'Yvonne se mit à trembler.

Il s'avança. Cinq ou six pas le séparaient d'elle. Dans un effort suprême, elle tenta un mouvement, mais il lui fut impossible de bouger, et, comme elle cherchait à prononcer des paroles, elle ne put qu'agiter ses lèvres et qu'émettre des sons incohérents. Elle se sentit perdue. L'idée de la mort la bouleversa. Ses genoux fléchirent, et elle s'affaissa sur elle-même avec un gémissement.

Le comte se précipita et la saisit à la gorge.

– Tais-toi n'appelle pas, disait-il d'une voix sourde, cela vaut mieux pour toi…

Voyant qu'elle n'essayait pas de se défendre, il desserra son étreinte et sortit de sa poche des bandes de toile toutes prêtes et de longueurs différentes. En quelques minutes la jeune femme eut les bras attachés le long du corps, et fut étendue sur un divan.

L'ombre avait envahi le boudoir. Le comte alluma l'électricité et se dirigea vers un petit secrétaire où Yvonne avait l'habitude de ranger ses lettres. Ne parvenant pas à l'ouvrir, il le fractura à l'aide d'un crochet de fer, vida les tiroirs, et, de tous les papiers, fit un monceau qu'il emporta dans un carton.

– Du temps perdu, n'est-ce pas ? ricana-t-il. Rien que des factures et des lettres insignifiantes… Aucune preuve contre toi… Bah ! N'empêche que je garde mon fils, et je jure Dieu que je ne le lâcherai pas !

Comme il s'en allait, il fut rejoint près de la porte par son domestique Bernard. Ils conversèrent tous deux à voix basse, mais Yvonne entendit ces mots que prononçait le domestique :

– J'ai reçu la réponse de l'ouvrier bijoutier. Il est à ma disposition.

Et le comte répliqua :

– La chose est remise à demain midi. Ma mère vient de me téléphoner qu'elle ne pouvait venir auparavant.

Ensuite Yvonne perçut le cliquetis de la serrure et le bruit des pas qui descendaient jusqu'au rez-de-chaussée où se trouvait le cabinet de travail de son mari.

Elle demeura longtemps inerte, le cerveau en déroute, avec des idées vagues et rapides qui la brûlaient au passage, comme des flammes. Elle se rappelait la conduite indigne du comte d'Origny, ses procédés humiliants envers elle, ses menaces, ses projets de divorce, et elle comprenait peu à peu qu'elle était la victime d'une véritable conspiration, que les domestiques, sur l'ordre de leur maître, avaient congé jusqu'au lendemain soir, que la gouvernante, sur l'ordre du comte et avec la complicité de Bernard, avait emmené son fils, et que son fils ne reviendrait pas, et qu'elle ne le reverrait jamais !

– Mon fils ! cria-t-elle, mon fils !

Exaspérée par la douleur, de tous ses nerfs, de tous ses muscles, elle se raidit, en un effort brutal. Elle fut stupéfaite : sa main droite conservait une certaine liberté.

Alors un espoir fou la pénétra, et patiemment, lentement, elle commença l'œuvre de délivrance.

Ce fut long. Il lui fallut beaucoup de temps pour élargir le nœud suffisamment, et beaucoup de temps ensuite, quand sa main fut dégagée, pour défaire les liens qui nouaient le haut de ses bras à son buste, puis ceux qui emprisonnaient ses chevilles.

Cependant l'idée de son fils la soutenait, et, comme la pendule frappait huit coups, la dernière entrave tomba. Elle était libre !

À peine debout, elle se rua sur la fenêtre et tourna l'espagnolette avec l'intention d'appeler le premier passant venu. Justement, un agent de police se promenait sur le trottoir. Elle se pencha. Mais l'air vif de la nuit l'ayant frappée au visage, plus calme, elle songea au scandale, à l'enquête, aux interrogatoires, à son fils. Mon Dieu ! Mon Dieu ! Que faire pour le reprendre ? Par quels moyens s'échapper ? Au moindre bruit, le comte pouvait survenir. Et qui sait si, dans un mouvement de rage…

Des pieds à la tête elle frissonnait, prise d'une épouvante subite. L'horreur de la mort se mêlait, en son pauvre cerveau, à la pensée de son fils, et elle bégaya, la gorge étranglée :

– Au secours ! Au secours !

Elle s'arrêta net, et redit tout bas, à plusieurs reprises : « Au secours ! Au secours ! » comme si ce mot éveillait en elle une idée, une réminiscence, et que l'attente d'un secours ne lui parût pas une chose impossible. Durant quelques minutes, elle resta absorbée en une méditation profonde, coupée de pleurs et de tressaillements. Puis, avec des gestes pour ainsi dire mécaniques, elle allongea le bras vers une petite bibliothèque suspendue au-dessus du secrétaire, saisit les uns après les autres quatre livres qu'elle feuilleta distraitement et remit en place et finit par trouver entre les pages du cinquième une carte de visite où ses yeux épelèrent ces deux mots : *Horace Velmont*, et cette adresse écrite au crayon *Cercle de la rue Royale*.

Et sa mémoire évoqua la phrase bizarre que cet homme lui avait dite quelques années auparavant en ce même hôtel, un jour de réception :

« Si jamais un péril vous menace, si vous avez besoin de secours, n'hésitez pas, jetez à la poste cette carte que je mets dans ce livre et quelle que soit l'heure, quels que soient les obstacles, je viendrai. »

Avec quel air étrange il avait prononcé une telle phrase, et comme il donnait l'impression de la certitude, de la force, de la puissance illimitée, de l'audace indomptable !

Brusquement, inconsciemment, sous la poussée d'une décision irrésistible et dont elle se refusait à prévoir les conséquences, Yvonne, avec ses mêmes gestes d'automate, prit une enveloppe pneumatique, introduisit la carte de visite, cacheta, inscrivit les deux lignes : *Horace Velmont, Cercle de la rue Royale* et s'approcha de la fenêtre entrebâillée. Dehors l'agent de police déambulait. Elle lança l'enveloppe, la confiant au hasard. Peut-être ce chiffon de papier serait-il ramassé, et, comme une lettre égarée, mis à la poste.

Elle n'avait pas accompli cet acte qu'elle en saisit toute l'absurdité. Il était fou de supposer que le message irait à son adresse, et plus fou encore d'espérer que l'homme qu'elle appelait pourrait venir à son secours, *quelle que fût l'heure et quels que fussent les obstacles.*

Une réaction se produisit, d'autant plus vive que l'effort avait été plus rapide et plus brutal. Yvonne chancela, s'appuya contre un fauteuil et se laissa tomber, à bout d'énergie.

Alors le temps s'écoula, le temps morne des soirées d'hiver où les voitures interrompent seules le silence de la rue. La pendule sonnait, implacable. Dans le demi-sommeil qui l'engourdissait, la jeune femme en comptait les tintements. Elle percevait aussi certains bruits à différents étages de la maison, et savait de la sorte que son mari avait dîné, qu'il montait jusqu'à sa chambre et redescendait dans son cabinet de travail. Mais tout cela lui semblait très vague, et sa torpeur était telle qu'elle ne songeait même pas à s'étendre sur le divan, pour le cas où il entrerait…

Les douze coups de minuit… Puis la demie… Puis une heure… Yvonne ne réfléchissait à rien, attendant les événements qui se préparaient et contre lesquels toute rébellion était inutile. Elle se représentait son fils et elle-même, comme on se représente ces êtres qui ont beaucoup souffert et qui ne souffrent plus, et qui s'enlacent de leurs bras affectueux. Mais un cauchemar la secoua. Voilà que, ces deux êtres, on voulait les arracher l'un à l'autre, et elle avait la sensation affreuse, en son délire, qu'elle pleurait, et qu'elle râlait…

D'un mouvement, elle se dressa. La clef venait de tourner dans la serrure. Attiré par ses cris, le comte allait apparaître. Du regard, Yvonne chercha une arme pour se défendre. Mais la porte fut poussée, et, stupéfaite, comme si le spectacle qui s'offrait à ses yeux lui eût semblé le prodige le plus inexplicable, elle balbutia :

– Vous ! Vous !

Un homme s'avançait vers elle, en habit, son macfarlane et son claque sous le bras, et cet homme jeune, de taille mince, élégant, elle l'avait reconnu, c'était Horace Velmont.

– Vous ! répéta-t-elle.

– Je vous demande pardon, madame, votre lettre ne m'a été remise que tard.

– Est-ce possible ! Est-ce possible que ce soit vous que vous ayez pu !

Il parut très étonné.

– N'avais-je pas promis de me rendre à votre appel ?

– Oui mais…

– Eh bien, me voici, dit-il en souriant.

Il examina les bandes de toile dont Yvonne avait réussi à se délivrer et hocha la tête, tout en continuant son inspection.

– C'est donc là les moyens que l'on emploie ? Le comte d'Origny, n'est-ce pas ? J'ai vu également qu'il vous avait emprisonnée… Mais alors, le pneumatique ? Ah ! par cette fenêtre… Quelle imprudence de ne pas l'avoir refermée !

Il poussa les deux battants. Yvonne s'effara.

– Si l'on entendait ?

– Il n'y a personne dans l'hôtel. Je l'ai visité.

– Cependant…

– Votre mari est sorti depuis dix minutes.

– Où est-il ?

– Chez sa mère, la comtesse d'Origny.

– Comment le savez-vous ?

– Oh ! très simplement. Il a reçu un coup de téléphone lui annonçant que sa mère était malade. Comme je l'avais prévu, puisque c'est moi qui ai téléphoné, le comte est sorti précipitamment, suivi de son domestique. Aussitôt, à l'aide de clefs spéciales, je suis entré.

Il racontait cela le plus naturellement du monde, de même que l'on raconte, dans un salon, une petite anecdote insignifiante. Mais Yvonne demanda, reprise d'une inquiétude soudaine :

384

– Alors, ce n'est pas vrai… Sa mère n'est pas malade ? En ce cas, mon mari va revenir…

– Certes, le comte s'apercevra qu'on s'est joué de lui, et, d'ici trois quarts d'heure au plus…

– Partons… Je ne veux pas qu'il me retrouve ici… Je rejoins mon fils.

– Un instant….

– Un instant ! Mais vous ne savez donc pas qu'on me l'enlève ? qu'on lui fait du mal, peut-être ?

La figure contractée, les gestes fébriles, elle cherchait à repousser Velmont. Avec beaucoup de douceur, il la contraignit à s'asseoir, et, incliné sur elle, d'attitude respectueuse, il prononça d'un ton grave :

– Écoutez-moi, madame, et ne perdons pas un temps dont chaque minute est précieuse. Tout d'abord, rappelez-vous ceci : Nous nous sommes rencontrés quatre fois, il y a six ans… Et la quatrième fois, dans les salons de cet hôtel, comme je vous parlais avec trop comment dirais-je ? avec trop d'émotion, vous m'avez fait sentir que mes visites vous déplaisaient. Depuis, je ne vous ai pas revue. Et pourtant, malgré tout, votre confiance en moi était telle que vous avez conservé la carte que j'avais mise entre les pages de ce livre, et que, six ans après, c'est moi, et pas un autre, que vous avez appelé. Cette confiance, je vous la demande encore. Il faut m'obéir aveuglément. De même que je suis venu à travers tous les obstacles, de même je vous sauverai, quelle que soit la situation.

La tranquillité d'Horace Velmont, sa voix impérieuse aux intonations amicales, apaisaient peu à peu la jeune femme. Toute faible encore, elle éprouvait de nouveau, en face de cet homme, une impression de détente et de sécurité.

– N'ayez aucune peur, reprit-il. La comtesse d'Origny habite à l'extrémité du bois de Vincennes. En admettant que votre mari trouve une auto, il est impossible qu'il soit de retour avant trois heures et quart. Or il est deux heures trente-cinq. Je vous jure qu'à trois heures exactement nous partirons et que je vous conduirai vers votre fils. Mais je ne veux pas partir avant de tout savoir.

– Que dois-je faire ? dit-elle.

– Me répondre, et très nettement. Nous avons vingt minutes. C'est assez. Ce n'est pas trop.

– Interrogez-moi.

– Croyez-vous que le comte ait eu des projets criminels ?

– Non.

– Il s'agit donc de votre fils ?

– Oui.

– Il vous l'enlève, n'est-ce pas, parce qu'il veut divorcer et épouser une autre femme, une de vos anciennes amies, que vous avez chassée de votre maison ? Oh ! je vous en conjure, répondez-moi sans détours. Ce sont là des faits de notoriété publique, et votre hésitation, vos scrupules, tout doit cesser actuellement, puisqu'il s'agit de votre fils. Ainsi donc, votre mari veut épouser une autre femme ?

– Oui.

– Cette femme n'a pas d'argent. De son côté, votre mari, qui s'est ruiné, n'a d'autres ressources que la pension qui lui est servie par sa mère, la comtesse d'Origny, et les revenus de la grosse fortune que votre fils a héritée de deux de vos oncles. C'est cette fortune que votre mari convoite et qu'il s'approprierait plus facilement si l'enfant lui était confié. Un seul moyen le divorce. Je ne me trompe pas ?

– Non.

– Ce qui l'arrêtait jusqu'ici, c'était votre refus ?

– Oui, et celui de ma belle-mère dont les sentiments religieux s'opposent au divorce. La comtesse d'Origny ne céderait que dans le cas…

– Que dans le cas ?

– Où l'on pourrait prouver que ma conduite est indigne.

Velmont haussa les épaules.

– Donc il ne peut rien contre vous ni contre votre fils. Au point de vue légal, comme au point de vue de ses intérêts, il se heurte à un obstacle qui est le plus insurmontable de tous, la vertu d'une honnête femme. Et cependant voilà que, tout d'un coup, il engage la lutte.

– Que voulez-vous dire ?

– Je veux dire que, si un homme comme le comte, après tant d'hésitations et malgré tant d'impossibilités, se risque dans une aventure aussi incertaine, c'est qu'il a, ou qu'il croit avoir entre les mains, des armes.

– Quelles armes ?

– Je l'ignore. Mais elles existent… Sans quoi il n'eût pas commencé par prendre votre fils.

Yvonne se désespéra.

– C'est horrible… Est-ce que je sais, moi, ce qu'il a pu faire ! Ce qu'il a pu inventer !

– Cherchez bien… Rappelez vos souvenirs… Tenez, dans ce secrétaire qu'il a fracturé, il n'y avait pas une lettre qu'il fût possible de retourner contre vous ?

– Aucune.

– Et dans les paroles qu'il vous a dites, dans ses menaces, il n'y a rien qui vous permette de deviner ?

– Rien.

– Pourtant, pourtant, répéta Velmont, il doit y avoir quelque chose…

Et il reprit :

– Le comte n'a pas un ami plus intime… auquel il se confie ?

– Non.

– Personne n'est venu le voir hier ?

– Personne.

– Il était seul quand il vous a liée et enfermée ?

– À ce moment, oui.

– Mais après ?

– Après, son domestique l'a rejoint près de la porte, et j'ai entendu qu'ils parlaient d'un ouvrier bijoutier…

– C'est tout ?

– Et d'une chose qui aurait lieu le lendemain, c'est-à-dire aujourd'hui, à midi, parce que la comtesse d'Origny ne pouvait venir auparavant.

Velmont réfléchit.

– Cette conversation a-t-elle un sens qui vous éclaire sur les projets de votre mari ?

387

– Je n'en vois pas…

– Où sont vos bijoux ?

– Mon mari les a vendus.

– Il ne vous en reste pas un seul ?

– Non.

– Pas même une bague ?

– Non, dit-elle en montrant ses mains, rien que cet anneau.

– Qui est votre anneau de mariage ?

– Qui est… mon anneau…

Elle s'arrêta, interdite. Velmont nota qu'elle rougissait, et il l'entendit balbutier :

– Serait-ce possible ? Mais non… Mais non. Il ignore…

Velmont la pressa de questions aussitôt, et Yvonne se taisait, immobile, le visage anxieux. À la fin, elle répondit, à voix basse :

– Ce n'est pas mon anneau de mariage. Un jour, il y a longtemps, je l'ai fait tomber de la cheminée de ma chambre, où je l'avais mis une minute auparavant, et, malgré toutes mes recherches, je n'ai pu le retrouver. Sans rien dire, j'en ai commandé un autre…, que voici à ma main.

– Le véritable anneau portait la date de votre mariage ?

– Oui 23 octobre.

– Et le second ?

– Celui-ci ne porte aucune date.

Il sentit en elle une légère hésitation et un trouble qu'elle ne cherchait d'ailleurs pas à dissimuler.

– Je vous en supplie, s'écria-t-il, ne me cachez rien… Vous voyez le chemin que nous avons parcouru en quelques minutes, avec un peu de logique et de sang-froid. Continuons, je vous le demande en grâce.

– Êtes-vous sûr, dit-elle, qu'il soit nécessaire ?

– Je suis sûr que le moindre détail a son importance et que nous sommes près d'atteindre le but. Mais il faut se hâter. L'heure est grave.

– Je n'ai rien à cacher, fit-elle en relevant la tête. C'était à l'époque la plus misérable et la plus dangereuse de ma vie. Humiliée chez moi, dans le monde j'étais entourée d'hommages, de tentations, de pièges, comme toute femme qu'on voit abandonnée de son mari. Alors, je me suis souvenue. Avant mon mariage, un homme m'avait aimée, dont j'avais deviné l'amour impossible et qui, depuis, est mort. J'ai fait graver le nom de cet homme, et j'ai porté cet anneau comme on porte un talisman. Il n'y avait pas d'amour en moi puisque j'étais la femme d'un autre. Mais dans le secret de mon cœur, il y eut un souvenir, un rêve meurtri, quelque chose de doux qui me protégeait…

Elle s'était exprimée lentement, sans embarras, et Velmont ne douta pas une seconde qu'elle n'eût dit l'absolue vérité. Comme il se taisait, elle redevint anxieuse et lui demanda :

– Est-ce que vous supposez que mon mari ?

Il lui prit la main, et prononça, tout en examinant l'anneau d'or :

– L'énigme est là. Votre mari, je ne sais comment, connaît la substitution. À midi, sa mère viendra. Devant témoins, il vous obligera d'ôter votre bague, et de la sorte, il pourra, en même temps que l'approbation de sa mère, obtenir le divorce, puisqu'il aura la preuve qu'il cherchait.

– Je suis perdue, gémit-elle, je suis perdue !

– Vous êtes sauvée, au contraire ! Donnez-moi cette bague et tantôt, c'est une autre qu'il trouvera, une autre que je vous ferai parvenir avant midi, et qui portera la date du 23 octobre. Ainsi…

Il s'interrompit brusquement. Tandis qu'il parlait, la main d'Yvonne s'était glacée dans la sienne, et, ayant levé les yeux, il vit que la jeune femme était pâle, affreusement pâle.

– Qu'y a-t-il ? Je vous en prie…

Elle eut un accès de désespoir fou.

– Il y a, il y a que je suis perdue ! Il y a que je ne peux l'ôter, cet anneau ! Il est devenu trop petit ! Comprenez-vous ? Cela n'avait pas d'importance, et je n'y pensais pas… Mais aujourd'hui… Cette preuve… Cette accusation… Ah ! quelle torture ! Regardez… Il fait partie de mon doigt… Il est incrusté dans ma chair… et je ne peux pas… je ne peux pas.

Elle tirait vainement de toutes ses forces, au risque de se blesser. Mais la chair se gonflait autour de l'anneau, et l'anneau ne bougeait point.

– Ah ! balbutia-t-elle, étreinte par une idée qui la terrifia… Je me souviens, l'autre nuit un cauchemar que j'ai eu… Il me semblait que quelqu'un entrait dans ma chambre et s'emparait de ma main. Et je ne pouvais pas me réveiller… C'était lui ! c'était lui ! Il m'avait endormie, j'en suis sûre… Et il regardait la bague… Et tantôt il me l'arrachera devant sa mère… Ah ! je comprends tout… Cet ouvrier bijoutier… c'est lui qui me la coupera à même la main… Vous voyez… Je suis perdue…

Elle se cacha la tête et se mit à pleurer. Mais dans le silence, la pendule sonna une fois, et puis une autre fois, et une fois encore. Et Yvonne se redressa d'un bond.

– Le voilà cria-t-elle. Il va venir… Il va venir… Il est trois heures… Allons-nous-en…

– Vous ne partirez pas.

– Mon fils… Je veux le voir, le reprendre…

– Savez-vous seulement où il est ?

– Je veux partir !

– Vous ne partirez pas ! Ce serait de la folie.

Il la saisit aux poignets. Elle voulut se dégager, et Velmont dut apporter une certaine brusquerie pour vaincre sa résistance. À la fin, il réussit à la ramener vers le divan, puis à l'étendre, et, tout de suite sans prêter attention à ses plaintes, il reprit les bandes de toile et lui attacha les bras et les chevilles.

– Oui, disait-il, ce serait de la folie. Qui vous aurait délivrée ? Qui vous aurait ouvert cette porte ? Un complice ? Quel argument contre vous, et comme votre mari s'en servirait auprès de sa mère ! Et puis, à quoi bon ? Vous enfuir, c'est accepter le divorce… et sait-on jamais le dénouement ? Il faut rester ici.

Elle sanglotait.

– J'ai peur… J'ai peur… Cet anneau me brûle… Brisez-le… Brisez-le… Emportez-le… Qu'on ne le retrouve pas !

– Et si l'on ne le retrouve pas à votre doigt, qui l'aurait brisé ? Toujours un complice… Non, il faut affronter la lutte, et vaillamment, puisque je réponds de tout… Croyez en moi… Je réponds de tout… Dussé-je m'attaquer à la comtesse d'Origny et retarder ainsi l'entrevue… dussé-je venir moi-même avant midi, c'est l'anneau nuptial que l'on arrachera de votre doigt je vous le jure et votre fils vous sera rendu…

Dominée, soumise, Yvonne, par instinct, s'offrait elle-même aux entraves. Quand il se releva, elle était liée comme auparavant.

Il inspecta la pièce pour s'assurer qu'aucune trace ne demeurait de son passage. Puis il s'inclina de nouveau sur la jeune femme et murmura :

– Pensez à votre fils, et, quoi qu'il arrive, ne craignez rien… je veille sur vous…

Elle l'entendit ouvrir et refermer la porte du boudoir, puis, quelques minutes après, la porte de la rue.

À trois heures et demie, une automobile s'arrêtait. La porte, en bas, claqua de nouveau, et presque aussitôt Yvonne aperçut son mari qui entrait rapidement, l'air furieux. Il courut vers elle, s'assura qu'elle était toujours attachée, et, s'emparant de sa main, examina la bague. Yvonne s'évanouit…

Elle ne sut pas au juste, en se réveillant, combien de temps elle avait dormi. Mais la clarté du grand jour pénétrait dans le boudoir, et elle constata, au premier mouvement qu'elle fit, que les bandes étaient coupées. Alors elle tourna la tête et vit auprès d'elle son mari qui la regardait.

– Mon fils… mon fils… gémit-elle, je veux mon fils…

Il répliqua, d'une voix dont elle sentit la raillerie :

– Notre fils est en lieu sûr. Et, pour l'instant, il ne s'agit pas de lui, mais de vous. Nous sommes l'un en face de l'autre sans doute pour la dernière fois, et l'explication que nous allons avoir est très grave. Je dois vous avertir qu'elle aura lieu devant ma mère. Vous n'y voyez pas d'inconvénient ?

Yvonne s'efforça de cacher son trouble et répondit :

– Aucun.

– Je puis l'appeler ?

– Oui. Laissez-moi, en attendant. Je serai prête quand elle viendra.

– Ma mère est ici.

– Votre mère est ici ? s'écria Yvonne, éperdue et se rappelant la promesse d'Horace Velmont.

– Oui.

– Et c'est maintenant ? C'est tout de suite que vous voulez ?

– Oui.

– Pourquoi ? Pourquoi pas ce soir ? Demain ?

– Aujourd'hui, et maintenant, déclara le comte. Il s'est produit au cours de la nuit un incident assez bizarre et que je ne m'explique pas : on m'a fait venir chez ma mère dans le but évident de m'éloigner d'ici. Cela me détermine à devancer le moment de l'explication. Vous ne désirez pas prendre quelque nourriture auparavant ?

– Non… non…

– Je vais donc chercher ma mère.

Il se dirigea vers la chambre d'Yvonne. Celle-ci jeta un coup d'œil sur la pendule. La pendule marquait dix heures trente-cinq !

– Ah ! fit-elle avec un frisson d'épouvante.

Dix heures trente-cinq ! Horace Velmont ne la sauverait pas, et personne au monde, et rien au monde ne la sauverait, car il n'y avait point de miracle qui pût faire que l'anneau d'or ne fût pas à son doigt.

Le comte revint avec la comtesse d'Origny et la pria de s'asseoir. C'était une femme sèche, anguleuse, qui avait toujours manifesté contre Yvonne des sentiments hostiles. Elle ne salua même pas sa belle-fille, montrant ainsi qu'elle était gagnée à l'accusation.

– Je crois, dit-elle, qu'il est inutile de parler très longuement. En deux mots, mon fils prétend…

– Je ne prétends pas, ma mère, dit le comte, j'affirme. J'affirme sous serment que, il y a trois mois, durant les vacances, le tapissier, en reposant les tapis de ce boudoir et de la chambre, a trouvé, dans une rainure de parquet, l'anneau de mariage que j'avais donné à ma femme. Cet anneau, le voici. La date du 23 octobre est gravée à l'intérieur.

– Alors, dit la comtesse, l'anneau que votre femme porte…

– Cet anneau a été commandé par elle en échange du véritable. Sur mes indications, Bernard, mon domestique, après de longues recherches, a fini par découvrir, aux environs de Paris, où il habite maintenant, le petit bijoutier à qui elle s'était adressée. Cet homme se souvient parfaitement, et il est prêt à en témoigner, que sa cliente ne lui a pas fait inscrire une date, mais un nom. Ce nom, il ne se le rappelle pas, mais peut-être l'ouvrier qui travaillait avec lui, dans son magasin, s'en souviendrait-il. Prévenu par lettre que j'avais besoin de ses services, cet homme a répondu hier qu'il était à ma disposition. Ce matin, dès neuf heures, Bernard allait le chercher. Tous deux attendent dans mon cabinet.

Il se tourna vers sa femme.

– Voulez-vous, de votre plein gré, me donner cet anneau ?

Elle articula :

– Vous savez bien, depuis la nuit où vous avez essayé de le prendre à mon insu, qu'il est impossible de l'ôter de mon doigt.

– En ce cas, puis-je donner l'ordre que cet homme monte ? Il a les instruments nécessaires.

– Oui, dit-elle d'une voix faible.

Elle était résignée. En une sorte de vision elle évoquait l'avenir, le scandale, le divorce prononcé contre elle, l'enfant confié par jugement au père, et elle acceptait cela en pensant qu'elle enlèverait son fils, qu'elle partirait avec lui au bout du monde et qu'ils vivraient tous deux, seuls, heureux…

Sa belle-mère lui dit :

– Vous avez été bien légère, Yvonne.

Yvonne fut sur le point de se confesser à elle et de lui demander sa protection. À quoi bon ? Comment admettre que la comtesse d'Origny pût la croire innocente ? Elle ne répliqua point.

Tout de suite, d'ailleurs, le comte rentrait, suivi de son domestique et d'un homme qui portait une trousse sous le bras.

Et le comte dit à cet homme :

– Vous savez de quoi il s'agit ?

– Oui, fit l'ouvrier. Une bague qui est devenue trop petite et qu'il faut trancher… C'est facile… Un coup de pince…

– Et vous examinerez ensuite, dit le comte, si l'inscription qui est à l'intérieur de cet anneau fut bien gravée par vous.

Yvonne observa la pendule. Il était onze heures moins dix. Il lui sembla entendre quelque part dans l'hôtel un bruit de voix qui disputaient, et, malgré elle, un sursaut d'espoir la secoua. Peut-être Velmont avait-il réussi… Mais, le bruit s'étant renouvelé, elle se rendit compte que des marchands ambulants passaient sous ses fenêtres et s'éloignaient.

C'était fini. Horace Velmont n'avait pas pu la secourir. Et elle comprit que, pour retrouver son enfant, il lui faudrait agir par ses propres forces, car les promesses des autres sont vaines.

Elle eut un mouvement de recul. Elle avait vu sur sa main la main sale de l'ouvrier, et ce contact odieux la révoltait.

L'homme s'excusa avec embarras. Le comte dit à sa femme :

– Il faut pourtant vous décider.

Alors elle tendit sa main fragile et tremblante que l'ouvrier saisit de nouveau, qu'il retourna, et appuya sur la table, la paume découverte. Yvonne sentit le froid de l'acier. Elle souhaita mourir, d'un coup, et, s'attachant aussitôt à cette idée de mort, elle pensa à des poisons qu'elle achèterait et qui l'endormiraient presque à son insu.

L'opération fut rapide. De biais, les petites tenailles d'acier repoussèrent la chair, se firent une place, et mordirent la bague. Un effort brutal la bague se brisa. Il n'y avait plus qu'à écarter les deux extrémités pour la sortir du doigt. C'est ce que fit l'ouvrier.

Le comte s'exclama, triomphant :

– Enfin nous allons savoir… La preuve est là ! Et nous sommes tous témoins…

Il agrippa l'anneau et regarda l'inscription. Un cri de stupeur lui échappa. L'anneau portait la date de son mariage avec Yvonne : « Vingt-trois octobre. »

Nous étions assis sur la terrasse de Monte-Carlo. Son histoire terminée, Lupin alluma une cigarette et lança paisiblement des bouffées vers le ciel bleu.

Je lui dis :

– Eh bien ?

– Eh bien, quoi ?

– Comment, quoi ? mais la fin de l'aventure…

– La fin de l'aventure ? Mais il n'y en a pas d'autre.

– Voyons vous plaisantez…

– Nullement. Celle-là ne vous suffit pas ? La comtesse est sauvée. Le mari, n'ayant pas la moindre preuve contre elle, est contraint par sa mère à renoncer au divorce et à rendre l'enfant. Voilà tout. Depuis il a quitté sa femme, et celle-ci vit heureuse, avec son fils, un garçon de seize ans.

– Oui… oui… mais la façon dont la comtesse a été sauvée ?

Lupin éclata de rire.

– Mon cher ami…

(Lupin daigne parfois m'appeler de la sorte.)

– Mon cher ami, vous avez peut-être une certaine adresse pour raconter mes exploits, mais fichtre ! il faut mettre les points sur les i. Je vous jure que la comtesse n'a pas eu besoin d'explication.

– Je n'ai aucun amour-propre, lui répondis-je en riant. Mettez les points sur les i.

Il prit une pièce de cinq francs et referma la main sur elle.

– Qu'y a-t-il dans cette main ?

– Une pièce de cinq francs.

Il ouvrit la main. La pièce de cinq francs n'y était pas.

– Vous voyez comme c'est facile ! Un ouvrier bijoutier coupe avec des tenailles une bague sur laquelle est gravé un nom, mais il en présente une autre sur laquelle est gravée la date du 23 octobre. C'est un simple tour d'escamotage, et j'ai celui-là dans le fond de mon sac, ainsi que beaucoup d'autres. Bigre ! J'ai travaillé six mois avec Pickmann.

– Mais alors…

– Allez-y donc !

– L'ouvrier bijoutier ?

– C'était Horace Velmont !… C'était ce brave Lupin ! En quittant la comtesse à trois heures du matin, j'ai profité des quelques minutes qui me restaient avant l'arrivée du mari pour inspecter son cabinet de travail. Sur la table, j'ai trouvé la lettre que l'ouvrier bijoutier avait écrite. Cette lettre me donnait l'adresse. Moyennant quelques louis j'ai pris la place de l'ouvrier, et je suis venu avec un anneau d'or coupé et gravé d'avance. Passez, muscade. Le comte n'y a vu que du feu.

– Parfait, m'écriai-je.

Et j'ajoutai, un peu ironique à mon tour :

– Mais ne croyez-vous pas que vous-mêmes fûtes quelque peu dupé en l'occurrence ?

– Ah ! Et par qui ?

— Par la comtesse.

— En quoi donc ?

— Dame ! Ce nom inscrit comme un talisman… Ce beau ténébreux qui l'aima et souffrit pour elle… Tout cela me paraît fort invraisemblable, et je me demande si, tout Lupin que vous soyez, vous n'êtes pas tombé au milieu d'un joli roman d'amour bien réel et pas trop innocent.

Lupin me regarda de travers.

— Non, dit-il.

— Comment le savez-vous ?

— Si la comtesse altéra la vérité en me disant qu'elle avait connu cet homme avant son mariage et qu'il était mort, et si elle l'aima dans le secret de son cœur, j'ai du moins la preuve que cet amour fut idéal, et que lui, ne le soupçonna pas.

— Et cette preuve ?

— Elle est inscrite au creux de la bague que j'ai brisée moi-même au doigt de la comtesse et que je porte. La voici. Vous pouvez lire le nom qu'elle avait fait graver.

Il me donna la bague. Je lus « Horace Velmont ».

Il y eut entre Lupin et moi un instant de silence, et, l'ayant observé, je notai sur son visage une certaine émotion, un peu de mélancolie.

Je repris :

— Pourquoi vous êtes-vous résolu à me raconter cette histoire à laquelle vous avez fait souvent allusion devant moi ?

— Pourquoi ?

Il me montra, d'un signe, une femme très belle encore qui passait devant nous, au bras d'un jeune homme.

Elle aperçut Lupin et le salua.

— C'est elle, murmura-t-il, c'est elle avec son fils.

— Elle vous a donc reconnu ?

– Elle me reconnaît toujours, quel que soit mon déguisement.

– Mais, depuis le cambriolage du château de Thibermesnil, la police a identifié les deux noms de Lupin et d'Horace Velmont.

– Oui.

– Elle sait par conséquent qui vous êtes ?

– Oui.

– Et elle vous salue ? m'écriai-je malgré moi.

Il m'empoigna le bras, et, violemment :

– Croyez-vous donc que je sois Lupin pour elle ? Croyez-vous que je sois à ses yeux un cambrioleur, un escroc, un gredin ? Mais je serais le dernier des misérables, j'aurais tué, même, qu'elle me saluerait encore.

– Pourquoi ? Parce qu'elle vous a aimé ?

– Allons donc ! ce serait une raison de plus, au contraire, pour qu'elle me méprisât.

– Alors ?

– *Je suis l'homme qui lui a rendu son fils !*

– 3 –

Le signe de l'ombre

– J'ai reçu votre télégramme, me dit, en entrant chez moi, un monsieur à moustaches grises, vêtu d'une redingote marron, et coiffé d'un chapeau à larges bords. Et me voici. Qu'y a-t-il ?

Si je n'avais pas attendu Arsène Lupin, je ne l'aurais certes pas reconnu sous cet aspect de vieux militaire en retraite.

– Qu'y a-t-il ? répliquai-je. Oh ! pas grand-chose, une coïncidence assez bizarre. Et comme il vous plaît de démêler les affaires mystérieuses, au moins autant que de les combiner…

– Et alors ?

– Vous êtes bien pressé !

– Excessivement, si l'affaire en question ne vaut pas la peine que je me dérange. Par conséquent, droit au but.

– Droit au but, allons-y ! Et commencez, je vous prie, par jeter un coup d'œil sur ce petit tableau que j'ai découvert, l'autre semaine, dans un magasin poudreux de la rive gauche, et que j'ai acheté pour son cadre Empire, à double palmette car la peinture est abominable.

– Abominable, en effet, dit Lupin, au bout d'un instant, mais le sujet lui-même ne manque pas de saveur… ce coin de vieille cour avec sa rotonde à colonnade grecque, son cadran solaire et son bassin, avec son puits délabré au toit Renaissance, avec ses marches et son banc de pierre, tout cela est pittoresque.

– Et authentique, ajoutai-je. La toile, bonne ou mauvaise, n'a jamais été enlevée de son cadre Empire. D'ailleurs, la date est là… Tenez, dans le bas, à gauche, ces chiffres rouges, 15-4-2, qui signifient évidemment 15 avril 1802.

– En effet… en effet… Mais vous parliez d'une coïncidence, et, jusqu'ici, je ne vois pas…

J'allai prendre dans un coin une longue-vue que j'établis sur son trépied et que je braquai vers la fenêtre ouverte d'une petite chambre située en face de mon appartement, de l'autre côté de la rue. Et je priai Lupin de regarder.

Il se pencha. Le soleil, oblique à cette heure, éclairait la chambre où l'on apercevait des meubles d'acajou très simples, un grand lit d'enfant habillé de rideaux en cretonne.

– Ah ! dit Lupin tout à coup, le même tableau !

– Exactement le même ! affirmai-je. Et la date vous voyez la date en rouge ? 15-4-2.

– Oui, je vois… Et qui demeure dans cette chambre ?

– Une dame ou plutôt une ouvrière, puisqu'elle est obligée de travailler pour vivre… des travaux de couture qui la nourrissent à peine, elle et son enfant.

– Comment s'appelle-t-elle ?

– Louise d'Ernemont. D'après mes renseignements, elle est l'arrière-petite-fille d'un fermier général qui fut guillotiné sous la Terreur.

– Le même jour qu'André Chénier, acheva Lupin. Cet Ernemont, selon les mémoires du temps, passait pour très riche.

Il releva la tête et me demanda :

– L'histoire est intéressante… Pourquoi avez-vous attendu pour me la raconter ?

– Parce que c'est aujourd'hui le 15 avril.

– Eh bien ?

– Eh bien, depuis hier, je sais – un bavardage de concierge – que le 15 avril occupe une place importante dans la vie de Louise d'Ernemont.

– Pas possible !

– Contrairement à ses habitudes, elle qui travaille tous les jours, qui tient en ordre les deux pièces dont se compose son appartement, qui prépare le déjeuner que sa fille prendra au retour de l'école communale… le 15 avril, elle sort avec la petite vers dix heures, et ne rentre qu'à la nuit tombante. Cela, depuis des années, et quel que soit le temps. Avouez que c'est étrange, cette date que je trouve sur un vieux tableau analogue, et qui règle la sortie annuelle de la descendante du fermier général Ernemont.

– Étrange… Vous avez raison… prononça Lupin d'une voix lente. Et l'on ne sait pas où elle va ?

– On l'ignore. Elle ne s'est confiée à personne. D'ailleurs elle parle très peu.

– Vous êtes sûr de vos informations ?

– Tout à fait sûr. Et la preuve qu'elles sont exactes, tenez, la voici.

Une porte s'était ouverte en face, livrant passage à une petite fille de sept à huit ans, qui vint se mettre à la fenêtre. Une dame apparut derrière elle, assez grande, encore jolie, l'air doux et mélancolique. Toutes deux étaient prêtes, habillées de vêtements simples, mais qui dénotaient chez la mère un souci d'élégance.

– Vous voyez, murmurai-je, elles vont sortir.

De fait, après un moment, la mère prit l'enfant par la main, et elles quittèrent la chambre.

Lupin saisit son chapeau.

– Venez-vous ?

Une curiosité trop vive me stimulait pour que je fisse la moindre objection. Je descendis avec Lupin.

En arrivant dans la rue, nous aperçûmes ma voisine qui entrait chez un boulanger. Elle acheta deux petits pains qu'elle plaça dans un menu panier que portait sa fille et qui semblait déjà contenir des provisions. Puis elles se dirigèrent du côté des boulevards extérieurs, qu'elles suivirent jusqu'à la place de l'Étoile. L'avenue Kléber les conduisit à l'entrée de Passy.

Lupin marchait silencieusement, avec une préoccupation visible que je me réjouissais d'avoir provoquée. De temps à autre, une phrase me montrait le fil de ses réflexions, et je pouvais constater que l'énigme demeurait entière pour lui comme pour moi.

Louise d'Ernemont cependant avait obliqué sur la gauche par la rue Raynouard, vieille rue paisible où Franklin et Balzac vécurent, et qui, bordée d'anciennes maisons et de jardins discrets, vous donne une impression de province. Au pied du coteau qu'elle domine, la Seine coule, et des ruelles descendent vers le fleuve.

C'est l'une de ces ruelles, étroite, tortueuse, déserte, que prit ma voisine. Il y avait d'abord à droite une maison dont la façade donnait sur la rue Raynouard, puis un mur moisi, d'une hauteur peu commune, soutenu de contreforts, hérissé de tessons de bouteilles.

Vers le milieu, une porte basse en forme d'arcade le trouait, devant laquelle Louise d'Ernemont s'arrêta, et qu'elle ouvrit à l'aide d'une clef qui nous parut énorme. La mère et la fille entrèrent.

– En tout cas, me dit Lupin, elle n'a rien à cacher, car elle ne s'est pas retournée une seule fois…

Il avait à peine achevé cette phrase qu'un bruit de pas retentit derrière nous. C'étaient deux vieux mendiants, un homme et une femme déguenillés, sales, crasseux, couverts de haillons. Ils passèrent sans prêter attention à notre présence. L'homme sortit de sa besace une clef semblable à celle de ma voisine, et l'introduisit dans la serrure. La porte se referma sur eux.

Et tout de suite, au bout de la ruelle, un bruit d'automobile qui s'arrête. Lupin m'entraîna cinquante mètres plus bas, dans un renfoncement qui suffisait à nous dissimuler. Et nous vîmes descendre, un petit chien sous le bras, une jeune femme très élégante, parée de bijoux, les yeux trop noirs, les lèvres trop rouges, et les cheveux trop blonds. Devant la porte, même manœuvre, même clef… La demoiselle au petit chien disparut.

– Ça commence à devenir amusant, ricana Lupin. Quel rapport ces gens-là peuvent-ils avoir les uns avec les autres ?

Successivement débouchèrent deux dames âgées, maigres, assez misérables d'aspect, et qui se ressemblaient comme deux sœurs puis un valet de chambre ; puis un caporal d'infanterie ; puis un gros monsieur vêtu d'une jaquette malpropre et rapiécée ; puis une famille d'ouvriers, tous les six pâles, maladifs, l'air de gens qui ne mangent pas à leur faim. Et chacun des nouveaux venus arrivait avec un panier ou un filet rempli de provisions.

– C'est un pique-nique, m'écriai-je.

– De plus en plus étonnant, articula Lupin, et je ne serai tranquille que quand je saurai ce qui se passe derrière ce mur.

L'escalader, c'était impossible. En outre nous vîmes qu'il aboutissait, au bas de la ruelle comme en haut, à deux maisons dont aucune fenêtre ne donnait sur l'enclos.

Nous cherchions vainement un stratagème, quand, tout à coup, la petite porte se rouvrit et livra passage à l'un des enfants de l'ouvrier.

Le gamin monta en courant jusqu'à la rue Raynouard. Quelques minutes après, il rapportait deux bouteilles d'eau, qu'il déposa pour sortir de sa poche la grosse clef.

À ce moment, Lupin m'avait déjà quitté et longeait le mur d'un pas lent comme un promeneur qui flâne. Lorsque l'enfant, après avoir pénétré dans l'enclos, repoussa la porte, il fit un bond et planta la pointe de son couteau dans la gâche de la serrure. Le pêne n'étant pas engagé, un effort suffit pour que le battant s'entrebâillât.

– Nous y sommes, dit Lupin.

Il passa la tête avec précaution, puis, à ma grande surprise, entra franchement. Mais, ayant suivi son exemple, je pus constater que, à dix mètres en arrière du mur, un massif de lauriers élevait comme un rideau qui nous permettait d'avancer sans être vus.

Lupin se posta au milieu du massif. Je m'approchai et, ainsi que lui, j'écartai les branches d'un arbuste. Le spectacle qui s'offrit alors à mes yeux était si imprévu, que je ne pus retenir une exclamation, tandis que, de son côté, Lupin jurait entre ses dents :

– Crebleu ! celle-là est drôle !

Nous avions devant nous, dans l'espace restreint qui s'étendait entre les deux maisons sans fenêtres, le même décor que représentait le vieux tableau acheté par moi chez un brocanteur !

Le même décor ! Au fond, contre un second mur, la même rotonde grecque offrait sa colonnade légère. Au centre, les mêmes bancs de pierre dominaient un cercle de quatre marches qui descendaient vers un bassin aux dalles moisies. Sur la gauche, le même puits dressait son toit de fer ouvragé, et tout près, le même cadran solaire montrait la flèche de son style et sa table de marbre.

Le même décor ! Et ce qui ajoutait à l'étrangeté du spectacle, c'était le souvenir, obsédant pour Lupin et pour moi, de cette date du 15 avril, et c'était l'idée que précisément ce jour-là nous étions le 15 avril, et que seize à dix-huit personnes, si différentes d'âge, de condition et de manières, avaient choisi le 15 avril pour se rassembler en ce coin perdu de Paris.

Toutes, à la minute où nous les vîmes, assises par groupes isolés sur les bancs et les marches, elles mangeaient. Non loin de ma voisine et de sa fille, la famille d'ouvriers et le couple de mendiants fusionnaient, tandis que le valet de chambre, le monsieur à la jaquette malpropre, le caporal d'infanterie et les deux sœurs maigres, réunissaient leurs tranches de jambon, leurs boîtes de sardines et leur fromage de gruyère.

Il était alors une heure et demie. Le mendiant sortit sa pipe ainsi que le gros monsieur. Les hommes se mirent à fumer près de la rotonde et les femmes les rejoignirent. D'ailleurs, tous ces gens avaient l'air de se connaître.

Ils se trouvaient assez loin de nous, de sorte que nous n'entendions pas leurs paroles. Cependant, nous vîmes que la conversation devenait animée. La demoiselle au petit chien surtout, très entourée maintenant, pérorait et faisait de grands gestes qui incitaient le petit chien à des aboiements furieux.

Mais soudain il y eut une exclamation et, aussitôt, des cris de colère, et tous, hommes et femmes, ils s'élancèrent en désordre vers le puits.

Un des gamins de l'ouvrier en surgissait à ce moment, attaché par la ceinture au crochet de fer qui termine la corde, et les trois autres gamins le remontaient en tournant la manivelle.

Plus agile, le caporal se jeta sur lui, et, tout de suite, le valet de chambre et le gros monsieur l'agrippèrent, tandis que les mendiants et les sœurs maigres se battaient avec le ménage ouvrier.

En quelques secondes, il ne restait plus à l'enfant que sa chemise. Maître des vêtements, le valet de chambre se sauva, poursuivi par le caporal qui lui arracha la culotte, laquelle fut reprise au caporal par une des sœurs maigres.

– Ils sont fous ! murmurai-je, absolument ahuri.

– Mais non, mais non, dit Lupin.

– Comment ! vous y comprenez donc quelque chose ?

À la fin, Louise d'Ernemont qui, après le débat, s'était posée en conciliatrice, réussit à apaiser le tumulte. On s'assit de nouveau, mais il y eut une réaction chez tous ces gens exaspérés, et ils demeurèrent immobiles et taciturnes, comme harassés de fatigue.

Et du temps s'écoula. Impatienté, et commençant à souffrir de la faim, j'allai chercher jusqu'à la rue Raynouard quelques provisions, que nous nous partageâmes tout en surveillant les acteurs de la comédie incompréhensible qui se jouait sous nos yeux. Chaque minute semblait les accabler d'une tristesse croissante, et ils prenaient des attitudes découragées, courbaient le dos de plus en plus et s'absorbaient dans leurs méditations.

– Vont-ils coucher là ? prononçai-je avec ennui.

Mais, vers cinq heures, le gros monsieur à la jaquette malpropre tira sa montre. On l'imita, et tous, leur montre à la main, ils parurent attendre avec anxiété un événement qui devait avoir pour eux une importance considérable. L'événement ne se produisit pas, car, au bout de quinze à vingt minutes, le gros monsieur eut un geste de désespoir, se leva et mit son chapeau.

Alors des lamentations retentirent. Les deux sours maigres et la femme de l'ouvrier se jetèrent à genoux et firent le signe de la croix. La demoiselle au petit chien et la mendiante s'embrassèrent en sanglotant, et nous surprîmes Louise d'Ernemont qui serrait sa fille contre elle, d'un mouvement triste.

– Allons-nous-en, dit Lupin.

– Vous croyez que la séance est finie ?

– Oui, et nous n'avons que le temps de filer.

Nous partîmes sans encombre. Au haut de la rue Raynouard, Lupin tourna sur sa gauche et, me laissant dehors, entra dans la première maison, celle qui dominait l'enclos.

Après avoir conversé quelques instants avec le concierge, il me rejoignit et nous arrêtâmes une automobile.

– Rue de Turin, 34, dit-il au chauffeur.

Au 34 de cette rue, le rez-de-chaussée était occupé par une étude de notaire et, presque aussitôt, nous fûmes introduits dans le cabinet de Mᵉ Valandier, homme d'un certain âge, affable et souriant.

Lupin se présenta sous le nom du capitaine en retraite Janniot. Il voulait se faire bâtir une maison selon ses goûts, et on lui avait parlé d'un terrain sis auprès de la rue Raynouard.

– Mais ce terrain n'est pas à vendre ! s'écria Mᵉ Valandier.

– Ah ! on m'avait dit…

– Nullement… nullement…

Le notaire se leva et prit dans une armoire un objet qu'il nous montra. Je fus confondu. C'était le même tableau que j'avais acheté, le même tableau qui se trouvait chez Louise d'Ernemont.

– Il s'agit du terrain que représente cette toile, le d'Ernemont comme on l'appelle ?

– Précisément.

– Eh bien, reprit le notaire, ce clos faisait partie d'un grand jardin que possédait le fermier général d'Ernemont, exécuté sous la Terreur. Tout ce qui pouvait être vendu, les héritiers le vendirent peu à peu. Mais ce dernier morceau est resté et restera dans l'indivision…, à moins que…

Le notaire se mit à rire.

– À moins que ? interrogea Lupin.

– Oh ! c'est toute une histoire, assez curieuse d'ailleurs, et dont je m'amuse quelquefois à parcourir le dossier volumineux.

– Est-il indiscret ?

– Pas du tout, déclara Mᵉ Valandier qui semblait ravi, au contraire, de placer son récit.

Et sans se faire prier, il commença.

« Dès le début de la Révolution, Louis-Agrippa d'Ernemont, sous prétexte de rejoindre sa femme qui vivait à Genève avec leur fille Pauline, ferma son hôtel du faubourg Saint-Germain, congédia ses domestiques, et vint s'installer, ainsi que son fils Charles, dans sa petite maison de Passy où personne ne le connaissait, qu'une vieille servante dévouée. Il y resta caché durant trois ans, et il pouvait espérer que sa retraite ne serait pas découverte lorsqu'un jour, après déjeuner, comme il faisait sa sieste, la vieille servante entra précipitamment dans sa chambre. Elle avait aperçu au bout de la rue une patrouille d'hommes armés qui semblait se diriger vers la maison. Louis d'Ernemont s'apprêta vivement, et, à l'instant où les hommes frappaient, disparut par la porte qui donnait sur le jardin, en criant à son fils d'une voix effacée : « Retiens-les… cinq minutes seulement.

« Voulait-il s'enfuir ? Trouva-t-il gardées les issues du jardin ? Sept ou huit minutes plus tard, il revenait, répondait très calmement aux questions, et ne faisait aucune difficulté pour suivre les hommes. Son fils Charles, bien qu'il n'eût que dix-huit ans, fut également emmené. »

– Cela se passait ? demanda Lupin.

– Cela se passait le 26 germinal an II, c'est-à-dire le…

Me Valandier s'interrompit, les yeux tournés vers le calendrier qui pendait au mur, et il s'écria :

– Mais c'est justement aujourd'hui. Nous sommes le 15 avril, jour anniversaire de l'arrestation du fermier général.

– Coïncidence bizarre, dit Lupin. Et cette arrestation eut, sans doute, étant donné l'époque, des suites graves ?

– Oh ! fort graves, dit le notaire en riant. Trois mois après, au début de Thermidor, le fermier général montait sur l'échafaud. On oublia son fils Charles en prison, et leurs biens furent confisqués.

– Des biens immenses, n'est-ce pas ? fit Lupin.

– Eh voilà ! voilà précisément où les choses se compliquent. Ces biens qui, en effet, étaient immenses, demeurèrent introuvables. On constata que l'hôtel du faubourg Saint-Germain avait été, avant la Révolution, vendu à un Anglais, ainsi que tous les châteaux et terres de province, ainsi que tous les bijoux, valeurs et collections du fermier général. La Convention, puis le Directoire, ordonnèrent des enquêtes minutieuses. Elles n'aboutirent à aucun résultat.

– Il restait tout au moins, dit Lupin, la maison de Passy.

– La maison de Passy fut achetée à vil prix par le délégué même de la Commune qui avait arrêté d'Ernemont, le citoyen Broquet. Le citoyen Broquet s'y enferma, barricada les portes, fortifia les murs, et lorsque Charles d'Ernemont, enfin libéré, se présenta, il le reçut à

405

coups de fusil. Charles intenta des procès, les perdit, promit de grosses sommes. Le citoyen Broquet fut intraitable. Il avait acheté la maison, il la garda, et il l'eût gardée jusqu'à sa mort, si Charles n'avait obtenu l'appui de Bonaparte. Le 12 février 1803, le citoyen Broquet vida les lieux, mais la joie de Charles fut si grande, et sans doute son cerveau avait été bouleversé si violemment par toutes ces épreuves, que, en arrivant au seuil de la maison enfin reconquise, avant même d'ouvrir la porte, il se mit à danser et à chanter. Il était fou !

– Bigre ! murmura Lupin. Et que devint-il ?

– Sa mère, et sa sœur Pauline (laquelle avait fini par se marier à Genève avec un de ses cousins) étant mortes toutes deux, la vieille servante prit soin de lui, et ils vécurent ensemble dans la maison de Passy. Des années se passèrent sans événement notable, mais soudain, en 1812, un coup de théâtre. À son lit de mort, devant deux témoins qu'elle appela, la vieille servante fit d'étranges révélations. Elle déclara que, au début de la Révolution, le fermier général avait transporté dans sa maison de Passy des sacs remplis d'or et d'argent, et que ces sacs avaient disparu quelques jours avant l'arrestation. D'après des confidences antérieures de Charles d'Ernemont, qui les tenait de son père, les trésors se trouvaient cachés dans le jardin, entre la rotonde, le cadran solaire et le puits. Comme preuve elle montra trois tableaux, ou plutôt, car ils n'étaient pas encadrés, trois toiles que le fermier général avait peintes durant sa captivité et qu'il avait réussi à lui faire passer avec l'ordre de les remettre à sa femme, à son fils et à sa fille. Tentés par l'appât des richesses, Charles et la vieille bonne avaient gardé le silence. Puis étaient venus les procès, la conquête de la maison, la folie de Charles, les recherches personnelles et inutiles de la servante, et les trésors étaient toujours là.

– Et ils y sont encore, ricana Lupin.

– Et ils y sont toujours, s'écria Me Valandier à moins… à moins que le citoyen Broquet, qui sans doute avait flairé quelque chose, ne les ait dénichés. Hypothèse peu probable, car le citoyen Broquet mourut dans la misère.

– Alors ?

– Alors on chercha. Les enfants de Pauline, la sœur, accoururent de Genève. On découvrit que Charles s'était marié clandestinement et qu'il avait des fils. Tous ces héritiers se mirent à la besogne.

– Mais Charles ?

– Charles vivait dans la retraite la plus absolue. Il ne quittait pas sa chambre.

– Jamais ?

– Si, et c'est là vraiment ce qu'il y a d'extraordinaire, de prodigieux dans l'aventure. Une fois l'an, Charles d'Ernemont, mû par une sorte de volonté inconsciente, descendait, suivait exactement le chemin que son père avait suivi, traversait le jardin, et s'asseyait tantôt sur les marches de la rotonde, dont vous voyez ici le dessin, tantôt sur la margelle de ce puits. À cinq heures vingt-sept minutes, il se levait et rentrait, et, jusqu'à sa mort, survenue en 1820, il ne manqua pas une seule fois cet incompréhensible pèlerinage. Or ce jour-là, c'était le 15 avril, jour de l'anniversaire de l'arrestation.

Mc Valandier ne souriait plus, troublé lui-même par la déconcertante histoire qu'il nous racontait.

Après un instant de réflexion, Lupin demanda :

– Et depuis la mort de Charles ?

– Depuis cette époque, reprit le notaire avec une certaine solennité, depuis bientôt cent ans, les héritiers de Charles et de Pauline d'Ernemont continuent le pèlerinage du 15 avril. Les premières années, des fouilles minutieuses furent pratiquées. Pas un pouce du jardin que l'on ne scrutât, pas une motte de terre que l'on ne retournât. Maintenant, c'est fini. À peine si l'on cherche. À peine si, de temps à autre, sans motif, on soulève une pierre ou l'on explore le puits. Non, ils s'assoient sur les marches de la rotonde comme le pauvre fou, et comme lui attendent. Et, voyez-vous, c'est la tristesse de leur destinée. Depuis cent ans, tous ceux qui se sont succédé, les fils après les pères, tous, ils ont perdu, comment dirais-je ? le ressort de la vie. Ils n'ont plus de courage, plus d'initiative. Ils attendent, ils attendent le 15 avril, et lorsque le 15 avril est arrivé, ils attendent qu'un miracle se produise. Tous, la misère a fini par les vaincre. Mes prédécesseurs et moi, peu à peu, nous avons vendu, d'abord la maison pour en construire une autre de rapport plus fructueux, ensuite des parcelles du jardin, et d'autres parcelles. Mais, ce coin-là, ils aimeraient mieux mourir que de l'aliéner. Là-dessus tout le monde est d'accord, aussi bien Louise d'Ernemont, l'héritière directe de Pauline, que les mendiants, les ouvriers, le valet de chambre, la danseuse de cirque, etc. qui représentent ce malheureux Charles.

Un nouveau silence, et Lupin reprit :

– Votre opinion, Maître Valandier ?

– Mon opinion est qu'il n'y a rien. Quel crédit accorder aux dires d'une vieille bonne, affaiblie par l'âge ? Quelle importance attacher aux lubies d'un fou ? En outre, si le fermier général avait réalisé sa fortune, ne croyez-vous point que cette fortune se serait trouvée ? Dans un espace restreint comme celui-là, on cache un papier, un joyau, non pas des trésors.

– Cependant, les tableaux ?

– Oui, évidemment. Mais tout de même, est-ce une preuve suffisante ?

Lupin se pencha sur celui que le notaire avait tiré de l'armoire, et après l'avoir examiné longuement :

– Vous avez parlé de trois tableaux ?

– Oui ; l'un, que voici, fut remis à mon prédécesseur par les héritiers de Charles. Louise d'Ernemont en possède un autre. Quant au troisième, on ne sait ce qu'il est devenu.

Lupin me regarda et continua :

– Et chacun d'eux portait la même date ?

– Oui, inscrite par Charles d'Ernemont lorsqu'il les fit encadrer peu de temps avant sa mort… La même date, 15-4-2, c'est-à-dire le 15 avril an II, selon le calendrier révolutionnaire, puisque l'arrestation eut lieu en avril 1794.

– Ah ! bien, parfait, dit Lupin le chiffre 2 signifie…

Il demeura pensif durant quelques instants et reprit :

– Encore une question, voulez-vous ? Personne ne s'est jamais offert pour résoudre ce problème ?

Me Valendier leva les bras.

– Que dites-vous là s'écria-t-il. Mais ce fut la plaie de l'étude. De 1820 à 1843, un de mes prédécesseurs, Me Turbon, a été convoqué dix-huit fois à Passy par le groupe des héritiers auxquels des imposteurs, des tireurs de cartes, des illuminés avaient promis de découvrir les trésors du fermier général. À la fin, une règle fut établie : toute personne étrangère qui voulait opérer des recherches devait, au préalable, déposer une certaine somme.

– Quelle somme ?

– Cinq mille francs. En cas de réussite, le tiers des trésors revient à l'individu. En cas d'insuccès, le dépôt reste acquis aux héritiers. Comme ça, je suis tranquille.

– Voici les cinq mille francs.

Le notaire sursauta.

– Hein ! que dites-vous ?

– Je dis, répéta Lupin en sortant cinq billets de sa poche, et en les étalant sur la table avec le plus grand calme, je dis que voici le dépôt de cinq mille francs. Veuillez m'en donner reçu, et convoquer tous les héritiers d'Ernemont pour le 15 avril de l'année prochaine, à Passy.

Le notaire n'en revenait pas. Moi-même, quoique Lupin m'eût habitué à ces coups de théâtre, j'étais fort surpris.

– C'est sérieux ? articula Me Valandier.

– Absolument sérieux.

– Pourtant je ne vous ai pas caché mon opinion. Toutes ces histoires invraisemblables ne reposent sur aucune preuve.

– Je ne suis pas de votre avis, déclara Lupin.

Le notaire le regarda comme on regarde un monsieur dont la raison n'est pas très saine. Puis, se décidant, il prit la plume et libella, sur papier timbré, un contrat qui mentionnait le dépôt du capitaine en retraite Janniot, et lui garantissait un tiers des sommes par lui découvertes.

– Si vous changez d'avis, ajouta-t-il, je vous prie de m'en avertir huit jours d'avance. Je ne préviendrai la famille d'Ernemont qu'au dernier moment, afin de ne pas donner à ces pauvres gens un espoir trop long.

– Vous pouvez les prévenir dès aujourd'hui, Maître Valandier. Ils passeront, de la sorte, une année meilleure.

On se quitta. Aussitôt dans la rue, je m'écrai :

– Vous savez donc quelque chose ?

– Moi ? répondit Lupin, rien du tout. Et c'est là, précisément, ce qui m'amuse.

– Mais il y a cent ans que l'on cherche !

– Il s'agit moins de chercher que de réfléchir. Or j'ai trois cent soixante-cinq jours pour réfléchir. C'est trop, et je risque d'oublier cette affaire, si intéressante qu'elle soit. Cher ami, vous aurez l'obligeance de me la rappeler, n'est-ce pas ?

Je la lui rappelai à diverses reprises pendant les mois qui suivirent, sans que, d'ailleurs, il parût y attacher beaucoup d'importance. Puis il y eut toute une période durant laquelle je n'eus pas l'occasion de le voir. C'était l'époque, je le sus depuis, du voyage qu'il fit en Arménie, et de la lutte effroyable qu'il entreprit contre le Sultan rouge, lutte qui se termina par l'effondrement du despote.

Je lui écrivais toutefois à l'adresse qu'il m'avait donnée, et je pus ainsi lui communiquer que certains renseignements obtenus de droite et de gauche sur ma voisine, Louise d'Ernemont, m'avaient révélé l'amour qu'elle avait eu, quelques années auparavant, pour un jeune homme très riche, qui l'aimait encore, mais qui, contraint par sa famille, avait dû l'abandonner, ainsi que le désespoir de la jeune femme, la vie courageuse qu'elle menait avec sa fille.

Lupin ne répondit à aucune de mes lettres. Les recevait-il ? La date approchait cependant, et je n'étais pas sans me demander si ses nombreuses entreprises ne l'empêcheraient pas de venir au rendez-vous fixé.

De fait, le matin du 15 avril arriva, et j'avais fini de déjeuner que Lupin n'était pas encore là. À midi un quart, je m'en allai et me fis conduire à Passy.

Tout de suite, dans la ruelle, j'avisai les quatre gamins de l'ouvrier qui stationnaient devant la porte. Averti par eux, Mᵉ Valandier accourut à ma rencontre.

– Eh bien, le capitaine Janniot ? s'écria-t-il.

– Il n'est pas ici ?

– Non, et je vous prie de croire qu'on l'attend avec impatience.

Les groupes, en effet, se pressaient autour du notaire, et tous ces visages, que je reconnus, n'avaient plus leur expression morne et découragée de l'année précédente.

– Ils espèrent, me dit Mᵉ Valandier, et c'est ma faute. Que voulez-vous… Votre ami m'a laissé un tel souvenir que j'ai parlé à ces braves gens avec une confiance que je n'éprouve pas. Mais, tout de même, c'est un drôle de type que ce capitaine Janniot…

Il m'interrogea, et je lui donnai, sur le capitaine, des indications quelque peu fantaisistes que les héritiers écoutaient en hochant la tête.

Louise d'Ernemont murmura :

– Et s'il ne vient pas ?

– Nous aurons toujours les cinq mille francs à nous partager, dit le mendiant.

N'importe ! La parole de Louise d'Ernemont avait jeté un froid. Les visages se renfrognèrent, et je sentis comme une atmosphère d'angoisse qui pesait sur nous.

À une heure et demie, les deux sœurs maigres s'assirent, prises de défaillance. Puis le gros monsieur à la jaquette malpropre eut une révolte subite contre le notaire.

– Parfaitement, Maître Valandier, vous êtes responsable… Vous auriez dû amener le capitaine de gré ou de force… Un farceur, évidemment.

Il me regarda d'un œil mauvais et le valet de chambre, de son côté, maugréa des injures à mon adresse.

Mais l'aîné des gamins surgit à la porte en criant :

– Voilà quelqu'un ! Une motocyclette !

Le bruit d'un moteur grondait par-delà le mur. Au risque de se rompre les os, un homme à motocyclette dégringolait la ruelle. Brusquement, devant la porte, il bloqua ses freins et sauta de machine.

Sous la couche de poussière qui le recouvrait comme d'une enveloppe, on pouvait voir que ses vêtements gros bleu, que son pantalon au pli bien formé, n'étaient point ceux d'un touriste, pas plus que son chapeau de feutre noir ni que ses bottines vernies.

Mais ce n'est pas le capitaine Janniot, clama le notaire qui hésitait à le reconnaître.

– Si, affirma Lupin en nous tendant la main, c'est le capitaine Janniot, seulement j'ai fait couper ma moustache... Maître Valandier, voici le reçu que vous avez signé.

Il saisit un des gamins par le bras et lui dit :

– Cours à la station de voitures et ramène une automobile jusqu'à la rue Raynouard. Galope, j'ai un rendez-vous urgent à deux heures et quart.

Il y eut des gestes de protestation. Le capitaine Janniot tira sa montre.

– Eh quoi ! il n'est que deux heures moins douze. J'ai quinze bonnes minutes. Mais pour Dieu que je suis fatigué ! et surtout comme j'ai faim !

En hâte le caporal lui tendit son pain de munition qu'il mordit à pleines dents, et s'étant assis, il prononça :

– Vous m'excuserez. Le rapide de Marseille a déraillé entre Dijon et Laroche. Il y a une quinzaine de morts, et des blessés que j'ai dû secourir. Alors, dans le fourgon des bagages, j'ai trouvé cette motocyclette... Maître Valandier, vous aurez l'obligeance de la faire remettre à qui de droit. L'étiquette est encore attachée au guidon. Ah ! te voici de retour, gamin. L'auto est là ? Au coin de la rue Raynouard ? À merveille.

Il consulta sa montre.

– Eh ! Eh ! pas de temps à perdre.

Je le regardais avec une curiosité ardente. Mais quelle devait être l'émotion des héritiers d'Ernemont ! Certes, ils n'avaient pas, dans le capitaine Janniot, la foi que j'avais en Lupin. Cependant leurs figures étaient blêmes et crispées.

Lentement le capitaine Janniot se dirigea vers la gauche et s'approcha du cadran solaire. Le piédestal en était formé par un homme au torse puissant, qui portait, sur les épaules, une table de marbre dont le temps avait tellement usé la surface qu'on distinguait à peine les lignes des heures gravées. Au-dessus un Amour, aux ailes déployées, tenait une longue flèche qui servait d'aiguille.

Le capitaine resta penché environ une minute, les yeux attentifs.

Puis il demanda :

– Un couteau, s'il vous plaît ?

Deux heures sonnèrent quelque part. À cet instant précis, sur le cadran illuminé de soleil, l'ombre de la flèche se profilait suivant une cassure du marbre qui coupait le disque à peu près par le milieu.

Le capitaine saisit le couteau qu'on lui tendait. Il l'ouvrit. Et à l'aide de la pointe, très doucement, il commença à gratter le mélange de terre, de mousse et de lichen qui remplissait l'étroite cassure.

Tout de suite, à dix centimètres du bord, il s'arrêta, comme si son couteau eût rencontré un obstacle, enfonça l'index et le pouce, et retira un menu objet qu'il frotta entre les paumes de ses mains et offrit ensuite au notaire.

– Tenez, Maître Valandier, voici toujours quelque chose.

C'était un diamant énorme, de la grosseur d'une noisette, et taillé de façon admirable.

Le capitaine se remit à la besogne. Presque aussitôt, nouvelle halte. Un second diamant, superbe et limpide comme le premier, apparut.

Et puis il en vint un troisième, et un quatrième.

Une minute après, tout en suivant d'un bord à l'autre la fissure, et sans creuser certes à plus d'un centimètre et demi de profondeur, le capitaine avait retiré dix-huit diamants de la même grosseur.

Durant cette minute il n'y eut pas, autour du cadran solaire, un seul cri, pas un seul geste. Une sorte de stupeur anéantissait les héritiers. Puis le gros monsieur murmura :

– Crénom de crénom !

Et le caporal gémit :

– Ah ! mon capitaine… mon capitaine…

Les deux sœurs tombèrent évanouies. La demoiselle au petit chien se mit à genoux et pria, tandis que le domestique titubant, l'air d'un homme ivre, se tenait la tête à deux mains, et que Louise d'Ernemont pleurait.

Lorsque le calme fut rétabli et qu'on voulut remercier le capitaine Janniot, on s'aperçut qu'il était parti.

Ce n'est qu'au bout de plusieurs années que l'occasion se présenta, pour moi, d'interroger Lupin au sujet de cette affaire. En veine de confidences, il me répondit :

– L'affaire des dix-huit diamants ? Mon Dieu, quand je songe que trois ou quatre générations de mes semblables en ont cherché la solution !

– Et les dix-huit diamants étaient là, sous un peu de poussière !

– Mais comment avez-vous deviné ?

– Je n'ai pas deviné. J'ai réfléchi. Ai-je eu même besoin de réfléchir ? Dès le début, je fus frappé par ce fait que toute l'aventure était dominée par une question primordiale : la question de temps. Lorsqu'il avait encore sa raison, Charles d'Ernemont inscrivait une date sur les trois tableaux. Plus tard, dans les ténèbres où il se débattait, une petite lueur d'intelligence le conduisait chaque année au centre du vieux jardin, et la même lueur l'en éloignait chaque année, au même instant, c'est-à-dire à cinq heures vingt-sept minutes. Qu'est-ce qui réglait de la sorte le mécanisme déréglé de ce cerveau ? Quelle force supérieure mettait en mouvement le pauvre fou ? Sans aucun doute, la notion instinctive du Temps que représentait, sur les tableaux du fermier général, le cadran solaire. C'était la révolution annuelle de la terre autour du soleil qui ramenait à date fixe Charles d'Ernemont dans le jardin de Passy. Et c'était la révolution diurne qui l'en chassait à heure fixe, c'est-à-dire à l'heure, probablement, où le soleil, caché par des obstacles différents de ceux d'aujourd'hui, n'éclairait plus le jardin de Passy. Or tout cela, le cadran solaire en était le symbole même. Et c'est pourquoi, tout de suite, je sus où il fallait chercher.

– Mais l'heure de la recherche, comme l'avez-vous établie ?

– Tout simplement d'après les tableaux. Un homme vivant à cette époque, comme Charles d'Ernemont, eût inscrit 26 germinal an II, ou 15 avril 1794, mais non 15 avril an II. Je suis stupéfait que personne n'y ait songé.

– Le chiffre 2 signifiait donc deux heures ?

– Évidemment. Et voici ce qui dut se passer. Le fermier général commença par convertir sa fortune en bonnes espèces d'or et d'argent. Puis, par surcroît de précaution, avec cet or et cet argent, il acheta dix-huit diamants merveilleux. Surpris par l'arrivée de la patrouille, il s'enfuit dans le jardin. Où cacher les diamants ? Le hasard fit que ses yeux tombèrent sur le cadran. Il était deux heures. L'ombre de la flèche suivait alors la cassure du marbre. Il obéit à ce signe de l'ombre, enfonça dans la poussière les dix-huit diamants, et revint très calmement se livrer aux soldats.

– Mais l'ombre de la flèche se rencontre tous les jours à deux heures avec la cassure du marbre, et non pas seulement le 15 avril.

– Vous oubliez, mon cher ami, qu'il s'agit d'un fou et que, lui, n'a retenu que cette date, le 15 avril.

– Soit, mais vous, du moment que vous aviez déchiffré l'énigme, il vous était facile, depuis un an, de vous introduire dans l'enclos et de dérober les diamants.

– Très facile, et je n'eusse certes pas hésité, si j'avais eu affaire à d'autres gens. Mais vrai, ces malheureux m'ont fait pitié. Et puis, vous connaissez cet idiot de Lupin : l'idée d'apparaître tout d'un coup en génie bienfaisant et d'épater son semblable, lui ferait commettre toutes les bêtises.

– Bah ! m'écriai-je, la bêtise n'est pas si grande. Six beaux diamants ! Voilà un contrat que les héritiers d'Ernemont ont dû remplir avec joie.

Lupin me regarda et, soudain, éclatant de rire :

– Vous ne savez donc pas ? Ah ! celle-là est bien bonne... La joie des héritiers d'Ernemont... Mais, mon cher ami, le lendemain ce brave capitaine Janniot avait autant d'ennemis mortels ! Le lendemain les deux sœurs maigres et le gros monsieur organisaient la résistance. Le contrat ? Aucune valeur, puisque, et c'était facile à le prouver, il n'y avait point de capitaine Janniot. « Le capitaine Janniot ! D'où sort cet aventurier ? Qu'il nous attaque et l'on verra ! »

– Louise d'Ernemont, elle-même ?

– Non, Louise d'Ernemont protesta contre cette infamie. Mais que pouvait-elle ? D'ailleurs, devenue riche, elle retrouva son fiancé. Je n'entendis plus parler d'elle.

– Et alors ?

– Et alors, mon cher ami, pris au piège, légalement impuissant, j'ai dû transiger et accepter pour ma part un modeste diamant, le plus petit et le moins beau. Allez donc vous mettre en quatre pour rendre service à votre prochain !

Et Lupin bougonna entre ses dents :

– Ah ! la reconnaissance, quelle fumisterie ! Heureusement que les honnêtes gens ont pour eux leur conscience, et la satisfaction du devoir accompli.

– 4 –

Le piège infernal

Après la course, un flot de personnes qui s'écoulait vers la sortie de la tribune ayant passé contre lui, Nicolas Dugrival porta vivement la main à la poche intérieure de son veston. Sa femme lui dit :

– Qu'est-ce que tu as ?

– Je suis toujours inquiet... avec cet argent ! J'ai peur d'un mauvais coup.

Elle murmura :

– Aussi je ne te comprends pas. Est-ce qu'on garde sur soi une pareille somme ! Toute notre fortune... Nous avons eu pourtant assez de mal à la gagner.

– Bah ! dit-il, est-ce qu'on sait qu'elle est là, dans ce portefeuille ?

– Mais si, mais si, bougonna-t-elle. Tiens, le petit domestique que nous avons renvoyé la semaine dernière le savait parfaitement. N'est-ce pas, Gabriel ?

– Oui, ma tante, fit un jeune homme qui se tenait à ses côtés.

Les époux Dugrival et leur neveu Gabriel étaient très connus sur les hippodromes, où les habitués les voyaient presque chaque jour. Dugrival, gros homme au teint rouge, l'aspect d'un bon vivant ; sa femme, lourde également, le masque vulgaire, toujours vêtue d'une robe de soie prune dont l'usure était trop visible ; le neveu, tout jeune, mince, la figure pâle, les yeux noirs, les cheveux blonds et un peu bouclés.

En général, le ménage restait assis pendant toute la réunion. C'était Gabriel qui jouait pour son oncle, surveillant les chevaux au paddock, recueillant des tuyaux de droite et de gauche parmi les groupes des jockeys et des lads, faisant la navette entre les tribunes et le pari mutuel.

La chance, ce jour-là, leur fut favorable, car, trois fois, les voisins de Dugrival virent le jeune homme qui lui rapportait de l'argent.

La cinquième course se terminait. Dugrival alluma un cigare. À ce moment, un monsieur sanglé dans une jaquette marron, et dont le visage se terminait par une barbiche grisonnante, s'approcha de lui et demanda d'un ton de confidence :

– Ce n'est pas à vous, monsieur, qu'on aurait volé ceci ?

Il exhibait en même temps une montre en or, munie de sa chaîne.

Dugrival sursauta.

– Mais oui… mais oui… c'est à moi… Tenez, mes initiales sont gravées N. D… Nicolas Dugrival.

Et aussitôt il plaqua la main sur la poche de son veston avec un geste d'effroi. Le portefeuille s'y trouvait encore.

– Ah ! fit-il bouleversé, j'ai eu de la chance… Mais tout de même, comment a-t-on pu ?… Connaît-on le coquin ?

– Oui, nous le tenons, il est au poste. Veuillez avoir l'obligeance de me suivre, nous allons éclaircir cette affaire.

– À qui ai-je l'honneur ?…

– M. Delangle, inspecteur de la Sûreté. J'ai déjà prévenu M. Marquenne, l'officier de paix. Nicolas Dugrival sortit avec l'inspecteur, et tous deux, contournant les tribunes, se dirigèrent vers le commissariat. Ils en étaient à une cinquantaine de pas, quand l'inspecteur fut abordé par quelqu'un qui lui dit en hâte :

– Le type à la montre a bavardé, nous sommes sur la piste de toute une bande. M. Marquenne vous prie d'aller l'attendre au pari mutuel et de surveiller les alentours de la quatrième baraque.

Il y avait foule devant le pari mutuel, et l'inspecteur Delangle maugréa :

– C'est idiot, ce rendez-vous… Et puis qui dois-je surveiller ? M. Marquenne n'en fait jamais d'autres…

Il écarta des gens qui le pressaient de trop près.

– Fichtre ! Il faut jouer des coudes et tenir son porte-monnaie. C'est comme cela que vous avez été pincé, monsieur Dugrival.

– Je ne m'explique pas…

– Oh ! si vous saviez comment ces messieurs opèrent… On n'y voit que du feu. L'un vous marche sur le pied, l'autre vous éborgne avec sa canne, et le troisième vous subtilise votre portefeuille. En trois gestes, c'est fini… Moi qui vous parle, j'y ai été pris.

Il s'interrompit, et, d'un air furieux :

– Mais sacré non, nous n'allons pas moisir ici ! Quelle cohue… Ce n'est pas supportable… Ah ! M. Marquenne, là-bas, qui nous fait signe… Un moment, je vous prie… et surtout ne bougez pas.

À coups d'épaule, il se fraya un passage dans la foule.

Nicolas Dugrival le suivit un instant des yeux. L'ayant perdu de vue, il se tint un peu à l'écart pour n'être point bousculé.

Quelques minutes s'écoulèrent. La sixième course allait commencer, lorsque Dugrival aperçut sa femme et son neveu qui le cherchaient. Il leur expliqua que l'inspecteur Delangle se concertait avec l'officier de paix. Tu as toujours ton argent ? lui demanda sa femme.

– Parbleu répondit-il, je te jure que l'inspecteur et moi, nous ne nous laissions pas serrer de trop près.

Il tâta son veston, étouffa un cri, enfonça la main dans sa poche, et se mit à bredouiller des syllabes confuses, tandis que Mme Dugrival, épouvantée, bégayait :

– Quoi ! qu'est-ce qu'il y a ?

– Volé, gémit-il, le portefeuille… les cinquante billets…

– Pas vrai ! s'exclama-t-elle, pas vrai !

– Si, l'inspecteur, un escroc c'est lui…

Elle poussa de véritables hurlements.

– Au voleur ! on a volé mon mari ! Cinquante mille francs, nous sommes perdus… Au voleur !

Très vite, ils furent entourés d'agents et conduits au commissariat. Dugrival se laissait faire, absolument ahuri. Sa femme continuait à vociférer, accumulant des explications, poursuivant d'invectives le faux inspecteur.

– Qu'on le cherche ! Qu'on le trouve ! Une jaquette marron la barbe en pointe… Ah ! le misérable, ce qu'il nous a roulés… Cinquante mille francs… Mais…, mais… Qu'est-ce que tu fais, Dugrival ?

D'un bond elle se jeta sur son mari. Trop tard... Il avait appliqué contre sa tempe le canon d'un revolver. Une détonation retentit. Dugrival tomba. Il était mort.

On n'a pas oublié le bruit que firent les journaux à propos de cette affaire, et comment ils saisirent l'occasion pour accuser une fois de plus la police d'incurie et de maladresse. Était-il admissible qu'un pickpocket pût ainsi, en plein jour et dans un endroit public, jouer le rôle d'inspecteur et dévaliser impunément un honnête homme ?

La femme de Nicolas Dugrival entretenait les polémiques par ses lamentations et les interviews qu'elle accordait. Un reporter avait réussi à la photographier devant le cadavre de son mari, tandis qu'elle étendait la main et qu'elle jurait de venger le mort. Debout, près d'elle, son neveu Gabriel montrait un visage haineux. Lui aussi, en quelques mots prononcés à voix basse et d'un ton de décision farouche, avait fait le serment de poursuivre et d'atteindre le meurtrier.

On dépeignait le modeste intérieur qu'ils occupaient aux Batignolles, et, comme ils étaient dénués de toutes ressources, un journal de sport ouvrit une souscription en leur faveur.

Quant au mystérieux Delangie, il demeurait introuvable. Deux individus furent arrêtés, que l'on dut relâcher aussitôt. On se lança sur plusieurs pistes, immédiatement abandonnées ; on mit en avant plusieurs noms, et, finalement, on accusa Arsène Lupin, qui provoqua la fameuse dépêche du célèbre cambrioleur, dépêche envoyée de New York six jours après l'incident.

« Proteste avec indignation contre calomnie inventée par une police aux abois. Envoie mes condoléances aux malheureuses victimes, et donne à mon banquier ordres nécessaires pour que cinquante mille francs leur soient remis. – Lupin. »

De fait, le lendemain même du jour où ce télégramme était publié, un inconnu sonnait à la porte de Mme Dugrival et déposait une enveloppe entre ses mains. L'enveloppe contenait cinquante billets de mille francs.

Ce coup de théâtre n'était point fait pour apaiser les commentaires. Mais un autre événement se produisit, qui suscita de nouveau une émotion considérable. Deux jours plus tard, les personnes qui habitaient la même maison que Mme Dugrival et que Gabriel, furent réveillées vers quatre heures du matin par des cris affreux. On se précipita. Le concierge réussit à ouvrir la porte. À la lueur d'une bougie dont un voisin s'était muni, il trouva, dans sa chambre, Gabriel, étendu, des liens aux poignets et aux chevilles, un bâillon sur la bouche, et, dans la chambre voisine, Mme Dugrival qui perdait tout son sang par une large blessure à la poitrine.

Elle murmura :

– L'argent on m'a volé... tous les billets...

Et elle s'évanouit.

418

Que s'était-il passé ?

Gabriel raconta – et dès qu'elle fut capable de parler, Mme Dugrival compléta le récit de son neveu – qu'il avait été réveillé par l'agression de deux hommes, dont l'un le bâillonnait, tandis que l'autre l'enveloppait de liens. Dans l'obscurité, il n'avait pu voir ces hommes, mais il avait entendu le bruit de la lutte que sa tante soutenait contre eux. Lutte effroyable, déclara Mme Dugrival. Connaissant évidemment les lieux, guidés par on ne sait quelle intuition, les bandits s'étaient dirigés aussitôt vers le petit meuble qui renfermait l'argent, et, malgré la résistance qu'elle avait opposée, malgré ses cris, faisaient main basse sur la liasse de billets. En partant, l'un d'eux, qu'elle mordait au bras, l'avait frappée d'un coup de couteau, puis ils s'étaient enfuis.

– Par où ? lui demanda-t-on.

– Par la porte de ma chambre, et ensuite, je suppose, par celle du vestibule.

– Impossible ! Le concierge les aurait surpris.

Car tout le mystère résidait en ceci : comment les bandits avaient-ils pénétré dans la maison, et comment avaient-ils pu en sortir ? Aucune issue ne s'offrait à eux. Était-ce un des locataires ? Une enquête minutieuse prouva l'absurdité d'une telle supposition.

Alors ?

L'inspecteur principal Ganimard, qui fut chargé plus spécialement de cette affaire, avoua qu'il n'en connaissait pas de plus déconcertante.

C'est fort comme du Lupin, disait-il, et cependant ce n'est pas du Lupin... Non, il y a autre chose là-dessous, quelque chose d'équivoque, de louche... D'ailleurs, si c'était du Lupin, pourquoi aurait-il repris les cinquante mille francs qu'il avait envoyés ? Autre question qui m'embarrasse : quel rapport y a-t-il entre ce second vol et le premier, celui du champ de courses ? Tout cela est incompréhensible, et j'ai l'impression, ce qui m'arrive rarement, qu'il est inutile de chercher. Pour ma part, j'y renonce.

Le juge d'instruction s'acharna. Les reporters unirent leurs efforts à ceux de la justice. Un célèbre détective anglais passa le détroit. Un riche Américain, auquel les histoires policières tournaient la tête, offrit une prime importante à quiconque apporterait un premier élément de vérité. Six semaines après, on n'en savait pas davantage. Le public se rangeait à l'opinion de Ganimard, et le juge d'instruction lui-même était las de se débattre dans les ténèbres que le temps ne pouvait qu'épaissir.

Et la vie continua chez la veuve Dugrival. Soignée par son neveu, elle ne tarda pas à se remettre de sa blessure. Le matin, Gabriel l'installait dans un fauteuil de la salle à manger, près de la fenêtre, faisait le ménage, et se rendait ensuite aux provisions. Il préparait le déjeuner sans même accepter l'aide de la concierge.

Excédés par les enquêtes de la police et surtout par les demandes d'interviews, la tante et le neveu ne recevaient personne. La concierge elle-même, dont les bavardages inquiétaient et fatiguaient Mme Dugrival, ne fut plus admise. Elle se rejetait sur Gabriel, l'apostrophant chaque fois qu'il passait devant la loge.

– Faites attention, monsieur Gabriel, on vous espionne tous les deux. Il y a des gens qui vous guettent. Tenez, encore hier soir, mon mari a surpris un type qui lorgnait vos fenêtres.

– Bah ! répondit Gabriel, c'est la police qui nous garde. Tant mieux !

Or, un après-midi, vers quatre heures, il y eut, au bout de la rue, une violente altercation entre deux marchands des quatre-saisons. La concierge aussitôt s'éloigna de sa loge pour écouter les invectives que se lançaient les adversaires. Elle n'avait pas le dos tourné, qu'un homme jeune, de taille moyenne, habillé de vêtements gris d'une coupe irréprochable, se glissa dans la maison et monta vivement l'escalier.

Au troisième étage, il sonna.

Son appel demeurant sans réponse, il sonna de nouveau.

À la troisième fois, la porte s'ouvrit.

– Mme Dugrival ? demanda-t-il en retirant son chapeau.

– Mme Dugrival est encore souffrante, et ne peut recevoir personne, riposta Gabriel qui se tenait dans l'antichambre.

– Il est de toute nécessité que je lui parle.

– Je suis son neveu, je pourrais peut-être lui communiquer…

– Soit, dit l'individu. Veuillez dire à Mme Dugrival que, le hasard m'ayant fourni des renseignements précieux sur le vol dont elle a été victime, je désire examiner l'appartement, et me rendre compte par moi-même de certains détails. Je suis très accoutumé à ces sortes d'enquêtes, et mon intervention lui sera sûrement profitable.

Gabriel l'examina un moment, réfléchit et prononça :

– En ce cas, je suppose que ma tante consentira… Prenez la peine d'entrer.

Après avoir ouvert la porte de la salle à manger, il s'effaça, livrant passage à l'inconnu. Celui-ci marcha jusqu'au seuil, mais, à l'instant même où il le franchissait, Gabriel leva le bras et, d'un geste brusque, le frappa d'un coup de poignard au-dessus de l'épaule droite.

Un éclat de rire jaillit dans la salle.

– Touché ! cria Mme Dugrival en s'élançant de son fauteuil. Bravo, Gabriel. Mais dis donc, tu ne l'as pas tué, le bandit ?

– Je ne crois pas, ma tante. La lame est fine et j'ai retenu mon coup.

L'homme chancelait, les mains en avant, le visage d'une pâleur mortelle.

– Imbécile ! ricana la veuve. Tu es tombé dans le piège… Pas malheureux ! il y a assez longtemps qu'on t'attendait ici. Allons, mon bonhomme, dégringole. Ça t'embête, hein ? Faut bien cependant. Parfait un genou à terre d'abord, devant la patronne et puis l'autre genou… Ce qu'on est bien éduqué ! Patatras ! voilà qu'on s'écroule… Ah ! Jésus-Dieu, si mon pauvre Dugrival pouvait le voir ainsi ! Et maintenant, Gabriel, à la besogne !

Elle gagna sa chambre et ouvrit le battant d'une armoire à glace où des robes étaient pendues. Les ayant écartées, elle poussa un autre battant qui formait le fond de l'armoire et qui dégagea l'entrée d'une pièce située dans la maison voisine.

– Aide-moi à le porter, Gabriel. Et tu le soigneras de ton mieux, hein ? Pour l'instant, il vaut son pesant d'or, l'artiste.

Un matin, le blessé reprit un peu conscience. Il souleva les paupières et regarda autour de lui.

Il était couché dans une pièce plus grande que celle où il avait été frappé, une pièce garnie de quelques meubles, et munie de rideaux épais qui voilaient les fenêtres du haut en bas.

Cependant il y avait assez de lumière qu'il pût voir près de lui, assis sur une chaise et l'observant, le jeune Gabriel Dugrival.

– Ah ! c'est toi, le gosse, murmura-t-il, tous mes compliments, mon petit. Tu as le poignard sûr et délicat.

Et il se rendormit.

Ce jour-là et les jours qui suivirent, il se réveilla plusieurs fois, et chaque fois, il apercevait la figure pâle de l'adolescent, ses lèvres minces, ses yeux noirs d'une expression si dure.

– Tu me fais peur, disait-il. Si tu as juré de m'exécuter, ne te gêne pas. Mais rigole ! L'idée de la mort m'a toujours semblé la chose du monde la plus cocasse. Tandis qu'avec toi, mon vieux, ça devient macabre. Bonsoir, j'aime mieux faire dodo !

Pourtant Gabriel, obéissant aux ordres de Mme Dugrival, lui prodiguait des soins attentifs. Le malade n'avait presque plus de fièvre et commençait à s'alimenter de lait et de bouillon. Il reprenait quelque force et plaisantait.

— À quand la première sortie du convalescent ? La petite voiture est prête ? Mais rigole donc, animal ! Tu as l'air d'un saule pleureur qui va commettre un crime. Allons, une risette à papa.

Un jour, en s'éveillant, il eut une impression de gêne fort désagréable. Après quelques efforts, il s'aperçut que pendant son sommeil, on lui avait attaché les jambes, le buste et les bras au fer du lit, et cela par de fines cordelettes d'acier qui lui entraient dans la chair au moindre mouvement.

— Ah ! dit-il à son gardien, cette fois, c'est le grand jeu. Le poulet va être saigné. Est-ce toi qui m'opères, l'ange Gabriel ? En ce cas, mon vieux, que ton rasoir soit bien propre ! Service antiseptique, s'il vous plaît.

Mais il fut interrompu par le bruit d'une serrure qui grince. La porte en face de lui s'ouvrit, et Mme Dugrival apparut.

Lentement elle s'approcha, prit une chaise, et sortit de sa poche un revolver qu'elle arma et qu'elle déposa sur la table de nuit.

— Brrr, murmura le captif, on se croirait à l'Ambigu… Quatrième acte… le jugement du traître. Et c'est le beau sexe qui exécute… la main des grâces… Quel honneur !… Madame Dugrival, je compte sur vous pour ne pas me défigurer.

— Tais-toi, Lupin.

— Ah ! vous savez ?… Bigre, on a du flair.

— Tais-toi, Lupin.

Il y avait, dans le son de sa voix, quelque chose de solennel qui impressionna le captif et le contraignit au silence.

Il observa l'un après l'autre ses deux geôliers. Les traits bouffis, le teint rouge de Mme Dugrival contrastaient avec le visage délicat de son neveu, mais tous deux avaient le même air de résolution implacable.

La veuve se pencha et lui dit :

— Es-tu prêt à répondre à mes questions ?

— Pourquoi pas ?

– Alors écoute-moi bien.

– Je suis tout oreilles.

– Comment as-tu su que Dugrival portait tout son argent dans sa poche ?

– Un bavardage de domestique…

– Un petit domestique qui a servi chez moi, n'est-ce pas ?

– Oui.

– Et c'est toi qui a d'abord volé la montre de Dugrival, pour la lui rendre ensuite et lui inspirer confiance ?

– Oui.

Elle réprima un mouvement de rage.

–Imbécile ! Mais oui, imbécile ! Comment, tu dépouilles mon homme, tu l'accules à se tuer, et au lieu de ficher le camp à l'autre bout du monde et de te cacher, tu continues à faire le Lupin en plein Paris ! Tu ne te rappelais donc plus que j'avais juré, sur la tête même du mort, de retrouver l'assassin ?

– C'est cela qui m'épate, dit Lupin. Pourquoi m'avoir soupçonné ?

– Pourquoi ? mais c'est toi-même qui t'es vendu.

– Moi ?

– Évidemment… Les cinquante mille francs…

– Eh bien, quoi un cadeau…

– Oui, un cadeau, que tu donnes l'ordre, par télégramme, de m'envoyer pour faire croire que tu étais en Amérique le jour des courses. Un cadeau ! la bonne blague ! c'est-à-dire, n'est-ce pas, que ça te tracassait, l'idée de ce pauvre type que tu avais assassiné. Alors tu as restitué l'argent à la veuve, ouvertement, bien entendu, parce qu'il y a la galerie et qu'il faut toujours que tu fasses du battage, comme un cabotin que tu es. À merveille ! Seulement, mon bonhomme, dans ce cas, il ne fallait pas qu'on me remette les billets mêmes volés à Dugrival ! Oui, triple idiot, ceux-là mêmes et pas d'autres ! Nous avions les numéros, Dugrival et moi. Et tu es assez stupide pour m'adresser le paquet ! Comprends-tu ta bêtise, maintenant ?

Lupin se mit à rire.

– La gaffe est gentille. Je n'en suis pas responsable. J'avais donné d'autres ordres… Mais, tout de même, je ne peux m'en prendre qu'à moi.

– Hein, tu l'avoues. C'était signer ton vol, et c'était signer ta perte aussi. Il n'y avait plus qu'à te trouver. À te trouver ? Non, mieux que cela. On ne trouve pas Lupin, on le fait venir ! Ça, c'est une idée de maître. Elle est de mon gosse de neveu, qui t'exècre autant que moi, si possible, et qui te connaît à fond par tous les livres qui ont été écrits sur toi. Il connaît ta curiosité, ton besoin d'intrigue, ta manie de chercher dans les ténèbres, et de débrouiller ce que les autres n'ont pas réussi à débrouiller. Il connaît aussi cette espèce de fausse bonté qui est la tienne, la sensiblerie bébête qui te fait verser des larmes de crocodile sur tes victimes. Et il a organisé la comédie il a inventé l'histoire des deux cambrioleurs ! le second vol des cinquante mille francs ! Ah ! je te jure Dieu que le coup de couteau que je me suis fichu de mes propres mains ne m'a pas fait mal ! Et je te jure Dieu que nous avons passé de jolis moments à t'attendre, le petit et moi, à lorgner tes complices qui rôdaient sous nos fenêtres et qui étudiaient la place. Et pas d'erreur, tu devais venir ! Puisque tu avais rendu les cinquante mille francs à la veuve Dugrival, il n'était pas possible que tu admettes que la veuve Dugrival soit dépouillée de ses cinquante mille francs. Tu devais venir, par gloriole, par vanité ! Et tu es venu !

La veuve eut un rire strident.

– Hein est-ce bien joué, cela ? Le Lupin des Lupin ! le maître des maîtres ! l'inaccessible et l'invisible ! Le voilà pris au piège par une femme et par un gamin ! Le voilà en chair et en os… Le voilà pieds et poings liés, pas plus dangereux qu'une mauviette. Le voilà ! Le voilà ! » Elle tremblait de joie, et elle se mit à marcher à travers la chambre avec des allures de bête fauve qui ne lâche pas de l'œil sa victime. Et jamais Lupin n'avait senti dans un être plus de haine et de sauvagerie.

– Assez bavardé, dit-elle.

Se contenant soudain, elle retourna près de lui, et, sur un ton tout différent, la voix sourde, elle scanda :

– Depuis douze jours, Lupin, et grâce aux papiers qui se trouvaient dans ta poche, j'ai mis le temps à profit. Je connais toutes tes affaires, toutes tes combinaisons, tous tes faux noms, toute l'organisation de ta bande, tous les logements que tu possèdes dans Paris et ailleurs. J'ai même visité l'un d'eux, le plus secret, celui où tu caches tes papiers, tes registres et l'histoire détaillée de tes opérations financières. Le résultat de mes recherches ? Pas mauvais. Voici quatre chèques détachés de quatre carnets, et qui correspondent à quatre comptes que tu as dans des banques sous quatre noms différents. Sur chacun d'eux j'ai inscrit la somme de dix mille francs. Davantage eût été périlleux. Maintenant, signe.

– Bigre ! dit Lupin avec ironie, c'est tout bonnement du chantage, honnête madame Dugrival.

– Cela te suffoque, hein ?

– Cela me suffoque.

424

– Et tu trouves l'adversaire à ta hauteur ?

– L'adversaire me dépasse. Alors le piège, qualifions-le d'infernal, le piège infernal où je suis tombé ne fut pas tendu seulement par une veuve altérée de vengeance, mais aussi par une excellente industrielle désireuse d'augmenter ses capitaux ?

– Justement.

– Mes félicitations. Et j'y pense, est-ce que, par hasard, M. Dugrival ?

– Tu l'as dit, Lupin. Après tout, pourquoi te le cacher ? Ça soulagera ta conscience. Oui, Lupin, Dugrival travaillait dans la même partie que toi. Oh ! pas en grand… Nous étions des modestes… une pièce d'or de-ci, de-là… un porte-monnaie que Gabriel, dressé par nous, chipait aux courses de droite et de gauche… Et, de la sorte, on avait fait sa petite fortune… de quoi planter des choux.

– J'aime mieux cela, dit Lupin.

– Tant mieux ! Si je t'en parle, moi, c'est pour que tu saches bien que je ne suis pas une débutante, et que tu n'as rien à espérer. Un secours ? non. L'appartement où nous sommes communique avec ma chambre. Il a une sortie particulière, et personne ne s'en doute. C'était l'appartement spécial de Dugrival. Il y recevait ses amis. Il y avait ses instruments de travail, ses déguisements son téléphone, même, comme tu peux voir. Donc, rien à espérer. Tes complices ont renoncé à te chercher par là. Je les ai lancés sur une autre piste. Tu es bien fichu. Commences-tu à comprendre la situation ?

– Oui.

– Alors, signe.

– Et, quand j'aurai signé, je serai libre ?

– Il faut que je touche d'abord.

– Et après ?

– Après, sur mon âme, sur mon salut éternel, tu seras libre.

– Je manque de confiance.

– As-tu le choix ?

– C'est vrai. Donne.

Elle détacha la main droite de Lupin et lui présenta une plume en disant :

– N'oublie pas que les quatre chèques portent quatre noms différents et que, chaque fois, l'écriture change.

– Ne crains rien.

Il signa.

– Gabriel, ajouta la veuve, il est dix heures. Si, à midi, je ne suis pas là, c'est que ce misérable m'aura joué un tour de sa façon. Alors casse-lui la tête. Je te laisse le revolver avec lequel ton oncle s'est tué. Sur six balles, il en reste cinq. Ça suffit.

Elle partit en chantonnant.

Il y eut un assez long silence, et Lupin marmotta :

– Je ne donnerais pas deux sous de ma peau.

Il ferma les yeux un instant, puis brusquement dit à Gabriel :

– Combien ?

Et comme l'autre ne semblait pas entendre, il s'irrita.

– Eh ! oui, combien ? Réponds, quoi ! Nous avons le même métier, tous deux. Je vole, tu voles, nous volons. Alors on est faits pour s'accorder. Hein ? ça va ? nous décampons ? Je t'offre une place dans ma bande, une place de luxe. Combien veux-tu pour toi ? Dix mille ? vingt mille ? Fixe ton prix, et n'y regarde pas. Le coffre est plein.

Il eut un frisson de colère en voyant le visage impassible de son gardien.

– Ah ! il ne répondra même pas ! Voyons, quoi, tu l'aimais tant que ça, le Dugrival ? Écoute, si tu veux me délivrer… Allons, réponds !

Mais il s'interrompit. Les yeux du jeune homme avaient cette expression cruelle qu'il connaissait si bien. Pouvait-il espérer le fléchir ?

– Crénom de crénom, grinça-t-il, je ne vais pourtant pas crever ici, comme un chien… Ah ! si je pouvais…

Se raidissant, il fit, pour rompre ses liens, un effort qui lui arracha un cri de douleur et il retomba sur son lit, exténué.

– Allons, murmura-t-il au bout d'un instant, la veuve l'a dit, je suis fichu. Rien à faire. De Profundis, Lupin…

Un quart d'heure s'écoula, une demi-heure…

Gabriel, s'étant approché de Lupin, vit qu'il tenait les yeux fermés et que sa respiration était égale comme celle d'un homme qui dort. Mais Lupin lui dit :

– Crois pas que je dorme, le gosse. Non, on ne dort pas à cette minute-là. Seulement je me fais une raison… Faut bien, n'est-ce pas ?… Et puis, je pense à ce qui va suivre… Parfaitement, j'ai ma petite théorie là-dessus. Tel que tu me vois, je suis partisan de la métempsycose et de la migration des âmes. Mais ce serait un peu long à t'expliquer… Dis donc, petit… avant de se séparer, si on se donnait la main ? Non ? Alors, adieu… Bonne santé et longue vie, Gabriel…

Il baissa les paupières, se tut, et ne bougea plus jusqu'à l'arrivée de Mme Dugrival.

La veuve entra vivement, un peu avant midi. Elle semblait très surexcitée.

– J'ai l'argent, dit-elle à son neveu. File. Je te rejoins dans l'auto qui est en bas.

– Mais…

– Pas besoin de toi pour en finir avec lui. Je m'en charge à moi toute seule. Pourtant, si le cœur t'en dit, de voir la grimace d'un coquin… Passe-moi l'instrument.

Gabriel lui donna le revolver, et la veuve reprit :

– Tu as bien brûlé nos papiers ?

– Oui.

– Allons-y. Et sitôt son compte réglé, au galop. Les coups de feu peuvent attirer les voisins. Il faut qu'on trouve les deux appartements vides.

Elle s'avança vers le lit.

– Tu es prêt, Lupin ?

– C'est-à-dire que je brûle d'impatience.

– Tu n'as pas de recommandation à me faire ?

– Aucune…

– Alors…

– Un mot cependant.

– Parle.

– Si je rencontre Dugrival dans l'autre monde, qu'est-ce qu'il faut que je lui dise de ta part ?

Elle haussa les épaules et appliqua le canon du revolver sur la tempe de Lupin.

– Parfait, dit-il, et surtout ne tremblez pas, ma bonne dame… Je vous jure que cela ne vous fera aucun mal. Vous y êtes ? Au commandement, n'est-ce pas ? une… deux… trois…

La veuve appuya sur la détente. Une détonation retentit.

– C'est ça, la mort ? dit Lupin. Bizarre ! j'aurais cru que c'était plus différent de la vie.

Il y eut une seconde détonation. Gabriel arracha l'arme des mains de sa tante et l'examina.

– Ah ! fit-il, on a enlevé les balles… Il ne reste plus que les capsules…

Sa tante et lui demeurèrent un moment immobiles, confondus.

– Est-ce possible ? balbutia-t-elle… Qui aurait pu ? Un inspecteur ? Le juge d'instruction ?

Elle s'arrêta, et, d'une voix étranglée :

– Écoute du bruit…

Ils écoutèrent, et la veuve alla jusqu'au vestibule. Elle revint, furieuse, exaspérée par l'échec et par la crainte qu'elle avait eue.

– Personne… Les voisins doivent être sortis nous avons le temps… Ah ! Lupin, tu riais déjà… Le couteau, Gabriel.

– Il est dans ma chambre.

– Va le chercher.

Gabriel s'éloigna en hâte. La veuve trépignait de rage.

– Je l'ai juré !… Tu y passeras, mon bonhomme !… Je l'ai juré à Dugrival, et chaque matin et chaque soir je refais le serment… je le refais à genoux, oui, à genoux devant Dieu qui m'écoute ! C'est mon droit de venger le mort !… Ah ! dis donc, Lupin, il me semble que tu ne ris plus… Bon sang ! mais on dirait même que tu as peur. Il a peur ! il a peur ! Je vois ça dans ses yeux ! Gabriel, arrive, mon petit… Regarde ses yeux ! Regarde ses lèvres… Il tremble… Donne le couteau, que je le lui plante dans le cœur, tandis qu'il a le frisson… Ah ! froussard ! Vite, vite, Gabriel, donne le couteau.

– Impossible de le trouver, déclara le jeune homme, qui revenait en courant, tout effaré, il a disparu de ma chambre ! Je n'y comprends rien !

– Tant mieux ! cria la veuve Dugrival à moitié folle, tant mieux ! je ferai la besogne moi-même.

Elle saisit Lupin à la gorge et l'étreignit de ses dix doigts crispés, à pleines mains, à pleines griffes, et elle se mit à serrer désespérément. Lupin eut un râle et s'abandonna. Il était perdu.

Brusquement, un fracas du côté de la fenêtre. Une des vitres avait sauté en éclats.

– Quoi ? qu'y a-t-il ? bégaya la veuve en se relevant, bouleversée.

Gabriel, plus pâle encore qu'à l'ordinaire, murmura :

– Je ne sais pas… je ne sais pas !

– Comment a-t-on pu ? répéta la veuve.

Elle n'osait bouger, dans l'attente de ce qui allait se produire. Et quelque chose surtout l'épouvantait, c'est que par terre, autour d'eux, il n'y avait aucun projectile, et que la vitre pourtant, cela était visible, avait cédé au choc d'un objet lourd et assez gros, d'une pierre, sans doute.

Après un instant, elle chercha sous le lit, sous la commode.

– Rien, dit-elle.

– Non, fit son neveu qui cherchait également.

Et elle reprit en s'asseyant à son tour :

– J'ai peur… les bras me manquent… achève-le…

– J'ai peur… moi aussi.

– Pourtant… pourtant… bredouilla-t-elle, il faut bien… j'ai juré…

Dans un effort suprême, elle retourna près de Lupin et lui entoura le cou de ses doigts raidis. Mais Lupin, qui scrutait son visage blême, avait la sensation très nette qu'elle n'aurait pas la force de le tuer. Pour elle, il devenait sacré, intangible. Une puissance mystérieuse le protégeait contre toutes les attaques, une puissance qui l'avait déjà sauvé trois fois par des moyens inexplicables, et qui trouverait d'autres moyens pour écarter de lui les embûches de la mort.

Elle lui dit à voix basse :

– Ce que tu dois te ficher de moi !

– Ma foi, pas du tout. À ta place j'aurais une venette !

– Fripouille, va ! Tu t'imagines qu'on te secourt… que tes amis sont là, hein ? Impossible, mon bonhomme.

– Je le sais. Ce n'est pas eux qui me défendent… Personne même ne me défend…

– Alors ?

– Alors, tout de même, il y a quelque chose d'étrange là-dessous, de fantastique, de miraculeux, qui te donne la chair de poule, ma bonne femme.

– Misérable !… Tu ne riras plus bientôt.

– Ça m'étonnerait.

– Patiente.

Elle réfléchit encore et dit à son neveu :

– Qu'est-ce que tu ferais ?

– Rattache-lui le bras, et allons-nous-en, répondit-il.

Conseil atroce ! C'était condamner Lupin à la mort la plus affreuse, la mort par la faim.

– Non, dit la veuve, il trouverait peut-être encore une planche de salut. J'ai mieux que cela.

Elle décrocha le récepteur du téléphone. Ayant obtenu la communication, elle demanda :

– Le numéro 822.48, s'il vous plaît ?

Et, après un instant :

– Allô... le service de la Sûreté ?... M. l'inspecteur principal Ganimard est-il ici ?... Pas avant vingt minutes ? Dommage !... Enfin !... quand il sera là, vous lui direz ceci de la part de Mme Dugrival... Oui, Mme Nicolas Dugrival... Vous lui direz qu'il vienne chez moi. Il ouvrira la porte de mon armoire à glace, et, cette porte ouverte, il constatera que l'armoire cache une issue qui fait communiquer ma chambre avec deux pièces. Dans l'une d'elles, il y a un homme solidement ligoté. C'est le voleur, l'assassin de Dugrival. Vous ne me croyez pas ? Avertissez M. Ganimard. Il me croira, lui. Ah ! j'oubliais le nom de l'individu... Arsène Lupin !

Et, sans un mot de plus, elle raccrocha le récepteur.

– Voilà qui est fait, Lupin. Au fond, j'aime autant cette vengeance. Ce que je vais me tordre en suivant les débats de l'affaire Lupin ! Tu viens, Gabriel ?

– Oui, ma tante.

– Adieu, Lupin, on ne se reverra sans doute pas, car nous passons à l'étranger. Mais je te promets de t'envoyer des bonbons quand tu seras au bagne.

– Des chocolats, la mère ! Nous les mangerons ensemble.

– Adieu !

– Au revoir !

La veuve sortit avec son neveu, laissant Lupin enchaîné sur le lit.

Tout de suite il remua son bras libre et tâcha de se dégager. Mais à la première tentative, il comprit qu'il n'aurait jamais la force de rompre les cordons d'acier qui le liaient. Épuisé par la fièvre et par l'angoisse, que pouvait-il faire durant les vingt ou trente minutes peut-être qui lui restaient avant l'arrivée de Ganimard ?

Il ne comptait pas davantage sur ses amis. Si, trois fois, il avait été sauvé de la mort, cela provenait évidemment de hasards prodigieux, mais non point d'une intervention de ses amis. Sans quoi, ils ne se fussent pas contentés de ces coups de théâtre invraisemblables. Ils l'eussent bel et bien délivré.

Non, il fallait renoncer à toute espérance. Ganimard venait, Ganimard le trouverait là. C'était inévitable. C'était un fait accompli.

Et la perspective de l'événement l'irritait d'une façon singulière. Il entendait déjà les sarcasmes de son vieil ennemi. Il devinait l'éclat de rire qui, le lendemain, accueillerait l'incroyable nouvelle. Qu'il fût arrêté en pleine action, sur le champ de bataille, pour ainsi dire, et par une escouade imposante d'adversaires, soit ! Mais arrêté, cueilli plutôt, ramassé dans de telles conditions, c'était vraiment trop stupide. Et Lupin, qui tant de fois avait bafoué les autres, sentait tout ce qu'il y avait de ridicule pour lui dans le dénouement de l'affaire Dugrival, tout ce qu'il y avait de grotesque à s'être laissé prendre au piège infernal de la veuve, et, en fin de compte, à être « servi » à la police comme un plat de gibier, cuit à point et savamment assaisonné.

– Sacré veuve ! bougonna-t-il. Elle aurait mieux fait de m'égorger tout simplement.

Il prêta l'oreille. Quelqu'un marchait dans la pièce voisine. Ganimard ? Non. Quelle que fût sa hâte, l'inspecteur ne pouvait encore être là. Et puis Ganimard n'eût pas agi de cette manière, n'eût pas ouvert la porte aussi doucement que l'ouvrait cette autre personne. Lupin se rappela les trois interventions miraculeuses auxquelles il devait la vie. Était-il possible que ce fût réellement quelqu'un qui l'eût protégé contre la veuve, et que ce quelqu'un entreprît maintenant de le secourir ? Mais qui, en ce cas ?

Sans que Lupin réussît à le voir, l'inconnu se baissa derrière le lit. Lupin devina le bruit des tenailles qui s'attaquaient aux cordelettes d'acier et qui le délivraient peu à peu. Son buste d'abord fut dégagé, puis les bras, puis les jambes.

Et une voix lui dit :

– Il faut vous habiller.

Très faible, il se souleva à demi, au moment où l'inconnu se redressait.

– Qui êtes-vous ? murmura-t-il. Qui êtes-vous ?

Et une grande surprise l'envahit.

À côté de lui, il y avait une femme vêtue d'une robe noire et coiffée d'une dentelle qui recouvrait une partie de son visage. Et cette femme, autant qu'il pouvait en juger, était jeune, et de taille élégante et mince.

– Qui êtes-vous ? répéta-t-il.

– Il faut venir, dit la femme, le temps presse.

– Est-ce que je peux ! dit Lupin en faisant une tentative désespérée… Je n'ai pas la force.

– Buvez cela.

Elle versa du lait dans une tasse, et, comme elle la lui tendait, sa dentelle s'écarta, laissant la figure à découvert.

– Toi ! C'est toi ! balbutia-t-il. C'est vous qui êtes ici ? c'est vous qui étiez ?

Il regardait stupéfié cette femme dont les traits offraient avec ceux de Gabriel une si frappante analogie, dont le visage, délicat et régulier, avait la même pâleur, dont la bouche avait la même expression dure et antipathique. Une sœur n'eût pas présenté avec un frère une telle ressemblance. À n'en pas douter, c'était le même être. Et, sans croire un instant que Gabriel se cachât sous des vêtements de femme, Lupin au contraire eut l'impression profonde qu'une femme était auprès de lui, et que l'adolescent qui l'avait poursuivi de sa haine et qui l'avait frappé d'un coup de poignard était bien vraiment une femme. Pour l'exercice plus commode de leur métier, les époux Dugrival l'avaient accoutumée à ce déguisement de garçon.

– Vous vous, répétait-il. Qui se serait douté ?

Elle vida dans la tasse le contenu d'une petite fiole.

– Buvez ce cordial, dit-elle.

Il hésita, pensant à du poison.

Elle reprit :

– C'est moi qui vous ai sauvé.

– En effet, en effet, dit-il... C'est vous qui avez désarmé le revolver ?

– Oui.

– Et c'est vous qui avez dissimulé le couteau ?

– Le voici, dans ma poche.

– Et c'est vous qui avez brisé la vitre au moment où votre tante m'étranglait ?

– C'est moi, avec le presse-papier qui était sur cette table et que j'ai jeté dans la rue.

– Mais pourquoi ? pourquoi ? demanda-t-il, absolument interdit.

– Buvez.

– Vous ne vouliez donc pas que je meure ? Mais alors pourquoi m'avez-vous frappé, au début ?

– Buvez.

Il vida la tasse d'un trait, sans trop savoir la raison de sa confiance subite.

433

– Habillez-vous… rapidement, ordonna-t-elle, en se retirant du côté de la fenêtre.

Il obéit, et elle revint près de lui, car il était retombé sur une chaise, exténué.

– Il faut partir, il le faut, nous n'avons que le temps… Rassemblez toutes vos forces.

Elle se courba un peu pour qu'il s'appuyât à son épaule, et elle le mena vers la porte et vers l'escalier.

Et Lupin marchait, marchait, comme on marche dans un rêve, dans un de ces rêves bizarres où il se passe les choses du monde les plus incohérentes, et qui était la suite heureuse du cauchemar épouvantable qu'il vivait depuis deux semaines.

Une idée cependant l'effleura. Il se mit à rire.

– Pauvre Ganimard… Vraiment il n'a pas de veine. Je donnerais bien deux sous pour assister à mon arrestation.

Après avoir descendu l'escalier, grâce à sa compagne qui le soutenait avec une énergie incroyable, il se trouva dans la rue, en face d'une automobile où elle le fit monter.

– Allez, dit-elle au chauffeur.

Lupin, que le grand air et le mouvement étourdissaient, se rendit à peine compte du trajet et des incidents qui le marquaient. Il reprit toute sa connaissance chez lui, dans un des domiciles qu'il occupait, et gardé par un de ses domestiques auquel la jeune femme donnait des instructions.

– Va-t'en, dit-elle au domestique.

Et, comme elle s'éloignait également, il la retint par un pli de sa robe.

– Non… non… il faut m'expliquer d'abord… Pourquoi m'avez-vous sauvé ? C'est à l'insu de votre tante que vous êtes revenue ? Mais pourquoi m'avez-vous sauvé ? Par pitié ?

Elle se taisait, et, le buste droit, la tête un peu renversée, elle conservait son air énigmatique et dur. Pourtant il crut voir que le dessin de sa bouche offrait moins de cruauté que d'amertume. Ses yeux, ses beaux yeux noirs, révélaient de la mélancolie. Et Lupin, sans comprendre encore, avait l'intuition confuse de ce qui se passait en elle. Il lui saisit la main. Elle le repoussa, en un sursaut de révolte où il sentait de la haine, presque de la répulsion. Et comme il insistait, elle s'écria :

– Mais laissez-moi !… laissez-moi !… vous ne savez donc pas que je vous exècre ?

Ils se regardèrent un moment, Lupin déconcerté, elle frémissante et pleine de trouble, son pâle visage tout coloré d'une rougeur insolite. Il lui dit doucement.

– Si vous m'exécrez, il fallait me laisser mourir… C'était facile. Pourquoi ne l'avez-vous pas fait ?

– Pourquoi ? Pourquoi ? Est-ce que je sais ?

Sa figure se contractait. Vivement, elle la cacha dans ses deux mains, et il vit deux larmes qui coulaient entre ses doigts.

Très ému, il fut sur le point de lui dire des mots affectueux, comme à une petite fille qu'on veut consoler, et de lui donner de bons conseils, et de la sauver à son tour, de l'arracher à la vie mauvaise qu'elle menait.

Mais de tels mots eussent été absurdes, prononcés par lui, et il ne savait plus que dire, maintenant qu'il comprenait toute l'aventure, et qu'il pouvait évoquer la jeune femme à son chevet de malade, soignant l'homme qu'elle avait blessé, admirant son courage et sa gaieté, s'attachant à lui, s'éprenant de lui, et, trois fois, malgré elle sans doute, en une sorte d'élan instinctif avec des accès de rancune et de rage, le sauvant de la mort.

Et tout cela était si étrange, si imprévu, un tel étonnement bouleversait Lupin, que, cette fois, il n'essaya pas de la retenir quand elle se dirigea vers la porte, à reculons et sans le quitter du regard.

Elle baissa la tête, sourit un peu, et disparut.

Il sonna d'un coup brusque.

– Suis cette femme, dit-il à un domestique… Et puis non, reste ici… Après tout, cela vaut mieux…

Il demeura pensif assez longtemps. L'image de la jeune femme l'obsédait. Puis il repassa dans son esprit toute cette curieuse, émouvante et tragique histoire, où il avait été si près de succomber, et, prenant sur la table un miroir, il contempla longuement, avec une certaine complaisance, son visage que la maladie et l'angoisse n'avaient pas trop abîmé.

– Ce que c'est, pourtant, murmura-t-il, que d'être joli garçon !

– 5 –

L'écharpe de soie rouge

Ce matin-là, en sortant de chez lui, à l'heure ordinaire où il se rendait au Palais de Justice, l'inspecteur principal Ganimard nota le manège assez curieux d'un individu qui marchait devant lui, le long de la rue Pergolèse.

Tous les cinquante ou soixante pas, cet homme, pauvrement vêtu, coiffé, bien qu'on fût en novembre, d'un chapeau de paille, se baissait, soit pour renouer les lacets de ses chaussures, soit pour ramasser sa canne, soit pour tout autre motif. Et, chaque fois, il tirait de sa poche, et déposait furtivement sur le bord même du trottoir, un petit morceau de peau d'orange.

Simple manie, sans doute, divertissement puéril auquel personne n'eût prêté attention ; mais Ganimard était un de ces observateurs perspicaces que rien ne laisse indifférents, et qui ne sont satisfaits que quand ils savent la raison secrète des choses.

Il se mit donc à suivre l'individu.

Or, au moment où celui-ci tournait à droite par l'avenue de la Grande-Armée, l'inspecteur le surprit qui échangeait des signes avec un gamin d'une douzaine d'années, lequel gamin longeait les maisons de gauche.

Vingt mètres plus loin, l'individu se baissa et releva le bas de son pantalon. Une pelure d'orange marqua son passage. À cet instant même, le gamin s'arrêta, et, à l'aide d'un morceau de craie, traça sur la maison qu'il côtoyait, une croix blanche, entourée d'un cercle.

Les deux personnages continuèrent leur promenade. Une minute après, nouvelle halte. L'inconnu ramassa une épingle et laissa tomber une peau d'orange, et aussitôt le gamin dessina sur le mur une seconde croix qu'il inscrivit également dans un cercle blanc.

« Sapristi, pensa l'inspecteur principal avec un grognement d'aise, voilà qui promet… Que diable peuvent comploter ces deux clients-là ? »

Les deux « clients » descendirent par l'avenue Friediand et par le faubourg Saint-Honoré, sans que, d'ailleurs, il se produisît un fait digne d'être retenu.

À intervalles presque réguliers, la double opération recommençait, pour ainsi dire mécaniquement. Cependant il était visible, d'une part, que l'homme aux pelures d'orange n'accomplissait sa besogne qu'après avoir choisi la maison qu'il fallait marquer, et, d'autre part, que le gamin ne marquait cette maison qu'après avoir observé le signal de son compagnon.

L'accord était donc certain, et la manœuvre surprise présentait un intérêt considérable aux yeux de l'inspecteur principal.

Place Beauvau, l'homme hésita. Puis, semblant se décider, il releva et rabattit deux fois le bas de son pantalon. Alors le gamin s'assit sur le bord du trottoir, en face du soldat qui montait la garde au ministère de l'Intérieur, et il marqua la pierre de deux petites croix et de deux cercles.

À hauteur de l'Élysée, même cérémonie. Seulement, sur le trottoir où cheminait le factionnaire de la Présidence, il y eut trois signes au lieu de deux.

« Qu'est-ce que ça veut dire ? » murmura Ganimard, pâle d'émotion, et qui, malgré lui, pensait à son éternel ennemi Lupin, comme il y pensait chaque fois que s'offrait une circonstance mystérieuse…

« Qu'est-ce que ça veut dire ? »

Pour un peu, il eût empoigné et interrogé les deux « clients ». Mais il était trop habile pour commettre une pareille bêtise. D'ailleurs, l'homme aux peaux d'orange avait allumé une cigarette, et le gamin, muni également d'un bout de cigarette, s'était approché de lui dans le but apparent de lui demander du feu.

Ils échangèrent quelques paroles. Rapidement, le gamin tendit à son compagnon un objet qui avait, du moins l'inspecteur le crut, la forme d'un revolver dans sa gaine. Ils se penchèrent ensemble sur cet objet, et six fois, l'homme tourné vers le mur porta la main à sa poche et fit un geste comme s'il eût chargé une arme.

Sitôt ce travail achevé, ils revinrent sur leurs pas, gagnèrent la rue de Surène, et l'inspecteur, qui les suivait d'aussi près que possible, au risque d'éveiller leur attention, les vit pénétrer sous le porche d'une vieille maison dont tous les volets étaient clos, sauf ceux du troisième et dernier étage.

Il s'élança derrière eux. À l'extrémité de la porte cochère, il avisa au fond d'une grande cour l'enseigne d'un peintre en bâtiment et, sur la gauche, la cage d'un escalier.

Il monta, et dès le premier étage, sa hâte fut d'autant plus grande qu'il entendit, tout en haut, un vacarme, comme des coups que l'on frappe.

Quand il arriva au dernier palier, la porte était ouverte. Il entra, prêta l'oreille une seconde, perçut le bruit d'une lutte, courut jusqu'à la chambre d'où ce bruit semblait venir, et resta sur le seuil fort essoufflé et très surpris de voir l'homme aux peaux d'orange et le gamin qui tapaient le parquet avec des chaises.

À ce moment, un troisième personnage sortit d'une pièce voisine. C'était un jeune homme de vingt-huit à trente ans, qui portait des favoris coupés court, des lunettes, un veston d'appartement fourré d'astrakan, et qui avait l'air d'un étranger, d'un Russe.

— Bonjour, Ganimard, dit-il.

Et s'adressant aux deux compagnons :

— Je vous remercie, mes amis, et tous mes compliments pour le résultat obtenu. Voici la récompense promise.

Il leur donna un billet de cent francs, les poussa dehors, et referma sur lui les deux portes.

— Je te demande pardon, mon vieux, dit-il à Ganimard. J'avais besoin de te parler…, un besoin urgent.

Il lui offrit la main, et comme l'inspecteur restait abasourdi, la figure ravagée de colère, il s'exclama :

— Tu ne sembles pas comprendre… C'est pourtant clair… J'avais un besoin urgent de te voir… Alors, n'est-ce pas ?

Et affectant de répondre à une objection :

— Mais non, mon vieux, tu te trompes. Si je t'avais écrit ou téléphoné, tu ne serais pas venu…, ou bien tu serais venu avec un régiment. Or je voulais te voir tout seul, et j'ai pensé qu'il n'y avait qu'à envoyer ces deux braves gens à ta rencontre, avec ordre de semer des peaux d'orange, de dessiner des croix et des cercles, bref, de te tracer un chemin jusqu'ici. Eh bien, quoi ? tu as l'air ahuri. Qu'y a-t-il ? Tu ne me reconnais pas, peut-être ? Lupin… Arsène Lupin… Fouille dans ta mémoire… Ce nom-là ne te rappelle pas quelque chose ?

— Animal, grinça Ganimard entre ses dents.

Lupin sembla désolé, et d'un ton affectueux :

— Tu es fâché ? Si, je vois ça à tes yeux… L'affaire Dugrival, n'est-ce pas ? J'aurais dû attendre que tu vinsses m'arrêter ? Saperlipopette, l'idée ne m'en est pas venue ! Je te jure bien qu'une autre fois…

— Canaille, mâchonna Ganimard.

– Et moi qui croyais te faire plaisir ! Ma foi oui, je me suis dit « Ce bon gros Ganimard, il y a longtemps qu'on ne s'est vus. Il va me sauter au cou. »

Ganimard, qui n'avait pas encore bougé, parut sortir de sa stupeur. Il regarda autour de lui, regarda Lupin, se demanda visiblement s'il n'allait pas, en effet, lui sauter au cou, puis, se dominant, il empoigna une chaise et s'installa, comme s'il eût pris subitement le parti d'écouter son adversaire.

– Parle, dit-il et pas de balivernes. Je suis pressé.

– C'est ça, dit Lupin, causons. Impossible de rêver un endroit plus tranquille. C'est un vieil hôtel qui appartient au duc de Rochelaure, lequel, ne l'habitant jamais, m'a loué cette étape et a consenti la jouissance des communs à un entrepreneur de peinture. J'ai quelques logements analogues, fort pratiques. Ici, malgré mon apparence de grand seigneur russe, je suis M. Jean Dubreuil, ancien ministre… Tu comprends, j'ai choisi une profession un peu encombrée pour ne pas attirer l'attention…

– Qu'est-ce que tu veux que ça me fiche ? interrompit Ganimard.

– En effet, je bavarde et tu es pressé. Excuse-moi, ce ne sera pas long… Cinq minutes… Je commence… Un cigare ? Non. Parfait. Moi non plus.

Il s'assit également, joua du piano sur la table tout en réfléchissant et s'exprima de la sorte :

– Le 17 octobre 1599, par une belle journée chaude et joyeuse… Tu me suis bien ?… Donc, le 17 octobre 1599… Au fait, est-il absolument nécessaire de remonter jusqu'au règne d'Henri IV et de te documenter sur la chronique du Pont-Neuf ? Non, tu ne dois pas être ferré en histoire de France, et je risque de te brouiller les idées. Qu'il te suffise donc de savoir que, cette nuit, vers une heure du matin, un batelier qui passait sous la dernière arche de ce même Pont-Neuf, côté rive gauche, entendit tomber, à l'avant de sa péniche, une chose qu'on avait lancée du haut du pont, et qui était visiblement destinée aux profondeurs de la Seine. Son chien se précipita en aboyant, et, quand le batelier parvint à l'extrémité de sa péniche, il vit que sa bête secouait avec sa gueule un morceau de journal qui avait servi à envelopper divers objets. Il recueillit ceux des objets qui n'étaient pas tombés à l'eau et, rentré dans sa cabine, les examina. L'examen lui parut intéressant, et, comme cet homme est en relations avec un de mes amis, il me fit prévenir. Et ce matin, on me réveillait pour me mettre au courant de l'affaire et en possession des objets recueillis. Les voici.

Il les montra, rangés sur une table. Il y avait d'abord les bribes déchirées d'un numéro de journal. Il y avait ensuite un gros encrier de cristal, au couvercle duquel était attaché un long bout de ficelle. Il y avait un petit éclat de verre, puis une sorte de cartonnage flexible, réduit en chiffon. Et il y avait enfin un morceau de soie rouge écarlate, terminé par un gland de même étoffe et de même couleur.

– Tu vois nos pièces à conviction, mon bon ami, reprit Lupin. Certes, le problème à résoudre serait plus facile si nous avions les autres objets que la stupidité du chien a dispersés.

Mais il me semble cependant qu'on peut s'en tirer avec un peu de réflexion et d'intelligence. Et ce sont là précisément tes qualités maîtresses. Qu'en dis-tu ?

Ganimard ne broncha pas. Il consentait à subir les bavardages de Lupin, mais sa dignité lui commandait de n'y répondre ni par un seul mot ni même par un hochement de tête qui pût passer pour une approbation ou une critique.

– Je vois que nous sommes entièrement du même avis, continua Lupin, sans paraître remarquer le silence de l'inspecteur principal. Et je résume ainsi, en une phrase définitive, l'affaire telle que la racontent ces pièces à conviction. Hier soir, entre neuf heures et minuit, une demoiselle d'allures excentriques fut blessée à coups de couteau, puis serrée à la gorge jusqu'à ce que mort s'ensuivît, par un monsieur bien habillé, portant monocle, appartenant au monde des courses, et avec lequel ladite demoiselle venait de manger trois meringues et un éclair au café.

Lupin alluma une cigarette, et, saisissant la manche de Ganimard :

– Hein ! ça t'en bouche un coin, inspecteur principal ! Tu t'imaginais que, dans le domaine des déductions policières, de pareils tours de force étaient interdits au profane. Erreur, monsieur. Lupin jongle avec les déductions comme un détective de roman. Mes preuves ? Aveuglantes et enfantines.

Et il reprit, en désignant les objets au fur et à mesure de sa démonstration :

– Ainsi, donc, hier soir après neuf heures (ce fragment de journal porte la date d'hier et la mention « journal du soir » ; en outre tu peux voir ici, collée au papier, une parcelle de ces bandes jaunes sous lesquelles on envoie les numéros d'abonnés, numéros qui n'arrivent à domicile qu'au courrier de neuf heures), donc, après neuf heures, un monsieur bien habillé (veuille bien noter que ce petit éclat de verre présente sur un des bords le trou rond d'un monocle, et que le monocle est un ustensile essentiellement aristocratique), un monsieur bien habillé est entré dans une pâtisserie (voici le cartonnage très mince, en forme de boîte, où l'on voit encore un peu de la crème des meringues et de l'éclair qu'on y rangea selon l'habitude). Muni de son paquet, le monsieur au monocle rejoignit cette jeune personne dont cette écharpe de soie rouge écarlate indique suffisamment les allures excentriques. L'ayant rejointe, et pour des motifs encore inconnus, il la frappa d'abord à coups de couteau, puis l'étrangla à l'aide de cette écharpe de soie. (Prend ta loupe, inspecteur principal, et tu verras, sur la soie, des marques d'un rouge plus foncé qui sont, ici, les marques d'un couteau que l'on essuie, et là, celles d'une main sanglante qui se cramponne à une étoffe.) Son crime commis, et afin de ne laisser aucune trace derrière lui, il sort de sa poche : 1° le journal auquel il est abonné, et qui (parcours ce fragment) est un journal de courses dont il te sera facile de connaître le titre ; 2° une corde qui se trouve être une corde à fouet (et ces deux détails te prouvent, n'est-ce pas, que notre homme s'intéresse aux courses et s'occupe lui-même de cheval). Ensuite, il recueille les débris de son monocle dont le cordon s'est cassé pendant la lutte. Il coupe avec des ciseaux (examine les hachures des ciseaux), il coupe la partie maculée de l'écharpe, laissant l'autre sans doute aux mains crispées de la victime. Il fait une boule avec le cartonnage du pâtissier. Il dépose aussi certains objets dénonciateurs qui, depuis, ont dû glisser dans la Seine, comme le couteau. Il enveloppe le tout avec un journal, ficelle et attache, pour faire poids, cet encrier de cristal. Puis il décampe. Un instant plus tard, le paquet tombe sur la péniche du marinier. Et voilà. Ouf ! j'en ai chaud. Que dis-tu de l'aventure ?

440

Il observa Ganimard pour se rendre compte de l'effet que son discours avait produit sur l'inspecteur. Ganimard ne se départit pas de son mutisme.

Lupin se mit à rire.

– Au fond, tu es estomaqué. Mais tu te défies. «Pourquoi ce diable de Lupin me passe-t-il cette affaire, au lieu de la garder pour lui, de courir après l'assassin, et de le dépouiller, s'il y a eu vol ? » Évidemment, la question est logique. Mais il y a un mais : je n'ai pas le temps. À l'heure actuelle, je suis débordé de besogne. Un cambriolage à Londres, un autre à Lausanne, une substitution d'enfant à Marseille, le sauvetage d'une jeune fille autour de qui rôde la mort, tout me tombe à la fois sur les bras. Alors je me suis dit : « Si je passais l'affaire à ce bon Ganimard ? Maintenant qu'elle est à moitié débrouillée, il est bien capable de réussir. Et quel service je lui rends ! comme il va pouvoir se distinguer !

« Aussitôt dit, aussitôt fait. À huit heures du matin, j'expédiais à ta rencontre le type aux peaux d'orange. Tu mordais à l'hameçon, et, à neuf heures, tu arrivais ici tout frétillant.

Lupin s'était levé. Il se baissa un peu vers l'inspecteur et lui dit, les yeux dans les yeux :

– Un point c'est tout. L'histoire est finie. Tantôt, probablement, tu connaîtras la victime…, quelque danseuse de ballet, quelque chanteuse de café-concert. D'autre part, il y a des chances pour que le coupable habite aux environs du Pont-Neuf, et plutôt sur la rive gauche. Enfin, voici toutes les pièces à conviction. Je t'en fais cadeau. Travaille. Je ne garde que ce bout d'écharpe. Si tu as besoin de reconstituer l'écharpe tout entière, apporte-moi l'autre bout, celui que la justice recueillera au cou de la victime. Apporte-le moi dans un mois, jour pour jour, c'est-à-dire le 28 décembre prochain, à 10 heures. Tu es sûr de me trouver. Et sois sans crainte : tout cela est sérieux, mon bon ami, je te le jure. Aucune fumisterie. Tu peux aller de l'avant. Ah ! à propos, un détail qui a son importance. Quand tu arrêteras le type au monocle, attention ; il est gaucher. Adieu, ma vieille, et bonne chance !

Lupin fit une pirouette, gagna la porte, l'ouvrit et disparut, avant même que Ganimard ne songeât à prendre une décision. D'un bond, l'inspecteur se précipita, mais il constata aussitôt que la poignée de la serrure, grâce à un mécanisme qu'il ignorait, ne tournait pas. Il lui fallut dix minutes pour dévisser cette serrure, dix autres pour dévisser celle de l'antichambre. Quand il eut dégringolé les trois étages, Ganimard n'avait plus le moindre espoir de rejoindre Arsène Lupin.

D'ailleurs, il n'y pensait pas. Lupin lui inspirait un sentiment bizarre et complexe où il y avait de la peur, de la rancune, une admiration involontaire et aussi l'intuition confuse que, malgré tous ses efforts, malgré la persistance de ses recherches, il n'arriverait jamais à bout d'un pareil adversaire. Il le poursuivait par devoir et par amour-propre, mais avec la crainte continuelle d'être dupé par ce redoutable mystificateur, et bafoué devant un public toujours prêt à rire de ses mésaventures.

En particulier, l'histoire de cette écharpe rouge lui sembla bien équivoque. Intéressante, certes, par plus d'un côté, mais combien invraisemblable ! Et combien aussi l'explication de Lupin, si logique en apparence, résistait peu à un examen sévère :

« Non, se dit Ganimard, tout cela c'est de la blague…, un ramassis de suppositions et d'hypothèses qui ne repose sur rien. Je ne marche pas. »

Quand il parvint au 36 du quai des Orfèvres, il était absolument décidé à tenir l'incident pour nul et non avenu.

Il monta au service de la Sûreté. Là, un de ses camarades lui dit :
– Tu as vu le chef ?

– Non.

– Il te demandait tout à l'heure.

– Ah ?

– Oui, va le rejoindre.

– Où ?

– Rue de Berne…, un assassinat qui a été commis cette nuit…

– Ah ! et la victime ?

– Je ne sais pas trop une chanteuse de café-concert, je crois.

Ganimard murmura simplement :

– Crebleu de crebleu !

Vingt minutes après, il sortait du métro et se dirigeait vers la rue de Berne.

La victime, connue dans le monde des théâtres sous le sobriquet de Jenny Saphir, occupait un modeste appartement situé au second étage. Conduit par un agent de police, l'inspecteur principal traversa d'abord deux pièces, puis pénétra dans la chambre où se trouvaient déjà les magistrats chargés de l'enquête, le chef de la Sûreté, M. Dudouis, et un médecin légiste.

Au premier coup d'œil, Ganimard tressaillit. Il avait aperçu, couché sur un divan, le cadavre d'une jeune femme dont les mains se crispaient à un lambeau de soie rouge ! L'épaule, qui apparaissait hors du corsage échancré, portait la marque de deux blessures autour desquelles le sang s'était figé. La face, convulsée, presque noire, gardait une expression d'épouvante folle.

Le médecin légiste, qui venait de terminer son examen, prononça :

– Mes premières conclusions sont très nettes. La victime a d'abord été frappée de deux coups de poignard, puis étranglée. La mort par asphyxie est visible.

« Crebleu de crebleu » pensa de nouveau Ganimard qui se rappelait les paroles de Lupin, son évocation du crime…

Le juge d'instruction objecta :

– Cependant le cou n'offre point d'ecchymose.

– La strangulation, déclara le médecin, a pu être pratiquée à l'aide de cette écharpe de soie que la victime portait et dont il reste ce morceau auquel elle s'était cramponnée des deux mains pour se défendre.

– Mais pourquoi, dit le juge, ne reste-t-il que ce morceau ? Qu'est devenu l'autre ?

– L'autre, maculé de sang peut-être, aura été emporté par l'assassin. On distingue très bien le déchiquetage hâtif des ciseaux.

« Crebleu de crebleu répéta Ganimard entre ses dents pour la troisième fois, cet animal de Lupin a tout vu sans être là ! »

– Et le motif du crime ? demanda le juge. Les serrures ont été fracturées, les armoires bouleversées. Avez-vous quelques renseignements, monsieur Dudouis ?

Le chef de la Sûreté répliqua :

– Je puis tout au moins avancer une hypothèse, qui résulte des déclarations de la bonne. La victime, dont le talent de chanteuse était médiocre, mais que l'on connaissait pour sa beauté, a fait, il y a deux ans, un voyage en Russie, d'où elle est revenue avec un magnifique saphir que lui avait donné, paraît-il, un personnage de la cour. Jenny Saphir, comme on appelait la jeune femme depuis ce jour, était très fière de ce cadeau, bien que, par prudence, elle ne le portât pas. N'est-il pas à supposer que le vol du saphir fut la cause du crime ?

– Mais la femme de chambre connaissait l'endroit où se trouvait la pierre ?

– Non, personne ne le connaissait. Et le désordre de cette pièce tendrait à prouver que l'assassin l'ignorait également.

– Nous allons interroger la femme de chambre, prononça le juge d'instruction.

M. Dudouis prit à part l'inspecteur principal, et lui dit :

– Vous avez l'air tout drôle, Ganimard. Qu'y a-t-il ? Est-ce que vous soupçonnez quelque chose ?

– Rien du tout, chef.

– Tant pis. Nous avons besoin d'un coup d'éclat à la Sûreté. Voilà plusieurs crimes de ce genre dont l'auteur n'a pu être découvert. Cette fois-ci, il nous faut le coupable, et rapidement.

– Difficile, chef.

– Il le faut. Écoutez-moi, Ganimard. D'après la femme de chambre, Jenny Saphir, qui avait une vie très régulière, recevait fréquemment, depuis un mois, à son retour du théâtre, c'est-à-dire vers dix heures et demie, un individu qui restait environ jusqu'à minuit. « C'est un homme du monde, prétendait Jenny Saphir : il veut m'épouser. » Cet homme du monde prenait d'ailleurs toutes les précautions pour n'être pas vu, relevant le col de son vêtement et rabattant les bords de son chapeau quand il passait devant la loge de la concierge. Et Jenny Saphir, avant même qu'il n'arrivât, éloignait toujours sa femme de chambre. C'est cet individu qu'il s'agit de retrouver.

– Il n'a laissé aucune trace ?

– Aucune. Il est évident que nous sommes en présence d'un gaillard très fort, qui a préparé son crime, et qui l'a exécuté avec toutes les chances possibles d'impunité. Son arrestation nous fera grand honneur. Je compte sur vous, Ganimard.

– Ah ! vous comptez sur moi, chef, répondit l'inspecteur. Eh bien, on verra..., on verra… Je ne dis pas non… Seulement…

Il semblait très nerveux et son agitation frappa M. Dudouis.

– Seulement, poursuivit Ganimard, seulement je vous jure vous entendez, chef, je vous jure…

– Vous me jurez quoi ?

– Rien…, on verra ça, chef on verra…

Ce n'est que dehors, une fois seul, que Ganimard acheva sa phrase. Et il l'acheva tout haut, en frappant du pied, et avec l'accent de la colère la plus vive :

« Seulement, je jure devant Dieu que l'arrestation se fera par mes propres moyens, et sans que j'emploie un seul des renseignements que m'a fournis ce misérable. Ah ! non, alors »

Pestant contre Lupin, furieux d'être mêlé à cette affaire, et résolu cependant à la débrouiller, il se promena au hasard des rues. Le cerveau tumultueux, il cherchait à mettre un peu d'ordre dans ses idées et à découvrir, parmi les faits épars, un petit détail, inaperçu de tous, non soupçonné de Lupin, qui pût le conduire au succès.

Il déjeuna rapidement chez un marchand de vins, puis reprit sa promenade, et tout à coup s'arrêta, stupéfié, confondu. Il pénétrait sous le porche de la rue de Surène, dans la maison même où Lupin l'avait attiré quelques heures auparavant. Une force plus puissante que sa volonté l'y conduisait de nouveau. La solution du problème était là. Là, se trouvaient tous les éléments de la vérité. Quoi qu'il fît, les assertions de Lupin étaient si exactes, ses calculs si justes, que, troublé jusqu'au fond de l'être par une divination aussi prodigieuse, il ne pouvait que reprendre l'œuvre au point où son ennemi l'avait laissée.

Sans plus de résistance, il monta les trois étages. L'appartement était ouvert. Personne n'avait touché aux pièces à conviction. Il les empocha.

Dès lors, il raisonna et il agit pour ainsi dire mécaniquement, sous les impulsions du maître auquel il ne pouvait pas ne pas obéir.

En admettant que l'inconnu habitât aux environs du Pont-Neuf, il fallait découvrir, sur le chemin qui mène de ce pont, à la rue de Berne, l'importante pâtisserie ouverte le soir, où les gâteaux avaient été achetés. Les recherches ne furent pas longues. Près de la gare Saint-Lazare, un pâtissier lui montra de petites boîtes en carton, identiques, comme matière et comme forme, à celle que Ganimard possédait. En outre, une des vendeuses se rappelait avoir servi, la veille au soir, un monsieur engoncé dans son col de fourrure, mais dont elle avait aperçu le monocle.

– Voilà, contrôlé, un premier indice, pensa l'inspecteur, notre homme porte un monocle.

Il réunit ensuite les fragments du journal de courses, et les soumit à un marchand de journaux qui reconnut aisément le Turf illustré. Aussitôt, il se rendit aux bureaux du Turf et demanda la liste des abonnés. Sur cette liste, il releva les noms et adresses de tous ceux qui demeuraient dans les parages du Pont-Neuf, et principalement, puisque Lupin l'avait dit, sur la rive gauche du fleuve.

Il retourna ensuite à la Sûreté, recruta une demi-douzaine d'hommes, et les expédia avec les instructions nécessaires.

À sept heures du soir, le dernier de ces hommes revint et lui annonça la bonne nouvelle. Un M. Prévailles, abonné au Turf, habitait un entresol sur le quai des Augustins. La veille au soir, il sortait de chez lui, vêtu d'une pelisse de fourrure, recevait des mains de la concierge sa correspondance et son journal le Turf illustré, s'éloignait et rentrait vers minuit.

Ce M. Prévailles portait un monocle. C'était un habitué des courses, et lui-même possédait plusieurs chevaux qu'il montait ou mettait en location.

L'enquête avait été si rapide, les résultats étaient si conformes aux prédictions de Lupin que Ganimard se sentit bouleversé en écoutant le rapport de l'agent. Une fois de plus, il mesurait l'étendue prodigieuse des ressources dont Lupin disposait. Jamais, au cours de sa vie déjà longue, il n'avait rencontré une telle clairvoyance, un esprit aussi aigu et aussi prompt.

Il alla trouver M. Dudouis.

– Tout est prêt, chef. Vous avez un mandat ?

– Hein ?

– Je dis que tout est prêt pour l'arrestation, chef.

– Vous savez qui est l'assassin de Jenny Saphir ?

– Oui.

– Mais comment ? Expliquez-vous.

Ganimard éprouva quelque scrupule, rougit un peu, et cependant répondit :

– Un hasard, chef. L'assassin a jeté dans la Seine tout ce qui pouvait le compromettre. Une partie du paquet a été recueillie et me fut remise.

– Par qui ?

– Un batelier qui n'a pas voulu dire son nom, craignant les représailles. Mais j'avais tous les indices nécessaires. La besogne était facile.

Et l'inspecteur raconta comment il avait procédé.

– Et vous appelez cela un hasard ! s'écria M. Dudouis. Et vous dites que la besogne était facile ! Mais c'est une de vos plus belles campagnes. Menez-la jusqu'au bout vous-même, mon cher Ganimard, et soyez prudent.

Ganimard avait hâte d'en finir. Il se rendit au quai des Augustins avec ses hommes qu'il répartit autour de la maison. La concierge, interrogée, déclara que son locataire prenait ses repas dehors, mais qu'il passait régulièrement chez lui après son dîner.

De fait, un peu avant neuf heures, penchée à sa fenêtre, elle avertit Ganimard, qui donna aussitôt un léger coup de sifflet. Un monsieur en chapeau haut de forme, enveloppé dans sa pelisse de fourrure, suivait le trottoir qui longe la Seine. Il traversa la chaussée et se dirigea vers la maison.

Ganimard s'avança :

– Vous êtes bien monsieur Prévailles ?

– Oui, mais vous-même ?

– Je suis chargé d'une mission…

Il n'eut pas le temps d'achever sa phrase. À la vue des hommes qui surgissaient de l'ombre, Prévailles avait reculé vivement jusqu'au mur, et tout en faisant face à ses adversaires, il se tenait adossé contre la porte d'une boutique située au rez-de-chaussée et dont les volets étaient clos.

– Arrière, cria-t-il, je ne vous connais pas.

Sa main droite brandissait une lourde canne, tandis que sa main gauche, glissée derrière lui, semblait chercher à ouvrir la porte.

Ganimard eut l'impression qu'il pouvait s'enfuir par là et par quelque issue secrète.

– Allons, pas de blague, dit-il en s'approchant… Tu es pris… Rends-toi.

Mais au moment où il empoignait la canne de Prévailles, Ganimard se souvint de l'avertissement donné par Lupin : Prévailles était gaucher, et c'était son revolver qu'il cherchait de la main gauche.

L'inspecteur se baissa rapidement, il avait vu le geste subit de l'individu. Deux détonations retentirent. Personne ne fut touché.

Quelques secondes après, Prévailles recevait un coup de crosse au menton, qui l'abattait sur-le-champ. À neuf heures, on l'écrouait au Dépôt.

Ganimard, à cette époque, jouissait déjà d'une grande réputation. Cette capture opérée si brusquement, et par des moyens très simples que la police se hâta de divulguer, lui valut une célébrité soudaine. On chargea aussitôt Prévailles de tous les crimes demeurés impunis, et les journaux exaltèrent les prouesses de Ganimard.

L'affaire, au début, fut conduite vivement. Tout d'abord on constata que Prévailles, de son véritable nom Thomas Derocq, avait eu déjà maille à partir avec la justice. En outre, la perquisition que l'on fit chez lui, si elle ne provoqua pas de nouvelles preuves, amena cependant la découverte d'un peloton de corde semblable à la corde employée autour du paquet, et la découverte de poignards qui auraient produit une blessure analogue aux blessures de la victime.

Mais, le huitième jour, tout changea. Prévailles, qui, jusqu'ici, avait refusé de répondre, Prévailles, assisté de son avocat, opposa un alibi très net : le soir du crime, il était aux Folies-Bergère.

De fait on finit par trouver, dans la poche de son smoking, un coupon de fauteuil et un programme de spectacle qui tous deux portaient la date de ce soir-là.

– Alibi préparé, objecta le juge d'instruction.

– Prouvez-le, répondit Prévailles.

Des confrontations eurent lieu. La demoiselle de la pâtisserie crut reconnaître le monsieur au monocle. Le concierge de la rue de Berne crut reconnaître le monsieur qui rendait visite à Jenny Saphir. Mais personne n'osait rien affirmer de plus.

Ainsi l'instruction ne rencontrait rien de précis, aucun terrain solide sur lequel on pût établir une accusation sérieuse.

Le juge fit venir Ganimard et lui confia son embarras.

– Il m'est impossible d'insister davantage, les charges manquent.

– Cependant, vous êtes convaincu, monsieur le juge d'instruction ! Prévailles se serait laissé arrêter sans résistance s'il n'avait pas été coupable.

– Il prétend qu'il a cru à une attaque. De même il prétend qu'il n'a jamais vu Jenny Saphir, et, en vérité, nous ne trouvons personne pour le confondre. Et pas davantage, en admettant que le saphir ait été volé, nous n'avons pu le trouver chez lui.

– Ailleurs non plus, objecta Ganimard.

– Soit, mais ce n'est pas une charge contre lui, cela. Savez-vous ce qu'il nous faudrait, monsieur Ganimard, et avant peu ? L'autre bout de cette écharpe rouge.

– L'autre bout ?

– Oui, car il est évident que si l'assassin l'a emporté, c'est que les marques sanglantes de ses doigts sont sur l'étoffe.

Ganimard ne répondit pas. Depuis plusieurs jours il sentait bien que toute l'aventure tendait vers ce dénouement. Il n'y avait pas d'autre preuve possible. Avec l'écharpe de soie, et avec cela seulement, la culpabilité de Prévailles était certaine. Or la situation de Ganimard exigeait cette culpabilité. Responsable de l'arrestation, illustré par elle, prôné comme l'adversaire le plus redoutable des malfaiteurs, il devenait absolument ridicule si Prévailles était relâché.

Par malheur, l'unique et indispensable preuve était dans la poche de Lupin. Comment l'y reprendre ?

Ganimard chercha, il s'épuisa en nouvelles investigations, refit l'enquête, passa des nuits blanches à scruter le mystère de la rue de Berne, reconstitua l'existence de Prévailles, mobilisa dix hommes pour découvrir l'invisible saphir. Tout fut inutile.

Le 27 décembre, le juge d'instruction l'interpella dans les couloirs du palais.

– Eh bien, monsieur Ganimard, du nouveau ?

– Non, monsieur le juge d'instruction.

– En ce cas, j'abandonne l'affaire.

– Attendez un jour encore.

– Pourquoi ? Il nous faudrait l'autre bout de l'écharpe l'avez-vous ?

– Je l'aurai demain.

– Demain ?

– Oui, mais confiez-moi le morceau qui est en votre possession.

– Moyennant quoi ?

– Moyennant quoi je vous promets de reconstituer l'écharpe complète.

– Entendu.

Ganimard entra dans le cabinet du juge. Il en sortit avec le lambeau de soie.

« Crénom de bon sang, bougonnait-il, j'irai la chercher, la preuve, et je l'aurai… Si toutefois M. Lupin ose venir au rendez-vous. »

Au fond, il ne doutait pas que M. Lupin n'eût cette audace, et c'était ce qui, précisément, l'agaçait. Pourquoi Lupin le voulait-il, ce rendez-vous ? Quel but poursuivait-il en l'occurrence ?

Inquiet, la rage au cœur, plein de haine, il résolut de prendre toutes les précautions nécessaires, non seulement pour ne pas tomber dans un guet-apens, mais même pour ne pas manquer, puisque l'occasion s'en présentait, de prendre son ennemi au piège. Et le lendemain, qui était le 28 décembre, jour fixé par Lupin, après avoir étudié, toute la nuit, le vieil hôtel de la rue de Surène et s'être convaincu qu'il n'y avait d'autre issue que la grande porte, après avoir prévenu ses hommes qu'il allait accomplir une expédition dangereuse, c'est avec eux qu'il arriva sur le champ de bataille.

Il les posta dans un café. La consigne était formelle : s'il apparaissait à l'une des fenêtres du troisième étage, ou s'il ne revenait pas au bout d'une heure, les agents devaient envahir la maison et arrêter quiconque essaierait d'en sortir.

L'inspecteur principal s'assura que son revolver fonctionnait bien, et qu'il pourrait le tirer facilement de sa poche. Puis il monta.

Il fut assez surpris de revoir les choses comme il les avait laissées, c'est à-dire les portes ouvertes et les serrures fracturées. Ayant constaté que les fenêtres de la chambre principale donnaient bien sur la rue, il visita les trois autres pièces qui constituaient l'appartement. Il n'y avait personne.

« M. Lupin a eu peur, murmura-t-il, non sans une certaine satisfaction. »

– T'es bête, dit une voix derrière lui.

S'étant retourné, il vit sur le seuil un vieil ouvrier en longue blouse de peintre.

– Cherche pas, dit l'homme. C'est moi, Lupin. Je travaille depuis ce matin chez l'entrepreneur de peinture. En ce moment, c'est l'heure du repas. Alors je suis monté.

Il observait Ganimard avec un sourire joyeux, et il s'écria :

– Vrai ! c'est une satanée minute que j'te dois là, mon vieux. J'la vendrais pas pour dix ans de ta vie, et cependant j't'aime bien ! Qu'en penses-tu, l'artiste ? Est-ce combiné, prévu ? prévu depuis A jusqu'à Z ? J'l'ai t'i comprise, l'affaire ? J'lai ti pénétré, l'mystère de l'écharpe ? Je n'te dis pas qu'il n'y avait pas des trous dans mon argumentation, des mailles qui manquaient à la chaîne… Mais quel chef-d'œuvre d'intelligence ! Quelle reconstitution, Ganimard ! Quelle intuition de tout ce qui avait eu lieu, et de tout ce qui allait avoir lieu depuis la découverte du crime jusqu'à ton arrivée ici, en quête d'une preuve ! Quelle divination vraiment merveilleuse ! T'as l'écharpe ?

– La moitié, oui. Tu as l'autre ?

– La voici. Confrontons.

Ils étalèrent les deux morceaux de soie sur la table. Les échancrures faites par les ciseaux correspondaient exactement. En outre les couleurs étaient identiques.

– Mais je suppose, dit Lupin, que tu n'es pas venu seulement pour cela. Ce qui t'intéresse, c'est de voir les marques du sang. Suis-moi, Ganimard, le jour n'est pas suffisant ici.

Ils passèrent dans la pièce voisine, située du côté de la cour, et plus claire en effet, et Lupin appliqua son étoffe sur la vitre.

– Regarde, dit-il en laissant la place à Ganimard.

L'inspecteur tressaillit de joie. Distinctement on voyait les traces des cinq doigts et l'empreinte de la paume. La preuve était irrécusable. De sa main ensanglantée, de cette même main qui avait frappé Jenny Saphir, l'assassin avait empoigné l'étoffe et noué l'écharpe autour du cou.

– Et c'est l'empreinte d'une main gauche, nota Lupin… D'où mon avertissement, qui n'avait rien de miraculeux, comme tu vois. Car, si j'admets que tu me considères comme un esprit supérieur, mon bon ami, je ne veux pas cependant que tu me traites de sorcier.

Ganimard avait empoché prestement le morceau de soie. Lupin l'approuva.

– Mais oui, mon gros, c'est pour toi. Ça me fait tant de plaisir de te faire plaisir ! Et tu vois, il n'y avait pas de piège dans tout cela rien que de l'obligeance…, un service de camarade à camarade, de copain à copain… Et aussi, je te l'avoue, un peu de curiosité… Oui, je voulais examiner l'autre morceau de soie… Celui de la police… N'aie pas peur. N'aie pas peur, je vais te le rendre… Une seconde seulement.

D'un geste nonchalant, et tandis que Ganimard l'écoutait malgré lui, il s'amusait avec le gland qui terminait la moitié de l'écharpe.

– Comme c'est ingénieux, ces petits ouvrages de femme ! As-tu remarqué ce détail de l'enquête ? Jenny Saphir était très adroite, et confectionnait elle-même ses chapeaux et ses robes. Il est évident que cette écharpe a été faite par elle… D'ailleurs, je m'en suis aperçu dès le premier jour. Curieux de ma nature, comme j'ai eu l'honneur de te le dire, j'avais étudié à fond le morceau de soie que tu viens d'empocher, et dans l'intérieur même du gland, j'avais découvert une petite médaille de sainteté que la pauvre fille avait mise là comme un porte-bonheur. Détail touchant, n'est-ce pas, Ganimard ? Une petite médaille de Notre-Dame-de-Bon-Secours.

L'inspecteur ne le quittait pas des yeux, très intrigué. Et Lupin continuait :

– Alors, je me suis dit comme il serait intéressant d'explorer l'autre moitié de l'écharpe, celle que la police trouvera au cou de la victime ! Car cette autre moitié, que je tiens enfin, est terminée de la même façon… De sorte que je saurai si la même cachette existe et ce qu'elle renferme… Mais regarde donc, mon bon ami, est-ce habilement fait ! Et si peu compliqué ! Il suffit de prendre un écheveau de cordonnet rouge et de le tresser autour d'une olive de bois creuse, tout en réservant, au milieu, une petite retraite, un petit vide, étroit forcément, mais suffisant pour qu'on puisse y mettre une médaille de sainteté…, ou tout autre chose… Un bijou, par exemple… Un saphir…

Au même instant, il achevait d'écarter les cordonnets de soie, et, au creux d'une olive, il saisissait entre le pouce et l'index une admirable pierre bleue, d'une pureté et d'une taille parfaites.

– Hein, que disais-je, mon bon ami ?

Il leva la tête. L'inspecteur, livide, les yeux hagards, semblait ahuri, fasciné par la pierre qui miroitait devant lui. Il comprenait enfin toute la machination.

– Animal, murmura-t-il, retrouvant son injure de la première entrevue.

Les deux hommes étaient dressés l'un contre l'autre.

– Rends-moi ça, fit l'inspecteur.

Lupin tendit le morceau d'étoffe.

– Et le saphir ! ordonna Ganimard.

– T'es bête.

– Rends-moi ça, sinon…

– Sinon, quoi, espèce d'idiot ? s'écria Lupin. Ah ça ! mais, t'imagines-tu que c'est pour des prunes que je t'ai octroyé l'aventure ?

– Rends-moi ça !

– Tu m'as pas regardé ? Comment voilà quatre semaines que je te fais marcher comme un daim, et tu voudrais… Voyons, Ganimard, un petit effort, mon gros… Comprends que, depuis quatre semaines, tu n'es que le bon caniche Ganimard, apporte apporte au monsieur… Ah ! le bon toutou à son père… Faites le beau… Susucre ?

Contenant la colère qui bouillonnait en lui, Ganimard ne songeait qu'à une chose, appeler ses agents. Et comme la pièce où il se trouvait donnait sur la cour, peu à peu, par un mouvement tournant, il essayait de revenir à la porte de communication. D'un bond, il sauterait alors vers la fenêtre et casserait l'un des carreaux.

– Faut-il tout de même, continuait Lupin, que vous en ayez une couche, toi et les autres ! Depuis le temps que vous tenez l'étoffe, il n'y en a pas un qui ait eu l'idée de la palper, pas un qui se soit demandé la raison pour laquelle la pauvre fille s'accrochait à son écharpe. Pas un ! Vous agissez au hasard, sans réfléchir, sans rien prévoir.

L'inspecteur avait atteint son but. Profitant d'une seconde où Lupin s'éloignait de lui, il fit volte-face soudain, et saisit la poignée de la porte. Mais un juron lui échappa la poignée ne bougea pas.

Lupin s'esclaffa.

– Même pas ça ! tu n'avais même pas prévu ça ! Tu me tends un traquenard, et tu n'admets pas que je puisse flairer la chose d'avance… Et tu te laisses conduire dans cette chambre, sans te demander si je ne t'y conduis pas exprès, et sans te rappeler que les serrures sont munies de mécanismes spéciaux ! Voyons, en toute sincérité, qu'est-ce que tu dis de cela ?

– Ce que j'en dis ? proféra Ganimard, hors de lui.

Rapidement, il avait tiré son revolver et visait l'ennemi en pleine figure.

– Haut les mains ! s'écria-t-il.

Lupin se planta devant lui, en levant les épaules.

– Encore la gaffe.

– Haut les mains, je te répète !

– Encore la gaffe. Ton ustensile ne partira pas.

– Quoi ?

– Ta femme de ménage, la vieille Catherine, est à mon service. Elle a mouillé la poudre ce matin, pendant que tu prenais ton café au lait.

Ganimard eut un mouvement de rage, empocha l'arme, et se jeta sur Lupin.

– Après ? fit celui-ci, en l'arrêtant net d'un coup de pied sur la jambe.

Leurs vêtements se touchaient presque. Leurs regards se provoquaient, comme les regards de deux adversaires qui vont en venir aux mains.

Pourtant, il n'y eut pas de combat. Le souvenir des luttes précédentes rendait la lutte inutile. Et Ganimard, qui se rappelait toutes les défaites passées, ses vaines attaques, les ripostes foudroyantes de Lupin, ne bougeait pas. Il n'y avait rien à faire, il le sentait. Lupin disposait des forces contre lesquelles toute force individuelle se brisait. Alors, à quoi bon ?

– N'est-ce pas ? prononça Lupin, d'une voix amicale, il vaut mieux en rester là. D'ailleurs, mon bon ami, réfléchis bien à tout ce que l'aventure t'a rapporté : la gloire, la certitude d'un avancement prochain, et, grâce à cela, la perspective d'une heureuse vieillesse. Tu ne voudrais pas cependant y ajouter la découverte du saphir et la tête de ce pauvre Lupin... Ce ne serait pas juste. Sans compter que ce pauvre Lupin t'a sauvé la vie. Mais oui, monsieur ! Qui donc vous avertissait ici même que Prévailles était gaucher ? Et c'est comme ça que tu me remercies ? Pas chic, Ganimard. Vrai, tu me fais de la peine.

Tout en bavardant, Lupin avait accompli le même manège que Ganimard et s'était approché de la porte.

Ganimard comprit que l'ennemi allait lui échapper. Oubliant toute prudence, il voulut lui barrer la route et reçut dans l'estomac un formidable coup de tête qui l'envoya rouler jusqu'à l'autre mur.

En trois gestes, Lupin fit jouer un ressort, tourna la poignée, entrouvrit le battant et s'esquiva en éclatant de rire.

Lorsque Ganimard, vingt minutes après, réussit à rejoindre ses hommes, l'un de ceux-ci lui dit :

– Il y a un ouvrier peintre qui est sorti de la maison, comme ses camarades rentraient de déjeuner, et qui m'a remis une lettre. « Vous donnerez ça à votre patron », qu'il m'a dit. « À quel patron ? » que j'ai répondu. Il était loin déjà. Je suppose que c'est pour vous.

– Donne.

Ganimard décacheta la lettre. Elle était griffonnée en hâte, au crayon, et contenait ces mots…

« Ceci, mon bon ami, pour te mettre en garde contre une excessive crédulité. Quand un quidam te dit que les cartouches de ton revolver sont mouillées, si grande que soit ta confiance en ce quidam, se nommât-il Arsène Lupin, ne te laisse pas monter le coup. Tire d'abord, et, si le quidam fait une pirouette dans l'éternité, tu auras la preuve : 1° que les cartouches n'étaient pas mouillées ; 2 ° que la vieille Catherine est la plus honnête des femmes de ménage.

« En attendant que j'aie l'honneur de la connaître, accepte, mon bon ami, les sentiments affectueux de ton fidèle « Arsène Lupin. »

454

– 6 –

La mort qui rôde

Après avoir contourné les murs du château, Arsène Lupin revint à son point de départ. Décidément aucune brèche n'existait, et l'on ne pouvait s'introduire dans le vaste domaine de Maupertuis que par une petite porte basse et solidement verrouillée à l'intérieur, ou par la grille principale auprès de laquelle veillait le pavillon du garde.

– Soit, dit-il, nous emploierons les grands moyens.

Pénétrant au milieu des taillis où il avait caché sa motocyclette, il détacha un paquet de corde légère enroulé sous la selle, et se dirigea vers un endroit qu'il avait noté au cours de son examen. À cet endroit, situé loin de la route, à la lisière d'un bois, de grands arbres plantés dans le parc débordaient le mur.

Lupin fixa une pierre à l'extrémité de la corde, et, l'ayant lancée, attrapa une grosse branche, qu'il lui suffit dès lors d'attirer à lui et d'enjamber.

La branche, en se redressant, le souleva de terre. Il franchit le mur, glissa le long de l'arbre, et sauta doucement sur l'herbe du parc.

C'était l'hiver. Entre les rameaux dépouillés, par-dessus le vallonnement des pelouses, il aperçut au loin le petit château de Maupertuis. Craignant d'être vu, il se dissimula derrière un groupe de sapins. Là, à l'aide d'une lorgnette, il étudia la façade mélancolique et sombre du château. Toutes les fenêtres étaient closes et comme défendues par des volets hermétiques. On eût dit un logis inhabité.

« Pristi, murmura Lupin, pas gai, le manoir ! Ce n'est pas ici que je finirai mes jours. »

Mais, comme trois heures sonnaient à l'horloge, une des portes du rez-de-chaussée s'ouvrit sur la terrasse, et une silhouette de femme, très mince, enveloppée dans un manteau noir, apparut.

La femme se promena de long en large durant quelques minutes, entourée aussitôt d'oiseaux auxquels elle jetait des miettes de pain. Puis elle descendit les marches de pierre qui conduisaient à la pelouse centrale, et elle la suivit en prenant l'allée de droite.

Avec sa lorgnette, Lupin la voyait distinctement venir de son côté. Elle était grande, blonde, d'une tournure gracieuse, l'air d'une toute jeune fille. Elle avançait d'un pas allègre, regardant le pâle soleil de décembre, et s'amusant à briser les petites branches mortes aux arbustes du chemin.

Elle était arrivée à peu près aux deux tiers de la distance qui la séparait de Lupin, quand des aboiements furieux éclatèrent, et un chien énorme, un danois de taille colossale, surgit d'une cabane voisine et se dressa au bout de la chaîne qui le retenait.

La jeune fille s'écarta un peu et passa, sans prêter plus d'attention à un incident qui devait se reproduire chaque jour. Le chien redoubla de colère, debout sur ses pattes, et tirant sur son collier au risque de s'étrangler.

Trente ou quarante pas plus loin, impatientée sans doute, elle se retourna et fit un geste de la main. Le danois eut un sursaut de rage, recula jusqu'au fond de sa niche, et bondit de nouveau, irrésistible. La jeune fille poussa un cri de terreur folle. Le chien franchissait l'espace, en traînant derrière lui sa chaîne brisée.

Elle se mit à courir, à courir de toutes ses forces, et elle appelait au secours désespérément. Mais, en quelques sauts, le chien la rejoignait.

Elle tomba, tout de suite épuisée, perdue. La bête était déjà sur elle, la touchait presque.

À ce moment précis, il y eut une détonation. Le chien fit une cabriole en avant, se remit d'aplomb, gratta le sol à coups de patte, puis se coucha en hurlant à diverses reprises, un hurlement rauque, essoufflé, qui s'acheva en une plainte sourde et en râles indistincts. Et ce fut tout.

— Mort, dit Lupin, qui était accouru aussitôt, prêt à décharger son revolver une seconde fois.

La jeune fille s'était relevée, toute pâle, chancelante encore. Elle examina, très surprise, cet homme qu'elle ne connaissait pas, et qui venait de lui sauver la vie, et elle murmura :

— Merci… J'ai eu bien peur… Il était temps… Je vous remercie, monsieur.

Lupin ôta son chapeau.

— Permettez-moi de me présenter, mademoiselle, Paul Daubreuil… Mais, avant toute explication, je vous demande un instant…

Il se baissa vers le cadavre du chien, et examina la chaîne à l'endroit où l'effort de la bête l'avait brisée.

456

– C'est bien ça ! fit-il entre ses dents c'est bien ce que je supposais. Bigre ! les événements se précipitent… J'aurais dû arriver plus tôt.

Revenant à la jeune fille, il lui dit vivement…

– Mademoiselle, nous n'avons pas une minute à perdre. Ma présence dans ce parc est tout à fait insolite. Je ne veux pas qu'on m'y surprenne, et cela, pour des raisons qui vous concernent uniquement. Pensez-vous qu'on ait pu, du château, entendre la détonation ?

La jeune fille semblait remise déjà de son émotion, et elle répondit avec une assurance où se révélait toute sa nature courageuse :

– Je ne le pense pas.

– Monsieur votre père est au château, aujourd'hui ?

– Mon père est souffrant, couché depuis des mois. En outre, sa chambre donne sur l'autre façade.

– Et les domestiques ?

– Ils habitent également, et travaillent de l'autre côté. Personne ne vient jamais par ici. Moi seule m'y promène.

– Il est donc probable qu'on ne m'a pas vu non plus, d'autant que ces arbres nous cachent.

– C'est probable.

– Alors, je puis vous parler librement ?

– Certes, mais je ne m'explique pas…

– Vous allez comprendre.

Il s'approcha d'elle un peu plus et lui dit :

– Permettez-moi d'être bref. Voici. Il y a quatre jours, Mlle Jeanne Darcieux…

– C'est moi, dit-elle en souriant.

– Mlle Jeanne Darcieux, continua Lupin, écrivait une lettre à l'une de ses amies du nom de Marceline, laquelle habite Versailles…

– Comment savez-vous tout cela ? dit la jeune fille stupéfaite, j'ai déchiré la lettre avant de l'achever.

– Et vous avez jeté les morceaux sur le bord de la route qui va du château à Vendôme.

– En effet je me promenais…

– Ces morceaux furent recueillis, et j'en eus communication le lendemain même.

– Alors…, vous avez lu ? fit Jeanne Darcieux avec une certaine irritation.

– Oui, j'ai commis cette indiscrétion, et je ne le regrette pas, puisque je puis vous sauver.

– Me sauver de quoi ?

– De la mort.

Lupin prononça cette petite phrase d'une voix très nette. La jeune fille eut un frisson.

– Je ne suis pas menacée de mort.

– Si, mademoiselle. Vers la fin d'octobre, comme vous lisiez sur un banc de la terrasse où vous aviez coutume de vous asseoir chaque jour, à la même heure, un moellon de la corniche s'est détaché, et il s'en est fallu de quelques centimètres que vous ne fussiez écrasée.

– Un hasard…

– Par une belle soirée de novembre, vous traversiez le potager, au clair de la lune. Un coup de feu fut tiré, la balle siffla à vos oreilles.

– Du moins je l'ai cru…

– Enfin, la semaine dernière, le petit pont de bois qui enjambe la rivière du parc, à deux mètres de la chute d'eau, s'écroula au moment où vous passiez. C'est par miracle que vous avez pu vous accrocher à une racine.

Jeanne Darcieux essaya de sourire.

– Soit, mais il n'y a là, ainsi que je l'écrivais à Marceline, qu'une série de coïncidences, de hasards…

– Non, mademoiselle, non. Un hasard de cette sorte est admissible… Deux le sont également et encore ! Mais on n'a pas le droit de supposer que, trois fois, le hasard s'amuse et parvienne à répéter le même acte, dans des circonstances aussi extraordinaires. C'est pourquoi je me suis cru permis de venir à votre secours. Et, comme mon intervention ne peut être efficace que si elle demeure secrète, je n'ai pas hésité à m'introduire ici autrement que par la porte. Il était temps, ainsi que vous le disiez. L'ennemi vous attaquait une fois de plus.

– Comment ! Est-ce que vous pensez ? Non, ce n'est pas possible… Je ne veux pas croire…

Lupin ramassa la chaîne et, la montrant :

– Regardez le dernier anneau. Il est hors de doute qu'il a été limé. Sans quoi, une chaîne de cette force n'eût pas cédé. D'ailleurs la marque de la lime est visible.

Jeanne avait pâli, et l'effroi contractait son joli visage.

– Mais qui donc m'en veut ainsi ? balbutia-t-elle. C'est terrible… Je n'ai fait de mal à personne… Et pourtant il est certain que vous avez raison… Bien plus…

Elle acheva plus bas :

« Bien plus, je me demande si le même danger ne menace pas mon père.

– On l'a attaqué, lui aussi ?

– Non, car il ne bouge pas de sa chambre. Mais sa maladie est si mystérieuse ! Il n'a plus de forces…, il ne peut plus marcher… En outre, il est sujet à des étouffements, comme si son cœur s'arrêtait. Ah ! quelle horreur !

Lupin sentit toute l'autorité qu'il pouvait prendre sur elle en un pareil moment, et il lui dit :

– Ne craignez rien, mademoiselle. Si vous m'obéissez aveuglément, je ne doute pas du succès.

– Oui… oui je veux bien mais tout cela est si affreux…

– Ayez confiance, je vous en prie. Et veuillez m'écouter. J'aurais besoin de quelques renseignements.

Coup sur coup il lui posa des questions, auxquelles Jeanne Darcieux répondit hâtivement.

– Cette bête n'était jamais détachée, n'est-ce pas ?

– Jamais.

– Qui la nourrissait ?

– Le garde. À la tombée du jour il lui apportait sa pâtée.

– Il pouvait, par conséquent, s'approcher d'elle sans être mordu ?

– Oui, et lui seul, car elle était féroce.

– Vous ne soupçonnez pas cet homme ?

– Oh non Baptiste ! Jamais…

– Et vous ne voyez personne ?

– Personne. Nos domestiques nous sont très dévoués. Ils m'aiment beaucoup.

– Vous n'avez pas d'amis au château ?

– Non.

– Pas de frère ?

– Non.

– Votre père est donc seul à vous protéger ?

– Oui, et je vous ai dit dans quel état il se trouvait.

– Vous lui avez raconté les diverses tentatives ?

– Oui, et j'ai eu tort. Notre médecin, le vieux docteur Guéroult, m'a défendu de lui donner la moindre émotion.

– Votre mère ?

– Je ne me souviens pas d'elle. Elle est morte, il y a seize ans il y a juste seize ans.

– Vous aviez ?

– Un peu moins de cinq ans.

– Et vous habitiez ici ?

– Nous habitions Paris. C'est l'année suivante seulement que mon père a acheté ce château.

Lupin demeura quelques instants silencieux, puis il conclut :

– C'est bien, mademoiselle, je vous remercie. Pour le moment, ces renseignements me suffisent. D'ailleurs, il ne serait pas prudent de rester plus longtemps ensemble.

– Mais, dit-elle, le garde, tout à l'heure, trouvera ce chien… Qui l'aura tué ?

– Vous, mademoiselle, vous, pour vous défendre contre une attaque.

– Je ne porte jamais d'arme.

– Il faut croire que si, dit Lupin en souriant, puisque vous avez tué cette bête, et que vous seule pouvez l'avoir tuée. Et puis on croira ce qu'on voudra. L'essentiel est que, moi, je ne sois pas suspect, quand je viendrai au château.

– Au château ? Vous avez l'intention ?

– Je ne sais pas encore comment mais je viendrai. Et dès ce soir… Ainsi donc, je vous le répète, soyez tranquille, je réponds de tout.

Jeanne le regarda et, dominée par lui, conquise par son air d'assurance et de bonne foi, elle dit simplement :

– Je suis tranquille.

– Alors, tout ira pour le mieux. À ce soir, mademoiselle.

– À ce soir.

Elle s'éloigna, et Lupin, qui la suivit des yeux, jusqu'au moment où elle disparut à l'angle du château, murmura :

« Jolie créature ! il serait dommage qu'il lui arrivât malheur. Heureusement, ce brave Arsène veille au grain. »

Peu soucieux qu'on le rencontrât, l'oreille aux aguets, il visita le parc en ses moindres recoins, chercha la petite porte basse qu'il avait notée à l'extérieur, et qui était celle du potager, ôta le verrou, prit la clef, puis longea les murs, et se retrouva près de l'arbre qu'il avait escaladé. Deux minutes plus tard, il remontait sur sa motocyclette.

Le village de Maupertuis était presque contigu au château. Lupin s'informa et apprit que le Dr Guéroult habitait à côté de l'église.

461

Il sonna, fut introduit dans le cabinet de consultation, et se présenta sous son nom de Paul Daubreuil, demeurant à Paris, rue de Surène, et entretenant avec le service de la Sûreté des relations officieuses sur lesquelles il réclamait le secret. Ayant eu connaissance, par une lettre déchirée, des incidents qui avaient mis en péril la vie de Mlle Darcieux, il venait au secours de la jeune fille.

Le Dr Guéroult, vieux médecin de campagne, qui chérissait Jeanne, admit aussitôt, sur les explications de Lupin, que ces incidents constituaient les preuves indéniables d'un complot. Très ému, il offrit l'hospitalité à son visiteur et le retint à dîner.

Les deux hommes causèrent longtemps. Le soir, ils se rendirent ensemble au château.

Le docteur monta dans la chambre du malade qui était située au premier étage, et demanda la permission d'amener un de ses jeunes confrères, auquel, désireux de repos, il avait l'intention de transmettre sa clientèle à bref délai.

En entrant, Lupin aperçut Jeanne Darcieux au chevet de son père. Elle réprima un geste d'étonnement, puis, sur un signe du docteur, sortit.

La consultation eut alors lieu en présence de Lupin. M. Darcieux avait une figure amaigrie par la souffrance et des yeux brûlés de fièvre. Ce jour-là, il se plaignit surtout de son cœur. Après l'auscultation, il interrogea le médecin avec une anxiété visible, et chaque réponse semblait un soulagement pour lui. Il parla aussi de Jeanne, persuadé qu'on le trompait et que sa fille avait échappé à d'autres accidents. Malgré les dénégations du docteur, il était inquiet. Il aurait voulu que la police fût avertie et qu'on fît des enquêtes.

Mais son agitation l'épuisa, et il s'assoupit peu à peu.

Dans le couloir, Lupin arrêta le docteur.

— Voyons, docteur, votre opinion exacte. Pensez-vous que la maladie de M. Darcieux puisse être attribuée à une cause étrangère ?

— Comment cela ?

— Oui, supposons qu'un même ennemi ait intérêt à faire disparaître le père et la fille…

Le Dr Guéroult sembla frappé de l'hypothèse.

— En effet en effet cette maladie affecte parfois un caractère si anormal ! Ainsi, la paralysie des jambes, qui est presque complète, devrait avoir pour corollaire…

Le docteur réfléchit un instant, puis il prononça, à voix basse :

— Le poison, alors…, mais quel poison ? Et d'ailleurs, je ne vois aucun symptôme d'intoxication il faudrait supposer… Mais que faites-vous ? Qu'y a-t-il ?

Les deux hommes causaient alors devant une petite salle du premier étage, où Jeanne, profitant de la présence du docteur chez son père, avait commencé son repas du soir. Lupin, qui la regardait par la porte ouverte, la vit porter à ses lèvres une tasse dont elle but quelques gorgées.

Soudain il se précipita sur elle et lui saisit le bras.

– Qu'est-ce que vous buvez là ?

– Mais, dit-elle, interloquée une infusion…, du thé.

– Vous avez fait une grimace de dégoût pourquoi ?

– Je ne sais pas il m'a semblé…

– Il vous a semblé ?

– Qu'il y avait…, une sorte d'amertume… Mais cela provient sans doute du médicament que j'y ai mêlé.

– Quel médicament ?

– Des gouttes que je prends à chaque dîner selon votre ordonnance, n'est-ce pas, docteur ?

– Oui, déclara le Dr Guérouit, mais ce médicament n'a aucun goût… Vous le savez bien, Jeanne, puisque vous en usez depuis quinze jours, et que c'est la première fois…

– En effet… murmura la jeune fille, et celui-là a un goût… Ah ! tenez, j'en ai encore la bouche qui me brûle.

À son tour le Dr Guérouit avala une gorgée de la tasse :

– Ah ! pouah ! s'écria-t-il, en recrachant, l'erreur n'est pas possible !

De son côté, Lupin examinait le flacon qui contenait le médicament, et il demanda :

– Dans la journée, où range-t-on ce flacon ?

Mais Jeanne ne put répondre. Elle avait porté la main à sa poitrine, et, le visage blême, les yeux convulsés, elle paraissait souffrir infiniment.

– Ça me fait mal ça me fait mal, bégaya-t-elle.

Les deux hommes la portèrent vivement dans sa chambre et l'étendirent sur le lit.

— Il faudrait un vomitif, dit Lupin.

— Ouvrez l'armoire, ordonna le docteur… Il y a une trousse de pharmacie… Vous l'avez ? Sortez un des petits tubes… Oui, celui-là… Et de l'eau chaude maintenant… Vous en trouverez sur le plateau de la théière.

Appelée par un coup de sonnette, la bonne, qui était plus spécialement au service de Jeanne, accourut. Lupin lui expliqua que Mlle Darcieux était prise d'un malaise inexplicable.

Il revint ensuite à la petite salle à manger, visita le buffet et les placards, descendit à la cuisine où il prétexta que le docteur l'avait dépêché pour étudier l'alimentation de M. Darcieux. Sans en avoir l'air, il fit causer la cuisinière, le domestique, et le garde Baptiste, lequel mangeait au château.

En remontant, il trouva le docteur.

— Eh bien ?

— Elle dort.

— Aucun danger ?

— Non. Heureusement elle n'avait bu que deux ou trois gorgées. Mais c'est la seconde fois aujourd'hui que vous lui sauvez la vie. L'analyse de ce flacon nous en donnera la preuve.

— Analyse inutile, docteur. La tentative d'empoisonnement est certaine.

— Mais qui ?

— Je ne sais pas. Mais le démon qui machine tout cela connaît évidemment les habitudes du château. Il va et vient à sa guise, se promène dans le parc, lime la chaîne du chien, mêle du poison aux aliments, bref se remue et agit comme s'il vivait de la vie même de celle ou plutôt de ceux qu'il veut supprimer.

— Ah ! vous pensez décidément que le même péril menace M. Darcieux ?

— Sans doute.

— Un des domestiques, alors ? Mais c'est inadmissible. Est-ce que vous croyez ?

— Je ne crois rien. Je ne sais rien. Tout ce que je puis dire, c'est que la situation est tragique, et qu'il faut redouter les pires événements. La mort est ici, docteur, elle rôde dans ce château, et, avant peu, elle atteindra ceux qu'elle poursuit.

– Que faire ?

– Veiller, docteur. Prétextons que la santé de M. Darcieux nous inquiète, et couchons dans cette petite salle. Les deux chambres du père et de la fille sont proches. En cas d'alerte, nous sommes sûrs de tout entendre.

Ils avaient un fauteuil à leur disposition. Il fut convenu qu'ils y dormiraient à tour de rôle.

En réalité, Lupin ne dormit que deux ou trois heures. Au milieu de la nuit, sans prévenir son compagnon, il quitta la chambre, fit une ronde minutieuse dans le château, et sortit par la grille principale.

Vers neuf heures, il arrivait à Paris avec sa motocyclette. Deux de ses amis, auxquels il avait téléphoné en cours de route, l'attendaient. Tous trois, chacun de son côté, passèrent la journée à faire les recherches que Lupin avait méditées.

À six heures, il repartit précipitamment, et jamais peut-être, ainsi qu'il me le raconta par la suite, il ne risqua sa vie avec plus de témérité qu'en effectuant ce retour à une vitesse folle, un soir brumeux de décembre, où la lumière de son phare trouait à peine les ténèbres.

Devant la grille, encore ouverte, il sauta de machine, et courut jusqu'au château dont il monta le premier étage en quelques bonds.

Dans la petite salle, personne.

Sans hésiter, sans frapper, il entra dans la chambre de Jeanne.

– Ah ! vous êtes là, dit-il avec un soupir de soulagement en apercevant Jeanne et le docteur, qui causaient, assis l'un près de l'autre.

– Quoi ? Du nouveau ? fit le docteur inquiet de voir dans un tel état d'agitation cet homme, dont il savait le sang-froid.

– Rien, répondit-il, rien de nouveau. Et ici ?

– Ici non plus. Nous venons de quitter M. Darcieux. Il mangeait de bon appétit, après une excellente journée. Quant à Jeanne, vous voyez, elle a déjà retrouvé ses belles couleurs.

– Alors il faut partir.

– Partir ! mais c'est impossible, protesta la jeune fille.

– Il le faut, s'écria Lupin en frappant du pied et avec une véritable violence.

Tout de suite, il se maîtrisa, prononça quelques paroles d'excuse, puis il resta trois ou quatre minutes dans un silence profond que le docteur et Jeanne se gardèrent de troubler.

Enfin, il dit à la jeune fille :

– Vous partirez demain matin, mademoiselle, et pour une semaine ou deux seulement. Je vous conduirai chez votre amie de Versailles, celle à qui vous écrivez. Je vous supplie de préparer tout, dès ce soir, et ouvertement. Avertissez les domestiques… De son côté, le docteur voudra bien prévenir M. Darcieux, et lui faire comprendre, avec toutes les précautions possibles, que ce voyage est indispensable pour votre sécurité. D'ailleurs il vous rejoindra aussitôt que ses forces le lui permettront. C'est convenu, n'est-ce pas ?

– Oui, dit-elle, absolument dominée par la voix impérieuse et douce de Lupin.

– En ce cas, dit-il, faites vite, et ne quittez plus votre chambre.

– Mais, objecta la jeune fille avec un frisson cette nuit…

– Ne craignez rien. S'il y avait le moindre danger, nous reviendrions, le docteur et moi. N'ouvrez votre porte que si l'on frappe trois coups très légers.

Jeanne sonna aussitôt la bonne. Le docteur passa chez M. Darcieux, tandis que Lupin se faisait servir quelques aliments dans la petite salle.

– Voilà qui est terminé, dit le docteur au bout de vingt minutes. M. Darcieux n'a pas trop protesté. Au fond, lui aussi, il trouve qu'il est bon d'éloigner Jeanne.

Ils se retirèrent tous deux et sortirent du château.

Près de la grille, Lupin appela le garde.

– Vous pouvez fermer, mon ami. Si M. Darcieux avait besoin de nous, qu'on vienne nous chercher aussitôt.

Dix heures sonnaient à l'église de Maupertuis. Des nuages noirs, entre lesquels la lune se glissait par moments, pesaient sur la campagne.

Les deux hommes firent une centaine de pas.

Ils approchaient du village quand Lupin empoigna le bras de son compagnon.

– Halte !

– Qu'y a-t-il donc ? s'écria le docteur.

– Il y a, prononça Lupin d'un ton saccadé, que, si mes calculs sont justes, si je ne me blouse pas du tout au tout dans cette affaire, il y a que, cette nuit, Mlle Darcieux sera assassinée.

– Hein ! que dites-vous ? balbutia le docteur épouvanté… Mais alors, pourquoi sommes-nous partis ?

– Précisément pour que le criminel, qui suit tous nos gestes dans l'ombre, ne diffère pas son forfait, et qu'il l'accomplisse, non pas à l'heure choisie par lui, mais à l'heure que j'ai fixée.

– Nous retournons donc au château ?

– Certes, mais chacun de notre côté.

– Tout de suite, en ce cas.

– Écoutez-moi bien, docteur, dit Lupin d'une voix posée, et ne perdons pas notre temps en paroles inutiles. Avant tout, il faut déjouer toute surveillance. Pour cela, rentrez directement chez vous, et n'en repartez que quelques minutes après, lorsque vous aurez la certitude de n'avoir pas été suivi. Vous gagnerez alors les murs du château vers la gauche, jusqu'à la petite porte du potager. En voici la clef. Quand l'horloge de l'église sonnera onze coups, vous ouvrirez doucement, et vous marcherez droit vers la terrasse, derrière le château. La cinquième fenêtre ferme mal. Vous n'aurez qu'à enjamber le balcon. Une fois dans la chambre de Mlle Darcieux, poussez le verrou et ne bougez plus. Vous entendez, ne bougez plus, ni l'un ni l'autre, quoi qu'il arrive. J'ai remarqué que Mlle Darcieux laisse entrouverte la fenêtre de son cabinet de toilette, n'est-ce pas ?

– Oui, une habitude que je lui ai donnée.

– C'est par là que l'on viendra.

– Mais vous ?

– C'est aussi par là que je viendrai.

– Et vous savez qui est ce misérable ?

Lupin hésita, puis répondit :

– Non… Je ne sais pas… Et justement, comme cela, nous le saurons. Mais, je vous en conjure, du sang-froid. Pas un mot, pas un geste, quoi qu'il arrive.

– Je vous le promets.

– Mieux que cela, docteur. Je vous demande votre parole.

467

– Je vous donne ma parole.

Le docteur s'en alla. Aussitôt, Lupin monta sur un tertre voisin d'où l'on apercevait les fenêtres du premier et du second étage. Plusieurs d'entre elles étaient éclairées.

Il attendit assez longtemps. Une à une les lueurs s'éteignirent. Alors, prenant une direction opposée à celle du docteur, il bifurqua sur la droite, et longea le mur jusqu'au groupe d'arbres, près duquel il avait caché sa motocyclette, la veille.

Onze heures sonnèrent. Il calcula le temps que le docteur pouvait mettre à traverser le potager et à s'introduire dans le château.

« Et d'un, murmura-t-il. De ce côté-là, tout est en règle. À la rescousse, Lupin. L'ennemi ne va pas tarder à jouer son dernier atout et fichtre, il faut que je sois là… »

Il exécuta la même manœuvre que la première fois, attira la branche et se hissa sur le bord du mur, d'où il put gagner les plus gros rameaux de l'arbre.

À ce moment, il dressa l'oreille. Il lui semblait entendre un frémissement de feuilles mortes. Et, de fait, il discerna une ombre, qui remuait au-dessous de lui, et trente mètres plus loin.

« Crebleu, se dit-il, je suis fichu, la canaille a flairé le coup… »

Un rayon de lune passa. Distinctement, Lupin vit que l'homme épaulait. Il voulut sauter à terre et se retourna. Mais il sentit un choc à la poitrine, perçut le bruit d'une détonation, poussa un juron de colère, et dégringola de branche en branche, comme un cadavre…

Cependant le Dr Guérouit, suivant les prescriptions d'Arsène Lupin, avait escaladé le rebord de la cinquième fenêtre, et s'était dirigé à tâtons vers le premier étage. Arrivé devant la chambre de Jeanne, il frappa trois coups légers, fut introduit, et poussa aussitôt le verrou.

– Étends-toi sur ton lit, dit-il tout bas à la jeune fille qui avait gardé ses vêtements du soir. Il faut que tu paraisses couchée. Brrrr, il ne fait pas chaud ici. La fenêtre de ton cabinet de toilette est ouverte ?

– Oui… Voulez-vous que…

– Non, laisse-la. On va venir.

– On va venir ! bredouilla Jeanne effarée.

– Oui, sans aucun doute.

– Mais qui est-ce que vous soupçonnez ?

– Je ne sais pas… Je suppose que quelqu'un est caché dans le château ou dans le parc.

– Oh ! j'ai peur.

– N'aie pas peur. Le gaillard qui te protège semble rudement fort et ne joue qu'à coup sûr. Il doit être à l'affût quelque part dans la cour.

Le docteur éteignit la veilleuse et s'approcha de la croisée, dont il souleva le rideau. Une corniche étroite, qui courait le long du premier étage, ne lui permettant de voir qu'une partie éloignée de la cour, il revint s'installer auprès du lit.

Il s'écoula des minutes très pénibles et qui leur parurent infiniment longues. L'horloge sonnait au village, mais, absorbés par tous les petits bruits nocturnes, c'est à peine s'ils en percevaient le tintement. Ils écoutaient, ils écoutaient de tous leurs nerfs exaspérés.

– Tu as entendu ? souffla le docteur.

– Oui oui, dit Jeanne qui s'était assise sur son lit.

– Couche-toi… couche-toi, reprit-il au bout d'un instant… On vient…

Un petit claquement s'était produit dehors, contre la corniche. Puis il y eut une suite de bruits indiscrets, dont ils n'auraient su préciser la nature. Mais ils avaient l'impression que la fenêtre voisine s'ouvrait davantage, car des bouffées d'air froid les enveloppaient.

Soudain ce fut très net : il y avait quelqu'un à côté.

Le docteur, dont la main tremblait un peu, saisit son revolver. Il ne bougea pas néanmoins, se rappelant l'ordre formel qui lui avait été donné, et redoutant de prendre une décision contraire.

L'obscurité était absolue dans la chambre. Ils ne pouvaient donc voir où se trouvait l'ennemi. Mais ils devinaient sa présence. Ils suivaient ses gestes invisibles, sa marche assourdie par le tapis, et ils ne doutaient point qu'il n'eût franchi le seuil de la chambre.

Et l'ennemi s'arrêta. Cela, ils en furent certains. Il était debout, à cinq pas du lit, immobile, indécis peut-être, cherchant à percer l'ombre de son regard aigu.

Dans la main du docteur, la main de Jeanne frissonnait, glacée et couverte de sueur.

De son autre main, le docteur serrait violemment son arme, le doigt sur la détente. Malgré sa parole, il n'hésitait pas : que l'ennemi touchât l'extrémité du lit, le coup partait, jeté au hasard.

469

L'ennemi fit un pas encore, puis s'arrêta de nouveau. Et c'était effrayant, ce silence, cette impassibilité, ces ténèbres où des êtres s'épiaient éperdument.

Qui donc surgissait ainsi dans la nuit profonde ? Qui était cet homme ? Quelle haine horrible le poussait contre la jeune fille, et quelle œuvre abominable poursuivait-il ?

Si terrifiés qu'ils fussent, Jeanne et le docteur ne pensaient qu'à cela voir, connaître la vérité, contempler le masque de l'ennemi.

Il fit un pas encore et ne bougea plus. Il leur semblait que sa silhouette se détachait, plus noire sur l'espace noir, et que son bras se levait peu à peu.

Une minute passa, et puis une autre.

Et tout à coup, plus loin que l'homme, vers la droite, un bruit sec… Une lumière jaillit, ardente, fut projetée contre l'homme, l'éclaira en pleine face, brutalement.

Jeanne poussa un cri d'épouvante. Elle avait vu, dressé au-dessus d'elle, un poignard à la main, elle avait vu son père !

En même temps presque, et, comme la lumière était éteinte, une détonation… Le docteur avait tiré.

– Crebleu… Ne tirez donc pas, hurla Lupin.

À bras-le-corps, il empoigna le docteur, qui suffoquait :

– Vous avez vu… Vous avez vu… Écoutez… Il s'enfuit…

– Laissez-le s'enfuir… C'est ce qu'il y a de mieux.

Lupin fit jouer de nouveau le ressort de sa lanterne électrique, courut dans le cabinet de toilette, constata que l'homme avait disparu et, revenant tranquillement vers la table, alluma la lampe.

Jeanne était couchée sur son lit, blême, évanouie.

Le docteur, accroupi dans un fauteuil, émettait des sons inarticulés.

– Voyons, dit Lupin en riant, reprenez-vous. Il n'y a pas à se frapper, puisque c'est fini.

– Son père… son père… gémissait le vieux médecin.

– Je vous en prie, docteur, Mlle Darcieux est malade. Soignez-la.

Sans plus s'expliquer, Lupin regagna le cabinet de toilette et passa sur la corniche. Une échelle s'y trouvait appuyée. Il descendit rapidement. En longeant le mur, vingt pas plus loin, il se heurta aux barreaux d'une échelle de corde à laquelle il grimpa, et qui le conduisit dans la chambre de M. Darcieux. Cette chambre était vide.

« Parfait, se dit-il. Le client a jugé la situation mauvaise, et il a décampé. Bon voyage… Et, sans doute, la porte est-elle barricadée ? Justement… C'est ainsi que notre malade, roulant ce brave docteur, se relevait la nuit en toute sécurité, fixait au balcon son échelle de corde, et préparait ses petits coups. Pas si bête, le Darcieux… »

Il ôta les verrous et revint à la chambre de Jeanne. Le docteur, qui en sortait, l'entraîna vers la petite salle.

– Elle dort, ne la dérangeons pas. La secousse a été rude, et il lui faudra du temps pour se remettre.

Lupin prit une carafe et but un verre d'eau. Puis il s'assit et, paisiblement :

– Bah ! demain il n'y paraîtra plus.

– Que dites-vous ?

– Je dis que demain il n'y paraîtra plus.

– Et pourquoi ?

– D'abord parce qu'il ne m'a pas semblé que Mlle Darcieux éprouvât pour son père une affection très grande…

– Qu'importe ! Pensez à cela un père qui veut tuer sa fille ! un père qui, pendant des mois, recommence quatre, cinq, six fois sa tentative monstrueuse ! Voyons, n'y a-t-il pas là de quoi flétrir à jamais une âme moins sensible que celle de Jeanne ? Quel souvenir odieux !

– Elle oubliera.

– On n'oublie pas cela.

– Elle oubliera, docteur, et pour une raison très simple…

– Mais parlez donc !

– Elle n'est pas la fille de M. Darcieux !

– Hein ?

– Je vous répète qu'elle n'est pas la fille de ce misérable.

– Que dites-vous ? M. Darcieux…

– M. Darcieux n'est que son beau-père. Elle venait de naître quand son père, son vrai père est mort. La mère de Jeanne épousa alors un cousin de son mari, qui portait le même nom que lui, et elle mourut l'année même de ses secondes noces. Elle laissait Jeanne aux soins de M. Darcieux. Celui-ci l'emmena d'abord à l'étranger, puis acheta ce château, et, comme personne ne le connaissait dans le pays, il présenta l'enfant comme sa fille. Elle-même ignore la vérité sur sa naissance.

Le docteur demeurait confondu. Il murmura :

– Vous êtes certain de ces détails ?

– J'ai passé ma journée dans les mairies de Paris. J'ai compulsé les états civils, j'ai interrogé deux notaires, j'ai vu tous les actes. Le doute n'est pas possible.

– Mais cela n'explique pas le crime, ou plutôt la série des crimes.

– Si, déclara Lupin, et, dès le début, dès la première heure où j'ai été mêlé à cette affaire, une phrase de Mlle Darcieux me fit pressentir la direction qu'il fallait donner à mes recherches. « J'avais presque cinq ans lorsque ma mère est morte, me dit-elle. Il y a de cela seize ans. » Donc Mlle Darcieux allait prendre vingt et un ans, c'est-à-dire qu'elle était sur le point de devenir majeure. Tout de suite, je vis là un détail important. La majorité, c'est l'âge où l'on vous rend des comptes. Quelle était la situation de fortune de Mlle Darcieux, héritière naturelle de sa mère ? Bien entendu, je ne songeai pas une seconde au père. D'abord on ne peut imaginer pareille chose, et puis la comédie que jouait Darcieux impotent, couché, malade…

– Réellement malade, interrompit le docteur.

– Tout cela écartait de lui les soupçons d'autant plus que, lui-même, je le croyais en butte aux attaques criminelles. Mais n'y avait-il point dans leur famille quelque personne intéressée à leur disparition ? Mon voyage à Paris m'a révélé la vérité. Mlle Darcieux tient de sa mère une grosse fortune dont son beau-père a l'usufruit. Le mois prochain, il devait y avoir à Paris, sur convocation du notaire, une réunion du conseil de famille. La vérité éclatait, c'était la ruine pour Darcieux.

– Il n'a donc pas mis d'argent de côté ?

– Si, mais il a subi de grosses pertes par suite de spéculations malheureuses.

– Mais enfin, quoi ! Jeanne ne lui eût pas retiré la gestion de sa fortune.

– Il est un détail que vous ignorez, docteur, et que j'ai connu par la lecture de la lettre déchirée, c'est que Mlle Darcieux aime le frère de son amie de Versailles, Marceline, et que, M. Darcieux s'opposant au mariage – vous en comprenez maintenant la raison – elle attendait sa majorité pour se marier.

– En effet, dit le docteur, en effet... C'était la ruine.

– La ruine, je vous le répète. Une seule chance de salut lui restait, la mort de sa belle-fille, dont il est l'héritier le plus direct.

– Certes, mais à condition qu'on ne le soupçonnât point.

– Évidemment, et c'est pourquoi il a machiné la série des accidents, afin que la mort parût fortuite. Et c'est pourquoi, de mon côté, voulant précipiter les choses, je vous ai prié de lui apprendre le départ imminent de Mlle Darcieux. Dès lors, il ne suffisait plus que le soi-disant malade errât dans le parc ou dans les couloirs, à la faveur de la nuit, et mît à exécution un coup longuement combiné. Non, il fallait agir, et agir tout de suite, sans préparation, brutalement, à main armée. Je ne doutais pas qu'il ne s'y déterminât. Il est venu.

– Il ne se méfiait donc pas ?

– De moi, si. Il a pressenti mon retour cette nuit, et il veillait à l'endroit même où j'avais déjà franchi le mur.

– Eh bien ?

– Eh bien, dit Lupin en riant, j'ai reçu une balle en pleine poitrine ou plutôt mon portefeuille a reçu une balle... Tenez, on peut voir le trou... Alors, j'ai dégringolé de l'arbre, comme un homme mort. Se croyant délivré de son seul adversaire, il est parti vers le château. Je l'ai vu rôder pendant deux heures. Puis, se décidant, il a pris dans la remise une échelle qu'il a appliquée contre la fenêtre. Je n'avais plus qu'à le suivre.

Le docteur réfléchit et dit :

– Vous auriez pu lui mettre la main au collet, auparavant. Pourquoi l'avoir laissé monter ? L'épreuve était dure pour Jeanne et inutile...

– Indispensable ! Jamais Mlle Darcieux n'aurait pu admettre la vérité. Il fallait qu'elle vît la face même de l'assassin. Dès son réveil, vous lui direz la situation. Elle guérira vite.

– Mais M. Darcieux...

– Vous expliquerez sa disparition comme bon vous semblera..., un voyage subit..., un coup de folie... On fera quelques recherches... Et soyez sûr qu'on n'entendra plus parler de lui...

Le docteur hocha la tête.

– Oui en effet.. vous avez raison… Vous avez mené tout cela avec une habileté extraordinaire, et Jeanne vous doit la vie… Elle vous remerciera elle-même. Mais, de mon côté, ne puis-je vous être utile en quelque chose ? Vous m'avez dit que vous étiez en relations avec le service de la Sûreté… Me permettrez-vous d'écrire, de louer votre conduite, votre courage ?

Lupin se mit à rire.

– Certainement ! une lettre de ce genre me sera profitable. Écrivez donc à mon chef direct, l'inspecteur principal Ganimard. Il sera enchanté de savoir que son protégé, Paul Daubreuil, de la rue de Surène, s'est encore signalé par une action d'éclat. Je viens précisément de mener une belle campagne sous ses ordres, dans une affaire dont vous avez dû entendre parler, l'affaire de « l'écharpe rouge » Ce brave M. Ganimard, ce qu'il va se réjouir !

Édith au Cou de Cygne

– Arsène Lupin, que pensez-vous au juste de l'inspecteur Ganimard ?

– Beaucoup de bien, cher ami.

– Beaucoup de bien ? Mais alors pourquoi ne manquez-vous jamais l'occasion de le tourner en ridicule ?

– Mauvaise habitude, et dont je me repens. Mais que voulez-vous ? C'est la règle. Voici un brave homme de policier, voilà des tas de braves types qui sont chargés d'assurer l'ordre, qui nous défendent contre les apaches, qui se font tuer pour nous autres, honnêtes gens, et en revanche nous n'avons pour eux que sarcasmes et dédain. C'est idiot !

– À la bonne heure, Lupin, vous parlez comme un bon bourgeois.

– Qu'est-ce que je suis donc ? Si j'ai sur la propriété d'autrui des idées un peu spéciales, je vous jure que ça change du tout au tout quand il s'agit de ma propriété à moi. Fichtre, il ne faudrait pas s'aviser de toucher à ce qui m'appartient. Je deviens féroce, alors. Oh… Oh ! ma bourse, mon portefeuille, ma montre… à bas les pattes ! J'ai l'âme d'un conservateur, cher ami, les instincts d'un petit rentier, et le respect de toutes les traditions et de toutes les autorités. Et c'est pourquoi Ganimard m'inspire beaucoup d'estime et de gratitude.

– Mais peu d'admiration.

– Beaucoup d'admiration aussi. Outre le courage indomptable, qui est le propre de tous ces messieurs de la Sûreté, Ganimard possède des qualités très sérieuses, de la décision, de la clairvoyance, du jugement. Je l'ai vu à l'œuvre. C'est quelqu'un. Connaissez-vous ce qu'on a appelé l'histoire d'*Édith au Cou de Cygne* ?

– Comme tout le monde.

– C'est-à-dire pas du tout. Eh bien, cette affaire est peut-être celle que j'ai le mieux combinée, avec le plus de soins et le plus de précautions, celle où j'ai accumulé le plus de ténèbres et le plus de mystères, celle dont l'exécution demanda le plus de maîtrise. Une vraie partie d'échecs, savante, rigoureuse et mathématique. Pourtant Ganimard finit par débrouiller l'écheveau. Actuellement, grâce à lui, on sait la vérité au quai des Orfèvres. Et je vous assure que c'est une vérité pas banale.

– Peut-on la connaître ?

– Certes un jour ou l'autre quand j'aurai le temps… Mais, ce soir, la Brunelli danse à l'Opéra, et si elle ne me voyait pas à mon fauteuil !

Mes rencontres avec Lupin sont rares. Il se confesse difficilement, quand cela lui plaît. Ce n'est que peu à peu, par bribes, par échappées de confidences, que j'ai pu noter les diverses phases de l'histoire, et la reconstituer dans son ensemble et dans ses détails.

L'origine, on s'en souvient, et je me contenterai de mentionner les faits :

Il y a trois ans, à l'arrivée, en gare de Rennes, du train qui venait de Brest, on trouva démolie la porte d'un fourgon loué pour le compte d'un riche Brésilien, le colonel Sparmiento, lequel voyageait avec sa femme dans le même train.

Le fourgon démoli transportait tout un lot de tapisseries. La caisse qui contenait l'une d'elles avait été brisée et la tapisserie avait disparu.

Le colonel Sparmiento déposa une plainte contre la Compagnie du chemin de fer, et réclama des dommages-intérêts considérables, à cause de la dépréciation que faisait subir ce vol à la collection des tapisseries.

La police chercha. La Compagnie promit une prime importante. Deux semaines plus tard, une lettre mal fermée ayant été ouverte par l'administration des postes, on apprit que le vol avait été effectué sous la direction d'Arsène Lupin, et qu'un colis devait partir le lendemain pour l'Amérique du Nord. Le soir même, on découvrait la tapisserie dans une malle laissée en consigne à la gare Saint-Lazare.

Ainsi donc le coup était manqué. Lupin en éprouva une telle déception qu'il exhala sa mauvaise humeur dans un message adressé au colonel Sparmiento, où il lui disait ces mots suffisamment clairs : « J'avais eu la délicatesse de n'en prendre qu'une. La prochaine fois, je prendrai les douze. À bon entendeur, salut. A.L. »

Le colonel Sparmiento habitait, depuis quelques mois, un hôtel situé au fond d'un petit jardin, à l'angle de la rue de la Faisanderie et de la rue Dufrénoy. C'était un homme un peu fort, large d'épaules, aux cheveux noirs, au teint basané, et qui s'habillait avec une élégante sobriété. Il avait épousé une jeune Anglaise extrêmement belle, mais de santé précaire et que l'aventure des tapisseries affecta profondément. Dès le premier jour, elle supplia son mari de les vendre à n'importe quel prix. Le colonel était d'une nature trop énergique et trop obstinée pour céder à ce qu'il avait le droit d'appeler un caprice de femme. Il ne vendit rien, mais il multiplia les précautions et s'entoura de tous les moyens propres à rendre impossible tout cambriolage.

Tout d'abord, pour n'avoir à surveiller que la façade donnant sur le jardin, il fit murer toutes les fenêtres du rez-de-chaussée et du premier étage qui ouvraient sur la rue Dufrénoy. Ensuite il demanda le concours d'une maison spéciale qui assurait la sécurité absolue des propriétés. On plaça chez lui, à chaque fenêtre de la galerie où furent pendues les tapisseries, des appareils à déclenchement, invisibles, dont il connaissait seul la position et qui, au moindre contact, allumaient toutes les ampoules électriques de l'hôtel et faisaient fonctionner tout un système de timbres et de sonneries.

En outre, les Compagnies d'assurances auxquelles il s'adressa ne consentirent à s'engager de façon sérieuse, que s'il installait la nuit, au rez-de-chaussée de son hôtel, trois hommes fournis par elles et payés par lui. À cet effet, elles choisirent trois anciens inspecteurs, sûrs, éprouvés, et auxquels Lupin inspirait une haine vigoureuse.

Quant à ses domestiques, le colonel les connaissait de longue date. Il en répondait.

Toutes ces mesures prises, la défense de l'hôtel organisée comme celle d'une place forte, le colonel donna une grande fête d'inauguration, sorte de vernissage où furent conviés les membres des deux cercles dont il faisait partie, ainsi qu'un certain nombre de dames, de journalistes, d'amateurs et de critiques d'art.

Aussitôt franchie la grille du jardin, il semblait que l'on pénétrât dans une prison. Les trois inspecteurs, postés au bas de l'escalier, vous réclamaient votre carte d'invitation et vous dévisageaient d'un œil soupçonneux. On eût dit qu'ils allaient vous fouiller ou prendre les empreintes de vos doigts.

Le colonel, qui recevait au premier étage, s'excusait en riant, heureux d'expliquer les dispositions qu'il avait imaginées pour la sécurité de ses tapisseries.

Sa femme se tenait auprès de lui, charmante de jeunesse et de grâce, blonde, pâle, flexible, avec un air mélancolique et doux, cet air de résignation des êtres que le destin menace.

Lorsque tous les invités furent réunis, on ferma les grilles du jardin et les portes du vestibule. Puis on passa dans la galerie centrale, à laquelle on accédait par de doubles portes blindées, et dont les fenêtres, munies d'énormes volets, étaient protégées par des barreaux de fer. Là se trouvaient les douze tapisseries.

C'étaient des œuvres d'art incomparables, qui, s'inspirant de la fameuse tapisserie de Bayeux, attribuée à la reine Mathilde, représentaient l'histoire de la conquête de l'Angleterre. Commandées au XVIe siècle par le descendant d'un homme d'armes qui accompagnait Guillaume le Conquérant, exécutées par un célèbre tisserand d'Arras, Jehan Gosset, elles avaient été retrouvées quatre cents ans après, au fond d'un vieux manoir de Bretagne. Prévenu, le colonel avait enlevé l'affaire au prix de cinquante mille francs. Elles en valaient vingt fois autant.

Mais la plus belle des douze pièces de la série, la plus originale, bien que le sujet ne fût pas traité par la reine Mathilde, était précisément celle qu'Arsène Lupin avait cambriolée, et

477

qu'on avait réussi à lui reprendre. Elle représentait Édith au Cou de Cygne, cherchant parmi les morts d'Hastings le cadavre de son bien-aimé Harold, le dernier roi saxon.

Devant celle-là, devant la beauté naïve du dessin, devant les couleurs éteintes, et le groupement animé des personnages, et la tristesse affreuse de la scène, les invités s'enthousiasmèrent… Édith au Cou de Cygne, la reine infortunée, ployait comme un lis trop lourd. Sa robe blanche révélait son corps alangui. Ses longues mains fines se tendaient en un geste d'effroi et de supplication. Et rien n'était plus douloureux que son profil qu'animait le plus mélancolique et le plus désespéré des sourires.

– Sourire poignant, nota l'un des critiques, que l'on écoutait avec déférence un sourire plein de charme, d'ailleurs, et qui me fait penser, colonel, au sourire de Mme Sparmiento.

Et, la remarque paraissant juste, il insista :

– Il y a d'autres points de ressemblance qui m'ont frappé tout de suite, comme la courbe très gracieuse de la nuque, comme la finesse des mains et aussi quelque chose dans la silhouette, dans l'attitude habituelle…

– C'est tellement vrai, avoua le colonel, que cette ressemblance m'a décidé à l'achat des tapisseries. Et il y avait à cela une autre raison. C'est que, par une coïncidence véritablement curieuse, ma femme s'appelle précisément Édith, Édith au Cou de Cygne, l'ai-je appelée depuis.

Et le colonel ajouta en riant :

– Je souhaite que les analogies s'arrêtent là et que ma chère Édith n'ait pas, comme la pauvre amante de l'histoire, à chercher le cadavre de son bien-aimé. Dieu merci je suis bien vivant, et n'ai pas envie de mourir. Il n'y a que le cas où les tapisseries disparaîtraient… Alors, ma foi, je ne répondrais pas d'un coup de tête…

Il riait en prononçant ces paroles, mais son rire n'eut pas d'écho, et les jours suivants, dans tous les récits qui parurent au sujet de cette soirée, on retrouva la même impression de gêne et de silence. Les assistants ne savaient plus que dire.

Quelqu'un voulut plaisanter :

– Vous ne vous appelez pas Harold, colonel ?

– Ma foi, non, déclara-t-il, et sa gaieté ne se démentait pas. Non, je ne m'appelle pas ainsi, et je n'ai pas non plus la moindre ressemblance avec le roi saxon.

Tout le monde, depuis, fut également d'accord pour affirmer que, à ce moment, comme le colonel terminait sa phrase, du côté des fenêtres (celle de droite ou celle du milieu, les opinions ont varié sur ce point), il y eut un premier coup de timbre, bref, aigu, sans modulations. Ce coup fut suivi d'un cri de terreur que poussa Mme Sparmiento, en saisissant le bras de son mari. Il s'exclama :

– Qu'est-ce que c'est ? Qu'est-ce que ça veut dire ?

Immobiles, les invités regardaient vers les fenêtres. Le colonel répéta :

– Qu'est-ce que ça veut dire ? Je ne comprends pas. Personne que moi ne connaît l'emplacement de ce timbre…

Et, au même instant, là-dessus encore unanimité des témoignages au même instant, l'obscurité soudaine, absolue, et, tout de suite, du haut en bas de l'hôtel, dans tous les salons, dans toutes les chambres, à toutes les fenêtres, le vacarme étourdissant de tous les timbres et de toutes les sonneries.

Ce fut, durant quelques secondes, le désordre imbécile, l'épouvante folle. Les femmes vociféraient. Les hommes cognaient aux portes closes, à grands coups de poing. On se bousculait, On se battait. Des gens tombèrent, que l'on piétina. On eût dit la panique d'une foule terrifiée par la menace des flammes, ou par la détonation d'obus. Et, dominant le tumulte, la voix du colonel qui hurlait :

– Silence ! ne bougez pas ! Je réponds de tout ! L'interrupteur est là dans le coin… Voici…

De fait, s'étant frayé un passage à travers ses invités, il parvint à l'angle de la galerie et, subitement, la lumière électrique jaillit de nouveau, tandis que s'arrêtait le tourbillon des sonneries.

Alors, dans la clarté brusque, un étrange spectacle apparut. Deux dames étaient évanouies. Pendue au bras de son mari, agenouillée, livide, Mme Sparmiento semblait morte. Les hommes, pâles, la cravate défaite, avaient l'air de combattants.

– Les tapisseries sont là cria quelqu'un.

On fut très étonné, comme si la disparition de ces tapisseries eût dû résulter naturellement de l'aventure et en donner la seule explication plausible.

Mais rien n'avait bougé. Quelques tableaux de prix, accrochés aux murs, s'y trouvaient encore. Et, bien que le même tapage se fût répercuté dans tout l'hôtel, bien que les ténèbres se fussent produites partout, les inspecteurs n'avaient vu personne entrer ni personne tenter de s'introduire…

– D'ailleurs, dit le colonel, il n'y a que les fenêtres de la galerie qui soient munies d'appareils à sonnerie, et ces appareils, dont je suis le seul à connaître le mécanisme, je ne les avais pas remontés.

On rit bruyamment de l'alerte, mais on riait sans conviction, et avec une certaine honte, tellement chacun sentait l'absurdité de sa propre conduite. Et l'on n'eut qu'une hâte, ce fut de quitter cette maison où l'on respirait, malgré tout, une atmosphère d'inquiétude et d'angoisse.

Deux journalistes pourtant demeurèrent, que le colonel rejoignit après avoir soigné Édith et l'avoir remise aux mains des femmes de chambre. À eux trois, ils firent, avec les détectives, une enquête qui n'amena pas d'ailleurs la découverte du plus petit détail intéressant. Puis le colonel déboucha une bouteille de champagne. Et ce n'est par conséquent qu'à une heure avancée de la nuit – exactement deux heures quarante-cinq que les journalistes s'en allèrent, que le colonel regagna son appartement, et que les détectives se retirèrent dans la chambre du rez-de-chaussée qui leur était réservée.

À tour de rôle, ils prirent la garde, garde qui consistait d'abord à se tenir éveillé, puis à faire une ronde dans le jardin et à monter jusqu'à la galerie.

Cette consigne fut ponctuellement exécutée, sauf de cinq heures à sept heures du matin où, le sommeil l'emportant, ils ne firent point de ronde. Mais, dehors, c'était le grand jour. En outre, s'il y avait eu le moindre appel des sonneries, n'auraient-ils pas été réveillés ?

Cependant, à sept heures vingt, quand l'un d'eux eut ouvert la porte de la galerie et poussé les volets, il constata que les douze tapisseries avaient disparu.

Par la suite, on a reproché à cet homme et à ses camarades de n'avoir pas donné l'alarme immédiatement, et d'avoir commencé les investigations avant de prévenir le colonel et de téléphoner au commissariat. Mais en quoi ce retard, si excusable, a-t-il entravé l'action de la police ?

Quoi qu'il en soit, c'est à huit heures et demie seulement que le colonel fut averti. Il était tout habillé et se disposait à sortir. La nouvelle ne sembla pas l'émouvoir outre mesure, ou, du moins, il réussit à se dominer. Mais l'effort devait être trop grand, car, tout à coup, il tomba sur une chaise et s'abandonna quelques instants à un véritable accès de désespoir, très pénible à considérer chez cet homme d'une apparence si énergique.

Se reprenant, maître de lui, il passa dans la galerie, examina les murailles nues, puis s'assit devant une table et griffonna rapidement une lettre qu'il mit sous enveloppe et cacheta.

– Tenez, dit-il, je suis pressé un rendez-vous urgent... voici une lettre pour le commissaire de police.

Et comme les inspecteurs l'observaient, il ajouta :

– C'est mon impression que je donne au commissaire... un soupçon qui me vient... Qu'il se rende compte... De mon côté, je vais me mettre en campagne...

Il partit, en courant, avec des gestes dont les inspecteurs devaient se rappeler l'agitation.

Quelques minutes après, le commissaire de police arrivait. On lui donna la lettre. Elle contenait ces mots :

« Que ma femme bien-aimée me pardonne le chagrin que je vais lui causer. Jusqu'au dernier moment, son nom sera sur mes lèvres. »

Ainsi, dans un moment de folie, à la suite de cette nuit où la tension nerveuse avait suscité en lui une sorte de fièvre, le colonel Sparmiento courait au suicide. Aurait-il le courage d'exécuter un tel acte ? ou bien, à la dernière minute, sa raison le retiendrait-elle ?

On prévint Mme Sparmiento.

Pendant qu'on faisait des recherches et qu'on essayait de retrouver la trace du colonel, elle attendit, toute pantelante d'horreur.

Vers la fin de l'après-midi, on reçut de Ville-d'Avray un coup de téléphone. Au sortir d'un tunnel, après le passage d'un train, des employés avaient trouvé le corps d'un homme affreusement mutilé, et dont le visage n'avait plus forme humaine. Les poches ne contenaient aucun papier. Mais le signalement correspondait à celui du colonel.

À sept heures du soir, Mme Sparmiento descendait d'automobile à Ville-d'Avray. On la conduisit dans une des chambres de la gare. Quand on eut écarté le drap qui le recouvrait, Édith, Édith au Cou de Cygne, reconnut le cadavre de son mari.

En cette circonstance, Lupin, selon l'expression habituelle n'eut pas une bonne presse.

« Qu'il prenne garde ! écrivit un chroniqueur ironiste, lequel résumait bien l'opinion générale, il ne faudrait pas beaucoup d'histoires de ce genre pour lui faire perdre toute la sympathie que nous ne lui avons pas marchandée jusqu'alors. Lupin n'est acceptable que si ses coquineries sont commises au préjudice de banquiers véreux, de barons allemands, de rastaquouères équivoques, de sociétés financières et anonymes. Et surtout, qu'il ne tue pas ! Des mains de cambrioleur, soit, mais des mains d'assassin, non… Or, s'il n'a pas tué, il est du moins responsable de cette mort. Il y a du sang sur lui. Les armes de son blason sont rouges »

La colère, la révolte publique s'aggravaient de toute la pitié qu'inspirait la pâle figure d'Édith. Les invités de la veille parlèrent. On sut les détails impressionnants de la soirée, et aussitôt une légende se forma autour de la blonde Anglaise, légende qui empruntait un caractère vraiment tragique à l'aventure populaire de la reine au Cou de Cygne.

Et pourtant on ne pouvait se retenir d'admirer l'extraordinaire virtuosité avec laquelle le vol avait été accompli. Tout de suite, la police l'expliqua de cette façon : les détectives ayant constaté, dès l'abord, et ayant affirmé par la suite qu'une des trois fenêtres de la galerie était grande ouverte, comment douter que Lupin et ses complices ne se fussent introduits par cette fenêtre ?

Hypothèse fort plausible. Mais alors comment avaient-ils pu : 1° Franchir la grille du jardin, à l'aller et au retour, sans que personne les aperçût ? 2° Traverser le jardin et planter une échelle dans la plate-bande, sans laisser la moindre trace ? 3° Ouvrir les volets et la fenêtre, sans faire jouer les sonneries et les lumières de l'hôtel ?

Le public, lui, accusa les trois détectives. Le juge d'instruction les interrogea longuement, fit une enquête minutieuse sur leur vie privée, et déclara de la manière la plus formelle qu'ils étaient au-dessus de tout soupçon.

Quant aux tapisseries, rien ne permettait de croire qu'on pût les retrouver.

C'est à ce moment que l'inspecteur principal Ganimard revint du fond des Indes, où, après l'aventure du diadème et la disparition de Sonia Krichnoff, et sur la foi d'un ensemble de preuves irréfutables qui lui avaient été fournies par d'anciens complices de Lupin, il suivait la piste de Lupin. Roulé une fois de plus par son éternel adversaire, et supposant que celui-ci l'avait envoyé en Extrême-Orient pour se débarrasser de lui pendant l'affaire des tapisseries, il demanda à ses chefs un congé de quinze jours, se présenta chez Mme Sparmiento, et lui promit de venger son mari.

Édith en était à ce point où l'idée de la vengeance n'apporte même pas de soulagement à la douleur qui vous torture. Le soir même de l'enterrement, elle avait congédié les trois inspecteurs, et remplacé, par un seul domestique et par une vieille femme de ménage, tout un personnel dont la vue lui rappelait trop cruellement le passé. Indifférente à tout, enfermée dans sa chambre, elle laissa Ganimard libre d'agir comme il l'entendait.

Il s'installa donc au rez-de-chaussée et, tout de suite, se livra aux investigations les plus minutieuses. Il recommença l'enquête, se renseigna dans le quartier, étudia la disposition de l'hôtel, fit jouer vingt fois, trente fois, chacune des sonneries.

Au bout de quinze jours, il demanda une prolongation de son congé. Le chef de la Sûreté, qui était alors M. Dudouis, vint le voir, et le surprit au haut d'une échelle dans la galerie.

Ce jour-là, l'inspecteur principal avoua l'inutilité de ses recherches.

Mais, le surlendemain, M. Dudouis, repassant par là, trouva Ganimard fort soucieux. Un paquet de journaux s'étalait devant lui. À la fin, pressé de questions, l'inspecteur principal murmura :

– Je ne sais rien, chef, absolument rien, mais il y a une diable d'idée qui me tracasse... Seulement, c'est tellement fou ! Et puis ça n'explique pas... Au contraire, ça embrouille les choses plutôt...

– Alors ?

– Alors, chef, je vous supplie d'avoir un peu de patience de me laisser faire. Mais si, tout à coup, un jour ou l'autre, je vous téléphonais, il faudrait sauter dans une auto et ne pas perdre une minute... C'est que le pot aux roses serait découvert.

Il se passa encore quarante-huit heures. Un matin, M. Dudouis reçut un petit bleu :

« Je vais à Lille. Signé Ganimard. »

« Que diable, se dit le chef de la Sûreté, peut-il aller faire là-bas ? »

La journée s'écoula sans nouvelles, et puis une autre encore.

Mais M. Dudouis avait confiance. Il connaissait son Ganimard et n'ignorait pas que le vieux policier n'était point de ces gens qui s'emballent sans raison. Si Ganimard « marchait », c'est qu'il avait des motifs sérieux pour marcher.

De fait, le soir de cette seconde journée, M. Dudouis fut appelé au téléphone.

– C'est vous, chef ?

– Est-ce vous, Ganimard ?

Hommes de précaution tous deux, ils s'assurèrent qu'ils ne se trompaient pas l'un et l'autre sur leur identité. Et, tranquillisé, Ganimard reprit hâtivement…

– Dix hommes tout de suite, chef. Et venez vous-même, je vous en prie.

– Où êtes-vous ?

– Dans la maison, au rez-de-chaussée. Mais je vous attendrai derrière la grille du jardin.

– J'arrive. En auto, bien entendu ?

– Oui, chef. Faites arrêter l'auto à cent pas. Un léger coup de sifflet, et j'ouvrirai.

Les choses s'exécutèrent selon les prescriptions de Ganimard. Un peu avant minuit, comme toutes les lumières étaient éteintes aux étages supérieurs, il se glissa dans la rue et alla au-devant de M. Dudouis. Il y eut un rapide conciliabule. Les agents obéirent aux ordres de Ganimard. Puis le chef et l'inspecteur principal revinrent ensemble, traversèrent sans bruit le jardin, et s'enfermèrent avec les plus grandes précautions.

– Eh bien quoi ? dit M. Dudouis. Qu'est-ce que tout cela signifie ? Vraiment, nous avons l'air de conspirateurs.

Mais Ganimard ne riait pas. Jamais son chef ne l'avait vu dans un tel état d'agitation et ne l'avait entendu parler d'une voix aussi bouleversée.

– Du nouveau, Ganimard ?

– Oui, chef, et cette fois ! Mais c'est à peine si je peux y croire… Pourtant je ne me trompe pas… Je tiens toute la vérité… Et elle a beau être invraisemblable, c'est la vraie vérité… Il n'y en a pas d'autre… C'est ça et pas autre chose.

Il essuya les gouttes de sueur qui découlaient de son front, et, M. Dudouis l'interrogeant, il se domina, avala un verre d'eau, et commença :

– Lupin m'a souvent roulé…

– Dites donc, Ganimard ? interrompit M. Dudouis, si vous alliez droit au but ? En deux mots, qu'y a-t-il ?

– Non, chef, objecta l'inspecteur principal, il faut que vous sachiez les différentes phases par où j'ai passé. Excusez-moi, mais je crois cela indispensable.

Et il répéta :

– Je disais donc, chef, que Lupin m'a souvent roulé, et qu'il m'en a fait voir de toutes les couleurs. Mais dans ce duel où j'ai toujours eu le dessous jusqu'ici j'ai du moins gagné l'expérience de son jeu, la connaissance de sa tactique. Or, en ce qui concerne l'affaire des tapisseries, j'ai été presque aussitôt conduit à me poser ces deux questions :

« 1° Lupin ne faisant jamais rien sans savoir où il va, devait envisager le suicide de M. Sparmiento comme une conséquence possible de la disparition des tapisseries. Cependant Lupin, qui a horreur du sang, a tout de même volé les tapisseries.

– L'appât des cinq ou six cent mille francs qu'elles valent, observa M. Dudouis.

– Non, chef, je vous répète, quelle que soit l'occasion, pour rien au monde, même pour des millions et des millions, Lupin ne tuerait, ni même ne voudrait être la cause d'un mort. Voilà un premier point.

« 2° Pourquoi ce vacarme, la veille au soir, pendant la fête d'inauguration ? Évidemment pour effrayer, n'est-ce pas, pour créer autour de l'affaire, et en quelques minutes, une atmosphère d'inquiétude et de terreur, et finalement pour détourner les soupçons d'une vérité qu'on eût peut-être soupçonnée sans cela… Vous ne comprenez pas, chef ?

– Ma foi, non.

– En effet, dit Ganimard, en effet ce n'est pas clair. Et moi-même, tout en me posant le problème en ces termes, je ne comprenais pas bien… Pourtant, j'avais l'impression d'être sur la bonne voie… Oui, il était hors de doute que Lupin voulait détourner les soupçons, les détourner sur lui, Lupin, entendons-nous afin que la personne même qui dirigeait l'affaire demeurât inconnue.

– Un complice ? insinua M. Dudouis, un complice qui, mêlé aux invités, a fait fonctionner les sonneries et qui, après le départ, a pu se dissimuler dans l'hôtel ?

– Voilà… Voilà… Vous brûlez, chef. Il est certain que les tapisseries, n'ayant pu être volées par quelqu'un qui s'est introduit subrepticement dans l'hôtel, l'ont été par quelqu'un qui est resté dans l'hôtel, et non moins certain qu'en examinant la liste des invités, et qu'en procédant à une enquête sur chacun d'eux, on pourrait…

– Eh bien ?

– Eh bien, chef, il y a un mais c'est que les trois détectives tenaient cette liste en main quand les invités sont arrivés, et qu'ils la tenaient encore au départ. Or soixante-trois invités sont entrés, et soixante-trois sont partis. Donc…

– Alors un domestique ?

– Non.

– Les détectives ?

– Non.

– Cependant… Cependant dit le chef avec impatience, si le vol a été commis de l'intérieur…

– C'est un point indiscutable, affirma l'inspecteur, dont la fièvre semblait croître. Là-dessus, pas d'hésitation. Toutes mes recherches aboutissaient à la même certitude. Et ma conviction devenait peu à peu si grande que j'en arrivai un jour à formuler cet axiome ahurissant :

« En théorie et en fait, le vol n'a pu être commis qu'avec l'aide d'un complice habitant l'hôtel. Or il n'y a pas eu de complice.

– Absurde, dit M. Dudouis.

– Absurde, en effet, dit Ganimard, mais à l'instant même où je prononçais cette phrase absurde, la vérité surgissait en moi.

– Hein ?

– Oh ! une vérité bien obscure, bien incomplète, mais suffisante. Avec ce fil conducteur, je devais aller jusqu'au bout. Comprenez-vous chef ?

M. Dudouis demeurait silencieux. Le même phénomène devait se produire en lui, qui s'était produit en Ganimard. Il murmura :

– Si ce n'est aucun des invités, ni les domestiques, ni les détectives, il ne reste plus personne…

– Si chef, il reste quelqu'un…

M. Dudouis tressaillit comme s'il eût reçu un choc, et, d'une voix qui trahissait son émotion :

– Mais non, voyons, c'est inadmissible.

– Pourquoi ?

– Voyons, réfléchissez…

– Parlez donc, chef… Allez-y.

– Quoi ! Non, n'est-ce pas ?

– Allez-y, chef.

– Impossible ! Quoi ! Sparmiento aurait été le complice de Lupin !

Ganimard eut un ricanement :

– Parfait… le complice d'Arsène Lupin… De la sorte tout s'explique. Pendant la nuit, et tandis que les trois détectives veillaient en bas, ou plutôt qu'ils dormaient, car le colonel Sparmiento leur avait fait boire du champagne peut-être pas très catholique, ledit colonel a décroché les tapisseries et les a fait passer par les fenêtres de sa chambre, laquelle chambre, située au deuxième étage, donne sur une autre rue, que l'on ne surveillait pas, puisque les fenêtres inférieures sont murées.

M. Dudouis réfléchit, puis haussa les épaules :

– Inadmissible !

– Et pourquoi donc ?

– Pourquoi ? Parce que si le colonel avait été le complice d'Arsène Lupin, il ne se serait pas tué après avoir réussi son coup.

– Et qui vous dit qu'il s'est tué ?

– Comment ! Mais on l'a retrouvé, mort.

– Avec Lupin, je vous l'ai dit, il n'y a pas de mort.

486

– Cependant celui-ci fut réel. En outre, Mme Sparmiento l'a reconnu.

– Je vous attendais là, chef. Moi aussi, l'argument me tracassait. Voilà que, tout à coup, au lieu d'un individu, j'en avais trois en face de moi : 1° Arsène Lupin, cambrioleur ; 2° Son complice, le colonel Sparmiento ; 3° Un mort. Trop de richesses : Seigneur Dieu ! n'en jetez plus !

Ganimard saisit une liasse de journaux, la déficela et présenta l'un d'eux à M. Dudouis.

– Vous vous rappelez, chef… Quand vous êtes venu, je feuilletais les journaux… Je cherchais si, à cette époque, il n'y avait pas eu un incident qui pût se rapporter à votre histoire et confirmer mon hypothèse. Veuillez lire cet entrefilet.

M. Dudouis prit le journal et, à haute voix, il lut :

« Un fait bizarre nous est signalé par notre correspondant de Lille. À la Morgue de cette ville, on a constaté hier matin la disparition d'un cadavre, le cadavre d'un inconnu qui s'était jeté la veille sous les roues d'un tramway à vapeur… On se perd en conjectures sur cette disparition. »

M. Dudouis demeura pensif, puis demanda :

– Alors… Vous croyez ?

– J'arrive de Lille, répondit Ganimard, et mon enquête ne laisse subsister aucun doute à ce propos. Le cadavre a été enlevé la nuit même où le colonel Sparmiento donnait sa fête d'inauguration. Transporté dans une automobile, il a été conduit directement à Ville-d'Avray où l'automobile resta jusqu'au soir près de la ligne de chemin de fer.

– Par conséquent, acheva M. Dudouis, près du tunnel.

– À côté, chef.

– De sorte que le cadavre que l'on a retrouvé n'est autre que ce cadavre-là, habillé des vêtements du colonel Sparmiento.

– Précisément, chef.

– De sorte que le colonel Sparmiento est vivant ?

– Comme vous et moi, chef.

– Mais alors, pourquoi toutes ces aventures ? Pourquoi ce vol d'une seule tapisserie, puis sa restitution, puis le vol des douze ? Pourquoi cette fête d'inauguration ? et ce vacarme ? et tout enfin ? Votre histoire ne tient pas debout, Ganimard.

– Elle ne tient pas de debout, chef, parce que vous vous êtes, comme moi, arrêté en chemin, parce que, si cette aventure est déjà étrange, il fallait cependant aller encore plus loin, beaucoup plus loin vers l'invraisemblable et le stupéfiant. Et pourquoi pas, après tout ? Est-ce qu'il ne s'agit pas d'Arsène Lupin ? Est-ce que nous ne devons pas, avec lui, nous attendre justement à ce qui est invraisemblable et stupéfiant ? Ne devons-nous pas nous orienter vers l'hypothèse la plus folle ? Et quand je dis la plus folle, le mot n'est pas exact. Tout cela, au contraire, est d'une logique admirable et d'une simplicité enfantine. Des complices ? Ils vous trahissent. Des complices ? À quoi bon ! quand il est si commode et si naturel d'agir soi-même, en personne, avec ses propres mains, et par ses seuls moyens !

– Qu'est-ce que vous dites ? Qu'est-ce que vous dites ? scanda M. Dudouis, avec un effarement qui croissait à chaque exclamation.

Ganimard eut un nouveau ricanement.

– Ça vous suffoque, n'est-ce pas, chef ? C'est comme moi le jour où vous êtes venu me voir ici et que l'idée me travaillait. J'étais abruti de surprise. Et pourtant, je l'ai pratiqué, le client. Je sais de quoi il est capable… Mais celle-là, non, elle est trop raide !

– Impossible ! Impossible ! répétait M. Dudouis, à voix basse.

– Très possible, au contraire, chef, et très logique, et très normal, aussi limpide que le mystère de la Sainte-Trinité. C'est la triple incarnation d'un seul et même individu ! Un enfant résoudrait ce problème en une minute, par simple élimination. Supprimons le mort, il nous reste Sparmiento et Lupin. Supprimons Sparmiento…

– Il nous reste Lupin, murmura le chef de la Sûreté.

– Oui, chef, Lupin tout court, Lupin en deux syllabes et en cinq lettres. Lupin décortiqué de son enveloppe brésilienne. Lupin ressuscité d'entre les morts, Lupin qui, transformé depuis six mois en colonel Sparmiento, et voyageant en Bretagne, apprend la découverte de douze tapisseries, les achète, combine le vol de la plus belle, pour attirer l'attention sur lui, Lupin, et pour la détourner de lui, Sparmiento, organise à grand fracas, devant le public ébahi, le duel de Lupin contre Sparmiento et de Sparmiento contre Lupin, projette et réalise la fête d'inauguration, épouvante ses invités, et, lorsque tout est prêt, se décide, en tant que Lupin vole les tapisseries de Sparmiento, en tant que Sparmiento disparaît victime de Lupin et meurt insoupçonné, insoupçonnable, regretté par ses amis, plaint par la foule et laissant derrière lui, pour empocher les bénéfices de l'affaire…

Ici, Ganimard s'arrêta, regarda le chef, et, d'un ton qui soulignait l'importance de ses paroles, acheva :

– Laissant derrière lui une veuve inconsolable.

– Mme Sparmiento ! Vous croyez vraiment…

– Dame, fit l'inspecteur principal, on n'échafaude pas toute une histoire comme celle-ci sans qu'il y ait quelque chose au bout des bénéfices sérieux.

– Mais les bénéfices, il me semble qu'ils sont constitués par la vente que Lupin fera des tapisseries en Amérique ou ailleurs.

– D'accord, mais cette vente, le colonel Sparmiento pouvait aussi bien l'effectuer. Et même mieux. Donc, il y a autre chose.

– Autre chose ?

– Voyons, chef, vous oubliez que le colonel Sparmiento a été victime d'un vol important, et que, s'il est mort, du moins sa veuve demeure. C'est donc sa veuve qui touchera.

– Qui touchera quoi ?

– Comment, quoi ? Mais ce qu'on lui doit le montant des assurances.

M. Dudouis fut stupéfait. Toute l'aventure lui apparaissait d'un coup, avec sa véritable signification. Il murmura :

– C'est vrai c'est vrai le colonel avait assuré ses tapisseries…

– Parbleu ! Et pas pour rien.

– Pour combien ?

– Huit cent mille francs.

– Huit cent mille francs !

– Comme je vous le dis. À cinq compagnies différentes.

– Et Mme Sparmiento les a touchés ?

– Elle a touché cent cinquante mille francs hier, deux cent mille francs aujourd'hui, pendant mon absence. Les autres paiements s'échelonneront cette semaine.

– Mais c'est effrayant ! Il eût fallu…

– Quoi, chef ? D'abord, ils ont profité de mon absence pour les règlements de compte. C'est à mon retour, par la rencontre imprévue d'un directeur de compagnie d'assurances que je connais et que j'ai fait parler, que j'ai appris la chose.

Le chef de la Sûreté se tut assez longtemps, abasourdi, puis il marmotta :

– Quel homme, tout de même !

Ganimard hocha la tête.

– Oui, chef, une canaille, mais on doit l'avouer, un rude homme. Pour que son plan réussît, il fallait avoir manœuvré de telle sorte que, pendant quatre ou cinq semaines, personne ne pût émettre ou même concevoir le moindre doute sur le colonel Sparmiento. Il fallait que toutes les colères et toutes les recherches fussent concentrées sur le seul Lupin. Il fallait que, en dernier ressort, on se trouvât simplement en face d'une veuve douloureuse, pitoyable, la pauvre Édith au Cou de Cygne, vision de grâce et de légende, créature si touchante que ces messieurs des Assurances étaient presque heureux de déposer entre ses mains de quoi atténuer son chagrin. Voilà ce qui fut.

Les deux hommes étaient tout près l'un de l'autre et leurs yeux ne se quittaient pas.

Le chef dit :

– Qu'est-ce que c'est que cette femme ?

– Sonia Krichnoff !

– Sonia Krichnoff ?

– Oui, cette Russe que j'avais arrêtée l'année dernière, lors de l'affaire du diadème, et que Lupin a fait fuir.

– Vous êtes sûr ?

– Absolument. Dérouté comme tout le monde par les machinations de Lupin, je n'avais pas porté mon attention sur elle. Mais, quand j'ai su le rôle qu'elle jouait, je me suis souvenu. C'est bien Sonia, métamorphosée en Anglaise Sonia, qui, par amour pour Lupin, n'hésiterait pas à se faire tuer.

M. Dudouis approuva :

– Bonne prise, Ganimard.

– J'ai mieux à vous offrir, chef.

– Ah ! et quoi donc ?

– La vieille nourrice de Lupin.

– Victoire ?

– Elle est ici depuis que Mme Sparmiento joue les veuves : c'est la cuisinière.

– Oh ! Oh ! fit M. Dudouis, mes compliments, Ganimard !

J'ai encore mieux à vous offrir, chef !

M. Dudouis tressauta. La main de l'inspecteur, de nouveau accrochée à la sienne, tremblait.

– Que voulez-vous dire, Ganimard ?

– Pensez-vous, chef, que je vous aurais dérangé à cette heure, s'il ne s'agissait que de ce gibier-là ? Sonia et Victoire. Peuh ! Elles auraient bien attendu.

– Alors ? murmura M. Dudouis qui comprenait enfin l'agitation de l'inspecteur principal.

– Alors, vous avez deviné, chef !

– Il est là ?

– Il est là.

– Caché ?

– Pas du tout, camouflé, simplement. C'est le domestique.

Cette fois, M. Dudouis n'eut pas un geste, pas une parole. L'audace de Lupin le confondait.

Ganimard ricana :

– La Sainte-Trinité s'est accrue d'un quatrième personnage, Édith au Cou de Cygne aurait pu faire des gaffes. La présence du maître était nécessaire ; il a eu le culot de revenir. Depuis trois semaines, il assiste à mon enquête et en surveille tranquillement les progrès.

– Vous l'avez reconnu ?

– On ne reconnaît pas Lupin. Il a une science du maquillage et de la transformation qui le rend méconnaissable. Et puis j'étais à mille lieues de penser… Mais ce soir, comme j'épiais Sonia dans l'ombre de l'escalier, j'ai entendu Victoire qui parlait au domestique et l'appelait

« mon petit ». La lumière s'est faite en moi ; « mon petit », c'est ainsi qu'elle l'a toujours désigné : j'étais fixé.

À son tour, M. Dudouis semblait bouleversé par la présence de l'ennemi, si souvent poursuivi et toujours insaisissable.

— Nous le tenons, cette fois nous le tenons, dit-il sourdement. Il ne peut plus nous échapper.

— Non, chef, il ne le peut plus, ni lui ni les deux femmes...

— Où sont-ils ?

— Sonia et Victoire sont au second étage, Lupin au troisième.

— Mais, observa M. Dudouis avec une inquiétude soudaine, n'est-ce pas précisément par les fenêtres de ces chambres que les tapisseries ont été passées, lors de leur disparition ?

— Oui.

— En ce cas, Lupin peut s'enfuir par là également, puisque ces fenêtres donnent dans la rue Dufrénoy.

— Évidemment, chef, mais j'ai pris mes précautions. Dès votre arrivée, j'ai envoyé quatre de nos hommes sous la fenêtre, dans la rue Dufrénoy. La consigne est formelle si quelqu'un apparaît aux fenêtres et fait mine de descendre, qu'on tire. Le premier coup à blanc, le deuxième à balle.

— Allons, Ganimard, vous avez pensé à tout, et, dès le petit matin...

— Attendre, chef ! Prendre des gants avec ce coquin-là ! s'occuper des règlements et de l'heure légale et de toutes ces bêtises ! Et s'il nous brûle la politesse pendant ce temps ? S'il a recours à l'un de ses trucs à la Lupin ? Ah non, pas de blagues. Nous le tenons, sautons dessus, et tout de suite.

Et Ganimard, indigné, tout frémissant d'impatience, sortit, traversa le jardin et fit entrer une demi-douzaine d'hommes.

— Ça y est, chef ! j'ai fait donner l'ordre, rue Dufrénoy, de mettre le revolver au point et de viser les fenêtres. Allons-y.

Ces allées et venues avaient fait un certain bruit, qui certainement n'avait pas échappé aux habitants de l'hôtel. M. Dudouis sentait qu'il avait la main forcée. Il se décida.

— Allons-y.

L'opération fut rapide.

À huit, armés de leurs brownings, ils montèrent l'escalier sans trop de précautions, avec la hâte de surprendre Lupin avant qu'il n'eût le temps d'organiser sa défense.

– Ouvrez, hurla Ganimard, en se ruant sur une porte qui était celle de la chambre occupée par Mme Sparmiento.

D'un coup d'épaule, un agent la démolit.

Dans la chambre, personne. Et dans la chambre de Victoire, personne non plus !

– Elles sont en haut ! s'écria Ganimard. Elles ont rejoint Lupin dans sa mansarde. Attention !

Tous les huit, ils escaladèrent le troisième étage. À sa grande surprise, Ganimard trouva la porte de la mansarde ouverte et la mansarde vide. Et les autres pièces étaient vides aussi.

– Crénom de crénom proféra-t-il, que sont-ils devenus ?

Mais le chef l'appela. M. Dudouis, qui venait de redescendre au second étage, constatait que l'une des fenêtres était, non point fermée, mais simplement poussée.

Tenez, dit-il à Ganimard, voilà le chemin qu'ils ont pris le chemin des tapisseries. Je vous l'avais dit la rue Dufrénoy.

– Mais on aurait tiré dessus, protesta Ganimard qui grinçait de rage, la rue est gardée.

– Ils seront partis avant que la rue ne soit gardée.

– Ils étaient tous les trois dans leur chambre quand je vous ai téléphoné, chef !

– Ils seront partis pendant que vous m'attendiez du côté du jardin.

– Mais pourquoi ? Pourquoi ? Il n'y avait aucune raison pour qu'ils partent aujourd'hui plutôt que demain, ou que la semaine prochaine, après avoir empoché toutes les assurances…

Si, il y avait une raison, et Ganimard la connut lorsqu'il eut avisé sur la table une lettre à son nom, lorsqu'il l'eut décachetée et qu'il en eut pris connaissance. Elle était formulée en ces mêmes termes de certificat que l'on délivre aux serviteurs dont on est satisfait :

« Je soussigné, Arsène Lupin, gentleman-cambrioleur, ex-colonel, ex-larbin, ex-cadavre, certifie que le nommé Ganimard a fait preuve, durant son séjour en cet hôtel, des qualités les plus remarquables. D'une conduite exemplaire, dévoué, attentif, il a, sans le secours d'aucun indice, déjoué une partie de mes plans et sauvé quatre cent cinquante mille francs aux Compagnies d'assurances. Je l'en félicite et l'excuse bien volontiers de n'avoir pas prévu que le téléphone d'en bas communique avec le téléphone installé dans la chambre de Sonia Krichnoff et que, en téléphonant à M. le chef de la Sûreté, il me téléphonait en même temps d'avoir à déguerpir au plus vite. Faute vénielle, qui ne saurait obscurcir l'éclat de ses services ni diminuer le mérite de sa victoire.

« En suite de quoi, je lui demande de bien vouloir accepter l'hommage de mon admiration et de ma vive sympathie.

« Arsène Lupin »

– 8 –

Le fétu de paille

Ce jour-là, vers quatre heures, comme le soir approchait, maître Goussot s'en revint de la chasse avec ses quatre fils. C'étaient de rudes hommes, tous les cinq, haut sur jambes, le torse puissant, le visage tanné par le soleil et par le grand air.

Et tous les cinq exhibaient, plantée sur une encolure énorme, la même petite tête au front bas, aux lèvres minces, au nez recourbé comme un bec d'oiseau, à l'expression dure et peu sympathique. On les craignait autour d'eux. Ils étaient âpres au gain, retors, et d'assez mauvaise foi.

Arrivé devant le vieux rempart qui entoure le domaine d'Héberville, maître Goussot ouvrit une porte étroite et massive, dont il remit, lorsque ses fils eurent passé, la lourde clef dans sa poche. Et il marcha derrière eux, le long du chemin qui traverse les vergers. De place en place il y avait de grands arbres dépouillés par l'automne, et des groupes de sapins, vestiges de l'ancien parc où s'étend aujourd'hui la ferme de maître Goussot.

Un des fils prononça :

– Pourvu que la mère ait allumé quelques bûches !

Sûrement, dit le père. Tiens, il y a même de la fumée.

On voyait, au bout d'une pelouse, les communs et le logis principal, et, par-dessus, l'église du village dont le clocher semblait trouer les nuages qui traînaient au ciel.

– Les fusils sont déchargés ? demanda maître Goussot.

– Pas le mien, dit l'aîné. J'y avais glissé une balle pour casser la tête d'un émouchet… Et puis…

Il tirait vanité de son adresse, celui-là. Et il dit à ses frères :

– Regardez la petite branche, au haut du cerisier. Je vous la casse net.

Cette petite branche portait un épouvantail, resté là depuis le printemps, et qui protégeait de ses bras éperdus les rameaux sans feuilles.

Il épaula. Le coup partit.

Le mannequin dégringola avec de grands gestes comiques et tomba sur une grosse branche inférieure où il demeura rigide, à plat ventre, sa tête en linge coiffée d'un vaste chapeau haut de forme, et ses jambes en foin ballottant de droite et de gauche, au-dessus d'une fontaine qui coulait, près du cerisier, dans une auge de bois.

On se mit à rire. Le père applaudit :

– Joli coup, mon garçon. Aussi bien, il commençait à m'agacer le bonhomme. Je ne pouvais pas lever les yeux de mon assiette, quand je mangeais, sans voir cet idiot-là…

Ils avancèrent encore de quelques pas. Une vingtaine de mètres, tout au plus, les séparaient de la maison, quand le père fit une halte brusque et dit :

– Hein ? Qu'y a-t-il ?

Les frères aussi s'étaient arrêtés, et ils écoutaient.

L'un d'eux murmura :

– Ça vient de la maison du côté de la lingerie…

Et un autre balbutia :

– On dirait des plaintes… Et la mère qui est seule !

Soudain un cri jaillit, terrible. Tous les cinq, ils s'élancèrent. Un nouveau cri retentit, puis des appels désespérés.

– Nous voilà ! nous voilà ! proféra l'aîné qui courait en avant.

Et, comme il fallait faire un détour pour gagner la porte, d'un coup de poing il démolit une fenêtre et il sauta dans la chambre de ses parents. La pièce voisine était la lingerie où la mère Goussot se tenait presque toujours.

– Ah ! crebleu, dit-il, en la voyant sur le parquet, étendue, le visage couvert de sang. Papa ! Papa !

– Quoi où est-elle ? hurla maître Goussot qui survenait… Ah crebleu, c'est-i possible ? Qu'est-ce qu'on t'a fait, la mère ?

Elle se raidit et, le bras tendu, bégaya :

– Courez dessus ! Par ici ! Par ici ! Moi, c'est rien…, des égratignures… Mais courez donc ! il a pris l'argent !

Le père et les fils bondirent.

– Il a pris l'argent ! vociféra maître Goussot, en se ruant vers la porte que sa femme désignait… Il a pris l'argent ! Au voleur !

Mais un tumulte de voix s'élevait à l'extrémité du couloir par où venaient les trois autres fils.

– Je l'ai vu ! Je l'ai vu !

– Moi aussi ! Il a monté l'escalier.

– Non, le voilà, il redescend !

Une galopade effrénée secouait les planchers. Subitement maître Goussot, qui arrivait au bout du couloir, aperçut un homme contre la porte du vestibule, essayant d'ouvrir. S'il y parvenait, c'était le salut, la fuite par la place de l'Eglise et par les ruelles du village.

Surpris dans sa besogne, l'homme, stupidement, perdit la tête, fonça sur maître Goussot qu'il fit pirouetter, évita le frère aîné et, poursuivi par les quatre fils, reprit le long couloir, entra dans la chambre des parents, enjamba la fenêtre qu'on avait démolie et disparut.

Les fils se jetèrent à sa poursuite au travers des pelouses et des vergers, que l'ombre de la nuit envahissait.

– Il est fichu, le bandit, ricana maître Goussot. Pas d'issue possible pour lui. Les murs sont trop hauts. Il est fichu. Ah ! la canaille !

Et comme ses deux valets revenaient du village, il les mit au courant et leur donna des fusils.

– Si ce gredin-là fait seulement mine d'approcher de la maison, crevez-lui la peau. Pas de pitié !

Il leur désigna leurs postes, s'assura que la grande grille, réservée aux charrettes, était bien fermée, et, seulement alors, se souvint que sa femme avait peut-être besoin de secours.

– Eh bien, la mère ?

– Où est-il ? est-ce qu'on l'a ? demanda-t-elle aussitôt.

– Oui, on est dessus. Les gars doivent le tenir déjà.

Cette nouvelle acheva de la remettre, et un petit coup de rhum lui rendit la force de s'étendre sur son lit, avec l'aide de maître Goussot, et de raconter son histoire.

Ce ne fut pas long d'ailleurs. Elle venait d'allumer le feu dans la grande salle, et elle tricotait paisiblement à la fenêtre de sa chambre en attendant le retour des hommes, quand elle crut apercevoir, dans la lingerie voisine, un grincement léger.

« Sans doute, se dit-elle, que c'est la chatte que j'aurai laissée là. »

Elle s'y rendit en toute sécurité et fut stupéfaite de voir que les deux battants de celle des armoires à linge où l'on cachait l'argent étaient ouverts. Elle s'avança, toujours sans méfiance. Un homme était là, qui se dissimulait, le dos aux rayons.

– Mais par où avait-il passé ? demanda maître Goussot.

– Par où ? Mais par le vestibule, je suppose. On ne ferme jamais la porte.

– Et alors, il a sauté sur toi ?

– Non, c'est moi qui ai sauté. Lui, il voulait s'enfuir.

– Il fallait le laisser.

– Comment ! Et l'argent !

– Il l'avait donc déjà ?

– S'il l'avait ! Je voyais la liasse des billets dans ses mains, la canaille ! Je me serais plutôt fait tuer… Ah ! on s'est battu, va.

– Il n'était donc pas armé ?

– Pas plus que moi. On avait ses doigts, ses ongles, ses dents. Tiens, regarde, il m'a mordue, là. Et je criais ! et j'appelais. Seulement, voilà je suis vieille il m'a fallu lâcher.

– Tu le connais, l'homme ?

– Je crois bien que c'est le père Traînard.

– Le chemineau ? Eh parbleu, oui, s'écria le fermier, c'est le père Traînard… Il m'avait semblé aussi le reconnaître… Et puis, depuis trois jours, il rôde autour de la maison. Ah ! le vieux bougre, il aura senti l'odeur de l'argent… Ah ! mon père Traînard, ce qu'on va rigoler ! Une raclée numéro un d'abord, et puis la justice. Dis donc, la mère, tu peux bien te lever maintenant ? Appelle donc les voisins. Qu'on coure à la gendarmerie… Tiens, il y a le gosse du notaire qui a une bicyclette… Sacré père Traînard, ce qu'il détalait ! Ah ! il a encore des jambes, pour son âge. Un vrai lapin !

Il se tenait les côtes, ravi de l'aventure. Que risquait-il ? Aucune puissance au monde ne pouvait faire que le chemineau s'échappât, qu'il ne reçût l'énergique correction qu'il méritait, et ne s'en allât, sous bonne escorte, à la prison de la ville.

Le fermier prit un fusil et rejoignit ses deux valets.

– Rien de nouveau ?

– Non, maître Goussot, pas encore.

– Ça ne va pas tarder. À moins que le diable ne l'enlève par-dessus les murs…

De temps à autre, on entendait les appels que se lançaient au loin les quatre frères. Évidemment le bonhomme se défendait, plus agile qu'on ne l'eût cru. Mais, avec des gaillards comme les frères Goussot…

Cependant l'un d'eux revint, assez découragé, et il ne cacha pas son opinion.

– Pas la peine de s'entêter pour l'instant. Il fait nuit noire. Le bonhomme se sera niché dans quelque trou. On verra ça demain.

– Demain ! mais tu es fou, mon garçon, protesta maître Goussot.

L'aîné parut à son tour, essoufflé, et fut du même avis que son frère. Pourquoi ne pas attendre au lendemain, puisque le bandit était dans le domaine comme entre les murs d'une prison ?

– Eh bien, j'y vais, s'écria maître Goussot. Qu'on m'allume une lanterne.

Mais, à ce moment, trois gendarmes arrivèrent, et il affluait aussi des gars du village qui s'en venaient aux nouvelles.

Le brigadier de gendarmerie était un homme méthodique. Il se fit d'abord raconter toute l'histoire, bien en détail, puis il réfléchit, puis il interrogea les quatre frères, séparément, et en méditant après chacune des dépositions. Lorsqu'il eut appris d'eux que le chemineau s'était enfui vers le fond du domaine, qu'on l'avait perdu de vue plusieurs fois, et qu'il avait disparu définitivement aux environs d'un endroit appelé « La Butte-aux Corbeaux », il réfléchit encore, et conclut :

– Faut mieux attendre. Dans tout le fourbi d'une poursuite, la nuit, le père Traînard peut se faufiler au milieu de nous… Et, bonsoir la compagnie.

Le fermier haussa les épaules et se rendit, en maugréant, aux raisons du brigadier. Celui-ci organisa la surveillance, répartit les frères Goussot et les gars du village sous la surveillance de ses hommes, s'assura que les échelles étaient enfermées, et installa son quartier général dans la salle à manger où maître Goussot et lui somnolèrent devant un carafon de vieille eau-de-vie.

La nuit fut tranquille. Toutes les deux heures, le brigadier faisait une ronde et relevait les postes. Il n'y eut aucune alerte. Le père Traînard ne bougea pas de son trou.

Au petit matin la battue commença.

Elle dura quatre heures.

En quatre heures, les cinq hectares du domaine furent visités, fouillés, arpentés en tous sens par une vingtaine d'hommes qui frappaient les buissons à coups de canne, piétinaient les touffes d'herbe, scrutaient le creux des arbres, soulevaient les amas de feuilles sèches. Et le père Traînard demeura invisible.

– Ah ! bien, elle est raide, celle-là, grinçait maître Goussot.

– C'est à n'y rien comprendre, répliquait le brigadier.

Phénomène inexplicable, en effet. Car enfin, à part quelques anciens massifs de lauriers et de fusains, que l'on battit consciencieusement, tous les arbres étaient dénudés. Il n'y avait aucun bâtiment, aucun hangar, aucune meule, bref, rien qui pût servir de cachette.

Quant au mur, un examen attentif convainquit le brigadier lui-même l'escalade en était matériellement impossible.

L'après-midi on recommença les investigations en présence du juge d'instruction et du substitut. Les résultats ne furent pas plus heureux. Bien plus, cette affaire parut aux magistrats tellement suspecte, qu'ils manifestèrent leur mauvaise humeur et ne purent s'empêcher de dire :

– Êtes-vous bien sûr, maître Goussot, que vos fils et vous n'avez pas eu la berlue ?

– Et ma femme, cria maître Goussot, rouge de colère, est-ce qu'elle avait la berlue quand le chenapan lui serrait la gorge ? Regardez voir les marques !

– Soit, mais alors, où est-il, le chenapan ?

– Ici, entre ces quatre murs.

– Soit. Alors cherchez-le. Pour nous, nous y renonçons. Il est trop évident que, si un homme était caché dans l'enceinte de ce domaine, nous l'aurions déjà découvert.

– Eh bien, je mettrai la main dessus, moi qui vous parle, gueula maître Goussot. Il ne sera pas dit qu'on m'aura volé six mille francs. Oui, six mille ! il y avait trois vaches que j'avais vendues, et puis la récolte de blé, et puis les pommes. Six billets de mille que j'allais porter à la Caisse. Eh bien, je vous jure Dieu que c'est comme si je les avais dans ma poche.

– Tant mieux, je vous le souhaite, fit le juge d'instruction en se retirant, ainsi que le substitut et les gendarmes.

Les voisins s'en allèrent également, quelque peu goguenards. Et il ne resta plus, à la fin de l'après-midi, que les Goussot et les deux valets de ferme.

Tout de suite maître Goussot expliqua son plan. Le jour, les recherches. La nuit, une surveillance de toutes les minutes. Ça durerait ce que ça durerait. Mais quoi ! le père Traînard était un homme comme les autres, et, les hommes, ça mange et ça boit. Il faudrait donc bien que le père Traînard sortît de sa tanière pour manger et pour boire.

– À la rigueur, dit maître Goussot, il peut avoir dans sa poche quelques croûtes de pain, ou encore ramasser la nuit quelques racines. Mais pour ce qui est de la boisson, rien à faire. Il n'y a que la fontaine. Bien malin, s'il en approche.

Lui-même, ce soir-là, il prit la garde auprès de la fontaine. Trois heures plus tard l'aîné de ses fils le relaya. Les autres frères et les domestiques couchèrent dans la maison, chacun veillant à son tour, et toutes bougies, toutes lampes allumées, pour qu'il n'y eût pas de surprise.

Quinze nuits consécutives, il en fut de même. Et quinze jours durant, tandis que deux hommes et que la mère Goussot restaient de faction, les cinq autres inspectaient le clos d'Héberville.

Au bout de ces deux semaines, rien.

Le fermier ne dérageait pas.

Il fit venir un ancien inspecteur de la Sûreté qui habitait la ville voisine.

L'inspecteur demeura chez lui toute une semaine. Il ne trouva ni le père Traînard ni le moindre indice qui pût donner l'espérance de le trouver.

– Elle est raide, répétait maître Goussot. Car il est là, le vaurien ! Pour la question d'y être, il y est. Alors…

Se plantant sur le seuil de la porte, il invectivait l'ennemi à pleine gueule :

– Bouge d'idiot, t'aimes mieux donc crever au fond de ton trou que de cracher l'argent ? Crève donc, saligaud !

Et la mère Goussot, à son tour, glapissait de sa voix pointue :

– C'est-y la prison qui te fait peur ? Lâche les billets et tu pourras déguerpir.

Mais le père Traînard ne soufflait mot, et le mari et la femme s'époumonaient en vain. Des jours affreux passèrent. Maître Goussot ne dormait plus, tout frissonnant de fièvre. Les fils devenaient hargneux, querelleurs, et ils ne quittaient pas leurs fusils, n'ayant d'autre idée que de tuer le chemineau.

Au village on ne parlait que de cela, et l'affaire Goussot, locale d'abord, ne tarda pas à occuper la presse. Du chef-lieu, de la capitale, il vint des journalistes, que maître Goussot éconduisit avec des sottises.

– Chacun chez soi, leur disait-il. Mêlez-vous de vos occupations. J'ai les miennes. Personne n'a rien à y voir.

– Cependant, maître Goussot…

– Fichez-moi la paix.

Et il leur fermait sa porte au nez.

Il y avait maintenant quatre semaines que le père Traînard se cachait entre les murs d'Héberville. Les Goussot continuaient leurs recherches par entêtement et avec autant de conviction, mais avec un espoir qui s'atténuait de jour en jour, et comme s'ils se fussent heurtés à un de ces obstacles mystérieux qui découragent les efforts. Et l'idée qu'ils ne reverraient pas leur argent commençait à s'implanter en eux.

Or, un matin, vers dix heures, une automobile, qui traversait la place du village à toute allure, s'arrêta net, par suite d'une panne.

Le mécanicien ayant déclaré, après examen, que la réparation exigerait un bon bout de temps, le propriétaire de l'automobile résolut d'attendre à l'auberge et de déjeuner.

C'était un monsieur encore jeune, à favoris coupés court, au visage sympathique, et qui ne tarda pas à lier conversation avec les gens de l'auberge.

Bien entendu, on lui raconta l'histoire des Goussot. Il ne la connaissait pas, arrivant de voyage, mais il parut s'y intéresser vivement. Il se la fit expliquer en détail, formula des objections, discuta des hypothèses avec plusieurs personnes qui mangeaient à la même table, et finalement s'écria :

– Bah ! cela ne doit pas être si compliqué. J'ai un peu l'habitude de ces sortes d'affaires. Et si j'étais sur place…

– Facile, dit l'aubergiste. Je connais maître Goussot… Il ne refusera pas…

Les négociations furent brèves, maître Goussot se trouvait dans un de ces états d'esprit où l'on proteste moins brutalement contre l'intervention des autres. En tout cas sa femme n'hésita pas.

– Qu'il vienne donc, ce monsieur…

Le monsieur régla son repas et donna l'ordre à son mécanicien d'essayer la voiture sur la grand-route, aussitôt que la réparation serait terminée.

– Il me faut une heure, dit-il, pas davantage. Dans une heure, soyez prêt.

Puis il se rendit chez maître Goussot.

À la ferme il parla peu. Maître Goussot, repris d'espérance malgré lui, multiplia les renseignements, conduisit son visiteur le long des murs et jusqu'à la petite porte des champs, montra la clef qui l'ouvrait, et fit le récit minutieux de toutes les recherches que l'on avait opérées.

Chose bizarre : l'inconnu, s'il ne parlait point, semblait ne pas écouter davantage. Il regardait, tout simplement, et avec des yeux plutôt distraits. Quand la tournée fut finie, maître Goussot dit anxieusement…

– Eh bien ?

– Quoi ?

– Vous savez ?

L'étranger resta un moment sans répondre. Puis il déclara :

– Non, rien du tout.

– Parbleu ! s'écria le fermier, en levant les bras au ciel est-ce que vous pouvez savoir ? Tout ça, c'est de la frime. Voulez-vous que je vous dise, moi ? Eh bien, le père Traînard a si bien fait qu'il est mort au fond de son trou et que les billets pourriront avec lui. Vous entendez ? C'est moi qui vous le dis.

Le monsieur, très calme, prononça :

– Un seul point m'intéresse. Le chemineau, somme toute, étant libre, la nuit a pu se nourrir tant bien que mal. Mais comment pouvait-il boire ?

– Impossible ! s'écria le fermier, impossible ! il n'y a que cette fontaine, et nous avons monté la garde contre, toutes les nuits.

503

– C'est une source. Où jaillit-elle ?

– Ici même.

– Il y a donc une pression suffisante pour qu'elle monte seule dans le bassin ?

– Oui.

– Et l'eau, où s'en va-t-elle, quand elle sort du bassin ?

– Dans ce tuyau que vous voyez, qui passe sous terre, et qui la conduit jusqu'à la maison, où elle sert à la cuisine. Donc, pas moyen d'en boire, puisque nous étions là et que la fontaine est à vingt mètres de la maison.

– Il n'a pas plu durant ces quatre semaines ?

– Pas une fois, je vous l'ai déjà dit.

L'inconnu s'approcha de la fontaine et l'examina. L'auge était formée par quelques planches de bois assemblées au-dessus même du sol, et où l'eau s'écoulait, lente et claire.

– Il n'y a pas plus de trente centimètres d'eau en profondeur, n'est ce pas ? dit-il.

Pour mesurer, il ramassa sur l'herbe un fétu de paille qu'il dressa dans le bassin. Mais, comme il était penché, il s'interrompit soudain au milieu de sa besogne, et regarda autour de lui.

– Ah ! que c'est drôle, dit-il en partant d'un éclat de rire.

– Quoi… Qu'est-ce que c'est ? balbutia maître Goussot qui se précipita sur le bassin, comme si un homme eût pu se tenir couché entre ces planches exiguës.

Et la mère Goussot supplia :

– Quoi ? Vous l'avez vu ? Où est-il ?

– Ni dedans… ni dessous, répondit l'étranger, qui riait toujours.

Il se dirigea vers la maison, pressé par le fermier, par la femme et par les quatre fils. L'aubergiste était là également, ainsi que les gens de l'auberge qui avaient suivi les allées et venues de l'étranger. Et on se tut, dans l'attente de l'extraordinaire révélation.

– C'est bien ce que je pensais, dit-il, d'un air amusé, il a fallu que le bonhomme se désaltérât, et comme il n'y avait que la source…

– Voyons, voyons, bougonna maître Goussot, nous l'aurions bien vu.

– C'était la nuit.

– Nous l'aurions entendu, et même vu, puisque nous étions à côté.

– Lui aussi.

– Et il a bu de l'eau du bassin ?

– Oui.

– Comment ?

– De loin.

– Avec quoi ?

– Avec ceci.

L'inconnu montra la paille qu'il avait ramassée.

– Tenez voilà le chalumeau du consommateur. Et vous remarquerez la longueur insolite de ce chalumeau, lequel, en réalité, est composé de trois fétus de paille, mis bout à bout. C'est cela que j'ai remarqué aussitôt, l'assemblage de ces trois fétus. La preuve était évidente.

– Mais sacrédieu, la preuve de quoi ? s'écria maître Goussot, exaspéré.

L'inconnu décrocha du râtelier une petite carabine.

– Elle est chargée ? demanda-t-il.

– Oui, dit le plus jeune des frères, je m'amuse avec contre les moineaux. C'est du menu plomb.

– Parfait. Quelques grains dans le derrière suffiront.

Son visage devint subitement autoritaire. Il empoigna le fermier par le bras, et scanda, d'un ton impérieux…

– Écoutez, maître Goussot, je ne suis pas de la police, moi, et je ne veux pas, à aucun prix, livrer ce pauvre diable. Quatre semaines de diète et de frayeur… C'est assez. Donc, vous allez me jurer, vous et vos fils, qu'on lui donnera la clef des champs, sans lui faire aucun mal.

– Qu'il rende l'argent !

– Bien entendu. C'est juré ?

– C'est juré.

Le monsieur se tenait de nouveau sur le pas de la porte, à l'entrée du verger. Vivement il épaula, un peu en l'air et dans la direction du cerisier qui dominait la fontaine. Le coup partit. Un cri rauque jaillit là-bas, et l'épouvantail que l'on voyait, depuis un mois, à califourchon sur la branche-maîtresse, dégringola jusqu'au sol pour se relever aussitôt et se sauver à toutes jambes.

Il y eut une seconde de stupeur, puis des exclamations. Les fils se précipitèrent et ne tardèrent pas à rattraper le fuyard, empêtré qu'il était dans ses loques et affaibli par les privations. Mais l'inconnu déjà le protégeait contre leur colère.

– Bas les pattes ! Cet homme m'appartient. Je défends qu'on y touche… Je ne t'ai pas trop salé les fesses, père Traînard ?

Planté sur ses jambes de paille qu'enveloppaient des lambeaux d'étoffe effiloqués, les bras et tout le corps habillés de même, la tête bandée de linge, ligoté, serré, boudiné, le bonhomme avait encore l'apparence rigide d'un mannequin. Et c'était si comique, si imprévu, que les assistants pouffaient de rire.

L'étranger lui dégagea la tête, et l'on aperçut un masque de barbe grise ébouriffée, rabattue de tous côtés sur un visage de squelette où luisaient des yeux de fièvre.

Les rires redoublèrent.

– L'argent… Les six billets… ordonna le fermier.

L'étranger le tint à distance.

– Un moment on va vous rendre cela. N'est-ce pas, père Traînard ?

Et, tout en coupant avec son couteau les liens de paille et d'étoffe, il plaisantait :

– Mon pauvre bonhomme, t'en as une touche. Mais comment as-tu réussi ce coup-là ? Il faut que tu sois diantrement habile, ou plutôt que tu aies eu une sacré venette ? Alors, comme ça, la première nuit, tu as profité du répit qu'on te laissait pour t'introduire dans cette défroque ? Pas bête. Un épouvantail, comment aurait-on pu avoir l'idée ? On avait tellement l'habitude de le voir accroché à son arbre. Mais, mon pauvre vieux, ce que tu devais être mal ! à plat ventre ! les jambes et les bras pendants ! toute la journée comme ça… Fichue position ! Et quelles manœuvres pour risquer un mouvement, hein ? Quelle frousse quand tu t'endormais ! Et il fallait manger ! Et il fallait boire ! Et tu entendais la sentinelle ! et tu devinais le canon de son fusil à un mètre de ta frimousse ! Brrr… Mais le plus chouette, vois-tu c'est ton fétu de paille ! Vrai, quand on pense que sans bruit, sans geste pour ainsi dire, tu devais extirper des brins de paille de ta défroque, les ajuster bout à bout, projeter ton appareil jusqu'au bassin, et biberonner, goutte à goutte, un peu de l'eau bienfaisante… Vrai, c'est à hurler d'admiration… Bravo, père Traînard !

Et il ajouta entre ses dents :

– Seulement, tu sens trop mauvais, mon bonhomme. Tu ne t'es donc pas lavé depuis un mois, saligaud ? Tu avais pourtant de l'eau à discrétion. Tenez, vous autres, je vous le passe. Moi, je vais me laver les mains.

Maître Goussot et ses quatre fils s'emparèrent vivement de la proie qu'on leur abandonnait.

– Allons, ouste, donne l'argent.

Si abruti qu'il fût, le chemineau trouva encore la force de jouer l'étonnement.

– Prends donc pas cet air idiot, grogna le fermier. Les six billets… Donne.

– Quoi ? Qu'è qu'on me veut ? balbutia le père Traînard.

– L'argent et tout de suite…

– Quel argent ?

– Les billets !

– Les billets ?

– Ah ! Tu commences à m'embêter. À moi, les gars…

On renversa le bonhomme, on lui arracha la loque qui lui servait de vêtement, on chercha, on fouilla.

Il n'y avait rien.

– Brigand de voleur, cria maître Goussot, qu'est-ce que t'en as fait ?

Le vieux mendiant semblait encore plus ahuri. Trop malin pour avouer, il continuait à gémir :

– Qu'è qu'on m'veut ? D'largent ? J'ai pas seulement trois sous à moi…

Mais ses yeux écarquillés ne quittaient pas son vêtement, et il paraissait n'y rien comprendre, lui non plus.

La fureur des Goussot ne put se contenir davantage. On le roua de coups, ce qui n'avança pas les choses. Mais le fermier était convaincu qu'il avait caché l'argent, avant de s'introduire dans l'épouvantail.

– Où l'as-tu mis, canaille ? Dis ! Dans quel coin du verger ? L'argent ? répétait le chemineau d'un air niais.

– Oui, l'argent, l'argent que tu as enterré quelque part... Ah ! si on ne le trouve pas, ton compte est bon... Il y a des témoins, n'est-ce pas ? Vous tous, les amis. Et puis, le monsieur...

Il se retourna pour interpeller l'inconnu qui devait être du côté de la fontaine, à trente ou quarante pas sur la gauche. Et il fut tout surpris de ne pas l'y voir en train de se laver les mains.

– Est-ce qu'il est parti ? demanda-t-il.

Quelqu'un répondit :

– Non... non... il a allumé une cigarette, et il s'est enfoncé dans le verger, en se promenant.

– Ah ! tant mieux, dit maître Goussot, c'est un type à nous retrouver les billets, comme il a retrouvé l'homme.

– À moins que... fit une voix.

– À moins que... qu'est-ce que tu veux dire, toi ? interrogea le fermier. Tu as une idée ? Donne-la donc... Quoi ?

Mais il s'interrompit brusquement, assailli d'un doute, et il y eut un instant de silence. Une même pensée s'imposait à tous les paysans. Le passage de l'étranger à Héberville, la panne de son automobile, sa manière de questionner les gens à l'auberge, et de se faire conduire dans le domaine, tout cela n'était-ce pas un coup préparé d'avance, un truc de cambrioleur qui connaît l'histoire par les journaux, et qui vient sur place tenter la bonne affaire ?

– Rudement fort, prononça l'aubergiste. Il aura pris l'argent dans la poche du père Traînard, sous nos yeux, en le fouillant.

– Impossible, balbutia maître Goussot on l'aurait vu sortir par là du côté de la maison... Or il se promène dans le verger.

La mère Goussot, toute défaillante, risqua :

– La petite porte du fond là-bas ?

– La clef ne me quitte point.

– Mais tu la lui as fait voir.

– Oui, mais je l'ai reprise… Tiens, la voilà.

Il mit la main dans sa poche et poussa un cri.

– Ah ! cré bon Dieu, elle n'y est pas… il me l'a barbotée…

Aussitôt, il s'élança, suivi, escorté de ses fils et de plusieurs paysans.

À moitié chemin on perçut le ronflement d'une automobile, sans aucun doute celle de l'inconnu, qui avait donné ses instructions à son chauffeur pour qu'il l'attendît à cette issue lointaine.

Quand les Goussot arrivèrent à la porte, ils virent sur le battant de bois vermoulu, inscrits à l'aide d'un morceau de brique rouge, ces deux mots :

« Arsène Lupin ».

Malgré l'acharnement et la rage des Goussot, il fut impossible de prouver que le père Traînard avait dérobé de l'argent. Vingt personnes en effet durent attester que, somme toute, on n'avait rien découvert sur lui. Il s'en tira avec quelques mois de prison.

Il ne les regretta point. Dès sa libération, il fut avisé secrètement que, tous les trimestres, à telle date, à telle heure, sous telle borne de telle route, il trouverait trois louis d'or.

Pour le père Traînard, c'est la fortune.

– 9 –

Le mariage d'Arsène Lupin

« Monsieur Arsène Lupin a l'honneur de vous faire part de son mariage avec Mademoiselle Angélique de Sarzeau-Vendôme, princesse de Bourbon-Condé, et vous prie d'assister à la bénédiction nuptiale qui aura lieu en l'église Sainte-Clothilde.

« Le duc de Sarzeau-Vendôme a l'honneur de vous faire part du mariage de sa fille Angélique, princesse de Bourbon-Condé, avec Monsieur Arsène Lupin, et vous prie... »

Le duc Jean de Sarzeau-Vendôme ne put achever la lecture des lettres qu'il tenait dans sa main tremblante. Pâle de colère, son long corps maigre agité de frissons, il suffoquait.

– Voilà dit-il à sa fille en lui tendant les deux papiers. Voilà ce que nos amis ont reçu ! Voilà ce qui court les rues depuis hier. Hein ! Que pensez-vous de cette infamie, Angélique ? Qu'en penserait votre pauvre mère, si elle vivait encore ?

Angélique était longue et maigre comme son père, osseuse et sèche comme lui. Âgée de trente-trois ans, toujours vêtue de laine noire, timide, effacée, elle avait une tête trop petite, comprimée à droite et à gauche, et d'où le nez jaillissait comme une protestation contre une pareille exiguïté. Pourtant, on ne pouvait dire qu'elle fût laide, tellement ses yeux étaient beaux, tendres et graves, d'une fierté un peu triste, de ces yeux troublants qu'on n'oublie pas quand on les a vus une fois.

Elle avait rougi de honte d'abord en entendant son père, et en apprenant par lui l'offense dont elle était victime. Mais comme elle le chérissait, bien qu'il se montrât dur avec elle, injuste et despotique, elle lui dit :

– Oh ! je pense que c'est une plaisanterie, mon père, et qu'il n'y faut pas prêter attention.

– Une plaisanterie ? Mais tout le monde en jase ! Dix journaux, ce matin, reproduisent cette lettre abominable, en l'accompagnant de commentaires ironiques ! On rappelle notre généalogie, nos ancêtres, les morts illustres de notre famille. On feint de prendre la chose au sérieux.

– Cependant personne ne peut croire...

– Évidemment, personne. Il n'empêche que nous sommes la fable de Paris.

– Demain, on n'y pensera plus.

– Demain, ma fille, on se souviendra que le nom d'Angélique de Sarzeau-Vendôme a été prononcé plus qu'il ne devait l'être. Ah ! si je pouvais savoir quel est le misérable qui s'est permis…

À ce moment, Hyacinthe, son valet de chambre particulier, entra et prévint M. le duc qu'on le demandait au téléphone. Toujours furieux, il décrocha l'appareil et bougonna :

– Eh bien ? Qu'y a-t-il ? Oui, c'est moi, le duc de Sarzeau-Vendôme.

On lui répondit :

– J'ai des excuses à vous faire, monsieur le duc, ainsi qu'à Mlle Angélique. C'est la faute de mon secrétaire.

– Votre secrétaire ?

– Oui, les lettres de faire-part n'étaient qu'un projet dont je voulais vous soumettre la rédaction. Par malheur, mon secrétaire a cru…

– Mais enfin, monsieur, qui êtes-vous ?

– Comment, monsieur le duc, vous ne reconnaissez pas ma voix ? la voix de votre futur gendre ?

– Quoi ?

– Arsène Lupin.

Le duc tomba sur une chaise. Il était livide.

– Arsène Lupin… C'est lui Arsène Lupin…

Angélique eut un sourire.

– Vous voyez, mon père, qu'il n'y a là qu'une plaisanterie, une mystification…

Mais le duc, soulevé d'une nouvelle colère, se mit à marcher en gesticulant :

– Je vais déposer une plainte… Il est inadmissible que cet individu se moque de moi ! S'il y a encore une justice, elle doit agir !

Une seconde fois, Hyacinthe entra. Il apporta deux cartes.

– Chotois ? Lepetit ? Connais pas.

– Ce sont deux journalistes, monsieur le duc…

– Qu'est-ce qu'ils me veulent ?

– Ils voudraient parler à monsieur le duc au sujet du mariage.

– Qu'on les fiche à la porte ! s'exclama le duc. Et dites au concierge que mon hôtel est fermé aux paltoquets de cette espèce.

– Je vous en prie, mon père risqua Angélique.

– Toi, ma fille, laisse-nous la paix. Si tu avais consenti autrefois à épouser un de tes cousins, nous n'en serions pas là.

Le soir même de cette scène, un des deux reporters publiait, en première page de son journal, un récit quelque peu fantaisiste de son expédition rue de Varenne, dans l'antique demeure des Sarzeau-Vendôme, et s'étendait complaisamment sur le courroux et sur les protestations du vieux gentilhomme.

Le lendemain, un autre journal insérait une interview d'Arsène Lupin, prétendue prise dans un couloir de l'Opéra. Arsène Lupin ripostait :

« Je partage entièrement l'indignation de mon futur beau-père. L'envoi de ces lettres constitue une incorrection dont je ne suis pas responsable, mais dont je tiens à m'excuser publiquement. Pensez donc, la date de notre mariage n'est pas encore fixée ! Mon beau-père propose le début de mai. Ma fiancée et moi trouvons cela bien tard ! Six semaines d'attente ! »

Ce qui donnait à l'affaire une saveur toute spéciale et que les amis de la maison goûtaient particulièrement, c'était le caractère même du duc, son orgueil, l'intransigeance de ses idées et de ses principes. Dernier descendant des barons de Sarzeau, la plus noble famille de Bretagne, arrière-petit-fils de ce Sarzeau qui, ayant épousé une Vendôme, ne consentit qu'après dix ans de Bastille à porter le nouveau titre que Louis XV lui imposait, le duc Jean n'avait renoncé à aucun des préjugés de l'ancien régime. Dans sa jeunesse il avait suivi le comte de Chambord en exil. Devenu vieux, il refusait un siège au Palais-Bourbon sous prétexte qu'un Sarzeau ne peut s'asseoir qu'entre ses pairs.

L'aventure le toucha au vif. Il ne décolérait pas, invectivant Lupin à coups d'épithètes sonores, le menaçant de tous les supplices possibles, s'en prenant à sa fille.

– Voilà ! si tu t'étais mariée ! Ce ne sont pourtant pas les partis qui manquaient ! Tes trois cousins, Mussy, Emboise et Caorches sont de bonne noblesse, bien apparentés, suffisamment riches, et ils ne demandent encore qu'à t'épouser. Pourquoi les refuses-tu ? Ah !

C'est que Mademoiselle est une rêveuse, une sentimentale, et ses cousins sont trop gros, ou trop maigres, ou trop vulgaires !

C'était une rêveuse, en effet. Livrée à elle-même depuis son enfance, elle avait lu tous les livres de chevalerie, tous les fades romans d'autrefois qui traînaient dans les armoires de ses aïeules, et elle voyait la vie comme un conte de fées où les jeunes filles très belles sont toujours heureuses, tandis que les autres attendent jusqu'à la mort le fiancé qui ne vient pas. Pourquoi eût-elle épousé l'un de ses cousins, puisqu'ils n'en voulaient qu'à sa dot, aux millions que sa mère lui avait laissés ? Autant rester vieille fille et rêver…

Elle répondit doucement :

– Vous allez vous rendre malade, mon père. Oubliez cette histoire ridicule.

Mais comment aurait-il oublié ? Chaque matin un coup d'épingle ravivait sa blessure. Trois jours de suite Angélique reçut une merveilleuse gerbe de fleurs où se dissimulait la carte d'Arsène Lupin. Il ne pouvait aller à son cercle, sans qu'un ami l'abordât :

– Elle est drôle, celle d'aujourd'hui.

– Quoi ?

– Mais la nouvelle fumisterie de votre gendre ! Ah ! vous ne savez pas ? Tenez, lisez…

« M. Arsène Lupin demandera au Conseil d'État d'ajouter à son nom le nom de sa femme et de s'appeler désormais : Lupin de Sarzeau-Vendôme. »

Et le lendemain on lisait :

« La jeune fiancée portant en vertu d'une ordonnance, non abrogée, de Charles X, le titre et les armes de Bourbon-Condé, dont elle est la dernière héritière, le fils aîné des Lupin de Sarzeau-Vendôme aura nom prince Arsène de Bourbon-Condé. »

Et le jour suivant une réclame annonçait :

« La Grande Maison de Linge expose le trousseau de Mlle de Sarzeau-Vendôme. Comme initiales : L. S. V. » Puis une feuille d'illustrations publia une scène photographiée : le duc, son gendre et sa fille, assis autour d'une table, et jouant au piquet voleur.

Et la date aussi fut annoncée à grand fracas : le 4 mai.

Et des détails furent donnés sur le contrat. Lupin se montrait d'un désintéressement admirable. Il signerait, disait-on, les yeux fermés, sans connaître le chiffre de la dot.

Tout cela mettait le vieux gentilhomme hors de lui. Sa haine contre Lupin prenait des proportions maladives. Bien que la démarche lui coûtât, il se rendit chez le Préfet de police qui lui conseilla de se méfier.

– Nous avons l'habitude du personnage, il emploie contre vous un de ses trucs favoris. Passez-moi l'expression, monsieur le duc, il vous « cuisine », ne tombez pas dans le piège.

– Quel truc, quel piège ? demanda-t-il anxieusement.

– Il cherche à vous affoler et à vous faire accomplir, par intimidation, tel acte auquel, de sang-froid, vous vous refuseriez.

– M. Arsène Lupin n'espère pourtant pas que je vais lui offrir la main de ma fille !

– Non, mais il espère que vous allez commettre comment dirai-je ? une gaffe.

– Laquelle ?

– Celle qu'il veut précisément que vous commettiez.

– Alors, votre conclusion, monsieur le préfet ?

– C'est de rentrer chez vous, monsieur le duc, ou, si tout ce bruit vous agace, de partir pour la campagne, et d'y rester bien tranquillement, sans vous émouvoir.

Cette conversation ne fit qu'aviver les craintes du vieux gentilhomme. Lupin lui parut un personnage terrible, usant de procédés diaboliques, et entretenant des complices dans tous les mondes. Il fallait se méfier.

Dès lors, la vie ne fut point tolérable.

Il devint de plus en plus hargneux et taciturne, et ferma la porte à tous ses anciens amis, même aux trois prétendants d'Angélique, les cousins Mussy, d'Emboise et Caorches, qui, fâchés tous les trois les uns avec les autres, par suite de leur rivalité, venaient alternativement toutes les semaines.

Sans le moindre motif, il chassa son maître d'hôtel et son cocher. Mais il n'osa les remplacer de peur d'introduire chez lui des créatures d'Arsène Lupin, et son valet de chambre particulier, Hyacinthe, en qui, l'ayant à son service depuis quarante ans, il avait toute confiance, dut s'astreindre aux corvées de l'écurie et de l'office.

– Voyons, mon père, disait Angélique, s'efforçant de lui faire entendre raison, je ne vois vraiment pas ce que vous redoutez. Personne au monde ne peut me contraindre à ce mariage absurde.

– Parbleu ! Ce n'est pas cela que je redoute.

– Alors, quoi, mon père ?

– Est-ce que je sais ? Un enlèvement ! Un cambriolage ! Un coup de force ! Il est hors de doute aussi que nous sommes environnés d'espions.

Un après-midi, il reçut un journal où cet article était souligné au crayon rouge :

« La soirée du contrat a lieu aujourd'hui à l'hôtel Sarzeau-Vendôme. Cérémonie tout intime, où quelques privilégiés seulement seront admis à complimenter les heureux fiancés. Aux futurs témoins de Mlle de Sarzeau-Vendôme, le prince de la Rochefoucault-Limours et le comte de Chartres, M. Arsène Lupin présentera les personnalités qui ont tenu à honneur de lui assurer leur concours, M. le Préfet de police et M. le Directeur de la prison de la Santé. »

C'était trop. Dix minutes plus tard, le duc envoyait son domestique Hyacinthe porter trois pneumatiques. À quatre heures, en présence d'Angélique, il recevait les trois cousins : Paul de Mussy, gros, lourd, et d'une pâleur extrême ; Jacques d'Emboise, mince, rouge de figure et timide ; Anatole de Caorches, petit, maigre et maladif ; tous trois de vieux garçons déjà, sans élégance et sans allure.

La réunion fut brève. Le duc avait préparé tout un plan de campagne, de campagne défensive, dont il dévoila, en termes catégoriques, la première partie.

– Angélique et moi nous quittons Paris cette nuit, et nous nous retirons dans nos terres de Bretagne. Je compte sur vous trois, mes neveux, pour coopérer à ce départ. Toi, Emboise, tu viendras nous chercher avec ta limousine. Vous, Mussy, vous amènerez votre automobile et vous voudrez bien vous occuper des bagages avec mon valet de chambre Hyacinthe. Toi, Caorches, tu seras à la gare d'Orléans, et tu prendras des sleepings pour Vannes au train de dix heures quarante. C'est promis ?

La fin de la journée s'écoula sans incidents. Après le dîner seulement, afin d'éviter toutes chances d'indiscrétion, le duc prévint Hyacinthe d'avoir à remplir une malle et une valise. Hyacinthe était du voyage, ainsi que la femme de chambre d'Angélique.

À neuf heures, tous les domestiques, sur l'ordre de leur maître, étaient couchés. À dix heures moins dix, le duc, qui terminait ses préparatifs, entendit la trompe d'une automobile. Le concierge ouvrit la porte de la cour d'honneur. De la fenêtre, le duc reconnut le landaulet de Jacques d'Emboise.

– Allez lui dire que je descends, ordonna-t-il à Hyacinthe, et prévenez Mademoiselle.

Au bout de quelques minutes, comme Hyacinthe n'était pas de retour, il sortit de sa chambre. Mais, sur le palier, il fut assailli par deux hommes masqués, qui le bâillonnèrent et l'attachèrent avant qu'il eût pu pousser un seul cri. Et l'un de ces hommes lui dit à voix basse :

– Premier avertissement, monsieur le duc. Si vous persistez à quitter Paris, et à me refuser votre consentement, ce sera plus grave.

Et le même individu enjoignit à son compagnon :

– Garde-le. Je m'occupe de la demoiselle.

À ce moment, deux autres complices s'étaient déjà emparés de la femme de chambre, et Angélique, également bâillonnée, évanouie, gisait sur un fauteuil de son boudoir.

Elle se réveilla presque aussitôt sous l'action des sels qu'on lui faisait respirer, et, quand elle ouvrit les yeux, elle vit penché au-dessus d'elle un homme jeune, en tenue de soirée, la figure souriante et sympathique, qui lui dit :

– Je vous demande pardon, mademoiselle. Tous ces incidents sont un peu brusques, et cette façon d'agir plutôt anormale. Mais les circonstances nous entraînent souvent à des actes que notre conscience n'approuve pas. Excusez-moi.

Il lui prit la main très doucement, et passa un large anneau d'or au doigt de la jeune fille, en prononçant :

– Voici. Nous sommes fiancés. N'oubliez jamais celui qui vous offre cet anneau… Il vous supplie de ne pas fuir et d'attendre à Paris les marques de son dévouement. Ayez confiance en lui.

Il disait tout cela d'une voix si grave et si respectueuse, avec tant d'autorité et de déférence, qu'elle n'avait pas la force de résister. Leurs yeux se rencontrèrent. Il murmura :

– Les beaux yeux purs que vous avez ! Ce sera bon de vivre sous le regard de ces yeux. Fermez-les maintenant…

Il se retira. Ses complices le suivirent. L'automobile repartit, et l'hôtel de la rue de Varenne demeura silencieux jusqu'à l'instant où Angélique, reprenant toute sa connaissance, appela les domestiques.

Ils trouvèrent le duc, Hyacinthe, la femme de chambre, et le ménage des concierges, tous solidement ligotés. Quelques bibelots de grande valeur avaient disparu, ainsi que le portefeuille du duc et tous ses bijoux, épingles et cravate, boutons en perles fines, montre, etc.

La police fut aussitôt prévenue. Dès le matin on apprenait que la veille au soir, comme il sortait de chez lui en automobile, d'Emboise avait été frappé d'un coup de couteau par son propre chauffeur, et jeté, à moitié mort, dans une rue déserte. Quant à Mussy et à Caorches, ils avaient reçu un message téléphonique soi-disant envoyé par le duc et qui les contremandait.

La semaine suivante, sans plus se soucier de l'enquête, sans répondre aux convocations du juge d'instruction, sans même lire les communications d'Arsène Lupin à la presse sur « la fuite de Varennes », le duc, sa fille et son valet de chambre prenaient

516

sournoisement un train omnibus pour Vannes, et descendaient, un soir, dans l'antique château féodal qui domine la presqu'île de Sarzeau. Tout de suite, avec l'aide de paysans bretons, véritables vassaux du Moyen Âge, on organisait la résistance. Le quatrième jour Mussy arrivait, le cinquième Caorches, et le septième Emboise, dont la blessure n'était pas aussi grave qu'on le craignait.

Le duc attendit deux jours encore avant de signifier à son entourage ce qu'il appelait, puisque son évasion avait réussi malgré Lupin, la seconde moitié de son plan. Il le fit en présence des trois cousins, par un ordre péremptoire dicté à Angélique, et qu'il voulut bien expliquer ainsi :

– Toutes ces histoires me font le plus grand mal. J'ai entrepris contre cet homme, dont nous avons pu juger l'audace, une lutte qui m'épuise. Je veux en finir coûte que coûte. Pour cela il n'est qu'un moyen, Angélique, c'est que vous me déchargiez de toute responsabilité en acceptant la protection d'un de vos cousins. Avant un mois, il faut que vous soyez la femme de Mussy, de Caorches ou d'Emboise. Votre choix est libre. Décidez-vous.

Durant quatre jours Angélique pleura, supplia son père. À quoi bon ? Elle sentait bien qu'il serait inflexible et qu'elle devrait, en fin de compte, se soumettre à sa volonté. Elle accepta.

– Celui que voudrez, mon père, je n'aime aucun d'eux. Alors, que m'importe d'être malheureuse avec l'un plutôt qu'avec l'autre…

Sur quoi, nouvelle discussion, le duc voulant la contraindre à un choix personnel. Elle ne céda point. De guerre lasse, et pour des raisons de fortune, il désigna Emboise.

Aussitôt les bans furent publiés.

Dès lors, la surveillance redoubla autour du château, d'autant que le silence de Lupin et la cessation brusque de la campagne menée par lui dans les journaux ne laissaient pas d'inquiéter le duc de Sarzeau-Vendôme. Il était évident que l'ennemi préparait un coup et qu'il tenterait de s'opposer au mariage par quelques-unes de ces manœuvres qui lui étaient familières.

Pourtant il ne se passa rien. L'avant-veille, la veille, le matin de la cérémonie, rien. Le mariage eut lieu à la mairie, puis il y eut la bénédiction nuptiale à l'église. C'était fini.

Seulement alors, le duc respira. Malgré la tristesse de sa fille, malgré le silence embarrassé de son gendre que la situation semblait gêner quelque peu, il se frottait les mains d'un air heureux, comme après la victoire la plus éclatante.

– Qu'on baisse le pont-levis ! dit-il à Hyacinthe, qu'on laisse entrer tout le monde ! Nous n'avons plus rien à craindre de ce misérable.

Après le déjeuner, il fit distribuer du vin aux paysans et trinqua avec eux. Ils chantèrent et ils dansèrent.

517

Vers trois heures, il rentra dans les salons du rez-de-chaussée.

C'était le moment de sa sieste. Il gagna, tout au bout des pièces, la salle des gardes. Mais il n'en avait pas franchi le seuil qu'il s'arrêta brusquement et s'écria :

– Qu'est-ce que tu fais donc là, Emboise ? En voilà une plaisanterie !

Emboise était debout, en vêtements de pêcheur breton, culotte et veston sales, déchirés, rapiécés, trop larges et trop grands pour lui.

Le duc semblait stupéfait. Il examina longtemps, avec des yeux ahuris, ce visage qu'il connaissait, et qui, en même temps, éveillait en lui des souvenirs vagues d'un passé très lointain. Puis, tout à coup, il marcha vers l'une des fenêtres qui donnaient sur l'esplanade et appela :

– Angélique !

– Qu'y a-t-il, mon père ? répondit-elle en s'avançant.

– Ton mari ?

– Il est là, mon père, fit Angélique en montrant Emboise qui fumait une cigarette et lisait à quelque distance.

Le duc trébucha et tomba assis sur un fauteuil, avec un grand frisson d'épouvante.

– Ah ! Je deviens fou !

Mais l'homme qui portait des habits de pêcheur s'agenouilla devant lui en disant :

– Regardez-moi, mon oncle… Vous me reconnaissez, n'est-ce pas, c'est moi votre neveu, celui qui jouait ici autrefois, celui que vous appeliez Jacquot… Rappelez-vous… Tenez, voyez cette cicatrice…

– Oui… oui, balbutia le duc, je te reconnais… C'est toi, Jacques. Mais l'autre…

Il se pressa la tête entre les mains.

– Et pourtant non, ce n'est pas possible Explique-toi… Je ne comprends pas… Je ne veux pas comprendre…

Il y eut un silence pendant lequel le nouveau venu ferma la fenêtre et ferma la porte qui communiquait avec le salon voisin. Puis il s'approcha du vieux gentilhomme, lui toucha doucement l'épaule, pour le réveiller de sa torpeur, et sans préambule, comme s'il eût voulu couper court à toute explication qui ne fût pas strictement nécessaire, il commença en ces termes :

– Vous vous rappelez, mon oncle, que j'ai quitté la France depuis quinze ans, après le refus qu'Angélique opposa à ma demande en mariage. Or, il y a quatre ans, c'est-à-dire la onzième année de mon exil volontaire et de mon établissement dans l'extrême-sud de l'Algérie, je fis la connaissance, au cours d'une partie de chasse organisée par un grand chef arabe, d'un individu dont la bonne humeur, le charme, l'adresse inouïe, le courage indomptable, l'esprit à la fois ironique et profond, me séduisirent au plus haut point.

« Le comte d'Andrésy passa six semaines chez moi. Quand il fut parti, nous correspondîmes l'un avec l'autre de façon régulière. En outre, je lisais souvent son nom dans les journaux, aux rubriques mondaines ou sportives. Il devait revenir et je me préparais à le recevoir, il y a trois mois, lorsqu'un soir, comme je me promenais à cheval, les deux serviteurs arabes qui m'accompagnaient se jetèrent sur moi, m'attachèrent, me bandèrent les yeux, et me conduisirent, en sept nuits et sept jours, par des chemins déserts, jusqu'à une baie de la côte, où cinq hommes les attendaient. Aussitôt, je fus embarqué sur un petit yacht à vapeur qui leva l'ancre sans plus tarder.

« Qui étaient ces hommes ? Quel était leur but en m'enlevant ? Aucun indice ne put me renseigner. Ils m'avaient enfermé dans une cabine étroite percée d'un hublot que traversaient deux barres de fer en croix. Chaque matin, par un guichet qui s'ouvrait entre la cabine voisine et la mienne, on plaçait sur ma couchette deux ou trois livres de pain, une gamelle abondante et un flacon de vin, et on reprenait les restes de la veille que j'y avais disposés.

« De temps à autre, la nuit, le yacht stoppait et j'entendais le bruit du canot qui s'en allait vers quelque havre, puis qui revenait chargé de provisions sans doute. Et l'on repartait, sans se presser, comme pour une croisière de gens du monde qui flânent et n'ont pas hâte d'arriver. Quelquefois, monté sur une chaise, j'apercevais par mon hublot la ligne des côtes, mais si indistincte que je ne pouvais rien préciser.

« Et cela dura des semaines. Un des matins de la neuvième, m'étant avisé que le guichet de communication n'avait pas été refermé, je le poussai. La cabine était vide à ce moment. Avec un effort, je réussis à prendre une lime à ongles sur une toilette.

« Deux semaines après, à force de patience, j'avais limé les barres de mon hublot, et j'aurais pu m'évader par là ; mais, si je suis bon nageur, je me fatigue assez vite. Il me fallait donc choisir un moment où le yacht ne serait pas trop éloigné de la terre. C'est seulement avant-hier que, juché à mon poste, je discernai les côtes, et que, le soir, au coucher du soleil, je reconnus, à ma stupéfaction, la silhouette du château de Sarzeau avec ses tourelles pointues et la masse de son donjon. Était-ce donc là le terme de mon voyage mystérieux ?

« Toute la nuit, nous croisâmes au large. Et toute la journée d'hier également. Enfin ce matin, on se rapprocha à une distance que je jugeai propice, d'autant plus que nous naviguions entre des roches derrière lesquelles je pouvais nager en toute sécurité. Mais, à la minute même où j'allais m'enfuir, je m'avisai que, une fois encore, le guichet de communication que l'on avait cru fermer s'était rouvert de lui-même, et qu'il battait contre la cloison. Je l'entrebâillai de nouveau par curiosité. À portée de mon bras, il y avait une petite armoire que je pus ouvrir, et où ma main, à tâtons, au hasard, saisit une liasse de papiers.

« C'était des lettres, des lettres qui contenaient les instructions adressées aux bandits dont j'étais prisonnier. Une heure après, lorsque j'enjambai le hublot et que je me laissai glisser dans la mer, je savais tout : les raisons de mon enlèvement, les moyens employés, le but poursuivi, et la machination abominable ourdie, depuis trois mois, contre le duc de Sarzeau-Vendôme et contre sa fille. Malheureusement, il était trop tard. Obligé, pour n'être pas vu du bateau, de me blottir dans le creux d'un récif, je n'abordai la côte qu'à midi. Le temps de gagner la cabane d'un pêcheur, de troquer mes vêtements contre les siens, de venir ici. Il était trois heures. En arrivant j'appris que le mariage avait été célébré le matin même. »

Le vieux gentilhomme n'avait pas prononcé une parole. Les yeux rivés aux yeux de l'étranger, il écoutait avec un effroi grandissant.

Parfois le souvenir des avertissements que lui avait donnés le Préfet de police revenait à son esprit :

« On vous cuisine, monsieur le duc… On vous cuisine. »

Il dit, la voix sourde :

– Parle achève… Tout cela m'oppresse… Je ne comprends pas encore et j'ai peur.

L'étranger reprit :

– Hélas… L'histoire est facile à reconstituer et se résume en quelques phrases. Voici : lors de sa visite chez moi, et des confidences que j'eus le tort de lui faire, le comte d'Andrésy retint plusieurs choses : d'abord que j'étais votre neveu, et que, cependant, vous me connaissiez relativement peu, puisque j'avais quitté Sarzeau tout enfant et que, depuis, nos relations s'étaient bornées au séjour de quelques semaines que je fis ici, il y a quinze ans, et durant lesquelles je demandai la main de ma cousine Angélique ; ensuite, que, ayant rompu avec tout mon passé, je ne recevais plus aucune correspondance ; et enfin, qu'il y avait, entre lui, Andrésy, et moi, une certaine ressemblance physique que l'on pouvait accentuer jusqu'à la rendre frappante. Son plan fut échafaudé sur trois points.

« Il soudoya mes deux serviteurs arabes, qui devaient l'avertir au cas où j'aurais quitté l'Algérie. Puis il revint à Paris avec mon nom et mon apparence exacte, se fit connaître de vous, chez qui il fut invité chaque quinzaine, et vécut sous mon nom, qui devint ainsi l'une des nombreuses étiquettes sous lesquelles il cache sa véritable personnalité. Il y a trois mois "la poire étant mûre", comme il dit dans ses lettres, il commença l'attaque par une série de communications à la presse, et en même temps, craignant sans doute qu'un journal ne révélât en Algérie le rôle que l'on jouait sous mon nom à Paris, il me faisait frapper par mes serviteurs, puis enlever par ses complices. Dois-je vous en dire davantage en ce qui vous concerne, mon oncle ? »

Un tremblement nerveux agitait le duc de Sarzeau-Vendôme. L'épouvantable vérité, à laquelle il refusait d'ouvrir les yeux, lui apparaissait tout entière, et prenait le visage odieux de l'ennemi. Il agrippa les mains de son interlocuteur et lui dit âprement, désespérément :

– C'est Lupin, n'est-ce pas ?

– Oui, mon oncle.

– Et c'est à lui c'est à lui que j'ai donné ma fille en mariage !

– Oui, mon oncle, à lui qui m'a volé mon nom de Jacques d'Emboise, et qui vous a volé votre fille. Angélique est la femme légitime d'Arsène Lupin et cela conformément à vos ordres. Une lettre de lui que voici en fait foi. Il a bouleversé votre existence, troublé votre esprit, assiégé « les pensées de vos veilles et les rêves de vos nuits », cambriolé votre hôtel, jusqu'à l'instant où, pris de peur, vous vous êtes réfugié ici, et où, croyant échapper à ses manœuvres et à son chantage, vous avez dit à votre fille de désigner comme époux l'un de ses trois cousins, Mussy, Emboise ou Caorches.

– Mais pourquoi a-t-elle choisi celui-là plutôt que les deux autres ?

– C'est vous, mon oncle, qui l'avez choisi.

– Au hasard parce qu'il était plus riche…

– Non, pas au hasard, mais sur les conseils sournois, obsédants et très habiles de votre domestique Hyacinthe.

Le duc sursauta.

– Hein ! Quoi ! Hyacinthe serait complice ?

– D'Arsène Lupin, non, mais de l'homme qu'il croit être Emboise et qui a promis de lui verser cent mille francs, huit jours après le mariage.

– Ah le bandit ! il a tout combiné, tout prévu.

– Tout prévu, mon oncle, jusqu'à simuler un attentat contre lui-même, afin de détourner les soupçons, jusqu'à simuler une blessure, reçue à votre service.

– Mais dans quelle intention ? Pourquoi toutes ces infamies ?

– Angélique possède onze millions, mon oncle. Votre notaire à Paris devait en remettre les titres la semaine prochaine au pseudo d'Emboise, lequel les réalisait aussitôt et disparaissait. Mais, dès ce matin, vous lui avez remis, comme cadeau personnel, cinq cent mille francs d'obligations au porteur que ce soir, à neuf heures, hors du château, près du Grand-Chêne, il doit passer à l'un de ses complices, qui les négociera demain matin à Paris.

Le du de Sarzeau-Vendôme s'était levé, et il marchait rageusement en frappant des pieds.

– Ce soir à neuf heures, dit-il… Nous verrons… Nous verrons… D'ici là… Je vais prévenir la gendarmerie.

– Arsène Lupin se moque bien des gendarmes.

– Télégraphions à Paris.

– Oui, mais les cinq cent mille francs… Et puis le scandale surtout, mon oncle… Pensez à ceci votre fille, Angélique de Sarzeau-Vendôme, mariée à cet escroc, à ce brigand… Non, non à aucun prix…

– Alors quoi ?

– Quoi ?

À son tour, le neveu se leva et, marchant vers un râtelier où des armes de toutes sortes étaient suspendues, il décrocha un fusil qu'il posa sur la table près du vieux gentilhomme.

– Là-bas, mon oncle, aux confins du désert, quand nous nous trouvons en face d'une bête fauve, nous ne prévenons pas les gendarmes, nous prenons notre carabine et nous l'abattons, la bête fauve, sans quoi c'est elle qui nous écrase sous sa griffe.

– Qu'est-ce que tu dis ?

– Je dis que j'ai pris là-bas l'habitude de me passer des gendarmes. C'est une façon de rendre la justice un peu sommaire, mais c'est la bonne, croyez-moi, et, aujourd'hui, dans le cas qui nous occupe, c'est la seule.

– La bête morte, vous et moi l'enterrons dans quelque coin… ni vu ni connu.

– Angélique ?…

– Nous l'avertirons après.

– Que deviendra-t-elle ?

– Elle restera ce qu'elle est légalement, ma femme, la femme du véritable Emboise. Demain, je l'abandonne et je retourne en Algérie. Dans deux mois, le divorce est prononcé.

Le duc écoutait, pâle, les yeux fixes, la mâchoire crispée. Il murmura :

– Es-tu sûr que ses complices du bateau ne le préviendront pas de ton évasion ?

– Pas avant demain.

– De sorte que ?

– De sorte qu'à neuf heures, ce soir, Arsène Lupin prendra inévitablement, pour aller au Grand-Chêne, le chemin de ronde qui suit les anciens remparts et qui contourne les ruines de la chapelle. J'y serai, moi, dans les ruines.

– J'y serai, moi aussi, dit simplement le duc de Sarzeau-Vendôme en décrochant un fusil de chasse.

Il était à ce moment cinq heures du soir. Le duc s'entretint longtemps encore avec son neveu, vérifia les armes, les rechargea. Puis, dès que la nuit fut venue, par des couloirs obscurs, il le conduisit jusqu'à sa chambre et le cacha dans un réduit contigu.

La fin de l'après-midi s'écoula sans incident. Le dîner eut lieu. Le duc s'efforça de rester calme. De temps en temps, à la dérobée, il regardait son gendre et s'étonnait de la ressemblance qu'il offrait avec le véritable Emboise. C'était le même teint, la même forme de figure, la même coupe de cheveux. Pourtant le regard différait, plus vif chez celui-là, plus lumineux, et, à la longue, le duc découvrit de petits détails inaperçus jusqu'ici, et qui prouvaient l'imposture du personnage.

Après le dîner, on se sépara. La pendule marquait huit heures. Le duc passa dans sa chambre et délivra son neveu. Dix minutes plus tard, à la faveur de la nuit, ils se glissaient au milieu des ruines, le fusil en main. Angélique cependant avait gagné, en compagnie de son mari, l'appartement qu'elle occupait au rez-de-chaussée d'une tour qui flanquait l'aile gauche du château. Au seuil de l'appartement, son mari lui dit :

– Je vais me promener un peu, Angélique. À mon retour, consentirez-vous à me recevoir ?

– Certes, dit-elle.

Il la quitta et monta au premier étage, ferma la porte à clef, ouvrit doucement une fenêtre qui donnait sur la campagne et se pencha. Au pied de la tour, à quarante mètres au-dessous de lui, il distingua une ombre. Il siffla. Un léger coup de sifflet lui répondit.

Alors il tira d'une armoire une grosse serviette en cuir, bourrée de papiers, qu'il enveloppa d'une étoffe noire et ficela. Puis il s'assit à sa table et écrivit :

« Content que tu aies reçu mon message, car je trouve dangereux de sortir du château avec le gros paquet des titres. Les voici. Avec ta motocyclette, tu arriveras à Paris pour le train de Bruxelles du matin. Là-bas, tu remettras les valeurs à Z qui les négociera aussitôt.

« A. L. »

« Post-scriptum. – En passant au Grand-Chêne, dis aux camarades que je les rejoins. J'ai des instructions à leur donner. D'ailleurs, tout va bien. Personne ici n'a le moindre soupçon. »

Il attacha la lettre sur le paquet, et descendit le tout par la fenêtre, à l'aide d'une ficelle.

« Bien, se dit-il, ça y est. Je suis tranquille. »

Il patienta quelques minutes encore, en déambulant à travers la pièce, et en souriant à deux portraits de gentilshommes suspendus à la muraille…

« Horace de Sarzeau-Vendôme, maréchal de France le Grand Condé… Je vous salue, mes aïeux. Lupin de Sarzeau-Vendôme sera digne de vous. »

À la fin, le moment étant venu, il prit son chapeau et descendit.

Mais, au rez-de-chaussée, Angélique surgit de son appartement, et s'exclama, l'air égaré :

– Écoutez, je vous en prie…, il serait préférable…

Et tout de suite, sans en dire davantage, elle rentra chez elle, laissant à son mari une vision d'effroi et de délire.

« Elle est malade, se dit-il. Le mariage ne lui réussit pas. »

Il alluma une cigarette et conclut, sans attacher d'importance à cet incident qui eût dû le frapper :

« Pauvre Angélique tout ça finira par un divorce »

Dehors la nuit était obscure, le ciel voilé de nuages.

Les domestiques fermaient les volets du château. Il n'y avait point de lumière aux fenêtres, le duc ayant l'habitude de se coucher après le repas.

En passant devant le logis du garde, et en s'engageant sur le pont-levis :

– Laissez la porte ouverte, dit-il, je fais un tour et je reviens.

Le chemin de ronde se trouvait à droite, et conduisait, le long des anciens remparts qui jadis ceignaient le château d'une seconde enceinte beaucoup plus vaste, jusqu'à une poterne aujourd'hui presque démolie.

Ce chemin, qui contournait une colline et suivait ensuite le flanc d'un vallon escarpé, était bordé à gauche de taillis épais.

« Quel merveilleux endroit pour un guet-apens, dit-il. C'est un vrai coupe-gorge. »

Il s'arrêta, croyant entendre du bruit. Mais non, c'était un froissement de feuilles. Pourtant une pierre dégringola le long des pentes, rebondissant aux aspérités du roc. Mais, chose bizarre, rien ne l'inquiétait, il se remit à marcher. L'air vif de la mer arrivait jusqu'à lui par-dessus les plaines de la presqu'île, il s'en remplissait les poumons avec joie.

« Comme c'est bon de vivre ! se dit-il. Jeune encore, de vieille noblesse, multi-millionnaire, qu'est-ce qu'on peut rêver de mieux, Lupin de Sarzeau-Vendôme ? »

À une petite distance, il aperçut, dans l'obscurité, la silhouette plus noire de la chapelle dont les ruines dominaient le chemin de quelques mètres. Des gouttes de pluie commençaient à tomber, et il entendit une horloge frapper neuf coups. Il hâta le pas. Il y eut une courte descente, puis une montée. Et, brusquement, il s'arrêta de nouveau.

Une main saisit la sienne.

Il recula, voulut se dégager.

Mais quelqu'un émergeait d'un groupe d'arbres qu'il frôlait, et une voix lui dit :

– Taisez-vous… Pas un mot…

Il reconnut sa femme, Angélique.

– Qu'est-ce qu'il y a donc ? demanda-t-il.

Elle murmura, si bas que les mots étaient à peine intelligibles :

– On vous guette… Ils sont là, dans les ruines, avec des fusils…

– Qui ?

– Silence… Écoutez…

Ils restèrent immobiles un instant, puis elle dit :

– Ils ne bougent pas… Peut-être ne m'ont-ils pas entendue. Retournons…

– Mais…

– Suivez-moi !

L'accent était si impérieux qu'il obéit sans l'interroger davantage. Mais soudain elle s'effara.

– Courons… Ils viennent… J'en suis sûre…

De fait, on percevait un bruit de pas.

Alors, rapidement, lui tenant toujours la main, avec une force irrésistible elle l'entraîna par un raccourci, dont elle suivait les sinuosités sans hésitations, malgré les ténèbres et les ronces. Et, très vite, ils arrivèrent au pont-levis.

Elle passa son bras sous le sien. Le garde les salua. Ils traversèrent la grande cour, pénétrèrent dans le château, et elle le conduisit jusqu'à la tour d'angle où ils demeuraient tous deux.

– Entrez, dit-elle.

– Chez vous ?

– Oui.

Deux femmes de chambre attendaient. Sur l'ordre de leur maîtresse, elles se retirèrent dans les pièces qu'elles occupaient au troisième étage.

Presque aussitôt on frappait à la porte du vestibule qui commandait l'appartement, et quelqu'un appela.

– Angélique !

– C'est vous, mon père ? dit-elle en dominant son émotion.

– Oui, ton mari est ici ?

– Nous venons de rentrer.

– Dis-lui donc que j'aurais besoin de lui parler. Qu'il me rejoigne chez moi… C'est urgent.

– Bien, mon père, je vais vous l'envoyer.

Elle prêta l'oreille durant quelques secondes, puis revint dans le boudoir où se tenait son mari, et elle affirma :

– J'ai tout lieu de croire que mon père ne s'est pas éloigné.

Il fit un geste pour sortir.

– En ce cas, s'il désire me parler…

– Mon père n'est pas seul, dit-elle vivement, en lui barrant la route.

– Qui donc l'accompagne ?

– Son neveu, Jacques d'Emboise.

Il y eut un silence. Il la regarda avec une certaine surprise, ne comprenant pas bien la conduite de sa femme. Mais, sans s'attarder à l'examen de cette question, il ricana :

– Ah ! cet excellent Emboise est là ? Alors tout le pot aux roses est découvert ? À moins que…

– Mon père sait tout, dit-elle… J'ai entendu une conversation tantôt, entre eux. Son neveu a lu des lettres… J'ai hésité d'abord à vous prévenir… Et puis j'ai cru que mon devoir…

Il l'observa de nouveau. Mais aussitôt repris par l'étrangeté de la situation, il éclata de rire !

– Comment ? mes amis du bateau ne brûlent pas mes lettres ? Et ils ont laissé échapper leur captif ? Les imbéciles ! Ah ! Quand on ne fait pas tout soi-même ! N'importe, c'est cocasse. Emboise contre Emboise… Eh ! mais, si l'on ne me reconnaissait plus, maintenant ? Si Emboise lui-même me confondait avec lui-même ?

Il se retourna vers une table de toilette, saisit une serviette qu'il mouilla et frotta de savon, et, en un tournemain, s'essuya la figure, se démaquilla et changea le mouvement de ses cheveux.

– Ça y est, dit-il apparaissant à Angélique tel qu'elle l'avait vu le soir du cambriolage, à Paris, ça y est. Je suis plus à mon aise pour discuter avec mon beau-père.

– Où allez-vous ? dit-elle en se jetant devant la porte.

– Dame ! Rejoindre ces messieurs.

– Vous ne passerez pas !

– Pourquoi ?

– Et s'ils vous tuent ?

– Me tuer ?

– C'est cela qu'ils veulent, vous tuer... cacher votre cadavre quelque part... Qui le saurait ?

– Soit, dit-il, à leur point de vue ils ont raison. Mais si je ne vais pas au-devant d'eux, c'est eux qui viendront. Ce n'est pas cette porte qui les arrêtera... Ni vous, je pense. Par conséquent il vaut mieux en finir.

– Suivez-moi ! ordonna Angélique.

Elle souleva la lampe qui les éclairait, entra dans sa chambre, poussa l'armoire à glace, qui roula sur des roulettes dissimulées, écarta une vieille tapisserie et dit :

– Voici une autre porte qui n'a pas servi depuis longtemps. Mon père en croit la clef perdue. La voici. Ouvrez. Un escalier pratiqué dans les murailles vous mènera tout au bas de la tour. Vous n'aurez qu'à tirer les verrous d'une seconde porte. Vous serez libre.

Il fut stupéfait, et il comprit soudain toute la conduite d'Angélique. Devant ce visage mélancolique, disgracieux, mais d'une telle douceur, il resta un moment décontenancé, presque confus. Il ne pensait plus à rire. Un sentiment de respect, où il y avait des remords et de la bonté, pénétrait en lui. :

– Pourquoi me sauvez-vous ? murmura-t-il.

– Vous êtes mon mari.

Il protesta :

– Mais non... Mais non... C'est un titre que j'ai volé. La loi ne reconnaîtra pas ce mariage.

– Mon père ne veut pas de scandale, dit-elle.

– Justement, fit-il avec vivacité, justement j'avais envisagé tout cela, et c'est pourquoi j'avais emmené votre cousin Emboise à proximité. Moi disparu, c'est lui votre mari. C'est lui que vous avez épousé devant les hommes.

– C'est vous que j'ai épousé devant l'Église.

– L'Église ! l'Église ! il y a des accommodements avec elle... On fera casser votre mariage.

– Sous quel prétexte avouable ?

Il se tut, réfléchit à toutes ces choses insignifiantes pour lui et ridicules, mais si graves pour elle, et il répéta plusieurs fois :

– C'est terrible… c'est terrible… j'aurais dû prévoir…

Et tout à coup, envahi par une idée, il s'écria, en frappant dans ses mains :

– Voilà ! J'ai trouvé. Je suis au mieux avec un des principaux personnages du Vatican. Le Pape fait ce que je veux… J'obtiendrai une audience et je ne doute pas que le Saint-Père, ému par mes supplications…

Son plan était si comique, sa joie si naïve qu'Angélique ne put s'empêcher de sourire, et elle lui dit :

– Je suis votre femme devant Dieu.

Elle le regardait avec un regard où il n'y avait ni mépris ni hostilité, et point même de colère, et il se rendit compte qu'elle oubliait de considérer en lui le bandit et le malfaiteur, pour ne penser qu'à l'homme qui était son mari et auquel le prêtre l'avait liée jusqu'à l'heure suprême de la mort.

Il fit un pas vers elle et l'observa plus profondément. Elle ne baissa pas les yeux d'abord. Mais elle rougit. Et jamais il n'avait vu un visage plus touchant, empreint d'une telle dignité. Il lui dit, comme au premier soir de Paris :

– Oh ! vos yeux… vos yeux calmes et tristes… et si beaux !

Elle baissa la tête et balbutia :

– Allez-vous-en !… Allez-vous-en !

Devant son trouble, il eut l'intuition subite des sentiments plus obscurs qui la remuaient et qu'elle ignorait elle-même. Dans cette âme de vieille fille dont il connaissait l'imagination romanesque, les rêves inassouvis, les lectures surannées, ne représentait-il pas soudain, en cette minute exceptionnelle, et par suite des circonstances anormales de leurs rencontres, quelque chose de spécial, le héros à la Byron, le bandit romantique et chevaleresque ? Un soir, malgré les obstacles, aventurier fameux, ennobli déjà par la légende, grandi par son audace, un soir, il était entré chez elle, et il lui avait passé au doigt l'anneau nuptial. Fiançailles mystiques et passionnées, telles qu'on en voyait au temps du *Corsaire* et d'*Hernani*.

Ému, attendri, il fut sur le point de céder à un élan d'exaltation, et de s'écrier :

« Partons ! Fuyons ! Vous êtes mon épouse ma compagne… Partagez mes périls, mes joies et mes angoisses… C'est une existence étrange et forte, superbe et magnifique… »

Mais les yeux d'Angélique s'étaient relevés vers lui, et ils étaient si purs et si fiers qu'il rougit à son tour.

Ce n'était pas là une femme à qui l'on pût parler ainsi. Il murmura :

– Je vous demande pardon... J'ai commis beaucoup de mauvaises actions, mais aucune dont le souvenir me sera plus amer. Je suis un misérable... J'ai perdu votre vie.

– Non, dit-elle doucement, vous m'avez au contraire indiqué ma voie véritable.

Il fut près de l'interroger. Mais elle avait ouvert la porte et lui montrait le chemin. Aucune parole ne pouvait plus être prononcée entre eux. Sans dire un mot, il sortit en s'inclinant très bas devant elle.

Un mois après, Angélique de Sarzeau-Vendôme, princesse de Bourbon-Condé, épouse légitime d'Arsène Lupin, prenait le voile, et, sous le nom de sœur Marie-Auguste, s'enterrait au couvent des religieuses dominicaines.

Le jour même de cette cérémonie, la Mère supérieure du couvent recevait une lourde enveloppe cachetée et une lettre...

La lettre contenait ces mots : « Pour les pauvres de sœur Marie-Auguste. »

Dans l'enveloppe, il y avait cinq cents billets de mille francs.

LES HUIT COUPS DE L'HORLOGE

Maurice Leblanc

(1923)

MAURICE LEBLANC
AVENTURES EXTRAORDINAIRES
D'ARSÈNE LUPIN

LES HUIT COUPS
DE L'HORLOGE

Éditions · 2f50 · Pierre Lafitte

Ces huit aventures me furent contées jadis par Arsène Lupin, qui les attribuait à l'un de ses amis, le prince Rénine. Pour moi, étant donné la façon dont elles sont conduites, les procédés, les gestes, le caractère même du personnage, il m'est impossible de ne pas confondre les deux amis l'un avec l'autre. Arsène Lupin est un fantaisiste aussi capable de renier certaines de ses aventures que de s'en accorder quelques-unes dont il ne fut pas le héros. Le lecteur jugera.

CHAPITRE 1

Au sommet de la tour

Hortense Daniel entrouvrit sa fenêtre et chuchota :

– Vous êtes là, Rossigny ?

– Je suis là, fit une voix qui montait des massifs entassés au pied du château.

Se penchant un peu, elle vit un homme assez gros qui levait vers elle une figure épaisse, rouge, encadrée d'un collier de barbe trop blonde.

– Eh bien ? dit-il.

– Eh bien, hier soir, grande discussion avec mon oncle et ma tante. Ils refusent décidément de signer la transaction dont mon notaire leur avait envoyé le projet et de me rendre la dot que mon mari a dissipée avant son internement.

– Votre oncle, qui avait voulu ce mariage, est pourtant responsable, d'après les termes du contrat.

– N'importe. Je vous dis qu'il refuse…

– Alors !

– Alors êtes-vous toujours résolu à m'enlever ? demanda-t-elle en riant.

– Plus que jamais.

– En tout bien tout honneur, ne l'oubliez pas !

– Tout ce que vous voudrez. Vous savez bien que je suis fou de vous.

– C'est que, par malheur, je ne suis pas folle de vous.

– Je ne vous demande pas d'être folle de moi, mais simplement de m'aimer un peu.

535

– Un peu ? Vous êtes beaucoup trop exigeant.

– En ce cas, pourquoi m'avoir choisi ?

– Le hasard. Je m'ennuyais… Ma vie manquait d'imprévu… Alors je me risque… Tenez, voici mes bagages.

Elle laissa glisser d'énormes sacs de cuir que Rossigny reçut dans ses bras.

– Le sort en est jeté, murmura-t-elle. Allez m'attendre avec votre auto au carrefour de l'If. Moi, j'irai à cheval.

– Fichtre ! Je ne peux pourtant pas enlever votre cheval.

– Il reviendra tout seul.

– Parfait !… Ah ! à propos…

– Qu'y a-t-il ?

– Qu'est-ce donc que ce prince Rénine qui est là depuis trois jours et que personne ne connaît ?

– Je ne sais pas. Mon oncle l'a rencontré à la chasse, chez des amis, et l'a invité.

– Vous lui plaisez beaucoup. Hier vous avez fait une grande promenade avec lui. C'est un homme qui ne me revient pas.

– Dans deux heures, j'aurai quitté le château en votre compagnie. C'est un scandale qui refroidira probablement Serge Rénine. Et puis assez causé. Nous n'avons pas de temps à perdre.

Durant quelques minutes, elle regarda le gros Rossigny qui, pliant sous le poids des sacs, s'éloignait à l'abri d'une allée déserte, puis elle referma la fenêtre.

Dehors, loin dans le parc, une fanfare de cors sonnait le réveil. La meute éclatait en aboiements furieux. C'était l'ouverture, ce matin-là, au château de La Marèze, où tous les ans, vers le début de septembre, le comte d'Aigleroche, grand chasseur devant l'Éternel, et la comtesse réunissaient quelques amis et les châtelains des environs.

Hortense acheva lentement sa toilette, revêtit une amazone qui dessinait sa taille souple, se coiffa d'un feutre dont le large bord encadrait son beau visage aux cheveux roux, et s'assit devant son secrétaire, où elle écrivit à son oncle, M. d'Aigleroche, une lettre d'adieu qui devait être remise le soir. Lettre difficile qu'elle recommença plusieurs fois et à laquelle, finalement, elle renonça.

« Je lui écrirai plus tard, se disait-elle, quand sa colère aura passé. »

Et elle se rendit dans la haute salle à manger.

D'énormes bûches flambaient au creux de l'âtre. Des panoplies de fusils et de carabines ornaient les murs. De toutes parts, les invités affluaient et venaient serrer la main du comte d'Aigleroche, un de ces types de gentilshommes campagnards, lourds d'aspect, puissants d'encolure, qui ne vivent que pour la chasse. Debout devant la cheminée, un grand verre de fine champagne à la main, il trinquait.

Hortense l'embrassa distraitement.

– Comment ! mon oncle, vous, si sobre d'ordinaire…

Bah ! dit-il, une fois l'an… on peut bien se permettre quelque excès…

– Ma tante vous grondera.

– Ta tante a sa migraine et ne descendra pas. D'ailleurs, ajouta-t-il d'un ton bourru, cela ne la regarde pas… et toi encore moins, ma petite.

Le prince Rénine s'approcha d'Hortense. C'était un homme jeune, d'une grande élégance, le visage mince et un peu pâle, et dont les yeux avaient tour à tour l'expression la plus douce et la plus dure, la plus aimable et la plus ironique.

Il s'inclina devant la jeune femme, lui baisa la main et lui dit :

– Je vous rappelle votre bonne promesse, chère madame ?

– Ma promesse ?

– Oui, il était convenu entre nous que nous recommencerions notre belle promenade d'hier, et que nous essaierions de visiter cette vieille demeure barricadée dont l'aspect nous avait intrigués… ce qu'on appelle, paraît-il, le domaine de Halingre.

Elle répliqua avec une certaine sécheresse :

– Tous mes regrets, monsieur, mais l'excursion serait longue et je suis un peu lasse. Je fais un tour dans le parc et je rentre.

Il y eut un silence entre eux, et Serge Rénine prononça en souriant, les yeux fixés aux siens, et de manière qu'elle seule entendît :

– Je suis sûr que vous tiendrez votre parole et que vous m'accepterez comme compagnon. C'est préférable.

– Pour qui ? Pour vous, n'est-ce pas ?

– Pour vous aussi, je vous l'affirme.

Elle rougit légèrement et riposta :

– Je ne comprends pas, monsieur.

– Je ne vous propose pourtant aucune énigme. La route est charmante, le domaine de Halingre intéressant. Nulle autre promenade ne vous apporterait le même agrément.

– Vous ne manquez pas de fatuité, monsieur.

– Ni d'obstination, madame.

Elle eut un geste irrité, mais dédaigna de répondre. Lui tournant le dos, elle donna quelques poignées de main autour d'elle et sortit de la pièce.

Au bas du perron, un groom tenait son cheval. Elle se mit en selle et s'en alla vers les bois qui continuaient le parc.

Le temps était frais et calme. Entre les feuilles qui frissonnaient à peine, apparaissait un ciel de cristal bleu. Hortense suivait au pas des allées sinueuses qui la conduisirent, au bout d'une demi-heure, dans une région de ravins et d'escarpements que traversait la grand-route.

Elle s'arrêta. Aucun bruit. Rossigny avait dû éteindre son moteur et cacher sa voiture dans les fourrés qui environnent le carrefour de l'If.

Cinq cents mètres au plus la séparaient de ce rond-point. Après quelques instants d'hésitation, elle mit pied à terre, attacha négligemment son cheval afin qu'au moindre effort il pût se délivrer et revenir au château, enveloppa son visage avec un long voile marron qui flottait sur ses épaules, et s'avança.

Elle ne s'était pas trompée. Au premier tournant, elle aperçut Rossigny. Il courut à elle et l'entraîna dans le taillis.

– Vite, vite. Ah ! j'avais si peur d'un retard… ou même d'un changement de décision !… Et vous voilà ! Est-ce possible ?

Elle souriait.

– Ce que vous êtes heureux de faire une bêtise !

– Si je suis heureux ! Et vous le serez aussi, je le jure !

– Peut-être, mais je ne ferai pas de bêtise, moi !

– Vous agirez à votre guise, Hortense. Votre vie sera un conte de fées.

– Et vous, le prince charmant !

– Vous aurez tout le luxe, toutes les richesses…

– Je ne veux ni luxe ni richesses.

– Quoi, alors ?

– Le bonheur.

– Votre bonheur, j'en réponds.

Elle plaisanta :

– Je doute un peu de la qualité du bonheur que j'aurai par vous.

– Vous verrez… Vous verrez…

Ils étaient arrivés près de l'automobile. Rossigny, tout en bégayant des mots de joie, mit en mouvement le moteur. Hortense monta et se couvrit d'un vaste manteau. La voiture suivit sur l'herbe l'étroit sentier qui la ramena au carrefour, et Rossigny accélérait la vitesse, lorsque subitement il dut freiner.

Un coup de feu avait claqué dans le bois voisin, sur la droite. L'auto allait de côté et d'autre.

– C'est une crevaison, un pneu d'avant, proféra Rossigny, qui sauta à terre.

– Mais pas du tout ! s'écria Hortense. On a tiré.

– Impossible, chère amie Voyons, que dites-vous !

Au même moment, il y eut deux légers chocs et deux autres détonations retentirent, coup sur coup, assez loin, toujours dans le bois.

Rossigny grinça :

– Les pneus d'arrière… crevés… Mais, bougre de sort, quel est le bandit ?… Si je le tenais, celui-là !

Il escalada le talus qui bordait la route. Personne. D'ailleurs les feuilles du taillis cachaient la vue.

– Crebleu de crebleu jura-t-il. Vous aviez raison… on tirait sur l'auto ! Ah ! elle est raide ! Nous voilà bloqués pour des heures ! Trois pneus à réparer !… Mais que faites-vous donc, chère amie ?

À son tour, la jeune femme descendait de voiture. Elle courut vers lui, tout agitée.

– Je m'en vais…

– Mais pourquoi ?

– Je veux savoir. On a tiré. Qui ? Je veux savoir…

– Ne nous séparons pas, je vous en supplie…

– Croyez-vous que je vais vous attendre pendant des heures ?

– Mais notre départ ?… nos projets ?…

– Demain… nous en reparlerons… Rentrez au château… Rapportez les valises…

– Je vous en prie, je vous en prie… Ce n'est pourtant pas de ma faute. Vous avez l'air de m'en vouloir.

– Je ne vous en veux pas. Mais, sapristi, quand on enlève une femme, on ne crève pas, mon cher. À tout à l'heure.

En hâte elle s'en alla, eut la chance de retrouver son cheval, et partit au galop dans une direction opposée à La Marèze.

Pour elle, il n'y avait pas le moindre doute : les trois coups de feu avaient été tirés par le prince Rénine…

– C'est lui, murmura-t-elle avec colère, c'est lui… Il n'y a que lui qui soit capable d'agir ainsi…

Ne l'en avait-il pas prévenue, du reste, avec une autorité souriante ?

– Vous viendrez, j'en suis sûr… Je vous attends.

Elle pleurait de rage et d'humiliation. À ce moment, elle se fût trouvée en face du prince Rénine qu'elle l'eût cravaché.

Devant elle s'étendait l'âpre et pittoresque contrée qui couronne, au nord, le département de la Sarthe et qu'on dénomme la petite Suisse. Des pentes rudes l'obligeaient souvent à ralentir, d'autant plus qu'il lui fallait parcourir une dizaine de kilomètres pour atteindre le but qu'elle s'était assignée. Mais, si son élan devenait moins emporté, si l'effort physique s'apaisait peu à peu, elle n'en persistait pas moins dans sa révolte contre le prince Rénine. Elle lui en voulait, non seulement de l'acte inqualifiable qu'il avait commis, mais aussi de sa conduite envers elle depuis trois jours, de ses assiduités, de son assurance, de son air d'excessive politesse.

Elle approchait. Au fond d'une vallée, un vieux mur d'enceinte, fendu de lézardes, habillé de mousse et d'herbes folles, laissait voir le clocheton d'un château et quelques fenêtres closes de leurs volets. C'était le domaine de Halingre.

Elle suivit le mur et tourna. Au centre de la demi-lune qui s'arrondissait devant la porte d'entrée, Serge Rénine attendait, debout, près de son cheval.

Elle sauta à terre et, comme il s'avançait vers elle le chapeau à la main et la remerciait d'être venue, elle s'écria :

– Avant tout, monsieur, un mot. Il s'est passé tout à l'heure un fait inexplicable. On a tiré trois coups de feu sur une automobile où je me trouvais. Ces coups de feu ont-ils été tirés par vous ?

– Oui.

Elle parut interdite.

– Alors, vous avouez ?

– Vous me posez une question, madame, j'y réponds.

– Mais, comment avez-vous osé ?… De quel droit ?…

– Je n'ai pas exercé un droit, madame, j'ai obéi à un devoir.

– En vérité ! Et à quel devoir ?

– Le devoir de vous protéger contre un homme qui cherche à exploiter la détresse de votre vie.

– Monsieur, je vous défends de parler ainsi. Je suis responsable de mes actions, et c'est en toute liberté que j'ai pris ma décision…

– Madame, j'ai entendu ce matin la conversation que vous avez eue, de votre fenêtre, avec M. Rossigny, et il ne m'a pas semblé que vous le suiviez de gaieté de cœur. Je reconnais toute la brutalité et le mauvais goût de mon intervention et je m'en excuse humblement, mais j'ai voulu, au risque de passer pour un goujat, vous accorder quelques heures de réflexion.

– C'est tout réfléchi, monsieur. Quand j'ai résolu une chose, je ne change pas d'avis.

– Si, madame, quelquefois, puisque vous êtes ici au lieu d'être là-bas.

La jeune femme eut un moment de gêne. Toute sa colère était tombée. Elle regardait Rénine avec cet étonnement que l'on éprouve en face de certains êtres différents des autres, plus capables d'actes inaccoutumés, plus généreux et plus désintéressés. Elle se rendait parfaitement compte qu'il agissait sans arrière-pensée ni calcul, simplement, comme il le disait, par devoir de galant homme envers une femme qui se trompe de chemin.

Très doucement, il lui dit :

– Je sais très peu de choses sur vous, madame, assez cependant pour que j'aie le désir de vous être utile. Vous avez vingt-six ans et vous êtes orpheline. Il y a sept ans, vous avez épousé le neveu par alliance du comte d'Aigleroche, lequel neveu, assez bizarre d'esprit, à moitié fou, a dû être enfermé. D'où impossibilité pour vous de divorcer, et obligation, votre dot ayant été dissipée, de vivre à la charge de votre oncle et auprès de lui. Le milieu est triste, le comte et la comtesse ne s'accordent pas. Jadis le comte a été abandonné par sa première femme, laquelle s'est enfuie avec le premier mari de la comtesse. Les deux époux délaissés ont, par dépit, uni leurs destinées, mais n'ont trouvé dans ce mariage que déceptions et rancœurs. Vous en subissez le contrecoup. Vie monotone, étriquée, solitaire pendant plus de onze mois sur douze. Un jour, vous avez rencontré M. de Rossigny qui s'est épris de vous et vous a proposé la fuite. Vous ne l'aimiez pas. Mais l'ennui, votre jeunesse qui se perd, le besoin d'imprévu, le désir de l'aventure… bref, vous avez accepté avec l'intention très nette d'éconduire votre amoureux, mais avec l'espoir un peu naïf que ce scandale forcerait votre oncle à vous rendre des comptes et à vous assurer une existence indépendante. Voilà où vous en êtes. À l'heure actuelle, il faut choisir : ou bien vous mettre entre les mains de M. Rossigny… ou bien vous confier à moi.

Elle leva les yeux sur lui. Que voulait-il dire ? Que signifiait cette offre qu'il fit gravement, comme un ami qui ne demande qu'à se dévouer ?

Après un silence, il prit les deux chevaux par la bride et les attacha. Puis il examina la lourde porte dont chacun des battants était renforcé par deux planches clouées en forme de croix. Une affiche électorale, datée de vingt ans, montrait que personne depuis cette époque n'avait franchi le seuil du domaine.

Rénine arracha un des poteaux de fer qui soutenaient un grillage tendu autour de la demi-lune et l'utilisa comme levier. Les planches pourries cédèrent. L'une d'elles démasqua la serrure qu'il attaqua au moyen d'un couteau épais, muni de lames nombreuses et d'outils. Une minute plus tard, la porte s'ouvrait sur un champ de fougères qui s'étendait jusqu'à une longue bâtisse délabrée que dominait, entre quatre clochetons d'angle, une sorte de belvédère construit sur une tourelle.

Le prince se retourna vers Hortense.

– Rien ne vous presse, dit-il. Ce soir, vous prendrez votre décision, et si M. Rossigny parvient une seconde fois à vous convaincre, je vous jure sur l'honneur que vous ne me trouverez pas en travers de votre chemin. Jusque-là, accordez-moi votre présence. Nous avons résolu hier de visiter ce château, visitons-le, voulez-vous ? C'est une manière comme une autre de passer le temps et j'ai idée que celle-ci ne manquera pas d'intérêt.

Il avait une manière de parler qui commandait l'obéissance. Il semblait à la fois ordonner et implorer. La jeune femme n'essaya même pas de secouer l'engourdissement où sa volonté sombrait peu à peu. Elle le suivit vers un perron à moitié démoli, au haut duquel on apercevait une porte également renforcée de planches en croix.

Rénine procéda de la même manière. Ils entrèrent dans un large vestibule, dallé de noir et blanc, meublé de dressoirs anciens et de stalles d'église, et orné d'un écusson de bois où se voyaient des vestiges d'armoiries représentant un aigle cramponné à un bloc de pierre, tout cela sous un tissu de toiles d'araignées qui pendaient sur une porte.

– La porte du salon, évidemment, affirma Rénine.

L'ouverture en fut plus difficile, et ce n'est qu'en l'ébranlant à coups d'épaule qu'il réussit à pousser l'un des battants.

Hortense n'avait pas prononcé une parole. Elle assistait non sans étonnement à cette suite d'effractions exécutées avec une véritable maîtrise. Il devina sa pensée et, se retournant, lui dit d'un ton sérieux :

– C'est un jeu d'enfant pour moi. J'ai été serrurier.

Elle lui saisit le bras tout en murmurant :

– Écoutez.

– Quoi ? fit-il.

Elle accentua son étreinte, exigeant le silence. Presque aussitôt, il murmura :

– En effet, c'est étrange.

– Écoutez… écoutez…, répéta Hortense stupéfaite. Oh ! est-ce possible ?

543

Ils entendaient, non loin d'eux, un bruit sec, le bruit d'un petit choc revenant à intervalles réguliers, et il leur suffit de prêter l'oreille avec attention pour reconnaître le tic-tac d'une horloge. Vraiment oui, c'était cela qui scandait le grand silence du salon obscur, c'était bien le tic-tac très lent, rythmé comme le battement d'un métronome, que produit un lourd balancier de cuivre. C'était cela. Et rien ne pouvait leur paraître plus impressionnant que la pulsation mesurée de ce petit mécanisme qui avait continué de vivre dans la mort du château… par quel miracle ? par quel phénomène inexplicable ?

– Pourtant, balbutia Hortense, qui n'osait élever la voix, pourtant personne n'est entré ?…

– Personne.

– Et il est inadmissible que cette horloge ait pu marcher pendant vingt ans sans être remontée ?

– Inadmissible.

– Alors ?

Serge Rénine ouvrit les trois fenêtres et en força les volets.

Ils se trouvaient bien dans un salon, et ce salon n'offrait pas la moindre trace de désordre. Les sièges étaient à leur place. Aucun des meubles ne manquait. Les gens qui l'habitaient, et qui en avaient fait la pièce la plus intime de leur demeure, étaient partis sans rien emporter, ni des livres qu'ils lisaient, ni des bibelots rangés sur les tables ou sur les consoles.

Rénine examina la vieille horloge de campagne, enfermée dans sa haute gaine sculptée qui laissait voir, par une vitre ovale, le disque du balancier. Il ouvrit : les poids, pendus aux cordes, étaient au bout de leur course.

À ce moment, il y eut un déclic. L'horloge sonna huit fois, d'une voix grave que la jeune femme ne devait jamais oublier.

– Quel prodige ! murmura-t-elle.

– Un vrai prodige, en effet, déclara-t-il, car le mécanisme, très simple, ne permet guère qu'un mouvement d'une semaine.

– Et vous ne voyez rien de particulier ?

– Non, rien… ou du moins…

Il se pencha et, du fond de la gaine, il tira un tube de métal que les poids dissimulaient, et qu'il tourna vers le jour.

– Une longue-vue, dit-il pensivement… Pourquoi l'a-t-on cachée là ?... Et on l'a laissée dans toute sa longueur… C'est bizarre… Que signifie... ?

Une seconde fois, selon l'habitude, l'horloge se mit à sonner. Huit coups retentirent. Rénine referma la gaine, et, sans se dessaisir de la longue-vue, continua son inspection. Une large baie faisait communiquer le salon avec une pièce plus petite, sorte de fumoir, meublée elle aussi, mais où cependant il y avait une vitrine à fusils dont le râtelier était vide. Accroché au panneau voisin, un calendrier montrait une date : le 5 septembre.

– Ah ! s'écria Hortense confondue, la même date qu'aujourd'hui !... Ils ont arraché les feuilles de leur calendrier jusqu'au 5 septembre… Et c'est l'anniversaire de ce jour ! Quel hasard inouï !

– Inouï, prononça-t-il… c'est l'anniversaire de leur départ… il y a aujourd'hui vingt ans…

– Avouez, dit-elle, que tout cela est incompréhensible.

– Oui… évidemment… mais tout de même…

– Vous avez quelque idée ?...

Il répondit au bout de quelques secondes :

– Ce qui m'intrigue, c'est cette longue-vue cachée… jetée là, au dernier moment… À quoi servait-elle ? Des fenêtres du rez-de-chaussée, on ne voit que les arbres du jardin… et sans doute aussi de toutes les fenêtres… Nous sommes dans une vallée, sans le moindre horizon… Pour se servir de cet instrument, il fallait monter tout en haut… Voulez-vous que nous montions ?

Elle n'hésita pas. Le mystère qui se dégageait de toute l'aventure excitait si vivement sa curiosité qu'elle ne songeait qu'à suivre Rénine et à le seconder dans ses recherches.

Ils montèrent donc l'escalier principal et parvinrent au second étage, sur une plate-forme où s'amorçait l'escalier en spirale du belvédère.

Là-haut, c'était une terrasse en plein air, mais entourée d'un parapet qui s'élevait à plus de deux mètres.

– Cela devait former autrefois des créneaux que l'on a remplis depuis, remarqua le prince Rénine. Tenez, il fut un temps où il y avait des meurtrières. Elles ont été bouchées.

– En tout cas, dit-elle, ici également la longue-vue était inutile, et nous n'avons plus qu'à redescendre.

– Je ne suis pas de votre avis, dit-il. Logiquement il devait y avoir quelque échappée sur la campagne, et logiquement c'est ici que la longue-vue était utilisée.

À la force des poignets, il se hissa jusqu'au faîte du parapet, et il put voir que, de là, on apercevait toute la vallée, le parc, dont les grands arbres limitaient l'horizon, et, assez loin, au bout d'une coupure dans une colline boisée, une autre tour en ruine, très basse, emmaillotée de lierre, et qui était peut-être à sept ou huit cents mètres de distance.

Rénine reprit son examen. On eût dit que pour lui tout le problème se résumait dans l'emploi de la longue-vue, et que ce problème serait immédiatement résolu si l'on pouvait découvrir la façon dont elle était employée.

Il étudia une à une les meurtrières. L'une d'elles, ou plutôt l'emplacement de l'une d'elles, attira surtout son attention. Il existait, au milieu de la couche de plâtre qui devait servir à la boucher, un creux rempli de terre et où des plantes avaient poussé.

Il arracha ces plantes et enleva cette terre, ce qui débarrassa l'orifice d'un trou de vingt centimètres de diamètre, qui perçait le mur de part en part. S'étant penché, Rénine constata que cette fissure, étroite et profonde, dirigeait fatalement le regard, par-dessus le sommet tassé des arbres et suivant la coupure de la colline, jusqu'à la tour de lierre.

Au fond de ce conduit, dans une sorte de rainure qui courait comme une rigole, la longue-vue trouva sa place, et si exactement qu'il eût été impossible de la bouger, si peu que ce fût, vers la droite ou vers la gauche…

Rénine, qui avait essuyé la partie extérieure des lentilles, tout en prenant soin de ne pas déranger d'une ligne le point de mire, appliqua son œil au petit bout de l'instrument.

Il resta trente ou quarante secondes, attentif et silencieux. Puis il se releva, et prononça d'une voix altérée :

– C'est effroyable… En vérité, c'est effroyable…

– Qu'y a-t-il donc ? demanda-t-elle anxieusement.

– Regardez…

Elle se courba, mais, pour elle, l'image n'étant pas nette, il fallut mettre l'instrument à sa vue. Presque aussitôt elle dit avec un frisson :

– Ce sont deux épouvantails, n'est-ce pas ? tous deux perchés là-haut ?… Mais pourquoi ?

– Regardez, répéta-t-il, regardez plus attentivement. Sous les chapeaux… les visages.

– Oh ! fit-elle, en défaillant, quelle horreur !

Le champ de la lunette offrait, découpé en rond comme une projection lumineuse, ce spectacle : la plate-forme d'une tour tronquée, dont le mur, plus haut dans la partie la plus éloignée, formait comme une toile de fond, d'où déferlaient des vagues de lierre. Devant, au milieu d'un fouillis d'arbustes, deux êtres, un homme et une femme appuyés, renversés contre un écroulement de pierres.

Mais pouvait-on appeler homme et femme ces deux formes, ces deux mannequins sinistres, qui portaient bien des vêtements et des vestiges de chapeaux, mais qui n'avaient plus d'yeux, plus de joues, plus de menton, plus une parcelle de chair, et qui étaient strictement et réellement deux squelettes ?…

– Deux squelettes, balbutia Hortense… deux squelettes habillés… Qui les a transportés là ?

– Personne.

– Cependant…

– Cet homme et cette femme ont dû mourir en haut de cette tour, il y a des années et des années… et, sous les vêtements, les chairs se sont pourries, les corbeaux les ont dévorées…

– Mais c'est affreux ! c'est affreux ! dit Hortense qui était toute pâle et dont la figure se crispait de dégoût.

Une demi-heure plus tard, Hortense Daniel et Serge Rénine quittaient le château de Halingre. Avant de partir, ils avaient poussé jusqu'à la tour de lierre, reste d'un vieux donjon aux trois quarts démoli. L'intérieur était vide. On devait y monter, à une époque relativement récente, par des échelles et des escaliers de bois dont les débris gisaient sur le sol. La tour s'adossait au mur qui marquait l'extrémité du parc.

Chose bizarre, et qui surprit Hortense, le prince Rénine avait négligé de poursuivre une enquête plus minutieuse, comme si l'affaire eût perdu pour lui tout intérêt. Il n'en parlait même plus, et, dans l'auberge du village le plus proche, où on leur servit quelques aliments, ce fut elle qui interrogea l'aubergiste sur le château abandonné. Vainement d'ailleurs, car cet homme, nouveau dans la contrée, ne put fournir aucune indication. Il ignorait même le nom du propriétaire.

Ils reprirent la route de La Marèze. Plusieurs fois, Hortense rappela l'ignoble vision contemplée. Mais Rénine, très gai, rempli de prévenances pour sa compagne, semblait tout à fait indifférent à ces questions.

– Enfin, quoi ! s'écria-t-elle impatientée, il est impossible d'en rester là ! Une solution s'impose.

– En effet, dit-il, une solution s'impose. Il faut que M. Rossigny sache à quoi s'en tenir et que vous preniez une décision à son égard.

Elle haussa les épaules.

– Eh ! il s'agit bien de cela. Pour aujourd'hui…

– Pour aujourd'hui ?

– Il s'agit de savoir ce que c'est que ces deux cadavres.

– Cependant, Rossigny…

– Rossigny attendra. Mais moi, je ne peux pas attendre.

Soit. D'autant plus qu'il n'a peut-être pas encore fini de réparer ses pneus. Mais que lui direz-vous ? C'est cela l'essentiel.

– L'essentiel, c'est ce que nous avons vu. Vous m'avez mise en face d'un mystère en dehors duquel rien ne compte plus. Voyons, quelles sont vos intentions ?

Mes intentions ?

– Oui, voici deux cadavres… Vous allez prévenir la justice, n'est-ce pas ?

– Bonté céleste ! dit-il en riant, pour quoi faire ?

– Mais il y a là une énigme que l'on doit à tout prix éclaircir… un drame effrayant…

– Nous n'avons besoin de personne pour cela.

– Comment ! Que dites-vous ? Vous y comprenez quelque chose ?

– Mon Dieu, à peu près aussi clairement que si j'avais lu dans un livre une histoire longuement racontée avec illustrations à l'appui. Tout cela est d'une simplicité !

Elle l'examina du coin de l'œil, se demandant s'il se moquait d'elle. Mais il avait l'air fort sérieux.

– Et alors ? dit-elle toute frémissante.

Le jour commençait à baisser. Ils avaient marché rapidement et lorsqu'ils approchèrent de La Marèze, les chasseurs s'en revenaient.

– Alors, dit-il, nous allons compléter nos renseignements auprès des personnes habitant le pays… Connaissez-vous quelqu'un qui soit qualifié ?

– Mon oncle. Il n'a jamais quitté cette région.

– Parfaitement. Nous interrogerons M. d'Aigleroche, et vous verrez avec quelle logique rigoureuse tous ces faits s'enchaînent les uns aux autres. Quand on tient le premier anneau, on est obligé, qu'on le veuille ou non, d'atteindre le dernier. Je ne connais rien de plus amusant.

Au château, ils se séparèrent. Hortense trouva ses bagages et une lettre furieuse de Rossigny par laquelle il lui faisait ses adieux et lui annonçait son départ.

– Béni soit-il, se dit Hortense, ce ridicule personnage a découvert la meilleure solution.

Son flirt avec lui, son escapade, ses projets, elle avait tout oublié. Rossigny lui semblait beaucoup plus étranger à sa vie que ce déconcertant Rénine qui lui inspirait, quelques heures auparavant, si peu de sympathie.

Rénine vint frapper à sa porte.

– Votre oncle est dans sa bibliothèque, dit-il. Voulez-vous m'accompagner ? Je l'ai prévenu de ma visite.

Elle le suivit.

Il ajouta :

– Un mot encore. Ce matin, en contrariant vos projets et en vous suppliant de vous confier à moi, j'ai pris par là même, à votre égard, un engagement dont je ne veux pas tarder à m'acquitter, vous allez en avoir la preuve formelle.

– Vous n'avez pris qu'un engagement, dit-elle en riant, celui de satisfaire ma curiosité.

– Elle sera satisfaite, affirma-t-il avec gravité, et bien au-delà de tout ce que vous pouvez concevoir, si M. d'Aigleroche confirme mes raisonnements.

M. d'Aigleroche était seul, en effet. Il fumait sa pipe et buvait du sherry. Il en offrit un verre à Rénine qui refusa.

– Et toi, Hortense ? fit-il, la voix un peu pâteuse. Tu sais qu'ici on ne s'amuse guère que durant ces journées de septembre. Profites-en. Tu as fait une bonne promenade avec Rénine ?

– C'est à ce sujet précisément que je voudrais vous parler, cher monsieur, interrompit le prince.

– Vous m'excuserez, mais dans dix minutes je dois aller à la gare chercher une amie de ma femme.

– Oh ! dix minutes me suffisent amplement.

– Juste le temps de fumer une cigarette, alors ?

– Pas davantage.

Il prit une cigarette dans la boîte que lui offrait M. d'Aigleroche, l'alluma et lui dit :

– Figurez-vous que le hasard de cette promenade nous a conduits jusqu'à un vieux domaine que vous connaissez évidemment, le domaine de Halingre ?

– Certes. Mais il est fermé, barricadé depuis un quart de siècle, je crois. Vous n'avez pas pu entrer ?

– Si.

– Allons donc ! Visite intéressante ?

Extrêmement. Nous avons découvert les choses les plus étranges.

– Quelles choses ? demanda le comte qui regardait sa montre.

Rénine raconta :

– Des pièces barricadées, un salon qu'on avait laissé dans son ordre de vie quotidienne, une pendule qui, par miracle, sonna notre arrivée…

– De bien petits détails, murmura M. d'Aigleroche.

– Il y a mieux, en effet. Nous sommes montés au haut du belvédère, et, de là, nous avons vu, sur une tour, assez loin du château… nous avons vu deux cadavres, deux squelettes plutôt… un homme et une femme que recouvrent encore les vêtements qu'ils portaient quand ils ont été assassinés…

– Oh ! oh ! assassinés ? simple supposition…

– Certitude ; et c'est à ce propos que nous sommes venus vous importuner. Ce drame, qui justement doit remonter à une vingtaine d'années, n'a-t-il pas été connu à cette époque ?

Ma foi, non, déclara le comte d'Aigleroche, je n'ai jamais entendu parler d'aucun crime, d'aucune disparition.

– Ah ! fit Rénine, qui sembla un peu décontenancé, j'espérais avoir quelques renseignements…

– Je regrette.

– En ce cas, excusez-moi.

Il consulta Hortense du regard et marcha vers la porte. Mais, se ravisant :

– Vous ne pourriez pas tout au moins, cher monsieur, me mettre en rapport avec des personnes de votre entourage, de votre famille… qui, elles, seraient au courant ?

– De ma famille ? et pourquoi ?

– Parce que le domaine de Halingre appartenait, appartient encore sans doute, aux d'Aigleroche. Les armoiries montrent un aigle sur un bloc de pierre… sur une roche. Et tout de suite le rapport s'est imposé à moi.

Cette fois, le comte parut surpris. Il repoussa sa bouteille et son verre et dit :

– Que m'apprenez-vous ? J'ignorais ce voisinage.

Rénine hocha la tête en souriant :

– Je serais plutôt disposé à croire, cher monsieur, que vous n'êtes pas très pressé d'admettre un degré de parenté quelconque entre vous… et ce propriétaire inconnu.

– C'est donc un homme peu recommandable ?

– C'est un homme qui a tué, tout simplement.

– Que dites-vous ?

Le comte s'était levé. Hortense, très émue, articula :

– Êtes-vous sûr vraiment qu'il y ait eu crime et que ce crime ait été commis par quelqu'un du château ?

– Tout à fait sûr.

– Mais pourquoi cette certitude ?

– Parce que je sais qui furent les deux victimes et la cause du meurtre.

Le prince Rénine ne procédait que par affirmations, et on eût cru, à l'entendre, qu'il s'appuyait sur les preuves les plus solides.

M. d'Aigleroche allait et venait dans la pièce, les mains au dos. Il finit par dire :

– J'ai toujours eu l'intuition qu'il s'était passé quelque chose, mais je n'ai jamais cherché à savoir… Donc, en effet, il y a vingt ans, un de mes parents, un cousin éloigné, habitait le domaine de Halingre. J'espérais, à cause du nom que je porte, que cette histoire, dont je n'ai pas eu connaissance, je le répète, mais que j'ai soupçonnée, resterait à jamais dans l'ombre.

– Ainsi donc, ce cousin a tué ?…

– Oui, il a été contraint de tuer.

Rénine hocha la tête.

– Je suis au regret de rectifier cette phrase, cher monsieur. La vérité, c'est que votre cousin a tué, au contraire, froidement, lâchement. Je ne connais pas de crime qui ait été conçu avec plus de sang-froid et de sournoiserie.

– Qu'en savez-vous ?

Le moment était venu pour Rénine de s'expliquer, moment grave, lourd d'angoisse, dont Hortense comprenait toute la solennité, bien qu'elle n'eût encore rien deviné du drame où le prince s'engageait pas à pas.

– L'aventure est fort simple, dit-il. Tout permet de croire que ce M. d'Aigleroche était marié, et qu'aux environs du domaine de Halingre habitait un autre couple, avec lequel les deux châtelains entretenaient des relations d'amitié. Que se passa-t-il un jour ? Laquelle de ces quatre personnes apporta, la première, le trouble dans les relations des deux ménages ? Je ne pourrais le dire. Mais il y a une version qui se présente aussitôt à l'esprit, c'est que la femme de votre cousin, Mme d'Aigleroche, donnait des rendez-vous à l'autre mari dans la tour de lierre, laquelle avait une sortie directe sur la campagne. Mis au courant de l'intrigue, votre cousin d'Aigleroche résolut de se venger, mais de telle façon qu'il n'y eût pas de scandale, et que personne ne sût même jamais que les coupables avaient été tués. Or, il avait constaté – ce que, moi, j'ai constaté tantôt – qu'il y avait un endroit du château, le belvédère, d'où l'on pouvait voir, par-dessus les arbres et les vallonnements du parc, la tour qui se trouvait à huit cents mètres de là, et qu'il n'y avait même que de cet endroit que l'on dominât le sommet de la tour. Il pratiqua donc un trou au travers du parapet, à l'emplacement d'une ancienne meurtrière condamnée, et de là, au moyen d'une longue-vue qui reposait exactement au fond du canal creusé, il assistait aux rendez-vous des deux coupables. Et c'est par là également qu'ayant bien pris toutes ses mesures, ayant calculé toutes ses distances, c'est par là qu'un dimanche, 5 septembre, le château étant vide, il tua les amants de deux coups de fusil.

La vérité apparaissait. La lumière du jour luttait contre les ténèbres. Le comte murmura :

– Oui… c'est bien cela qui a dû se passer… C'est ainsi que mon cousin d'Aigleroche…

– L'assassin, continua Rénine, boucha soigneusement la meurtrière avec une motte de terre. Qui saurait jamais que deux cadavres pourrissaient en haut de cette tour où nul n'allait jamais, et dont il eut la précaution de démolir les escaliers de bois ? Il ne lui restait plus qu'à expliquer la disparition de sa femme et de son ami. Explication facile. Il les accusa d'avoir pris la fuite ensemble.

Hortense tressauta. D'un coup, comme si cette dernière phrase eût été une révélation complète, et, pour elle, absolument imprévue, elle comprenait où Rénine voulait en venir.

– Que dites-vous ?

– Je dis que M. d'Aigleroche accusa sa femme et son ami d'avoir pris la fuite ensemble.

– Non, non, s'écria-t-elle, non, je ne puis admettre… Il s'agit d'un cousin de mon oncle… Alors pourquoi mêler deux histoires ?…

– Pourquoi mêler cette histoire à une autre histoire dont il fut question à cette époque ? répondit le prince. Mais je ne les mêle pas, chère madame, il n'y a qu'une histoire, et je la raconte telle qu'elle s'est passée.

Hortense se tourna vers son oncle. Il se taisait, les bras croisés, et sa tête demeurait dans l'obscurité que formait l'abat-jour de la lampe. Pourquoi n'avait-il pas protesté ?

Rénine reprit fermement :

– Il n'y a qu'une histoire. Le soir même du 5 septembre, à huit heures, M. d'Aigleroche, donnant sans doute comme prétexte qu'il se mettait à la recherche des fugitifs, quitta son château après l'avoir barricadé. Il s'en alla, en laissant toutes les pièces telles qu'elles étaient, et en n'emportant que les fusils de sa vitrine. À la dernière minute, il eut le pressentiment, justifié aujourd'hui, que la découverte de cette longue-vue qui avait joué un tel rôle dans la préparation de son crime, pourrait servir de point de départ à une enquête, et il la jeta dans la gaine de l'horloge où le hasard voulut qu'elle interrompît la course du balancier. Cet acte machinal, comme tous les criminels en commettent inévitablement, devait le trahir vingt ans plus tard. Tantôt, les coups que je donnai pour ébranler la porte du salon, dégagèrent le balancier. L'horloge reprit sa course, huit heures sonnèrent, et… j'eus le fil d'Ariane qui devait me conduire dans le labyrinthe.

Hortense balbutia :

– Des preuves !… des preuves !…

– Des preuves ? répliqua fortement Rénine. Mais elles abondent et vous les connaissez comme moi. Qui aurait pu tuer à cette distance de huit cents mètres, sinon un tireur habile, un fervent de la chasse, n'est-ce pas, monsieur d'Aigleroche ? Des preuves ? Pourquoi rien ne fut-il enlevé au château, rien, sinon les fusils, ces fusils dont un fervent de la chasse ne peut se passer, n'est-ce pas, monsieur d'Aigleroche… ces fusils que nous retrouvons ici, disposés en panoplie ? Des preuves ? Et cette date du 5 septembre qui fut celle du crime, et qui a laissé dans l'âme du criminel un tel souvenir d'horreur que, chaque année, à cette époque, à cette époque seulement, il s'entoure de distractions et que, chaque année, à cette date du 5 septembre, il oublie ses habitudes de tempérance ? Or, nous sommes le 5 septembre aujourd'hui. Des preuves ? Mais, quand il n'y en aurait pas d'autres, celle-ci ne vous suffit-elle pas ?

Et Rénine tendait le bras et désignait le comte d'Aigleroche, qui, devant l'évocation terrifiante du passé, venait de s'effondrer sur un fauteuil et cachait sa tête entre ses mains.

Hortense n'opposa pas la moindre objection. Elle n'avait jamais aimé son oncle, ou plutôt l'oncle de son mari. Elle admit aussitôt l'accusation portée contre lui.

Une minute s'écoula.

Coup sur coup M. d'Aigleroche se versa du sherry, et deux fois vida son verre. Puis il se leva et s'approcha de Rénine.

– Que l'histoire soit véridique on non, monsieur, on ne peut pas appeler criminel le mari qui venge son honneur et supprime l'épouse infidèle.

– Non, répliqua Rénine, mais je n'ai donné que la première version de l'histoire. Il y en a une autre infiniment plus grave… et plus vraisemblable… une autre à laquelle une enquête plus minutieuse aboutirait sûrement.

– Que voulez-vous dire ?

– Ceci. Il ne s'agit peut-être pas d'un mari justicier, comme je l'ai supposé charitablement. Il s'agit peut-être d'un homme ruiné qui convoite la fortune et la femme de son ami, et qui, pour cela, pour se libérer, pour se débarrasser de son ami et de sa propre femme, les attire dans un piège, leur conseille de visiter cette tour abandonnée, et de loin, bien à l'abri, les tue à coups de fusil.

– Non, non, protesta le comte, non, tout cela est faux.

– Je ne dis pas non. J'appuie mon accusation sur des preuves, mais aussi sur des intuitions et des raisonnements qui, jusqu'ici, sont très exacts. Tout de même, je veux bien

554

que cette seconde version soit fausse. Mais en ce cas, pourquoi des remords ? On n'a pas de remords, quand on châtie des coupables.

– On en a quand on tue. C'est un fardeau écrasant à porter.

– Est-ce pour se donner plus de force que M. d'Aigleroche a épousé plus tard la veuve de sa victime ? Car tout est là, monsieur. Pourquoi ce mariage ? M. d'Aigleroche était-il ruiné ? Celle qu'il épousait en secondes noces était-elle riche ? Ou bien encore s'aimaient-ils tous deux, et fût-ce d'accord avec elle que M. d'Aigleroche a tué sa première femme et le mari de sa seconde femme ? Autant de problèmes que j'ignore, qui pour l'instant n'ont pas d'intérêt, mais que la justice, avec tous les moyens dont elle dispose, n'aurait pas de mal à éclaircir.

M. d'Aigleroche chancela. Il dut s'appuyer au dossier d'une chaise et, livide, il bégaya :

– Vous allez avertir la justice ?

– Non, non, déclara Rénine. D'abord il y a prescription. Et puis vingt ans de remords et d'épouvante, un souvenir qui poursuivra le coupable jusqu'à sa dernière heure, le désaccord sans doute dans son ménage, la haine, l'enfer de chaque jour... et, pour finir, l'obligation de retourner là-bas et d'effacer les traces du double crime, l'effroyable châtiment de monter sur cette tour, de toucher à ces squelettes, de les dévêtir, de les enterrer... c'est suffisant. N'en demandons pas trop, et n'allons pas jeter tout cela en pâture au public et faire un scandale qui rejaillirait sur la nièce de M. d'Aigleroche. Non. Laissons toutes ces ignominies.

Le comte reprit sa posture devant la table, ses mains crispées autour de son front. Il murmura :

– Alors, pourquoi ?...

– Pourquoi mon intervention ? dit Rénine. Si j'ai parlé, c'est pour atteindre un but quelconque, n'est-ce pas ? En effet. Si minime qu'elle soit, il faut bien une sanction, et il faut bien à notre entretien un dénouement pratique. Mais n'ayez aucune crainte, M. d'Aigleroche en sera quitte à bon marché.

La lutte était finie. Le comte sentit qu'il n'y avait plus qu'une petite formalité à remplir, un sacrifice à accepter et, reprenant un peu d'assurance, il dit avec une certaine ironie :

– Combien ?

Rénine se mit à rire.

– Parfait. Vous comprenez la situation. Seulement, vous vous trompez en me mettant en cause. Moi, je travaille pour la gloire.

– En ce cas ?...

– Il s'agit tout au plus d'une restitution.

– Une restitution ?

Rénine se pencha sur le bureau et dit :

– Il y a là, dans un de ces tiroirs, un acte qui a été soumis à votre signature. C'est un projet de transaction entre vous et votre nièce, Hortense Daniel, relativement à sa fortune, fortune qui a été dissipée et dont vous êtes responsable. Signez cette transaction.

M. d'Aigleroche eut un haut-le-corps.

– Vous savez quelle est la somme ?

– Je ne veux pas le savoir.

– Et si je refuse ?

– Je demande une entrevue à la comtesse d'Aigleroche.

Sans plus d'hésitation, le comte ouvrit son tiroir, en sortit un document sur papier timbré, et vivement signa.

– Voici, dit-il, et j'espère...

– Vous espérez comme moi qu'il n'y aura plus rien de commun entre nous ? J'en suis persuadé. Je pars ce soir, votre nièce demain, sans doute. Adieu, monsieur.

Dans le salon, où aucun des invités n'était encore descendu, Rénine remit l'acte à Hortense. Elle paraissait stupéfaite de tout ce qu'elle avait entendu, et quelque chose la confondait plus encore que cette lumière implacable projetée sur le passé de son oncle, c'était la clairvoyance prodigieuse et l'extraordinaire lucidité de l'homme qui, depuis quelques heures, commandait aux événements et faisait surgir, devant ses yeux, les tableaux mêmes du drame auquel nul n'avait assisté.

– Êtes-vous contente de moi ? demanda-t-il.

Elle lui tendit les deux mains.

– Vous m'avez sauvée de Rossigny. Vous m'avez donné la liberté et l'indépendance. Je vous remercie du fond du cœur.

– Oh ! ce n'est pas cela que je vous demande, dit-il. Ce que j'ai voulu d'abord, c'est vous distraire. Votre vie était monotone et manquait d'imprévu. En fut-il de même aujourd'hui ?

– Comment pouvez-vous poser une telle question ? J'ai vécu les minutes les plus fortes et les plus étranges.

– C'est cela, la vie, dit-il, quand on sait regarder et rechercher. L'aventure est partout, au fond de la chaumière la plus misérable, sous le masque de l'homme le plus sage. Partout, si on le veut, il y a prétexte à s'émouvoir, à faire le bien, à sauver une victime, à mettre fin à une injustice.

Elle murmura, frappée par ce qu'il y avait en lui de puissance et d'autorité :

– Qui donc êtes vous ?

– Un aventurier, pas autre chose. Un amateur d'aventures. La vie ne vaut d'être vécue qu'aux heures d'aventures, aventures des autres ou aventures personnelles. Celle d'aujourd'hui vous a bouleversée parce qu'elle touchait au plus profond de votre être. Mais celles des autres ne sont pas moins passionnantes. Voulez-vous en faire l'épreuve ?

– Comment ?

– Soyez ma compagne d'aventures. Si quelqu'un m'appelle au secours, secourez-le avec moi. Si le hasard ou si mon instinct me met sur la piste d'un crime ou sur la trace d'une douleur, partons tous deux de compagnie. Voulez-vous ?

– Oui, fit-elle. Mais…

Elle hésita. Elle cherchait le projet secret de Rénine.

– Mais, acheva-t-il en souriant, vous vous défiez un peu : « Où donc cet amateur d'aventures veut-il m'entraîner ? Il est évident que je lui plais et qu'un jour ou l'autre il ne serait pas fâché de toucher ses honoraires. » Vous avez raison. Il faut entre nous un contrat précis.

– Très précis, dit Hortense, qui préférait mettre la conversation sur le ton de la plaisanterie. J'écoute vos propositions.

Il réfléchit un instant et continua :

– Eh bien ! voilà. Aujourd'hui, jour de la première aventure, l'horloge de Halingre a sonné huit coups. Voulez-vous que nous acceptions l'arrêt qu'elle a rendu, et que sept fois encore, dans un délai de trois mois, par exemple, nous poursuivions ensemble de belles entreprises ? Et voulez-vous qu'à la huitième fois, vous soyez tenue de m'accorder ? …

– Quoi ?

Il suspendit sa réponse.

– Notez que vous serez toujours libre de m'abandonner en cours de route, si je ne réussis pas à vous intéresser. Mais si vous me suivez jusqu'au bout, si vous me permettez de commencer et d'achever avec vous la huitième entreprise, dans trois mois, le 5 décembre, à l'instant même où le huitième coup de cette horloge sonnera – et il sonnera, soyez-en sûre, car le vieux balancier de cuivre ne s'arrêtera plus dans sa course – vous serez tenue de m'accorder…

– Quoi ? répéta-t-elle, un peu crispée par l'attente.

Il se tut. Il regardait les jolies lèvres qu'il voulait demander comme récompense, et il fut tellement sûr que la jeune femme avait compris, qu'il jugea inutile de parler de façon plus claire.

– La seule joie de vous voir me suffira. Ce n'est pas à moi, mais à vous de poser des conditions. Quelles sont-elles ? Qu'exigez-vous ?

Elle lui sut gré de son respect et répondit en riant :

– Ce que j'exige ?…

– Oui.

– Je puis exiger n'importe quoi de difficile ?

– Tout est facile à qui veut vous conquérir.

– Et si ma demande est impossible ?

– Il n'y a que l'impossible qui m'intéresse.

Alors elle dit :

– J'exige que vous me rendiez une agrafe de corsage ancienne, composée d'une cornaline sertie dans une monture de filigrane. Elle me venait de ma mère qui la tenait de la sienne, et tout le monde savait qu'elle leur avait porté bonheur et qu'elle me portait bonheur. Depuis qu'elle a disparu du coffret où elle était enfermée, je suis malheureuse. Rendez-la-moi, monsieur le bon génie.

– Quand vous a-t-elle été volée, cette agrafe ?

Elle eut un accès de gaieté :

– Il y a sept ans… ou huit ans… ou neuf ans, je ne sais pas trop… Je ne sais pas où… Je ne sais pas comment… Je ne sais rien…

– Je la retrouverai, affirma Rénine, et vous serez heureuse.

CHAPITRE 2

La carafe d'eau

Quatre jours après son installation à Paris, Hortense Daniel accepta de rencontrer, au Bois, le prince Rénine. Par une matinée radieuse, ils s'assirent à la terrasse du restaurant Impérial, un peu à l'écart.

La jeune femme était heureuse de vivre, enjouée, pleine de grâce et de séduction. Par peur de l'effaroucher, Rénine se garda bien de faire allusion au pacte qu'il avait proposé. Elle raconta son départ de La Marèze et affirma qu'elle n'avait pas entendu parler de Rossigny.

– Moi, dit Rénine, j'ai entendu parler de lui.

– Ah !

– Oui, il m'a envoyé ses témoins. Duel ce matin. Piqûre à l'épaule de Rossigny. Affaire liquidée.

– Causons d'autre chose.

Il ne fut plus question de Rossigny. Tout de suite, Rénine exposa à Hortense le plan de deux expéditions qu'il avait en vue et auxquelles il lui offrait, sans enthousiasme, de participer.

– La meilleure aventure, dit-il, c'est celle qu'on ne prévoit pas. Elle surgit à l'improviste, sans que rien l'ait annoncée et sans que personne même, sauf les initiés, remarque cette occasion d'agir et de se dépenser qui passe à la portée de la main. Il faut la saisir tout de suite. Une seconde d'hésitation et il est trop tard. Un sens spécial nous avertit, un flair de chien de chasse qui démêle la bonne odeur parmi toutes celles qui s'entrecroisent.

Autour d'eux, la terrasse commençait à se remplir. À la table voisine, un jeune homme dont ils apercevaient le profil insignifiant et la longue moustache brune, lisait un journal. En arrière, par une des fenêtres du restaurant, il arrivait une rumeur lointaine d'orchestre ; dans un des salons, quelques personnes dansaient.

Toutes ces personnes, Hortense les observait une à une, comme si elle eût espéré découvrir en l'une d'elles le petit signe qui révèle le drame intime, la destinée malheureuse ou la vocation criminelle.

Or, comme Rénine réglait les consommations, le jeune homme à la longue moustache étouffa un cri, et appela un des garçons d'une voix étranglée.

– Combien vous dois-je ?… Vous n'avez pas de monnaie ? Ah ! bon Dieu, hâtez-vous !…

Sans hésiter, Rénine avait saisi le journal. Après un coup d'œil rapide il lut à demi-voix :

– M. Dourdens, le défenseur de Jacques Aubrieux, a été reçu à l'Élysée. Nous croyons savoir que le président de la République a refusé la grâce du condamné et que l'exécution aura lieu demain matin.

Lorsque le jeune homme eut traversé la terrasse, il se trouva sous le porche du jardin, en face d'un monsieur et d'une dame qui lui barraient le passage, et le monsieur lui dit :

– Excusez-moi, monsieur, mais j'ai surpris votre émotion. Il s'agit de Jacques Aubrieux, n'est-ce pas ?

– Oui… oui… Jacques Aubrieux… balbutia le jeune homme. Jacques, mon ami d'enfance, je cours chez sa femme… elle doit être folle de douleur…

– Puis-je vous offrir mon assistance ? Je suis le prince Rénine. Madame et moi, nous serions heureux de voir Mme Aubrieux et de nous mettre à sa disposition.

Le jeune homme, bouleversé par la nouvelle qu'il avait lue, semblait ne pas comprendre. Il se présenta gauchement :

– Dutreuil… Gaston Dutreuil…

Rénine fit signe à Clément, son chauffeur, qui attendait à quelque distance, et poussa Gaston Dutreuil dans l'automobile, en demandant :

– L'adresse ? l'adresse de Mme Aubrieux ?

– C'est avenue du Roule, 23 bis…

Dès que Hortense fut montée, il répéta l'adresse au chauffeur, et, aussitôt en route, voulut interroger Gaston Dutreuil.

– Je connais à peine l'affaire, dit-il. Expliquez-moi en deux mots. Jacques Aubrieux a tué un de ses proches parents, n'est-ce pas ?

– Il est innocent, monsieur, répliqua le jeune homme qui paraissait incapable de donner la moindre explication. Innocent, je le jure… Voilà vingt ans que je suis l'ami de Jacques… Il est innocent… et ce serait monstrueux…

On ne put rien tirer de lui. D'ailleurs le trajet fut rapide. Ils entrèrent dans Neuilly par la porte des Sablons et, deux minutes plus tard, s'arrêtaient devant une étroite et longue allée, bordée de murs, qui les conduisit vers un petit pavillon à un seul étage.

Gaston Dutreuil sonna.

– Madame est dans le salon avec sa mère, déclara la bonne qui ouvrit.

– Je vais voir ces dames, dit-il en emmenant Rénine et Hortense.

C'était un salon assez grand, joliment meublé, qui, en temps ordinaire, devait servir de cabinet de travail. Deux femmes y pleuraient, dont l'une assez âgée, aux cheveux grisonnants, vint au-devant de Gaston Dutreuil. Celui-ci expliqua la présence du prince Rénine et, tout de suite, elle s'écria en sanglotant :

– Le mari de ma fille est innocent, monsieur. Jacques ! mais c'est le meilleur des hommes… un cœur d'or ! Lui, assassiner son cousin !… Mais il l'adorait, son cousin ! Je vous jure qu'il est innocent, monsieur ! Et on va commettre l'infamie de le tuer ? Ah ! monsieur, c'est la mort de ma fille.

Rénine comprit que tous ces gens vivaient, depuis des mois, dans l'obsession de cette innocence, et dans la certitude qu'un innocent ne pouvait pas être exécuté. La nouvelle de l'exécution, inévitable maintenant, les rendait fous.

Il s'avança vers une pauvre créature courbée en deux, et dont le visage, tout jeune, encadré de jolis cheveux blonds, était convulsé par le désespoir. Déjà Hortense s'était assise auprès d'elle et doucement l'avait attirée contre son épaule. Rénine lui dit :

– Madame, je ne sais pas ce que je peux faire pour vous. Mais je vous affirme sur l'honneur que, s'il y a quelqu'un au monde qui peut vous être utile, c'est moi. Je vous supplie donc de me répondre comme si la clarté et la netteté de vos réponses pouvaient changer la face des choses, et comme si vous vouliez me faire partager votre opinion sur Jacques Aubrieux. Car il est innocent, n'est-ce pas ?

– Oh, monsieur ! fit-elle avec un élan de tout son être.

– Eh bien ! cette certitude que vous n'avez pas pu communiquer à la justice, il faut me l'imposer. Je ne vous demande pas d'entrer dans les détails et de revivre l'affreux calvaire, mais simplement de répondre à un certain nombre de questions. Le voulez-vous ?

– Parlez, monsieur.

Elle était dominée. En quelques phrases, Rénine avait réussi à la soumettre et à lui insuffler la volonté d'obéir. Et, une fois de plus, Hortense comprit tout ce qu'il y avait en Rénine de force, d'autorité et de persuasion.

— Que faisait votre mari ? demanda-t-il, après avoir prié la mère et Gaston Dutreuil de garder un silence absolu.

— Courtier d'assurances.

— Heureux en affaires ?

— Jusqu'à l'autre année, oui.

— Donc, depuis quelques mois, des embarras d'argent ?

— Oui.

— Et le crime a été commis... ?

— En mars dernier, un dimanche.

— La victime ?

— Un cousin éloigné, M. Guillaume, qui habitait Suresnes.

— Le montant du vol ?

— Soixante billets de mille francs que ce cousin avait reçus la veille en paiement d'une vieille dette.

— Votre mari le savait ?

— Oui. Le dimanche, son cousin le lui a dit au cours d'une conversation téléphonique, et Jacques insista pour que son cousin ne gardât pas chez lui une telle somme et la déposât dès le lendemain dans une banque.

— C'était le matin ?

— À une heure de l'après-midi. Jacques devait justement aller chez M. Guillaume avec sa motocyclette. Mais, assez fatigué, il le prévint qu'il ne sortirait pas. Il resta donc toute la journée ici.

— Seul ?

– Oui, seul. Les deux bonnes avaient congé. Moi, je me rendis dans un cinéma des Ternes avec maman et avec notre ami Dutreuil. Le soir, nous apprenions l'assassinat de M. Guillaume. Le lendemain matin, Jacques était arrêté.

– Sur quelles charges ?

La malheureuse hésita. Les charges devaient être écrasantes. Puis, sur un geste de Rénine, elle répliqua tout d'un trait :

– L'assassin s'est rendu à Saint-Cloud sur une motocyclette, et les traces relevées sont celles de la motocyclette de mon mari. On a retrouvé un mouchoir aux initiales de mon mari, et le revolver qui a servi lui appartenait. Enfin, un de nos voisins prétend qu'à trois heures il a vu mon mari sortir sur la motocyclette, et un autre l'a vu rentrer à quatre heures et demie. Or le crime a eu lieu à quatre heures.

– Et comment se défend Jacques Aubrieux ?

– Il affirme qu'il a dormi tout l'après-midi. Pendant ce temps quelqu'un est venu, a pu ouvrir la remise et a pris la motocyclette pour aller à Suresnes. Quant au mouchoir et au revolver, ils se trouvaient dans la sacoche. Rien d'étonnant à ce que l'assassin les ait utilisés.

– Cette explication est plausible…

– Oui, mais la justice fait deux objections. D'abord, personne, absolument personne, ne savait que mon mari devait rester chez lui toute la journée, puisque, au contraire, il sortait à motocyclette tous les dimanches après-midi.

– Ensuite ?

La jeune femme rougit et murmura :

– Dans l'office de M. Guillaume, l'assassin a bu à même la moitié d'une bouteille de vin. Sur cette bouteille, on a relevé les empreintes des doigts de mon mari.

Il sembla qu'elle avait donné tout son effort, et qu'en même temps l'espoir inconscient, qu'avait suscité en elle l'intervention de Rénine, s'évanouissait tout à coup devant l'accumulation des preuves. Elle retomba sur elle-même et s'absorba dans une sorte de rêverie silencieuse dont les soins affectueux d'Hortense ne purent la distraire.

La mère balbutia :

– Il est innocent, n'est-ce pas, monsieur ? Et on ne punit pas un innocent. On n'en a pas le droit. On n'a pas le droit de tuer ma fille. Oh ! mon Dieu, mon Dieu, qu'est-ce que nous avons fait pour qu'on nous persécute ainsi ? Ma pauvre petite Madeleine…

– Elle se tuera, disait Dutreuil, d'une voix épouvantée. Jamais elle ne supportera l'idée qu'on guillotine Jacques. Tantôt… cette nuit… elle se tuera.

Rénine allait et venait dans la pièce.

– Vous ne pouvez rien faire pour elle, n'est-ce pas ? demanda Hortense.

– Il est onze heures et demie, répliqua-t-il d'un air soucieux… et c'est demain matin.

– Le croyez-vous coupable ?

– Je ne sais pas… je ne sais pas… La conviction de la malheureuse est une chose impressionnante et qu'on ne doit pas négliger. Quand deux êtres ont vécu côte à côte durant des années, ils ne peuvent guère se tromper l'un sur l'autre à ce point… Et cependant !…

Il s'étendit sur un canapé et alluma une cigarette. Il en fuma trois de suite sans que personne interrompît sa méditation. Parfois il regardait sa montre. Les minutes avaient tant d'importance !

À la fin, il retourna près de Madeleine Aubrieux, lui saisit les mains, et lui dit très doucement :

– Il ne faut pas vous tuer. Jusqu'à la dernière minute, rien n'est perdu, et je vous promets que, pour ma part, jusqu'à cette dernière minute je ne me découragerai pas. Mais j'ai besoin de votre calme et de votre confiance.

– Je serai calme, dit-elle, d'un air pitoyable.

– Et vous aurez confiance ?

– J'aurai confiance.

– Eh bien ! attendez-moi. D'ici deux heures, je serai de retour. Vous venez avec nous, monsieur Dutreuil ?

Au moment de monter dans l'auto, il demanda au jeune homme :

– Connaissez-vous un petit restaurant peu fréquenté, pas bien loin, dans Paris ?

– La brasserie Lutetia, au rez-de-chaussée de la maison où j'habite, place des Ternes.

– Parfait, cela nous sera très commode.

En route, ils parlèrent à peine. Rénine, cependant, interrogea Gaston Dutreuil.

– Autant que je m'en souvienne, on les a, les numéros des billets, n'est-ce pas ?

– Oui, le cousin Guillaume avait inscrit les soixante numéros sur son carnet.

Rénine murmura, au bout d'un instant :

– Tout le problème est là. Où sont ces billets ? Qu'on mette la main dessus, et l'on est fixé.

À la brasserie Lutetia, le téléphone se trouvait dans une salle particulière où il pria qu'on leur servît à déjeuner. Une fois seul avec Hortense et avec Dutreuil, il décrocha le récepteur, d'un geste résolu.

– Allô… La Préfecture de police, s'il vous plaît, mademoiselle… Allô… Allô… la Préfecture ? Je voudrais communiquer avec le service de la Sûreté. Une communication de la plus haute importance. C'est de la part du prince Rénine.

Le récepteur à la main, il se retourna vers Gaston Dutreuil.

– Je puis convoquer quelqu'un ici, n'est-ce pas ? Nous y serons tout à fait tranquilles ?

– Certes.

Il écouta de nouveau.

– Le secrétaire de M. le chef de la Sûreté ? Ah ! très bien, monsieur le secrétaire, j'ai eu l'occasion d'être en rapport avec M. Dudouis, et de lui fournir, sur plusieurs affaires, des renseignements qui lui ont été fort utiles. Nul doute qu'il ne se souvienne du prince Rénine. Aujourd'hui je pourrais lui indiquer l'endroit où se trouvent les soixante billets de mille francs volés par l'assassin Aubrieux à son cousin. Si ma proposition l'intéresse, qu'il veuille bien m'envoyer un inspecteur à la brasserie Lutetia, place des Ternes. J'y serai avec une dame et avec M. Dutreuil, l'ami d'Aubrieux. Je vous salue, monsieur le secrétaire.

Lorsque Rénine raccrocha l'appareil, il aperçut auprès de lui les visages stupéfaits d'Hortense et de Gaston Dutreuil.

Hortense murmura :

– Vous savez donc ? Vous avez donc découvert ?

– Rien du tout, dit-il en riant.

– Alors ?

– Alors j'agis comme si je savais. C'est un moyen comme un autre. Déjeunons, voulez-vous ?

La pendule marquait alors midi trois quarts.

– Dans vingt minutes au plus, dit-il, l'envoyé de la Préfecture sera là.

– Et si personne ne vient ? objecta Hortense.

– Cela m'étonnerait. Ah ! si j'avais fait dire à M. Dudouis «Aubrieux est innocent », je manquais mon effet. La veille d'une exécution, allez donc convaincre ces messieurs de la police ou de la justice qu'un condamné à mort est innocent ! Non. Jacques Aubrieux appartient d'ores et déjà au bourreau. Mais la perspective des soixante billets, voilà une aubaine qui vaut le dérangement. Pensez donc que c'est le point faible de l'accusation, ces billets qu'on n'a pas retrouvés.

– Mais puisque vous ne savez rien…

– Chère amie, vous me permettez de vous appeler ainsi ? chère amie, quand on ne peut pas expliquer tel phénomène physique, on adopte une hypothèse quelconque où toutes les manifestations de ce phénomène trouvent leur explication, et l'on dit que tout se passe comme s'il en était ainsi. C'est ce que je fais.

– Autant dire que vous supposez quelque chose ?

Rénine ne répondit pas. Ce ne fut que longtemps après, à la fin du repas, qu'il reprit :

– Évidemment, je suppose quelque chose. Si j'avais plusieurs jours devant moi, je prendrais la peine de vérifier d'abord cette hypothèse, laquelle s'appuie autant sur mon intuition que sur l'observation de quelques faits épars. Mais je n'ai que deux heures, et je m'engage sur la route inconnue comme si j'étais certain qu'elle me conduit à la vérité.

– Et si vous vous trompiez ?

– Je n'ai pas le choix. D'ailleurs il est trop tard. On frappe. Ah ! un mot encore. Quelles que soient mes paroles, ne me démentez pas. Vous non plus, monsieur Dutreuil.

Il ouvrit la porte. Un homme maigre, à barbe rousse, entra.

– Le prince Rénine ?

– C'est moi, monsieur. De la part de M. Dudouis, sans doute ?

– Oui.

Et le nouveau venu se présenta :

– Inspecteur principal Morisseau.

– Je vous remercie de votre diligence, monsieur l'Inspecteur principal, dit le prince Rénine, et je suis d'autant plus heureux que M. Dudouis vous ait envoyé, que je connais vos états de service, et que j'ai suivi avec admiration certaines de vos campagnes.

L'inspecteur s'inclina, très flatté.

– M. Dudouis m'a mis à votre entière disposition, ainsi que deux inspecteurs que j'ai laissés sur la place, et qui, tous deux, se sont occupés de l'affaire avec moi, dès le début.

– Ce ne sera pas long, déclara Rénine, et je ne vous demande même pas de vous asseoir. Il faut que ce soit réglé en quelques minutes. Vous savez de quoi il s'agit ?

– Des soixante billets de mille francs volés à M. Guillaume, et dont voici les numéros.

Rénine examina la liste et affirma :

– C'est cela même. Nous sommes d'accord.

L'inspecteur Morisseau parut très ému.

– Le chef attache à votre découverte la plus grande importance. Ainsi, vous pourriez m'indiquer ?...

Rénine garda le silence un instant, puis déclara :

– Monsieur l'Inspecteur principal, mon enquête personnelle, enquête rigoureuse et au courant de laquelle je vous mettrai tout à l'heure, m'a révélé qu'à son retour de Suresnes, l'assassin, après avoir apporté la motocyclette dans la remise de l'avenue du Roule, est venu en courant jusqu'aux Ternes et qu'il est entré dans cette maison.

– Dans cette maison ?

– Oui.

– Mais qu'y venait-il faire ?

– Y cacher le produit de son vol, les soixante billets de mille.

– Comment ? Dans quel endroit ?

– Dans un appartement dont il avait la clef, au cinquième étage.

Gaston Dutreuil s'écria, stupéfait :

– Mais au cinquième étage, il n'y a qu'un appartement, et c'est moi qui l'habite.

– Justement, et comme vous étiez au cinéma avec Mme Aubrieux et sa mère, on a profité de votre absence…

– Impossible, il n'y a que moi qui aie la clef.

– On entre sans clef.

– Mais je n'ai relevé aucune trace.

Morisseau s'interposa :

– Voyons, expliquons-nous. Vous dites que les billets de banque auraient été dissimulés chez M. Dutreuil ?

– Oui.

– Mais puisque Jacques Aubrieux a été arrêté le lendemain matin, ces billets y seraient encore ?

– C'est mon avis.

Gaston Dutreuil ne put s'empêcher de rire.

– Mais c'est absurde, je les aurais découverts.

– Les avez-vous cherchés ?

– Non. Mais je serais tombé dessus à chaque instant. Le logement est grand comme la main. Voulez-vous le voir ?

– Si petit qu'il soit, il suffit pour contenir soixante feuilles de papier.

– Évidemment, fit Dutreuil, évidemment, tout est possible. Cependant je dois vous répéter que personne, à mon avis, n'est entré chez moi, qu'il n'y a qu'une clef, que je fais mon ménage moi-même, et que je ne comprends pas très bien…

Hortense non plus ne comprenait pas. Ses yeux attachés aux yeux du prince Rénine, elle essayait de pénétrer jusqu'au fond de sa pensée. Quel jeu jouait-il ? Devait-elle l'appuyer dans ses affirmations ? Elle finit par dire :

— Monsieur l'Inspecteur principal, puisque le prince Rénine prétend que les billets ont été déposés là-haut, le plus simple n'est-il pas de chercher ? M. Dutreuil nous conduira, n'est-ce pas ?

— Tout de suite, dit le jeune homme. C'est en effet ce qu'il y a de plus simple.

Tous les quatre ils escaladèrent les cinq étages de l'immeuble, et Dutreuil ayant ouvert, ils pénétrèrent dans un logement exigu composé de deux chambres et de deux cabinets, tout cela rangé avec un ordre méticuleux. On devinait que chacun des fauteuils et que chacune des chaises de la pièce qui servait de salon occupait sa place définitive. Les pipes avaient leur étagère, les allumettes la leur. Suspendues à trois clous, s'alignaient par rang de taille trois cannes. Sur un guéridon, devant la fenêtre, un carton à chapeau, rempli de papier de soie, attendait le chapeau de feutre que Dutreuil y déposa avec soin… À côté, sur le couvercle, il allongea ses gants. Il agissait posément et machinalement, en homme qui se plaît à voir les choses dans la position qu'il a choisie pour elles. Aussi, dès que Rénine eut déplacé un objet, il esquissa un geste de protestation, reprit son chapeau, le colla sur sa tête, ouvrit la fenêtre, et s'accouda au rebord, le dos tourné, comme s'il eût été incapable de supporter le spectacle de pareils sacrilèges.

— Vous affirmez, n'est-ce pas ?… demanda l'inspecteur à Rénine.

— Oui, oui, j'affirme qu'après le crime, les soixante billets ont été apportés ici.

— Cherchons.

C'était facile et ce fut rapidement exécuté. Au bout d'une demi-heure, il ne restait pas un coin qui n'eût été exploré, pas un bibelot qui n'eût été soupesé.

— Rien, fit l'inspecteur Morisseau. Devons-nous continuer ?

— Non, répliqua Rénine. Les billets n'y sont plus.

— Que voulez-vous dire ?

— Je veux dire qu'on les a enlevés.

— Qui ? Précisez votre accusation.

Rénine ne répliqua point. Mais Gaston Dutreuil fit volte-face. Il suffoquait.

— Monsieur l'inspecteur, voulez-vous que je la précise, moi, l'accusation, telle qu'elle apparaît dans les propos de monsieur ? Tout cela signifie qu'il y a un malhonnête homme ici, que les billets cachés par l'assassin ont été découverts, volés par ce malhonnête homme, et déposés dans un autre endroit plus sûr. Voilà bien votre idée, n'est-ce pas, monsieur ? Et c'est bien moi que vous accusez de vol, n'est-ce pas ?

Il avançait en se frappant la poitrine à grands coups.

– Moi ! moi ! j'aurais trouvé les billets ! et je les aurais gardés pour moi ! Vous osez prétendre…

Rénine ne répondait toujours pas. Dutreuil s'emporta, et prenait à partie l'inspecteur Morisseau, il s'écria :

– Monsieur l'Inspecteur, je proteste énergiquement contre toute cette comédie, et contre le rôle que vous y jouez à votre insu. Avant notre arrivée, le prince Rénine nous a dit, à madame et à moi, qu'il ne savait rien, qu'il s'aventurait dans cette affaire au hasard, et qu'il suivait la première route venue, en s'en remettant à sa bonne chance. N'est-ce pas vrai, monsieur ?

Rénine ne broncha pas.

– Mais parlez donc, monsieur ! Expliquez-vous, car enfin, vous alléguez, sans donner aucune preuve, les faits les plus invraisemblables !!! C'est trop commode de dire que j'ai volé les billets. Mais encore faudrait-il savoir s'ils étaient ici ? Qui les avait apportés ? Pourquoi l'assassin aurait-il choisi mon appartement pour les cacher ? Tout cela est absurde, illogique et stupide… Des preuves, monsieur !… une seule preuve !

L'inspecteur Morisseau paraissait perplexe. Il interrogeait Rénine du regard.

Celui-ci prononça impassible :

– Puisque vous voulez des précisions, c'est Mme Aubrieux elle-même qui les donnera. Elle a le téléphone. Descendons. En une minute, nous serons fixés.

Dutreuil haussa les épaules.

Comme vous voudrez, mais que de temps perdu !

Il semblait fort irrité. Sa longue station à la fenêtre, sous un soleil brûlant, l'avait mis en sueur. Il passa dans sa chambre et revint avec une carafe d'eau dont il but quelques gorgées et qu'il reposa sur le bord de la fenêtre.

– Allons, dit-il.

Le prince Rénine ricana :

– On dirait que vous avez hâte de quitter cet appartement ?

– J'ai hâte de vous confondre, répliqua Dutreuil en claquant la porte.

Ils descendirent et gagnèrent le cabinet particulier où se trouvait le téléphone. La pièce était vide. Rénine demanda le numéro des Aubrieux à Gaston Dutreuil, décrocha, et obtint la communication.

Ce fut la bonne qui vint à l'appareil. Elle répondit que Mme Aubrieux, après une crise de désespoir, venait de s'évanouir, et que maintenant, elle dormait.

– Appelez sa mère. De la part du prince Rénine. C'est urgent.

Il passa un récepteur à Morisseau. D'ailleurs les voix étaient si nettes que Dutreuil et Hortense purent entendre toutes les paroles échangées.

– C'est vous, madame ?

– Oui. Le prince Rénine, n'est-ce pas ? Ah ! monsieur, qu'avez-vous à me dire ? Y a-t-il quelque espoir ? implora la vieille dame.

– L'enquête se poursuit d'une façon satisfaisante, prononça Rénine, et vous êtes en droit d'espérer. Pour l'instant, je viens vous demander un renseignement très grave. Le jour du crime, Gaston Dutreuil est-il venu chez vous ?

– Oui, après le déjeuner, il est venu nous chercher, ma fille et moi.

– A-t-il su à ce moment-là que le cousin Guillaume avait 60 000 francs chez lui ?

– Oui, je lui ai dit.

– Et que Jacques Aubrieux, un peu souffrant, ne ferait pas sa promenade ordinaire à motocyclette et resterait à dormir ?

– Oui.

– Vous en êtes bien sûre, madame ?…

– Absolument certaine.

– Et vous avez été ensemble au cinéma tous les trois ?

– Oui.

— Et vous avez assisté à la séance l'un près de l'autre ?

— Ah ! non, il n'y avait pas de place libre. Il s'est installé plus loin.

— À un endroit d'où vous pouviez le voir ?

— Non.

— Mais pendant l'entracte, il est venu près de vous ? Non, nous ne l'avons revu qu'à la sortie.

— Aucun doute à ce propos ?

— Aucun.

— C'est bien, madame, dans une heure, je vous rendrai compte de mes efforts. Mais surtout ne réveillez pas Mme Aubrieux.

— Et si elle se réveillait ?

— Rassurez-la et donnez-lui confiance. Tout va de mieux en mieux, beaucoup mieux même que je ne l'espérais.

Il raccrocha et se retourna vers Dutreuil en riant :

— Eh ! eh ! jeune homme, ça commence à prendre tournure. Qu'en dites-vous ?

Que signifiaient ces paroles ? Et quelles conclusions Rénine avait-il tirées de sa communication ? Le silence fut lourd et pénible.

— Monsieur l'Inspecteur principal, vous avez du monde sur la place, n'est-ce pas ?

— Deux brigadiers.

— Il y aurait intérêt à ce qu'ils fussent là. Veuillez aussi prier le patron qu'on ne nous dérange sous aucun prétexte.

Et lorsque Morisseau fut de retour, Rénine ferma la porte, se planta devant Dutreuil, et scanda d'un ton de bonne humeur :

— Somme toute, jeune homme, de trois heures à cinq heures, ce dimanche-là, ces dames ne vous ont pas vu. C'est un fait assez curieux.

— Un fait tout naturel, riposta Dutreuil, et qui, du reste, ne prouve rien du tout.

– Qui prouve, jeune homme, que vous avez eu à votre disposition deux bonnes heures.

– Évidemment, deux heures que j'ai passées au cinéma.

– Ou autre part.

Dutreuil l'observa.

– Ou autre part ?

– Oui, puisque vous étiez libre, vous avez eu tout le loisir pour aller vous promener à votre guise… Du côté de Suresnes, par exemple.

– Oh ! oh ! fit le jeune homme en plaisantant à son tour, Suresnes, c'est bien loin.

– Tout près ! N'aviez-vous pas la motocyclette de votre ami Jacques Aubrieux ?

Un nouveau silence suivit ces paroles. Dutreuil avait froncé les sourcils comme s'il cherchait à comprendre. À la fin on l'entendit chuchoter :

– Voilà donc où il voulait en venir… Ah ! le misérable…

La main de Rénine s'abattit sur son épaule.

– Plus de bavardages. Des faits ! Gaston Dutreuil, vous êtes la seule personne qui savait ce jour-là deux choses essentielles : 1° que le cousin Guillaume avait 60 000 francs chez lui ; 2° que Jacques Aubrieux ne devait pas sortir. Tout de suite le coup à faire vous apparut. La motocyclette était à votre disposition. Vous vous êtes esquivé pendant la séance. Vous avez été à Suresnes. Vous avez tué le cousin Guillaume. Vous avez pris les soixante billets de banque et vous les avez portés chez vous. Et, à cinq heures, vous retrouviez ces dames.

Dutreuil avait écouté d'un air à la fois goguenard et ahuri, en regardant de temps à autre l'inspecteur Morisseau comme pour le prendre à témoin.

– C'est un fou, il ne faut pas lui en vouloir.

Lorsque Rénine eut fini, il se mit à rire.

– Très drôle… une bonne farce… C'est donc moi que les voisins ont vu aller et revenir à motocyclette ?

– C'est vous, caché sous les vêtements de Jacques Aubrieux.

— Et ce sont les traces de mes doigts que l'on a relevées sur la bouteille dans l'office du cousin Guillaume ?

— Cette bouteille fut débouchée par Jacques Aubrieux, au déjeuner, chez lui, et c'est vous qui l'avez portée là-bas comme pièce à conviction.

— De plus en plus drôle, s'écria Dutreuil, qui avait l'air de s'amuser franchement. Alors j'aurais combiné mon affaire pour que Jacques Aubrieux fût accusé du crime ?

— C'était le plus sûr moyen de n'être pas accusé, vous.

— Oui, mais Jacques est mon ami d'enfance.

— Vous aimez sa femme.

Le jeune homme bondit, furieux soudain.

— Vous avez l'audace !… Quoi ! une pareille infamie ?

— J'en ai la preuve.

— Mensonge, j'ai toujours eu pour Mme Aubrieux un respect, une vénération…

— En apparence. Mais vous l'aimez. Vous la désirez. Ne dites pas non. J'ai toutes les preuves.

— Mensonge ! Vous me connaissez depuis tantôt.

— Allons donc, il y a des jours que je vous guette dans l'ombre et que j'attends le moment de vous sauter dessus.

Il saisit le jeune homme par les épaules et le secoua violemment.

— Allons, Dutreuil, avouez. J'ai toutes les preuves. J'ai des témoins que nous retrouverons tout à l'heure devant le chef de la Sûreté. Avouez donc ! Malgré tout, vous êtes bourrelé de remords. Rappelez-vous votre épouvante, au restaurant, quand vous avez lu le journal. Hein ! Jacques Aubrieux condamné à mort … Vous n'en demandiez pas tant ! Le bagne pour lui, ça vous suffisait. Mais l'échafaud… Jacques Aubrieux exécuté demain, lui qui est innocent ! Avouez donc, pour sauver votre tête. Avouez donc !

Courbé sur lui, de toutes ses forces, il essayait de lui arracher l'aveu. Mais l'autre se redressa, et froidement, avec une sorte de dédain, il prononça :

– Vous êtes fou, monsieur. Pas un mot de ce que vous dites n'a le sens commun. Toutes vos accusations sont fausses. Et les billets de banque, est-ce que vous les avez trouvés chez moi, comme vous l'affirmiez ?

Exaspéré, Rénine lui montra le poing.

– Ah ! canaille, j'aurai ta peau, va.

Il entraîna l'inspecteur :

– Eh bien ! qu'en dites-vous ? un fieffé coquin, n'est-ce pas ?

L'inspecteur hocha la tête.

– Peut-être… Mais tout de même… jusqu'ici… aucune charge réelle…

– Attendez, monsieur Morisseau, dit Rénine. Attendez notre entrevue avec M. Dudouis. Car nous le verrons à la Préfecture, n'est-ce pas, M. Dudouis ?

– Oui, il y sera à trois heures.

– Eh bien ! vous serez édifié, monsieur l'Inspecteur principal ! Je vous prédis que vous serez édifié.

Rénine ricanait en homme sûr des événements. Hortense qui était près de lui, et qui pouvait lui parler sans être entendue des autres, dit à voix basse :

– Vous le tenez, n'est-ce pas ?

Il acquiesça de la tête.

– Si je le tiens ! c'est-à-dire que je ne suis pas plus avancé qu'à la première minute.

– Mais c'est affreux ! et vos preuves ?

– Pas l'ombre d'une preuve… J'espérais le démonter. Il s'est repris, le gredin.

– Pourtant, vous êtes certain que c'est lui ?

– Ce ne peut être que lui. J'en ai eu l'intuition dès le début, et depuis je ne le lâche pas de l'œil. J'ai vu grandir son inquiétude, au fur et à mesure que mon enquête semblait tourner autour de lui et se rapprocher. Maintenant, je sais.

– Et il aimerait Mme Aubrieux ?

– Logiquement, oui. Mais tout cela, ce sont des suppositions théoriques, ou bien des certitudes qui me sont personnelles. Ce n'est pas avec cela qu'on retient le couperet de la guillotine. Ah ! si l'on trouvait les billets de banque, M. Dudouis marcherait. Sinon, il me rira au nez.

– Alors ? murmura Hortense, le cœur serré d'angoisse.

Il ne répondit pas. Il arpentait la pièce, affectant l'allégresse et se frottant les mains. Tout allait à merveille ! Vraiment il est agréable de s'occuper d'affaires qui s'arrangent pour ainsi dire d'elles-mêmes.

– Si on se rendait à la Préfecture, monsieur Morisseau ? Le chef doit y être déjà. Et, au point où nous en sommes, autant en finir. M. Dutreuil veut bien nous accompagner ?

– Pourquoi pas ? fit celui-ci d'un air d'arrogance.

Mais à l'instant même où Rénine ouvrait la porte, il y eut du bruit dans le couloir, et le patron accourut en gesticulant.

– M. Dutreuil est encore là ? Monsieur Dutreuil, des flammes dans votre appartement ! C'est un passant qui nous avertit… il a vu cela de la place.

Les yeux du jeune homme brillèrent. Une demi-seconde peut-être, sa bouche grimaça un sourire que Rénine avisa.

– Ah ! bandit, s'écria-t-il, tu t'es trahi C'est toi qui as mis le feu là-haut, et maintenant les billets flambent.

Il lui barra le passage.

– Laissez-moi donc, hurlait Dutreuil. Il y a le feu et personne ne peut entrer, puisque personne n'a la clef. Tenez, la voici… Laissez-moi passer, sacrebleu !

Rénine lui arracha la clef des mains, et le tenant au collet :

– Ne bouge pas, mon bonhomme. Maintenant la partie est gagnée. Ah ! gredin… Monsieur Morisseau, voulez-vous donner l'ordre au brigadier de ne pas le perdre de vue et de lui brûler la cervelle s'il cherchait à décamper ? N'est-ce pas, brigadier, nous comptons sur vous ? une balle dans la tête…

Il monta précipitamment l'escalier, suivi d'Hortense et de l'inspecteur principal, qui, d'assez mauvaise humeur, protestait :

– Voyons, quoi, ce n'est pas lui qui a mis le feu, puisqu'il ne nous a pas quittés ?

– Eh parbleu, *il l'aura mis d'avance.*

– Comment, je vous le répète ? Comment ?

– Est-ce que je sais ! mais un incendie ne se déclare pas comme ça, sans raison, au moment même où l'on a besoin de brûler des papiers compromettants.

On entendait du bruit là-haut. C'étaient les garçons de la brasserie qui essayaient de démolir la porte. Une odeur âcre emplissait la cage de l'escalier.

Rénine atteignit le dernier étage.

– Place, les amis ! J'ai la clef.

Il l'introduisit dans la serrure et ouvrit.

Une vague de fumée le heurta, si violente, que l'on eût pu croire que tout l'étage brûlait. Mais Rénine vit tout de suite que l'incendie s'était éteint de lui-même, faute d'aliment, et qu'il n'y avait plus de flammes.

– Monsieur Morisseau, que personne n'entre avec nous, n'est-ce pas ? Le moindre importun pourrait tout contrarier. Fermez la porte au verrou, cela vaudra mieux.

Il passa dans la pièce de devant, où il était visible que l'incendie avait eu son foyer principal. Les meubles, les murs et le plafond, noircis par la fumée, n'avaient pas été atteints. En réalité, tout se réduisait à une flambée de papiers qui se consumaient encore au milieu de la pièce, devant la fenêtre.

Rénine se frappa le front.

– Triple imbécile Faut-il que je sois bête !

– Quoi ? fit l'inspecteur.

– Le carton à chapeau qui était sur le guéridon. C'est là qu'il avait caché les papiers. C'est là qu'ils étaient tout à l'heure encore, durant notre perquisition.

– Impossible !

– Eh oui, on l'oublie toujours, cette cachette-là, celle qui est trop en vue, à portée de la main ! Comment penser qu'un voleur laisse 60 000 francs dans un carton ouvert, où il dépose son chapeau en entrant, d'un geste distrait. On ne cherche pas là-dedans… Bien joué, monsieur Dutreuil !

L'inspecteur, qui demeurait incrédule, répéta :

– Non, non, impossible. Nous étions avec lui, et il n'a pas pu mettre le feu lui-même.

– Tout était préparé d'avance dans l'hypothèse d'une alerte… Le carton… les papiers de soie… les billets, tout cela devait être imprégné de quelque enduit inflammable. Il y aura jeté, au moment de partir, une allumette, une drogue, est-ce que je sais !

– Mais nous l'aurions vu, sapristi ! Et puis est-il admissible qu'un homme qui a tué pour dérober 60 000 francs les anéantisse de la sorte ? Si la cachette était si bonne – et elle l'était puisque nous ne l'avons pas découverte – pourquoi cette destruction inutile ?

– Il a eu peur, monsieur Morisseau. N'oublions pas qu'il joue sa tête. Tout plutôt que la guillotine, et cela, ces billets, c'était la seule preuve que l'on pouvait avoir contre lui. Comment l'aurait-il laissée ?

Morisseau fut stupéfait.

– Comment ! la seule preuve…

– Évidemment !

– Mais, vos témoins, vos charges ? tout ce que vous deviez raconter au chef ?

– Du bluff.

– Eh bien, vrai, bougonna l'inspecteur abasourdi, vous en avez de l'aplomb !

– Est-ce que vous auriez marché sans cela ?

– Non.

– Alors, qu'est-ce que vous réclamez ?

Rénine se baissa pour remuer les cendres. Mais il ne restait même pas de ces débris de papiers raidis qui gardent encore la forme de ce qu'ils étaient.

– Rien, dit-il. C'est tout de même drôle ! Comment diable s'y est-il pris pour allumer le feu ?

Il se releva et réfléchit, les yeux attentifs. Hortense eut l'impression qu'il donnait son effort suprême et qu'après ce dernier combat dans les ténèbres épaisses, il aurait son plan de victoire, ou se reconnaîtrait vaincu.

Défaillante, elle demanda avec anxiété :

– Tout est perdu, n'est-ce pas ?

– Non… non…. dit-il pensivement, tout n'est pas perdu. Il y a quelques secondes, tout était perdu. Mais voici une lueur qui se lève et qui me donne de l'espoir.

Oh ! mon Dieu, si cela pouvait être vrai !

– N'allons pas trop vite, dit-il. Ce n'est qu'une tentative… mais une très belle tentative… et qui peut réussir.

Il se tut un moment, puis il eut un sourire amusé, et dit, avec un claquement de langue :

Rudement fort, le Dutreuil. Cette façon de brûler les billets… quelle invention !… Et quel sang-froid ! Ah ! il m'a donné du fil à retordre, l'animal ! C'est un maître !

Il chercha un balai et poussa une partie des cendres dans la pièce voisine. De cette pièce, il rapporta un carton à chapeau de même grandeur et de même apparence que celui qui avait été brûlé, le posa sur le guéridon après avoir remué les papiers de soie qui le remplissaient, et avec une allumette y mit le feu.

Des flammes jaillirent, qu'il étreignit quand elles eurent consumé la moitié du carton et presque tous les papiers. D'une poche intérieure de son gilet, il tira une liasse de billets de banque, en prit six qu'il brûla presque entièrement et dont il arrangea les débris et cacha le reste au fond du carton parmi les cendres et les papiers noircis.

– Monsieur Morisseau, dit-il enfin, je vous demande une dernière fois votre concours. Allez chercher Dutreuil. Dites-lui simplement ces mots :

« Vous êtes démasqué, les billets n'ont pas pris feu. Suivez-moi » ; et amenez-le ici.

Malgré ses hésitations et la crainte d'outrepasser la mission que lui avait donnée le chef de la Sûreté, l'inspecteur principal ne put se soustraire à l'ascendant que Rénine avait pris sur lui. Il sortit.

Rénine se tourna vers la jeune femme.

– Vous comprenez mon plan de bataille ?

– Oui, dit-elle, mais l'épreuve est dangereuse. Croyez-vous que Dutreuil tombera dans le piège ?

– Tout dépend de l'état de ses nerfs et jusqu'à quel point il est démoralisé ; une attaque brusquée peut parfaitement le démolir.

– Cependant, s'il reconnaît, à quelque signe, le changement de carton ?

– Ah ! certes, toutes les chances ne sont pas contre lui. Le gaillard est bien plus malin que je ne le croyais, et fort capable de s'en tirer. Mais, d'autre part, comme il doit être inquiet ! Comme le sang doit lui bourdonner aux oreilles et lui brouiller les yeux ! Non, non, je ne pense pas qu'il tienne le coup… Il flanchera…

Ils n'échangèrent plus une parole. Rénine ne bougeait pas. Hortense demeurait troublée jusqu'au plus profond d'elle-même. Il s'agissait de la vie d'un homme innocent. Une erreur de tactique, un peu de malchance et, douze heures plus tard, Jacques Aubrieux était exécuté. Et, en même temps qu'une angoisse horrible, elle éprouvait, malgré tout, une sensation de curiosité ardente. Qu'allait faire le prince Rénine ? Qu'allait-il advenir de l'expérience tentée ? Comment résisterait Gaston Dutreuil ? Elle vivait une de ces minutes de tension surhumaine où la vie s'exaspère et prend toute sa valeur.

On perçut des pas dans l'escalier. C'étaient des pas d'hommes qui se hâtent. Le bruit se rapprocha. Ils arrivaient au dernier étage.

Hortense regarda son compagnon. Il s'était levé. Il écoutait, la figure transformée déjà par l'action. Dans le couloir, des pas résonnaient. Alors, soudain, il se détendit comme un ressort, courut vers la porte et cria :

– Vite !… finissons-en !

Des inspecteurs et deux garçons de la brasserie entrèrent. Dans le groupe des inspecteurs, il agrippa Dutreuil et le tira par le bras en disant avec gaieté :

– Bravo ! mon vieux. Le coup du guéridon et de la carafe, admirable ! Un chef-d'œuvre ! Seulement ça a raté.

– Quoi ! qu'est-ce qu'il y a ? marmotta le jeune homme en chancelant.

– Mon Dieu, oui, le feu n'a consumé qu'à moitié les papiers de soie et le carton, et, s'il y a eu des billets de banque brûlés, comme les papiers de soie… les autres sont là, au fond… Tu entends ? les fameux billets… la grande preuve du crime… ils sont là, où tu les avais cachés… Par hasard, ils ne sont pas brûlés… Tiens regarde… voici les numéros… tu peux les reconnaître… Ah ! tu es bien perdu, mon gaillard.

Le jeune homme s'était raidi. Ses yeux papillotaient. Il ne regarda pas, comme l'y invitait Rénine, il n'examina ni le carton, ni les billets. Du premier coup, sans prendre le temps de réfléchir, et sans que son instinct l'avertît, il crut, et, brutalement, il s'effondra sur une chaise en pleurant.

L'attaque brusquée, selon l'expression de Rénine, avait réussi. En voyant tous ses plans déjoués et l'ennemi maître de tous ses secrets, le misérable n'avait plus la force ni la clairvoyance nécessaires pour se défendre. Il abandonnait la partie.

Rénine ne le laissa pas respirer.

– À la bonne heure ! Tu sauves ta tête, tout simplement, mon petit. Écris donc ton aveu, pour t'en débarrasser. Tiens, voilà un stylo… Ah ! ça, tu n'as pas eu de veine, je le reconnais. C'était pourtant rudement bien machiné, ton truc du dernier moment. N'est-ce pas ? vous avez des billets de banque qui vous gênent, et que vous voulez anéantir ? Rien de plus facile. Vous posez sur le bord de la fenêtre une grosse carafe à ventre rebondi. Le cristal formera lentille et enverra les rayons du soleil sur le carton et sur les chiffons de soie convenablement préparés. Dix minutes après, ça flambe. Invention merveilleuse ! Et, ainsi que toutes les grandes découvertes, celle-ci provient du hasard, n'est-ce pas ? La pomme de Newton ?… Un jour, le soleil, en passant à travers l'eau de cette carafe, aura fait flamber des brins de mousse ou le soufre d'une allumette, et, comme tu avais le soleil, tout à l'heure, à ta disposition, tu t'es dit :

« Allons-y » et tu as placé la carafe au bon endroit. Mes compliments, Gaston. Tiens, voilà une feuille de papier. Écris « C'est moi l'assassin de M. Guillaume. » Écris donc, sacrebleu !

Penché sur le jeune homme, de toute son implacable volonté, il le contraignait à écrire, lui dirigeait la main et lui dictait la phrase. À bout de force, épuisé, Dutreuil écrivit.

– Monsieur l'Inspecteur principal, voici l'aveu, dit Rénine. Vous voudrez bien le porter à M. Dudouis. Ces messieurs, j'en suis sûr – il s'adressait aux garçons de la brasserie – consentiront à servir de témoins.

Et comme Dutreuil, accablé, ne bougeait pas, il le bouscula.

– Eh ! camarade, il faut se dégourdir. Maintenant que tu as été assez bête pour avouer, va jusqu'au bout de ta tâche, idiot.

L'autre l'observa, debout devant lui.

– Évidemment, reprit Rénine. Tu n'es qu'une gourde. Le carton avait été bel et bien brûlé, les billets aussi. Ce carton-là, c'est un autre, mon vieux, et ces billets-là, c'est à moi. J'en ai même brûlé six pour mieux te faire gober la chose. Et tu n'y as vu que du feu. Faut-il que tu sois abruti.

Au dernier moment, me donner une preuve, alors que je n'en avais pas une seule ! Et quelle preuve ! Ton aveu écrit ! Ton aveu écrit devant témoins ! Écoute, mon bonhomme, si on te coupe la tête, comme je l'espère bien, vrai, tu l'auras mérité. Adieu ! Dutreuil.

Dans la rue, le prince Rénine pria Hortense Daniel de prendre l'automobile, d'allez chez Madeleine Aubrieux et de la mettre au courant.

– Et vous ? demanda Hortense.

– J'ai beaucoup à faire... Des rendez-vous urgents...

– Comment, vous refusez la joie d'annoncer la nouvelle ?...

– C'est une joie dont on se lasse. La seule joie qui se renouvelle toujours, c'est celle du combat. Après, cela n'a plus d'intérêt.

Elle lui saisit la main et la garda dans les siennes un instant. Elle eût voulu dire toute son admiration à cet homme étrange qui semblait faire le bien comme un sport, et qui le faisait avec une sorte de génie. Mais elle ne put parler. Tous ces événements la bouleversaient. L'émotion lui serrait la gorge et lui mouillait les yeux.

Il s'inclina en disant :

– Je vous remercie. J'ai ma récompense.

CHAPITRE 3

Thérèse et Germaine

Cette arrière-saison fut si douce que, le 2 octobre, au matin, plusieurs familles attardées dans leurs villas d'Étretat étaient descendues au bord de la mer. On eût dit, entre les falaises et les nuages de l'horizon, un lac de montagne assoupi au creux des roches qui l'emprisonnent, s'il n'y avait eu dans l'air ce quelque chose de léger, et dans le ciel ces couleurs pâles, tendres et indéfinies, qui donnent à certains jours de ce pays un charme si particulier.

– C'est délicieux, murmura Hortense.

Et elle ajouta, après un moment :

– Mais tout de même, nous ne sommes pas venus pour jouir des spectacles de la nature, ou pour nous demander si cette énorme aiguille de pierre qui se dresse à notre gauche fut réellement la demeure d'Arsène Lupin.

– Non, déclara le prince Rénine, et je dois reconnaître, en effet, qu'il est temps de satisfaire votre légitime curiosité… ou du moins de la satisfaire en partie, car deux jours d'observations et de recherches ne m'ont encore rien appris de ce que j'espérais trouver ici.

– Je vous écoute.

– Cela ne sera pas long. Pourtant, quelques mots de préambule… Vous admettrez, chère amie, que si je m'efforce d'être utile à mes semblables, je suis obligé d'avoir, de droite et de gauche, des amis qui me signalent les occasions d'agir. Bien souvent les avertissements qu'on me donne me semblent futiles ou peu intéressants, et je passe. Mais, la semaine dernière, j'ai reçu avis d'une communication téléphonique surprise par un de mes correspondants et dont l'importance ne vous échappera pas. De son appartement, sis à Paris, une dame communiquait avec un monsieur de passage dans un hôtel d'une grande ville des environs. Le nom de la ville, le nom du monsieur, le nom de la dame, mystères. Le monsieur et la dame causaient espagnol, mais en utilisant cet argot que nous appelons le javanais, et, même, en supprimant beaucoup de syllabes. Quoi qu'il en soit des difficultés accumulées par eux, si toute leur conversation ne fut pas notée, on réussit cependant à saisir l'essentiel des choses très graves qu'ils se disaient et qu'ils mettaient tant de soin à cacher ! Et cela peut se résumer en trois points : 1° ce monsieur et cette dame, qui sont frère et sœur, attendaient un rendez-vous avec une tierce personne, mariée, et *désireuse de recouvrer à tout prix sa liberté* ; 2° ce rendez-vous, destiné à se mettre d'accord et fixé en principe au 2 octobre, devait être confirmé par une annonce discrète dans un journal ; 3° l'entrevue du 2 octobre serait suivie, en fin de journée, d'une promenade sur les falaises, à laquelle la tierce personne amènerait celui ou celle dont on cherchait à se débarrasser. Voilà les bases de l'affaire. Inutile de vous dire avec quelle attention je surveillai et fis surveiller les petites correspondances des feuilles parisiennes. Or, avant-hier, matin, je lus dans l'une d'elles cette ligne : – *Rz-vous, 2 oct. midi, 3-Mathildes.*

« Comme il était question de falaises, j'en ai déduit que le crime serait commis au bord de la mer, et comme je connais, à Étretat, un lieu dit des Trois-Mathildes, et que ce n'est pas une appellation courante, le jour même nous partions pour mettre obstacle au projet de ces vilains personnages. »

– Quel projet ? demanda Hortense. Vous parlez de crime. Simple supposition, sans doute ?

– Nullement. La conversation entendue faisait allusion à un mariage, mariage du frère ou de la sœur avec la femme ou avec le mari de la tierce personne, ce qui implique l'éventualité d'un crime, c'est-à-dire, en l'occurrence, que la victime désignée, femme ou mari de la tierce personne, sera précipitée ce soir, 2 octobre, du haut de la falaise. Tout cela est parfaitement logique, et ne laisse aucune espèce de place au doute.

Ils étaient assis sur la terrasse du casino, en face de l'escalier qui descend à la plage. Ils dominaient ainsi quelques cabines de propriétaires installées sur le galet, et devant lesquelles quatre messieurs jouaient au bridge, tandis qu'un groupe de dames causaient en travaillant à des ouvrages de broderie.

Plus loin, et plus en avant, il y avait une autre cabine, isolée et fermée.

Une demi-douzaine d'enfants, les jambes nues, jouaient dans l'eau.

– Eh bien ! dit Hortense, toute cette douceur et ce charme d'automne ne me prennent pas. J'accorde malgré tout un tel crédit à toutes vos suppositions que je ne peux me distraire du problème redoutable.

– Redoutable, chère amie, le mot est juste, et croyez bien que, depuis avant-hier, je l'ai étudié sur toutes ses faces… Vainement, hélas !

– Vainement, répéta-t-elle. Alors, qu'arrivera-t-il ?

Et, presque en elle-même, elle continua :

– Qui, parmi ceux-là, est menacé ? La mort a déjà choisi sa victime. Laquelle ? Est-ce cette jeune blonde qui se balance en riant ? Est-ce ce grand monsieur qui fume ? Et quel est celui qui cache au fond de lui-même l'idée du crime ? Tous ces gens sont paisibles et s'amusent. Pourtant la mort rôde autour d'eux.

– À la bonne heure, fit Rénine, vous vous passionnez, vous aussi. Hein ! je vous l'avais bien dit ? Tout est aventure, et rien ne vaut que l'aventure. Au souffle de ce qui peut advenir, vous voilà toute frémissante. Vous participez à tous les drames qui palpitent autour de vous, et le sens du mystère s'éveille au fond de votre tête. Tenez, avec quel regard aigu vous observez ce ménage qui arrive ! Sait-on jamais ? Peut-être est-ce ce monsieur qui veut supprimer son épouse ?… Ou cette dame qui rêve d'escamoter son mari ?

– Les d'Imbreval ? Jamais de la vie ! Un ménage excellent ! Hier, à l'hôtel, j'ai causé longtemps avec la femme et vous-même…

– Oh ! moi, j'ai joué au golf avec Jacques d'Imbreval, qui pose un peu à l'athlète, et j'ai joué à la poupée avec leurs deux petites filles qui sont charmantes.

Les d'Imbreval s'étaient approchés, on échangea quelques mots. Mme d'Imbreval raconta que ses deux filles étaient retournées le matin à Paris avec leur gouvernante. Son mari, grand gaillard à barbe blonde, qui portait sa veste de flanelle sous le bras et faisait bomber son torse sous une chemise de cellular, se plaignit de la chaleur.

– Thérèse, tu as la clef de la cabine ? demanda-t-il à sa femme, lorsqu'ils eurent quitté Rénine et Hortense et qu'ils se furent arrêtés au haut de l'escalier, dix pas plus loin.

– La voici, dit la femme. Tu vas lire les journaux ?

– Oui. À moins que nous ne fassions un tour ensemble ?…

– Cet après-midi, plutôt, veux-tu ? Ce matin, j'ai dix lettres à écrire.

– Entendu. Nous monterons sur la falaise.

Hortense et Rénine se regardèrent avec surprise. L'annonce de cette promenade était-elle fortuite ? Ou bien se trouvaient-ils, contrairement à leur attente, en présence du couple même qu'ils cherchaient ?

Hortense essaya de rire.

– Mon cœur bat violemment, murmura-t-elle. Cependant, je me refuse absolument à croire une chose aussi invraisemblable. « Mon mari et moi, nous n'avons jamais eu une seule discussion », m'a-t-elle dit. Non, il est clair que ce sont des gens qui s'entendent à merveille.

– Nous verrons bien tout à l'heure, aux Trois-Mathildes, si l'un des deux vient retrouver le frère et la sœur.

M. d'Imbreval avait descendu l'escalier, tandis que sa femme demeurait appuyée à la balustrade de la terrasse. Elle avait une jolie silhouette, fine et souple. Son profil se détachait nettement, accentué par un menton qui avançait un peu trop. Au repos, quand il ne souriait pas, le visage donnait une impression de tristesse et de souffrance.

– Jacques, tu as perdu quelque chose ? cria-t-elle à son mari, qui s'était baissé sur le galet.

– Oui, la clef, dit-il, elle m'a échappé des mains…

Elle le rejoignit et se mit à chercher également. Durant deux ou trois minutes, ayant obliqué vers la droite et restant en contrebas du talus, ils disparurent aux yeux d'Hortense et de Rénine. Le bruit d'une querelle qui s'était élevée plus loin, entre les joueurs de bridge, couvrait leurs voix.

Ils se redressèrent presque en même temps. Mme d'Imbreval remonta lentement quelques marches de l'escalier et s'arrêta, tournée du côté de la mer. Lui, il avait jeté sa veste sur ses épaules et s'en allait vers la cabine isolée. Mais, en route, les joueurs de bridge le prirent à témoin en lui montrant leurs cartes étalées sur la table. D'un geste il refusa de donner son avis, et puis s'éloigna, franchit les quarante pas qui le séparaient de sa cabine, ouvrit et entra.

Thérèse d'Imbreval regagna la terrasse et resta durant dix minutes assise sur un banc. Ensuite, elle sortit du casino. En se penchant, Hortense la vit qui pénétrait dans un des chalets qui forment l'annexe de l'hôtel Hauville, et elle la revit un instant plus tard au balcon de ce chalet.

– Onze heures, dit Rénine. Que ce soit elle ou lui, ou l'un des joueurs, ou l'une des compagnes de ces joueurs, ou n'importe qui, il ne se passera plus beaucoup de temps avant que quelqu'un ne s'en aille au rendez-vous.

Il se passa tout de même vingt minutes, puis vingt-cinq, et personne ne bougeait.

– Mme d'Imbreval y est peut-être partie, insinua Hortense qui devenait nerveuse. Elle n'est plus sur son balcon.

– Si elle est aux Trois-Mathildes, fit Rénine, nous allons l'y surprendre.

Il se levait, lorsqu'une nouvelle dispute surexcita les joueurs, et l'un d'eux s'exclama :

– Consultons d'Imbreval.

– Soit, dit un autre. J'accepte… Si toutefois il veut bien nous servir d'arbitre. Il était maussade, tout à l'heure.

On l'appela :

– D'Imbreval ! D'Imbreval !

Ils remarquèrent alors que d'Imbreval avait dû refermer sur lui le battant de la porte, ce qui le maintenait dans une demi-obscurité, ces sortes de cabines n'ayant pas de fenêtre.

– Il dort, cria-t-on. Réveillons-le.

– D'Imbreval ! D'Imbreval !

Tous quatre se rendirent là-bas, commencèrent par l'appeler et, ne recevant pas de réponse, cognèrent à la porte.

– Eh bien ! quoi, d'Imbreval, vous dormez ?

Sur la terrasse, Serge Rénine s'était levé soudain, d'un air si inquiet qu'Hortense en fut surprise. Il mâchonna :

– Pourvu qu'il ne soit pas trop tard !

Et comme Hortense l'interrogeait, il dégringola l'escalier et se mit à courir jusqu'à la cabine. Il y arriva au moment où les joueurs essayaient d'ébranler la porte.

– Halte ! commanda-t-il. Les choses doivent être faites régulièrement.

– Quelles choses ? lui demanda-t-on.

Il examina les persiennes qui surmontaient chacun des battants et, s'avisant qu'une des lamelles supérieures était à moitié brisée, il se suspendit tant bien que mal au toit de la cabine et jeta un coup d'œil à l'intérieur.

On l'interrogea vivement.

– Qu'y a-t-il ? Vous pouvez voir ?

Il se retourna et dit aux quatre messieurs :

– Je pensais bien que si M. d'Imbreval ne répondait pas, c'est qu'un événement grave l'en empêchait.

– Un événement grave ?

– Oui, il y a tout lieu de penser que M. d'Imbreval est blessé… ou mort.

– Comment, mort ! s'écria-t-on. Il vient de nous quitter.

Rénine sortit son couteau, fit jouer la serrure, et ouvrit les deux battants.

Il y eut des cris de terreur. M. d'Imbreval gisait sur le plancher, à plat ventre, les deux mains crispées à son veston et à son journal. Du sang coulait de son dos et rougissait sa chemise.

— Ah ! fit quelqu'un, il s'est tué.

— Comment se serait-il tué ? dit Rénine. La blessure est au plein milieu du dos, à un endroit où la main ne peut atteindre. Et puis, d'ailleurs, il n'y a pas d'arme dans la cabine.

Les joueurs protestèrent.

— Un crime, alors ? Mais c'est impossible. Personne n'est venu. Nous aurions bien vu… Personne ne pouvait passer sans que nous voyions…

Les autres messieurs, toutes les dames et les enfants qui jouaient au bord de l'eau étaient accourus. Rénine défendit l'approche de la cabine. Il y avait là un docteur : lui seul entra. Mais il ne put que constater la mort de M. d'Imbreval, mort provoquée par un coup de poignard.

À ce moment, le maire et le garde champêtre arrivèrent avec des gens du pays. Les constatations d'usage furent faites et l'on emporta le cadavre.

Quelques personnes étaient déjà parties afin de prévenir Thérèse d'Imbreval, que l'on apercevait de nouveau sur son balcon.

Ainsi le drame s'était accompli sans qu'aucune indication permît de comprendre comment un homme, enfermé dans une cabine, protégé par une porte close dont la serrure était intacte, avait pu être assassiné en l'espace de quelques minutes et devant vingt témoins, autant dire vingt spectateurs. Personne n'était entré dans la cabine. Personne n'en était sorti. Quant au poignard dont M. d'Imbreval avait été frappé entre les deux épaules, on ne parvint pas à le découvrir. Et tout cela eût évoqué l'idée d'un tour de passe-passe accompli par un habile magicien, s'il ne se fût agi d'un crime effroyable, exécuté dans les conditions les plus mystérieuses.

Hortense ne put suivre, comme l'eût voulu Rénine, le petit groupe de gens qui se rendaient auprès de Mme d'Imbreval. L'émotion la paralysait. C'était la première fois que ses aventures avec Rénine la menaient au cœur même de l'action et qu'au lieu d'apercevoir les conséquences d'un crime ou d'être mêlée à la poursuite des coupables, elle se trouvait en face du crime lui-même.

Elle en demeurait toute frissonnante et balbutiait :

— Quelle horreur !… Le malheureux … Ah ! Rénine, vous n'avez pas pu le sauver, celui-là !… Et c'est cela qui me bouleverse par-dessus tout, c'est que nous aurions pu… que nous aurions *dû* le sauver, puisque nous connaissions le complot…

Rénine lui fit respirer un flacon de sels, et quand elle eut recouvré tout son sang-froid, il lui dit, en l'observant avec attention :

— Vous croyez donc qu'il y a corrélation entre cet assassinat et le complot que nous voulions déjouer ?

— Certes, fit-elle, étonnée de cette question.

— Alors, puisque ce complot était ourdi par un mari contre sa femme ou par une femme contre son mari, et puisque c'est le mari qui a été tué, vous admettez que Mme d'Imbreval ?…

— Oh non, impossible, dit-elle. D'abord Mme d'Imbreval n'a pas quitté son appartement… et ensuite je ne croirai jamais que cette jolie femme soit capable… non… non… il y a autre chose, évidemment…

— Quelle autre chose ?

— Je ne sais pas… On a peut-être mal entendu ce qui s'est dit entre le frère et la sœur… Vous voyez bien que le crime a été commis dans des conditions toutes différentes… à une autre heure, à un autre endroit…

— Et par conséquent, acheva Rénine, que les deux affaires n'ont aucun rapport ?

Ah ! fit-elle, c'est à rien n'y comprendre ! Tout cela est si étrange !

Rénine eut un peu d'ironie.

— Mon élève ne me fait pas honneur aujourd'hui.

— En quoi donc ?

— Comment ! Voilà une histoire toute simple, qui s'est accomplie sous vos yeux, que vous avez vue se dérouler comme une scène de cinéma, et tout cela demeure pour vous aussi obscur que si vous entendiez parler d'une affaire qui se serait passée dans une cave, à trente lieues d'ici

Hortense était confondue.

— Qu'est-ce que vous dites ? Quoi ! vous auriez compris ? Sur quelles indications ?

Il regarda sa montre.

– Je n'ai pas *tout* compris, dit-il. Le crime lui-même, dans sa brutalité, oui. Mais l'essentiel, c'est-à-dire la psychologie de ce crime, là-dessus aucune indication. Seulement, il est midi. Le frère et la sœur, voyant que personne ne vient au rendez-vous des Trois-Mathildes, descendront jusqu'à la plage. Ne pensez-vous pas qu'alors nous serons renseignés sur le complice que je les accuse d'avoir, et sur le rapport qu'il y a entre les deux affaires ?

Ils gagnèrent l'esplanade que bordent les chalets Hauville, et où les pêcheurs remontent leurs barques à l'aide de cabestans. Il y avait beaucoup de curieux à la porte d'un des chalets. Deux douaniers de faction en défendaient l'entrée.

Le maire fendit vivement la foule. Il arrivait de la poste où il avait téléphoné avec Le Havre. Au parquet, on avait répondu que le procureur de la République et un juge d'instruction se rendraient à Étretat dans le courant de l'après-midi.

– Cela nous donne tout le temps de déjeuner, dit Rénine. La tragédie ne se jouera pas avant deux ou trois heures. Et j'ai idée que ce sera corsé.

Ils se hâtèrent cependant. Hortense, surexcitée par la fatigue et par le désir de savoir, ne cessait d'interroger Rénine qui répondait évasivement, les yeux tournés vers l'esplanade que l'on apercevait par les vitres de la salle à manger.

– C'est eux que vous épiez ? demanda-t-elle.

– Oui, le frère et la sœur.

– Vous êtes sûr qu'ils se risqueront ?…

– Attention les voici.

Il sortit rapidement.

Au débouché de la rue principale, un monsieur et une dame avançaient d'un pas indécis, comme s'ils n'eussent point connu l'endroit. Le frère était un petit homme chétif, au teint olivâtre, coiffé d'une casquette d'automobiliste. La sœur, petite aussi, assez forte, vêtue d'un grand manteau, leur parut une femme d'un certain âge, mais belle encore, sous la voilette légère qui lui couvrait la figure.

Ils virent les groupes qui stationnaient et s'approchèrent. Leur marche trahissait de l'inquiétude et de l'hésitation.

La sœur aborda un matelot. Dès les premières paroles, sans doute lorsque la mort d'Imbreval lui fut annoncée, elle poussa un cri et tâcha de se frayer un passage. Le frère, à son tour, s'étant renseigné, joua des coudes et proféra en s'adressant aux douaniers :

– Je suis un ami d'Imbreval !… Voici ma carte, Frédéric Astaing… Ma sœur, Germaine Astaing est intime avec Mme d'Imbreval !… Ils nous attendaient… Nous avions rendez-vous !…

On les laissa passer. Sans un mot, Rénine, qui s'était engagé derrière eux, les suivit, accompagné d'Hortense.

Au deuxième étage, les d'Imbreval occupaient quatre chambres et un salon. La sœur se précipita dans l'une de ces chambres et se jeta à genoux devant le lit où l'on avait étendu le cadavre. Thérèse d'Imbreval se trouvait dans le salon et sanglotait au milieu de quelques personnes silencieuses. Le frère s'assit près d'elle, lui saisit les mains ardemment et prononça d'une voix qui tremblait :

– Ma pauvre amie… ma pauvre amie…

Rénine et Hortense examinèrent longtemps le couple qu'ils formaient, et Hortense chuchota :

– Et c'est pour cet individu qu'elle aurait tué ? Impossible

– Cependant, fit remarquer Rénine, ils se connaissent, et nous savons que Frédéric Astaing et sa sœur connaissent une tierce personne qui était leur complice. De sorte que…

– Impossible répéta Hortense.

Et, malgré toutes les présomptions, elle éprouvait pour la jeune femme une telle sympathie que, Frédéric Astaing s'étant levé, elle alla s'asseoir auprès de Mme d'Imbreval et la consola d'une voix douce. Les larmes de la malheureuse la troublaient profondément.

Rénine, lui, s'attacha dès l'abord à la surveillance du frère et de la sœur, comme si cela eût eu de l'importance, et il ne quitta pas des yeux Frédéric Astaing qui, d'un air indifférent, commença une inspection minutieuse de l'appartement, visita le salon, entra dans toutes les chambres, se mêla aux groupes, et posa des questions sur la façon dont le crime avait été commis.

Deux fois, sa sœur vint lui parler. Puis il retourna près de Mme d'Imbreval et s'assit de nouveau à ses côtés, plein de compassion et d'empressement. Enfin, il eut avec sa sœur, dans l'antichambre, un long conciliabule à la suite duquel ils se séparèrent, comme des gens qui se sont mis d'accord sur tous les points. Frédéric s'en alla. Le manège avait bien duré trente à quarante minutes.

C'est à ce moment que déboucha devant les chalets l'automobile qui amenait le juge d'instruction et le procureur. Rénine, qui n'attendait leur arrivée que plus tard, dit à Hortense :

– Il faut se hâter. À aucun prix ne quittez Mme d'Imbreval.

On fit prévenir les personnes dont le témoignage pouvait avoir quelque utilité, qu'elles eussent à se réunir sur la plage où le juge d'instruction commençait une enquête préliminaire. Il devait ensuite se rendre auprès de Mme d'Imbreval. Toutes les personnes présentes sortirent donc. Il ne restait que les deux gardes et Germaine Astaing.

Celle-ci s'agenouilla une dernière fois près du mort, et, courbée devant lui, la tête entre ses mains, pria longuement. Ensuite elle se releva et elle ouvrit la porte de l'escalier, quand Rénine s'avança.

– J'aurais quelques mots à vous dire, madame.

Elle parut surprise et répliqua :

– Dites, monsieur. J'écoute.

– Pas ici.

– Où donc, monsieur ?

– À côté, dans le salon.

– Non, fit-elle vivement.

– Pourquoi ? Bien que vous ne lui ayez même pas serré la main, je suppose que Mme d'Imbreval est votre amie ?

Il ne lui laissa pas le temps de réfléchir, l'entraîna vers l'autre pièce dont il ferma la porte, et, tout de suite, se précipitant sur Mme d'Imbreval qui voulait sortir et regagner sa chambre, il dit :

– Non, madame, écoutez, je vous en conjure. La présence de Mme Astaing ne doit pas vous éloigner. Nous avons à causer de choses très graves, et sans perdre une minute.

Dressées l'une devant l'autre, les deux femmes se regardèrent avec une même expression de haine implacable, où l'on devinait chez toutes deux le même bouleversement de l'être et la même rage contenue. Hortense, qui les croyait amies, qui aurait pu, jusqu'à un certain point, les croire complices, fut effrayée du choc qu'elle prévoyait et qui fatalement allait se produire. Elle força Thérèse d'Imbreval à se rasseoir, tandis que Rénine se plaçait au milieu de la pièce et articulait d'une voix ferme :

– Le hasard, en me mettant au courant de la vérité, me permettra de vous sauver toutes deux, si vous voulez m'aider par une explication franche qui me donnera les renseignements dont j'ai besoin. Le péril, chacune de vous le connaît, puisque chacune de vous, au fond d'elle, connaît le mal dont elle est responsable. Mais la haine vous emporte et c'est à moi de voir clair et d'agir. Dans une demi-heure, le juge d'instruction sera ici. À cette minute-là, il faut que l'accord soit fait.

Elles sursautèrent toutes deux, comme heurtées par un tel mot.

– Oui, l'accord, répéta-t-il plus impérieusement. Volontaire ou non, il sera fait. Vous n'êtes pas seules en cause. Il y a vos deux petites filles, madame d'Imbreval. Puisque les circonstances m'ont placé sur leur route, c'est pour leur défense et pour leur salut que j'interviens. Une erreur, un mot de trop, et elles sont perdues. Cela ne sera point.

À l'évocation de ses enfants, Mme d'Imbreval s'était effondrée et sanglotait. Germaine Astaing haussa les épaules, et fit, vers la porte, un mouvement auquel Rénine s'opposa de nouveau.

– Où allez-vous ?

Je suis convoquée par le juge d'instruction.

– Non.

– Si, de même que tous ceux qui ont à témoigner.

– Vous n'étiez pas là. Vous ne savez rien de ce qui s'est passé. Personne ne sait rien de ce crime.

– Moi, je sais qui l'a commis.

– Impossible !

– Thérèse d'Imbreval.

L'accusation fut lancée dans un éclat de colère et avec un geste de menace furieuse.

Misérable ! s'écria Mme d'Imbreval, en s'élançant vers elle. Va-t'en ! Va-t'en ! Ah ! quelle misérable que cette femme !

Hortense essayait de la contenir, mais Rénine lui dit à voix basse :

– Laissez-les, c'est ce que j'ai voulu… les lancer l'une contre l'autre et provoquer ainsi la pleine lumière.

Sous l'insulte, Mme Astaing avait fait, pour plaisanter, un effort qui convulsait ses lèvres, et elle ricana :

Misérable ? Pourquoi ? Parce que je t'accuse ?

– Pour tout ! pour tout ! Tu es une misérable ! Tu entends, Germaine, une misérable !

Thérèse d'Imbreval répétait l'injure, comme si elle en avait ressenti du soulagement. Sa colère s'apaisait. Peut-être, d'ailleurs, n'avait-elle plus assez de force pour soutenir la lutte, et ce fut Mme Astaing qui reprit l'attaque, les poings tendus, la figure décomposée et vieillie de vingt années.

– Toi ! tu oses m'injurier, toi ! toi ! après ton crime ! Tu oses lever la tête quand l'homme que tu as tué est là, sur son lit de mort ! Ah ! si l'une de nous deux est une misérable, tu sais bien que c'est toi, Thérèse ! Tu as tué ton mari ! Tu as tué ton mari !

Elle bondit, surexcitée par les mots affreux qu'elle prononçait, et ses ongles touchaient presque au visage de son amie.

– Ah ! ne dis pas que tu ne l'as pas tué, s'écria-t-elle. Ne dis pas cela, je te le défends. Ne le dis pas ! Le poignard est là dans ton sac. Mon frère y a touché tandis qu'il te parlait, et sa main en est sortie avec des taches de sang. Le sang de ton mari, Thérèse. Et puis, même si je n'avais rien découvert, penses-tu que, dès les premières minutes, je n'aie pas deviné ? Mais tout de suite, Thérèse, j'ai su la vérité. Lorsqu'un matelot m'a répondu en bas « M. d'Imbreval ? Il a été assassiné. » Aussitôt, je me suis dit : « C'est elle, c'est Thérèse, elle l'a tué. »

Thérèse ne répondait pas. Elle n'avait plus eu un mouvement de protestation. Hortense, qui l'observait avec angoisse, crut deviner en elle l'accablement de ceux qui se savent perdus. Les joues se creusaient, et le visage avait une telle expression de désespoir, qu'Hortense, apitoyée, la conjura de se défendre.

– Expliquez-vous, je vous en prie. Durant le crime, vous étiez ici sur le balcon… Alors, ce poignard, comment avez-vous pu ?… Comment expliquer… ?

– Des explications ! ricana Germaine Astaing. Est-ce qu'il lui serait possible d'en donner ? Qu'importent les apparences du crime ! Qu'importe ce qu'on a vu ou ce qu'on n'a pas vu ! L'essentiel, c'est la preuve… C'est le fait que le poignard est là, dans ton sac, Thérèse. Oui, oui, c'est toi !… tu l'as tué ! Tu as fini par le tuer ! Ah ! que de fois je l'ai dit à mon frère : « Elle le tuera ! » Frédéric essayait de te défendre, Frédéric a toujours eu un faible pour toi. Mais, au fond, il prévoyait l'événement… Et voilà que la chose atroce est accomplie ! Un coup de poignard dans le dos. Lâche ! Lâche !… Et je ne dirais rien ? Mais je n'ai pas hésité une seconde … Frédéric non plus ! Tout de suite, nous avons cherché des preuves… Et c'est avec toute ma raison et avec toute ma volonté que je vais te dénoncer… Et c'est fini, Thérèse. Tu es perdue. Rien ne peut plus te sauver. Le poignard est dans ce sac autour duquel ta main se crispe. Le juge va revenir, et on l'y trouvera, taché du sang de ton mari… Et on y trouvera aussi son portefeuille. Ils y sont. On les trouvera…

Une telle rage l'exaspérait qu'elle ne put continuer et qu'elle demeura le bras tendu et le menton agité de convulsions nerveuses.

Rénine saisit doucement le sac de Thérèse d'Imbreval. La jeune femme s'y cramponna. Mais il insista et lui dit :

– Laissez-moi faire, madame. Votre amie Germaine a raison. Le juge d'instruction va venir, et le fait que le poignard est entre vos mains provoquera votre arrestation immédiate. Il ne faut pas qu'il en soit ainsi. Laissez-moi faire.

Sa voix insinuante amollissait la résistance de Thérèse. Un à un ses doigts se dénouèrent. Il prit le sac, l'ouvrit, en sortit un petit poignard à manche d'ébène et un portefeuille de maroquin gris, et, paisiblement, mit les deux objets dans la poche intérieure de son veston.

Germaine Astaing le regardait avec stupeur.

– Vous êtes fou, monsieur De quel droit ?...

– Ce sont des objets qu'il ne faut pas laisser traîner. Comme ça je suis tranquille. Le juge n'ira pas les chercher dans ma poche.

– Mais je vous dénoncerai, monsieur ! fit-elle indignée. La justice sera avertie.

– Mais non, mais non, fit-il en riant, vous ne direz rien ! La justice n'a rien à voir là-dedans. Le conflit qui vous divise doit être réglé entre vous deux. Quelle idée de mêler la justice à tous les incidents de la vie !

Mme Astaing était suffoquée.

– Mais vous n'avez aucun titre pour parler ainsi, monsieur ! Qui donc êtes-vous ? Un ami de cette femme ?

– Depuis que vous l'attaquez, oui.

– Mais si je l'attaque, c'est qu'elle est coupable. Car vous ne pouvez pas le nier... elle a tué son mari...

– Je ne le nie pas, déclara Rénine, d'un air calme. Nous sommes tous d'accord sur ce point. Jacques d'Imbreval a été tué par sa femme. Mais, je le répète, la justice ne doit pas connaître la vérité.

– Elle la saura par moi, monsieur, je vous le jure. Il faut que cette femme soit punie... elle a tué.

Rénine s'approcha d'elle, et, lui touchant l'épaule :

– Vous me demandiez tout à l'heure à quel titre j'intervenais. Et vous, madame ?

– J'étais l'amie de Jacques d'Imbreval.

– L'amie seulement ?

Elle fut un peu décontenancée, mais se redressa aussitôt et reprit :

– J'étais son amie, et mon devoir est de le venger.

– Vous garderez le silence, cependant, comme il l'a gardé.

– Il n'a pas su, lui, avant de mourir.

– C'est ce qui vous trompe. Il aurait pu accuser sa femme, il a eu tout le temps de l'accuser, et il n'a rien dit.

– Pourquoi ?

– À cause de ses enfants.

Mme Astaing ne désarmait pas, et son attitude marquait la même volonté de vengeance et la même exécration. Mais, malgré tout, elle subissait l'influence de Rénine. Dans la petite pièce close où tant de haine s'entrechoquait, il devenait peu à peu le maître, et Germaine Astaing comprenait que Mme d'Imbreval sentait tout le réconfort de cet appui inattendu qui s'offrait au bord de l'abîme.

– Je vous remercie, monsieur, dit Thérèse. Puisque vous avez vu clair dans tout cela, vous savez aussi que c'est pour mes enfants que je ne me suis pas livrée à la justice. Sans quoi, je suis si lasse !…

Ainsi la scène changeait et les choses prenaient un aspect différent. Grâce à quelques mots jetés dans le débat, il arrivait que la coupable redressait la tête et se rassurait, tandis que l'accusatrice hésitait et semblait inquiète. Et il arrivait que celle-ci n'osait plus parler, et que l'autre touchait à cet instant où l'on éprouve le besoin de sortir du silence pour prononcer tout naturellement les paroles qui avouent et qui soulagent.

– Maintenant, lui dit Rénine avec la même douceur, je crois que vous pouvez et que vous devez vous expliquer.

– Oui… oui… je le crois également, dit-elle… Je dois répondre à cette femme… La vérité toute simple, n'est-ce pas ?…

Elle pleurait de nouveau, prostrée dans un fauteuil, montrant elle aussi un visage vieilli et ravagé par la douleur, et, tout bas, sans colère, en petites phrases hachées, elle scanda :

– Voilà quatre ans qu'elle était sa maîtresse... Ce que j'ai souffert... C'est elle-même qui m'a révélé leur liaison... par méchanceté... Elle me détestait plus encore qu'elle n'aimait Jacques... et, chaque jour, c'étaient de nouvelles blessures... des coups de téléphone où elle me parlait de ses rendez-vous... À force de me faire souffrir, elle espérait que je me tuerais... J'y ai pensé quelquefois, mais j'ai tenu bon, pour les enfants... Jacques faiblissait cependant. Elle exigeait de lui le divorce... et il s'y laissait aller peu à peu... dominé par elle et par son frère, qui est plus sournois qu'elle, mais aussi dangereux. Je sentais tout cela... Jacques devenait dur avec moi... Il n'avait pas le courage de partir, mais j'étais l'obstacle, et il m'en voulait... Mon Dieu, quelle torture !

– Il fallait lui rendre sa liberté, s'écria Germaine Astaing. On ne tue pas un homme parce qu'il veut divorcer.

Thérèse secoua la tête et répondit :

– Ce n'est pas parce qu'il voulait divorcer que je l'ai tué. S'il l'avait voulu réellement, il serait parti et que pouvais-je faire ? Mais tes plans avaient changé, Germaine, le divorce ne te suffisait pas, et c'est une autre chose que tu avais obtenue de lui, une autre chose bien plus grave que ton frère et toi aviez exigée... et à laquelle il avait consenti... par lâcheté... malgré lui...

– Que veux-tu dire ? balbutia Germaine... Quelle autre chose ?

– Ma mort.

– Tu mens ! s'écria Mme Astaing.

Thérèse ne haussa pas la voix. Elle ne fit aucun geste de haine ou d'indignation, et répéta simplement :

– Ma mort, Germaine. J'ai lu tes dernières lettres, six lettres de toi qu'il avait eu la folie d'oublier dans son portefeuille, six lettres où le mot terrible n'est pas écrit, mais où chaque ligne le laisse entrevoir. J'ai lu cela en tremblant ! Jacques en arriver là !... Pourtant, pas une seconde l'idée de le frapper, lui, ne m'est venue. Une femme comme moi, Germaine, ne tue pas volontairement... Si j'ai perdu la tête... c'est plus tard... par ta faute...

Elle tourna la tête du côté de Rénine, comme pour lui demander s'il n'y avait point péril à ce qu'elle parlât et divulguât la vérité.

– Soyez sans crainte, dit-il, je réponds de tout.

Elle passa sa main sur son front. L'horrible scène revivait en elle et la torturait... Germaine Astaing ne remuait pas, les bras croisés, les yeux troubles, tandis qu'Hortense Daniel attendait éperdument l'aveu du crime, et l'explication de l'impénétrable mystère.

– C'est plus tard, reprit-elle, et par ta faute, Germaine. J'avais remis le portefeuille dans le tiroir où il était caché, et, ce matin, je ne dis rien à Jacques… Je ne voulais pas lui dire que je savais… C'était trop affreux … Pourtant, il fallait se hâter… tes lettres annonçaient ton arrivée secrète, pour aujourd'hui… Je pensai d'abord à m'enfuir, à sauter dans le train… Machinalement, j'avais pris ce poignard pour me défendre… Mais quand Jacques et moi nous sommes venus sur la plage, j'étais résignée… Oui, j'acceptais de mourir… Que je meure, pensais-je, et que tout ce cauchemar finisse ! Seulement, pour mes enfants, je voulais que ma mort parût accidentelle et que Jacques n'en fût pas accusé. C'est pour cela que ton plan de promenade sur la falaise me convenait… Une chute du haut d'une falaise semble toute naturelle… Jacques me quitta donc pour aller dans sa cabine, d'où il devait plus tard te rejoindre aux Trois-Mathildes. En route, au-dessous de la terrasse, il laissa tomber la clef de cette cabine. Je descendis et me mis à chercher avec lui… Et c'est là… par ta faute… oui, Germaine, par ta faute. Le portefeuille de Jacques avait glissé de la poche de son veston sans qu'il s'en aperçût, et, en même temps que ce portefeuille, une photographie que je reconnus aussitôt… une photographie qui date de cette année et qui me représente avec mes deux enfants. Je la ramassai… et je vis… Tu sais bien ce que je vis, Germaine… Au lieu de moi, sur l'épreuve, c'était toi… Tu m'avais effacée et remplacée par toi, Germaine ! C'était ton visage ! Un de tes bras enlaçait le cou de ma fille aînée et l'autre reposait sur tes genoux… C'était toi, Germaine, la femme de mon mari… toi, la future mère de mes enfants… toi, qui allais les élever… toi… toi !… Alors, j'ai perdu la tête. J'avais le poignard… Jacques était baissé… J'ai frappé…

Il n'y avait pas un mot de sa confession qui ne fût rigoureusement vrai. Ceux qui l'écoutaient en avaient l'impression profonde, et, pour Hortense et Rénine, rien n'était plus poignant et plus tragique.

Elle s'était rassise, à bout de forces. Cependant, elle continuait à prononcer des mots inintelligibles, et ce n'est que peu à peu, en se penchant sur elle, que l'on put entendre :

– Je croyais qu'on allait crier autour de nous et m'arrêter… Rien. Cela s'était produit de telle façon et dans de telles conditions que personne n'avait rien vu. Bien plus, Jacques s'était redressé en même temps que moi, et voilà qu'il ne tombait pas ! Non, il ne tombait pas ! Lui que j'avais frappé, il restait debout ! De la terrasse où j'étais remontée, je l'aperçus. Il avait remis sa veste sur ses épaules, évidemment pour cacher sa blessure, et il s'éloignait sans vaciller… ou si peu que moi seule pouvais m'en rendre compte. Il causa même avec des amis qui jouaient aux cartes, puis il se dirigea vers sa cabine et disparut. Moi, au bout d'un moment, je rentrai. J'étais persuadée que tout cela n'était qu'un mauvais rêve… que je n'avais pas tué… ou que du moins la blessure était légère. Jacques allait sortir… J'en étais certaine. De mon balcon je surveillais… Si j'avais pu croire une seconde qu'il avait besoin d'assistance, j'aurais couru là-bas… Mais, vraiment, je n'ai pas su… je n'ai pas deviné… On parle de pressentiment… c'est faux. J'étais absolument calme, comme on l'est justement après un cauchemar dont le souvenir s'efface. Non, je vous le jure, je n'ai rien su… jusqu'à l'instant…

Elle s'interrompit. Les sanglots l'étouffaient.

Rénine acheva :

– Jusqu'à l'instant où l'on vint vous avertir, n'est-ce pas ?

Thérèse balbutia :

– Oui… C'est alors seulement que j'eus conscience de mon acte… et je sentis que je devenais folle et que j'allais crier à tous ces gens : « Mais c'est moi ! Ne cherchez pas. Voici le poignard… C'est moi la coupable. » Oui, j'allais crier cela, quand tout à coup je le vis, lui, mon pauvre Jacques… On l'apportait… Il avait une figure très paisible… très douce… Et, devant lui, je compris mon devoir… comme il avait compris le sien… Pour les enfants, il s'était tu. Je me tairais aussi. Coupables tous les deux du meurtre dont il était victime, l'un et l'autre nous devions tout faire pour que le crime ne retombât pas sur eux… Dans son agonie, il avait eu la vision claire de cela… il avait eu le courage inouï de marcher, de répondre, à ceux qui l'interrogeaient, et de s'enfermer pour mourir. Il avait fait cela effaçant d'un coup toutes ses fautes, et, par là même, m'accordant son pardon, puisqu'il ne me dénonçait pas… et qu'il m'ordonnait de me taire… et de me défendre… contre tous… contre toi, surtout, Germaine.

Elle prononça ces dernières paroles avec plus de fermeté. Bouleversé d'abord par l'acte inconscient qu'elle avait commis en tuant son mari, elle retrouvait un peu de force en pensant à ce qu'il avait fait, lui, et en s'armant elle-même d'une pareille énergie. En face de l'intrigante dont la haine les avait conduits tous deux jusqu'à la mort et jusqu'au crime, elle serrait les poings, prête à la lutte, toute frémissante de volonté.

Elle ne bronchait pas, Germaine Astaing. Elle avait écouté sans un mot, avec un visage implacable dont l'expression prenait plus de dureté à mesure que les aveux de Thérèse devenaient plus précis. Aucune émotion ne semblait l'attendrir et aucun remord la pénétrer. Tout au plus, vers la fin, ses lèvres minces eurent-elles un léger sourire, comme si elle se fût réjouie de la façon dont les événements avaient tourné. Elle tenait sa proie.

Lentement, les yeux levés vers une glace, elle rajusta son chapeau et se mit de la poudre de riz. Puis elle marcha vers la porte. Thérèse se précipita.

– Où vas-tu ?

– Où ça me plaît.

– Voir le juge d'instruction ?

– Probable.

– Tu ne passeras pas !

– Soit. Je l'attendrai ici.

– Et tu lui diras ?…

— Parbleu ! tout ce que tu as dit, tout ce que tu as eu la naïveté de me dire. Comment douterait-il ? Tu m'as donné toutes les explications.

Thérèse la saisit aux épaules.

— Oui, mais je lui en donnerai d'autres, en même temps, Germaine, et qui te concernent, toi. Si je suis perdue, tu le seras aussi.

— Tu ne peux rien contre moi.

— Je peux te dénoncer, montrer les lettres.

— Quelles lettres ?

— Celles où ma mort est résolue.

— Mensonges ! Thérèse. Tu sais bien que ce fameux complot contre toi n'existe que dans ton imagination. Ni Jacques ni moi ne voulions ta mort.

— Tu la voulais, toi. Tes lettres te condamnent.

— Mensonges. C'étaient des lettres d'une amie à un ami.

— Des lettres de maîtresse et de complice.

— Prouve-le.

— Elles sont là, dans le portefeuille de Jacques.

— Non.

— Qu'est-ce que tu dis ?

— Je dis que ces lettres m'appartenaient. Je les ai reprises… Ou plutôt mon frère les a reprises.

— Tu les as volées, misérable ! et tu vas me les rendre, s'écria Thérèse en la bousculant.

— Je ne les ai plus. Mon frère les a gardées. Il les a emportées.

— Il me les rendra.

— Il est parti.

– On le retrouvera.

– On le retrouvera certainement, mais pas les lettres. De telles lettres se déchirent.

Thérèse chancela et tendit les mains du côté de Rénine d'un air désespéré.

Rénine prononça :

– Ce qu'elle dit est la vérité. J'ai suivi le manège du frère, tandis qu'il fouillait dans votre sac. Il a pris votre portefeuille, il l'a visité devant sa sœur, il est revenu le remettre en place, et il est parti avec les lettres.

Rénine fit une pause et ajouta :

– Ou du moins avec cinq des lettres.

La phrase fut prononcée négligemment, mais, tous, ils en saisirent l'importance considérable. Les deux femmes se rapprochèrent de lui. Que voulait-il dire ? Si Frédéric Astaing n'avait emporté que cinq lettres, où donc se trouvait la sixième ?

– Je suppose, dit Rénine, que, quand le portefeuille a glissé sur le galet, cette lettre s'en est échappée en même temps que la photographie et que M. d'Imbreval a dû la ramasser.

Qu'en savez-vous ? Qu'en savez-vous ? demanda Mme Astaing d'un ton saccadé.

– Je l'ai retrouvée dans la poche de son veston de flanelle, que l'on avait accroché près du lit. La voici. Elle est signée Germaine Astaing, et elle suffit amplement à établir les intentions de celle qui l'écrivit et les conseils de meurtre qu'elle donnait à son amant. Je suis même confondu qu'une telle imprudence ait pu être commise par une femme aussi habile.

Mme Astaing était livide et si décontenancée qu'elle ne chercha pas à se défendre. Rénine continua, en s'adressant à elle :

– Pour moi, madame, vous êtes responsable de tout ce qui s'est passé. Ruinée sans doute, à bout de ressources, vous avez voulu profiter de la passion que vous inspiriez à M. d'Imbreval pour vous faire épouser malgré tous les obstacles et pour mettre la main sur sa fortune. Cet esprit de lucre, ces calculs abominables, j'en ai la preuve et je pourrai la fournir. Quelques minutes après moi, vous avez fouillé dans la poche de ce veston de flanelle. J'en avais enlevé la sixième lettre, mais j'y avais laissé un bout de papier, que vous cherchiez ardemment et qui, lui aussi, avait dû tomber du portefeuille. C'était un chèque au porteur de 100,000 francs, signé par M. d'Imbreval au profit de votre frère… Simple cadeau de noces… ce qu'on appelle une épingle de cravate. Selon vos instructions, votre frère a filé en auto vers Le Havre et, sans aucun doute, s'est présenté avant quatre heures à la banque où cette somme était déposée. Je dois vous avertir, en passant, qu'il ne la touchera pas, car j'ai fait téléphoner à cette banque pour annoncer l'assassinat de M. d'Imbreval, ce qui suspend tout paiement. De tout cela, il résulte que la justice aura entre les mains, si vous persistez dans vos projets de vengeance, toutes les preuves nécessaires contre vous et votre frère. Je pourrais y ajouter, comme témoignage édifiant, le récit de la conversation téléphonique que l'on a surprise entre votre frère et vous la semaine dernière, conversation où vous parliez en espagnol mitigé de javanais. Mais je suis sûr que vous ne m'obligerez pas à ces mesures extrêmes et que nous sommes bien d'accord, n'est-ce pas ?

Rénine s'exprimait avec un calme impressionnant et la désinvolture d'un monsieur qui sait que personne n'élèvera la moindre objection contre ses paroles. Il semblait vraiment ne pas pouvoir se tromper. Il évoquait les événements tels qu'ils s'étaient produits et en tirait les conclusions inévitables qu'ils comportaient en bonne logique. Il n'y avait qu'à se soumettre.

Mme Astaing le comprit. Des natures comme la sienne, violentes, acharnées tant que le combat est possible et qu'il reste un peu d'espoir, se laissent aisément dominer dans la défaite. Germaine était trop intelligente pour ne pas sentir que la moindre tentative de révolte serait brisée par un tel adversaire. Elle était entre ses mains. En de pareils cas, on s'incline.

Elle ne joua donc aucune comédie, et ne se livra à aucune démonstration, menace, explosion de rage, crise de nerfs, etc. Elle s'inclina.

– Nous sommes d'accord, dit-elle. Qu'exigez-vous ?

– Allez-vous-en.

– Si jamais on invoque votre témoignage ?

– On ne l'invoquera pas.

– Cependant…

– Répondez que vous ne savez rien.

Elle s'en alla. Au seuil de la porte, elle hésita, puis, entre ses dents :

– Le chèque ? dit-elle.

Rénine regarda Mme d'Imbreval qui déclara :

– Qu'elle le garde. Je ne veux pas de cet argent.

Lorsque Rénine eut donné à Thérèse d'Imbreval des instructions précises sur la façon dont elle devait se comporter et répondre aux questions qui lui seraient posées, il quitta le chalet, accompagné d'Hortense Daniel.

Là-bas, sur la plage, le juge et le procureur continuaient leur enquête, prenaient des mesures, interrogeaient les témoins et se concertaient entre eux.

— Quand je songe, dit Hortense, que vous avez sur vous le poignard et le portefeuille de M. d'Imbreval !

— Et cela vous semble infiniment dangereux ? dit-il en riant. Moi, cela me semble infiniment comique.

— Vous n'avez pas peur ?

— De quoi ?

— Que l'on se doute de quelque chose ?

— Seigneur Dieu ! on ne se doutera de rien ! Nous allons raconter à ces braves gens ce que nous avons vu, témoignage qui ne fera qu'augmenter leur embarras, puisque nous n'avons rien vu du tout. Par prudence, nous resterons un jour ou deux pour veiller au grain. Mais l'affaire est réglée. Ils n'y verront jamais que du feu.

— Cependant, vous avez deviné, vous, et dès la première minute. Pourquoi ?

— Parce que, au lieu de chercher midi à quatorze heures, comme on le fait en général, je me pose toujours la question comme elle doit être posée, et la solution vient tout naturellement. Un monsieur entre dans sa cabine et s'y enferme. On l'y trouve mort, une demi-heure plus tard. Personne ne s'y est introduit. Que s'est-il passé ? Pour moi, la réponse est immédiate. Pas même besoin de réfléchir. Puisque le crime n'a pas été commis dans la cabine, c'est qu'il a été commis auparavant et que le monsieur, en entrant dans sa cabine, était déjà frappé à mort. Et tout de suite, en l'espèce, la vérité m'est apparue. Mme d'Imbreval, qui devait être tuée ce soir, a pris les devants, et, tandis que son mari se baissait, en une seconde d'égarement, elle a tué. Il n'y avait plus qu'à chercher les motifs de son acte. Quand je les ai connus, j'ai marché à fond pour elle. Voilà toute l'histoire.

Le soir commençait à tomber. Le bleu du ciel devenait plus sombre, la mer plus paisible encore.

— À quoi pensez-vous ? demanda Rénine au bout d'un moment.

— Je pense, dit-elle, que si j'étais victime à mon tour de quelque machination, je garderais confiance en vous, quoi qu'il arrive, confiance envers et contre tous. Je sais, comme je sais que j'existe, que vous me sauveriez, quels que soient les obstacles. Il n'y a pas de limite à votre volonté.

Il dit, très bas :

— Il n'y a pas de limite à mon désir de vous plaire.

CHAPITRE 4

Le film révélateur

— Regardez donc celui qui joue le maître d'hôtel… dit Serge Rénine.

— Qu'est-ce qu'il a de particulier ? demanda Hortense.

Ils se trouvaient en matinée dans un cinéma des boulevards où la jeune femme avait entraîné Rénine pour y voir une interprète qui la touchait de près. Rose-Andrée, que l'affiche mettait en vedette, était sa demi-sœur, leur père s'étant marié deux fois. Depuis quelques années, fâchées l'une avec l'autre, elles ne s'écrivaient même plus. Belle créature aux gestes souples et au visage rieur, Rose-Andrée, après avoir fait du théâtre sans beaucoup de succès, venait de se révéler au cinéma comme une interprète de grand avenir. Ce soir-là elle animait de son entrain et de sa beauté ardente un film assez médiocre par lui-même : *La Princesse Heureuse*.

Sans répondre directement, Rénine reprit, pendant une pause de la représentation :

— Je me console de mauvais films en observant les personnages secondaires. Comment ces pauvres diables, à qui l'on fait répéter dix ou vingt fois certaines scènes, ne penseraient-ils pas souvent, lors de la « prise définitive », à autre chose qu'à ce qu'ils jouent ? Ce sont ces petites distractions, où perce un peu de leur âme ou de leur instinct, qui sont amusantes à noter. Ainsi, tenez, ce maître d'hôtel…

L'écran montrait maintenant une table luxueusement servie que présidait la Princesse Heureuse entourée de tous ses amoureux. Une demi-douzaine de domestiques allaient et venaient, dirigés par le maître d'hôtel, grand gaillard au mufle épais, à la figure vulgaire, dont les sourcils énormes se rejoignaient en une seule ligne.

— Une tête de brute, dit Hortense. Que voyez-vous en lui de spécial ?

— Examinez la façon dont il regarde votre sœur, et s'il ne la regarde pas plus souvent qu'il ne devrait…

— Ma foi, jusqu'ici, il ne me semble pas, objecta Hortense…

— Mais si, affirma le prince Rénine, il est évident qu'il éprouve dans la vie pour Rose-Andrée des sentiments personnels qui n'ont aucun rapport avec son rôle de domestique anonyme. Nul ne s'en doute peut-être, dans la réalité, mais sur l'écran, quand il ne se surveille pas, ou quand il croit que ses camarades de répétition ne peuvent le voir, son secret lui échappe. Tenez…

L'homme ne bougeait plus. C'était la fin du repas. La princesse buvait une coupe de champagne, et il la contemplait de ses deux yeux luisants que voilaient à demi ses lourdes paupières.

Deux fois encore, ils surprirent en lui de ces expressions singulières auxquelles Rénine attribuait une signification passionnée qu'Hortense mettait en doute.

— C'est sa façon de regarder, à cet homme, disait-elle.

L'épisode se termina. Il y en avait un second. La notice du programme annonçait « qu'un an s'était écoulé et que la *Princesse Heureuse* vivait dans une jolie chaumière normande, tout enguirlandée de plantes grimpantes, avec le musicien peu fortuné qu'elle avait choisi comme époux ».

Toujours heureuse, d'ailleurs, ainsi qu'on put le constater sur l'écran, la princesse était toujours également séduisante, et toujours assiégée par les prétendants les plus divers. Bourgeois et nobles, financiers et paysans, tous les hommes tombaient en pâmoison devant elle, et, plus que tous, une sorte de rustre solitaire, un bûcheron velu et à demi-sauvage qu'elle rencontrait dans toutes ses promenades. Armé de sa hache, redoutable et sournois, il rôdait autour de la chaumière et l'on sentait avec effroi qu'un péril menaçait la *Princesse Heureuse*.

— Tiens, tiens, chuchota Rénine, vous savez qui c'est, l'homme des bois ?

— Non.

— Le maître d'hôtel, tout simplement. On a pris le même interprète pour les deux rôles.

De fait, malgré la déformation de la silhouette, sous la démarche pesante, sous les épaules voûtées du bûcheron, se retrouvaient les attitudes et les gestes du maître d'hôtel, de même que sous la barbe inculte et sous les longs cheveux épais, on reconnaissait la face rasée de tout à l'heure, le mufle de bête et la ligne touffue des sourcils.

Au loin, la princesse sortit de la chaumière. L'homme se cacha derrière un massif. De temps en temps, l'écran montrait, en proportion démesurée, ses yeux féroces ou ses mains d'assassin aux pouces énormes.

— Il me fait peur, dit Hortense ; il est terrifiant de réalité.

— Parce qu'il joue pour son propre compte, fit Rénine. Vous comprenez bien que, dans l'intervalle des trois ou quatre mois qui semblent séparer les époques où les deux films furent tournés, son amour a fait des progrès, et, pour lui, ce n'est pas la princesse qui vient, mais Rose-Andrée.

L'homme s'accroupit. La victime approchait, allègre et sans méfiance. Elle passa, entendit du bruit, s'arrêta, et regarda d'un air souriant qui devint attentif, puis inquiet, puis de plus en plus anxieux. Le bûcheron avait écarté les branches et traversait le massif.

Ils se trouvaient ainsi l'un en face de l'autre.

Il ouvrit les bras comme pour la saisir. Elle voulut crier, appeler an secours, mais elle suffoquait, et les bras se refermèrent sur elle sans qu'elle pût opposer la moindre résistance. Alors il la chargea sur son épaule et se mit à galoper.

– Êtes-vous convaincue ? murmura Rénine. Croyez-vous que cet acteur de vingtième ordre aurait eu cette puissance et cette énergie s'il s'agissait d'une autre femme que Rose-Andrée ?

Le bûcheron, cependant, arrivait au bord d'un large fleuve, près d'une vieille barque échouée dans la vase. Il y coucha le corps inerte de Rose-Andrée, défit l'amarre et se mit à remonter le fleuve en suivant la rive.

Plus tard on le vit atterrir, puis franchir la lisière d'une forêt et s'enfoncer parmi de grands arbres et des amoncellements de roches. Ayant déposé la princesse, il déblaya l'entrée d'une caverne, où le jour se glissait par une fente oblique.

Une série de projections montra l'affolement du mari, les recherches, la découverte de petites branches cassées par la *Princesse Heureuse* et qui indiquaient la route suivie.

Puis ce fut le dénouement, la lutte effroyable entre l'homme et la femme et, au moment où la femme, vaincue, à bout de forces, est renversée, l'irruption brusque du mari et le coup de feu qui abat la bête fauve…

Il était quatre heures, lorsqu'ils sortirent du cinéma. Rénine, que son automobile attendait, fit signe au chauffeur de le suivre. Ils marchèrent tous deux par les boulevards et la rue de la Paix, et Rénine, après un long silence dont la jeune femme s'inquiétait malgré elle, lui demanda :

– Vous aimez votre sœur ?

– Oui, beaucoup.

– Cependant vous êtes fâchées ?

– Je l'étais du temps de mon mari. Rose est une femme assez coquette avec les hommes. J'ai été jalouse, et vraiment sans motif. Mais pourquoi cette question ?

– Je ne sais pas… ce film me poursuit, et l'expression de cet homme était si étrange !

Elle lui prit le bras et vivement :

— Enfin, quoi, parlez ! Que supposez-vous ?

— Ce que je suppose ? Tout et rien. Mais je ne puis m'empêcher de croire que votre sœur ait été en danger.

— Simple hypothèse.

— Oui, mais une hypothèse fondée sur des faits qui m'impressionnent. À mon avis, la scène de l'enlèvement représente, non pas l'agression de l'homme des bois contre la *Princesse Heureuse*, mais une attaque violente et forcenée d'un interprète contre la femme qu'il convoite. Certes, cela s'est passé dans les limites imposées par le rôle, et personne n'y a vu que du feu, personne, sauf peut-être Rose-Andrée. Mais moi, j'ai surpris des éclairs de passion qui ne laissent aucun doute, des regards où il y avait de l'envie, et même la volonté du meurtre, des mains contractées, toutes prêtes à étrangler, vingt détails enfin qui me prouvent qu'à cette époque-là l'instinct de cet homme le poussait à tuer cette femme qui ne pouvait lui appartenir.

— Soit, à cette époque, peut-être, dit Hortense. Mais la menace est conjurée puisque des mois se sont écoulés.

— Évidemment… évidemment… mais tout de même, je veux me renseigner.

— Près de qui ?

— Auprès de la Société Mondiale qui a tourné le film. Tenez, voici les bureaux de la Société. Voulez-vous monter dans l'automobile et attendre quelques minutes ?

Il appela Clément, son chauffeur, et s'éloigna.

Au fond, Hortense demeurait sceptique. Toutes ces manifestations d'amour, dont elle ne niait ni l'ardeur, ni la sauvagerie, lui avaient semblé le jeu rationnel d'un bon interprète. Elle n'avait rien saisi de tout le drame redoutable que Rénine prétendait avoir deviné, et se demandait s'il ne péchait pas par excès d'imagination.

— Eh bien ! lui dit-elle, non sans ironie, quand il revint, où en êtes-vous ? Du mystère ? Des coups de théâtre ?

— Suffisamment, fit-il d'un air soucieux.

Elle se troubla aussitôt.

— Que dites-vous ?

Il raconta, d'un trait :

– Cet homme s'appelle Dalbrèque. C'est un être assez bizarre, renfermé, taciturne, et qui se tenait toujours à l'écart de ses camarades. On ne s'est jamais aperçu qu'il fût particulièrement empressé auprès de votre sœur. Cependant, son interprétation, à la fin du second épisode, parut si remarquable qu'on l'engagea pour un nouveau film. Il tourna donc en ces derniers temps. Il tourna aux environs de Paris. On était content de lui, lorsque soudain un événement insolite se produisit. Le vendredi 18 septembre, au matin, il crocheta le garage de la Société Mondiale et fila dans une superbe limousine, après avoir raflé la somme de 25,000 francs. On porta plainte, et la limousine fut retrouvée, le dimanche, aux environs de Dreux.

Hortense qui écoutait, un peu pâle, insinua :

– Jusqu'ici… aucun rapport…

– Si. Je me suis enquis de ce qu'était devenue Rose-Andrée. Votre sœur a voyagé cet été, puis elle est restée une quinzaine dans le département de l'Eure où elle possède une propriété, précisément la chaumière où l'on a tourné *La Princesse Heureuse*. Appelée en Amérique par un engagement, elle est revenue à Paris, a fait enregistrer ses bagages à la gare Saint-Lazare et s'en est allée *vendredi le 18 septembre* avec l'intention de coucher au Havre et de prendre le bateau du samedi.

– Vendredi le 18… balbutia Hortense… le même jour que cet homme… Il l'aura enlevée.

– Nous allons le savoir, dit Rénine. Clément, à la Compagnie Transatlantique.

Cette fois, Hortense l'accompagna dans les bureaux et s'informa elle-même près de la direction.

Les recherches aboutirent rapidement.

Une cabine avait été retenue par Rose-Andrée sur le paquebot La Provence. Mais le paquebot était parti sans que la passagère se fût présentée. Le lendemain seulement, on recevait au Havre un télégramme, signé Rose-Andrée, annonçant un retard et demandant que l'on gardât les bagages en consigne. Le télégramme venait de Dreux.

Hortense sortit en chancelant. Il ne semblait pas possible que l'on pût expliquer toutes ces coïncidences autrement que par un attentat. Les événements se groupaient selon l'intuition profonde de Rénine.

Prostrée dans l'automobile, elle l'entendit qui donnait comme adresse la Préfecture de police. Ils traversèrent le centre de Paris. Puis elle resta seule sur un quai quelques instants.

– Venez, dit-il en ouvrant la portière.

– Du nouveau ? On vous a reçu ? demanda-t-elle anxieusement.

– Je n'ai pas cherché à être reçu. Je voulais seulement me mettre en rapport avec l'inspecteur Morisseau, celui qui me fut envoyé l'autre jour, dans l'affaire Dutreuil. Si l'on sait quelque chose, nous le saurons par lui.

– Eh bien ?

– À cette heure-ci, il est dans un petit café, que vous voyez là-bas sur la place.

Ils y entrèrent et s'assirent devant une table isolée où l'inspecteur principal lisait son journal. Tout de suite, il les reconnut. Rénine lui serra la main, et, sans préambule :

– Je vous apporte une affaire intéressante, brigadier, et qui peut vous mettre en relief. Peut-être d'ailleurs êtes-vous au courant ?…

– Quelle affaire ?

– Dalbrèque.

Morisseau parut surpris. Il hésita, et d'un ton prudent :

– Oui, je sais… les journaux ont parlé de ça… vol d'automobile… 25 000 francs barbotés… Les journaux parleront aussi demain d'une découverte que nous venons de faire à la Sûreté, à savoir que Dalbrèque serait l'auteur d'un assassinat qui fit beaucoup de bruit l'an dernier, celui du bijoutier Bourguet.

– Il s'agit d'autre chose, affirma Rénine.

– De quoi donc ?

– D'un enlèvement commis par lui, dans la journée du samedi 19 septembre.

– Ah ! vous savez ?

– Je sais.

– En ce cas, déclara l'inspecteur qui se décida, allons-y. Samedi le 19 septembre, en effet, en pleine rue, en plein jour, une dame qui faisait des emplettes fut enlevée par trois bandits dont l'automobile s'enfuit à toute allure. Les journaux ont rapporté l'incident, mais sans donner le nom de la victime ni des agresseurs, et cela pour cette bonne raison, c'est qu'on ne savait rien. C'est seulement hier que, envoyé au Havre avec quelques hommes, j'ai réussi à identifier un des bandits. Le vol des 25 000 francs, le vol de l'auto, l'enlèvement de la jeune femme, même origine. Un seul coupable : Dalbrèque. Quant à la jeune femme, aucun renseignement. Toutes nos recherches ont été vaines.

Hortense n'avait pas interrompu le récit de l'inspecteur. Elle était bouleversée. Quand il eut fini, elle soupira :

– C'est effrayant... la malheureuse est perdue... il n'y a aucun espoir...

S'adressant à Morisseau, Rénine expliqua :

– La victime est la sœur, ou plus exactement la demi-sœur de madame... C'est une interprète de cinéma très connue, Rose-Andrée...

Et, en quelques mots, il raconta les soupçons qu'il avait eus en voyant le film de *La Princesse Heureuse* et l'enquête qu'il poursuivait personnellement.

Il y eut un long silence autour de la petite table. L'inspecteur principal, cette fois encore, confondu par l'ingéniosité de Rénine, attendait ses paroles. Hortense l'implorait du regard, comme s'il pouvait aller du premier coup jusqu'au fond du mystère.

Il demanda à Morisseau :

– C'est bien trois hommes qu'il y avait à bord de l'auto ?

– Oui.

– Trois également à Dreux ?

– Non. À Dreux, on n'a relevé les traces que de deux hommes.

– Dont Dalbrèque ?

– Je ne crois pas. Aucun des signalements ne correspond au sien.

Il réfléchit encore quelques instants, puis, déplia sur la table une grande carte routière.

Un nouveau silence. Après quoi, il dit à l'inspecteur :

– Vous avez laissé vos camarades au Havre ?

– Oui, deux inspecteurs.

– Pouvez-vous leur téléphoner ce soir ?

– Oui.

– Et demander deux autres inspecteurs à la Sûreté ?

– Oui.

– Eh bien rendez-vous demain à midi.

– Où ?

– Ici.

Et du doigt, il appuya sur un point de la carte, qui était marqué « Le chêne à la cuve », et qui se trouvait en pleine forêt de Brotonne, dans le département de l'Eure.

– Ici, répéta-t-il. C'est ici que le soir de l'enlèvement, Dalbrèque a cherché un refuge. À demain, monsieur Morisseau, soyez exact au rendez-vous. Cinq hommes, ce n'est pas de trop pour capturer une bête de cette taille.

L'inspecteur n'avait pas bronché. Ce diable d'individu le stupéfiait. Il paya sa consommation, se leva, fit machinalement le salut militaire et sortit en marmottant :

– On y sera, monsieur.

Le lendemain, à huit heures, Hortense et Rénine quittaient Paris dans une vaste limousine que conduisait Clément. Le voyage fut silencieux. Hortense, malgré sa foi dans le pouvoir extraordinaire de Rénine, avait passé une nuit mauvaise et songeait avec angoisse au dénouement de l'aventure.

On approchait. Elle lui dit :

– Quelle preuve avez-vous qu'il l'ait conduite dans cette forêt ?

De nouveau il déploya la carte sur ses genoux et il fit voir à Hortense que, si l'on trace une ligne du Havre, ou plutôt de Quillebeuf (où l'on traverse la Seine) jusqu'à Dreux (où l'auto fut retrouvée) cette ligne touche aux lisières occidentales de la forêt de Brotonne.

– Or, ajouta-t-il, c'est dans la forêt de Brotonne, d'après ce que l'on m'a dit à la Société Mondiale, que fut tournée *La Princesse Heureuse*. Et la question qui se pose est celle-ci : maître de Rose-Andrée, Dalbrèque, en passant le samedi à proximité de la forêt, n'a-t-il pas eu l'idée d'y cacher sa proie, tandis que les deux complices continuaient sur Dreux et rentraient à Paris ? La grotte est là, toute proche. Comment ne pas y aller ? N'est-ce pas en courant vers cette grotte, quelques mois auparavant, qu'il tenait dans ses bras, contre lui, à portée de ses lèvres, la femme qu'il aimait et qu'il vient de conquérir ? Pour lui, logiquement, fatalement, l'aventure recommence. Mais, cette fois, en pleine réalité… Rose-Andrée est captive. Pas de secours possible. La forêt est immense et déserte. Cette nuit-là, ou l'une des nuits suivantes, il faut que Rose-Andrée s'abandonne…

612

Hortense frissonna.

– Ou qu'elle meure. Ah ! Rénine, nous arrivons trop tard.

– Pourquoi ?

– Pensez donc ! trois semaines… Vous ne supposez pas qu'il la tienne enfermée là depuis tant de temps !

– Certes non, l'endroit que l'on m'a indiqué se trouve à un croisement de routes et la retraite n'est pas sûre. Mais nous y découvrirons sûrement quelque indice.

Ils déjeunèrent en route, un peu avant midi, et pénétrèrent dans les hautes futaies de Brotonne, antique et vaste forêt toute pleine de souvenirs romains et de vestiges du Moyen Age. Rénine, qui l'avait souvent parcourue, dirigea l'auto vers un chêne célèbre à dix lieues à la ronde, dont les branches, en s'évasant, formaient une large cuve. L'auto s'arrêta au tournant qui précède et ils allèrent à pied jusqu'à l'arbre. Morisseau les attendait en compagnie de quatre gaillards solides.

– Venez, leur dit Rénine, la grotte est à côté, parmi les broussailles.

Ils la trouvèrent aisément. D'énormes roches surplombaient une entrée basse où l'on se glissait par un étroit sentier entre des fourrés épais.

Il y entra et fouilla de sa lampe électrique les recoins d'une petite caverne aux parois encombrées de signatures et de dessins.

– Rien à l'intérieur, dit-il à Hortense et à Morisseau. Mais voici la preuve que je cherchais. Si le souvenir du film a vraiment ramené Dalbrèque vers la grotte de la *Princesse Heureuse*, nous devons penser qu'il en fut de même pour Rose-Andrée. Or, la *Princesse Heureuse*, dans le film, avait cassé les bouts de branches durant tout le trajet. Et voici justement, à droite de cet orifice, des branches qui ont été récemment brisées.

– Soit, dit Hortense. Je vous accorde qu'il y a là une preuve possible de leur passage, mais elle date de trois semaines, et depuis…

– Depuis, votre sœur est enfermée dans quelque trou plus isolé.

– Ou bien morte et ensevelie sous un monceau de feuilles…

– Non, non, dit Rénine, en frappant du pied, il n'est pas croyable que cet homme ait fait tout ce qu'il a fait pour arriver à un meurtre stupide. Il aura patienté. Il aura voulu prendre sa victime par les menaces, par la faim…

– Alors ?

– Cherchons.

– Comment ?

– Pour sortir de ce labyrinthe, nous avons un fil conducteur qui est l'intrigue même de *La Princesse Heureuse*. Suivons-le, en remontant de proche en proche, jusqu'au début. Dans le drame, l'homme des bois, pour amener la Princesse ici, a traversé la forêt après avoir ramé le long du fleuve. La Seine est à un kilomètre de distance. Descendons vers la Seine.

Il repartit. Il avançait sans hésitation, l'œil aux aguets, comme un bon chien de chasse que son flair guide sûrement. Suivis de loin par l'auto, ils gagnèrent un groupe de maisons, au bord de l'eau. Rénine alla droit à la maison du passeur et le questionna.

Dialogue rapide. Trois semaines auparavant, un lundi matin, cet homme avait constaté la disparition d'une de ses barques. Cette barque, il devait la retrouver dans la vase, une demi-lieue plus bas.

– Non loin d'une chaumière où l'on a fait du cinéma, cet été ? demanda Rénine.

– Oui.

– Et c'est là où nous sommes qu'on avait débarqué une femme enlevée ?

– Oui, la *Princesse Heureuse* ou plutôt Mme Rose-Andrée à qui appartient ce qu'on appelle le Clos-Joli.

– La maison est ouverte en ce moment ?

– Non. La dame en est partie, il y a un mois, après avoir tout fermé.

– Pas de gardien ?

– Personne.

Rénine se retourna et dit à Hortense :

– Aucun doute. C'est la prison qu'il a choisie.

La chasse recommença. Ils suivirent tout le chemin de halage, le long de la Seine. Ils marchaient sans bruit sur le gazon des bas-côtés. Le chemin rejoignait la grande route, et il y avait des bois taillis, au sortir desquels ils aperçurent du haut d'un tertre le Clos-Joli, tout entouré de haies. Hortense et Rénine reconnurent la chaumière de la *Princesse Heureuse*. Les fenêtres étaient barricadées de volets et les sentiers déjà tapissés d'herbe.

Ils demeurèrent là plus d'une heure, blottis dans des fourrés. Le brigadier s'impatientait ; la jeune femme avait perdu confiance et ne croyait pas que le Clos-Joli pût servir de prison à sa sœur. Mais Rénine s'obstinait.

– Elle est là, vous dis-je. C'est mathématique. Il est impossible que Dalbrèque n'ait pas choisi cet endroit pour l'y tenir captive. Il espère ainsi, dans un milieu qu'elle connaît, la rendre plus docile.

Enfin, vis-à-vis d'eux, de l'autre côté du Clos, un pas se fit entendre, lent et assourdi. Une silhouette déboucha sur la route. À cette distance, on ne pouvait voir le visage. Mais la marche pesante, l'allure étaient bien celles de l'homme que Rénine et Hortense avaient vu sur le film.

Ainsi, en vingt-quatre heures, sur les vagues indications que peut donner l'attitude d'un interprète, Serge Rénine aboutissait, par un simple raisonnement de psychologie, au cœur même du drame. Ce que le film avait suggéré, le film l'avait imposé à Dalbrèque. Dalbrèque avait agi dans la vie réelle comme dans la vie imaginaire du cinéma, et Rénine, remontant pas à pas le chemin que Dalbrèque remontait lui-même sous l'influence du film, arrivait au lieu même où l'homme des bois tenait emprisonnée la Princesse Heureuse.

Dalbrèque semblait vêtu comme un chemineau, de vêtements rapiécés et de loques. Il portait une besace d'où émergeaient le col d'une bouteille et l'extrémité d'une baguette de pain. Sur l'épaule, une hache de bûcheron.

Il trouva ouvert le cadenas de la barrière, pénétra dans le verger, et bientôt fut dissimulé par une ligne d'arbustes qui le conduisit vers l'autre façade de la maison.

Rénine saisit par le bras Morisseau qui voulait s'élancer.

– Mais pourquoi ? demanda Hortense. Il ne faut pas laisser entrer ce bandit… sans quoi…

– Et s'il a des complices ? Si l'éveil est donné ?

– Tant pis. Avant tout, sauvons ma sœur.

– Et si nous arrivons trop tard pour la défendre ? Dans sa rage, il peut la tuer d'un coup de hache.

Ils attendirent. Une heure encore s'écoula. L'inaction les irritait. Hortense pleurait par moments. Mais Rénine tint bon, et personne n'osait lui désobéir.

Le jour baissa. Déjà les premières ombres du crépuscule s'étendaient sur les pommiers, lorsque, soudain, la porte de la façade qu'ils apercevaient fut ouverte, des clameurs d'épouvante et de triomphe jaillirent, et un couple bondit, couple enlacé où l'on discernait cependant les jambes de l'homme et le corps de la femme qu'il portait dans ses bras, au travers de sa poitrine.

– Lui !… lui et Rose !… balbutia Hortense bouleversée… Ah Rénine, sauvez-la…

Dalbrèque se mit à courir parmi les arbres, comme un fou, riant et criant. Il faisait, malgré son fardeau, des sauts énormes, ce qui lui donnait un air de bête fantastique, ivre de joie et de carnage. L'une de ses mains, libérée, brandit la hache dont l'éclair étincela… Rose hurlait de terreur. Il traversa le verger en tous sens, galopa le long de la haie puis s'arrêta tout à coup devant un puits et, raidissant les bras, le buste penché, comme s'il voulait la précipiter dans l'abîme…

La minute fut affreuse. Allait-il se résoudre à accomplir l'acte effroyable ? Mais ce n'était là, sans doute, qu'une menace dont l'horreur devait induire la jeune femme à l'obéissance, car il repartit subitement, revint en ligne droite vers la porte principale, et s'engouffra dans le vestibule. Un bruit de verrou. La porte fut close.

Chose inexplicable, Rénine n'avait pas bougé. De ses deux bras, il barrait la route aux inspecteurs, tandis qu'Hortense, cramponnée à ses vêtements, le suppliait :

– Sauvez-la… C'est un fou… Il va la tuer… je vous en prie…

Mais, à ce moment, il y eut comme une nouvelle offensive de l'homme contre sa victime. Il apparut à une lucarne qui trouait le pignon entre les ailes de chaume du grand toit, et il recommença son atroce manœuvre, suspendant Rose-Andrée dans le vide et la balançant ainsi qu'une proie qu'on va jeter dans l'espace.

Ne put-il se décider ? Ou n'était-ce vraiment qu'une menace ? Jugeât-il Rose suffisamment domptée ? Il rentra.

Cette fois Hortense eut gain de cause. Ses mains glacées pressaient la main de Rénine, et il la sentit qui tremblait désespérément.

– Oh ! je vous en prie… je vous en prie… qu'attendez-vous ?

Il céda :

– Oui, dit-il, allons-y. Mais pas trop de hâte. Il faut réfléchir.

– Réfléchir ! Mais Rose… Rose qu'il va tuer !… Vous avez vu la hache ?… C'est un fou… Il va la tuer.

– Nous avons le temps, affirma-t-il. Je réponds de tout.

Hortense dut s'appuyer sur lui, car elle n'avait pas la force de marcher. Ils descendirent ainsi du tertre, et choisissant un endroit que dissimulaient les frondaisons des arbres, il aida la jeune femme à franchir la haie. D'ailleurs, l'obscurité naissante n'eût pas permis qu'on les aperçût.

Sans un mot, il fit le tour du verger, et ils arrivèrent ainsi derrière la maison. C'était par là que Dalbrèque était entré la première fois. En effet, ils virent une petite porte de service qui devait être celle de la cuisine.

Un coup d'épaule, dit-il aux inspecteurs, et vous pourrez vous introduire quand le moment sera venu.

— Le moment est venu, grogna Morisseau, qui déplorait tous ces retards.

Pas encore. Je veux d'abord me rendre compte de ce qui se passe sur l'autre façade. Quand je sifflerai, jetez bas brusquement ces planches, et sus à l'homme, le revolver au poing. Mais pas avant, n'est-ce pas ? Sans quoi nous risquons gros…

— Et s'il se débat ? C'est une brute forcenée.

— Tirez-lui dans les jambes. Et surtout qu'on le prenne vivant. Vous êtes cinq, que diable !

Il entraîna Hortense qu'il ranima en quelques paroles :

— Vite !… Il n'est que temps d'agir. Ayez pleine confiance en moi.

Elle soupira :

— Je ne comprends pas… je ne comprends pas.

— Moi non plus, dit Rénine. Il y a dans tout cela quelque chose qui me déconcerte. Mais j'en comprends assez pour craindre l'irréparable.

— L'irréparable, dit-elle, c'est le meurtre de Rose.

— Non, déclara-t-il, c'est l'action de la justice. Et c'est pourquoi je veux prendre les devants.

Ils contournèrent la maison, en se cognant dans les massifs d'arbustes. Puis Rénine s'arrêta devant une des fenêtres du rez-de-chaussée…

— Écoutez, dit-il, on parle… Cela vient de la pièce qui est là.

Ce bruit de voix laissait supposer qu'il devait y avoir quelque lumière pour éclairer celui ou ceux qui parlaient. Il chercha, écarta les plantes dont la végétation tardive masquait les volets clos, et vit qu'une lueur filtrait entre deux de ces volets qui étaient mal joints.

Il put passer la lame de son couteau qu'il fit glisser doucement, et avec lequel il souleva un loquet intérieur. Les volets s'ouvrirent. De lourds rideaux d'étoffe s'appliquaient contre la fenêtre, mais en s'écartant dans le haut.

– Vous allez monter sur le rebord ? chuchota Hortense.

– Oui, et couper un carreau. S'il y a urgence, je braque mon revolver sur l'individu, et vous donnerez un coup de sifflet pour que l'attaque ait lieu par là-bas. Tenez, voici le sifflet.

Il monta avec beaucoup de précaution et se dressa peu à peu contre la fenêtre jusqu'à l'endroit où les rideaux étaient écartés. D'une main il engagea son revolver dans l'échancrure de son gilet. De l'autre, il tenait une pointe de diamant.

– Vous la voyez ? souffla Hortense.

Il colla son front à la vitre, et aussitôt il lui échappa une exclamation étouffée.

– Ah ! dit-il, est-ce croyable ?

– Tirez ! Tirez ! exigea Hortense.

– Mais non…

Alors je dois siffler ?

– Non… non… au contraire…

Toute tremblante, elle mit un genou sur le rebord, Rénine la hissa contre lui et s'effaça pour qu'elle pût voir également.

– Regardez.

Elle appuya son visage.

– Ah ! fit-elle à son tour avec stupeur.

– Hein ! qu'en dites-vous ? Je soupçonnais bien quelque chose, mais pas ça !

Deux lampes sans abat-jour et vingt bougies peut-être illuminaient un salon luxueux, entouré de divans et orné de tapis orientaux. Sur un de ces divans, Rose-Andrée était à moitié couchée, vêtue d'une robe en tissu de métal qu'elle portait dans le film de *La Princesse Heureuse*, ses belles épaules nues, sa chevelure tressée de bijoux et de perles.

Dalbrèque était à ses pieds, à genoux sur un coussin. Habillé d'une culotte de chasse et d'un maillot, il la contemplait avec extase. Rose souriait, heureuse, et caressait les cheveux de l'homme. Deux fois elle se pencha sur lui, et lui baisa d'abord le front, puis la bouche longuement, tandis que ses yeux, éperdus de volupté, palpitaient.

Scène passionnée ! Unis par le regard, par les lèvres, par leurs mains frissonnantes, par tout leur jeune désir, ces deux êtres s'aimaient évidemment d'un amour exclusif et violent. On sentait que, dans la solitude et la paix de cette chaumière, rien ne comptait plus pour eux que leurs baisers et leurs caresses.

Hortense ne pouvait détacher ses yeux de ce spectacle imprévu. Était-ce là cet homme et cette femme dont l'un, quelques minutes auparavant, emportait l'autre dans une sorte de danse macabre qui semblait tourner autour de la mort ? Était-ce vraiment sa sœur ? Elle ne la reconnaissait pas. Elle voyait une autre femme, animée d'une beauté nouvelle et transfigurée par un sentiment dont Hortense devinait, en frémissant, toute la force et toute l'ardeur.

— Mon Dieu, murmura-t-elle, comme elle l'aime ! Et un pareil individu, est-ce possible ?

— Il faut la prévenir, dit Rénine et se concerter avec elle…

— Oui, oui, fit Hortense, à aucun prix il ne faut qu'elle soit mêlée au scandale, à l'arrestation… Qu'elle s'en aille… Qu'on ne sache rien de tout cela…

Par malheur, Hortense se trouvait dans un tel état de surexcitation qu'elle agit avec trop de hâte. Au lieu de cogner doucement à la vitre, elle heurta la fenêtre en frappant sur le bois à coups de poing. Effrayés, les deux amoureux se levèrent, les yeux fixes, l'oreille tendue. Aussitôt Rénine voulut couper un carreau afin de leur jeter quelques mots d'explication. Mais il n'en eut pas le temps. Rose-Andrée qui sans doute, savait son amant en péril et recherché par la police, le poussa vers la porte d'un effort désespéré.

Dalbrèque obéit. L'intention de Rose était certainement de le contraindre à fuir en utilisant l'issue de la cuisine. Ils disparurent.

Rénine vit clairement ce qui allait se passer. Le fugitif tomberait dans l'embuscade que lui-même, Rénine, avait préparée. Il y aurait bataille, mort d'homme peut-être…

Il sauta à terre et fit en courant le tour de la maison. Mais le trajet était long, le chemin obscur et encombré. D'autre part, les événements s'enchaînèrent plus vite qu'il ne le supposait. Quand il déboucha sur l'autre façade, un coup de feu retentit, suivi d'un cri de douleur.

Au seuil de la cuisine, à la lueur de deux lampes de poche, Rénine trouva Dalbrèque étendu, maintenu par trois policiers, et gémissant. Il avait la jambe cassée.

Dans la pièce, Rose-Andrée, titubant, les mains en avant, le visage convulsé, bégayait des mots que l'on n'entendait point. Hortense l'attira contre elle et lui dit à l'oreille :

– C'est moi… ta sœur… je voulais te sauver… Tu me reconnais ?

Rose semblait ne pas comprendre. Ses yeux étaient hagards.

Elle marcha, d'un pas saccadé, vers les inspecteurs et commença :

– C'est abominable… L'homme qui est là n'a rien fait qui…

Rénine n'hésita pas. Agissant avec elle comme avec une malade qui n'a plus sa raison, il la saisit entre ses bras et, suivi d'Hortense, qui refermait les portes, la ramena dans le salon.

Elle se débattait furieusement, et protestait d'une voix haletante :

– C'est un crime… On n'a pas le droit… Pourquoi l'arrêter ? Oui, j'ai lu… le meurtre du bijoutier Bourguet… j'ai lu cela ce matin dans le journal, mais c'est un mensonge. Il peut le prouver.

Rénine la déposa sur le divan, et avec fermeté :

– Je vous en prie, du calme. Ne dites rien qui puisse vous compromettre… Que voulez-vous ! cet homme a tout de même volé… l'automobile… puis les 25 000 francs…

– Mon départ pour l'Amérique l'avait affolé. Mais l'auto a été retrouvée… L'argent sera rendu… il n'y a pas touché. Non, non, on n'a pas le droit… J'étais ici de mon plein gré. Je l'aime… je l'aime plus que tout… comme on n'aime qu'une fois dans sa vie… Je l'aime… je l'aime.

La malheureuse n'avait plus de force. Elle parlait comme dans un rêve, affirmait son amour d'une voix qui s'éteignait. À la fin, épuisée, elle eut un brusque sursaut et se renversa. Elle était évanouie.

Une heure plus tard, étendu sur le lit d'une chambre, Dalbrèque, les poignets solidement attachés, roulait des yeux féroces. Un médecin des environs, ramené par l'auto de Rénine, avait bandé la jambe et prescrit le repos le plus complet jusqu'au lendemain. Morisseau et ses hommes montaient la garde.

Quant à Rénine, il allait et venait à travers la pièce, les mains au dos. Il avait l'air fort gai, et, de temps en temps, observait les deux sœurs en souriant, comme s'il eût trouvé charmant le tableau qu'elles offraient à ses yeux d'artiste.

– Qu'y a-t-il donc ? lui demanda Hortense, lorsqu'elle s'aperçut de son allégresse insolite et qu'elle se fut à moitié tournée vers lui.

Il se frotta les mains et prononça :

– C'est drôle.

– Qu'est-ce qui vous paraît drôle ? dit Hortense d'un ton de reproche.

– Eh mon Dieu, la situation. Rose-Andrée libre, filant le parfait amour, et avec qui, Seigneur ? Avec l'homme des bois, un homme des bois domestiqué, pommadé, moulé dans un maillot, et qu'elle baise à bouche que veux-tu… tandis que nous la cherchions au fond d'une grotte ou d'un sépulcre.

« Ah ! certes, elle a connu les affres de la captivité, et j'affirme que, la première nuit, elle fut jetée, à moitié morte, dans la caverne. Seulement, voilà, le lendemain, elle était vivante ! Une seule nuit avait suffi pour qu'elle s'apprivoisât, la mâtine, et pour que Dalbrèque lui parût aussi beau que le Prince Charmant. Une seule nuit !… et qui leur donne à tous deux l'impression si nette qu'ils sont faits l'un pour l'autre, qu'ils décident de ne plus se quitter et que, d'un commun accord, ils cherchent un refuge à l'abri du monde. Où ? Ici, parbleu ! Qui donc irait relancer Rose-Andrée jusqu'au Clos-Joli ? Mais ce n'est pas suffisant. Il faut davantage aux deux amoureux. Une lune de miel de quelques semaines ? Allons donc ! C'est toute leur vie qu'ils se consacreront l'un à l'autre. Comment ? Mais en suivant la route charmante et pittoresque sur laquelle ils se sont déjà engagés, c'est-à-dire en « tournant » de nouvelles créations ! Dalbrèque n'a-t-il pas réussi dans *La Princesse Heureuse*, au-delà de toute espérance ? L'avenir, mais le voici ! Los Angeles ! Les États-Unis ! Fortune et liberté !… Pas une minute à perdre. Tout de suite au travail ! Et c'est ainsi que nous, spectateurs épouvantés, nous les avons surpris, tout à l'heure, en pleine répétition, jouant un drame de folie et de meurtre. Je vous avouerai, pour être franc, qu'à ce moment, j'ai eu quelques soupçons de la vérité. Épisode de cinéma, me suis-je dit. Mais quant à deviner l'intrigue amoureuse du Clos-Joli, ah ! cela, j'en étais à cent lieues. Que voulez vous ! sur l'écran, de même qu'au théâtre, les princesses heureuses résistent ou se tuent. Comment supposer que celle-ci avait préféré le déshonneur à la mort ?

Décidément, l'aventure divertissait Rénine, et il reprit :

– Non, non, sacrebleu, ce n'est pas de cette façon que les choses se passent dans les films Et c'est cela qui m'a fait faire fausse route. Depuis le début, je déroulais le film de *La Princesse Heureuse*, et je marchais en mettant mes pas dans les empreintes toutes faites. La Princesse Heureuse avait agi ainsi. L'homme des bois s'était comporté de cette manière… Donc, comme tout recommence, suivons-les. Eh bien ! pas du tout. Contrairement à toutes les règles, voilà que Rose-Andrée prend le mauvais chemin, et voilà qu'en l'espace de quelques heures, la victime se transforme en la plus amoureuse des princesses ! Ah ! sacré Dalbrèque, tu nous as bien roulés. Car enfin quoi, quand on nous montre au cinéma une brute, une espèce de sauvage à longs poils et à face de gorille, nous avons le droit d'imaginer que, dans la vie, c'est quelque brute formidable. Allons donc ! C'est un don Juan. Farceur, va !

De nouveau Rénine se frotta les mains. Mais il ne continua pas, car il s'aperçut qu'Hortense ne l'écoutait plus. Rose s'éveillait de sa torpeur. La jeune femme l'entoura de ses bras en murmurant :

– Rose… Rose… c'est moi… Ne crains plus rien.

Elle se mit à lui parler tout bas et à la bercer affectueusement contre elle. Mais Rose peu à peu, et tout en écoutant sa sœur, reprenait sa figure de souffrance et demeurait immobile et lointaine, assise sur le divan, le buste rigide et les lèvres serrées.

Rénine eut l'impression qu'il ne fallait pas heurter cette douleur et qu'aucun raisonnement ne pourrait prévaloir contre la décision réfléchie de Rose-Andrée.

Il s'approcha et lui dit doucement :

– Je vous approuve, madame. Votre devoir, quoi qu'il puisse advenir, est de défendre celui que vous aimez et de prouver son innocence. Mais rien ne presse, et j'estime que, dans son intérêt, il vaut mieux différer de quelques heures et laisser croire encore que vous étiez sa victime. Demain matin, si vous n'avez pas changé d'avis, c'est moi-même qui vous conseillerai d'agir. Jusque-là, montez dans votre chambre avec votre sœur, préparez-vous au départ, rangez vos papiers pour que l'enquête ne puisse rien révéler contre vous. Croyez-moi… Ayez confiance.

Rénine insista longtemps encore et réussit à persuader la jeune femme. Elle promit d'attendre.

On s'installa donc pour passer la nuit au Clos-Joli. Il y avait des provisions suffisantes. Un des inspecteurs prépara le dîner.

Le soir, Hortense partagea la chambre de Rose. Rénine, Morisseau et deux inspecteurs couchèrent sur les divans du salon, tandis que les deux autres inspecteurs gardaient le blessé.

La nuit s'écoula sans incident.

Au matin, les gendarmes, prévenus la veille par Clément, arrivèrent de bonne heure. Il fut décidé que Dalbrèque serait transféré à l'infirmerie de la prison départementale. Rénine proposa son automobile que Clément amena devant la chaumière.

Les deux sœurs, ayant perçu des allées et venues, descendirent. Rose-Andrée avait l'expression dure de ceux qui veulent agir. Hortense la regardait anxieusement et observait l'air placide de Rénine.

Tout étant prêt, il n'y avait plus qu'à réveiller Dalbrèque et ses gardiens.

Morisseau s'y rendit lui-même. Mais il constata que les deux hommes étaient profondément endormis et qu'il n'y avait personne dans le lit. Dalbrèque s'était évadé.

Le coup de théâtre ne causa pas, sur le moment, une grande perturbation parmi les policiers et les gendarmes, tellement ils étaient sûrs que le fugitif, avec sa jambe cassée, serait vite repris. L'énigme de cette fuite, effectuée sans que les gardiens entendissent le moindre bruit, n'intrigua personne. Dalbrèque se cachait inévitablement dans le verger.

Tout de suite la battue s'organisa. Et le résultat faisait si peu de doute que Rose-Andrée, de nouveau bouleversée, se dirigea vers l'inspecteur principal.

– Taisez-vous, murmura Serge Rénine qui la surveillait.

Elle balbutia :

– On va le retrouver… l'abattre à coups de revolver.

– On ne le retrouvera pas, affirma Rénine.

– Qu'en savez-vous ?

– C'est moi, avec l'aide de mon chauffeur, qui l'ai fait évader cette nuit. Un peu de poudre dans le café des inspecteurs, ils n'ont rien entendu.

Elle fut stupéfaite et objecta :

– Mais il est blessé, il agonise dans quelque coin.

– Non.

Hortense écoutait, sans comprendre davantage, mais rassurée et confiante en Rénine.

Il reprit à voix basse :

– Jurez-moi, madame, que dans deux mois, quand il sera guéri et que vous aurez éclairé la justice en son endroit, jurez-moi que vous partirez avec lui pour l'Amérique.

– Je vous le jure.

– Et que vous l'épouserez ?

– Je vous le jure.

– Alors, venez, et pas un mot, pas un geste d'étonnement. Une seconde d'oubli et vous pouvez tout perdre.

Il appela Morisseau, qui commençait à se désespérer, et lui dit :

– Monsieur l'Inspecteur principal, nous devons conduire madame à Paris et lui donner les soins nécessaires. En tout cas, quel que soit le résultat de vos recherches – et je ne doute pas qu'elles aboutissent soyez certain que vous n'aurez pas d'ennuis à cause de cette affaire. Ce soir même, j'irai à la Préfecture où j'ai de bonnes relations.

Il offrit son bras à Rose-Andrée et la conduisit vers l'auto. En marchant, il sentit qu'elle chancelait et qu'elle s'accrochait à lui.

– Ah, mon Dieu, il est sauvé... je le vois, murmura-t-elle.

Sur le siège, à la place de Clément, elle avait reconnu, très digne dans sa tenue de chauffeur, la visière basse, les yeux dissimulés par de grosses lunettes, elle avait reconnu son amant.

– Montez, dit Rénine.

Elle s'assit près de Dalbrèque. Rénine et Hortense prirent place dans le fond. L'inspecteur principal, le chapeau à la main, s'empressait autour de la voiture.

On partit. Mais deux kilomètres plus loin, en pleine forêt, il fallut s'arrêter. Dalbrèque, qui, au prix d'un effort surhumain, avait pu surmonter sa douleur, eut une défaillance. On l'étendit dans la voiture. Rénine se mit au volant, Hortense à son côté. Avant Louviers, nouvel arrêt : on cueillait au passage le chauffeur Clément, qui cheminait vêtu de la défroque de Dalbrèque.

Puis il y eut des heures de silence. L'auto filait rapidement. Hortense ne disait rien et n'avait même pas l'idée d'interroger Rénine sur les événements de la nuit précédente. Qu'importaient les détails de l'expédition et l'exacte façon dont il avait procédé pour escamoter Dalbrèque ! Cela n'intriguait pas Hortense. Elle ne songeait qu'à sa sœur, et elle était toute remuée par tant d'amour et tant d'ardeur passionnée !

Rénine dit simplement, en approchant de Paris :

– J'ai parlé cette nuit avec Dalbrèque. Il est certainement innocent de l'assassinat du bijoutier. C'est un brave et honnête homme tout différent de ce qu'il paraît ; un tendre, un dévoué, et qui est prêt à tout pour Rose-Andrée.

Et Rénine ajouta :

– Il a raison. Il faut tout faire pour celle que l'on aime. Il faut se sacrifier à elle, lui offrir tout ce qu'il y a de beau dans le monde, de la joie, du bonheur... et, si elle s'ennuie, de belles aventures qui la distraient, qui l'émeuvent et qui la font sourire... ou même pleurer.

Hortense frémit, les yeux un peu mouillés. Pour la première fois, il faisait allusion à l'aventure sentimentale qui les unissait par un lien, fragile jusqu'ici, mais auquel chacune des entreprises qu'ils poursuivaient ensemble dans l'angoisse et dans la fièvre donnait plus de force et plus de résistance. Déjà, près de cet homme extraordinaire, qui soumettait les événements à sa volonté et semblait jouer avec le destin de ceux qu'il combattait ou qu'il protégeait, elle se sentait faible et inquiète. Il lui faisait peur à la fois et l'attirait. Elle pensait à lui comme à son maître, quelquefois comme à un ennemi contre qui elle devait se défendre, mais le plus souvent comme à un ami troublant, plein de charme et de séduction…

CHAPITRE 5

Le cas de Jean-Louis

Cela se passa comme le plus banal des faits divers, et avec une rapidité telle qu'Hortense en demeura confondue. Comme ils traversaient tous deux la Seine en se promenant, une silhouette de femme avait franchi le parapet du pont, et s'était précipitée dans le vide. De tous côtés, des cris, des clameurs, et puis, soudain, Hortense avait empoigné le bras de Rénine.

– Quoi ? Vous n'allez pas vous jeter !... Je vous défends...

La veste de son compagnon lui restait dans les mains. Rénine sautait d'un bond, et puis... et puis elle n'avait plus rien vu. Trois minutes plus tard, entraînée par le flot de gens qui couraient, elle se trouvait au bord même du fleuve. Rénine montait les marches de l'escalier, portant une jeune femme dont les cheveux noirs se collaient autour d'une face livide.

– Elle n'est pas morte, affirmait-il... Vite, chez le pharmacien... des tractions de langue... aucun danger à craindre...

Il remettait la jeune femme à deux agents, écartait les badauds et les soi-disant journalistes qui lui demandaient son nom, et poussait dans un taxi Hortense toute secouée d'émotion.

– Ouf ! s'écriait-il, au bout d'un moment, encore une baignade ! Que voulez-vous, chère amie, c'est plus fort que moi. Quand je vois un de mes semblables qui plonge, il faut que je plonge. Nul doute, j'ai parmi mes ancêtres un terre-neuve.

Il rentra chez lui et se déshabilla. Hortense l'attendait dans l'auto. Il ordonna au chauffeur :

– Rue de Tilsitt.

– Où allons-nous ? demanda Hortense.

– Prendre des nouvelles de la jeune personne.

– Vous avez donc son adresse ?

– Oui, j'ai eu le temps de la lire sur son bracelet, ainsi que son nom, Geneviève Aymard. Alors, j'y vais. Oh ! pas pour recevoir la récompense due au terre-neuve ! Non. Simple curiosité. Curiosité absurde, d'ailleurs. J'ai sauvé une douzaine de jeunes noyées. Toujours le même motif : chagrins d'amour, et chaque fois l'amour le plus vulgaire. Vous allez voir ça, chère amie.

Lorsqu'ils arrivèrent dans la maison de la rue de Tilsitt, le docteur sortait de l'appartement où Mlle Aymard demeurait avec son père. La jeune fille, leur dit le domestique, se portait aussi bien que possible et dormait. Rénine se présenta comme le sauveur de Geneviève Aymard et fit passer sa carte au père, qui accourut les mains tendues et les larmes aux yeux.

C'était un homme âgé, faible d'aspect, et qui, tout de suite, sans attendre qu'on l'interrogeât, se mit à parler d'un ton de détresse impitoyable :

– C'est la seconde fois, monsieur ! La semaine dernière, elle a voulu s'empoisonner, la malheureuse enfant ! Moi, qui donnerais mon sang pour elle ! « Je ne veux plus vivre ! Je ne veux plus vivre ! » Voilà tout ce qu'elle trouve à répondre... Ah ! j'ai très peur qu'elle recommence. Quelle horreur ! Se tuer, elle, ma pauvre Geneviève ! Et pourquoi, mon Dieu !...

– Oui, pourquoi ? insinua Rénine. Un mariage rompu, sans doute ?

– Un mariage rompu, en effet !... La chère enfant est tellement sensible !...

Rénine l'interrompit. Du moment que le bonhomme s'engageait dans la voie des confidences, il ne fallait pas perdre son temps en paroles inutiles. Et, nettement, avec toute son autorité, il exigea :

– Procédons avec méthode, monsieur, voulez-vous ? Mlle Geneviève était fiancée ? ...

M. Aymard ne se déroba point et répondit :

– Oui.

– Depuis quand ?

– Depuis le printemps. Nous avons connu Jean-Louis d'Ormival à Nice où nous passions les vacances de Pâques. Dès notre retour à Paris, ce jeune homme, qui habite ordinairement la campagne avec sa mère et avec sa tante, vint s'installer dans notre quartier, et les deux fiancés se virent chaque jour. Pour ma part, je vous l'avoue, Jean-Louis Vaubois ne m'était pas très sympathique.

– Pardon, fit remarquer Rénine, vous l'appeliez tout à l'heure Jean-Louis d'Ormival.

– C'est également son nom.

– Il en a donc deux ?

– Je ne sais pas. Il y a là une énigme.

– Sous quel nom s'est-il présenté à vous ?

– Jean-Louis d'Ormival.

– Mais Jean-Louis Vaubois ?

– C'est ainsi qu'il fut présenté à ma fille par un monsieur qui le connaissait. Vaubois ou d'Ormival, d'ailleurs, n'importe. Ma fille l'adorait, et il semblait l'aimer passionnément. Cet été, au bord de la mer, il ne la quitta pas. Et puis voilà que le mois dernier, alors que Jean-Louis était retourné chez lui pour s'entendre avec sa mère et sa tante, voilà que ma fille reçut cette lettre :

« Geneviève, trop d'obstacles s'opposent à notre bonheur. »

« J'y renonce avec un désespoir fou. Je vous aime plus que jamais. Adieu ! Pardonnez-moi. »

– Quelques jours plus tard, ma fille tentait une première fois de se suicider.

– Et pourquoi cette rupture ? Un autre amour ? Une ancienne liaison ?

– Non, monsieur, je ne crois pas. Mais il y a dans la vie de Jean-Louis – c'est la conviction profonde de Geneviève un mystère, ou plutôt une série de mystères qui l'entravent et le persécutent. Son visage est le plus tourmenté que j'aie jamais vu, et, dès la première heure, j'ai senti en lui un chagrin et une tristesse qui ont toujours persisté, même aux moments où il s'abandonnait à son amour avec le plus de confiance.

– Votre impression néanmoins a été confirmée par de petits détails, par des choses dont l'anomalie, précisément, vous a frappé ? Ainsi ce double nom… vous ne l'avez pas questionné à ce propos ?

– Si, deux fois. La première, il m'a répondu que c'était sa tante qui s'appelait Vaubois, et sa mère d'Ormival.

– Et la seconde ?

– Le contraire. Il a parlé de sa mère Vaubois et de sa tante d'Ormival. Je le lui ai fait remarquer. Il a rougi. Je n'ai pas insisté.

Il demeure loin de Paris ?

– Au fond de la Bretagne… Le manoir d'Elseven, à huit kilomètres de Carhaix.

Rénine médita durant quelques minutes. Puis, se décidant, il dit au vieillard :

– Je ne veux pas déranger Mlle Geneviève, mais répétez-lui exactement ceci : « Geneviève, le monsieur qui t'a sauvée s'engage sur l'honneur à te ramener ton fiancé d'ici trois jours. Écris à Jean-Louis un mot que ce monsieur lui remettra. »

Le vieillard semblait stupéfait. Il balbutia :

– Vous pourriez ?… Ma pauvre fille échapperait à la mort ?… Elle serait heureuse ?

Et il ajouta d'une voix à peine perceptible, et avec une attitude où il y avait comme de la honte :

– Oh ! monsieur, faites vite, car la conduite de ma fille me laisse supposer qu'elle a oublié tous ses devoirs, et qu'elle ne veut pas survivre à un déshonneur… qui bientôt serait public.

Silence, monsieur, ordonna Rénine. Il est des paroles qu'on ne doit pas prononcer.

Le soir même, Rénine prenait avec Hortense le train de Bretagne. À dix heures du matin, ils arrivaient à Carhaix, et, à midi et demi, après avoir déjeuné, ils montaient dans une automobile empruntée à un notable de l'endroit.

– Vous êtes un peu pâle, chère amie, dit Rénine en riant, lorsqu'ils descendirent devant le jardin d'Elseven.

– J'avoue, dit-elle, que cette histoire m'émeut beaucoup. Une jeune fille qui deux fois affronte la mort… Quel courage il lui faut !… Alors, j'ai peur…

– Peur de quoi ?

– Que vous ne puissiez réussir. Vous n'êtes pas inquiet ?

– Chère amie, répondit-il, je vous étonnerais sans doute infiniment si je disais que j'éprouve plutôt une certaine gaieté.

– Pourquoi donc ?

– Je ne sais pas. L'histoire qui vous émeut, à juste titre, me semble, à moi, contenir un certain fond comique. D'Ormival... Vaubois... cela vous a un parfum vieillot et un peu moisi... Croyez-m'en, chère amie, et reprenez votre sang-froid. Vous venez ?

Il passa la barrière centrale. Elle était flanquée de deux portillons marqués, l'un au nom de Mme d'Ormival, l'autre à celui de Mme Vaubois. Chacun de ces portillons ouvrait sur des sentiers qui, parmi des massifs d'aucubas et de buis, s'en allaient à droite et à gauche de la principale avenue.

Celle-ci conduisait à un vieux manoir long et bas, pittoresque, mais pourvu de deux ailes disgracieuses, lourdes, différentes l'une de l'autre, sur le côté desquelles aboutissait chacun des sentiers latéraux. À gauche, demeurait évidemment Mme d'Ormival, à droite Mme Vaubois.

Un bruit de voix arrêta Hortense et Rénine. Ils écoutèrent. C'étaient des voix aiguës et précipitées qui se querellaient, et tout cela jaillissait par une des fenêtres du rez-de-chaussée, lequel était de plain-pied, et vêtu tout son long de vigne rouge et de roses blanches.

– Nous ne pouvons plus avancer, dit Hortense. C'est indiscret.

– Raison de plus, murmura Rénine. L'indiscrétion, en ce cas, est un devoir, puisque nous venons pour nous renseigner. Tenez, en marchant tout droit, nous ne serons pas aperçus des gens qui se disputent.

De fait, le bruit de la querelle ne se calma point, et, lorsqu'ils arrivèrent près de la fenêtre ouverte qui était voisine de la porte d'entrée, il leur suffit de regarder et d'écouter pour voir et entendre, à travers les roses et les feuilles, deux vieilles dames qui criaient à tue-tête et se menaçaient du poing.

Elles se trouvaient au premier plan d'une vaste salle à manger, dont la table était encore mise, et, derrière cette table, un jeune homme, Jean-Louis certainement, fumait sa pipe et lisait un journal sans paraître se soucier des deux mégères.

L'une, maigre et haute, était habillée de soie prune, et portait une chevelure à boucles trop blondes pour le visage flétri autour duquel elles tourbillonnaient. L'autre, plus maigre encore, mais toute petite, se trémoussait dans une robe de chambre en percale et montrait une figure rousse et fardée que la colère enflammait.

– Une teigne, que vous êtes ! glapissait-elle. Méchante comme pas une, et voleuse par-dessus le marché.

– Moi, voleuse ! hurlait l'autre.

– Et le coup des canards à dix francs pièce, c'est pas du vol, ça !

– Taisez-vous donc, gredine ! Le billet de cinquante sur ma toilette, qui est-ce qui l'avait chipé ? Ah ! Seigneur Dieu, vivre avec une pareille saleté !

L'autre bondit sous l'outrage et, apostrophant le jeune homme :

– Eh bien ! quoi, Jean, tu la laisses donc m'insulter, ta rosse de d'Ormival ?

Et la grande repartit, furieuse :

– Rosse ! tu l'entends, Louis ? La voilà ta Vaubois avec ses airs de vieille cocotte ! Mais fais-la donc taire !

Brusquement Jean-Louis frappa la table du poing, ce qui fit sauter les assiettes, et proféra :

– Fichez-moi la paix toutes deux, vieilles folles !

Du coup elles se retournèrent contre lui et l'accablèrent d'injures.

– Lâche !... Hypocrite !... Menteur !... Mauvais fils !... Fils de coquine, et coquin toi-même...

Les insultes pleuvaient sur lui. Il se boucha les oreilles et se démena devant la table comme un homme à bout de patience et qui se retient pour ne pas tomber sur l'adversaire à bras raccourcis.

Rénine dit tout bas :

– Qu'est-ce que je vous avais annoncé ? À Paris, le drame. Ici, la comédie. Entrons.

– Au milieu de ces gens déchaînés ? protesta la jeune femme.

– Justement.

– Cependant...

– Chère amie, nous ne sommes pas venus ici pour espionner, mais pour agir ! Sans masques, on les verra mieux.

Et, d'un pas résolu, il marcha vers la porte, l'ouvrit et entra dans la salle, suivi d'Hortense.

Son apparition provoqua de la stupeur. Les deux femmes s'interrompirent, toutes rouges et frémissantes de colère. Jean-Louis se leva, très pâle.

Profitant du désarroi général, Rénine prit vivement la parole.

– Permettez-moi de me présenter : le prince Rénine… Mme Daniel… Nous sommes des amis de Mlle Geneviève Aymard, et c'est en son nom que nous venons… Voici une lettre écrite par elle et qui vous est adressée, monsieur.

Jean-Louis, déjà déconcerté par l'irruption de ces nouveaux venus, perdit contenance en entendant le nom de Geneviève. Sans trop savoir ce qu'il disait, et pour répondre au procédé courtois de Rénine, il voulut à son tour faire la présentation et laissa tomber cette phrase ahurissante :

– Mme d'Ormival, ma mère… Mme Vaubois, ma mère…

Il y eut un silence assez long. Rénine salua. Hortense ne savait pas à qui tendre d'abord la main, à la mère Mme d'Ormival, ou à la mère Mme Vaubois. Mais il se passa ceci, que Mme d'Ormival et que Mme Vaubois, toutes deux en même temps, essayèrent de saisir la lettre que Rénine tendait à Jean-Louis, et que toutes deux à la fois marmottaient :

– Mlle Aymard !… elle a de l'aplomb !… elle a de l'audace !…

Alors Jean-Louis, recouvrant quelque sang-froid, empoigna sa mère d'Ormival et la fit sortir par la gauche, puis sa mère Vaubois et la fit sortir par la droite. Et, revenant vers les deux visiteurs, il décacheta l'enveloppe et lut à demi-voix :

« Jean-Louis, je vous prie de recevoir le porteur de cette lettre. Ayez confiance en lui. Je vous aime. Geneviève. »

C'était un homme un peu lourd d'aspect, dont le visage très brun, maigre et osseux, avait bien cette expression de mélancolie et de détresse que le père de Geneviève avait signalée. Vraiment la souffrance était visible en chacun des traits tourmentés, comme dans ces yeux douloureux et inquiets.

Il répéta plusieurs fois le nom de Geneviève, tout en regardant autour de lui distraitement. Il semblait chercher une ligne de conduite. Il semblait sur le point de donner des explications. Mais il ne trouvait rien. Cette intervention l'avait désemparé, comme une attaque imprévue à laquelle il ne savait par quelle riposte répondre.

Rénine sentit qu'à la première sommation l'adversaire capitulerait. Il avait tellement lutté depuis quelques mois, et tellement souffert dans la retraite et dans le silence opiniâtre où il s'était réfugié, qu'il ne songeait pas à se défendre. Le pouvait-il, d'ailleurs, maintenant qu'on avait pénétré dans l'intimité de son abominable existence ?

Rénine l'attaqua brusquement.

— Monsieur, dit-il, deux fois déjà, depuis la rupture, Geneviève Aymard a voulu se tuer. Je viens vous demander si sa mort inévitable et prochaine doit être le dénouement de votre amour ?

Jean-Louis s'écroula sur une chaise, et enfouit sa figure entre ses deux mains.

— Oh ! dit-il, elle a voulu se tuer… Oh ! est-ce possible !…

Rénine ne lui laissa point de répit. Il lui frappa l'épaule, et, se penchant :

— Soyez persuadé, monsieur, que vous avez intérêt à vous confier à nous. Nous sommes les amis de Geneviève Aymard. Nous lui avons promis notre assistance. N'hésitez pas, je vous en supplie…

Le jeune homme releva la tête.

Puis-je hésiter, dit-il avec lassitude, après ce que vous m'avez révélé ? Le puis-je après ce que vous venez d'entendre ici tout à l'heure ? Mon existence, vous la devinez. Que me reste-t-il à vous dire pour que vous la connaissiez tout entière et pour que vous en rapportiez le secret à Geneviève… ce secret ridicule et redoutable qui lui fera comprendre pourquoi je ne suis pas retourné près d'elle… et pourquoi je n'ai pas le droit d'y retourner.

Rénine jeta un coup d'œil à Hortense. Vingt-quatre heures après les aveux du père de Geneviève, il obtenait, par les mêmes procédés, les confidences de Jean-Louis. Toute l'aventure apparaissait, confessée par les deux hommes.

Jean-Louis avança un fauteuil pour Hortense. Rénine et lui s'assirent, et il prononça, sans qu'il fût besoin de le prier davantage, et comme s'il éprouvait même quelque soulagement à se confesser :

— Ne soyez pas trop étonné, monsieur, si je raconte mon histoire avec quelque ironie, car, en vérité, c'est une histoire franchement comique et qui ne peut manquer de vous faire rire. Le destin s'amuse souvent à jouer de ces tours imbéciles, de ces farces énormes que l'on dirait imaginées par un cerveau de fou ou par un ivrogne. Jugez-en.

« Il y a vingt-sept ans, le manoir d'Elseven, composé à cette époque du seul corps de logis principal, était habité par un vieux médecin qui, pour augmenter ses modiques ressources, recevait parfois un ou deux pensionnaires. C'est ainsi qu'une année Mme d'Ormival passa ici l'été, et Mme Vaubois l'été suivant. Or, ces deux dames qui ne se connaissaient pas d'ailleurs, dont l'une était mariée à un capitaine au long cours breton, et l'autre à un voyageur de commerce vendéen, perdirent en même temps leurs maris, et cela à une époque où toutes deux étaient enceintes. Et comme elles demeuraient à la campagne, dans des endroits éloignés de tout centre, elles écrivirent au docteur qu'elles viendraient chez lui pour y faire leurs couches.

« Il accepta. Elles arrivèrent presque en même temps, à l'automne. Deux petites chambres, situées derrière cette salle, les attendaient. Le docteur avait engagé une garde qui couchait ici même. Tout allait pour le mieux. Ces dames achevaient les layettes et s'entendaient parfaitement. Résolues à n'avoir que des fils, elles leur avaient choisi ces noms : Jean et Louis.

« Or, un soir, le docteur, appelé en consultation, partit dans son cabriolet avec le domestique, en annonçant qu'il ne pourrait revenir que le lendemain. Le maître absent, une fillette, qui servait de bonne, s'en alla rejoindre son amoureux. Autant de hasards dont le destin profita avec une méchanceté diabolique. Vers minuit, Mme d'Ormival ressentit les premières douleurs. La garde, Mlle Boussignol, laquelle était un peu sage-femme, ne perdit pas la tête. Mais une heure après, ce fut le tour de Mme Vaubois et le drame, disons plutôt la tragi-comédie, se déroula parmi les cris et les gémissements des deux patientes, dans l'agitation effarée de la garde qui courait de l'une à l'autre, se lamentait, ouvrait la fenêtre pour appeler le docteur, ou se jetait à genoux pour implorer la Providence.

« La première, Mme Vaubois mit au monde un garçon que Mlle Boussignol apporta en hâte dans cette salle, qu'elle soigna, lava et déposa au creux du berceau qui lui était réservé.

« Mais Mme d'Ormival poussait des hurlements de douleur, et la garde dut s'employer aussi auprès d'elle, tandis que le nouveau-né s'épuisait en cris de bête qu'on égorge, et que la mère, terrifiée, clouée au lit de sa chambre, s'évanouissait.

« Ajoutez à cela toutes les misères du désordre et de l'obscurité, l'unique lampe où il n'y a plus de pétrole, les bougies qui s'éteignent, le bruit du vent, le piaulement des chouettes, et vous comprendrez que Mlle Boussignol était folle d'épouvante. Enfin, à cinq heures, après des incidents tragiques, elle apportait ici le petit d'Ormival, un garçon également, le soignait, le lavait, l'étendait dans son berceau et repartait au secours de Mme Vaubois qui, revenue à elle, vociférait, puis de Mme d'Ormival qui, à son tour, perdait connaissance.

« Et lorsque Mlle Boussignol, débarrassée des deux mères, mais ivre de fatigue, le cerveau tumultueux, retourna près des nouveau-nés, elle s'aperçut avec horreur qu'elle les avait enveloppés avec des langes semblables, chaussés avec des chaussons de laine identiques et couchés tous deux côte à côte, dans le même berceau ! De sorte qu'on ne pouvait savoir qui était Louis d'Ormival et qui était Jean Vaubois.

« En outre, comme elle soulevait l'un d'eux, elle constata qu'il avait les mains glacées et qu'il ne respirait plus. Il était mort. Comment s'appelait celui-là ? et comment celui qui survivait ?

« Trois heures plus tard, le docteur trouvait les deux femmes éperdues et délirantes, et la garde se traînant devant leurs lits et implorant son pardon. Tour à tour elle m'offrait à leurs caresses, moi, le survivant. Et tour à tour elles m'embrassaient et me repoussaient. Car enfin, qui étais-je ? le fils de la veuve d'Ormival et de feu le capitaine au long cours ? ou le fils de Mme Vaubois et de feu le voyageur de commerce ? Aucun indice ne permettait de se prononcer.

« Le docteur supplia chacune de mes deux mères de sacrifier ses droits, du moins au point de vue légal, afin que je puisse m'appeler Louis d'Ormival, ou Jean Vaubois. Elles s'y refusèrent énergiquement.

« Pourquoi Jean Vaubois, si c'est un d'Ormival ? » protesta l'une.

« Pourquoi Louis d'Ormival, si c'est un Jean Vaubois ? » riposta l'autre.

« Je fus déclaré sous le nom de Jean-Louis, fils de père et de mère inconnus. »

Le prince Rénine avait écouté silencieusement. Mais Hortense, à mesure que le dénouement approchait, s'était laissé gagner par une hilarité qu'elle contenait avec peine et dont le jeune homme ne pouvait manquer de s'apercevoir.

– Excusez-moi, bégayait-elle, les larmes aux yeux, excusez-moi, c'est nerveux.

Il répondit doucement, sans amertume :

– Ne vous excusez pas, madame, je vous ai avertie que mon histoire est de celles qui font rire, et que j'en connaissais mieux que personne la niaiserie et l'absurdité. Oui, tout cela est burlesque. Mais, croyez-moi si je vous dis que, dans la réalité, ce ne fut pas drôle. Situation comique en apparence, et qui, par la force des choses, demeure comique, mais situation affreuse. Vous voyez cela d'ici, n'est-ce pas ? Les deux mères, dont aucune des deux n'était sûre d'être la mère, mais dont aucune n'était sûre de ne point l'être, se cramponnant à Jean-Louis. C'était peut-être un étranger, mais c'était peut-être l'enfant de leur chair et de leur sang. Elles l'aimèrent à l'excès et se le disputèrent avec rage. Et surtout elles en arrivèrent toutes deux à se haïr d'une haine mortelle. Différentes de caractère et d'éducation, obligées de vivre l'une près de l'autre puisque aucune ne voulait renoncer au bénéfice de sa maternité possible, elles vécurent en ennemies que rien ne désarme.

« C'est au milieu de cette haine que je grandis, c'est cette haine que l'une et l'autre m'apprirent. Si mon cœur d'enfant, avide de tendresse, me portait vers l'une d'elles, l'autre m'insinuait le mépris et l'exécration. Dans ce manoir qu'elles achetèrent à la mort du vieux médecin et qu'elles flanquèrent de deux pavillons, je fus leur bourreau involontaire et leur victime de chaque jour. Enfance torturée, adolescence effroyable, je ne crois pas qu'un être ait souffert plus que moi. »

– Il fallait les quitter ! s'écria Hortense, qui ne riait plus.

– On ne quitte pas sa mère, dit-il, et l'une de ces femmes est ma mère. Et l'on abandonne pas son fils, et chacune d'elles peut croire que je suis son fils. Nous étions rivés tous les trois les uns aux autres, comme des forçats, rivés par la douleur, par la compassion, par le doute, par l'espoir aussi que la vérité éclaterait peut-être un jour. Et nous sommes encore là, tous les trois, à nous injurier et à nous reprocher notre vie perdue. Ah ! quel enfer, comment s'évader ? Plusieurs fois je l'ai tenté… Vainement. Les liens rompus se renouaient. Cet été encore, dans l'élan de mon amour pour Geneviève, j'ai voulu m'affranchir et j'ai tâché de convaincre les deux femmes que j'appelle maman. Et puis… et puis je me suis heurté à leurs plaintes… à leur haine immédiate contre l'épouse… contre l'étrangère que je leur imposais… J'ai cédé… Qu'aurait fait Geneviève ici, entre Mme d'Ormival et Mme Vaubois ? Avais-je le droit de la sacrifier ?

Jean-Louis, qui s'était animé peu à peu, prononça ces dernières paroles d'une voix ferme, comme s'il eût voulu qu'on attribuât sa conduite à des raisons de conscience, et au sentiment de ses devoirs. En réalité – et Rénine et Hortense ne s'y trompèrent point – c'était un faible, incapable de réagir contre une situation absurde, dont il avait souffert depuis son enfance, et qui s'était imposée à lui comme irrémédiable et définitive. Il la supportait ainsi qu'une lourde croix qu'on n'a pas le droit de rejeter, et en même temps il en avait honte. En face de Geneviève, il s'était tu par crainte du ridicule, et, depuis, retourné dans sa prison, il y demeurait par habitude et par veulerie.

Il s'assit devant un secrétaire et, rapidement, écrivit une lettre qu'il tendit à Rénine.

– Vous voudrez bien vous charger de ces quelques mots pour Mlle Aymard, dit-il, et la supplier encore de me pardonner.

Rénine ne bougea pas, et, comme l'autre insistait, il prit la lettre et la déchira.

– Que signifie ?… questionna le jeune homme.

– Cela signifie que je ne me charge d'aucune missive.

– Pourquoi donc ?

– Parce que vous allez venir avec nous…

– Moi ?

– Que vous serez demain près de Mlle Aymard, et que vous ferez votre demande en mariage.

Jean-Louis regarda Rénine d'un air où Il y avait quelque dédain, et comme s'il eût pensé : « Voilà un monsieur qui n'a rien compris aux événements que je lui ai exposés. »

Hortense s'approcha de Rénine.

– Dites-lui que Geneviève a voulu se tuer, qu'elle se tuera fatalement…

– Inutile. Les choses se passeront comme je l'annonce. Nous partirons tous les trois dans une heure ou deux. La demande en mariage aura lieu demain.

Le jeune homme haussa les épaules et ricana.

– Vous parlez avec une assurance !…

– J'ai des motifs pour parler ainsi. On prendra un motif.

– Quel motif ?

– Je vous en dirai un, un seul, mais qui suffira si vous voulez bien m'aider dans mes recherches.

– Des recherches… Dans quel but ? fit Jean-Louis.

– Dans le but d'établir que votre histoire n'est pas entièrement exacte.

Jean-Louis se rebiffa.

– Je vous prie de croire, monsieur, que je n'ai pas dit un mot qui ne soit l'exacte vérité.

– Je m'explique mal, reprit Rénine, avec beaucoup de douceur. Vous n'avez certes pas dit un mot qui ne soit conforme à ce que vous croyez être l'exacte vérité. Mais cette vérité n'est pas, ne peut pas être ce que vous la croyez.

Le jeune homme se croisa les bras.

– Il y a des chances, en tout cas, monsieur, pour que je la connaisse mieux que vous.

– Pourquoi mieux ? Ce qui s'est passé au cours de cette nuit tragique ne vous est forcément connu que de seconde main. Vous n'avez aucune preuve. Mme d'Ormival et Mme Vaubois, non plus.

– Aucune preuve de quoi ? s'écria Jean impatienté.

– Aucune preuve de la confusion qui s'est produite.

– Comment ! Mais c'est une certitude absolue ! Les deux enfants ont été déposés dans le même berceau, sans qu'aucun signe les distinguât l'un de l'autre. La garde n'a pas pu savoir…

– C'est du moins, interrompit Rénine, la version qu'elle donne.

– Que dites-vous ? La version qu'elle donne ? Mais c'est accuser cette femme.

– Je ne l'accuse pas.

– Mais si, vous l'accusez de mentir. Mentir ? Et pourquoi ? Elle n'y avait aucun intérêt, et ses larmes, son désespoir… autant de témoignages qui confirment sa bonne foi. Car, enfin, les deux mères étaient là… elles ont vu pleurer cette femme… elles l'ont interrogée… Et puis, je le répète, quel intérêt ?…

Jean-Louis était fort surexcité. Près de lui, Mme d'Ormival et Mme Vaubois, qui, sans doute, écoutaient aux portes et qui étaient entrées sournoisement, balbutiaient, stupéfaites :

– Non... non... c'est impossible... Cent fois nous l'avons questionnée depuis. Pourquoi aurait-elle menti ?

– Parlez, parlez, monsieur, ordonna Jean-Louis, expliquez-vous. Dites-nous les raisons pour lesquelles vous essayez de mettre en doute la vérité certaine ?

– Parce que cette vérité n'est pas admissible, déclara Rénine, qui haussa la voix et, à son tour, s'anima jusqu'à ponctuer ses phrases de coups sur la table. Non, les choses ne s'accomplissent pas ainsi. Non, le destin n'a pas de ces raffinements de cruauté, et les hasards ne s'ajoutent pas les uns aux autres avec tant d'extravagance ! Hasard inouï déjà que, la nuit même où le docteur, son domestique et sa servante ont quitté la maison, les deux dames justement soient prises aux mêmes heures des douleurs de l'accouchement et mettent au monde en même temps deux fils. N'ajoutons pas à cela un événement plus exceptionnel encore ! Assez de maléfices ! Assez de lampes qui s'éteignent et de bougies qui ne brûlent pas ! Non, mille fois non, il n'est pas admissible qu'une sage-femme s'embrouille dans ce qui est l'essentiel de son métier. Si affolée qu'elle soit par l'imprévu des circonstances, il y a en elle un reste d'instinct qui veille, et qui fait que chacun des deux enfants a sa place désignée et se distingue de l'autre. Alors même qu'ils sont couchés côte à côte, l'un est à droite, l'autre est à gauche. Alors même qu'ils sont enveloppés de langes semblables, il y a un petit détail qui diffère, un rien que la mémoire enregistre et qui se retrouve fatalement sans qu'il soit besoin de réfléchir. Une confusion ? Je la nie. L'impossibilité de savoir ? Mensonge. Dans le domaine de la fiction, oui, on peut imaginer toutes les fantaisies et accumuler toutes les contradictions. Mais dans la réalité, au centre même de la réalité, il y a toujours un point fixe, un noyau solide autour duquel les faits viennent se grouper d'eux-mêmes suivant un ordre logique. J'affirme donc de la façon la plus formelle que la garde Boussignol n'a pas pu confondre les deux enfants.

Il disait cela avec autant de netteté que s'il eût assisté aux événements de cette nuit, et sa puissance de persuasion était telle que, du premier coup, il ébranlait la certitude de ceux qui n'avaient jamais douté depuis un quart de siècle.

Les deux femmes et leur fils se pressaient autour de lui, et l'interrogeaient avec une angoisse haletante :

– En ce cas, selon vous, elle saurait ?... elle pourrait révéler ?...

Il rectifia :

– Je ne me prononce pas. Je dis seulement qu'il y a eu dans sa conduite, durant ces heures-là, quelque chose qui n'est d'accord ni avec ses paroles ni avec la réalité. Tout l'énorme et intolérable mystère qui a pesé sur vous trois provient, non d'une minute d'inattention, mais bien de ce quelque chose que nous ne discernons pas et qu'elle connaît, elle. Voilà ce que je prétends.

Jean-Louis eut un sursaut de révolte. Il voulait échapper à l'étreinte de cet homme.

– Oui, ce que vous prétendez, dit-il.

– Voilà ce qui fut ! accentua violemment Rénine. Il n'est nul besoin d'assister à un spectacle pour le voir, ni d'écouter des paroles pour les entendre. La raison et l'intuition nous donnent des preuves aussi rigoureuses que les faits eux-mêmes. La garde Boussignol détient, dans le secret de sa conscience, un élément de vérité qui nous est inconnu.

D'une voix sourde, Jean-Louis articula :

– Elle vit !… Elle habite Carhaix !… On peut la faire venir !

Aussitôt, l'une des deux mères s'écria :

– J'y vais. Je la ramène.

– Non, dit Rénine. Pas vous, aucun de vous trois.

Hortense proposa :

– Voulez-vous que j'y aille ? Je prends l'automobile et je décide cette femme à m'accompagner. Où demeure-t-elle ?

– Au centre de Carhaix, dit Jean-Louis, une petite boutique de mercerie. Le chauffeur vous indiquera… Mlle Boussignol… tout le monde la connaît…

– Et surtout, chère amie, ajouta Rénine, ne la prévenez de rien. Si elle s'inquiète, tant mieux. Mais qu'elle ne sache pas ce qu'on veut d'elle, c'est là une précaution indispensable si vous voulez réussir.

Trente minutes s'écoulèrent dans le silence le plus profond. Rénine se promenait à travers la pièce où de beaux meubles anciens, de belles tapisseries, des reliures et de jolis bibelots dénotaient chez Jean-Louis une recherche d'art et de style. Cette pièce était réellement la sienne. À côté, par les portes entrouvertes sur les logements contigus, on pouvait constater le mauvais goût des deux mères. Rénine se rapprocha du jeune homme et murmura :

– Elles sont riches ?

– Oui.

– Et vous ?

– Elles ont voulu que ce manoir avec toutes les terres environnantes m'appartînt, ce qui assure largement mon indépendance.

– Elles ont de la famille ?

– Des sœurs, l'une et l'autre.

– Auprès de qui elles pourraient se retirer ?

– Oui, et elles y ont pensé quelquefois. Mais… monsieur… il ne saurait être question de cela, et je crains bien que votre intervention n'aboutisse qu'à un échec. Encore une fois, je vous affirme…

L'automobile arrivait cependant. Les deux femmes se levèrent précipitamment, déjà prêtes à parler.

– Laissez-moi faire, dit Rénine, et ne vous étonnez pas de ma façon de procéder. Il ne s'agit pas de lui poser des questions, mais de lui faire peur, de l'étourdir. Dans son désarroi, elle parlera.

L'auto contourna la pelouse et s'arrêta devant les fenêtres. Hortense sauta et tendit la main à une vieille femme, coiffée d'un bonnet de linge tuyauté, vêtue d'un corsage de velours noir et d'une lourde jupe froncée.

Elle entra avec effarement. Elle avait un visage de belette, tout pointu, et qui se terminait en un museau armé de petites dents qui sortaient.

– Qu'est-ce qu'il y a, madame d'Ormival ? fit-elle en pénétrant avec crainte dans cette pièce d'où le docteur l'avait chassée jadis. Bien le bonjour, madame Vaubois.

Ces dames ne répondirent pas. Rénine s'avança et dit d'un ton sévère

– Ce qu'il y a, mademoiselle Boussignol ? Je vais vous le communiquer. Et j'insiste vivement auprès de vous pour que vous pesiez bien chacune de mes paroles.

Il avait l'air d'un juge d'instruction pour qui la culpabilité de la personne interrogée n'est point contestable.

Il formula :

– Mademoiselle Boussignol, je suis délégué par la police de Paris pour faire la lumière sur un drame qui a eu lieu ici il y a vingt-sept ans. Or, dans ce drame, où vous avez tenu un rôle considérable, je viens d'acquérir la preuve que vous avez altéré la vérité et que, par suite de vos fausses déclarations, l'état civil d'un des enfants nés au cours de cette nuit-là n'est pas exact. En matière d'état civil, les fausses déclarations constituent des crimes punis par la loi. Je suis donc forcé de vous conduire à Paris pour y subir, en présence de votre avocat, l'interrogatoire de rigueur.

À Paris ?... mon avocat ?... gémit Mlle Boussignol.

– Il le faut bien, mademoiselle, puisque vous êtes sous le coup d'un mandat d'arrestation. À moins que... insinua Rénine, à moins que vous ne soyez prête, dès maintenant, à faire tous aveux susceptibles de réparer les conséquences de votre faute.

La vieille fille tremblait de tous ses membres. Ses dents s'entrechoquaient. Elle était manifestement incapable d'opposer à Rénine la plus petite résistance.

– Êtes-vous décidée à tout avouer ? demanda-t-il.

Elle risqua :

– Je n'ai rien à avouer, puisque je n'ai rien fait.

– Alors, nous partons, dit-il.

– Non, non, implora-t-elle... Ah ! mon bon monsieur, je vous en supplie...

– Êtes-vous décidée ?

– Oui, fit-elle dans un souffle.

– Immédiatement, n'est-ce pas ? L'heure du train me presse. Il faut que cette affaire soit réglée séance tenante. À la moindre hésitation de votre part, je vous emmène. Nous sommes d'accord ?

– Oui.

– Allons-y carrément. Pas de subterfuge. Pas de faux-fuyants.

Il désigna Jean-Louis.

– De qui monsieur est-il le fils ? De Mme d'Ormival ?

– Non.

– De Mme Vaubois, par conséquent ?

– Non.

Un silence de stupeur accueillit cette double réponse.

– Expliquez-vous, ordonna Rénine, en regardant sa montre.

Alors Mlle Boussignol tomba à genoux et raconta, d'un ton si bas et d'une voix si altérée qu'ils durent tous se pencher sur elle pour percevoir à peu près le sens de son bredouillement :

– Quelqu'un est venu le soir… un monsieur qui apportait dans des couvertures un enfant nouveau-né qu'il voulait confier au docteur… Comme le docteur n'était pas là, il est resté toute la nuit à l'attendre, et c'est lui qui a tout fait.

– Quoi ? Qu'a-t-il donc fait ? exigea Rénine. Que s'est-il passé ?

Il avait saisi la vieille par les deux mains, et la tenait sous son regard impérieux. Jean-Louis et les deux mères étaient penchés sur elle, haletants et anxieux. Leur vie dépendait des quelques mots qui allaient être prononcés.

Elle les articula, ces mots, en joignant les mains, comme on fait la confession d'un crime :

– Eh bien ! il s'est passé que ce n'est pas un enfant qui est mort, mais tous les deux, celui de Mme d'Ormival et celui de Mme Vaubois, tous les deux dans des convulsions. Alors le monsieur, voyant cela, m'a dit… Je me rappelle toutes ses phrases, le son de sa voix, tout… Il m'a dit :

« Les circonstances m'indiquent mon devoir. Je dois saisir cette occasion pour que mon garçon, à moi, soit heureux et bien soigné. Mettez-le à la place d'un de ceux qui sont morts. »

– Il m'offrit une grosse somme en disant que ça le débarrasserait d'un coup de frais à payer chaque mois pour son gosse, et j'acceptai. Seulement, à la place duquel le mettre ? Fallait-il que le garçon devienne Louis d'Ormival ou Jean Vaubois ? Il réfléchit un instant et répondit :

« Ni l'un, ni l'autre. » Et alors il m'expliqua comment je devais m'y prendre et ce que je devais raconter quand il serait parti. Et, pendant que j'habillais son garçon avec des langes et des tricots pareils à ceux de l'un des petits morts, lui, il enveloppa l'autre petit avec des couvertures qu'il avait apportées, et il s'en alla dans la nuit.

Mlle Boussignol baissa la tête et pleura. Après un moment, Rénine lui dit, l'intonation plus bienveillante :

– Je ne vous cacherai pas que votre déposition s'accorde avec l'enquête que j'ai poursuivie de mon côté. On vous en tiendra compte.

– Je n'irai pas à Paris ?

– Non.

– Vous ne m'emmènerez pas ? Je peux me retirer ?

– Vous pouvez vous retirer. C'est fini pour l'instant.

– Et on ne causera pas de tout ça dans le pays ?

– Non ! Ah ! un mot encore. Vous connaissez le nom de cet homme ?

– Il ne me l'a pas dit.

– Vous l'avez revu ?

– Jamais.

– Vous n'avez pas autre chose à déclarer ?

– Rien.

– Vous êtes prête à signer le texte écrit de votre confession ?

– Oui.

– C'est bien. Dans une semaine ou deux, vous serez convoquée. D'ici là, pas un mot à personne.

Elle se releva et fit un signe de croix. Mais ses forces la trahirent, et elle dut s'appuyer sur Rénine. Il la conduisit dehors et ferma la porte derrière elle.

Quand il revint, Jean-Louis était entre les deux vieilles dames, et tous les trois se tenaient par la main. Le lien de haine et de misère qui les unissait était brisé tout à coup, et cela mettait entre eux aussitôt, sans qu'ils eussent besoin de réfléchir, une douceur et un apaisement dont ils n'avaient pas conscience, mais qui les rendaient graves et recueillis.

– Brusquons les choses, dit Rénine à Hortense. C'est l'instant décisif de la bataille. Il faut embarquer Jean-Louis.

Hortense paraissait distraite. Elle murmura :

– Pourquoi avez-vous laissé partir cette femme ? Vous êtes satisfait de sa déposition ?

– Je n'ai pas été satisfait. Elle a dit ce qui s'est passé. Que voulez-vous de plus ?

– Rien… Je ne sais pas.

– Nous en reparlerons, chère amie. Pour l'instant, je le répète, il faut embarquer Jean-Louis. Et tout de suite. Sinon…

Et, s'adressant au jeune homme, il dit :

– Vous estimez comme moi, n'est-ce pas, que les événements vous imposent, ainsi qu'à Mme Vaubois et à Mme d'Ormival, une séparation qui vous permettra à tous trois de voir clair et de vous résoudre en toute liberté d'esprit ? Venez avec nous, monsieur. Ce qu'il y a de plus urgent, c'est de sauver Geneviève Aymard, votre fiancée.

Jean-Louis demeurait perplexe. Rénine se retourna vers les deux femmes.

– C'est votre avis, je n'en doute pas, n'est-ce pas, mesdames ?

Elles firent un signe de tête.

– Vous voyez, monsieur, dit-il à Jean-Louis, nous sommes tous d'accord. Dans les grandes crises, il faut le recul de la séparation… Oh ! pas bien longtemps, peut-être… quelques jours de répit, après lesquels il vous sera loisible d'abandonner Geneviève Aymard et de reprendre votre existence. Mais ces quelques jours sont indispensables. Vite, monsieur.

Et sans lui laisser le temps de réfléchir, l'étourdissant de paroles, persuasif et obstiné, il le poussa vers son appartement.

Une demi-heure après, Jean-Louis quittait le manoir.

– Et il n'y retournera que marié, dit Rénine à Hortense, alors qu'ils traversaient la station de Guingamp où l'automobile les avait menés, et que Jean-Louis s'occupait de sa malle. Tout est pour le mieux. Vous êtes contente ?

– Oui, la pauvre Geneviève sera heureuse, répondit-elle distraitement.

Une fois installés dans le train, ils allèrent tous deux au wagon-restaurant. À la fin du dîner, Rénine, qui avait adressé à Hortense plusieurs questions auxquelles la jeune femme n'avait répliqué que par des monosyllabes, protesta :

– Ah ça ! mais qu'est-ce qu'il y a, chère amie ? Vous avez l'air soucieux.

– Moi ? Mais non.

– Si, si, je vous connais. Allons, pas de réticences.

Elle sourit.

– Eh bien ! Puisque vous insistez tellement pour savoir si je suis satisfaite, je dois vous dire que… évidemment… je le suis pour Geneviève Aymard… mais que, sous un autre rapport… au point de vue même de l'aventure… je conserve comme une sorte de malaise…

– Pour parler franc, je ne vous ai pas « épatée » cette fois-ci ?

– Pas trop.

– Mon rôle vous semble secondaire ?… Car, enfin, en quoi consiste-t-il ! Nous sommes venus. Nous avons écouté les doléances de Jean-Louis. On a fait comparaître une ancienne sage-femme. Et voilà, c'est fini.

– Justement, je me demande si c'est fini et je n'en suis pas certaine. En vérité, nos autres aventures m'avaient laissé une impression plus… comment m'expliquer ? Plus franche, plus claire.

– Et celle-ci vous paraît obscure ?

Obscure, oui, inachevée.

– Mais en quoi ?

– Je ne sais pas. Cela tient peut-être aux aveux de cette femme… Oui, très probablement. Ce fut si imprévu et si bref !

– Parbleu fit Rénine en riant, vous pensez bien que j'y ai coupé court. Il ne fallait pas trop d'explications.

– Comment ?

– Oui, si elle avait donné des explications trop détaillées, on aurait fini par se méfier de ce qu'elle racontait.

– Se défier ?

– Dame, l'histoire est un peu tirée par les cheveux. Ce monsieur qui arrive, la nuit, avec un enfant dans sa poche, et qui s'en va avec un cadavre, ça ne tient guère debout. Que voulez-vous, chère amie, je n'avais pas eu beaucoup de temps pour lui souffler son rôle, à la malheureuse.

Hortense le regardait, abasourdie.

– Que voulez-vous dire ?

– Oui, n'est-ce pas, ces femmes de la campagne, ça a la tête dure. Nous étions pressés, elle et moi. Alors nous avons bâti à la va-vite un scénario… qu'elle n'a pas trop mal récité d'ailleurs. Le ton y était… Effarement… Trémolo… Larmes…

– Est-ce possible ! Est-ce possible murmura Hortense. Vous l'aviez donc vue auparavant ?

– Il a bien fallu.

– Mais quand ?

– Mais le matin, à l'arrivée. Tandis que vous refaisiez un brin de toilette à l'hôtel de Carhaix, moi, je courais aux renseignements. Vous pensez bien que le drame d'Ormival-Vaubois est connu dans la région. Tout de suite on m'a indiqué l'ancienne sage-femme, Mlle Boussignol. Avec Mlle Boussignol ça n'a pas traîné. Trois minutes pour établir la nouvelle version de ce qui s'était passé, et 10 000 francs pour qu'elle consente à répéter devant les gens du manoir cette version… plus ou moins invraisemblable.

– Tout à fait invraisemblable !

– Pas tant que cela, chère amie, puisque vous y avez cru et les autres également. Et c'était l'essentiel. Il fallait, d'un coup d'épaule, démolir une vérité de vingt-sept ans, une vérité d'autant plus solide qu'elle était bâtie sur les faits eux-mêmes. C'est pourquoi j'ai foncé dessus de toutes mes forces, et je l'ai attaquée à coups d'éloquence. L'impossibilité d'identifier les deux enfants ? je la nie ! La confusion ? mensonge ! Vous êtes tous les trois victimes de quelque chose que j'ignore, mais que votre devoir est d'éclaircir. « Facile, s'écrie Jean-Louis, tout de suite ébranlé, faisons venir Mlle Boussignol. » « Faisons-la venir. » Sur quoi Mlle Boussignol arrive et débite en sourdine le petit discours que je lui ai seriné. Coup de théâtre. Stupeur. J'en profite pour enlever le jeune homme.

Hortense hocha la tête.

– Mais ils se reprendront tous les trois ! Ils réfléchiront !

– Jamais de la vie ! Qu'ils aient des doutes, peut-être. Mais jamais ils ne consentiront à avoir des certitudes ! Jamais ils n'accepteront de réfléchir ! Comment voilà des gens que je tire de l'enfer où ils se débattent depuis un quart de siècle, et ils voudraient s'y replonger ? Voilà des gens qui, par veulerie, par un faux sentiment du devoir, n'avaient pas le courage de s'évader, et ils ne se cramponneraient pas à la liberté que je leur donne ? Allons donc ! Mais ils auraient avalé des bourdes encore plus indigestes que celles qui leur furent servies par Mlle Boussignol. Après tout, quoi, ma version n'est pas plus bête que la vérité. Au contraire, et ils l'ont avalée toute crue ! Tenez, avant notre départ, j'ai entendu Mme d'Ormival et Mme Vaubois parler de leur déménagement immédiat. Elles étaient déjà tout affectueuses l'une avec l'autre à l'idée de ne plus se voir.

– Mais, Jean-Louis ?

– Jean-Louis ! Mais il en avait par-dessus la tête de ses deux mères !

Sapristi, on n'a pas deux mères dans la vie ! En voilà une situation pour un homme ! Quand on a la chance de pouvoir choisir entre avoir deux mères ou n'en pas avoir du tout, fichtre on n'hésite pas. Et puis Jean-Louis aime Geneviève. Et il l'aime assez, je veux le croire, pour ne pas lui infliger deux belles-mères ! Allez, vous pouvez être tranquille. Le bonheur de cette jeune personne est assuré, et n'est-ce pas cela que vous désiriez ? L'important, c'est le but que l'on atteint, et non pas la nature plus ou moins étrange des moyens que l'on emploie. Et s'il y a des aventures qui se dénouent et des mystères que l'on élucide, grâce à la recherche et à la découverte de bouts de cigarettes, de carafes incendiaires et de cartons à chapeaux qui s'enflamment, il en est d'autres qui exigent de la psychologie et dont la solution est purement psychologique.

Hortense se tut et reprit au bout d'un instant :

– Alors, vraiment, vous êtes persuadé que Jean-Louis…

Rénine parut très étonné.

– Comment, vous pensez encore à cette vieille histoire. Mais c'est fini tout cela ! Ah bien ! je vous avoue qu'il ne m'intéresse plus du tout, l'homme à la double mère.

Et ce fut dit d'un ton si cocasse, avec une sincérité si amusante, qu'Hortense fut prise de rire.

– À la bonne heure, dit-il, riez, chère amie. On voit les choses bien plus clairement à travers le rire qu'à travers les larmes. Et puis, il est une autre raison pour laquelle votre devoir est de rire chaque fois que l'occasion s'en présente.

– Laquelle ?

– Vous avez de jolies dents.

CHAPITRE 6

La Dame à la Hache

L'un des événements les plus incompréhensibles de l'époque qui précéda la guerre fut certainement ce qu'on appela l'affaire de la Dame à la Hache. La solution n'en fut pas connue, et elle ne l'eût jamais été si les circonstances n'avaient pas, de la façon la plus cruelle, obligée le prince Rénine – devons-nous dire Arsène Lupin ? – à s'en occuper, et si nous n'en pouvions donner aujourd'hui, d'après ses confidences, le récit authentique.

Rappelons les faits. En l'espace de dix-huit mois, cinq femmes disparurent, cinq femmes de conditions diverses, âgées de vingt à trente ans, habitant Paris ou la région parisienne.

Voici leurs noms : Mme Ladoue, femme d'un docteur ; Mlle Ardent, fille d'un banquier ; Mlle Covereau, blanchisseuse à Courbevoie ; Mlle Honorine Vernisset, couturière et Mlle Grollinger, artiste peintre. Ces cinq femmes disparurent sans qu'il fût possible de recueillir un seul détail qui expliquât pourquoi elles sortirent de chez elles, pourquoi elles n'y rentrèrent pas, qui les attira dehors, où et comment elles furent retenues.

Huit jours après leur départ, on retrouvait chacune d'elles en un endroit quelconque de la banlieue ouest de Paris, et chaque fois, ce fut un cadavre qu'on retrouva, le cadavre d'une femme frappée à la tête d'un coup de hache. Et chaque fois, près de cette femme attachée solidement, la figure inondée de sang, le corps amaigri par le manque de nourriture, des traces de roues prouvaient que le cadavre avait été apporté là par une voiture.

L'analogie des cinq crimes était telle qu'il n'y eut qu'une seule instruction, laquelle engloba les cinq enquêtes, et d'ailleurs n'aboutit à aucun résultat. Disparition d'une femme, découverte de son cadavre huit jours après, exactement. Voilà tout.

Les liens étaient identiques. Identiques aussi les marques laissées par les roues de la voiture ; identiques les coups de hache, tous donnés au haut du front, au plein milieu de la tête et verticalement.

Le mobile ? Les cinq femmes avaient été entièrement dépouillées de leurs bijoux, porte-monnaie et objets de valeur. Mais on pouvait aussi bien attribuer le vol à des maraudeurs et à des passants, puisque les cadavres gisaient dans des endroits déserts. Devait-on supposer l'exécution d'un plan de vengeance, ou bien d'un plan destiné à détruire une série d'individus reliés les uns aux autres, bénéficiaires, par exemple, d'un héritage futur ? Là encore, même obscurité. On bâtissait des hypothèses, que démentait sur-le-champ l'examen des faits. On suivait des pistes aussitôt abandonnées.

Et, brusquement, un coup de théâtre. Une balayeuse des rues ramassa sur un trottoir un petit carnet qu'elle remit au commissariat voisin.

Toutes les feuilles de ce petit carnet étaient blanches, sauf une, où il y avait la liste des femmes assassinées, liste établie selon l'ordre chronologique et dont les noms étaient accompagnés de trois chiffres. *Ladoue, 132 ; Vernisset, 118, etc.*

On n'aurait certes attaché aucune importance à ces lignes que le premier venu avait pu écrire puisque tout le monde connaissait la liste funèbre. Mais, au lieu de cinq noms, voilà qu'elle en comportait six ! Oui, au-dessous du mot *Grollinger, 128*, on lisait *Williamson, 114*. Se trouvait on en présence d'un sixième assassinat ?

La provenance évidemment anglaise du nom restreignait le champ des investigations qui, de fait, furent rapides. On établit que, quinze jours auparavant, une demoiselle Herbette Williamson, nurse dans une famille d'Auteuil, avait quitté sa place pour retourner en Angleterre, et que, depuis ce temps, ses sœurs, bien qu'averties par lettre de sa prochaine arrivée, n'avaient pas entendu parler d'elle.

Nouvelle enquête. Un agent des Postes retrouva le cadavre dans les bois de Meudon. Miss Williamson avait le crâne fendu par le milieu.

Inutile de rappeler l'émotion du public à ce moment, et quel frisson d'horreur, à la lecture de cette liste, écrite sans aucun doute de la main même du meurtrier, secoua les foules. Quoi de plus épouvantable qu'une telle comptabilité, tenue à jour comme le livre d'un bon commerçant. « À telle date, j'ai tué celle-ci, à telle autre, celle-là… » Et, comme résultat de l'addition, six cadavres.

Contre toute attente, les experts et les graphologues n'eurent aucun mal à s'accorder et déclarèrent unanimement que l'écriture était celle d'une femme « cultivée, ayant des goûts artistes, de l'imagination et une extrême sensibilité ». La Dame à la Hache, ainsi que les journaux la désignèrent, n'était décidément pas la première venue, et des milliers d'articles étudièrent son cas, exposèrent sa psychologie et se perdirent en explications baroques.

C'est cependant l'auteur d'un de ces articles, un jeune journaliste que sa trouvaille tira de pair, qui apporta le seul élément de vérité, et jeta dans ces ténèbres la seule lueur qui devait les traverser. En cherchant à donner un sens aux chiffres placés à la droite des six noms, il avait été conduit à se demander si ces chiffres ne représentaient pas tout simplement le nombre de jours qui séparaient les crimes les uns des autres. Il suffisait de vérifier les dates. Tout de suite, il avait constaté l'exactitude et la justesse de son hypothèse. L'enlèvement de Mlle Vernisset avait eu lieu 132 jours après celui de Mme Ladoue celui d'Hermine Covereau 118 Jours après celui de Mlle Vernisse, etc.

Donc, aucune hésitation possible et la justice ne put qu'enregistrer une solution qui s'adaptait si exactement aux circonstances les chiffres correspondaient aux intervalles. La comptabilité de la Dame à la Hache n'offrait aucune défaillance.

Mais alors une remarque s'imposait. Miss Williamson, la dernière victime, ayant été enlevée le 26 juin précédent, et son nom étant accompagné du chiffre 114, ne devait-on pas admettre qu'une autre agression se produirait 114 jours après, c'est-à-dire le 18 octobre ? Ne devait-on pas croire que l'horrible besogne se répéterait selon la volonté secrète de l'assassin ? Ne devait-on pas aller jusqu'au bout de l'argumentation qui attribuait aux chiffres, à tous les chiffres, aux derniers comme aux autres, leur valeur de dates éventuelles ?

Or, précisément, cette polémique se poursuivait et se discutait, durant les jours qui précédèrent ce 18 octobre où la logique voulait que s'accomplît un nouvel acte du drame abominable. Et c'est pourquoi il était naturel que le matin de ce jour-là le prince Rénine et Hortense, en prenant rendez-vous par téléphone pour le soir, fissent allusion aux journaux que chacun d'eux venait de lire.

— Attention dit Rénine en riant, si vous rencontrez la Dame à la Hache, prenez l'autre trottoir.

— Et si cette bonne dame m'enlève, que faire ? demanda Hortense.

— Semez votre chemin de petits cailloux blancs, et répétez jusqu'à la seconde même où luira l'éclair de la hache : « Je n'ai rien à craindre ; *il* me délivrera. » *Il*, c'est moi... et je vous baise les mains. À ce soir, chère amie.

L'après-midi, Rénine s'occupa de ses affaires. De quatre à sept, il acheta les différentes éditions des journaux. Aucune d'elles ne parlait d'enlèvement.

À neuf heures, il alla au Gymnase où il avait retenu une baignoire.

À neuf heures et demie, Hortense n'étant pas arrivée, il téléphona chez elle, sans arrière-pensée d'inquiétude d'ailleurs. La femme de chambre répondit que madame n'était pas encore rentrée.

Saisi d'un effroi soudain, Rénine courut à l'appartement meublé qu'Hortense occupait provisoirement près du parc Monceau, et il interrogea la femme de chambre, qu'il avait placée près d'elle, et qui lui était toute dévouée. Cette femme raconta que sa maîtresse était sortie à deux heures, une lettre timbrée à la main, en disant qu'elle allait à la poste et qu'elle rentrerait pour s'habiller. Depuis, aucune nouvelle.

— Cette lettre était adressée à qui ?

— À monsieur. J'ai vu la suscription Prince Rénine.

Il attendit jusqu'à minuit. Vainement. Hortense ne revint pas, et elle ne revint pas non plus le lendemain.

– Pas un mot là-dessus, ordonna Rénine à la femme de chambre. Vous direz que votre maîtresse est à la campagne et que vous allez la rejoindre.

Pour lui, il ne doutait pas. La disparition d'Hortense s'expliquait par la date même du 18 octobre. Hortense était la septième victime de la Dame à la Hache.

« L'enlèvement, se dit Rénine, précède le coup de hache de huit jours. J'ai donc, à l'heure actuelle, sept jours pleins devant moi. Mettons six, pour éviter toute surprise. Nous sommes aujourd'hui un samedi : il faut que vendredi prochain, à midi, Hortense soit libre, et pour cela que je connaisse sa retraite, au plus tard, jeudi soir, neuf heures. »

Rénine inscrivit en gros caractères : JEUDI SOIR NEUF HEURES sur une pancarte qu'il cloua au-dessus de la cheminée de son cabinet de travail. Puis le samedi, à midi, lendemain de la disparition, il s'enferma dans cette pièce après avoir donné l'ordre à son domestique de ne le déranger qu'aux heures des repas ou des courriers.

Il resta là quatre jours, sans bouger presque. Tout de suite, il avait fait venir une collection de tous les journaux importants qui avaient parlé avec détails des six premiers crimes. Quand il les eut lus et relus, il ferma les volets et les rideaux, et, sans lumière, le verrou tiré, étendu sur un divan, il réfléchit.

Le mardi soir, il n'était pas plus avancé qu'à la première heure. Les ténèbres demeuraient aussi épaisses. Il n'avait pas trouvé le moindre fil susceptible de le conduire ni entrevu la moindre raison qui lui permît d'espérer.

Parfois, malgré son immense pouvoir de contrôle sur lui-même, et malgré sa confiance illimitée dans les ressources dont il disposait, parfois il tressaillait d'angoisse. Arriverait-il à temps ? Il n'y avait pas de motif pour que, dans les derniers jours, il vît plus clair que durant les jours qui venaient de s'écouler. Et alors c'était le meurtre inévitable de la jeune femme.

Cette idée le torturait. Il était attaché à Hortense par un sentiment beaucoup plus violent et plus profond que l'apparence de leurs relations ne le laissait croire. La curiosité du début, le désir initial, le besoin de protéger la jeune femme, de la distraire et de lui donner le goût de l'existence étaient devenus tout simplement de l'amour. Ni l'un ni l'autre ne s'en rendait compte, parce qu'ils ne se voyaient guère qu'en des heures de crise où c'était l'aventure des autres et non la leur qui les préoccupait. Mais, au premier choc du danger, Rénine s'aperçut de la place qu'Hortense avait prise dans sa vie, et il se désespérait de la savoir, captive et martyrisée et d'être impuissant à la sauver.

Il passa une nuit d'agitation et de fièvre, tournant et retournant l'affaire en tous sens. La matinée du mercredi fut également affreuse pour lui. Il perdait pied. Renonçant à la claustration, il avait ouvert les fenêtres, allait et venait dans son appartement, sortait sur le boulevard et rentrait comme s'il eût fui devant l'idée qui l'obsédait.

« Hortense souffre… Hortense est au fond de l'abîme… Elle voit la hache… Elle m'appelle… Elle me supplie… Et je ne peux rien… »

C'est à cinq heures de l'après-midi, qu'en examinant la liste des six noms il eut ce petit choc intérieur qui est comme le signal de la vérité que l'on cherche. Une lueur jaillit dans son esprit. Ce n'était certes pas la grande lueur où tous les points apparaissent, mais cela lui suffisait pour savoir dans quel sens il fallait se diriger.

Tout de suite son plan de campagne fut fait. Par son chauffeur Clément, il envoya aux principaux journaux une petite note qui devait passer en gros caractères dans les annonces du lendemain. Clément eut en outre comme mission d'aller à la blanchisserie de Courbevoie où jadis était employée Mlle Covereau, la deuxième des six victimes.

Le jeudi, Rénine ne bougea pas. L'après-midi, plusieurs lettres provoquées par son annonce lui arrivèrent. Puis, il y eut deux télégrammes. Mais il ne sembla point que ces lettres et télégrammes répondissent à ce qu'il attendait. Enfin, à trois heures, il reçut, timbré du Trocadéro, un petit bleu qui parut le satisfaire. Il le tourna et retourna, étudia l'écriture, feuilleta sa collection de journaux et conclut à mi-voix : « Je crois qu'on peut marcher dans cette direction. »

Il consulta un Tout-Paris, nota cette adresse : M. de Lourtier-Vaneau, ancien gouverneur des colonies, avenue Kléber, 47 bis, et courut jusqu'à son automobile.

– Clément, avenue Kléber, 47 bis.

Il fut introduit dans un grand cabinet de travail que garnissaient de magnifiques bibliothèques ornées de vieux livres aux reliures précieuses. M. de Lourtier-Vaneau était un homme encore jeune, qui portait une barbe un peu grisonnante, et qui, par ses manières affables, sa distinction réelle, sa gravité souriante, commandait la confiance et la sympathie.

– Monsieur le Gouverneur, lui dit Rénine, je m'adresse à vous parce que j'ai lu dans les journaux de l'année dernière que vous aviez connu l'une des victimes de la Dame à la Hache, Honorine Vernisset.

– Si nous l'avons connue ! s'écria M. de Lourtier, ma femme l'employait comme couturière à la journée ! Pauvre fille !

– Monsieur le Gouverneur, une dame de mes amies vient de disparaître, comme les six autres victimes ont disparu.

– Comment fit M. de Lourtier, avec un haut-le-corps. Mais j'ai suivi les journaux attentivement. Il n'y a rien eu le 18 octobre.

– Si, une jeune femme que j'aime, Mme Daniel, a été enlevée le 18 octobre.

– Et nous sommes aujourd'hui le 24 !…

– En effet, et c'est après-demain que le crime sera commis.

– C'est horrible. Il faut à tout prix empêcher…

– Peut-être y arriverai-je avec votre concours, monsieur le Gouverneur.

– Mais vous avez porté plainte ?

– Non. Nous nous trouvons en face de mystères pour ainsi dire absolus, compacts, qui n'offrent aucun vide par où puisse s'introduire le regard le plus aigu, et dont il est inutile de demander la révélation aux moyens ordinaires, étude des lieux, enquêtes, recherches d'empreintes, etc. Si aucun de ces procédés n'a servi dans les cas précédents, ce serait perdre son temps que d'en user pour un septième cas analogue. Un ennemi qui montre tant d'adresse et de subtilité ne laisse derrière lui aucune de ces traces grossières où s'accroche le premier effort d'un détective professionnel.

– Alors, qu'avez-vous fait ?

– Avant d'agir, j'ai réfléchi durant quatre jours.

M. de Lourtier-Vaneau observa son interlocuteur, et avec une nuance d'ironie :

– Le résultat de cette méditation ?…

– C'est d'abord, répondit Rénine, sans se démonter, que j'ai pris de toutes ces affaires une vue d'ensemble que personne n'avait eue jusqu'ici, ce qui m'a permis d'en découvrir la signification générale, d'écarter toute la broussaille des hypothèses gênantes, et, puisque l'on n'avait pas pu s'accorder sur les mobiles de toute cette besogne, de l'attribuer à la seule catégorie d'individus capables de l'exécuter.

– C'est-à-dire ?

– À la catégorie des fous, monsieur le Gouverneur.

M. de Lourtier-Vaneau sursauta.

– Des fous ? Quelle idée !

– Monsieur le Gouverneur, la femme que l'on appelle la Dame à la Hache est une folle.

– Mais elle serait enfermée !

– Savons-nous si elle ne l'est pas ? Savons-nous si elle ne compte pas au nombre de ces demi-fous, inoffensifs en apparence et qu'on surveille si peu qu'ils ont toute latitude pour s'abandonner à leurs petites manies et à leurs petits instincts de bêtes féroces ? Rien de plus faux que ces êtres-là. Rien de plus sournois, de plus patient, de plus opiniâtre, de plus dangereux, de plus absurde à la fois et de plus logique, de plus désordonné et de plus méthodique. Toutes ces épithètes, monsieur le Gouverneur, peuvent s'appliquer à l'œuvre de la Dame à la Hache. L'obsession d'une idée et la répétition d'un acte, voilà la caractéristique du fou. Je ne connais pas encore l'idée qui obsède la Dame à la Hache, mais je connais l'acte qui en résulte, et c'est toujours le même. La victime est attachée par des cordes identiques. Elle est tuée après un même nombre de jours. Elle est frappée par le même coup, avec le même instrument, à la même place : au milieu du front, et d'une blessure exactement perpendiculaire. Un assassin quelconque varie. Sa main, qui tremble, dévie et se trompe. La Dame à la Hache ne tremble pas. On dirait qu'elle a pris des mesures, et le tranchant de son arme ne dévie pas d'une ligne. Ai-je besoin de vous soumettre d'autres preuves, et d'examiner avec vous tous les autres faits ? Non, n'est-ce pas ? Le mot de l'énigme vous est maintenant connu, et vous pensez comme moi que seul un fou a pu agir de la sorte, stupidement, sauvagement, mécaniquement, à la manière d'une horloge qui sonne ou d'un couperet qui tombe…

M. de Lourtier-Vaneau, hocha la tête.

– En effet… en effet… toute l'affaire peut être vue sous cet angle… et je commence à croire qu'on doit la voir ainsi. Mais si nous admettons chez cette folle l'espèce de logique mathématique, je n'aperçois aucune corrélation entre les victimes. Elle a frappé au petit bonheur. Pourquoi celle-ci plutôt que celle-là ?

– Ah ! monsieur le Gouverneur, s'écria Rénine, vous me posez la question que je me suis posée dès la première minute, la question qui résume tout le problème et que j'ai eu tant de mal à résoudre ! Pourquoi Hortense Daniel plutôt que cette autre ? Entre deux millions de femmes qui s'offraient, pourquoi Hortense ? Pourquoi la jeune Vernisset ? Pourquoi Miss Williamson ? Si l'affaire est telle que je l'imaginais dans son ensemble, c'est-à-dire fondée sur la logique aveugle et baroque d'une folle, fatalement il y avait un choix. Or en quoi consistait-il, ce choix ? Quelle était la qualité, ou le défaut, ou le signe nécessaire pour que la Dame à la Hache frappât ? Bref, si elle choisissait – et elle ne pouvait pas ne pas choisir – qu'est-ce qui dirigeait son choix ?

– Vous avez trouvé ?…

Rénine fit une pause et repartit :

– Oui, monsieur le Gouverneur, j'ai trouvé, et j'aurais pu trouver dès la première minute, puisqu'il suffisait d'examiner attentivement la liste des victimes. Mais ces éclairs de vérité ne s'allument jamais que dans un cerveau surchauffé par l'effort et par la réflexion. Vingt fois j'avais regardé la liste sans que ce petit détail prît forme à mes yeux.

– Je ne comprends pas, fit M. de Lourtier-Vaneau.

– Monsieur le Gouverneur, il est à remarquer que, si plusieurs personnes sont réunies dans une affaire, crime, scandale public, etc., la façon de les désigner demeure à peu près immuable. En l'occurrence, les journaux n'ont jamais employé à l'égard de Mme Ladoue, de Mlle Ardant, ou de Mlle Covereau, que leurs noms de famille. Par contre, Mlle Vernisset et Miss Williamson ont toujours été désignées, en même temps, par les prénoms Honorine et Herbette. S'il en avait été ainsi pour les six victimes, il n'y aurait pas eu de mystère.

– Pourquoi ?

– Parce qu'on aurait su, du premier coup, la corrélation qui existait entre les six malheureuses, comme je l'ai su, moi, soudain, par le rapprochement de ces deux prénoms-là avec celui d'Hortense Daniel. Cette fois, vous comprenez, n'est-ce pas ? Vous avez, comme moi, devant les yeux, trois prénoms…

M. de Lourtier-Vaneau parut troublé. Un peu pâle, il prononça :

– Que dites-vous ?… Que dites-vous ?

– Je dis, continua Rénine d'une voix nette, en détachant les syllabes les unes des autres, je dis que vous avez devant les yeux trois prénoms qui, tous trois, commencent par la même initiale, et qui, tous trois, coïncidence remarquable, sont composés d'un même nombre de lettres, ainsi que vous pouvez le vérifier. Si, d'autre part, vous vous informez auprès de la blanchisseuse de Courbevoie, où était employée Mlle Covereau, vous saurez qu'elle s'appelait Hilairie. Là encore même initiale et même nombre de lettres. Inutile de chercher davantage. Nous sommes sûrs, n'est-ce pas ? que les prénoms de toutes les victimes présentent les mêmes particularités. Et cette constatation nous donne d'une façon absolument certaine le mot du problème qui se posait à nous. Le choix de la folle est expliqué. Nous connaissons la parenté qui reliait entre elles les malheureuses. Pas d'erreur possible. C'est cela et ce n'est pas autre chose. Et quelle confirmation de mon hypothèse que cette manière de choisir ! Quelle preuve de folie !

Pourquoi tuer ces femmes-ci plutôt que celles-là ? Parce que leurs noms commencent par un H et qu'ils sont composés de huit lettres ? Vous m'entendez bien, monsieur le Gouverneur ? Le nombre des lettres est de huit. La lettre initiale est la huitième lettre de l'alphabet, et le mot huit commence par un H. Toujours la lettre H. *Et c'est une hache qui fut l'instrument de supplice.* Me direz-vous que la Dame à la Hache n'est pas une folle ?

Rénine s'interrompit et s'approcha de M. de Lourtier-Vaneau.

– Qu'avez-vous donc, monsieur le Gouverneur ? Vous semblez souffrant ?

Non, non, fit M. de Lourtier, dont le front ruisselait de sueur… Non, mais toute cette histoire est tellement troublante ! Pensez donc, j'ai connu l'une des victimes… Et alors…

Rénine alla chercher sur un guéridon une carafe et un verre qu'il remplit d'eau et tendit à M. de Lourtier. Celui-ci but quelques gorgées, puis, se redressant, il poursuivit d'une voix qu'il cherchait à raffermir :

– Soit. Admettons votre supposition. Encore faut-il qu'elle aboutisse à des résultats tangibles. Qu'avez-vous fait ?

– J'ai publié ce matin dans tous les journaux une annonce ainsi conçue : *Excellente cuisinière demande place. Écrire avant cinq heures soir à Herminie, boulevard Haussmann...*, etc. Vous comprenez toujours, n'est-ce pas, monsieur le Gouverneur ? Les prénoms commençant par un H et composés de huit lettres sont extrêmement rares et tous un peu démodés, Herminie, Hilairie, Herbette... Or, ces prénoms-là, pour des motifs que j'ignore, sont indispensables à la folle. Elle ne peut s'en passer. Pour trouver des femmes qui portent un de ces prénoms, et seulement pour cela, elle ramasse tout ce qui lui reste de raison, de discernement, de réflexion, d'intelligence. Elle cherche, elle interroge. Elle est à l'affût. Elle lit les journaux qu'elle ne comprend guère, mais où ses yeux s'accrochent à certains détails, à certaines majuscules. Et, par conséquent, je n'ai pas douté une seconde que ce nom d'Herminie, imprimé en gros caractères, n'attirât son regard et que, dès aujourd'hui, elle ne se prît au piège de mon annonce...

– Elle a écrit ? demanda M. de Lourtier-Vaneau anxieusement.

– Pour faire leurs propositions à la soi-disant Herminie, continua Rénine, plusieurs dames ont écrit les lettres habituelles en pareil cas. Mais j'ai reçu un pneumatique qui m'a semblé de quelque intérêt.

– De qui ?

– Lisez, monsieur le Gouverneur.

M. de Lourtier-Vaneau arracha la feuille des mains de Rénine et jeta un coup d'œil sur la signature. Il eut d'abord un geste d'étonnement, comme s'il se fût attendu à autre chose. Puis il partit d'un long éclat de rire, où il y avait comme de la joie et de la délivrance.

– Pourquoi riez-vous, monsieur le Gouverneur ? Vous avez l'air content.

– Content, non. Mais cette lettre est signée de ma femme.

– Et vous aviez craint autre chose ?

– Oh ! non, mais du moment que c'est ma femme...

Il n'acheva pas sa phrase et dit à Rénine :

– Pardon, monsieur, mais vous m'avez dit avoir reçu plusieurs réponses. Pourquoi, entre toutes ces réponses, avez-vous pensé que précisément celle-ci pouvait vous fournir quelque indice ?

– Parce qu'elle porte comme signature : Mme de Lourtier-Vaneau, et que Mme de Lourtier-Vaneau avait employé comme couturière l'une des victimes, Honorine Vernisset.

– Qui vous a dit cela ?

– Les journaux de l'époque.

– Et votre choix ne fut déterminé par aucune autre cause ?

– Aucune. Mais j'ai l'impression, depuis que je suis ici, monsieur le Gouverneur, que je ne me suis pas trompé de chemin.

– Pourquoi cette impression ?

– Je ne sais pas trop… Certains signes… Certains détails… Puis-je voir Mme de Lourtier, monsieur ?

– J'allais vous le proposer, monsieur, fit M. de Lourtier. Veuillez me suivre.

Il le conduisit, par un couloir, jusqu'à un petit salon où une dame à cheveux blonds et au beau visage heureux et doux était assise entre trois enfants qu'elle faisait travailler.

Elle se leva. M. de Lourtier fit brièvement les présentations et dit à sa femme :

– Suzanne, c'est de toi, ce pneumatique ?

– Adressé à Mlle Herminie, boulevard Haussmann ? dit-elle. Oui, c'est de moi. Tu sais bien que notre femme de chambre s'en va et que je m'occupe de chercher quelqu'un.

Rénine l'interrompit :

– Excusez-moi, madame, un mot seulement. D'où vous venait l'adresse de cette femme ?

Elle rougit. Son mari insista :

– Réponds, Suzanne. Qui t'a donné cette adresse ?

– On m'a téléphoné.

– Qui ?

Après une hésitation, elle prononça :

– Ta vieille nourrice…

– Félicienne ?…

– Oui.

M. de Lourtier coupa court à la conversation, et sans permettre à Rénine de poser d'autres questions, il le reconduisit dans son bureau.

– Vous voyez, monsieur, ce pneumatique a une provenance toute naturelle. Félicienne, ma vieille nourrice, à qui je fais une pension, et qui habite dans les environs de Paris, a lu votre annonce, et c'est elle qui a prévenu Mme de Lourtier. Car enfin, ajouta-t-il, en s'efforçant de rire, je ne suppose pas que vous soupçonniez ma femme d'être la Dame à la Hache ?

– Non.

– Alors l'incident est clos… du moins de mon côté… J'ai fait ce que j'ai pu… j'ai suivi vos raisonnements, et je regrette vivement de ne pouvoir vous être utile…

Il avait hâte d'éconduire ce visiteur indiscret, et il fit le geste de lui montrer la porte, mais il eut comme un étourdissement, but un second verre d'eau et se rassit. Son visage était décomposé.

Rénine le regarda quelques secondes, comme on regarde un adversaire défaillant, qu'il n'est plus besoin que d'achever, et, s'asseyant près de lui, il le saisit brusquement par le bras.

– Monsieur le Gouverneur, si vous ne parlez pas, Hortense Daniel sera la septième victime.

– Je n'ai rien à dire, monsieur ! Que voulez-vous que je sache ?

– La vérité. Mes explications vous l'ont fait connaître. Votre détresse, votre épouvante m'en sont des preuves certaines. Je venais à vous comme à un collaborateur. Or, par une chance inespérée, c'est un guide que je découvre. Ne perdons pas de temps.

– Mais, enfin, monsieur, si je savais, pourquoi me tairais-je ?

Par peur du scandale. Il y a dans votre vie, j'en ai l'intuition profonde, quelque chose que vous êtes contraint de cacher. La vérité qui vous est apparue brusquement sur le drame monstrueux, cette vérité, si elle est connue, pour vous, c'est le déshonneur, la honte… et vous reculez devant votre devoir.

M. de Lourtier ne répondait plus. Rénine se pencha sur lui et, les yeux dans les yeux, murmura :

– Il n'y aura pas de scandale. Moi seul au monde saurai ce qui s'est passé. Et j'ai autant d'intérêt que vous à ne pas attirer l'attention, puisque j'aime Hortense Daniel et que je ne veux pas que son nom soit mêlé à cette histoire affreuse.

Ils restèrent une du deux minutes l'un en face de l'autre. Rénine avait pris un visage dur. M. de Lourtier sentit que rien ne le fléchirait si les paroles nécessaires n'étaient pas prononcées, mais il ne pouvait pas.

– Vous vous trompez… Vous avez cru voir des choses qui ne sont pas.

Rénine eut la conviction soudaine et terrifiante que si cet homme se renfermait stupidement dans son silence, c'en était fini d'Hortense Daniel, et sa rage fut telle de penser que le mot de l'énigme était là, comme un objet à portée de sa main, qu'il empoigna M. de Lourtier à la gorge et le renversa.

– Assez de mensonges ! La vie d'une femme est en jeu ! Parlez, et parlez tout de suite… Sinon…

M. de Lourtier était à bout de forces. Toute résistance était impossible. Non pas que l'agression de Rénine lui fît peur et qu'il cédât à cet acte de violence, mais il se sentait écrasé par cette volonté indomptable qui semblait n'admettre aucun obstacle, et il balbutia :

– Vous avez raison. Mon devoir est de tout dire, quoi qu'il puisse arriver.

– Il n'arrivera rien, j'en prends l'engagement, mais à condition que vous sauviez Hortense Daniel. Une seconde d'hésitation peut tout perdre. Parlez. Pas de détails. Des faits.

Alors, les deux coudes appuyés à son bureau, les mains autour de son front, M. de Lourtier prononça, sur le ton d'une confidence qu'il essayait de faire aussi brièvement que possible :

– Mme de Lourtier n'est pas ma femme. Celle qui seule a le droit de porter mon nom, celle-là, je l'ai épousée quand j'étais jeune fonctionnaire aux colonies. C'était une femme assez bizarre, de cerveau un peu faible, soumise jusqu'à l'invraisemblance à ses manies et à ses impulsions. Nous eûmes deux enfants, deux jumeaux qu'elle adora, et auprès de qui elle eût trouvé sans doute l'équilibre et la santé morale, lorsque, par un accident stupide – une voiture qui passait – ils furent écrasés sous ses yeux. La malheureuse devint folle… de cette folie silencieuse et discrète que vous évoquiez. Quelque temps après, nommé dans une ville d'Algérie, je l'amenai en France et la confiai à une brave créature qui m'avait élevé. Deux ans plus tard, je faisais connaissance de celle qui fait la joie de ma vie. Vous l'avez vue tout à l'heure. Elle est la mère de mes enfants et elle passe pour ma femme. Vais-je la sacrifier ? Toute notre existence va-t-elle sombrer dans l'horreur, et faut-il que notre nom soit associé à ce drame de folie et de sang ?

Rénine réfléchit et demanda :

– Comment s'appelle-t-elle, l'autre ?

– Hermance.

– Hermance… Toujours les initiales… toujours les huit lettres.

– C'est cela qui m'a éclairé tout à l'heure, fit M. de Lourtier. Quand vous avez rapproché les noms les uns des autres, aussitôt j'ai pensé que la malheureuse s'appelait Hermance, qu'elle était folle… et toutes les preuves me sont venues à l'esprit.

– Mais si nous comprenons le choix des victimes, comment expliquer le meurtre ? En quoi donc consiste sa folie ? Souffre-t-elle ?

– Elle ne souffre pas trop actuellement. Mais elle a souffert de la plus effroyable souffrance qui soit : depuis l'instant où ses deux enfants ont été écrasés sous ses yeux, l'image affreuse de cette mort était devant elle, nuit et jour, sans une seconde d'interruption, puisqu'elle ne dormait pas une seule seconde. Songez à ce supplice ! voir ses enfants mourir durant toutes les heures des longues journées et toutes les heures des nuits interminables !

Rénine objecta :

– Cependant, ce n'est pas pour chasser cette image qu'elle tue ?

– Si… peut-être… articula M. de Lourtier pensivement, pour la chasser par le sommeil.

– Je ne comprends pas.

– Vous ne comprenez pas parce qu'il s'agit d'une folle… et que tout ce qui se passe dans ce cerveau détraqué est forcément incohérent et anormal.

– Évidemment… mais, tout de même, votre supposition se rattache à des faits qui la justifient ?

– Oui… des faits que je n'avais pour ainsi dire pas remarqués et qui prennent leur valeur aujourd'hui. Le premier de ces faits remonte à quelques années, au matin où ma vieille nourrice trouva, pour la première fois, Hermance endormie. Or, elle tenait ses deux mains crispées autour d'un petit chien qu'elle avait étranglé. Et trois autres fois, depuis, la scène se reproduisit.

– Et elle dormait ?

– Oui, elle dormait, d'un sommeil qui, chaque fois, durait plusieurs nuits.

– Et vous en avez conclu ?

– J'en ai conclu que la détente nerveuse provoquée par le meurtre l'épuisait et la prédisposait au sommeil.

Rénine frissonna.

– C'est cela ! Il n'y a aucun doute. Le meurtre, l'effort du meurtre la fait dormir. Alors ce qui lui a réussi avec des bêtes, elle l'a recommencé avec des femmes. Toute sa folie s'est ramassée autour de ce point : elle les tue pour s'emparer de leur sommeil ! Le sommeil lui manquait ; elle vole celui des autres ! C'est bien cela, n'est-ce pas ? Depuis deux années, elle dort ?

– Depuis deux années, elle dort, balbutia M. de Lourtier.

Rénine l'étreignit à l'épaule.

– Et vous n'avez pas pensé que sa folie pourrait s'étendre, et que rien ne l'arrêterait pour conquérir le bienfait de dormir ? Hâtons-nous, monsieur, tout cela est effroyable !

Tous deux se dirigeaient vers la porte, quand M. de Lourtier hésita. La sonnerie du téléphone retentissait.

– C'est de là-bas, dit-il.

– De là-bas ?

– Oui, chaque jour, à cette même heure, ma vieille nourrice me donne des nouvelles.

Il décrocha les récepteurs et tendit l'un d'eux à Rénine qui lui souffla les questions qu'il devait poser.

– C'est toi, Félicienne ? Comment va-t-elle ?

– Pas mal, monsieur.

– Dort-elle bien ?

– Moins bien depuis quelques jours. La nuit dernière, même, elle n'a pas fermé l'œil. Aussi elle est toute sombre.

– Que fait-elle en ce moment ?

– Elle est dans sa chambre.

– Vas-y, Félicienne. Ne la quitte pas.

661

– Pas possible. Elle s'est enfermée.

– Il le faut, Félicienne. Démolis la porte. J'arrive. Allô… Allô… Ah ! crebleu, nous sommes coupés !

Sans un mot, les deux hommes sortirent de l'appartement et coururent jusqu'à l'avenue. Rénine poussa M. de Lourtier dans l'automobile.

– L'adresse ?

– Ville-d'Avray.

– Parbleu ! au centre de ses opérations… comme l'araignée au milieu de sa toile. Ah ! l'ignominie.

Il était bouleversé. Toute l'aventure lui apparaissait, enfin, dans sa réalité monstrueuse.

– Oui, elle les tue pour s'emparer de leur sommeil, comme elle faisait avec les bêtes. C'est la même idée obsédante, mais qui s'est compliquée de tout un attirail de pratiques et de superstitions absolument incompréhensibles. Il lui semble évidemment que l'analogie des prénoms avec le sien est indispensable et qu'elle ne se reposera que si sa victime est une Hortense ou une Honorine. Raisonnement de folle, dont la logique nous échappe et dont nous ignorons l'origine, mais auquel il lui est impossible de se soustraire. Il faut qu'elle cherche et il faut qu'elle trouve ! Et elle trouve, et elle emporte sa proie, la veille et la contemple pendant un nombre de jours fatidique, jusqu'au moment où, stupidement, par ce trou qu'elle creuse d'un coup de hache en plein crâne, elle absorbe le sommeil qui la grise et lui donne l'oubli pendant une période déterminée. Et là encore, absurdité et folie ! Pourquoi fixe-t-elle cette période à tant de jours ? Pourquoi telle victime doit-elle lui assurer 120 jours de sommeil et telle autre 125 ! Démence ! Calcul mystérieux et certainement imbécile !

Toujours est-il qu'au bout de 120 ou de 125 jours, une nouvelle victime est sacrifiée ; et il y en a eu six déjà, et la septième attend son tour. Ah ! monsieur, quelle responsabilité est la vôtre ! Un pareil monstre ! On ne le perd pas de vue !

M. de Lourtier-Vaneau ne protesta point. Son accablement, sa pâleur, ses mains qui tremblaient, tout prouvait ses remords et son désespoir.

– Elle m'a trompé… murmura-t-il. Elle était si calme en apparence, si docile ! Et puis, somme toute, elle vit dans une maison de santé.

– Alors, comment se peut-il ?…

Cette maison, expliqua M. de Lourtier, est composée de pavillons éparpillés au milieu d'un grand jardin. Le pavillon qu'habite Hermance est tout à fait à l'écart. Il y a d'abord une pièce occupée par Félicienne, puis la chambre d'Hermance, et deux pièces isolées, dont la dernière a ses fenêtres sur la campagne. Je suppose que c'est là qu'elle enferme ses victimes.

– Mais cette voiture qui porte des cadavres ?…

– Les écuries de la maison de santé sont près du pavillon. Il y a un cheval et une voiture pour les courses. Hermance se relève sans doute la nuit, attelle et fait glisser la morte par la fenêtre.

– Et cette nourrice qui la surveille ?

– Félicienne est un peu sourde, très vieille.

– Mais, le jour, elle voit sa maîtresse aller et venir, agir. Ne devons-nous pas admettre une certaine complicité ?

– Ah ! jamais. Félicienne, elle aussi, a été trompée par l'hypocrisie d'Hermance.

– Cependant, c'est elle qui, une première fois, a téléphoné tantôt à Mme de Lourtier pour cette annonce…

– Tout naturellement. Hermance, qui parle à l'occasion, qui raisonne, qui se plonge dans la lecture des journaux qu'elle ne comprend pas, comme vous disiez, mais qu'elle parcourt attentivement, aura vu cette annonce et, ayant entendu dire que je cherchais une femme de chambre, aura prié Félicienne de téléphoner…

– Oui… oui… c'est bien ce que j'avais pressenti, prononça lentement Rénine, elle se prépare des victimes… Hortense morte, elle savait, une fois la quantité de sommeil épuisée, elle savait où trouver une huitième victime… Mais comment les attirait-elle, ces malheureuses femmes ? Par quel procédé a-t-elle attiré Hortense Daniel ?

L'auto filait, pas assez vite cependant au gré de Rénine qui gourmandait le chauffeur.

– Marche donc, Clément… nous reculons, mon ami.

Tout à coup, la peur d'arriver trop tard le mettait au supplice. La logique des fous dépend d'une saute d'humeur, de quelque idée dangereuse et saugrenue qui leur traverse l'esprit. La folle pouvait se tromper de jour et avancer le dénouement, comme une pendule détraquée qui sonne une heure trop tôt.

D'autre part, son sommeil étant de nouveau dérangé, ne serait-elle pas tentée d'agir sans attendre le moment fixé ? N'était-ce point pour cette raison qu'elle demeurait enfermée dans sa chambre ? Mon Dieu, par quelle agonie devait passer la captive ! Quels frissons de terreur au moindre geste du bourreau !

– Plus vite, Clément, ou je prends le volant ! Plus vite, sacrebleu !

Enfin ce fut Ville-d'Avray. Une route sur la droite, en pente abrupte... Des murs qu'interrompait une longue grille...

– Contourne la propriété, Clément. N'est-ce pas, monsieur le Gouverneur, il ne faut pas donner l'éveil ? Où se trouve le pavillon ?

– Juste à l'opposé, déclara M. de Lourtier-Vaneau.

Ils descendirent un peu plus loin.

Rénine se mit à courir sur le talus qui bordait un chemin creux et mal entretenu. Il faisait presque nuit. M. de Lourtier désigna :

– Ici... ce bâtiment en retrait... Tenez, cette fenêtre, au rez-de-chaussée. C'est celle d'une des deux chambres isolées... et c'est par là évidemment qu'elle sort.

– Mais on dirait, observa Rénine, qu'il y a des barreaux.

– Oui, il y en a, et c'est pourquoi personne ne se méfiait, mais elle a dû s'ouvrir un passage.

Le rez-de-chaussée était construit au-dessus de hautes caves. Rénine grimpa vivement et mit le pied sur un rebord de pierre.

Un des barreaux manquait en effet.

Il avança la tête contre la vitre et regarda.

L'intérieur de la pièce était sombre. Cependant il put distinguer, dans le fond, une femme qui était assise auprès d'une autre femme étendue sur un matelas. La femme qui était assise se tenait le front dans les mains et contemplait la femme étendue.

– C'est elle, chuchota M. de Lourtier qui avait escaladé le mur. L'autre est attachée.

Rénine tira de sa poche un diamant de vitrier et découpa l'un des carreaux, sans que le bruit éveillât l'attention de la folle.

Il glissa ensuite la main droite jusqu'à l'espagnolette et tourna doucement, tandis que de la main gauche, il braquait un revolver.

– Vous n'allez pas tirer supplia M. de Lourtier-Vaneau.

– S'il le faut, oui.

La fenêtre fut poussée doucement. Mais il y eut un obstacle dont Rénine ne se rendit pas compte, une chaise qui bascula et qui tomba.

D'un bond, il sauta à l'intérieur et jeta son arme pour saisir la folle. Mais elle ne l'attendit point. Précipitamment, elle ouvrit la porte et s'enfuit, en jetant un cri rauque.

M. de Lourtier voulait la poursuivre.

— À quoi bon ? dit Rénine en s'agenouillant. Sauvons la victime d'abord.

Il fut aussitôt rassuré. Hortense vivait.

Son premier soin fut de couper les cordes et d'ôter le bâillon qui l'étouffait. Attirée par le bruit, la vieille nourrice était accourue avec une lampe que Rénine saisit et dont il projeta la lumière sur Hortense.

Il fut stupéfait : livide, exténuée, le visage amaigri, les yeux brillants de fièvre, Hortense Daniel essayait cependant de sourire.

— Je vous attendais, murmura-t-elle… Je n'ai pas désespéré une minute… j'étais sûre de vous…

Elle s'évanouit.

Une heure plus tard, après d'inutiles recherches autour du pavillon, on trouva la folle enfermée dans un grand placard du grenier. Elle s'était pendue.

Hortense ne voulut pas rester une heure de plus. D'ailleurs, il était préférable que le pavillon fût vide au moment où la vieille nourrice annoncerait le suicide de la folle. Rénine expliqua minutieusement à Félicienne la conduite qu'elle devait tenir, puis, aidé par le chauffeur et par M. de Lourtier, il porta la jeune femme jusqu'à l'automobile et la ramena chez elle.

La convalescence fut rapide. Le surlendemain même, Rénine interrogeait Hortense avec beaucoup de précaution et lui demandait comment elle avait connu la folle.

— Tout simplement, dit-elle. Mon mari, qui n'a pas toute sa raison, comme je vous l'ai raconté, est soigné à Ville-d'Avray, et quelquefois je vais lui rendre visite, à l'insu de tout le monde, je l'avoue. C'est ainsi que j'ai parlé à cette malheureuse folle, et que l'autre jour elle m'a fait signe de venir la voir. Nous étions seules. Je suis entrée dans le pavillon. Elle s'est jetée sur moi et m'a réduite à l'impuissance sans même que je puisse crier au secours. J'ai cru à une plaisanterie… et de fait, n'est-ce pas, c'en était une… une plaisanterie de démente. Elle était très douce avec moi… Tout de même, elle me laissait mourir de faim.

— Et vous n'aviez pas peur ?

– De mourir de faim ? Non, d'ailleurs, elle me donnait à manger, de temps en temps, par lubies… Et puis j'étais tellement sûre de vous !

– Oui, mais il y avait autre chose… cette autre menace…

– Cette menace, laquelle ? dit-elle ingénument.

Rénine tressaillit. Il comprenait tout à coup qu'Hortense – chose bizarre au premier abord, mais fort naturelle – n'avait pas soupçonné un instant, et qu'elle ne soupçonnait pas encore, l'épouvantable danger qu'elle avait couru. Aucun rapprochement ne s'était fait dans son esprit entre les crimes de la Dame à la Hache et sa propre aventure.

Il pensa qu'il serait toujours temps de la détromper. Quelques jours plus tard, du reste, Hortense, à qui son médecin recommanda un peu de repos et d'isolement, s'en allait chez une de ses parentes qui habitait aux environs du village de Bassicourt, dans le centre de la France.

CHAPITRE 7

Des pas sur la neige

La Roncière, par Bassicourt, le 14 novembre.

Prince Rénine, boulevard Haussmann, Paris.

Mon cher ami,

Vous devez me trouver bien ingrate. Depuis trois semaines que je suis ici, pas une lettre de moi ! Pas un remerciement ! Et pourtant, j'ai fini par comprendre à quelle affreuse mort vous m'aviez arrachée et le secret de cette histoire effrayante. Mais, que voulez-vous ? Je suis sortie de tout cela dans un tel état d'accablement ! J'avais un tel besoin de repos et de solitude ! Rester à Paris ? Continuer avec vous nos expéditions ? Non, mille fois non ! Assez d'aventures ! Celles du prochain sont fort intéressantes. Mais celles dont on est victime et dont on manque mourir... Ah ! cher ami, quelle horreur ! Comment oublierai-je jamais ?...

Alors ici, à La Roncière, c'est le grand calme. Ma vieille cousine Ermelin me choie et me dorlote comme une malade. Je reprends des couleurs, et tout va bien de la sorte. Tout va si bien que je ne pense plus du tout à m'intéresser aux affaires des autres, mais plus du tout. Ainsi figurez-vous... (je vous raconte cela parce que, vous, vous êtes incorrigible, curieux comme une vieille portière, et toujours disposé à vous occuper de ce qui ne vous regarde pas), figurez-vous donc qu'hier j'ai assisté à une rencontre assez curieuse. Antoinette m'avait menée à l'auberge de Bassicourt, où nous prenions le thé dans la grande salle, parmi les paysans – c'était jour de marché – lorsque l'arrivée de trois personnes, deux hommes et une femme, mit brusquement fin aux conversations.

L'un des hommes était un gros fermier vêtu d'une longue blouse, avec une face rubiconde et joyeuse, qu'encadraient des favoris blancs. L'autre plus jeune, habillé de velours à côtes, avait une figure jaune, sèche et hargneuse. Chacun d'eux portait en bandoulière un fusil de chasse. Entre eux, il y avait une jeune femme mince, petite, enveloppée dans une mante brune, coiffée d'une toque de fourrure, et dont le visage un peu maigre excessivement pâle, surprenait par sa distinction et sa délicatesse.

– Le père, le fils et la bru, murmura ma cousine Ermelin.

– Comment ? cette charmante créature est la femme de ce rustaud ?

– Et la belle-fille du baron de Gorne.

– Un baron, le vieux bonhomme qui est là ?

– Le descendant d'une très noble famille qui habitait le château autrefois. Il a toujours vécu en paysan... grand chasseur, grand buveur, grand chicanier, toujours en procès, à peu près ruiné. Le fils, Mathias, plus ambitieux, moins attaché à la terre, a fait son droit, puis s'est embarqué pour l'Amérique, puis, ramené au village par le manque d'argent, s'est épris d'une jeune fille de la ville voisine. La malheureuse, on ne sait pas trop pourquoi, a consenti au mariage... et voilà cinq ans qu'elle vit comme une recluse, ou plutôt comme une prisonnière, dans un petit manoir tout proche, le Manoir-au-Puits.

– Entre le père et le fils ? demandai-je.

– Non, le père habite au bout du village, une ferme isolée.

– Et le sieur Mathias est jaloux ?

– Un tigre.

– Sans raison ?

– Sans raison, car ce n'est pas la faute de Natalie de Gorne, qui est la femme la plus honnête, si, depuis quelques mois, un beau cavalier rôde autour du manoir. Cependant les de Gorne ne déragent pas.

– Comment, le père aussi ?

– Le beau cavalier est le dernier descendant de ceux qui ont acheté le château jadis. D'où la haine du vieux de Gorne. Jérôme Vignal, que je connais et que j'aime beaucoup, est joli garçon, très riche, et il a juré – c'est le vieux qui raconte cela quand il est pris de boisson – d'enlever Natalie de Gorne. D'ailleurs, écoutez...

Au milieu d'un groupe qui s'amusait à le faire boire et le pressait de questions, le bonhomme, déjà éméché, s'exclamait avec un accent d'indignation et un sourire goguenard dont le contraste était vraiment comique.

– Il en sera pour ses frais, que j'vous dis, ce bellâtre-là ! Il a beau faire la maraude de not' côté et reluquer la petite... Chasse gardée ! S'il approche de trop près, un coup de fusil, n'est-ce pas, Mathias ?

Il empoigna la main de sa belle-fille.

– Et puis, la petite sait se défendre aussi, ricana-t-il. Hein ! Natalie, les galants, t'en veux point ?

Toute confuse d'être ainsi apostrophée, la jeune femme rougit, tandis que son mari bougonnait :

– Vous feriez mieux de tenir votre langue, mon père. Il y a des choses qu'on ne dit pas tout haut.

– Les choses qui tiennent à l'honneur, ça se règle en public, riposta le vieux. Pour moi, l'honneur des de Gorne, ça passe avant tout, et c'est pas ce godelureau-là avec ses airs de Parisien...

Il s'arrêta net. En face de lui, quelqu'un qui venait d'entrer paraissait attendre la fin de la phrase. C'était un grand gars solide, en costume de cheval, la cravache à la main, et dont la physionomie énergique, un peu dure, était animée par de beaux yeux qui souriaient ironiquement.

– Jérôme Vignal, souffla ma cousine.

Le jeune homme ne semblait nullement embarrassé. Apercevant Natalie, il la salua profondément, et, comme Mathias de Gorne avançait d'un pas vers lui, il le dévisagea, ayant l'air de dire :

– Eh bien ! et puis après ?

Et l'attitude était si insolente que les de Gorne détachèrent leurs fusils et les empoignèrent à deux mains comme des chasseurs à l'affût. Le fils avait un regard féroce.

Jérôme demeura impassible sous la menace. Puis au bout de quelques secondes, s'adressant à l'aubergiste :

– Dites donc, j'étais venu pour voir le père Vasseur. Mais son échoppe est fermée. Vous voudrez bien lui donner la gaine de mon revolver qui est décousue, n'est-ce pas ?

Il tendit la gaine à l'aubergiste et ajouta en riant :

– Je garde le revolver au cas où j'en aurais besoin. Sait-on jamais ?

Puis, toujours impassible, il choisit une cigarette dans un étui d'argent, l'alluma au feu de son briquet, et sortit. Par la fenêtre, on le vit qui sautait sur son cheval et qui s'éloignait au petit trot.

– Crebleu de bon sang ! jura le vieux de Gorne, en avalant un verre de cognac.

Son fils lui colla la main sur la bouche et le contraignit à s'asseoir. Près d'eux, Natalie de Gorne pleurait...

Voilà, cher ami, mon histoire. Comme vous le voyez, elle n'est pas palpitante, et ne mérite pas votre attention. Rien de mystérieux là-dedans. Aucun rôle à jouer pour vous. Et j'insiste même, particulièrement, pour que vous ne cherchiez pas là le prétexte d'une intervention qui serait tout à fait inopportune. Évidemment, j'aurais grand plaisir à ce que cette malheureuse femme qui, paraît-il, est une vrai martyre, soit protégée. Mais, je vous le répète, laissons les autres se débrouiller, et restons-en là de nos petites expériences...

Rénine acheva la lettre, la relut, et conclut :

— Allons, tout est prêt pour le mieux. On ne veut plus continuer nos petites expériences parce que nous en sommes à la septième, et qu'on a peur de la huitième qui, d'après notre pacte, a une signification toute spéciale. On ne veut plus... tout en voulant... sans avoir l'air de vouloir.

Il se frotta les mains. Cette lettre lui apportait un témoignage précieux de l'influence que, peu à peu, doucement et patiemment, il avait prise sur la jeune femme. C'était un sentiment assez complexe, où il y avait de l'admiration, une confiance sans bornes, de l'inquiétude parfois, de la crainte et presque de l'effroi, mais de l'amour aussi, il en avait la conviction. Compagne d'aventures auxquelles elle participait avec une camaraderie qui excluait toute gêne entre eux, voilà qu'elle avait peur soudain, et qu'une sorte de pudeur mêlée de coquetterie la poussait à se dérober.

Le soir même, qui était un soir de dimanche, Rénine prenait le train.

Et, au petit matin, après avoir parcouru en diligence, sur un chemin tout blanc de neige, les deux lieues qui séparaient la petite ville de Pompignat, où il descendit, du village de Bassicourt, il apprit que son voyage pourrait avoir quelque utilité : la nuit, on avait entendu trois coups de feu dans la direction du Manoir-au-Puits.

« Le dieu de l'amour et du hasard me favorise, se dit-il. S'il y a eu conflit entre le mari et l'amour, j'arrive à temps. »

— Trois coups de feu, brigadier. Je les ai entendus, comme je vous vois, déclarait un paysan que les gendarmes interrogeaient dans la salle de l'auberge, où Rénine était entré.

— Moi aussi, dit le garçon d'auberge. Trois coups de feu... Il était peut-être minuit. La neige qui tombait depuis neuf heures, avait cessé... et ça a retenti dans la plaine tout à la suite... pan, pan, pan.

Cinq autres paysans encore témoignèrent. Le brigadier et ses hommes, eux, n'avaient rien entendu, la gendarmerie tournant le dos à la plaine. Mais il survint un valet de ferme et une femme, qui se dirent au service de Mathias de Gorne, et qui, en congé depuis l'avant-veille, à cause du dimanche, arrivaient du Manoir où ils n'avaient pu pénétrer.

— La porte de l'enclos est fermée, monsieur le gendarme, fit l'un d'eux. C'est la première fois. Tous les matins, M. Mathias va l'ouvrir lui-même sur le coup d'six heures, en hiver comme en été. Or, voilà qu'il est plus de huit heures. J'ai appelé. Personne. Alors on est venu vous voir.

– Vous auriez pu vous renseigner chez M. de Gorne père, leur dit le brigadier. Il habite sur le chemin.

– Dame, ma foi oui, mais on n'y a pas pensé.

– Allons-y, décida le brigadier.

Deux de ses hommes l'accompagnèrent, ainsi que les paysans et un serrurier que l'on réquisitionna. Rénine se joignit au groupe.

Tout de suite, à l'extrémité du village on passa devant la cour du vieux de Gorne, et Rénine le reconnut à la description qu'Hortense lui en avait faite.

Le bonhomme attelait sa voiture. Mis au courant de l'affaire, il s'esclaffa.

– Trois coups de feu ? Pan, pan, pan ? Mais, mon cher brigadier, le fusil de Mathias n'a que deux coups.

– Et cette porte close ?

– C'est qu'il dort, le fiston, voilà tout. Hier soir il est venu vider une bouteille avec moi, peut-être bien deux… ou même trois… et ce matin il fait la grasse matinée avec Natalie.

Il grimpa sur le siège de son véhicule, une vieille charrette à bâche toute rapiécée, et fit claquer son fouet.

– Au revoir la compagnie. C'est pas vos trois coups de feu qui m'empêcheront d'aller au marché de Pompignat, comme lundi. J'ai deux veaux sous la bâche qui peuvent plus attendre l'abattoir. Bien le bonjour, camarades.

On se remit en route.

Rénine s'approcha du brigadier et déclina son nom.

– Je suis un ami de Mlle Ermelin, du hameau de La Roncière, et, comme il est trop tôt pour me présenter chez elle, je vous demanderai la permission de faire avec vous le détour du Manoir. Mlle Ermelin est en relations avec Mme de Gorne, et je serais heureux de la tranquilliser, car j'espère bien qu'il n'y a rien eu au Manoir, n'est-ce pas ?

– S'il y a eu quelque chose, répondit le brigadier, nous lirons ça comme sur une carte, rapport à la neige.

C'était un homme jeune, sympathique, qui paraissait intelligent et débrouillard. Dès le début, il avait relevé avec beaucoup de clairvoyance des traces de pas que Mathias avait laissées, la veille au soir, en retournant chez lui, traces qui se mêlèrent bientôt aux empreintes formées dans les deux sens par le domestique et par la fille de ferme. Ils arrivèrent ainsi devant les murs d'un domaine dont le serrurier ouvrit aisément la porte.

Désormais, une seule piste s'offrait sur la neige immaculée, celle de Mathias, et il fut facile de noter que le fils avait dû largement participer aux libations du père, la ligne des pas présentant des courbes brusques qui la faisaient dévier jusqu'aux arbres de l'avenue.

Deux cents mètres plus loin se dressaient les bâtiments lézardés et délabrés du Manoir-au-Puits. La porte principale en était ouverte.

– Entrons, dit le brigadier.

Et, dès le seuil franchi, il murmura :

– Oh ! oh ! Le vieux de Gorne a eu tort de ne pas venir. On s'est battu ici.

La grande salle était en désordre. Deux chaises cassées, la table renversée, des éclats de porcelaine et de verre attestaient la violence de la lutte. La grande horloge qui gisait à terre marquait onze heures et demie.

Sous la conduite de la fille de ferme, on monta vivement au premier étage. Ni Mathias ni sa femme n'étaient là. Mais la porte de leur chambre avait été défoncée avec un marteau que l'on trouva sous le lit.

Rénine et le brigadier redescendirent. La salle communiquait par un couloir avec la cuisine, située en arrière, et qui avait une sortie directe sur un petit enclos pris dans le verger. Au bout de cet enclos, un puits près duquel il fallait nécessairement passer.

Or, du seuil de la cuisine jusqu'au puits, la neige, qui n'était pas bien épaisse, avait été balayée de façon irrégulière, comme si l'on avait traîné un corps. Et autour du puits, des traces de piétinements s'enchevêtraient, montrant que la lutte avait dû recommencer à cet endroit. Le brigadier retrouva les empreintes de Mathias, et d'autres, des nouvelles, plus élégantes et plus fines.

Elles s'en allaient, celles-là, droit dans le verger, toutes seules. Et trente mètres plus loin, près d'elles, on ramassa un browning, qu'un des paysans reconnut pour être semblable à celui que, l'avant-veille, Jérôme Vignal avait sorti dans l'auberge.

Le brigadier examina le chargeur : trois des sept balles avaient été tirées.

Ainsi le drame se reconstituait peu à peu dans ses grandes lignes, et le brigadier, qui avait ordonné que l'on se tînt à l'écart et que tout l'emplacement des vestiges fût respecté, revint vers le puits, se pencha, posa quelques questions à la fille de ferme, et murmura, tout en se rapprochant de Rénine :

– Cela me paraît assez clair.

Rénine lui prit le bras.

– Parlons sans détours, brigadier. Je connais suffisamment l'affaire, étant comme je vous l'ai dit, en relations avec Mlle Ermelin, laquelle est une amie de Jérôme Vignal et connaît aussi Mme de Gorne. Est-ce que vous supposez ?...

– Je ne veux rien supposer. Je constate simplement que quelqu'un est venu hier soir...

– Par où ? Les seules traces d'une personne venant vers le Manoir sont celles de M. de Gorne.

– C'est que l'autre personne, celle dont les empreintes révèlent des bottines plus élégantes, est arrivée avant la tombée de la neige, c'est-à-dire avant neuf heures.

– Elle se serait donc cachée dans un coin de la salle, d'où elle aurait guetté le retour de M. de Gorne, lequel est venu après la neige ?

– Précisément. Dès l'entrée de Mathias, l'individu a sauté sur lui. Il y a eu combat. Mathias s'est sauvé par la cuisine. L'individu l'a poursuivi jusqu'auprès du puits et a tiré trois coups de revolver.

– Et le cadavre ?

– Dans le puits.

Rénine protesta.

– Oh ! oh ! comme vous y allez !

– Dame, monsieur, la neige est là, qui nous raconte l'histoire ; et la neige nous dit très nettement : après la lutte, après les trois coups de feu, un seul homme s'est éloigné et a quitté la ferme, un seul, et les traces de ses pas ne sont pas celles de Mathias de Gorne. Alors où se trouve Mathias de Gorne ?

Mais ce puits... on pourra faire des recherches ?

– Non, c'est un puits sans fond accessible. Il est connu dans la région, c'est par lui que l'on désigne ce manoir.

Ainsi vous croyez vraiment ?...

– Je le répète. Après la tombée de neige, une seule arrivée : Mathias. Un départ : l'étranger.

– Et Mme de Gorne ? Tuée aussi, et précipitée comme son mari ?

– Non, enlevée.

– Enlevée ?

– Rappelez-vous la porte de sa chambre, démolie à coups de marteau…

– Voyons, voyons, brigadier, vous affirmez vous-même qu'il n'y a eu qu'un départ, celui de l'étranger.

– Penchez-vous. Examinez les pas de cet homme. Regardez comme ils sont enfoncés dans la neige, enfoncés au point qu'ils percent jusqu'au sol. Ce sont les pas d'un homme chargé d'un lourd fardeau. L'étranger portait Mme de Gorne sur son épaule.

– Il y a donc une sortie dans cette direction ?

– Oui, une petite porte dont la clef ne quittait pas Mathias de Gorne. Il lui aura pris cette clef.

– C'est une sortie vers la campagne ?

– Oui, un chemin qui rejoint à douze cents mètres la route départementale… Et savez-vous où ?

– Non.

– Au coin même du château.

– Le château de Jérôme Vignal !

Rénine fit entre ses dents :

– Bigre ! ça devient grave. Si la piste continue jusqu'au château, nous sommes fixés.

La piste continuait jusqu'au château ; ils purent s'en rendre compte après l'avoir suivie à travers des champs onduleux où la neige s'était amoncelée par endroits. Les abords de la grande grille avaient été balayés, mais ils constatèrent qu'une autre piste, formée, celle-ci, par les deux roues, d'une voiture, s'en allait dans un sens opposé au village.

Le brigadier sonna. Le concierge qui avait déblayé également l'allée principale, arriva, un balai à la main. Interrogé, cet homme répondit que Jérôme Vignal était parti ce matin avant que personne ne fût levé, et après avoir attelé lui-même sa voiture.

– En ce cas, dit Rénine, lorsqu'ils se furent éloignés, il n'y a qu'à suivre les traces de roues.

– Inutile, déclara le brigadier. Ils ont pris le chemin de fer.

– À la station de Pompignat, d'où je viens ? Mais alors ils auraient passé le village…

– Justement, ils ont choisi l'autre direction, parce qu'elle conduit au chef-lieu où s'arrêtent les rapides. C'est là où réside le Parquet. Je vais téléphoner, et comme aucun train ne quitte le chef-lieu avant onze heures, on n'aura qu'à surveiller la station.

– Je crois que vous êtes dans la bonne voie, brigadier, dit Rénine, et je vous félicite de la façon dont vous avez mené votre enquête.

Ils se séparèrent.

Rénine fut sur le point de rejoindre Hortense Daniel au hameau de La Roncière, mais, tout bien réfléchi, il préféra ne pas la voir avant que les choses ne prissent une tournure plus favorable, et, regagnant l'auberge du village, il lui fit porter ces quelques lignes :

« Très chère amie,

J'ai cru comprendre en lisant votre lettre que, toujours émue par les choses du cœur, vous désiriez protéger les amours de Jérôme et de Natalie. Or, tout permet de supposer que ce monsieur et cette dame, sans demander conseil à leur protectrice, se sont sauvés après avoir jeté Mathias de Gorne au fond d'un puits.

Excusez-moi de ne pas vous rendre visite. Cette affaire est diablement obscure, et près de vous je n'aurais pas la liberté d'esprit nécessaire pour y réfléchir… »

Il était dix heures et demie. Rénine alla se promener dans la campagne, les mains au dos, et sans regarder le beau spectacle des plaines blanches. Il rentra déjeuner, toujours pensif, indifférent au bavardage des clients de l'auberge, qui, tout autour de lui, commentaient les événements.

Il monta ensuite dans sa chambre, et s'y était endormi depuis un temps assez long, lorsque des coups, à la porte, le réveillèrent. Il ouvrit.

– Vous !… vous… murmura-t-il.

Hortense et lui se contemplèrent quelques secondes, silencieusement, les mains dans les mains, comme si rien, aucune pensée étrangère et aucune parole ne pouvait se mêler à la joie de leur rencontre. À la fin il prononça :

– Ai-je eu raison de venir ?

– Oui, dit-elle avec douceur… Oui… Je vous attendais…

– Peut-être eût-il été préférable que vous me fissiez venir plus tôt au lieu d'attendre… Les événements n'ont pas attendu, eux, et je ne sais trop ce qui va advenir de Jérôme Vignal et de Natalie de Gorne.

– Comment vous n'êtes pas au courant ? dit-elle vivement.

– Au courant de quoi ?

– On les a arrêtés. Ils prenaient le rapide.

Rénine objecta.

– Arrêtés… non. On n'arrête pas ainsi. Il faut les interroger d'abord.

– C'est ce qu'on fait à l'heure actuelle. La justice perquisitionne.

– Où ?

– Au château. Et comme ils sont innocents… Car ils sont innocents, n'est-ce pas ? vous n'admettez pas plus que moi qu'ils soient coupables ? Il répondit :

– Je n'admets rien et ne veux rien admettre, chère amie. Cependant, je dois vous dire que tout est contre eux… Sauf un fait, c'est que tout est *trop* contre eux. Il n'est pas normal que tant de preuves soient accumulées, ni que celui qui tue raconte son histoire avec une pareille candeur. En dehors de cela, rien que ténèbres et contradictions.

– Alors ?

– Alors, je suis très embarrassé.

– Mais vous avez un plan ?

– Aucun jusqu'ici. Ah ! si je pouvais le voir, lui, Jérôme Vignal… la voir, elle Natalie de Gorne, et les entendre, et connaître ce qu'ils disent pour leur défense ! Mais vous comprenez bien que l'on ne me permettra ni de les questionner, ni d'assister à leur interrogatoire. Du reste, ce doit être fini.

676

– Fini au château, dit-elle, mais cela va se continuer au Manoir.

– On les emmène au Manoir ? fit-il vivement.

– Oui… du moins d'après ce que dit l'un des deux chauffeurs qui ont amené les automobiles du Parquet.

– Oh ! en ce cas, s'écria Rénine, tout s'arrange. Le Manoir ! Mais nous y serons aux premières loges. Nous verrons et nous entendrons tout, comme il me suffit d'un mot, d'une intonation, d'un clignement d'œil, pour découvrir le petit indice qui me manque, nous pouvons avoir quelque espoir. Venez, chère amie.

Il la conduisit par la route directe qu'il avait suivie le matin et qui aboutissait à la porte que le serrurier avait ouverte. Les gendarmes laissés en faction au Manoir avaient pratiqué un passage dans la neige, le long de la ligne des empreintes et autour de la maison. Le hasard permit à Hortense et à Rénine d'approcher sans être vus et de pénétrer par une fenêtre latérale dans un couloir où s'accrochait un escalier de service. Quelques marches plus haut se trouvait une petite pièce qui ne prenait jour, par une sorte d'œil-de-bœuf, que sur une grande salle du rez-de-chaussée. Lors de sa visite du matin, Rénine avait remarqué cet œil-de-bœuf, que recouvrait à l'intérieur un morceau d'étoffe. Il écarta l'étoffe et découpa l'un des carreaux.

Quelques minutes plus tard, un bruit de voix s'élevait de l'autre côté la maison, aux abords du puits, sans doute. Le bruit devint plus distinct. Plusieurs personnes envahirent la maison. Quelques-unes montèrent au premier étage, tandis que le brigadier arrivait avec un jeune homme dont ils ne virent que la haute silhouette.

– Jérôme Vignal ! fit Hortense.

– Oui, dit Rénine. On interroge d'abord Mme de Gorne, là-haut, dans sa chambre.

Un quart d'heure passa. Puis les personnes du premier étage redescendirent et entrèrent. C'étaient le substitut du procureur, son greffier, un commissaire de police et deux agents.

Mme de Gorne fut introduite et le substitut pria Jérôme Vignal d'avancer.

Le visage de Jérôme était bien celui de l'homme énergique qu'Hortense avait dépeint dans sa lettre. Il ne montrait aucune inquiétude, mais bien plutôt de la décision et une volonté ferme. Natalie, petite et toute menue d'apparence, les yeux pleins de fièvre, donnait cependant une même impression de calme et de sécurité.

Le substitut, qui examinait les meubles en désordre et les traces du combat, la fit asseoir, et dit à Jérôme :

– Monsieur, je vous ai posé jusqu'ici peu de questions, voulant avant tout, au cours de l'enquête sommaire que j'ai menée en votre présence et que reprendra le juge d'instruction, vous montrer les raisons très graves pour lesquelles je vous ai prié d'interrompre votre voyage et de revenir ainsi que Mme de Gorne. Vous êtes maintenant à même de réfuter les charges vraiment troublantes qui pèsent sur vous. Je vous demande donc de me dire l'exacte vérité.

– Monsieur le Substitut, répondit Jérôme, les charges qui m'accablent ne m'émeuvent guère. La vérité que vous réclamez sera plus forte que tous les mensonges accumulés contre moi par le hasard.

– Nous sommes ici pour la mettre en lumière, monsieur.

– La voici.

Il se recueillit un instant et raconta, d'une voix claire et franche :

– J'aime profondément Mme de Gorne. Dès la première heure où je l'ai rencontrée, j'ai conçu pour elle un amour qui n'a pas de limites, mais qui, si grand qu'il soit, et si violent, a toujours été dominé par l'unique souci de son honneur. Je l'aime, mais je la respecte encore plus. Elle a dû vous le dire, et je vous le redis : Mme de Gorne et moi, nous nous sommes adressé la parole, cette nuit, pour la première fois.

Il continua, d'une voix plus sourde :

– Je la respecte d'autant plus qu'elle est plus malheureuse. Au vu et au su de tout le monde, sa vie est un supplice de chaque minute. Son mari la persécutait avec une haine féroce et une jalousie exaspérée. Interrogez les domestiques. Ils vous diront le calvaire de Natalie de Gorne, les coups qu'elle recevait, et les outrages qu'elle devait supporter. C'est à ce calvaire que j'ai voulu mettre un terme en usant du droit de secours que possède le premier venu quand il y a excès de malheur et d'injustice. Trois fois, j'ai averti le vieux de Gorne, le priant d'intervenir, mais j'ai trouvé en lui, à l'endroit de sa belle-fille, une haine presque égale, la haine que beaucoup d'êtres éprouvent pour ce qui est beau et noble. C'est alors que j'ai résolu d'agir directement, et que j'ai tenté hier soir, auprès de Mathias de Gorne, une démarche… un peu insolite, mais qui pouvait, qui devait réussir, étant donné le personnage. Je vous jure, monsieur le Substitut, que je n'avais point d'autre intention que de causer avec Mathias de Gorne. Connaissant certains détails de sa vie qui me permettaient de peser sur lui d'une manière efficace, je voulais profiter de cet avantage pour atteindre mon but. Si les choses ont tourné autrement, je n'en suis pas entièrement responsable. Je vins donc un peu avant 9 heures. Les domestiques, je le savais, étaient absents. Il m'ouvrit lui-même. Il était seul.

– Monsieur, interrompit le substitut, vous affirmez là, comme Mme de Gorne du reste l'a fait tout à l'heure, une chose qui est manifestement contraire à la vérité. Mathias de Gorne n'est rentré hier, qu'à 11 heures du soir. De cela deux preuves précises : le témoignage de son père, et la marque de ses pas sur la neige, qui tomba de 9 heures et quart à 11 heures.

– Monsieur le Substitut, déclara Jérôme Vignal, sans remarquer le mauvais effet produit par son obstination, je raconte les choses telles qu'elles furent et non pas telles qu'on peut les interpréter. Je reprends. Cette horloge marquait neuf heures moins dix exactement, quand j'entrai dans cette salle. Croyant à une attaque, M. de Gorne avait décroché son fusil. Je mis mon revolver sur la table, hors de ma portée, et je m'assis.

– J'ai à vous parler, monsieur, lui dis-je. Veuillez m'écouter.

Il ne bougea pas et n'articula pas une seule syllabe. Je parlai donc. Et, tout de suite, crûment, sans aucune de ces explications préalables qui auraient pu atténuer la brutalité de ma proposition, je prononçai les quelques phrases que j'avais préparées :

– Depuis plusieurs mois, monsieur, j'ai fait une enquête minutieuse sur votre situation financière. Toutes vos terres sont hypothéquées. Vous avez signé des traites dont l'échéance approche et auxquelles il est matériellement impossible que vous fassiez honneur. Du côté de votre père, rien à espérer, lui-même étant fort mal en point. Donc vous êtes perdu. Je viens vous sauver.

Il m'observa, puis, toujours taciturne, s'assit, ce qui signifiait, n'est-ce pas, que ma démarche ne lui déplaisait pas trop. Alors, je tirai de ma poche une liasse de billets de banque que je déposai en face de lui, et je poursuivis :

– Voilà soixante mille francs, monsieur. Je vous achète le Manoir-au-Puits et les terres qui en dépendent, hypothèques à ma charge. C'est exactement le double de ce que ça vaut.

Je vis ses yeux briller.

Il murmura :

– Les conditions ?

– Une seule, votre départ pour l'Amérique.

Monsieur le Substitut, nous avons discuté pendant deux heures. Non pas que mon offre l'indignât, je ne l'aurais pas risquée si je n'avais connu mon adversaire, mais il voulait davantage, et il discuta âprement, tout en évitant de prononcer le nom de Mme de Gorne, à qui moi-même, je n'avais pas fait une seule allusion. Nous avions l'air de deux individus qui, à propos d'un litige quelconque, cherchent une transaction, un terrain où ils puissent s'entendre, alors qu'il s'agissait de la destinée même et du bonheur d'une femme. Enfin, de guerre lasse, j'acceptai un compromis, et nous arrivâmes à un accord que je voulus aussitôt rendre définitif. Deux lettres furent échangées entre nous, l'une par laquelle il me cédait le Manoir-au-Puits contre la somme versée ; l'autre, qu'il empocha aussitôt, et par laquelle je devais lui envoyer en Amérique une somme égale le jour où le divorce serait prononcé.

L'affaire était donc conclue. Je suis sûr qu'à ce moment il acceptait de bonne foi. Il me considérait moins comme un ennemi et comme un rival que comme un monsieur qui vous rend service. Il alla même, afin que je puisse rentrer chez moi directement, jusqu'à me donner la clef qui ouvre la petite porte de la campagne. Par malheur, tandis que je prenais ma casquette et mon manteau, j'eus le tort de laisser sur la table la lettre de vente signée par lui. En une seconde, Mathias de Gorne vit le parti qu'il pourrait tirer de mon oubli. Garder sa

679

propriété, garder sa femme… et garder l'argent. Prestement il escamota la feuille, m'assena sur la tête un coup de crosse, jeta son fusil et m'étreignit à la gorge de ses deux mains. Mauvais calcul… Plus fort que lui, après une lutte assez vive qui dura peu, je le maîtrisai et l'attachai avec une corde qui traînait dans un coin.

Monsieur le Substitut, si la décision de mon adversaire avait été brusque, la mienne ne fut pas moins rapide. Puisque, somme toute, il avait accepté le marché, je l'obligerais à tenir ses engagements, du moins dans la mesure où j'y étais intéressé. En quelques bonds, je montai jusqu'au premier étage.

Je ne doutais point que Mme de Gorne ne fût là et qu'elle n'eût entendu le bruit de nos discussions. Éclairé par une lampe de poche, je visitai trois chambres. La quatrième était fermée à clef. Je frappai. Aucune réponse. Mais je me trouvais à l'un de ces moments où nul obstacle ne vous arrête. Dans l'une des chambres, j'avais aperçu un marteau. Je le ramassai et démolis la porte.

Natalie de Gorne était là, en effet, couchée à terre, évanouie. Je la pris dans mes bras, redescendis et passai par la cuisine. Dehors, en voyant la neige, je songeai bien que mes traces seraient faciles à suivre, mais qu'importait ? Avais-je à dépister Mathias de Gorne ? Nullement. Maître des 60 000 francs, maître du papier où je m'engageais à lui verser une somme égale le jour du divorce, maître de son domaine, il s'en irait, me laissant Natalie de Gorne. Rien n'était changé entre nous, sauf une chose : au lieu d'attendre son bon plaisir, j'avais saisi tout de suite le gage précieux que je convoitais. Ce n'était donc pas un retour offensif de Mathias de Gorne que je redoutais, mais bien plutôt les reproches et l'indignation de Natalie de Gorne. Que dirait-elle une fois captive ?

Les raisons pour lesquelles je n'eus point de reproche, monsieur le Substitut, Mme de Gorne, je crois, a eu la franchise de vous les dire. L'amour appelle l'amour. Chez moi, cette nuit, brisée par l'émotion, elle m'a fait l'aveu de ses sentiments. Elle m'aimait comme je l'aimais. Nos destinées se confondaient. Elle et moi, nous partîmes ce matin à 5 heures, sans prévoir un instant que la justice pouvait nous demander des comptes. »

Le récit de Jérôme Vignal était fini. Il l'avait débité tout d'un trait, comme un récit appris par cœur et auquel rien ne peut être changé.

Il y eut un instant de répit.

Dans le réduit où ils se cachaient, Hortense et Rénine n'avaient pas perdu une seule des paroles prononcées. La jeune femme murmura :

– Tout cela est fort possible, et, en tout cas, très logique.

– Restent les objections, fit Rénine. Écoutez-les. Elles sont redoutables. Il y en a une surtout…

Celle-ci, le substitut du procureur la formula dès l'abord :

– Et M. de Gorne, dans tout cela ?…

– Mathias de Gorne ? demanda Jérôme.

– Oui, vous m'avez raconté, avec un grand accent de sincérité, une suite de faits que je suis tout disposé à admettre. Malheureusement, vous oubliez un point d'une importance capitale : qu'est devenu Mathias de Gorne ? Vous l'avez attaché dans cette pièce. Or, ce matin, il n'y était pas, dans cette pièce.

– Naturellement, monsieur le Substitut, Mathias de Gorne, acceptant en fin de compte le marché, s'en est allé.

– Par où ?

– Sans doute par le chemin qui conduit chez son père.

– Où sont les empreintes de ses pas ? Cette nappe de neige qui nous entoure est un témoin impartial. Après votre duel avec lui, on vous voit, sur la neige, vous éloigner. Pourquoi ne le voit-on pas, lui ? Il est venu, et il n'est pas reparti : où se trouve-t-il ? Aucune trace. Ou plutôt…

Le substitut baissa la voix :

– Ou plutôt, si, quelques traces sur le chemin du puits, et autour du puits… quelques traces qui prouvent que la lutte suprême a eu lieu là… Et après, rien, plus rien…

Jérôme haussa les épaules.

– Vous m'avez déjà parlé de cela, monsieur le Substitut, et, cela, c'est une accusation de meurtre contre moi. Je n'y répondrai point.

– Me répondrez-vous sur le fait qu'on a ramassé votre revolver à vingt mètres du puits ?

– Pas davantage.

– Et sur l'étrange coïncidence de ces trois coups de feu entendus dans la nuit, et de ces trois balles qui manquent à votre revolver ?

– Non, monsieur le Substitut. Il n'y a pas eu, comme vous le croyez, de lutte suprême auprès du puits, puisque j'ai laissé M. de Gorne attaché dans cette pièce et que j'ai laissé également mon revolver. Et, d'autre part, si l'on a entendu des coups de feu, ils ne furent pas tirés par moi.

– Coïncidences fortuites, alors ?

681

— C'est à la justice de les expliquer. Mon unique devoir est de dire la vérité, et vous n'avez pas le droit de m'en demander davantage.

— Si cette vérité est contraire aux faits observés ?

— C'est que les faits ont tort, monsieur le Substitut.

— Soit. Mais jusqu'au jour où la justice pourra les mettre d'accord avec vos assertions, vous comprendrez l'obligation où je suis de vous garder à la disposition du Parquet.

— Et Mme de Gorne ? demanda Jérôme anxieusement.

Le substitut ne répondit pas. Il s'entretint avec le commissaire, puis avec un des agents auquel il donna l'ordre de faire avancer une des deux automobiles. Ensuite, il se tourna vers Natalie.

Madame, vous avez entendu la déposition de M. Vignal. Elle concorde absolument avec la vôtre. En particulier, M. Vignal affirme que vous étiez évanouie quand il vous a emportée. Mais cet évanouissement a-t-il persisté durant le trajet ?

On eût dit que le sang-froid de Jérôme avait encore affermi l'assurance de la jeune femme. Elle répliqua :

— Je ne me suis réveillée qu'au château, monsieur.

— C'est bien extraordinaire. Vous n'avez pas entendu les trois détonations que presque tout le village a entendues ?

— Je ne les ai pas entendues.

— Et vous n'avez rien vu de ce qui s'est passé près du puits ?

— Il ne s'est rien passé, puisque Jérôme Vignal l'affirme.

— Alors, qu'est devenu votre mari ?

— Je l'ignore.

— Voyons, madame, vous devriez pourtant aider la justice et nous faire part tout au moins de vos suppositions. Croyez-vous qu'il y ait eu accident, et que M. de Gorne, qui avait vu son père et qui avait bu plus que de coutume, ait pu perdre l'équilibre et tomber dans le puits ?

— Quand mon mari est rentré de chez son père, il n'était nullement en état d'ivresse.

682

— Son père l'a déclaré cependant. Son père et lui avaient bu deux ou trois bouteilles de vin.

— Son père se trompe.

— Mais la neige ne se trompe pas, madame, fit le substitut avec irritation. Or les traces de pas sont toutes sinueuses.

— Mon mari est rentré à huit heures et demie, avant la chute de la neige.

Le substitut frappa du poing.

— Mais enfin, madame, vous parlez contre l'évidence même !... Cette nappe de neige est impartiale !... Que vous soyez en contradiction avec ce qui ne peut pas être contrôlé, je l'admets ! Mais cela, des pas dans la neige… dans la neige…

Il se contint.

L'automobile arrivait devant les fenêtres. Prenant une décision brusque, il dit à Natalie :

— Vous voudrez bien vous tenir à la disposition de la justice, madame, et attendre dans ce manoir…

Et il fit signe au brigadier d'emmener Jérôme Vignal dans l'automobile.

La partie était perdue pour les deux amants. À peine réunis, ils devaient se séparer et se débattre, loin l'un de l'autre, contre les accusations les plus troublantes.

Jérôme avança d'un pas vers Natalie. Ils échangèrent un long regard douloureux. Puis il s'inclina devant elle et se dirigea vers la sortie, à la suite du brigadier de gendarmerie.

— Halte ! cria une voix… Demi-tour, brigadier ! Jérôme Vignal, pas un mouvement !

Interloqué, le substitut leva la tête, ainsi que les autres personnages. La voix venait du haut de la salle. L'œil-de-bœuf s'était ouvert, et Rénine, penché par là, gesticulait :

— Je désire que l'on m'entende !... J'ai plusieurs remarques à faire… une surtout à propos de la sinuosité des traces… Tout est là … Mathias n'avait pas bu… Mathias n'avait pas bu…

Il s'était retourné et avait passé les deux jambes par l'ouverture, tout en disant à Hortense, qui, stupéfaite, essayait de le retenir :

– Ne bougez pas, chère amie… Il n'y a aucune raison pour qu'on vienne vous déranger.

Et, lâchant les mains, il se laissa tomber dans la salle.

Le substitut semblait ahuri :

– Mais enfin, monsieur, d'où venez-vous ? Qui êtes-vous ?

Rénine brossa ses vêtements maculés de poussière et répondit :

Excusez-moi, monsieur le Substitut, j'aurais dû prendre le chemin de tout le monde. Mais j'étais pressé. En outre, si j'étais entré par la porte au lieu de tomber du plafond, mes paroles auraient produit moins d'effet.

Le substitut s'approcha, furieux.

– Qui êtes-vous ?

– Le prince Rénine. J'ai suivi l'enquête du brigadier, ce matin. N'est-ce pas, brigadier ? Depuis, je cherche, je me renseigne. Et c'est ainsi que, désireux d'assister à l'interrogatoire, je me suis réfugié dans une petite pièce isolée…

– Vous étiez là ! Vous avez eu l'audace !…

– Il faut avoir toutes les audaces, quand il s'agit de la vérité. Si je n'avais pas été là, je n'aurais pas recueilli précisément la petite indication qui me manquait. Je n'aurais pas su que Mathias de Gorne n'était pas ivre le moins du monde. Or, voilà le mot de l'énigme. Quand on sait cela, on connaît la vérité.

Le substitut se trouvait dans une situation assez ridicule. N'ayant point pris les précautions nécessaires pour que le secret de son enquête fût observé, il lui était difficile d'agir contre cet intrus. Il bougonna :

– Finissons-en. Que demandez-vous ?

– Quelques minutes d'attention.

– Et pourquoi ?

– Pour établir l'innocence de M. Vignal et de Mme de Gorne.

Il avait cet air calme, cette sorte de nonchalance qui lui était particulière aux minutes d'action, et lorsque le dénouement du drame ne dépendait plus que de lui. Hortense frissonna, pleine d'une foi immédiate.

« Ils sont sauvés, pensa-t-elle avec émotion. Je l'avais prié de protéger cette femme et il la sauve de la prison, du désespoir. »

Jérôme et Natalie devaient éprouver cette même impression d'espoir soudain, car ils s'étaient avancés l'un vers l'autre, comme si cet inconnu, descendu du ciel, leur avait donné le droit de joindre leurs mains.

Le substitut haussa les épaules.

— Cette innocence, l'instruction aura tous les moyens de l'établir elle-même, quand le moment sera venu. Vous serez convoqué.

— Il serait préférable de l'établir tout de suite. Un retard pourrait avoir des conséquences fâcheuses.

— C'est que je suis pressé…

— Deux à trois minutes suffiront.

— Deux à trois minutes pour expliquer une pareille affaire !

— Pas davantage.

— Vous la connaissez donc si bien ?

— Maintenant, oui. Depuis ce matin, j'ai beaucoup réfléchi.

Le substitut comprit que ce monsieur était de ceux qui ne vous lâchent pas et qu'il n'y avait qu'à se résigner. D'un ton un peu goguenard, il lui dit :

— Vos réflexions vous permettent-elles de nous fixer l'endroit où se trouve M. Mathias de Gorne actuellement ?

Rénine tira sa montre et répliqua :

— À Paris, monsieur le Substitut.

— À Paris ? Donc vivant ?

— Donc vivant, et, de plus, en excellente santé.

— Je m'en réjouis. Mais alors, que signifient les pas autour du puits, et la présence de ce revolver, et ces trois coups de feu ?

– Mise en scène, tout simplement.

– Ah ! ah ! Mise en scène imaginée par qui ?

– Par Mathias de Gorne lui-même.

– Bizarre. Et dans quel but ?

– Dans le but de se faire passer pour mort et de combiner les choses de telle façon que, fatalement, M. Vignal soit accusé de cette mort, de cet assassinat.

– L'hypothèse est ingénieuse, approuva le substitut, toujours ironique. Qu'en pensez-vous, monsieur Vignal ?

Jérôme répondit :

– C'est une hypothèse que j'avais entrevue moi-même, monsieur le Substitut. Il est très admissible qu'après notre lutte et après mon départ, Mathias de Gorne ait formé un nouveau plan où, cette fois, la haine trouvait son compte. Il aimait et détestait sa femme. Il m'exécrait. Il se sera vengé.

– Vengeance qui lui coûterait cher, puisque, selon vos assertions, Mathias de Gorne devait recevoir de vous une nouvelle somme de 60 000 francs.

– Cette somme, monsieur le Substitut, il la récupérait d'un autre côté. L'examen de la situation financière de la famille de Gorne m'avait, en effet, révélé que le père et le fils avaient contracté une assurance sur la vie au profit l'un de l'autre. Le fils mort, ou passant pour mort, le père touchait cette assurance et dédommageait son fils.

– De sorte, dit le substitut en souriant, que, dans toute cette mise en scène, M. de Gorne père serait complice de son fils.

Ce fut Rénine qui riposta :

– Précisément, monsieur le Substitut. Le père et le fils sont d'accord.

– On retrouvera donc le fils chez le père ?

– On l'y aurait retrouvé cette nuit.

– Qu'est-il devenu ?

– Il a pris le train à Pompignat.

– Suppositions que tout cela !

– Certitude.

– Certitude morale, mais pas la moindre preuve, avouez-le…

Le substitut n'attendit pas la réponse à la question posée. Jugeant qu'il avait témoigné d'une bonne volonté excessive et que la patience a des bornes, il mit fin à la déposition.

– Pas la moindre preuve, répéta-t-il en prenant son chapeau. Et surtout… surtout, rien dans vos paroles qui puisse contredire, si peu que ce soit, les affirmations de cet implacable témoin, la neige. Pour aller chez son père, il a fallu que Mathias de Gorne sortît d'ici. Par où ?

– Mon Dieu, M. Vignal vous l'a dit, par le chemin qui va d'ici chez son père.

– Pas de traces sur la neige.

– Si.

– Mais celles-là le montrent venant ici, et non pas s'en allant d'ici.

– C'est la même chose.

– Comment cela ?

– Certes. Il n'y a pas qu'une façon de marcher. On n'avance pas toujours en marchant devant soi.

– De quelle autre manière peut-on avancer ?

– *En reculant*, monsieur le Substitut.

Ces quelques mots, prononcés simplement, mais d'un ton net qui détachait les syllabes les unes des autres, provoquèrent un grand silence. Du premier coup, chacun en comprenait la signification profonde, et, l'adaptant à la réalité, apercevait dans un éclair cette vérité impénétrable qui semblait soudain la chose la plus naturelle du monde.

Rénine insista, et, marchant à reculons vers la fenêtre, il disait :

– Si je veux m'approcher de cette fenêtre, je puis évidemment marcher droit sur elle, mais je puis aussi bien lui tourner le dos et marcher en arrière. Dans les deux cas, le but est atteint.

Et tout de suite, il reprit avec force :

– Je résume. À huit heures et demie, avant la tombée de la nuit, M. de Gorne venait de chez son père. Donc aucune trace puisque la neige n'avait pas encore tombé. À neuf heures moins dix, M. Vignal se présente, sans laisser non plus la moindre trace de son arrivée. Explication entre les deux hommes. Conclusion du marché. Ils se battent. Mathias de Gorne est vaincu. Trois heures se sont passées ainsi. Et c'est alors, M. Vignal ayant enlevé Mme de Gorne et s'étant enfui, que Mathias de Gorne, ulcéré, furieux, mais entrevoyant tout à coup la plus terrible des vengeances, conçoit l'idée ingénieuse d'exploiter contre son ennemi cette neige dont on invoque maintenant le témoignage et qui a couvert le sol pendant un intervalle de trois heures. Il organise donc, son propre assassinat, ou plutôt l'apparence de son assassinat et de sa chute au fond du puits, et il s'éloigne à reculons, pas à pas, inscrivant sur la page blanche son arrivée au lieu de son départ. Je m'explique clairement, n'est-ce pas, monsieur le Substitut ? *inscrivant sur la page blanche son arrivée au lieu de son départ.*

Le substitut avait cessé de ricaner. Cet importun, cet original, lui paraissait subitement un personnage digne d'attention et de qui il ne convenait point de se moquer.

Il lui demanda :

– Et comment serait-il parti de chez son père ?

– En voiture, tout simplement.

– Qui le conduisait ?

– Son père.

– Comment le savez-vous ?

– Ce matin, le brigadier et moi, nous avons vu la voiture et nous avons parlé au père alors que celui-ci se rendait, comme de coutume, au marché. Le fils était couché sous la bâche. Il a pris le train à Pompignat. Il est à Paris.

Les explications de Rénine, selon sa promesse, avaient à peine duré cinq minutes. Il ne les avait appuyées que sur la logique et la vraisemblance. Et cependant il ne restait plus rien du mystère angoissant où l'on se débattait. Les ténèbres étaient dissipées. Toute la vérité apparaissait. Mme de Gorne pleurait de joie. Jérôme Vignal remerciait avec effusion le bon génie, qui, d'un coup de baguette, changeait le cours des événements.

– Regardons ensemble ces traces, voulez-vous, monsieur le Substitut ? reprit Rénine. Le tort que nous avons eu, ce matin, le brigadier et moi, c'est de ne nous occuper que des empreintes laissées par le soi-disant assassin et de négliger celles de Mathias de Gorne. Pourquoi eussent-elles attiré notre attention ? Or, justement, le nœud de toute l'affaire est là.

Ils sortirent dans le verger et s'approchèrent de la piste. Il ne fut pas besoin d'un long examen pour constater que beaucoup de ces empreintes étaient gauches, hésitantes, trop enfoncées du talon ou de la pointe, différentes les unes des autres par l'ouverture des pieds.

688

— Gaucherie inévitable, dit Rénine. Il eût fallu à Mathias de Gorne un véritable apprentissage pour conformer sa marche arrière à sa marche avant, et son père et lui ont dû le sentir, tout au moins en ce qui concerne les zigzags que l'on peut voir, puisque le père de Gorne a eu soin d'avertir le brigadier que son fils avait bu un coup de trop.

Et Rénine ajouta :

— C'est même la révélation de ce mensonge qui m'a éclairé subitement. Lorsque Mme de Gorne a certifié que son mari n'était pas ivre, j'ai pensé aux empreintes et j'ai deviné.

Le substitut prit franchement son parti de l'aventure et se mit à rire.

— Il n'y a plus qu'à mettre des agents aux trousses du pseudo-mort.

— En vertu de quoi, monsieur le Substitut ? fit Rénine. Mathias de Gorne n'a commis aucun délit. Piétiner les alentours d'un puits, placer plus loin un revolver qui ne lui appartient pas, tirer trois coups de feu, s'en aller chez son père à reculons, il n'y a rien de répréhensible. Que pourrait-on lui réclamer ? Les 60 000 francs ? Je suppose que ce n'est pas l'intention de M. Vignal et qu'il ne déposera aucune plainte ?

— Certes non, déclara Jérôme.

— Alors, quoi, l'assurance au profit du survivant ? Mais il n'y aurait délit que si le père en réclamait le paiement. Et cela m'étonnerait fort. Tenez, d'ailleurs, le voici, le bonhomme. Nous allons être fixés sans plus tarder.

Le vieux de Gorne arrivait en effet en gesticulant. Sa figure bonasse se plissait pour exprimer le chagrin et la colère :

— Mon fils ? Paraît qu'il l'a tué… Mon pauvre Mathias mort ! Ah ! ce bandit de Vignal !

Et il montrait le poing à Jérôme.

Le substitut lui lit brusquement :

— Un mot, monsieur de Gorne. Est-ce que vous avez l'intention de faire valoir vos droits sur une certaine assurance ?

— Dame, fit le vieux, malgré lui…

— C'est que votre fils n'est pas mort. On dit même que, complice de ses petites manigances, vous l'avez fourré sous votre bâche et conduit à la gare.

689

Le bonhomme cracha par terre, étendit la main comme s'il allait prononcer un serment solennel, demeura un instant immobile, et puis, soudain, se ravisant, faisant volte-face avec un cynisme ingénu, le visage détendu, l'attitude conciliante, il éclata de rire :

– Gredin de Mathias ! alors il voulait se faire passer pour mort ? Quel sacripant ! Et il comptait sur moi peut-être pour toucher l'assurance et la lui envoyer ? Comme si j'étais capable d'une pareille saloperie !… Tu ne me connais pas, mon petit…

Et, sans demander son reste, secoué d'une hilarité de bon vivant que divertit une histoire amusante, il s'éloigna, en ayant soin cependant de poser ses grosses bottes à clous sur chacune des empreintes accusatrices laissées par son fils.

Plus tard, lorsque Rénine retourna au Manoir afin de délivrer Hortense, la jeune femme avait disparu.

Il se présenta chez la cousine Ermelin. Hortense lui fit répondre qu'elle s'excusait, mais que, un peu lasse, elle prenait un repos nécessaire.

« Parfait, tout va bien, pensa Rénine. Elle me fuit. Donc, elle m'aime. Le dénouement approche. »

CHAPITRE 8

« Au dieu Mercure »

À Madame Daniel, à La Roncière, par Bassicourt, le 30 novembre.

« Amie très chère,

Deux semaines encore sans lettre de vous. Je n'espère plus en recevoir avant cette date fâcheuse du 5 décembre à laquelle nous avons fixé le terme de notre association et j'ai hâte d'y arriver, puisque vous serez alors affranchie d'un contrat qui paraît ne plus avoir votre agrément. Pour moi, les sept batailles que nous avons livrées ensemble, et gagnées, furent un temps de joie infinie et d'exaltation. Je vivais près de vous. Je sentais tout le bien que vous faisait cette existence plus active et plus émouvante. Mon bonheur était tel que je n'osais pas vous en parler et vous laisser voir de mes sentiments secrets autre chose que mon désir de vous plaire et mon dévouement passionné. Aujourd'hui, chère amie, vous ne voulez plus de votre compagnon d'armes. Que votre volonté soit faite !

Mais si je m'incline devant cet arrêt, me permettrez-vous de vous rappeler en quoi j'ai toujours pensé que consisterait notre dernière aventure, et quel but se proposerait notre effort suprême ? Me permettez-vous de répéter vos paroles, dont pas une, depuis, ne s'est effacée de ma mémoire ?

J'exige, avez-vous dit, que vous me rendiez une agrafe de corsage ancienne, composée d'une cornaline sertie dans une monture de filigrane. Je la tenais de ma mère, et personne n'ignorait qu'elle lui avait porté bonheur et qu'elle me portait bonheur. Depuis qu'elle a disparu du coffret où elle était enfermée, je suis malheureuse. Rendez-la-moi, monsieur le bon génie.

Et, comme je vous interrogeais sur l'époque où cette agrafe avait disparu, vous avez répliqué en riant : "Il y a six ou sept ans, ou huit… je ne sais trop… je ne sais pas comment… je ne sais rien…"

C'était plutôt, n'est-ce pas, un défi que vous me jetiez, et vous me posiez cette condition afin qu'il me fût impossible d'y satisfaire. Cependant, j'ai promis et je voudrais tenir ma promesse. Ce que j'ai tenté pour vous montrer la vie sous un jour plus favorable me semblerait inutile, s'il manquait à votre sécurité ce talisman auquel vous attachez du prix. Ne rions pas de ces petites superstitions. Elles sont bien souvent le principe de nos actes les meilleurs.

691

Chère amie, si vous m'aviez aidé, une fois de plus c'était la victoire. Seul et pressé par l'approche de la date, j'ai échoué, non toutefois sans mettre les choses en un tel état que l'entreprise, si vous voulez la poursuivre, de votre côté, a les plus grandes chances de réussir.

Et vous la poursuivrez, n'est-ce pas ? Nous avons pris vis-à-vis de nous-mêmes un engagement auquel nous devons faire honneur. Dans un temps déterminé, il faut que nous inscrivions au livre de notre existence huit belles histoires, où nous aurons mis de l'énergie, de la logique, de la persévérance, quelque subtilité, et parfois un peu d'héroïsme. Voici la huitième. À vous d'agir pour qu'elle prenne sa place le 5 décembre avant que sonne la huitième heure du soir au cadran de l'horloge.

Et ce jour-là, vous agirez de la façon que je vais vous dire.

Tout d'abord – et surtout, mon amie, ne taxez pas mes instructions de fantaisistes, chacune d'elles est une condition indispensable du succès – tout d'abord, vous couperez dans le jardin de votre cousine, où j'ai vu qu'il y en avait, trois brins de jonc bien minces, que vous tresserez ensemble, et que vous lierez aux deux bouts de manière à former une cravache rustique, comme un fouet d'enfant.

À Paris, vous achèterez un collier de boules de jais, taillées à facettes, et vous le raccourcirez de telle sorte qu'il se compose de soixante-quinze boules, à peu près égales.

Sous votre manteau d'hiver, vous aurez une robe de laine bleue. Comme chapeau, une toque ornée de feuillage roux. Au cou, un boa de plumes de coq. Pas de gants. Pas de bagues.

L'après-midi, vous vous ferez conduire, par la rive gauche, jusqu'à l'église Saint-Étienne-du-Mont. À quatre heures, exactement, il y aura, devant le bénitier de cette église, une vieille femme vêtue de noir, en train d'égrener un chapelet d'argent. Elle vous offrira de l'eau bénite. Vous lui donnerez votre collier, dont elle comptera les boules et qu'elle vous rendra. En suite de quoi, vous marcherez derrière elle, vous traverserez un bras de la Seine, et elle vous conduira dans une rue déserte de l'île Saint-Louis, devant une maison où vous entrerez seule.

Au rez-de-chaussée de cette maison, vous trouverez un homme encore jeune, de teint très mat, à qui vous direz, après avoir enlevé votre manteau : « Je viens chercher mon agrafe de corsage. »

Ne vous étonnez pas de son trouble ni de son effroi. Restez calme en sa présence. S'il vous interroge, s'il veut savoir pour quelle raison vous vous adressez à lui, ce qui vous pousse à faire cette demande, ne donnez aucune explication. Toutes vos réponses doivent se résumer dans ces courtes formules : "Je viens chercher ce qui m'appartient. Je ne vous connais pas, j'ignore votre nom, mais il m'est impossible de ne pas faire cette démarche auprès de vous. Il faut que je rentre en possession de mon agrafe de corsage. Il le faut."

Je crois sincèrement que, si vous avez la fermeté nécessaire pour ne pas vous départir de cette attitude, quelle que soit la comédie que cet homme puisse jouer, je crois sincèrement à votre entière réussite. Mais la lutte doit être brève, et l'issue dépend uniquement de votre confiance en vous-même et de votre certitude du succès. C'est une sorte de match où vous devez abattre l'adversaire au premier round. Impassible, vous l'emporterez. Hésitante, inquiète, vous ne pouvez rien contre lui. Il vous échappe, reprend le dessus après un premier moment de détresse, et la partie est perdue en l'espace de quelques minutes. Pas de moyen terme : la victoire immédiate ou la défaite.

Dans ce dernier cas, il vous faudrait, et je m'en excuse, accepter de nouveau ma collaboration. Je vous l'offre d'avance, mon amie, sans condition aucune, et en spécifiant bien que tout ce que j'ai pu faire pour vous, et tout ce que je ferai, ne me donne d'autre droit que de vous remercier et de me dévouer encore davantage à celle qui est toute ma joie et toute ma vie. »

Cette lettre, Hortense, après l'avoir lue, la jeta au fond d'un tiroir, en disant avec résolution :

– Je n'irai pas.

D'abord, si elle avait attaché jadis quelque importance à ce bijou, qui lui semblait avoir la valeur d'un porte-bonheur, elle ne s'y intéressait guère aujourd'hui que la période des épreuves paraissait terminée. Ensuite, elle ne pouvait oublier ce chiffre de huit qui était le numéro d'ordre de l'aventure nouvelle. S'y lancer, c'était reprendre la chaîne interrompue, se rapprocher de Rénine et lui donner un gage qu'avec son adresse insinuante il saurait bien exploiter.

L'avant-veille du jour fixé la trouva dans les mêmes dispositions. La veille au matin également. Mais tout à coup, sans même qu'elle eût à lutter contre des tergiversations préalables, elle courut au jardin, coupa trois brins de jonc qu'elle tressa comme elle en avait l'habitude, au temps de son enfance, et à midi elle se faisait conduire au train. Une ardente curiosité la soulevait. Elle ne pouvait résister à tout ce que l'aventure offerte par Rénine promettait de sensations amusantes et neuves. C'était vraiment trop tentant. Le collier de jais, la toque au feuillage d'automne, la vieille femme au chapelet d'argent… comment résister à ces appels du mystère, et comment repousser cette occasion de montrer à Rénine ce dont elle était capable ?

« Et puis, quoi ? se disait-elle en riant, c'est à Paris qu'il me convoque. Or, la huitième heure n'est dangereuse pour moi qu'à cent lieues de Paris, au fond du vieux château abandonné de Halingre. La seule horloge qui puisse sonner l'heure menaçante, elle est là-bas, enfermée, captive ! »

Le soir, elle débarquait à Paris. Le matin du 5 décembre, elle achetait un collier de jais qu'elle réduisait à soixante-quinze boules ; elle se parait d'une robe bleue et d'une toque en feuillage roux, et, à quatre heures précises, elle entrait dans l'église de Saint-Étienne-du-Mont.

Son cœur battait violemment. Cette fois elle était seule, et comme elle sentait maintenant la force de cet appui auquel, par crainte irréfléchie plutôt que par raison, elle avait renoncé ! Elle cherchait autour d'elle, espérant presque le voir. Mais il n'y avait personne… personne qu'une vieille dame en noir, debout près du bénitier.

Hortense marcha vers elle. La vieille dame, qui pressait entre ses doigts un chapelet aux grains d'argent, lui offrit de l'eau bénite, puis se mit à compter une par une les boules du collier qu'Hortense lui tendit.

Elle murmura :

– Soixante-quinze. C'est bien. Venez.

Sans un mot de plus, elle trottina sous la lueur des réverbères, franchit le pont des Tournelles, s'engagea dans l'île Saint-Louis, et suivit une rue déserte qui la conduisit à un carrefour où elle s'arrêta devant une ancienne maison à balcons de fer forgé.

– Entrez, dit-elle.

Et la vieille dame s'en alla.

Hortense vit alors un magasin de belle apparence qui occupait presque tout le rez-de-chaussée, et dont les vitres étincelantes de lumière électrique laissaient apercevoir un amoncellement désordonné d'objets et de meubles anciens. Elle demeura là quelques secondes, regardant d'un œil distrait. L'enseigne portait ces mots « Au dieu Mercure » et le nom du marchand : « Pancardi ». Plus haut, sur une avancée qui bordait la base du premier étage, une petite niche abritait un Mercure en terre cuite posé sur une jambe, des ailes aux pieds, le caducée à la main, et qui, remarqua Hortense, un peu trop penché en avant, entraîné par sa course, aurait dû logiquement perdre l'équilibre et piquer une tête dans la rue.

« Allons », dit-elle, à demi-voix.

Elle saisit la poignée et entra.

Malgré le bruit de sonnettes et de grelots que fit la porte, personne ne vint à sa rencontre. Le magasin semblait vide. Mais, tout au bout, il y avait une arrière-boutique, et une autre à la suite, toutes deux remplies de bibelots et de meubles dont beaucoup devaient avoir une grande valeur. Hortense suivit un passage étroit qui serpentait entre deux parois d'armoires, de consoles et de commodes, monta deux marches et se trouva dans la dernière pièce.

Un homme était assis devant un secrétaire et compulsait des registres. Sans tourner la tête, il dit :

– Je suis à vous… Madame peut visiter…

Cette pièce-là ne contenait que des objets d'un genre spécial qui la rendaient pareille à quelque laboratoire d'alchimiste du Moyen Âge, chouettes empaillées, squelettes, crânes, alambics de cuivre, astrolabes, et partout, suspendues aux murs, des amulettes de toutes provenances où dominaient des mains d'ivoire et des mains de corail, avec les deux doigts dressés qui conjurent les mauvais sorts.

– Est-ce que vous désirez particulièrement quelque chose, madame ? dit enfin le sieur Pancardi qui ferma son bureau et se leva.

« C'est bien lui », pensa Hortense.

Il avait, en effet, un teint extraordinairement mat. Une barbiche grisonnante à deux pointes allongeait son visage, que surmontait un front chauve et terne, en bas duquel luisaient, à fleur de peau, deux petits yeux inquiets et fuyants.

Hortense, qui n'avait point enlevé sa voilette ni son manteau, répondit :

– Je cherche une agrafe de corsage.

– Voici la vitrine, dit-il en la ramenant vers la boutique intermédiaire.

Après un coup d'œil sur la vitrine, elle prononça :

– Non... non... il n'y a pas ce que je veux. Ce que je veux, ce n'est pas telle ou telle agrafe, mais une agrafe qui a disparu autrefois d'une boîte à bijoux et que je viens chercher ici.

Elle fut stupéfaite de voir le bouleversement de ses traits. Ses yeux devenaient hagards.

– Ici ? Je ne pense pas que vous ayez aucune chance... Comment est-elle ?...

En cornaline, sertie dans du filigrane d'or... et de l'époque 1830...

– Je ne comprends pas... balbutia-t-il... Pourquoi me demandez-vous cela ? ...

Elle ôta sa voilette et retira son manteau.

Il recula, comme devant un spectacle qui l'eût épouvanté et murmura :

– La robe bleue... la toque... Ah ! est-ce possible ? le collier de jais !...

Ce fut peut-être la vue de la cravache aux trois baguettes de jonc qui lui donna la plus violente commotion. Il tendit le doigt vers elle, se mit à vaciller sur lui-même, et, à la fin, battant l'air de ses bras comme un nageur qui se noie, il tomba sur une chaise, évanoui.

Hortense ne bougea pas. « Quelle que soit la comédie qu'il puisse jouer, avait écrit Rénine, ayez le courage de rester impassible. » Bien qu'il ne jouât peut-être pas la comédie, cependant elle se contraignit au calme et à l'indifférence.

Cela dura une ou deux minutes, après quoi le sieur Pancardi sortit de sa torpeur, essuya la sueur qui lui baignait le front, et, cherchant à se maîtriser, reprit d'une voix tremblante :

– Pourquoi vous êtes-vous adressée à moi ?

– Parce que cette agrafe est en votre possession.

– Qui vous l'a dit ? fit-il sans protester contre l'accusation. Comment savez-vous ?

– Je le sais parce que cela est. Personne ne m'a rien dit. Je suis venue avec la certitude de trouver mon agrafe ici, et avec la volonté implacable de l'emporter.

– Mais vous me connaissez ? vous savez mon nom ?

– Je ne vous connais pas. J'ignorais votre nom avant de le voir sur votre magasin. Pour moi, vous êtes simplement celui qui me rendra ce qui m'appartient.

Il était très agité. Il allait et venait dans un petit espace laissé par un cercle de meubles empilés, sur lesquels il frappait stupidement au risque d'en démolir l'équilibre.

Hortense sentit qu'elle le dominait, et, profitant de son désarroi, elle lui ordonna brusquement, avec un ton de menace :

– Où se trouve cet objet ? Il faut me le rendre. Je l'exige.

Pancardi eut un moment de désespoir. Il joignit les mains et marmotta des mots de supplication. Puis, vaincu, soudain résigné, il articula :

– Vous l'exigez ?…

– Je le veux… cela doit être…

– Oui, oui… cela doit être… j'y consens.

– Parlez ! commanda-t-elle, plus durement encore.

Parler, non, mais écrire… Je vais écrire mon secret… et tout sera fini pour moi.

Il retourna devant son bureau et traça fiévreusement quelques lignes sur une feuille qu'il cacheta.

– Tenez, dit-il, voici mon secret… C'était toute ma vie…

Et en même temps, il porta vivement contre sa tempe un revolver qu'il avait saisi sous un monceau de papiers et il tira.

D'un geste rapide, Hortense lui heurta le bras. La balle troua la glace d'une psyché. Mais Pancardi s'affaissa et se mit à gémir comme s'il eût été blessé.

Hortense fit un grand effort sur elle-même pour ne pas perdre son sang-froid.

« Rénine m'a prévenue, songeait-elle. C'est un comédien. Il a gardé l'enveloppe. Il a gardé son revolver. Je ne serai pas sa dupe. »

Cependant elle se rendait compte que, si elle restait calme en apparence, cette tentative de suicide et cette détonation l'avaient complètement désemparée. Toutes ses forces étaient désunies comme un faisceau dont on a coupé les liens, et elle avait l'impression pénible que l'homme, qui se traînait à ses pieds, en réalité reprenait peu à peu l'avantage sur elle.

Elle s'assit, épuisée. Ainsi que Rénine l'avait prédit, le duel n'avait pas duré plus de quelques minutes, mais c'était elle qui avait succombé, par la faute de ses nerfs de femme, et à l'instant même où elle pouvait croire à son triomphe.

Le sieur Pancardi ne s'y trompa point, et, sans prendre la peine de chercher une transition, il cessa ses jérémiades, se releva d'un bond, esquissa devant Hortense une manière d'entrechat qui montra toute sa souplesse, et s'écria d'un ton goguenard :

— Pour la petite conversation que nous allons avoir, je crois gênant d'être à la merci du premier client qui passe, n'est-ce pas ?

Il courut jusqu'à la porte d'entrée et, l'ayant ouverte, il abattit le tablier de fer qui clôturait la boutique. Puis, toujours sautillant, il rejoignit Hortense.

— Ouf ! j'ai bien cru que j'y étais. Un effort de plus, madame, et vous gagniez la partie. Mais aussi, je suis un naïf, moi. Il m'a semblé vous voir arriver du fond du passé, comme un émissaire de la Providence, pour me réclamer des comptes, et bêtement j'allais restituer... Ah ! mademoiselle Hortense – laissez-moi vous appeler ainsi, c'est sous ce nom que je vous connaissais – mademoiselle Hortense, vous manquez d'estomac, comme on dit.

Il s'assit auprès d'elle et, la figure méchante, brutalement, il lui lança :

— Maintenant, il s'agit d'être sincère. Qu'est-ce qui a machiné cette histoire ? Pas vous, hein ? Ce n'est pas votre genre. Alors, qui ? Dans ma vie, j'ai toujours été honnête, scrupuleusement honnête... sauf une fois... cette agrafe. Et tandis que je croyais l'affaire finie, enterrée, voilà que ça remonte à la surface. Comment ? Je veux savoir.

Hortense n'essayait même plus de combattre. Il pesait sur elle de toute sa force d'homme, de toute sa rancune, de toute sa peur, de toute la menace qu'il exprimait par ses gestes furieux et par sa physionomie à la fois ridicule et mauvaise.

697

– Parlez ! Je veux savoir. Si j'ai un ennemi secret, que je puisse me défendre ! Quel est cet ennemi ? Qui vous a poussée ? Qui vous a fait agir ? Est-ce un rival que ma chance exaspère et qui veut à son tour profiter de l'agrafe ? Mais parlez donc, nom d'un chien... ou je vous jure Dieu...

Elle s'imagina qu'il faisait un mouvement pour reprendre son revolver et recula en tendant les bras avec l'espoir de s'échapper.

Ils se débattirent ainsi l'un contre l'autre, et Hortense qui avait de plus en plus peur, non pas tant de l'attaque probable que de la figure convulsée de son agresseur, commençait à crier, lorsque le sieur Pancardi resta subitement immobile, les bras en avant, les doigts écartés et les yeux dirigés par-dessus la tête d'Hortense.

– Qu'est-ce qui est là ? Comment êtes-vous entré ? fit-il d'une voix étranglée.

Hortense n'eut même pas besoin de se retourner pour être sûre que Rénine venait à son secours, et que c'était l'apparition inexplicable de cet intrus qui effarait ainsi l'antiquaire. De fait, une silhouette mince glissa hors d'un amas de fauteuils et de canapés, et Rénine avança d'un pas tranquille.

– Qui êtes-vous ? répéta Pancardi. D'où venez-vous ?

– De là-haut, dit-il, très aimable et en montrant le plafond.

– De là-haut ?

– Oui, du premier étage. Je suis locataire, depuis trois mois, de l'étage ci-dessus. Tout à l'heure, j'ai entendu du bruit. On appelait au secours. Alors je suis venu.

Mais comment êtes-vous entré ici ?

– Par l'escalier.

– Quel escalier ?

– L'escalier de fer qui est au fond de la boutique. Votre prédécesseur était aussi locataire de mon étage, et communiquait directement par cet escalier intérieur. Vous avez fait condamner la porte. Je l'ai ouverte.

– Mais de quel droit, monsieur ? C'est une effraction.

– L'effraction est permise quand il s'agit de secourir un de ses semblables.

– Encore une fois, qui êtes-vous ?

– Le prince Rénine… un ami de madame, fit Rénine en se penchant sur Hortense et en lui baisant la main.

Pancardi parut suffoqué et marmotta :

– Ah ! je comprends… C'est vous l'instigateur du complot… vous qui avez envoyé madame…

– Moi-même, monsieur Pancardi, moi-même.

– Et quelles sont vos intentions ?

– Très pures, mes intentions. Pas de violence. Simplement un petit entretien après lequel vous me remettrez ce que je viens chercher à mon tour.

– Quoi ?

– L'agrafe de corsage.

– Cela, jamais, fit l'antiquaire avec force.

– Ne dites pas non. C'est couru d'avance.

– Il n'y a pas de force au monde, monsieur, qui puisse me contraindre à un pareil acte.

– Voulez-vous que nous convoquions votre femme ? Mme Pancardi se rendra peut-être mieux compte que vous de la situation.

L'idée de n'être plus seul en présence de cet adversaire imprévu parut plaire à Pancardi. Il y avait tout près de lui un timbre. Il appuya trois fois sur la sonnerie.

– Parfait ! s'écria Rénine. Vous voyez, chère amie, M. Pancardi est tout à fait aimable. Plus rien du diable déchaîné qui vous terrorisait tout à l'heure. Non… il suffit que M. Pancardi soit en face d'un homme pour retrouver ses qualités de courtoisie et d'obligeance. Un vrai mouton ! Ce qui ne veut pas dire que les choses vont aller toutes seules. Loin de là ! Rien d'entêté comme un mouton…

Tout au bout du magasin, entre le bureau de l'antiquaire et l'escalier tournant, une tapisserie fut soulevée, livrant passage à une femme qui tenait le battant d'une porte. Elle avait peut-être une trentaine d'années. Vêtue fort simplement, elle semblait, avec son tablier, plutôt une cuisinière qu'une patronne. Mais le visage était sympathique et la tournure avenante.

Hortense, qui avait suivi Rénine, fut très étonnée de reconnaître en elle une femme de chambre qu'elle avait eue à son service, étant jeune fille :

– Comment ! C'est vous, Lucienne ? Vous êtes Mme Pancardi ?

La nouvelle venue la regarda, la reconnut aussi et parut embarrassée. Rénine lui dit :

– Votre mari et moi, nous avons besoin de vous, madame Pancardi, pour terminer une affaire assez compliquée… une affaire où vous avez joué un rôle important…

Elle avança, sans un mot, visiblement inquiète, et elle dit à son mari, qui ne la quittait pas des yeux :

– Qu'est-ce qu'il y a ? Que me veut-on ? Quelle est cette affaire ?

À voix basse, Pancardi articula ces quelques mots :

– L'agrafe… l'agrafe de corsage…

Il n'en fallut pas davantage pour que Mme Pancardi entrevît la situation dans toute sa gravité. Aussi n'essaya-t-elle pas de faire bonne contenance ou d'opposer d'inutiles protestations. Elle s'affaissa sur une chaise, en soupirant :

– Ah ! voilà… je m'explique… Mlle Hortense a retrouvé la piste… Ah ! nous sommes perdus !…

Il y eut un moment de répit. À peine la lutte avait-elle commencé entre les adversaires que le mari et la femme prenaient l'attitude de vaincus qui n'espèrent plus qu'en la clémence du vainqueur. Immobile et les yeux fixes, elle se mit à pleurer. Penché sur elle, Rénine prononça :

– Mettons les choses au point, voulez-vous, madame ? Nous y verrons plus clair et je suis sûr que notre entrevue trouvera sa solution toute naturelle. Voici. Il y a neuf ans, alors que vous serviez en province chez Mlle Hortense, vous avez connu le sieur Pancardi, lequel bientôt devint votre amant. Vous étiez corses tous les deux, c'est-à-dire d'un pays où les superstitions sont violentes, où la question de chance et de malchance, la jettatura, le mauvais sort, influent profondément sur la vie de chacun. Or, il était avéré que l'agrafe de corsage de votre patronne avait toujours porté chance à ceux qui la possédaient. C'est la raison pour laquelle, dans un moment de défaillance, stimulée par le sieur Pancardi, vous avez dérobé ce bijou. Six mois après, vous quittiez votre place et vous deveniez Mme Pancardi. Voilà, résumée en quelques phrases, toute votre aventure, n'est ce pas ? toute l'aventure de deux personnages qui seraient restés honnêtes gens s'ils avaient pu résister à cette tentation passagère.

« Inutile de vous dire à quel point vous avez réussi tous les deux, et comment, maîtres du talisman, croyant à sa vertu et confiants en vous-mêmes, vous vous êtes poussés au premier rang de marchands de bric-à-brac. Aujourd'hui, riches, propriétaires du magasin « Au dieu Mercure », vous attribuez le succès de vos entreprises à cette agrafe de corsage. La perdre, pour vous, ce serait la ruine et la misère. Toute votre vie est concentrée en elle. C'est le fétiche. C'est le petit dieu domestique qui protège et qui conseille. Il est là, quelque part, caché sous le fouillis, et personne évidemment n'aurait rien soupçonné (car je le répète, sauf cette erreur, vous êtes de braves gens), si le hasard ne m'avait conduit à m'occuper de vos affaires. »

Rénine fit une pause et reprit :

– Il y a deux mois de cela. Deux mois d'investigations minutieuses, qui m'étaient faciles puisque, ayant retrouvé votre piste, j'avais loué l'entresol et que je pouvais utiliser cet escalier... mais tout de même, deux mois perdus jusqu'à un certain point, puisque je n'ai pas encore réussi. Et Dieu sait si je l'ai bouleversé votre magasin ! Pas un meuble qui n'ait été visité. Pas une lame de parquet qui n'ait été interrogée. Résultat nul. Si, pourtant, quelque chose, une découverte accessoire. Dans un casier secret de votre bureau, Pancardi, j'ai déniché un petit registre où vous avez conté vos remords, vos inquiétudes, votre peur du châtiment, votre crainte de la colère divine.

« Grosse imprudence, Pancardi. Est-ce qu'on écrit de tels aveux ? Et surtout est-ce qu'on les laisse traîner ? Quoi qu'il en soit, je les ai lus, et j'y ai relevé cette phrase, dont l'importance ne m'a pas échappé, et qui m'a servi à préparer mon plan d'attaque :

« Qu'elle vienne à moi celle que j'ai dépossédée, qu'elle vienne à moi telle que je la voyais dans son jardin, tandis que Lucienne prenait le bijou. Qu'elle m'apparaisse, vêtue de la robe bleue, coiffée de la toque de feuillage roux, avec le collier de jais et la cravache aux trois baguettes de jonc tressées qu'elle portait ce jour-là ! Qu'elle m'apparaisse ainsi et qu'elle me dise : « Je viens vous réclamer ce qui m'appartient. » Alors je comprendrai que c'est Dieu qui lui inspire cette démarche et que je dois obéir aux ordres de la Providence. »

« Voilà ce qui est écrit dans votre registre, Pancardi, et ce qui explique la démarche de celle que vous appelez Mlle Hortense. Celle-ci, suivant mes instructions, et conformément à la petite mise en scène que vous avez vous-même imaginée, est venue vers vous, du fond du passé – c'est votre propre expression. Un peu plus de sang-froid et vous savez qu'elle eût gagné la partie. Malheureusement, vous jouez la comédie à merveille, votre tentative de suicide l'a désorientée, et vous avez compris qu'il n'y avait point là un ordre de la Providence, mais simplement une offensive de votre ancienne victime. Je n'avais donc plus qu'à intervenir. Me voici, et maintenant, concluons :

« Pancardi, l'agrafe ?

– Non, fit l'antiquaire, à qui l'idée de restituer l'agrafe rendait toute son énergie.

Et vous, madame Pancardi ?

– Je ne sais pas où elle est, affirma la femme.

— Bien. Alors, passons aux actes. Madame Pancardi, vous avez un fils âgé de sept ans, que vous aimez de tout votre cœur. Aujourd'hui jeudi, comme chaque jeudi d'ailleurs, ce fils doit revenir tout seul de chez sa tante. Deux de mes amis sont postés sur son chemin, et, sauf contre-ordre, l'enlèveront au passage.

Tout de suite, Mme Pancardi s'affola.

— Mon fils ! oh ! je vous en prie… non, pas cela… je vous jure que je ne sais rien. Mon mari n'a jamais voulu se confier à moi.

Rénine continua :

— Deuxième point : dès ce soir, une plainte sera déposée au Parquet. Comme preuve, les aveux du registre. Conséquences : action judiciaire, perquisition, etc.

Pancardi se taisait. On avait l'impression que toutes ces menaces ne l'atteignaient pas et que, protégé par son fétiche, il se croyait invulnérable. Mais sa femme se jeta aux pieds de Rénine en bégayant :

— Non… non… je vous en supplie, ce serait la prison, je ne veux pas… Et puis, mon fils… oh ! je vous en supplie…

Hortense, apitoyée, prit Rénine à part.

— La pauvre femme ! j'intercède pour elle.

— Tranquillisez-vous, dit-il en riant, il n'arrivera rien à son fils.

— Mais vos amis sont postés ?…

— Pure invention.

— Cette plainte au Parquet ?

— Simple menace.

— Que cherchez-vous donc ?…

— À les effarer, à les faire sortir d'eux-mêmes, dans l'espoir qu'un mot leur échappera, un mot qui me renseignera. Nous avons essayé tous les moyens. Celui-là seul nous reste, et c'est un moyen qui me réussit presque toujours, rappelez-vous nos aventures.

— Mais si le mot que vous attendez n'est pas prononcé ?

— Il faut qu'il le soit, dit Rénine d'une voix sourde. Il faut en finir. L'heure approche.

Ses yeux rencontrèrent ceux de la jeune femme, et elle rougit en pensant que l'heure à laquelle il faisait allusion, c'était la huitième, et qu'il n'avait d'autre but que d'en finir avant que cette huitième heure ne sonnât.

– Voilà donc, d'une part, ce que vous risquez, dit-il au couple Pancardi. La disparition de votre enfant, et la prison... La prison certaine puisqu'il y a le registre des aveux. Et maintenant, d'autre part, voici mon offre. Contre la restitution immédiate, instantanée de l'agrafe, vingt mille francs. Elle ne vaut pas trois louis.

Aucune réponse. Mme Pancardi pleurait.

Rénine reprit, en espaçant ses propositions :

– Je double... Je triple... Fichtre, vous êtes exigeant, Pancardi... Alors quoi, il faut mettre le chiffre rond ? Soit. Cent mille.

Il allongea la main comme s'il n'y avait point de doute qu'on ne lui donnât le bijou.

Ce fut Mme Pancardi qui fléchit la première et elle le fit avec une rage soudaine contre son mari :

– Mais avoue donc !... Parle !... où l'as-tu cachée ? Enfin, quoi, tu ne vas pas t'obstiner ? Sinon, c'est la ruine... la misère... Et puis, notre fils !... Voyons, parle...

Hortense murmura :

– Rénine, c'est de la folie, le bijou n'a aucune valeur.

– Rien à craindre, dit Rénine, il n'acceptera pas... Mais regardez-le... Dans quel état d'agitation il se trouve ! Exactement ce que je voulais... Ah ! cela, voyez-vous, c'est passionnant... Faire sortir les gens d'eux-mêmes !... Leur enlever tout contrôle sur ce qu'ils pensent et sur ce qu'ils disent !... Et, dans ce désordre, dans la tempête qui les secoue, apercevoir la petite étincelle qui jaillira quelque part !... Regardez-le ! Regardez-le ! Cent mille francs pour un caillou sans valeur... sinon la prison... Il y a de quoi vous tourner la tête !

De fait, l'homme était livide, ses lèvres tremblaient et laissaient couler un peu de salive. On devinait le bouillonnement et le tumulte de tout son être, secoué par des sentiments contradictoires, par des peurs et des convoitises qui se heurtaient. Il éclata soudain, et vraiment il était facile de se rendre compte que ses paroles jaillissaient au hasard, et sans qu'il eût aucunement conscience de ce qu'il disait :

– Cent mille ! Deux cent mille ! Cinq cent mille ! Un million ! Je m'en moque ! Des millions ? à quoi ça sert, des millions ? On les perd. Ça disparaît... Ça s'envole... Il n'y a qu'une chose qui compte, le sort qui est pour vous ou contre vous. Et le sort est pour moi depuis neuf ans. Jamais il ne m'a trahi, et vous voudriez que je le trahisse ? Pourquoi ? Par peur ? La prison ? Mon fils ?... Des bêtises !... Rien de mauvais ne m'arrivera tant que j'obligerai le sort à travailler pour moi. C'est mon serviteur, mon ami... Il est attaché à l'agrafe. Comment ? Est-ce que je sais, moi ? C'est la cornaline, sans doute... Il y a des pierres miraculeuses qui contiennent le bonheur, comme d'autres contiennent du feu, ou du soufre, ou de l'or...

Rénine ne le quittait pas des yeux, attentif aux moindres mots et aux moindres intonations. L'antiquaire riait maintenant d'un rire nerveux, tout en reprenant l'aplomb de l'homme qui se sent sûr de lui, et il marchait devant Rénine, avec des gestes saccadés, où l'on sentait une résolution croissante.

– Des millions ? Mais je n'en voudrais pas, cher monsieur. Le petit morceau de pierre que je possède vaut beaucoup plus que cela. Et la preuve, c'est tout le mal que vous vous donnez pour me l'enlever. Ah ! ah ! des mois de recherches, vous l'avouez vous-même. Des mois où vous avez tout bouleversé, tandis que moi, qui ne soupçonnais rien, je ne me défendais même pas ! Pourquoi me défendre ? La petite chose se défendait toute seule... Elle ne veut pas être découverte et elle ne le sera pas... Elle se trouve bien ici. Elle préside à de bonnes et loyales affaires qui la satisfont... La chance de Pancardi ? Mais c'est connu dans tout le quartier, chez tous les antiquaires. Je le crie sur les toits « J'ai la chance. » J'ai même eu le toupet de prendre comme patron le dieu de la chance... Mercure ! Lui aussi me protège. Tenez, j'en ai mis partout dans ma boutique, des Mercures ! Regardez là-haut, sur cette planche, toute une série de statuettes, comme celle de l'enseigne, des épreuves signées d'un grand sculpteur, qui s'est ruiné et qui me les a vendues. En voulez-vous une, cher monsieur ? ça vous portera bonheur aussi. Choisissez ! Un cadeau de Pancardi pour vous dédommager de votre échec ! Ça vous va ?

Il dressa un escabeau contre la muraille, en dessous de la planche, saisit une statuette qu'il descendit et qu'il coucha dans les bras de Rénine. Et, riant de plus belle, d'autant plus surexcité que l'ennemi semblait lâcher pied et reculer devant son attaque fougueuse, il s'exclama :

– Bravo ! il accepte ! Et s'il accepte, c'est que tout le monde est d'accord ! Madame Pancardi, ne vous faites pas de bile. Votre fils va revenir, et il n'y aura pas de prison ! Au revoir, mademoiselle Hortense...

Au revoir, monsieur. Quand vous voudrez me dire un petit bonjour, trois coups au plafond. Au revoir... emportez votre cadeau... et que Mercure vous favorise ! Au revoir, mon cher prince... Au revoir, mademoiselle Hortense...

Il les poussait vers l'escalier de fer, les prenait tour à tour par le bras et les dirigeait jusqu'à la porte basse qui se dissimulait au haut de cet escalier.

Et ce qu'il y a de plus étrange, c'est que Rénine ne protesta pas. Il n'eut pas un mouvement de résistance. Il se laissa conduire, comme un enfant que l'on punit et que l'on met à la porte.

Entre l'instant où il avait fait son offre à Pancardi et l'instant où Pancardi, triomphant, le jetait à la porte avec une statuette dans les bras, il ne s'était pas écoulé cinq minutes.

La salle à manger et le salon de l'entresol que Rénine avait loués donnaient sur la rue. Dans la salle à manger, deux couverts étaient mis.

— Excusez ces préparatifs, dit Rénine à Hortense, en lui ouvrant le salon. J'ai pensé que, en tout état de cause, les événements me permettraient de vous recevoir en cette fin de journée, et que nous pourrions dîner ensemble. Ne me refusez pas cette faveur, qui sera la dernière de notre dernière aventure.

Hortense ne refusa pas ; la façon dont se terminait la bataille, qui était si contraire à tout ce qu'elle avait vu jusqu'ici, la déconcertait. Pourquoi, d'ailleurs, eût-elle refusé puisque les conditions du pacte n'étaient pas remplies ?

Rénine se retira pour donner des ordres à son domestique, puis, deux minutes plus tard, vint rechercher Hortense et la conduisit dans la salle. Il était, à ce moment, un peu plus de sept heures.

Il y avait des fleurs sur la table. Au milieu se dressait la statuette de Mercure, cadeau du sieur Pancardi.

— Que le dieu de la chance préside à notre repas dit Rénine.

Il se montra fort gai, et dit toute la joie qu'il avait à se trouver en face d'elle.

— Ah ! s'écria-t-il, c'est que vous mettiez de la mauvaise volonté ! Madame me condamnait sa porte… Madame n'écrivait plus… Vraiment, chère amie, vous avez été cruelle, et j'en souffrais profondément. Aussi ai-je dû employer les grands moyens et vous attirer par l'appât des plus fabuleuses entreprises. Avouez que ma lettre était joliment habile ! Les trois baguettes… la robe bleue… Comment résister à tout cela ! Par surcroît, j'ai ajouté de mon cru quelques énigmes de plus, les soixante-quinze boules du collier, la vieille au chapelet d'argent… bref, de quoi rendre la tentation irrésistible. Ne m'en veuillez pas. Je voulais vous voir, et que ce fût aujourd'hui. Vous êtes venue. Merci.

Il raconta ensuite comment il avait retrouvé la piste du bijou volé.

— Vous espériez bien, n'est-ce pas, en m'imposant cette condition, qu'il ne me serait pas possible de la remplir ? Erreur, chère amie. L'épreuve, du moins, au début, était facile, puisqu'elle s'appuyait sur une donnée certaine : le caractère du talisman qui s'attachait à l'agrafe. Il suffisait de rechercher si, dans votre entourage, parmi vos domestiques, il y avait eu quelqu'un sur qui ce caractère ait pu exercer une attraction quelconque. Or, tout de suite, sur la liste des personnes que je parvins à établir, je notai le nom de Mlle Lucienne, originaire de Corse. Ce fut mon point de départ. Après cela, tout s'enchaînait.

Hortense le considérait avec surprise. Comment se faisait-il qu'il acceptât sa défaite d'un air si nonchalant et qu'il parlât même en triomphateur, alors que, dans la réalité, il avait été nettement vaincu par l'antiquaire, et quelque peu tourné en ridicule ?

Elle ne put s'empêcher de le lui faire sentir, et le ton qu'elle y mit revêtait un certain désappointement, une certaine humiliation.

– Tout s'enchaînait, soit. Mais la chaîne est rompue, puisque, en fin de compte, si vous connaissez le voleur, vous n'avez pas réussi à mettre la main sur l'objet volé.

Le reproche était manifeste. Rénine ne l'avait pas accoutumée à l'insuccès. Et plus encore, elle s'irritait de constater avec quelle insouciance il se résignait à un échec qui, somme toute, entraînait la ruine des espérances qu'il avait pu concevoir.

Il ne répondit pas. Il avait rempli deux coupes de champagne, et il en vidait une lentement, les yeux attachés sur la statuette du dieu Mercure. Il la fit pivoter sur son piédestal, comme un voyageur qui se réjouit.

– Quelle admirable chose qu'une ligne harmonieuse ! La couleur m'exalte moins que la ligne, la proportion, la symétrie, et tout ce qu'il y a de merveilleux dans la forme. Ainsi, chère amie, la couleur de vos yeux bleus, la couleur de vos cheveux fauves, je les aime. Mais ce qui m'émeut, c'est l'ovale de votre visage, c'est la courbe de votre nuque et de vos épaules. Regardez cette statuette. Pancardi a raison : c'est l'œuvre d'un grand artiste. Les jambes sont à la fois fines et solidement musclées, toute la silhouette donne l'impression de l'élan et de la rapidité. C'est très bien. Une seule faute, cependant, très légère, et que vous n'avez peut-être pas remarquée.

– Si, si, affirma Hortense. Elle m'a frappée dès que j'ai vu l'enseigne, dehors. Vous voulez parler, n'est-ce pas, de cette espèce de déséquilibre ? Le dieu est trop penché sur la jambe qui le porte. On croirait qu'il va tomber en avant.

– Tous mes compliments, dit Rénine. La faute est imperceptible, et il faut un œil exercé pour s'en apercevoir. Mais, en effet, logiquement, le poids du corps devrait l'emporter, et logiquement, selon les lois de la matière, le petit dieu devrait piquer une tête.

Après un silence, il reprit :

– J'ai remarqué ce défaut depuis le premier jour. Comment n'en ai-je pas, alors, tiré de conclusions ? J'ai été choqué parce qu'on avait péché contre une loi esthétique, alors que j'aurais dû l'être parce qu'on avait manqué à une loi physique. Comme si l'art et la nature ne se confondaient pas ! Et comme si les lois de la pesanteur pouvaient être dérangées, sans qu'il y ait là une raison primordiale…

– Que voulez-vous dire ? demanda Hortense, intriguée par ces considérations qui semblaient si étrangères à leurs pensées secrètes. Que voulez-vous dire ?

– Oh ! rien, fit-il. Je m'étonne seulement de n'avoir point compris plus tôt pourquoi ce Mercure ne piquait pas une tête, comme ce serait son devoir.

– Et le motif ?

– Le motif ? J'imagine que Pancardi, en tripotant la statuette pour la faire servir à ses desseins, en aura dérangé l'équilibre, mais que cet équilibre s'est retrouvé grâce à quelque chose qui retient le petit dieu en arrière, et qui compense son attitude vraiment trop risquée.

– Quelque chose ?

– Oui. En l'occurrence, la statuette aurait pu être scellée. Mais elle ne l'était pas, et je le savais, ayant remarqué que Pancardi, du haut d'une échelle, la soulevait et la nettoyait tous les deux ou trois jours. Reste donc, une seule hypothèse : le contrepoids.

Hortense tressaillit. Un peu de lumière l'éclairait à son tour. Elle murmura :

– Un contrepoids !… Est-ce que vous supposeriez que ce serait… dans le piédestal ?…

– Pourquoi pas ?

Est-ce possible ? Mais, dans ce cas, comment Pancardi vous aurait donné cette statuette ?…

– Il ne m'a pas donné *celle-ci*, déclara Rénine. Celle-ci, c'est moi qui l'ai prise.

– Mais où ? Quand ?

Tout à l'heure, quand vous étiez au salon. J'ai enjambé cette fenêtra laquelle est située au-dessus de l'enseigne, et à côté de la niche du petit dieu. Et j'ai fait l'échange. C'est-à-dire que j'ai pris la statue qui était dehors et qui avait de l'intérêt pour moi, et que j'ai mis celle que m'avait donnée Pancardi et qui n'avait aucun intérêt.

– Mais celle-là n'était pas penchée en avant ?

– Non, pas plus que celles qui sont sur la planche de son magasin. Mais Pancardi n'est pas un artiste. Un défaut d'aplomb ne le frappe pas, il n'y verra que du feu, et il continuera à se croire favorisé par la chance, ce qui revient à dire que la chance continuera à le favoriser. En attendant, voici la statuette, celle de l'enseigne. Dois-je en démolir le piédestal et en sortir votre agrafe de la gaine de plomb soudée à l'arrière de ce piédestal, et qui assure l'équilibre du dieu Mercure ?

– Non !… non !… inutile… répondit vivement Hortense à voix basse.

L'intuition, la subtilité de Rénine, l'adresse avec laquelle il avait mené toute cette affaire, pour elle, tout cela restait dans l'ombre à cette minute précise. Mais elle songeait soudain que la huitième aventure était achevée, que les épreuves avaient tourné à son avantage, et que l'extrême délai fixé pour la dernière de ces épreuves n'était pas encore atteint.

Il eut, d'ailleurs, la cruauté de le remarquer :

– Huit heures moins le quart, dit-il.

Un lourd silence s'établit entre eux, dont l'un et l'autre subissaient la gêne, au point qu'ils hésitaient à faire le moindre mouvement. Pour le rompre, Rénine plaisanta :

– Ce brave M. Pancardi, comme il a été bon de me renseigner ! Je savais bien, du reste, qu'en l'exaspérant je finirais par recueillir dans ses phrases la petite indication qui me manquait. C'est exactement comme si l'on mettait un briquet dans les mains de quelqu'un et qu'on lui intimât l'ordre de s'en servir. À la fin, une étincelle se produit. L'étincelle chez moi, ce qui l'a produite, c'est le rapprochement inconscient, mais inévitable, qu'il a fait entre l'agrafe de cornaline, principe de chance, et Mercure, dieu de la chance. Cela suffisait. Je compris que cette association d'idées provenait de ce que, dans la réalité, il avait associé les deux chances en les incorporant l'une à l'autre, c'est-à-dire, pour être clair, en dissimulant le bijou dans le bloc même de la statuette. Et instantanément je me souvins du Mercure placé à l'extérieur et du défaut d'équilibre...

Rénine s'interrompit brusquement ; il lui semblait que toutes ses paroles tombaient dans le vide. La jeune femme avait appuyé sa main contre son front, et voilant ainsi ses yeux, elle demeurait immobile, très lointaine.

En vérité, elle n'écoutait point. Le dénouement de cette aventure particulière et la façon dont Rénine s'était comporté en cette occasion ne l'intéressaient plus. Ce à quoi elle songeait, c'était à l'ensemble des aventures qu'elle avait vécues depuis trois mois, et à la conduite prodigieuse de l'homme qui lui avait offert son dévouement. Elle apercevait, comme sur un tableau magique, les actes fabuleux accomplis par lui, tout le bien qu'il avait fait, les existences sauvées, les douleurs apaisées, les crimes punis, l'ordre rétabli partout où s'était exercée sa volonté de maître. Rien ne lui était impossible. Ce qu'il entreprenait, il l'exécutait. Chacun des buts vers lesquels il marchait, d'avance était atteint. Et tout cela sans effort excessif, avec le calme de celui qui connaît sa puissance, et qui sait que rien ne lui résistera.

Alors que pouvait-elle contre lui ? Pourquoi et comment se défendre ? S'il exigeait qu'elle se soumît, ne saurait-il pas l'y contraindre, et cette aventure suprême serait-elle pour lui plus difficile que les autres ? En admettant qu'elle se sauvât, y avait-il dans l'immense univers une retraite où elle fût à l'abri de sa poursuite ? Dès le premier instant de leur première rencontre, le dénouement était certain, puisque Rénine avait décrété qu'il en serait ainsi.

Cependant, elle cherchait encore des armes, une protection, et elle se disait que, s'il avait rempli les huit conditions, et s'il lui avait rendu l'agrafe de cornaline avant que la huitième heure ne fût sonnée, toutefois elle était protégée par ce fait que la huitième heure devait sonner à l'horloge du château de Halingre, et non pas ailleurs. Le pacte était formel. Rénine avait dit, ce jour-là, en regardant les lèvres qu'il convoitait : « Le vieux balancier de cuivre reprendra son mouvement, et lorsque, à la date fixée, il frappera de nouveau huit coups, alors... »

Elle releva la tête. Lui non plus ne bougeait pas, grave, paisible dans son attente.

Elle fut sur le point de lui dire, et même elle prépara ses phrases :

« Vous savez... notre accord veut que ce soit l'horloge de Halingre. Toutes les conditions sont remplies. Mais pas celle-ci. Alors je suis libre, n'est-ce pas ? J'ai le droit de ne pas tenir une promesse, que je n'avais pas faite d'ailleurs, mais qui tombe, en tout cas, d'elle-même... Et je suis libre... affranchie de tout scrupule ?... »

Elle n'eut pas le temps de parler. À cette seconde exacte, derrière elle, un déclenchement se produisit, pareil à celui d'une horloge qui va sonner.

Un premier coup de timbre retentit, puis un second, puis un troisième.

Hortense eut un gémissement. Elle avait reconnu le timbre même de la vieille horloge de Halingre, qui trois mois auparavant, en rompant d'une façon surnaturelle le silence du château abandonné, les avait jetés l'un et l'autre sur le chemin des aventures.

Elle compta. L'horloge sonna les huit coups.

– Ah ! murmura-t-elle, toute défaillante, et se cachant la figure entre les mains... l'horloge... l'horloge qui est ici... celle de là-bas... je reconnais sa voix...

Elle n'en dit pas davantage. Elle devinait que Rénine avait les yeux sur elle, et ce regard lui enlevait toutes ses forces. Elle aurait pu d'ailleurs les recouvrer qu'elle n'en eût pas été plus vaillante, et qu'elle n'eût point cherché à lui opposer la moindre résistance, pour cette raison qu'elle ne voulait pas résister. Toutes les aventures étaient finies, mais il en restait une à courir, dont l'attente effaçait le souvenir de toutes les autres. C'était l'aventure d'amour, la plus délicieuse, la plus troublante, la plus adorable des aventures. Elle acceptait l'ordre du destin, heureuse de tout ce qui pourrait advenir, puisqu'elle aimait. Elle sourit, malgré elle, en pensant que la joie revenait dans sa vie à l'instant même où son bien-aimé lui apportait l'agrafe de cornaline.

Une seconde fois, le timbre de l'horloge retentit.

Hortense leva les yeux sur Rénine. Quelques secondes encore elle se débattit. Mais elle était, ainsi qu'un oiseau fasciné, incapable d'un geste de révolte, et, comme le huitième coup sonnait, elle s'abandonna contre lui, en tendant ses lèvres...

709

LA DENT D'HERCULE

Maurice Leblanc

PETITGRIS Et LE PARDESSUS D'ARSÈNE LUPIN

Préface

La Dent d'Hercule Petitgris *fut publiée, en France, en 1924. Deux ans plus tard, le 7 octobre 1926, Maurice Leblanc publiait dans le magazine américain* The Popular Magazine, The overcoat of Arsène Lupin.

La plus grande partie de cette nouvelle est identique à La Dent d'Hercule Petitgris, mais la fin diffère, puisque le héros de l'histoire se révèle être Arsène Lupin. Maurice Leblanc voulait publier cette nouvelle, avec Le Cabochon d'émeraude, L'homme à la peau de bique et d'autres, dans un recueil intitulé Le cabochon d'émeraude, chez Hachette, vers le début des années 1930, mais ce projet n'a pas abouti.

Nous avons pu reconstituer le texte en français de cette nouvelle !

Jusqu'à la page 40, et la phrase : – Monsieur ! s'écria Rouxval exaspéré, le texte des deux nouvelles est commun à une ou deux minuscules différences près, apparemment :

* Dans Le Pardessus d'Arsène Lupin, Hercule Petitgris semble prononcer correctement Monsieur le Ministre, et non Mossieu le Minisse.
* Il est possible que quelques descriptions aient été légèrement raccourcies dans Le Pardessus d'Arsène Lupin.

Le texte des parties différentes dans les deux nouvelles, est en bleu, pour mieux le différencier.

Coolmicro

La Dent d'Hercule Petitgris

Les mains au dos, le cou engoncé dans sa jaquette, tout son âpre visage crispé par la réflexion, Jean Rouxval mesurait d'un pas rapide son vaste cabinet de ministre, au seuil duquel le chef des huissiers attendait les ordres. Un pli soucieux marquait son front. Il lui échappait des gestes saccadés qui trahissaient cette agitation extrême dont on est secoué à certaines minutes dramatiques de la vie.

S'arrêtant d'un coup, il dit avec un accent résolu.

— Un monsieur et une dame d'un certain âge se présenteront. Vous les ferez entrer dans le salon rouge. Puis il viendra un monsieur seul, plus jeune, que vous conduirez dans la grande salle. Qu'ils ne puissent ni se parler ni se voir, n'est-ce pas ? Et vous m'avertirez aussitôt.

— Bien, monsieur le Ministre.

La personnalité politique de Jean Rouxval s'appuyait sur de fortes qualités d'énergie et d'intelligence laborieuse. La guerre, qu'il avait faite dès le début, pour venger ses deux fils disparus et sa femme morte de chagrin, lui avait donné un sens parfois excessif de la discipline, de l'autorité et du devoir. Dans toutes les affaires auxquelles les événements le mêlaient, il prenait toujours à son compte le plus de responsabilité possible, en vertu de quoi il s'arrogeait le plus possible de droits. Il aimait son pays avec une sorte de frénésie contenue, qui lui montrait comme justes et permis des actes souvent arbitraires. Ces raisons lui valaient l'estime de ses collègues, mais une certaine méfiance, que suscitait l'exagération de ses qualités. On craignait toujours qu'il n'entraînât le cabinet dans d'inutiles complications.

Il regarda sa montre. Cinq heures moins vingt. Il avait encore le temps de jeter un coup d'œil sur le dossier de la redoutable aventure qui lui causait une telle anxiété. Mais, à ce moment, la sonnerie téléphonique retentit. Il saisit le récepteur. On désirait lui parler directement de la présidence du Conseil.

Il attendit. Ce fut assez long. Enfin, la communication s'établit, et il répliqua :

— Oui, c'est moi, mon cher Président.

Il écouta, parut contrarié, et prononça d'un ton un peu amer :

– Mon Dieu, monsieur le Président, je recevrai l'agent que vous venez de m'envoyer. Mais ne pensez-vous pas qu'à moi seul j'aurais obtenu les certitudes que nous cherchons ?... Enfin, puisque vous insistez, mon cher Président, et que cet Hercule Petitgris est, selon votre expression, un spécialiste en matière d'enquête, il assistera à la confrontation que j'ai préparée... Allô ?... Vous avez raison, mon cher Président, tout cela est extrêmement grave, surtout à cause de certaines rumeurs qui commencent à circuler... Si je n'arrive pas à une solution immédiate, et que la vérité soit conforme à nos craintes, c'est un scandale effroyable et un désastre pour le pays... Allô... Oui, oui, vous pouvez être tranquille, mon cher Président, je ferai l'impossible pour réussir... Et je réussirai... Il le faut...

Quelques mots furent encore échangés, puis Rouxval ferma le téléphone et répéta entre ses dents :

– Oui... Il le faut... Il le faut... Un pareil scandale...

Il réfléchissait aux moyens qui lui permettraient de réussir lorsqu'il eut la sensation que quelqu'un se trouvait près de lui, quelqu'un qui ne cherchait pas à se faire remarquer.

Il tourna la tête et demeura interdit. À quatre pas se dressait un individu d'assez piètre mine, ce qu'on appelle un pauvre diable, lequel pauvre diable tenait son chapeau à la main, selon l'humble attitude d'un mendiant en quête d'un petit sou.

– Que faites-vous là ? Comment êtes-vous entré ?

– Par la porte, monsieur le Ministre... Votre huissier s'occupait à parquer des gens à droite et à gauche. J'ai filé droit.

L'individu baissa la tête respectueusement et se présenta :

– Hercule Petitgris... « l'espécialiste » que M. le Président du Conseil vient de vous annoncer, monsieur le Ministre...

– Ah ! vous avez écouté ?... dit Rouxval, avec humeur.

– Qu'auriez-vous fait à ma place, monsieur le Ministre ?

C'était un être malingre et pitoyable, dont toute la figure triste, dont les cheveux, la moustache, le nez, les joues maigres, les coins de bouche tombaient mélancoliquement. Ses bras descendaient avec lassitude le long d'un pardessus verdâtre qui semblait ne pas lui tenir aux épaules. Il s'exprimait d'une voix désolée, non sans recherche, mais en déformant parfois certaines syllabes, à la manière des gens du peuple. Il prononçait « Mossieu le Minisse... vot'huissier. »

– J'ai même entendu, mossieu le Minisse, continua-t-il, que vous parliez de moi comme d'un agent. Erreur ! Je ne suis agent de rien du tout, ayant été révoqué, à la préfecture, pour « caractère insipide, ivrognerie et paresse ». Je cite le texte de ma radiation.

Rouxval ne put cacher sa stupeur.

– Je ne comprends pas. M. le Président du Conseil vous recommande à moi comme un homme capable, d'une lucidité déconcertante.

– Déconcertante, mossieu le Minisse, c'est le vrai mot, et voilà pourquoi ces messiers veulent bien m'utiliser dans les cas où personne n'a réussi ou ne pourrait réussir, et sans me tenir rigueur rapport à mes petites habitudes. Que voulez-vous, je ne suis pas un travailleur. J'aime boire à ma soif, et j'ai un faible pour la manille aux enchères. Quant au caractère, ça ne compte pas. Simples vétilles. On me reproche d'être vaniteux et insolent vis-à-vis de mes employeurs ? Et après ? Lorsqu'ils bafouillent et que je vois clair, j'ai-t-i pas le droit de leur z'y dire et de rigoler un brin ? Tenez, mossieu le Minisse, plus d'un coup j'ai refusé de l'argent pour garder le droit de m'esclaffer. Ils sont si rigolos à ce moment ! I' font la tête !...

Dans sa figure tombante, au-dessous de ses moustaches mélancoliques, le coin gauche de sa bouche se retroussa en un petit rire silencieux qui découvrit une canine démesurée, une canine de bête féroce. Durant une seconde ou deux, cela lui donna un air de joie sardonique. Avec une pareille dent, le personnage devait mordre à fond.

Rouxval n'avait pas peur d'être mordu. Mais son interlocuteur ne lui disait rien de bon, et il s'en fût débarrassé en toute hâte, si le président du Conseil ne l'avait pas imposé avec une telle insistance.

– Asseyez-vous, dit-il, d'un ton bourru. Je vais interroger et confronter entre elles trois personnes qui sont ici. Au cas où vous auriez quelque observation à faire, vous me la communiquerez directement.

– Directement, mossieur le Minisse, et tout bas, comme c'est mon habitude quand le supérieur bafouille…

Rouxval fronça le sourcil. D'abord, il détestait qu'on ne gardât point les distances auprès de lui. Puis, comme beaucoup d'hommes d'action, il avait le sentiment très vif et la crainte du ridicule. Appliquée à lui, cette expression de « bafouillage » lui semblait à la fois un outrage inadmissible et une menace volontaire. Mais déjà il avait sonné, et l'huissier entrait. Sans plus attendre, il donna l'ordre que les trois personnes fussent introduites.

Hercule Petitgris retira son pardessus verdâtre, le plia soigneusement et s'assit.

Le monsieur et la dame se présentèrent les premiers. Ils étaient en deuil tous deux, et d'allure distinguée ; elle, grande, jeune encore et très belle, avec des cheveux grisonnants et un pâle visage aux traits sévères : lui, plus petit, mince, élégant, la moustache presque blanche.

Jean Rouxval lui dit :

715

– Le comte de Bois-Vernay, n'est-ce pas ?

– Oui, monsieur le Ministre. Ma femme et moi nous avons reçu votre convocation, laquelle nous a un peu étonnés, je l'avoue. Mais nous voulons croire qu'elle ne nous annonce rien de pénible ? Ma femme est assez souffrante…

Il la regardait avec une inquiétude affectueuse. Rouxval les pria de prendre place et répondit :

– Je suis persuadé que tout s'arrangera pour le mieux et que Mme de Bois-Vernay excusera le petit dérangement que je lui cause.

La porte s'ouvrait de nouveau. Un homme de vingt-cinq à trente ans s'avança. Il était de condition plus modeste, peu soigné dans sa mise, et sa physionomie quoique sympathique et avenante, présentait des signes de déchéance et de fatigue qui déroutaient chez cet être jeune et carré d'épaules.

– C'est bien vous, Maxime Lériot ?

– C'est moi, monsieur le Ministre.

– Vous ne connaissez pas monsieur et madame ?

– Non, monsieur le Ministre, affirma le nouveau venu en observant le comte et la comtesse.

– Nous ne connaissons pas non plus monsieur, fit le comte de Bois-Vernay, sur une question de Rouxval.

Celui-ci eut un sourire :

– Je regrette que l'entretien commence par une déclaration contre laquelle je suis contraint de protester. Mais cette petite erreur se dissipera d'elle-même au moment opportun. N'allons pas trop vite, et, sans nous attarder à ce qui n'est pas essentiel, prenons les choses du début.

Et, se servant du dossier ouvert sur la table, il se tourna vers Maxime Lériot et prononça d'une voix où il y avait quelque hostilité :

– Nous commencerons par vous, monsieur. Vous êtes né à Dolincourt, Eure-et-Loir, d'un paysan laborieux, qui s'est saigné aux quatre veines pour vous donner une éducation convenable. Je dois dire que vous l'en avez amplement récompensé par votre travail. Études sérieuses, conduite parfaite, attentions délicates pour votre père, en tout vous vous êtes montré bon fils et irréprochable élève. La mobilisation vous surprend simple soldat aux chasseurs à pied. Quatre ans plus tard, vous étiez adjudant et croix de guerre avec cinq citations. Vous contractez un engagement. À la fin de 1920, on vous trouve à Verdun.

Toujours excellente tenue. Vos notes vous signalent comme capable de faire un bon officier, et vous songez même à passer votre examen. Or, vers la mi-novembre de cette année, coup de théâtre. Un soir, dans un dancing de troisième ordre, après avoir fait déboucher dix bouteilles de champagne, la tête perdue, au cours d'une discussion sans motif, vous dégainez. On vous arrête. On vous mène au poste. On vous fouille. Vous étiez porteur de cent mille francs en billets de banque. D'où teniez-vous cet argent ? Vous n'avez jamais pu l'expliquer.

Maxime Lériot protesta :

– Pardon, monsieur le Ministre, j'ai dit que cet argent m'avait été remis en dépôt par quelqu'un qui ne voulait pas se nommer.

– Explication sans valeur. Toujours est-il qu'une instruction est ouverte par l'autorité militaire. Elle n'aboutit pas. Mais, six mois après, libéré de tout service, vous êtes l'objet d'un autre scandale. Cette fois, votre portefeuille contenait pour quarante mille francs de bons de la Défense. Et, là-dessus encore, le silence et le mystère.

Lériot ne se donna pas la peine de répondre. Il semblait considérer ces événements comme tout à fait insignifiants, et il ne s'émut pas davantage de l'évocation de deux autres démêlés exactement du même genre qu'il avait eus avec la justice.

– Ainsi donc, continua Rouxval, aucune explication, n'est-ce pas ? Vous ne pouvez pas nous dire comment vous faites face à la vie de débauche que vous menez depuis ce temps ? Pas de situation, pas de ressource avouable, et cependant l'argent coule entre vos doigts comme si la source en était inépuisable.

– J'ai des amis, murmura Maxime Lériot.

– Quels amis ? On ne vous en connaît pas. La bande avec laquelle vous courez les lieux de plaisir se renouvelle constamment, et se compose d'ailleurs d'individus sans aveu qui vivent à vos dépens. Les agents spéciaux qui se sont occupés de vous à cette époque n'ont rien découvert, et vous avez continué à descendre la mauvaise pente. Seul le hasard, ou une imprudence de votre part, pouvait se tourner contre vous. C'est ce qui se produisit. Un jour, sous l'Arc de triomphe, non loin de la tombe du Soldat Inconnu, un homme s'approcha d'une dame qui chaque jour, venait y prier et lui dit cette phrase : « J'attends demain l'envoi de votre mari. Avertissez-le, sinon… » Le ton était menaçant, l'attitude de l'homme hargneuse et méchante. La dame se troubla et remonta vivement dans son automobile. Dois-je préciser que l'une de ces personnes était vous, Maxime Lériot, et l'autre, la comtesse de Bois-Vernay, et que tout à l'heure elles affectaient de ne point se connaître ?

Rouxval, brusquement, leva les mains :

– Je vous en supplie, monsieur, dit-il au comte qui allait intervenir, n'essayez pas de nier l'évidence. Ce que j'affirme n'est pas le résultat de déductions ou d'hypothèses, ni l'interprétation de racontars, mais le strict énoncé de faits que j'ai connus ou contrôlés moi-même. Si vous avez perdu votre fils à la guerre, et si Mme de Bois-Vernay va prier chaque jour près de la dalle sacrée, moi j'ai perdu les deux miens, et il n'est pas de semaine où je ne m'arrête également là-bas pour m'entretenir avec eux. Or, la scène eut lieu près de moi. C'est moi qui entendis la phrase prononcée. Et ce fut pour mon édification personnelle, sans rien connaître encore des incidents que je viens d'exposer, que je m'occupai de savoir qui avait ainsi parlé, et quelle était la victime de ce qui me paraissait un chantage.

Le comte se tut. Sa femme n'avait pas bougé. Dans son coin, le policier Hercule Petitgris hochait la tête et semblait approuver la façon dont l'interrogatoire était mené. Jean Rouxval, qui l'observait du coin de l'œil, en ressentait de l'assurance. La dent ne pointait pas au coin de la bouche. Tout allait donc pour le mieux, et il poursuivit, en resserrant de plus en plus l'étreinte de son réquisitoire :

– À partir du moment où les circonstances me donnèrent la conduite de cette affaire, elle changea de face, pour la raison qu'elle s'était révélée à moi dans un cadre plutôt que dans un autre. Que je m'en rendisse compte ou non, ce souvenir domina toutes mes pensées et gouverna l'enquête que je fis presque involontairement, sur l'ordre catégorique d'une intuition à laquelle je ne pus résister. Tout de suite, au lieu de voir en Maxime Lériot l'homme d'aujourd'hui, je vis le soldat d'autrefois. Son passé m'intéressa plus que son présent. Or, instantanément, au premier coup d'œil jeté sur le dossier, deux choses me frappèrent, un nom et une date : Maxime Lériot se trouvait à Verdun, et il s'y trouvait au mois de novembre 1920. Pour un père qui pleure ses fils disparus, il y a dans ce nom et dans cette date quelque chose de particulier. Leur rapprochement prend une signification immédiate. Si, chaque jour, Mme de Bois-Vernay vient prier sous l'Arc de triomphe, si j'y vais avec tant de ferveur, c'est parce que, la veille du 11 novembre 1920, anniversaire de l'armistice, il s'est déroulé, dans les souterrains de la ville sainte, la plus solennelle des cérémonies. Ce fait bien établi, comment s'expliquait la présence, sous l'Arc de triomphe, de Maxime Lériot, adjudant de chasseurs à Verdun, en novembre 1920 ? J'allai me renseigner sur place. Ce ne fut ni long ni difficile. Son ancien chef de bataillon, que j'interrogeai, me montra aussitôt le texte d'une décision signée par lui à cette époque, et dont la lecture fut pour moi un trait de lumière. Le conducteur d'un des huit fourgons funèbres qui avaient amené, de huit points différents des champs de bataille, les huit cadavres non identifiés parmi lesquels devait être choisi le Soldat Inconnu, ce conducteur n'était autre que l'adjudant Lériot.

Jean Rouxval frappa du poing le dossier, et, le visage crispé, tout son être tendu vers l'adversaire, il scanda, d'une voix assourdie :

– C'était vous, Maxime Lériot, et, dans la galerie souterraine où se passa la cérémonie historique, parmi ceux qui composaient la garde d'honneur, vous étiez encore là, Maxime Lériot. Votre héroïsme, votre renommée militaire, vous avaient fait élire au nombre de ceux qui jouèrent un rôle entre les drapeaux tricolores et les panoplies qui ornaient les murs de la chapelle ardente. Vous étiez là, et, par conséquent…

L'émotion interrompit l'apostrophe véhémente de Rouxval. D'ailleurs, avait-il besoin de dire des paroles plus précises pour que l'on devinât sa pensé secrète. Hercule Petitgris balançait toujours la tête avec une approbation visible, qui surexcitait l'ardeur et la conviction du ministre.

L'ancien adjudant ne soufflait mot. Comme des troupes qui cernent l'ennemi assiégé, les phrases d'abord hésitantes, puis vigoureuses et logiques de Rouxval avaient investi l'adversaire avant qu'il n'y prît garde. Le comte écoutait et observait sa femme d'un air soucieux.

Rouxval dit à voix basse :

– Jusqu'ici, même au plus profond de moi-même, je n'avais eu que des pressentiments vagues, et jamais encore un soupçon nettement formulé. Je redoutais de comprendre, et c'est avec le même état d'esprit craintif, effaré, que je cherchai les preuves de ce que je ne voulais pas savoir. Elles furent implacables. Je vais les énumérer dans leur ordre chronologique, et brièvement, sans aucun commentaire. Elles proclament d'elles-mêmes, par leur simple exposé, la série des faits qui s'enchaînent et des actes qui furent accomplis. Ceci d'abord. Le jour de la Toussaint, puis le 3 novembre, le 4 et le 5, l'adjudant Lériot, dont je réussis à reconstituer exactement la vie quotidienne, se rendit, le soir venu, dans une auberge isolée, où il rencontra un monsieur et une dame avec lesquels il demeura en conférence jusqu'au dîner. Ce monsieur et cette dame venaient en auto, paraît-il, d'une grande ville proche où ils habitaient un hôtel dont on me donna l'adresse. J'y allai et demandai le registre. Du 1er au 11 novembre 1920 avaient séjourné en cet hôtel le comte et la comtesse de Bois-Vernay.

Un silence. Le pâle visage de la comtesse se creusait. Rouxval étala son dossier. Il en tira deux feuilles qu'il déplia.

– Voici deux actes de naissance. L'un concerne Maxime Lériot, né à Dolincourt, Eure-et-Loir, en 1895. C'est le vôtre, Maxime Lériot. L'autre est celui de Julien de Bois-Vernay, né à Dolincourt, Eure-et-Loir, en 1895. C'est celui de votre fils, monsieur de Bois-Vernay. Donc, n'est-ce pas, même origine et même âge. Ce point est acquis. Voici, maintenant, une lettre du maire de Dolincourt. Les deux jeunes gens avaient eu la même nourrice. Pendant toute leur jeunesse, ils avaient conservé des relations de camaraderie. Ils s'étaient engagés en même temps. Nouvelle certitude.

Rouxval continuait de feuilleter son dossier, et il énonçait au fur et à mesure :

– Voici l'acte de décès de Julien de Bois-Vernay, mort en 1916, à Verdun. Voici la copie du certificat d'inhumation dans le cimetière de Douaumont. Voici un extrait du rapport de l'adjudant Lériot qui recueillit « dans une tranchée, longeant la route de Fleury à Bras, et près d'un ancien poste de secours, la dépouille desséchée, mais intacte d'un fantassin inconnu... » Enfin, voici le relevé topographique de la région. L'ancien poste de secours est ici, à cinq cents mètres du cimetière où fut inhumé Julien de Bois-Vernay. J'ai été de l'un à l'autre. J'ai fait creuser le sol : la tombe est vide. Qu'est devenu le cercueil de Julien de Bois-Vernay ? Qui l'a enlevé du cimetière de Douaumont ? Qui, sinon vous, Maxime Lériot, vous l'ami de Julien, vous l'ami du comte et de la comtesse de Bois-Vernay ?

Aucune des phrases de Rouxval qui ne contribuât à l'établissement d'une vérité dont l'évidence s'imposait. Toutes enveloppaient l'ennemi d'arguments irrécusables. Il n'y avait qu'à se soumettre.

Rouxval s'approcha de Lériot et lui dit, les yeux dans les yeux :

— Certains points demeurent obscurs. Est-il besoin de les éclaircir et de connaître, heure par heure, ce qui se passa dans l'ombre, au cours de la mission dont vous étiez chargé ? Non, n'est-ce pas ? La sinistre aventure est inscrite pour ainsi dire sur les pages d'un livre ouvert. Nous savons que le cercueil de votre frère de lait fut d'abord transporté de Douaumont, où il reposait dans une tombe régulière, jusqu'à la tranchée où l'on vous envoyait en quête d'un combattant qui ne pût être identifié. Nous savons que vous l'y avez pris, et nous savons que c'est celui-là que vous avez amené près des autres dans la casemate de Verdun. Nous sommes d'accord, n'est-ce pas ? Et pour la suite, pour la désignation suprême parmi les huit Inconnus…

Mais Rouxval n'acheva pas. Il essuya son front couvert de sueur, et il lui fallut un certain temps pour reprendre, avec sa même intonation sourde et anxieuse :

— C'est à peine si j'ose évoquer la scène… Toute parole de doute à ce propos est un blasphème. Et cependant, n'est-ce pas une certitude plutôt qu'un doute ? Ah ! quelle chose affreuse ! Je me souviens des instructions qui furent adressées à l'un des poilus de la garde d'honneur : « Soldat, voici un bouquet de fleurs cueilli sur les champs de bataille, vous allez le déposer sur un de ces cercueils, qui sera celui du soldat que le peuple de France accompagnera jusqu'à l'Arc de triomphe… » Vous les avez entendues, ces paroles. Vous pleuriez évidemment, comme les autres, en les écoutant. Et malgré tout, par une trahison monstrueuse… Mais comment a-t-elle pu se produire, cette trahison ? Comment avez-vous réussi la duperie infâme ?… Il n'est pas possible que ce poilu désigné au hasard, vous ait vendu son concours, ni que sa main ait pu être dirigée lorsqu'elle déposa le bouquet ? Alors ?… alors ?… Répondez donc !

Jean Rouxval interrogeait, mais on eût dit qu'il avait peur d'entendre l'aveu. Son ordre n'avait pas cet accent impérieux qui force la vérité. Il s'ensuivit un long silence, tout pesant de gêne et d'anxiété. Mme de Bois-Vernay respira des sels que son mari lui tendit. Elle semblait très faible et sur le point de s'évanouir.

À la fin, Maxime Lériot débita quelques explications confuses :

— Il y a en effet des choses… qui ont pu vous faire croire, monsieur le Ministre… Mais il y a aussi des erreurs, des malentendus…

Incapable de dissiper lui-même ces erreurs et ces malentendus, il se tourna vers le comte pour lui demander assistance. Celui-ci regarda sa femme, en homme qui craint d'engager une lutte dangereuse et qui se demande sur quel terrain il l'acceptera. Puis il se leva et dit :

— Monsieur le Ministre, me permettrez-vous de vous poser une question ?

— Certes.

— Il arrive, monsieur le Ministre, que, par la tournure que vous avez donnée à l'entretien, nous sommes ici tous les trois, en face de vous, comme des coupables. Avant de nous défendre contre une accusation que je n'ai pas encore bien saisie, je voudrais savoir à quel titre vous nous interrogez, et en vertu de quel pouvoir vous exigez que nous répondions.

– En vertu, monsieur, répliqua Rouxval, de mon très grand désir d'étouffer une affaire qui, rendue publique, aurait pour mon pays des conséquences incalculables.

– Si l'affaire est telle que vous l'avez exposée, monsieur le Ministre, il n'y a aucune raison de croire qu'elle puisse devenir publique.

– Si, monsieur. Sous l'influence de la boisson, Maxime Lériot a prononcé quelques paroles qui n'ont pas été comprises, mais qui ont donné lieu à des interprétations, à des bruits…

– Des bruits faux, monsieur le Ministre.

– N'importe ! j'y veux couper court.

– Comment ?

– Maxime Lériot quittera la France. Un emploi lui sera réservé dans le sud de l'Algérie. Vous voudrez bien, j'en suis convaincu, lui fournir les fonds nécessaires.

– Et nous, monsieur le Ministre ?

– Vous partirez aussi, madame et vous. Loin de France, vous serez à l'abri de tout chantage.

– L'exil, alors ?

– Oui, monsieur, pendant quelques années.

Le comte regarda de nouveau sa femme. Malgré sa pâleur et son aspect fragile, elle donnait, elle, au contraire, une impression d'énergie et d'obstination réfléchie. Elle se porta en avant et, résolument :

– Pas un jour, monsieur le Ministre, dit-elle, pas une heure, je ne m'éloignerai de Paris.

– Pourquoi donc, madame ?

– Parce qu'*il* est là, dans la tombe.

La petite phrase qui constituait l'aveu le plus formel et le plus terrible se prolongea dans un silence effrayant, comme un écho qui répéterait, syllabe par syllabe, un message de mort et de deuil. Il y avait en Mme de Bois-Vernay plus qu'une volonté indomptable, il y avait du défi, et comme l'acceptation d'un combat qu'elle affectait de ne pas redouter. Rien ne pouvait faire que son fils ne fût point dans la tombe sacrée, et qu'il n'y dormît d'un sommeil que nulle puissance au monde ne troublerait jamais.

Rouxval se prit la tête entre les mains, d'un mouvement désespéré. Jusqu'à cet instant même, il avait pu, malgré toutes les preuves, garder quelque illusion et attendre une justification impossible. L'aveu le terrassa.

— C'est donc vrai, murmura-t-il… Je ne pensais pas… je n'admettais pas… Ce sont des choses en dehors de toute réalité…

M. de Bois-Vernay s'était placé devant la comtesse et la suppliait de s'asseoir. Elle l'écarta, prête à la lutte, et obstinée dans son attitude provocante. Deux adversaires s'affrontaient, ennemis acharnés du premier coup. Le comte et Maxime Lériot devenaient des comparses.

De telles scènes où la tension nerveuse est poussée à l'excès ne peuvent être que brèves, comme un engagement d'épée où chacun, dès le début, jette toutes ses forces. Ce qui accrut encore la violence tragique du duel, c'est qu'il se poursuivit d'abord dans le calme, et en quelque sorte, dans une immobilité presque continue. Pas d'éclat de voix. Pas de colère apparente. De simples mots, mais lourds d'émotion. De simples phrases, sans éloquence, mais qui révélaient la stupeur et l'indignation de Rouxval.

— Comment avez-vous osé ?… Comment vivez-vous avec l'idée de ce qui est ? Moi, j'aurais mieux aimé subir toutes les tortures que de faire cela pour un de mes fils… Il me semble que je lui aurais porté malheur dans la mort… Donner ainsi à son enfant une sépulture qui ne lui appartient pas ! Détourner vers lui des prières, des larmes, et toutes les pensées secrètes qui descendent sur un cercueil !… Quel crime abominable ! Vous ne sentez donc pas cela ?

Il la contemplait, toute blanche en face de lui, et reprenait d'un ton plus agressif :

— Par milliers et par milliers, il y a des mères et des épouses qui peuvent croire que leur fils ou leur mari sont là. Ces créatures, aussi meurtries que vous, madame, armées des mêmes droits, les voilà trahies, dépossédées, volées…, oui, volées, et volées sournoisement, dans l'ombre.

Elle pâlissait sous l'injure et sous le mépris. Jamais, certes, elle n'avait perdu une minute à considérer son acte en lui-même, ou à le peser pour en connaître la valeur morale. Elle avait agi avec l'âpre souffrance d'une mère qui cherche à reconquérir un peu du fils qui lui fut arraché, et, pour le reste, ne se soucie de rien.

Elle murmura :

— Il n'a volé la place de personne… Il est le Soldat Inconnu lui-même… Il est là pour les autres, et les représente tous…

Rouxval lui saisit le bras. De telles paroles l'exaspéraient. Il pensait à ses fils disparus dont il avait presque retrouvé les dépouilles le jour de l'inhumation solennelle, et qui maintenant retombaient au gouffre insondable. Où prier désormais ? Quel rendez-vous prendre avec les pauvres âmes évanouies ?

Mais elle souriait, le visage illuminé de tout le bonheur qui frémissait en elle.

— Ce sont les circonstances qui l'ont choisi parmi tant d'autres. Ce que j'ai fait pour le mettre là n'aurait pas suffi, s'il n'y avait pas eu en sa faveur une volonté supérieure à la mienne. Le hasard aurait pu désigner quelque soldat qui ne l'eût mérité ni par sa vie ni par sa mort. Mon fils était digne de la récompense, lui.

— Tous en étaient dignes, protesta Rouxval avec véhémence. Même s'il eût été au cours de sa vie le plus obscur et le plus détestable des hommes, celui que le destin choisissait fût devenu, en cet instant même, l'égal des plus nobles.

Elle hocha la tête. Ses yeux exprimaient une fierté un peu dédaigneuse. Elle devait évoquer toute la lignée d'ancêtres et de morts héroïques qui faisaient de son fils un être à part, plus spécialement formé pour la gloire et pour l'honneur.

— Tout est bien ainsi, croyez-moi, monsieur le Ministre, dit-elle, et soyez sûr que je ne vole ni larmes ni prières. Toutes les mères qui s'agenouillent et qui pleurent devant la tombe prient pour leur fils mort. Qu'importe que ce soit le mien, si elles ne le savent pas ?

— Mais je le sais, moi, dit Rouxval, et elles peuvent le savoir, elles ! Et alors…, alors comprenez-vous toutes ces haines qui se déchaîneraient, cette explosion de fureur ? Nul forfait au monde ne provoquerait plus de rage et d'indignation. Comprenez-vous ?

Il perdait peu à peu tout empire sur lui-même. Il exécrait cette femme. Son départ lui semblait de plus en plus le seul dénouement qui pût conjurer le péril et apaiser son mal à lui. Et il le lui disait sans ménagement, d'une voix dure :

— Il faut vous en aller, madame. Votre présence auprès de la tombe est un outrage pour les autres femmes. Allez-vous-en.

— Non, dit-elle.

— Il le faut. Vous partie, elles reprendront leurs droits, et celui qui est là redeviendra le Soldat Inconnu.

— Non, non, non. Ce que vous demandez est impossible. Je ne vivrais pas loin de lui. Si je vis encore c'est justement parce qu'il est là, et que je vais le voir chaque jour, et lui parler, et l'entendre me parler. Ah ! vous ne savez pas ce que j'éprouve quand je suis au milieu de la foule ! De tous les coins de la France on accourt avec des fleurs et des mains qui se joignent. Et c'est mon fils que l'on vient honorer ! L'univers entier défile devant lui. Il est toute la guerre et toute la victoire. Ah ! il y a des minutes où un tel élan de bonheur et d'orgueil me grandit que j'oublie sa mort, monsieur, et que c'est mon fils vivant que je vois debout sous la voûte et devant qui mes genoux fléchissent. Et vous me demandez de renoncer à tout cela ! Mais ce serait le tuer une seconde fois, mon fils bien-aimé !

Les poings de Rouxval se crispaient. Il eût voulu écraser l'ennemie intraitable, et, sentant qu'elle était la plus forte, il la menaça, les yeux fixés sur les siens :

— J'irai jusqu'au bout de mon devoir… Si vous ne partez pas, je jure Dieu… je jure Dieu que je vous dénonce… Oui, j'irai jusque-là. Tout plutôt que de laisser cette chose monstrueuse…

Elle eut un rire de moquerie :

— Me dénoncer ? Est-ce que c'est possible ? Osez donc me dénoncer, monsieur, et la rendre publique, cette chose qui vous fait trembler !

— Jusqu'au bout de mon devoir, cria-t-il. Rien ne m'arrêtera… Je ne peux pas vivre avec une telle idée… Si vous ne partez pas, c'est lui, madame, c'est lui qui partira… C'est le cadavre de votre fils…

Elle tressaillit, frappée par l'expression brutale. L'atroce vision de ce cadavre chassé de la tombe et jeté dans quelque coin lui fut intolérable. Sa figure se convulsa, et elle porta la main à son cœur avec un gémissement de souffrance. M. de Bois-Vernay voulut la saisir dans ses bras. Mais elle s'affaissa sur elle-même, tomba, et s'étendit tout de son long.

Le duel prenait fin. Atteinte au plus profond de son être, mais victorieuse puisqu'elle n'avait pas cédé, la comtesse fut portée sur un divan par M. de Bois-Vernay qu'assistaient Lériot et Hercule Petitgris. Elle suffoquait. Ses dents grinçaient.

— Ah ! monsieur le Ministre, balbutia le comte, qu'avez-vous fait ?

Rouxval ne s'excusa point. Sa nature, qui le poussait aux décisions extrêmes lorsqu'il l'avait trop longtemps contenue, ne lui permettait plus de patienter et de réfléchir. En ces cas-là, on peut dire qu'il voyait rouge. La situation lui paraissait irrémédiable au point qu'il n'eût reculé devant aucune solution, si absurde qu'elle fût. En était-ce une que d'avertir le Président du Conseil ? Cela importait peu. Il fallait agir. Celle-ci se présentant seule à son esprit, il l'adopta sur-le-champ, comme si le fait d'agir, dans un sens ou dans l'autre, eût été déjà un commencement de revanche. Il décrocha donc le téléphone, et, dès qu'il eût obtenu la communication, rapidement, d'une voix haletante :

— Oui, c'est moi, mon cher Président… J'ai à vous parler sans retard… Allô, vous n'êtes pas libre avant une demi-heure ? Soit dans une demi-heure. J'y serai. Merci. Situation grave… décisions urgentes…

Cependant on s'empressait autour de la malade. Elle devait être sujette à ces malaises, car son mari avait sur lui une petite trousse et des flacons. Il retira vivement son pardessus, s'agenouilla, et la soigna avec une angoisse qui lui étreignait la gorge et rendait presque inintelligibles les questions qu'il lui posait comme si elle avait pu entendre.

724

– C'est ton cœur, n'est-ce pas, ma chérie ?… c'est ton pauvre cœur ?… Mais ce ne sera rien… Déjà tu ne souffres plus… Tes joues sont plus roses… Je t'assure que tout va bien. N'est-ce pas, ma chérie ?

La syncope dura quelques minutes. Lorsque Mme de Bois-Vernay se réveilla et qu'elle eût aperçu Rouxval, son premier mot fut un mot de détresse :

– Emmène-moi… Partons… je ne veux pas rester ici…

– Voyons, ma chérie, sois raisonnable… repose-toi d'abord…

– Non…, partons… je ne veux pas rester…

Il y eut un instant d'agitation. Sur la prière du comte, Maxime Lériot la saisit dans ses bras et l'emporta. M. de Bois-Vernay suivait, bouleversé, tout en remettant son pardessus avec l'aide d'Hercule Petitgris.

Rouxval n'avait pas bougé. On eût cru que la scène se passait en dehors de lui. D'ailleurs ces gens coupables du forfait le plus odieux ne lui inspiraient que de l'antipathie, et il ne se fût pas avisé qu'il devait secours ou pitié à une femme comme la comtesse. Le front collé contre la vitre d'une fenêtre, il essayait de raisonner et de trouver une ligne de conduite adaptée aux circonstances. Pourquoi cette visite au président du Conseil ? N'eut-il pas mieux valu en finir et se mettre en rapport avec le parquet, avec la justice ?

« Allons, se dit-il, je vais faire des bêtises. À tout prix, du sang-froid. »

Il résolut d'aller à pied jusqu'à la présidence. L'air vif, la marche le calmeraient. Il prit donc son chapeau dans un placard et se dirigea vers la porte.

Mais, à sa grande surprise, il se heurta, une seconde fois, au sieur Petitgris, assis sur une chaise, près de l'entrée. Le policier n'avait pas quitté la pièce.

– Comment, c'est vous ? dit Rouxval agacé. Vous êtes encore là !

– Oui, monsieur le Ministre, et je ne saurais trop vous engager à me tenir compagnie.

Rouxval fit la grimace et il allait relever, comme elle le méritait, cette familiarité choquante, lorsqu'un haut-le-corps le redressa soudain. Il venait de s'apercevoir que la canine du policier pointait à gauche, en dehors de la lèvre retroussée. Il n'eût pas été plus décontenancé si quelque phénomène inattendu avait surgi en face de lui. L'apparition de cette dent acérée, très blanche, longue comme une dent de bête fauve, il savait ce que cela signifiait d'ironique et d'impertinent.

« Crénom, je n'ai pourtant pas *bafouillé* », se dit Rouxval qui employa le terme même dont s'était servi Petitgris.

Il se rebiffa. Un ministre, habitué comme lui au maniement des hommes et des affaires, ne bafouille pas. Sa vision des faits est nette. Le chemin qu'il choisit mène droit au but, et les petits pièges où trébuche le vulgaire ne s'ouvrent point sous ses pas. Tout de même, la vue de cette dent le gênait. Pourquoi cette dent ? Que signifiait-elle en l'occurrence ?

Afin de se rassurer, il retourna l'accusation contre Petitgris.

« Si l'un des deux bafouille, c'est ce coquin-là. Car enfin, tout cela est tellement clair Un collégien ne s'y tromperait pas. »

Si clair que ce fût, il accepta l'entretien et demanda d'un ton rogue :

– Je suis pressé. Qu'y a-t-il ? Parlez.

– Parler ? Mais je n'ai rien à vous dire, mossieu le Ministre.

– Comment, rien à me dire ? Mais je suppose que vous n'avez pas l'intention de coucher ici ?

– Certes non, mossieu le Ministre.

– Alors.

– Alors, j'attends.

– Vous attendez quoi ?

– Une chose qui va se produire.

– Quelle chose ?

– Patientez, mossieu le Ministre. Vous avez encore plus d'intérêt que moi à la connaître. Ce ne sera pas long, d'ailleurs. Quelques minutes…, une dizaine tout au plus… C'est cela… dix minutes…

– Mais il ne se produira rien du tout ! s'écria Rouxval. Les aveux de ces gens-là sont catégoriques.

– Quel aveux ? fit le policier.

– Comment, mais ceux de Lériot, du comte et de sa femme.

– La comtesse peut-être. Mais le comte n'a rien avoué, et Lériot pas davantage.

– Qu'est-ce que vous me chantez là ?

– Ce n'est pas une chanson, mossieu le Ministre, c'est un fait. Les deux hommes n'ont, autant dire, pas soufflé mot. Au fond il n'y a qu'une personne qui a causé, c'est vous, mossieu le Ministre.

Et, sans paraître remarquer l'attitude menaçante de Rouxval, il articula :

– Un beau discours, d'ailleurs, que j'ai savouré comme il convenait. Quelle éloquence ! À la tribune de la Chambre, vous en auriez eu un succès ! ovations, affichage, et tout le reste. Seulement, c'était pas ça du tout qu'il fallait ! Quand il s'agit de cuisiner le coupable, on ne le farcit pas de discours. Au contraire ! on l'interroge. On le fait jacasser. On l'écoute. Voilà ce que c'est qu'une instruction. Si vous croyez que le sieur Petitgris s'est contenté de roupiller dans son coin ! Fichtre non. Le sieur Petitgris ne lâchait pas de l'œil nos deux bonshommes, surtout le Bois-Vernay. Et c'est pourquoi, mossieu le Ministre, je vous avertis que dans huit minutes, quelqu'un viendra et qu'une chose se produira... Encore sept minutes et demie...

Rouxval était dompté. Il n'accordait pas le moindre crédit aux prédictions du sieur Petitgris et à cette annonce d'une chose qui, soi-disant, allait se produire. Mais la ténacité du personnage le maîtrisait. Et cette dent surtout, cette canine féroce, méchante, arrogante, énigmatique... Il se résigna. Retournant à sa place, il martelait, à coups rageurs, son bureau avec le bois d'un porte-plume et, de temps à autre, il observait la pendule ou bien épiait le sieur Petitgris.

Une seule fois celui-ci remua. Ce fut pour arracher d'un bloc-notes une feuille de papier, où il écrivit rapidement quelques lignes à l'aide du porte-plume même que tenait Rouxval et qu'il lui emprunta d'autorité. Cette feuille, il la plia en quatre, l'introduisit dans une enveloppe et la déposa sous un annuaire mondain qui traînait à l'extrémité du bureau. À la suite de quoi, il se rassit. Qu'est-ce que tout cela voulait dire ? Et pour quelle raison mystérieuse l'abominable canine s'obstinait-elle à ricaner ?

Trois minutes. Deux minutes. Une colère subite chassa Rouxval de son fauteuil, et le déchaîna dans son cabinet, qu'il se mit à parcourir de nouveau en bousculant des chaises et en faisant sauter les bibelots sur les meubles. Toute cette histoire était vraiment insipide. Le sieur Petitgris et sa dent diabolique le mettaient hors de lui.

– Chut, mossieu le Ministre... marmotta le policier en agitant la main. Écoutez...

– Écoutez quoi ?

– Un bruit de pas. Tenez, on frappe...

On frappait, en effet. Rouxval reconnut la manière discrète de l'huissier.

– Il n'est pas seul, affirma Petitgris.

– Qu'en savez-vous ?

– Il ne peut pas être seul, puisque la chose dont j'ai parlé va se produire et qu'elle ne peut se produire que par l'intermédiaire de quelqu'un.

– Mais, sapristi, de quelle chose est-il question ?

– De la vérité, mossieur le Ministre. Il y a des instants, quand l'heure est venue, où l'on ne peut pas l'empêcher de sortir de son puits. Elle entre par la fenêtre si la porte est close. Mais la porte est au bout de mon bras, et vous ne m'interdirez pas de l'ouvrir, n'est-ce pas, mossieur le Ministre ?

Rouxval, excédé, ouvrit lui-même. L'huissier passa la tête.

– Monsieur le Ministre, le monsieur qui est sorti tout à l'heure avec la dame réclame son pardessus.

– Son pardessus ?

– Oui, monsieur le Ministre, ce monsieur l'a oublié, ou plutôt il y a eu changement.

Hercule Petitgris expliqua :

– En effet, monsieur le Ministre, je m'aperçois qu'une erreur a été commise. Ce monsieur a emporté mon pardessus et m'a laissé le sien. Peut-être pourrait-on introduire ce monsieur…

Rouxval acquiesça. L'huissier sortit et, presque aussitôt, M. de Bois-Vernay entra.

L'échange des pardessus eut lieu. Le comte, après avoir salué Rouxval, qui affectait de tourner la tête, s'en alla vers la porte et saisit la poignée de la serrure. Mais, sur le seuil, il hésita et murmura quelques mots qu'on ne pouvait entendre. Enfin, il revint au milieu de la pièce.

– Les dix minutes sont écoulées, monsieur le Ministre, murmura Petitgris. Par conséquent la chose va se produire.

Rouxval attendait. Les événements semblaient se soumettre aux prévisions du policier.

– Que désirez-vous, monsieur ?

Après une longue hésitation, M. de Bois-Vernay demanda :

– Monsieur le Ministre, est-ce que vraiment vous avez le projet de nous dénoncer ?... Les conséquences d'un tel acte seraient tellement graves, que je me permets d'appeler votre attention... Pensez donc, le scandale... l'indignation publique...

Rouxval s'emporta :

– Eh ! monsieur, puis-je faire autrement ?

– Oui, vous le pouvez... Vous le devez même... Tout cela doit se terminer entre vous et moi, et d'une façon absolument normale... Il n'y a aucun motif pour que nous n'arrivions pas à un accord...

– L'accord, je vous l'ai proposé, madame de Bois-Vernay n'a pas voulu.

– Elle non, mais moi ?

Rouxval parut surpris, cette distinction entre sa femme et lui, Petitgris l'avait déjà faite, tout à l'heure.

– Expliquez-vous.

Le comte semblait embarrassé. L'attitude indécise, prenant des pauses après chaque phrase, il prononça :

– J'ai pour ma femme, monsieur le Ministre, un attachement qui n'a pas de bornes... et qui m'entraîne à des faiblesses... dangereuses. C'est ce qui est advenu. La mort de notre pauvre fils l'avait bouleversée au point que deux fois, malgré ses sentiments religieux, elle se livra à des tentatives de suicide. C'était devenu chez elle une obsession. Malgré ma surveillance, il est certain qu'elle serait arrivée à mettre à exécution son affreux projet. C'est alors que j'eus la visite de Maxime Lériot et que, au cours de notre conversation, il me vint l'idée de combiner... cette entreprise...

Il reculait devant les paroles décisives. Rouxval, de plus en plus irrité, objecta :

– Nous perdons notre temps, monsieur, puisque je sais à quoi vos machinations ont abouti. Et cela seul importe.

– C'est précisément parce que cela seul importe, dit M. de Bois-Vernay, que j'insiste. Du fait que vous avez découvert les préparatifs d'un acte, vous avez conclu trop hâtivement, et plutôt par appréhension, à l'accomplissement de cet acte. Or, il n'en fut pas ainsi.

Rouxval ne comprenait pas.

– Il n'en fut pas ainsi ? Cependant vous n'avez pas protesté.

– Je ne le pouvais pas.

– Pourquoi ?

– Ma femme eût entendu.

– Mais puisque Mme de Bois-Vernay elle-même a avoué…

– Oui, mais pas moi. De ma part, ç'eût été un mensonge.

– Un mensonge ! Mais les faits sont là, monsieur. Dois-je vous relire le dossier, les procès-verbaux, les témoignages qui relatent l'enlèvement du corps, vos rendez-vous avec Lériot ?…

– Encore une fois, monsieur le Ministre, ces faits montrent un commencement d'exécution, mais non l'exécution elle-même.

– C'est-à-dire ?

– C'est-à-dire qu'il y a bien eu des rendez-vous entre Maxime et nous, et qu'il y a bien eu enlèvement de corps. Mais jamais mon idée n'a été de commettre un acte que j'aurais considéré, moi aussi, comme un sacrilège inexpiable, et auquel Maxime Lériot n'aurait d'ailleurs jamais consenti…

– Votre idée alors ?

– Ce fut simplement de donner à ma femme…

– De lui donner ?…

– L'illusion, monsieur le Ministre.

– L'illusion, répéta Rouxval en qui la vérité commençait à prendre forme.

– Oui, monsieur le Ministre, une illusion qui pût la soutenir et lui rendre le goût de la vie… et qui, en effet, l'a soutenue jusqu'ici. Elle croit, monsieur le Ministre. Concevez-vous tout ce que cela signifie pour elle ? Elle croit que son fils est dans la tombe sacrée, et cette croyance lui suffit.

Rouxval baissa la tête et se passa la main sur le front. Une joie si brusque l'envahissait qu'il ne voulait pas qu'on en vît sur sa figure l'expression désordonnée.

Affectant l'indifférence, il dit :

– Ah ! voilà donc ce qui a eu lieu ? Il y aurait eu simulation ?… Cependant toutes ces preuves…

– Ce sont précisément celles que j'accumulais afin qu'elle n'eût aucun doute. Elle a donc tout vu, monsieur le Ministre, elle a voulu assister à tout, à l'exhumation du corps et à son transfert dans le fourgon. Comment aurait-elle soupçonné, comment soupçonnerait-elle que ce fourgon n'alla pas jusqu'à la casemate de Verdun, et que notre pauvre fils est enterré à quelque distance, dans un cimetière de campagne où je vais parfois m'agenouiller près de lui… et lui demander pardon, en mon nom et au nom de sa mère absente.

Il disait vrai, Rouxval en fut convaincu. Aucune objection ne pouvait être opposée à des paroles qui étaient l'affirmation même des faits. Rouxval reprit :

– Et le rôle de Maxime Lériot ?

– Maxime Lériot m'obéissait.

– Sa conduite, depuis ?…

– Hélas, l'argent que je lui ai donné fut pour lui une cause de déséquilibre et d'avilissement. C'est mon grand remords. Plus je lui en donnais, plus il voulait en avoir, et c'est pourquoi il menaçait de tout révéler à ma femme. Mais je réponds de sa nature qui est honnête et loyale. Il m'a promis de partir.

– Vous êtes prêt, dit Rouxval, au bout d'une minute, à certifier l'absolue sincérité de votre déclaration ?

– Je suis prêt à tout, pourvu que ma femme ne sache rien et continue à croire.

– Nous sommes d'accord, monsieur. Le secret sera gardé. Je m'y engage.

Il prépara une feuille de papier et pria le comte d'écrire. Mais, à ce moment, Hercule Petitgris désigna du doigt l'annuaire et dit tout bas à Rouxval :

– Là, monsieur le Ministre… sous le livre… Vous n'avez qu'à le pousser… et vous trouverez…

– Je trouverai quoi ?

– La déclaration… je l'ai rédigée tout à l'heure…

– Vous saviez donc ?…

– Parbleu, si je savais ! Monsieur le comte n'a plus qu'à mettre sa signature.

731

Rouxval interloqué déplaça l'annuaire, saisit la feuille, et lut :

Je soussigné, comte de Bois-Vernay, reconnais qu'avec la connivence du sieur Lériot, j'ai procédé à un certain nombre de manœuvres susceptibles d'imposer à ma femme la conviction que notre fils était enterré sous l'Arc de triomphe. Mais j'affirme sur l'honneur qu'aucune tentative ne fut faite par moi, ni par le sieur Lériot, pour donner à mon malheureux enfant la place du Soldat Inconnu.

Posément, tandis que Rouxval se taisait, le comte, qui semblait aussi étonné que lui, relut la lettre à haute voix, comme s'il en pesait chaque terme.

– C'est bien. Je n'ai rien à ajouter ni à retrancher. Je n'aurais pas écrit autre chose si j'avais rédigé moi-même cette déclaration.

D'un geste résolu il signa.

– J'ai foi en vous, monsieur le Ministre. Le moindre doute causerait la mort d'une mère qui n'est, elle, coupable que de trop aimer. Vous me promettez donc ?...

– Je n'ai qu'une parole, monsieur. J'ai promis, je tiendrai.

Il serra distraitement la main de M. de Bois-Vernay, l'accompagna jusqu'à la porte sans dire un mot, ferma et revint vers la fenêtre où il se colla de nouveau le front contre la vitre.

Ainsi donc Petitgris avait deviné la vérité ! Dans le chaos ténébreux, plein d'obstacles et d'embûches, Petitgris avait discerné l'invisible sentier qui menait au but ! Rouxval en était à la fois confondu et furieux, et le plaisir qu'il éprouvait à voir cette affaire sous un autre jour s'en trouvait singulièrement amoindri. Il entendait derrière lui un menu gloussement qui devait être chez le policier la manifestation du triomphe, et il évoqua la dent pointue, l'effroyable dent.

« Il se paie ma tête, pensa Rouxval, et cela depuis le début. Par rosserie, il m'a laissé patauger. Car enfin il aurait pu m'avertir, et il ne l'a pas fait. Quelle brute ! »

Mais son prestige de ministre ne lui permettait pas de rester dans cette position humiliante. D'un coup, il se retourna, et, prenant l'offensive :

– Et après ? Le hasard vous a servi, voilà tout ! Vous avez probablement découvert quelque indice...

– Aucun indice, ricana Petitgris, qui ne voulait pas faire grâce à son adversaire. À quoi bon d'ailleurs ? Il suffisait d'un peu de jugeotte et d'une miette de bon sens.

Et, avec une bonhomie horripilante, il débita :

– Voyons, quoi, mossieu le Minisse, ça ne tenait pas debout, votre histoire ! Ça suait l'invraisemblance et la loufoquerie. Contradictions, lacunes, impossibilités, je vous en montrerais de toutes les couleurs ! Un scénario, déplorable ! Que la comtesse y ait mordu, soit. Mais vous, un minisse de première classe ! Voyons, est-ce qu'on jongle comme ça avec les cadavres dans la vie ! Comment ! tout est combiné pour que le Soldat Inconnu soit bien un soldat inconnu, on mobilise des gens, des fourgons, des fonctionnaires, des généraux, des maréchaux, des ministres, tout le diable et son train, et vous avez la naïveté de croire qu'un mossieu qu'a des billets de banque en poche peut s'offrir le luxe de rouler tout le monde et d'acheter une concession à perpet' sous l'Arc de triomphe ! Vrai, j'en ai vu de raides, mais pas de ce calibre !

Rouxval se contint :

– Les preuves abondaient…

– Les preuves, c'est du chichi pour enfant. Tout de suite, moi, Petitgris, je m'suis demandé : « Du moment que le comte ne pouvait pas se payer l'Arc de triomphe, qu'est-ce qu'il a manigancé avec le sieur Lériot ? » Et tout de suite, en voyant la façon dont il regardait sa femme, j'ai compris la chose « Toi, mon garçon, t'es un roublard. Pour sauver ta dame, tu as joué la farce de lui faire croire que ça y était. Seulement t'es aussi un froussard, et, si mon supérieur se fâche et qu'il menace, tu flancheras. » Voilà tout le truc, mossieu le Minisse. Colère de votre part. Menaces. Le mossieu Bois-Vernay a flanché.

– D'accord, dit Rouxval, mais vous ne pouviez pas savoir qu'il reviendrait ? et qu'une chose, comme vous disiez, allait se produire ?

– Comment ! eh bien, et le pardessus ?

– Le pardessus ?

– Dame, le client ne serait pas revenu sans ça ! Il fallait lui donner un prétexte pour quitter sa dame, et pour se confesser avant que la justice ait mis son nez dans l'affaire.

– Alors ?

– Alors, quand il est parti, je lui ai enfilé mon pardessus à la place du sien. Il était comme fou, et il n'y a vu que du feu. Seulement, dehors, dans son auto, en avisant ma défroque, vous comprenez s'il s'est jeté sur l'occasion pour rappliquer ici ! Hein ! c'est-i manigancé, c't'histoire-là ? Certes j'ai fait mieux dans ma vie, j'ai été quelquefois plus fort… Mais jamais plus malin peut-être. Gagner la victoire sans agir… Pas sortir la main de sa poche et flanquer un swing qui vous abat l'adversaire ! C'est-i de l'ouvrage bien faite ?

Rouxval gardait le silence. L'adresse et l'aisance avec lesquelles Hercule Petitgris avait manœuvré le déconcertaient. Tout seul dans un coin, n'intervenant pas une seule fois dans les débats, ne posant aucune question, et ne connaissant de l'aventure que ce que lui-même, Rouxval, en racontait, Petitgris avait, en fait, conduit les débats, dirigé les questions, jeté l'aventure en pleine lumière, et imposé par un geste tout petit, mais d'une habileté formidable, la solution qui convenait. Décidément, c'était un maître. Il n'y avait qu'à s'incliner.

Rouxval saisit son portefeuille et en tira un billet de banque. Mais son bras demeura en suspens, arrêté net par une phrase incisive :

– Rentrez ça ! mossieu le Minisse, j'suis payé.

La dent luisait. Le gloussement reprit au fond de la gorge. La physionomie redevint féroce. Comment ne pas se rappeler les paroles goguenardes : « Quand un des mes supérieurs bafouille, j'ai-t'i pas le droit de rigoler un brin ? Ça me paye de mon travail. I'font un tel nez ! »

Le hasard voulut que Rouxval se vît dans une glace. Il dut avouer que l'expression de Petitgris n'avait rien d'excessif. Il enrageait.

– Vous frappez pas, monsieur le Ministre, dit le policier, plein de condescendance. J'ai rencontré des cas plus pendables. Votre grand tort, ç'a été de vous gouverner d'après la logique, et la logique de ce qu'on voit et de ce qu'on entend, faut s'en méfier comme de la peste. La vraie, c'est elle qui coule en dessous, comme certaines sources, et c'est justement quand elle est sous terre, et qu'on ne la voit pas, qu'il ne faut plus la lâcher de l'œil ! Or vous, à ce moment-là, vous avez perdu la boule. Au lieu d'examiner à fond la chose de la cérémonie et des huit poilus alignés dans la casemate de Verdun, vous vous êtes voilé la face ! « On n'évoque pas de pareilles scènes ! Toute parole est un blasphème !... » Mais, sacré nom, monsieur le Ministre, il fallait regarder au contraire, et réfléchir ! Vous auriez compris qu'il n'y avait pas mèche de frauder. Et Hercule Petitgris ne vous ferait pas la leçon aujourd'hui, dans votre cabinet de ministre de première classe !

Il s'était levé, et mettait sur son bras le pardessus verdâtre. La dent pointait de plus en plus. Rouxval en sentait la morsure, et il avait une forte envie de saisir le personnage au collet et de l'étrangler.

Il ouvrit la porte :

– Restons-en là, dit-il. Je vais mettre le président au courant du service que vous avez rendu.

– Pas la peine, interrompit le policier. Je ferai la commission moi-même. Ça vaut mieux.

– Monsieur ! s'écria Rouxval exaspéré.[1]

_____

[1] C'est à partir de là que le texte du *Pardessus d'Arsène Lupin* diverge de celui de la *Dent d'Hercule Petitgris. (Note ELG.)*

— Eh bien, quoi, mossieur le Minisse, le président a bafouillé également dans c't'affaire. Croyez-vous que je vais rater l'occasion de me payer aussi sa tête ? Vrai, la vie n'est pas si drôle !

Il jubilait, la dent énorme et implacable.

Rouxval lui montra l'antichambre. Hercule Petitgris passa devant lui en s'effaçant, comme un homme qui n'est pas sûr de ne pas recevoir un coup de pied dans le bas du dos :

— Au revoir, monsieur le Ministre… Et puis, un bon conseil : ne vous risquez pas hors de votre compartiment. Chacun son métier. Faites les lois. Faites tout votre gribouillis de gouvernement. Mais, pour ce qui est de la police, laissez ça aux bougres de mon espèce.

Il s'éloigna de trois pas. Était-ce fini ? Non. Il eut l'audace de revenir, de se planter devant Rouxval, et de lui dire le plus gravement du monde :

— Après tout, vous avez peut-être raison… et c'est peut-être moi qu'ai bafouillé. Car enfin, si on raisonne froidement, qu'est-ce qui nous prouve que le comte s'est arrêté en route et qu'il n'a pas fait l'escamotage ? Tout est possible, et son truc était rudement bien monté ! Pour moi, j'y perds mon latin. Au revoir, monsieur le Ministre.

Cette fois, il semblait qu'il n'eût plus rien à dire. Il ajusta son chapeau sur sa tête, remercia l'huissier qui l'escortait et sortit de l'antichambre en ricanant.

Rouxval rentra dans son bureau, l'allure lourde et pensive. Les dernières paroles de Petitgris le troublaient singulièrement. C'était comme une nouvelle morsure où la dent satanique de l'individu avait distillé une goutte de venin. Confusément, il se rendait compte que cette affaire demeurerait à jamais ténébreuse dans son esprit, et qu'il garderait toujours au fond de lui le poison du doute. C'était absurde, il ne l'ignorait point. Mais tout de même… tout de même… il y avait tant de preuves !… Ce cadavre exhumé… ce fourgon…

— Crebleu de crebleu ! s'écria-t-il en un accès de révolte furieuse, quel bonhomme infernal ! Si jamais je le repince, celui-là !

Mais Rouxval savait fort bien que Petitgris n'était pas de ceux qu'on repince…

735

Le Pardessus d'Arsène Lupin

…/…[2]

– Eh bien, quoi, M. le Ministre.

L'individu s'était redressé et semblait prendre une apparence nouvelle. Ce n'était plus le pauvre diable à l'humble attitude, mais un gaillard bien d'aplomb et tout à fait à son aise.

Il saisit délicatement entre le pouce et l'index son énorme canine et l'ôta, comme on se débarrasse d'un accessoire. Les traits se relevèrent. Plus de rictus. Le visage devint normal, l'expression aimable, un peu arrogante.

Rouxval prononça :

– Que signifie ? Qui êtes-vous ?

– Ce que je suis, n'a aucune importance, répondit-il. Mettons que je sois Arsène Lupin. Le souvenir que vous laissera votre petite mésaventure sera peut-être moins désagréable, si le nom d'Arsène Lupin, plutôt que celui de Petitgris, s'y trouve mêlé.

Rouxval lui montra l'antichambre. L'autre passa devant lui avec désinvolture.

– Au revoir, monsieur le Ministre… Et puis, un bon conseil : ne vous risquez pas hors de votre compartiment. Chacun son métier. Faites des lois. Faites tout votre gribouillis de gouvernement. Mais, pour ce qui est de la police, laissez ça aux spécialistes.

Il s'éloigna de trois pas. Était-ce fini ? Non. Il eut l'audace de revenir, de se planter devant Rouxval, et de lui dire le plus gravement du monde :

– Après tout, vous avez peut-être raison… et c'est peut-être moi qu'ai bafouillé. Car enfin, si on raisonne froidement, qu'est-ce qui nous prouve que le comte s'est arrêté en route et qu'il n'a pas fait l'escamotage ? Tout est possible, et son truc était rudement bien monté ! Pour moi, j'y perds mon latin. Au revoir, monsieur le Ministre.

---

[2] Comme expliqué dans la préface, le texte des deux nouvelles est le même jusqu'à la phrase :
– *Monsieur ! s'écria Rouxval exaspéré.* (page 40)

Cette fois, il semblait qu'il n'eût plus rien à dire. Il ajusta son chapeau sur sa tête, remercia l'huissier qui l'escortait et sortit de l'antichambre en ricanant.

Rouxval rentra dans son bureau, l'allure lourde et pensive. Les dernières paroles de Petitgris le troublaient singulièrement. C'était comme une nouvelle morsure où la dent satanique de l'individu avait distillé une goutte de venin. Confusément, il se rendait compte que cette affaire demeurerait à jamais ténébreuse dans son esprit, et qu'il garderait toujours au fond de lui le poison du doute. C'était absurde, il ne l'ignorait point. Mais tout de même… tout de même… il y avait tant de preuves !… Ce cadavre exhumé… ce fourgon…

– Crebleu de crebleu ! s'écria-t-il en un accès de révolte furieuse, quel bonhomme infernal ! Si jamais je le repince, celui-là !

Mais Rouxval se disait que Petitgris n'était autre qu'Arsène Lupin, et qu'Arsène Lupin n'était pas de ceux qu'on repince…

Made in the USA
Las Vegas, NV
10 October 2024